Das Buch

Teresa Giambelli führt ihre Weinfirma mit Niederlassungen in Venetien und Kalifornien mit starker Hand. Zu ihren Nachfolgern in dem Familienunternehmen hat sie ihre Enkelin Sophia und Tyler, den Enkel ihres zweiten Mannes, bestimmt, die charakterlich so unterschiedlich sind wie Tag und Nacht. Während der ruhige Tyler die harte körperliche Arbeit der Winzer liebt, genießt die lebhafte Sophia die gesellschaftliche Herausforderung in Presse und Marketing. Um die Zusammenarbeit der beiden zu fördern, entwickelt Teresa einen folgenreichen Plan – ein Jahr lang sollen Sophia und Tyler die Rollen tauschen, eine Idee, von der weder sie noch er sehr begeistert ist. Kein Wunder, dass zunächst die Fetzen fliegen. Doch als ein mörderischer Gegner nicht nur das Unternehmen, sondern auch das Leben unschuldiger Menschen bedroht, müssen Sophia und Tyler das Kriegsbeil begraben und Seite an Seite für das kämpfen, was beiden das Wichtigste ist: die Firma und die Familie.

Die Autorin

Nora Roberts, geboren in Maryland, zählt zu den erfolgreichsten Autorinnen Amerikas. Für ihre mehr als 100 in 30 Sprachen übersetzten internationalen Bestseller erhielt sie nicht nur zahlreiche Auszeichnungen, sondern auch die Ehre, als erste Frau in die Ruhmeshalle der Romance Writers of America aufgenommen zu werden. Ein Großteil ihrer Werke liegt im Wilhelm Heyne Verlag vor, u. a.: *Gefährliche Verstrickung, Schatten über den Weiden, Träume wie Gold, Rückkehr nach River's End*, die Quinn-Familiensaga: *Tief im Herzen, Gezeiten der Liebe, Hafen der Träume, Ufer der Hoffnung* und die Trilogie *Blüte der Tage, Dunkle Rosen, Rote Lilien.*

NORA ROBERTS

IM STURM DES LEBENS

Roman

Aus dem Amerikanischen
von Margarethe van Pée

WILHELM HEYNE VERLAG
MÜNCHEN

Titel der Originalausgabe
THE VILLA

Umwelthinweis:
Dieses Buch wurde auf
chlor- und säurefreiem Papier gedruckt.

Taschenbuchausgabe 3/2007
Copyright © 2001 by Nora Roberts
Published by arrangement with Eleanor Wilder
Copyright © der deutschsprachigen Ausgabe 2002
by Wilhelm Heyne Verlag, München,
in der Verlagsgruppe Random House GmbH
Printed in Germany 2007
Umschlagillustration: Kai Remmers/buchcover.com
Umschlaggestaltung: Hauptmann & Kompanie Werbeagentur,
München – Zürich
Satz: EDV-Fotosatz Huber/Verlagsservice G. Pfeifer, Germering
Druck und Bindung: GGP Media GmbH, Pößneck

ISBN 978-3-453-72145-6

www.heyne.de

Für die Familie, die die Wurzeln bildet.
Für die Freunde, die die Blüten sind.

Prolog

An dem Abend, als er ermordet wurde, nahm Bernardo Baptista eine einfache Mahlzeit aus Brot, Käse und einer Flasche Chianti zu sich. Der Wein war noch etwas jung, Bernardo nicht. Keiner von beiden hatte die Chance, älter zu werden.

Wie Brot und Käse war Bernardo ein einfacher Mann. Seit seiner Hochzeit vor fünfundfünfzig Jahren wohnte er noch immer im selben kleinen Haus in den sanften Hügeln nördlich von Venedig. Seine fünf Kinder waren hier aufgewachsen. Seine Frau war hier gestorben.

Mittlerweile war Bernardo dreiundsiebzig und lebte allein. Die meisten Mitglieder seiner Familie wohnten nur einen Steinwurf entfernt, am Rand des großen Weinbergs von Giambelli, wo Bernardo seit seiner Jugend gearbeitet hatte.

Er kannte *La Signora* seit ihrer Kindheit, und man hatte ihm beigebracht, die Mütze zu ziehen, wann immer sie vorbeikam. Und wenn Teresa Giambelli jetzt aus Kalifornien zum *Castello* und dem Weinberg zurückkam, blieb sie immer noch stehen, wenn sie ihn sah. Dann redeten sie von den alten Zeiten, als ihr Großvater und er im Weinberg gearbeitet hatten.

Signore Baptista nannte sie ihn. Respektvoll. Er mochte *La Signora,* und er war ihr und den Ihren sein ganzes Leben lang treu ergeben gewesen.

Mehr als sechzig Jahre lang war er an der Berei-
tung von Giambelli-Wein beteiligt gewesen. Es hatte
zahlreiche Veränderungen gegeben – manche zum
Guten, nach Bernardos Meinung, andere nicht. Er
hatte viel gesehen.

Manche fanden, zu viel.

Die Weinstöcke, die jetzt noch im Winterschlaf la-
gen, mussten bald beschnitten werden. Wegen seiner
Arthritis konnte Bernardo nicht mehr so viel mit den
Händen arbeiten wie früher, aber trotzdem würde er
jeden Morgen hinausgehen, um zuzusehen, wie seine
Söhne und Enkel die Tradition fortführten.

Immer hatte ein Baptista für Giambelli gearbeitet.
Und in Bernardos Vorstellung würde das auch immer so bleiben.

An diesem letzten Abend seiner dreiundsiebzig
Jahre blickte er hinaus über die Weinstöcke – *seine*
Weinstöcke, um zu sehen, was bereits getan worden
war und was noch getan werden musste, und er
lauschte dem Dezemberwind, der durch die dürren
Äste raschelte.

Sie zogen sich in gleichmäßigen Reihen die Hänge
hinauf. Mit der Zeit würden sie zu neuem Leben erwachen. Sie vergingen nicht wie der Mensch. Das
war das Wunder der Traube.

Er konnte die Schatten und die Umrisse des großen *Castello* erkennen, das die Weinberge überragte
und über diejenigen wachte, die darin arbeiteten.

Jetzt lag es verlassen in der Winternacht. Nur die
Dienstboten schliefen im *Castello*, und die Trauben
mussten erst noch reifen.

Bernardo sehnte sich nach dem Frühling und dem
langen Sommer, der darauf folgte, wenn die Sonne
wieder seinen Leib wärmen würde und die junge

Frucht reif werden ließ. Wie jedes Jahr wollte er wenigstens noch eine Ernte erleben.

Die Kälte machte Bernardo zu schaffen, schmerzte tief in seinen Knochen. Er überlegte, ob er die Suppe warm machen sollte, die seine Enkelin ihm gebracht hatte, aber seine Annamaria war keine besonders gute Köchin. Mit diesem Gedanken aß er den Käse auf und trank, an seinem kleinen Kamin sitzend, von dem guten, vollmundigen Wein.

Er war stolz auf sein Lebenswerk. Das Glas enthielt einen Teil davon. Im Schein des Feuers schimmerte es tiefrot. Der Wein war ein Geschenk gewesen, eins von vielen, die er zu seiner Pensionierung bekommen hatte, obwohl jeder wusste, dass er sich nur auf dem Papier zur Ruhe setzte. Trotz seiner schmerzenden Knochen und seines altersschwachen Herzens ging Bernardo immer noch zum Weinberg, prüfte die Trauben, beobachtete den Himmel und schnupperte die Luft.

Er lebte für Wein.

Und er starb dafür.

Er trank und nickte am Feuer ein, eine Decke über die dünnen Beine gelegt. Sonnenüberflutete Felder erschienen vor seinem inneren Auge, seine Frau, lachend, er selbst, wie er seinem Sohn beibrachte, eine junge Weinrebe zu stützen, eine reife zu beschneiden. *La Signora* stand neben ihm zwischen den Reihen, die ihre Großväter angelegt hatten.

Signore Baptista, sagte sie zu ihm, als ihre Gesichter noch jung waren, uns ist eine Welt geschenkt worden. Wir müssen sie behüten.

Und das hatten sie getan.

Der Wind pfiff um die Fenster seines kleinen Hauses. Das Feuer erlosch langsam.

Und als der Schmerz wie eine Faust nach ihm griff und sein Herz zu Tode drückte, war sein Mörder sechstausend Meilen weit weg, umgeben von Freunden und Partnern, und genoss einen perfekt gedünsteten Lachs und einen edlen Pinot Blanc.

TEIL EINS

Der Rebschnitt

Ein Mensch ist ein Bündel von Beziehungen,
ein Klumpen Wurzeln, und die Welt ist seine Blüte
und Frucht.

RALPH WALDO EMERSON

I

Die Flasche Castello di Giambelli Cabernet Sauvignon, Jahrgang '02, erreichte auf der Auktion einhundertfünfundzwanzigtausendfünfhundert amerikanische Dollar. Viel Geld, dachte Sophia, für Wein, der so mit Gefühl durchsetzt ist. Der Wein in dieser schönen alten Flasche war aus Trauben gemacht worden, die in dem Jahr geerntet worden waren, als Cesare Giambelli das Weingut Castello di Giambelli in den Hügeln nördlich von Venedig gegründet hatte.

Damals konnte *Castello* beides bedeuten, einen Schwindel oder übergroßen Optimismus, je nachdem, aus welchem Blickwinkel man es betrachtete. Cesares bescheidenes Haus und seine aus Stein gebaute Kellerei waren alles andere als schlossähnlich, aber seine Weinstöcke waren königlich, und er hatte ein Imperium mit ihnen begründet.

Nach fast einem Jahrhundert war vermutlich auch ein hervorragender Cabernet Sauvignon nur noch als Salatsauce verwendbar und nicht mehr zum Trinken geeignet, aber es war nicht Sophias Aufgabe, sich mit dem Mann mit dem Geld zu streiten. Ihre Großmutter hatte Recht gehabt, wie immer. Für das Privileg, ein Stück Geschichte der Giambellis zu besitzen, würden sie bezahlen, und zwar reichlich.

Obwohl sie wahrscheinlich beides sowieso nicht vergaß, notierte sich Sophia das letzte Gebot und den Namen des Käufers, um ihrer Großmutter nach der Auktion eine Mitteilung zu schicken.

Sie nahm an diesem exklusiven Jahrhundertereignis nicht nur als Leiterin der Öffentlichkeitsarbeit teil, die die Werbung und den Katalog für die Auktion gestaltet und herausgebracht hatte, sondern auch als Vertreterin der Familie Giambelli.

Und in dieser Eigenschaft saß sie still hinten im Raum und beobachtete den Verlauf der Auktion.

Sophia hatte die Beine graziös übereinandergeschlagen. Den Rücken hielt sie gerade, wie sie es in der Klosterschule gelernt hatte. Sie trug ein schwarzes Nadelstreifenkostüm, von einem italienischen Designer maßgeschneidert, das sowohl geschäftsmäßig als auch äußerst weiblich wirkte. Genauso sah Sophia sich auch selbst.

Ihr Gesicht war scharf geschnitten, ein blassgoldenes Dreieck, das beherrscht wurde von tief liegenden braunen Augen und einem großzügig geschnittenen Mund. Ihre Wangenknochen standen deutlich hervor, und sie hatte ein energisches Kinn. Immer schon hatte sie skrupellos ihr Gesicht als Waffe eingesetzt, wenn es ihr angebracht erschien.

Vor einem Jahr hatte sie ihre taillenlangen Haare zu einem kurzen schwarzen Bob mit Stirnfransen abschneiden lassen. Es stand ihr gut. Sophia wusste genau, was ihr stand.

Sie trug die alte Perlenkette, die ihre Großmutter ihr zu ihrem fünfundzwanzigsten Geburtstag geschenkt hatte, und ihr Gesicht zeigte einen Ausdruck höflichen Interesses. Sie verglich diesen Gesichtsausdruck immer mit dem »Vorstandsblick« ihres Vaters.

Als das nächste Objekt ausgestellt wurde, hellte

sich Sophias Miene auf, und sie verzog ihre Mundwinkel zu einem leichten Lächeln.

Es war eine Flasche Barolo, Jahrgang '34, aus dem Fass, das ihr Urgroßvater zu Ehren der Geburt ihrer Großmutter Di Teresa genannt hatte. Auf dem Label der privaten Reserve prangte ein Bild von Teresa mit zehn Jahren, dem Jahr, in dem der Wein lange genug in dem Eichenfass gereift und auf Flaschen gezogen worden war.

Jetzt, mit siebenundsechzig, war Teresa Giambelli eine Legende, und ihr Ruf als Winzerin übertraf sogar den ihres Großvaters.

Dies war die erste Flasche dieses Labels, die jemals zum Verkauf angeboten wurde, und wie Sophia erwartet hatte, überschlugen sich die Angebote.

Der Mann neben Sophia tippte auf seinen Katalog, in dem das Foto von dem Label abgebildet war. »Sie sehen ihr ähnlich.«

Sophia rutschte ein wenig zur Seite und lächelte dem Mann zu. Er war ein distinguierter Herr um die sechzig. »Danke.«

Marshall Evans, fiel ihr ein. Makler in der zweiten Generation. Vermögen 500. Sie war stolz darauf, die Namen und statistischen Daten der Weinkenner und -sammler mit tiefen Taschen und teurem Geschmack auswendig zu kennen.

»Ich hatte gehofft, *La Signora* würde an der Auktion heute teilnehmen. Geht es ihr gut?«

»Ja. Aber sie ist anderweitig beschäftigt.«

Der Piepser in ihrer Tasche vibrierte. Leicht verärgert über die Unterbrechung ignorierte Sophia ihn, um weiterhin die Auktion beobachten zu können. Sie ließ die Augen durch den Raum schweifen. Ein beiläufig gehobener Finger in der dritten Reihe be-

wirkte, dass der Preis um weitere fünfhundert an-
stieg. Ein leises Nicken aus der fünften Reihe über-
bot die Summe.

Am Ende schlug der Barolo den Cabernet Sauvignon um fünfzehntausend. Sophia wandte sich zu
dem Mann neben ihr und streckte ihm die Hand entgegen.

»Herzlichen Glückwunsch, Mr. Evans. Ihr Beitrag
für das Internationale Rote Kreuz wird eine gute
Verwendung finden. Und namens der Familie und
des Unternehmens Giambelli hoffe ich, dass Sie Ihren Preis genießen.«

»Daran zweifle ich nicht.« Er ergriff ihre Hand
und führte sie an die Lippen. »Ich hatte vor vielen
Jahren einmal das Vergnügen, *La Signora* kennen zu
lernen. Sie ist eine außergewöhnliche Frau.«

»Das ist sie.«

»Möchte ihre Enkelin mir vielleicht die Freude
machen, heute mit mir zu Abend zu essen?«

Er war alt genug, um ihr Vater zu sein, aber Sophia
war zu sehr Europäerin, um sich davon abschrecken
zu lassen. Ein anderes Mal hätte sie zugestimmt und
wahrscheinlich seine Gesellschaft genossen. »Es tut
mir Leid, aber ich habe einen Termin. Vielleicht bei
meiner nächsten Reise an die Ostküste, wenn Sie
dann nichts vorhaben.«

»Ich werde dafür sorgen.«

Mit einem freundlichen Lächeln erhob sie sich.
»Wenn Sie mich bitte entschuldigen möchten ...«

Sie schlüpfte aus dem Raum, zog den Piepser aus
der Tasche und warf einen prüfenden Blick darauf.
Nach einem Abstecher auf die Damentoilette blickte
sie auf ihre Uhr und holte ihr Telefon aus der Tasche. Sie setzte sich auf eines der Sofas, gab die

Nummer ein und platzierte ihr Notebook und ihren elektronischen Organizer auf dem Schoß.

Nach der langen, anstrengenden Woche in New York war sie immer noch aufgedreht, und als sie jetzt ihre Termine durchsah, stellte sie erfreut fest, dass sie noch Zeit hatte, um ein wenig einkaufen zu gehen, bevor sie sich fürs Abendessen umziehen musste.

Jeremy DeMorney. Das bedeutete einen eleganten, geistreichen Abend in einem französischen Restaurant, Gespräche über Essen, Reisen und Theater. Und natürlich über Wein. Da er einer der DeMorneys vom Weingut Le Coeur und einer der Topmanager dort war, und sie zu den Giambellis gehörte, würde es sicher einige spielerische Versuche geben, einander Unternehmensgeheimnisse zu entlocken.

Und es würde Champagner geben. Gut, sie war in der Stimmung dafür.

Und am Schluss gab es garantiert einen romantischen Versuch, sie ins Bett zu locken. Nachdenklich fragte sie sich, ob sie wohl auch dazu in der Stimmung war.

Er war attraktiv und konnte amüsant sein. Wenn sie beide nicht gewusst hätten, dass ihr Vater mit seiner Frau geschlafen hatte, dann wäre die Vorstellung einer kleinen Romanze zwischen ihnen nicht ganz so peinlich und irgendwie inzestuös gewesen.

Allerdings war das schon einige Jahre her ...

»Hallo Maria.« Sophia verdrängte den Gedanken an Jeremy und den bevorstehenden Abend. Die Haushälterin der Giambellis war ans Telefon gegangen. »Ich habe einen Anruf vom Apparat meiner Mutter bekommen. Ist sie zu sprechen?«

»O ja, Miss Sophia. Sie hat schon auf deinen Anruf gewartet. Einen Moment.«

Sophia stellte sich vor, wie Maria durch den Flügel des Hauses eilte und dabei prüfte, ob es nicht noch irgendetwas aufzuräumen gab, was Pilar Giambelli Avano nicht schon selbst aufgeräumt hatte.

Mama wäre glücklich in einem kleinen, rosenbewachsenen Cottage, wo sie Brot backen, stricken und ihren Garten pflegen konnte, dachte Sophia. Sie hätte besser ein halbes Dutzend Kinder gehabt. Stattdessen musste sie sich mit mir begnügen.

»Sophie, ich war gerade auf dem Weg ins Gewächshaus. Warte, lass mich erst mal wieder zu Atem kommen. Ich habe nicht erwartet, dass du so schnell zurückrufst. Ich dachte, du seiest mitten in der Auktion.«

»Sie ist beendet. Und ich glaube, wir können sagen, sie war ein unglaublicher Erfolg. Ich faxe dir heute Abend oder morgen früh die Einzelheiten. Ich muss gleich wieder zurückgehen und mich um den Rest kümmern. Ist zu Hause alles in Ordnung?«

»Mehr oder weniger. Deine Großmutter hat ein Gipfeltreffen anberaumt.«

»Oh, Mama, sie stirbt doch nicht schon wieder? Das hatten wir doch erst vor sechs Monaten.«

»Acht«, korrigierte Pilar sie. »Aber wer zählt das schon nach? Es tut mir Leid, Liebes, aber sie besteht darauf. Ich glaube nicht, dass sie dieses Mal vorhat zu sterben, aber sie plant irgendetwas. Die Anwälte müssen das Testament noch mal ändern. Und sie hat mir die Kamee ihrer Mutter gegeben ...«

»Ich dachte, die hättest du schon letztes Mal bekommen?«

»Nein, letztes Mal war es die Bernsteinkette. Sie möchte alle bei dem Treffen sehen. Du musst zurückkommen.«

»Na gut, na gut.« Sophia blickte auf ihren Organizer und schickte Jerry DeMorney in Gedanken einen Abschiedskuss. »Sobald ich hier fertig bin, mache ich mich auf den Weg. Aber wirklich, Mama, ihre neue Gewohnheit, alle paar Monate zu sterben oder ihr Testament zu ändern, ist ziemlich lästig.«

»Du bist ein gutes Mädchen, Sophie. Ich werde dir die Bernsteinkette hinterlassen.«

»Vielen Dank.« Lachend legte Sophia auf.

Zwei Stunden später saß sie im Flugzeug und dachte darüber nach, ob sie in vierzig Jahren wohl auch nur mit dem Finger zu wackeln brauchte und jeder käme angeflogen.

Die Vorstellung brachte sie zum Lächeln. Sie lehnte sich mit einem Glas Champagner in ihrem Sitz zurück und hörte über die Kopfhörer Verdi.

Nicht jeder kam direkt angeflogen. Tyler MacMillan mochte es zwar nicht weit zur Villa Giambelli haben, aber er hielt die Weinstöcke für wesentlich wichtiger als einen Besuch bei *La Signora.*

Und das sagte er auch.

»Hör zu, Ty. Ein paar Stunden wirst du wohl erübrigen können.«

»Nein.« Ty lief in seinem Büro hin und her. Am liebsten wäre er sofort wieder in die Weinberge gegangen. »Es tut mir Leid, Großpapa. Du weißt doch, wie wichtig der Winterschnitt ist, und Teresa weiß das auch.« Er presste sein Handy ans Ohr. Er hasste es, weil er es ständig verlor. »Die Weinstöcke der MacMillans brauchen genauso viel Pflege wie die der Giambellis.«

»Ty ...«

»Du hast mir hier die Verantwortung übertragen. Ich tue nur meine Arbeit.«

»Ty«, wiederholte Eli. Er wusste, dass man mit seinem Enkel solche Dinge ausführlich besprechen musste. »Teresa und ich fühlen uns den MacMillan-Weinen genauso verpflichtet wie den Giambelli-Weinen, und das schon seit zwanzig Jahren. Ich habe dir die Verantwortung übertragen, weil du ein außergewöhnlich guter Winzer bist. Teresa hat Pläne. Pläne, die dich betreffen.«

»Nächste Woche.«

»Morgen.« Eli kehrte nicht oft den Chef heraus, das war normalerweise nicht seine Art. Wenn es jedoch nötig war, konnte er sehr bestimmend sein. »Ein Uhr. Zum Mittagessen. Zieh dich passend an.«

Tyler blickte finster auf seine alten Stiefel und den ausgefransten Saum seiner dicken Hose. »Das ist mitten am Tag!«

»Bist du der Einzige bei MacMillan, der Rebstöcke beschneiden kann, Tyler? Du hast offenbar in der letzten Saison zahlreiche Angestellte verloren.«

»Ich komme. Sag mir nur noch eins ...«

»Natürlich.«

»Ist es wenigstens für eine Zeit lang das letzte Mal, dass sie stirbt?«

»Ein Uhr«, erwiderte Eli. »Sei pünktlich.«

»Ja, ja, ja«, murrte Tyler, nachdem er aufgelegt hatte.

Er betete seinen Großvater an. Er betete auch Teresa an, vielleicht gerade weil sie so lästig war. Als sein Großvater die Giambelli-Erbin geheiratet hatte, war Tyler elf Jahre alt gewesen. Er hatte sich sofort in die Weinberge, in die sanften Hügel, die dunklen Keller und die riesigen Gewölbe verliebt.

Und er hatte sich äußerst real in Teresa Louisa Elana Giambelli verliebt, diese bleistiftdünne, aufrechte und irgendwie Angst einflößende Gestalt, die er das erste Mal sah, als sie in Stiefeln und Hosen, die seinen nicht unähnlich waren, durch die Senfsaat zwischen ihren Weinstockreihen streifte.

Sie hatte einen Blick auf ihn geworfen, eine Augenbraue hochgezogen und ihn als verweichlicht und verstädtert eingestuft. Wenn er ihr Enkel sein wollte, hatte sie ihm erklärt, dann müsse er erst einmal härter werden.

Sie hatte ihn für den Sommer in die Villa beordert. Niemand zog in Erwägung, ihr zu widersprechen. Ganz bestimmt nicht seine Eltern, die mehr als froh waren, ihn für so lange Zeit loszuwerden, damit sie Partys besuchen und ihre Affären pflegen konnten. Also war er dort geblieben.

Tyler trat ans Fenster. Er hatte Sommer für Sommer dort verbracht, bis er in den Weinbergen viel mehr zu Hause war als in dem Haus in San Francisco, und bis Teresa und sein Großvater ihm mehr Eltern waren, als seine Mutter und sein Vater jemals zuvor.

Teresa hatte ihn geformt, bis er zu dem wurde, der er heute war.

Aber er war nicht ihr Eigentum. Es ist eine Ironie des Schicksals, dachte er, dass gerade *ich* die Person in ihrem Umfeld bin, die ihre Forderungen am häufigsten ignoriert.

Es war natürlich schwieriger, die Forderungen zu ignorieren, wenn sie sich mit seinem Großvater zusammentat. Schulterzuckend eilte Tyler aus dem Büro. Er konnte durchaus ein paar Stunden erübrigen, und das wussten sie genauso gut wie er. Nur die besten Leute arbeiteten in den MacMillan-Weinbergen, und er hätte sogar in der Saison wochenlang wegbleiben und sich dennoch auf seine Leute verlassen können.

Es lag einfach nur daran, dass er die großen, ausgedehnten Zusammenkünfte der Giambellis verabscheute. Sie kamen ihm immer vor wie eine Zirkusvorstellung. Und da man seine Augen nicht überall haben konnte, bestand immer die Gefahr, dass einer der Tiger aus dem Käfig entwich und einem an die Kehle sprang.

All diese Leute, diese vielen Themen, all diese Anspielungen und unterschwelligen Strömungen ... Tyler fühlte sich wohler, wenn er durch seine Weinberge ging, die Fässer kontrollierte oder sich mit einem seiner Winzer irgendwo hinsetzte und über die Eigenschaften des diesjährigen Chardonnays diskutierte.

Gesellschaftliche Verpflichtungen waren eben nichts anderes als Verpflichtungen.

Tyler ging durch das Haus, das einmal seinem Großvater gehört hatte, in die Küche und füllte seine Thermoskanne mit frischem Kaffee. Geistesabwesend legte er das mobile Telefon, das er immer noch in der Hand hielt, auf die Küchentheke und ging im Geiste seinen Terminplan durch.

Er war kein verweichlichter Städter mehr. Er war über einen Meter achtzig groß, mit einem Körper, den die Arbeit in den Weinbergen und an der frischen Luft geprägt hatte. Seine Hände waren groß und schwielig, mit langen Fingern, die es verstanden, die Traube unter den Blättern ganz zart zu ertasten. Seine Haare waren lockig, wenn er vergaß, sie schneiden zu lassen, was oft passierte, und sie waren tiefbraun mit einem rötlichen Schimmer, wie alter

Burgunder in der Sonne. Sein Gesicht war eher ausdrucksvoll als gut aussehend, mit ersten Fältchen um die Augen – Augen, die von einem klaren, ruhigen Blau waren, die jedoch auch hart wie Stahl werden konnten.

Die Narbe an seinem Kinn, die er einem Steinschlag verdankte, in den er mit dreizehn geraten war, fiel ihm nur auf, wenn er daran dachte, sich zu rasieren.

Das würde er morgen vor dem Essen tun müssen.

Seine Angestellten hielten ihn für einen gerechten, wenn manchmal auch ein wenig eigensinnigen Mann. Tyler hätte diese Einschätzung gefallen. Sie hielten ihn auch für einen Künstler, und das hätte ihn verblüfft.

Denn für Tyler MacMillan war die *Traube* die Künstlerin.

Er trat nach draußen in die frische Winterluft. In zwei Stunden ging die Sonne unter, und er musste sich um die Weinstöcke kümmern.

Donato Giambelli hatte gewaltige Kopfschmerzen und er wusste auch woher. Die Ursache hieß Gina, und sie war seine Frau. Als die Einladung von *La Signora* gekommen war, hatte er gerade mit seiner neuesten Geliebten im Bett gelegen, einer viel versprechenden, äußerst talentierten Schauspielerin.

Sie hatte Schenkel, mit denen man Nüsse knacken konnte. Im Gegensatz zu seiner Frau brauchte seine Geliebte nur gelegentlich ein kleines Geschenk und dreimal die Woche schweißtreibenden Sex. Sie brauchte keine Gespräche.

Manchmal dachte er, Gina brauche nur Gespräche.

Jetzt redete sie auf ihn ein. Redete auf jedes ihrer drei Kinder ein. Redete auf seine Mutter ein, bis die Luft im Firmenjet erfüllt war von endlosem Geplapper.

Umringt von ihr, dem schreienden Baby, dem Trampeln des kleinen Cesare und Teresa Marias Gehüpfe überlegte Don ernsthaft, ob er nicht die Tür öffnen und seine ganze Familie in den Orkus schicken sollte.

Lediglich seine Mutter war still, und das auch nur, weil sie eine Schlaftablette, eine Tablette gegen Reisekrankheit, eine Allergietablette und was sonst nicht noch alles genommen und sie mit zwei Gläsern Merlot hinuntergespült hatte, bevor sie ihre Augenmaske aufgesetzt hatte und süß entschlummert war.

Sie hatte die meiste Zeit ihres Lebens – zumindest, soweit er sich erinnern konnte – vollgepumpt mit Medikamenten verdämmert. Im Augenblick empfand er das als ganz besonders klug.

Er konnte nur mit pochenden Schläfen dasitzen und seine Tante Teresa zur Hölle wünschen, weil sie darauf bestanden hatte, dass die ganze Familie die Reise antrat.

Er war doch schließlich Vizepräsident von Giambelli, Venedig, oder etwa nicht? Geschäfte erforderten *seine* Anwesenheit, nicht die seiner Familie.

Warum hatte Gott ihn nur mit einer solchen Familie gestraft?

Es war ja nicht so, dass er sie nicht liebte. Natürlich liebte er sie. Aber das Baby war so fett wie ein Truthahn, und jetzt zog Gina auch noch eine Brust für seinen gierigen Mund heraus ...

Früher einmal war diese Brust ein Kunstwerk gewesen, dachte Don. Golden und fest und mit Pfirsichgeschmack. Jetzt war sie überdehnt wie ein aufgeblasener Ballon, aus dem anschließend die Luft entwichen war, und schmeckte nach Babysabber.

Und die Frau gab schon wieder irgendwelche Geräusche von sich.

Die Frau, die er geheiratet hatte, war reif, üppig, sexuell erfahren und leer im Kopf gewesen. Einfach perfekt gewesen. Doch in nur fünf Jahren war sie fett und schlampig geworden und hatte nichts als Babys im Kopf.

War es da ein Wunder, dass er anderswo Trost suchte?

»Donny, ich glaube, *Zia* Teresa wird dich befördern, und wir ziehen alle ins *Castello*.« Gina gierte nach dem prächtigen Haus der Giambellis – all diese schönen Zimmer, die vielen Dienstboten! Ihre Kinder würden in Luxus und privilegiert aufwachsen.

Feine Kleider, die besten Schulen – und eines Tages würde ihnen das ganze Giambelli-Vermögen gehören.

Sie war schließlich die Einzige, die *La Signora* Babys schenkte, oder etwa nicht? Das musste doch zählen!

»Cesare«, sagte sie zu ihrem Sohn, als er der Puppe seiner Schwester den Kopf abriss, »hör damit auf! Jetzt hast du deine Schwester zum Weinen gebracht. Hier, komm, gib mir die Puppe. Mama macht den Kopf wieder fest.«

Klein-Cesare warf mit funkelnden Augen fröhlich den Kopf herum und begann, seine Schwester zu ärgern.

»Sprich englisch, Cesare!« Gina drohte ihm mit dem Finger. »Wir fliegen nach Amerika. Du musst mit deiner *Zia* Teresa englisch reden und ihr zeigen, was für ein kluger Junge du bist! Komm, komm.«

Teresa Maria brach angesichts der zerstörten Puppe in lautes Geschrei aus, ergriff den beschädigten Kopf und rannte wütend in der Kabine herum.

»Cesare! Tu, was Mama dir sagt!«

Statt einer Antwort ließ sich der Junge fallen und hämmerte mit Füßen und Fäusten auf den Boden.

Don erhob sich, schwankte davon und schloss sich in seinem Flugzeugbüro ein.

Anthony Avano liebte die schönen Dinge. Er hatte sein zweistöckiges Penthouse in der Back Bay in San Francisco ganz bewusst ausgesucht, und dann hatte er den besten Innenarchitekten der Stadt damit beauftragt, es für ihn auszustatten. Status und Stil standen für ihn an erster Stelle, und er wollte schöne Dinge besitzen, ohne sich dafür anstrengen zu müssen.

Seine Zimmer waren so eingerichtet, wie er sich klassischen Geschmack vorstellte – von den mit Seidenmoiré bespannten Wänden über die Orientteppiche bis hin zu den glänzenden Eichenmöbeln. Er, oder vielmehr sein Innenarchitekt, hatte schwere Stoffe in neutralen Farbtönen mit ein paar kühn gesetzten Farbakzenten gewählt.

Die modernen Kunstwerke – die ihm übrigens nichts sagten – waren nach Aussage seines Beraters ein faszinierender Kontrapunkt zu der ruhigen Eleganz.

Anthony verließ sich vollständig auf die Dienste von Raumausstattern, Schneidern, Brokern, Juwelieren und Händlern.

Einige seiner Kritiker hatten über ihn gesagt, er sei schon mit Geschmack geboren worden – aber nur in seinem Mund. Er hätte ihnen nicht widersprochen, wenn er davon erfahren hätte. Geld jedoch, so sah

Tony es jedenfalls, erkaufte einem all den Geschmack, den man brauchte.

Nur von einem verstand er etwas, und das war Wein.

Sein Keller gehörte unwidersprochen zu den besten in ganz Kalifornien. Jede Flasche hatte er persönlich ausgesucht. Er konnte zwar am Rebstock einen Sangiovese nicht von einem Sémillon unterscheiden und hatte kein Interesse am Reifen der Traube, aber er besaß eine hervorragende Nase. Und mit dieser Nase war er die Karriereleiter bei Giambelli, Kalifornien, unaufhaltsam emporgestiegen. Vor dreißig Jahren hatte er dann Pilar Giambelli geheiratet.

Es dauerte allerdings noch nicht einmal zwei Jahre, bis seine Nase anfing, an anderen Frauen zu schnüffeln.

Tony gab bereitwillig zu, dass Frauen seine Schwäche waren. Er hatte Pilar so sehr geliebt, wie er nur in der Lage war, ein anderes menschliches Wesen zu lieben. Und sicher hatte er auch seine privilegierte Situation als Ehemann der Tochter von *La Signora* und Vater ihrer Enkelin geliebt.

Deshalb versuchte er viele Jahre lang, sehr diskret mit seiner Schwäche umzugehen. Er versuchte sogar mehrere Male, sich zu bessern.

Aber dann lernte er wieder eine neue Frau kennen, weich und duftend oder erotisch und verführerisch. Was sollte ein Mann da machen?

Schließlich hatte die Schwäche ihn seine Ehe gekostet, zwar nicht in rechtlicher, jedoch in technischer Hinsicht. Er und Pilar lebten nun seit sieben Jahren getrennt. Keiner von ihnen hatte bislang die Scheidung angestrebt. Pilar nicht, das wusste Tony, weil sie ihn liebte. Und er nicht, weil er den Ärger fürchtete und weil er ahnte, dass es Teresa ernsthaft missfallen würde.

Seiner Meinung nach war es so für alle das Beste. Pilar wohnte lieber auf dem Land, er in der Stadt. Sie hatten eine höfliche, sogar relativ freundliche Beziehung zueinander. Und er behielt seinen Posten als Präsident der Verkaufsabteilung von Giambelli, Kalifornien.

Seit sieben Jahren verlief sein Leben in diesen ruhigen Bahnen. Doch jetzt hatte er Angst, dass er möglicherweise aus der Bahn geworfen werden könnte.

René bestand darauf, ihn zu heiraten. Wie eine seidene Dampfwalze strebte sie auf ihr Ziel zu und walzte alle Barrieren nieder. Nach Diskussionen mit ihr war Tony stets benommen und wie erschlagen.

Sie war äußerst eifersüchtig, dominant und fordernd und schmollte leicht.

Er war verrückt nach ihr.

Sie war zweiunddreißig, siebenundzwanzig Jahre jünger als Tony, eine Tatsache, die seinem Ego schmeichelte. Es störte ihn nicht, dass sie an seinem Geld mindestens genauso interessiert war wie an ihm selbst. Im Gegenteil, er achtete sie dafür nur umso mehr. Allerdings machte er sich Gedanken darüber, ob er sie wohl verlieren würde, wenn er ihr gab, was sie wollte.

Es war wirklich verteufelt kompliziert. Um das Problem zu lösen, tat Tony, was er immer tat, wenn er in Schwierigkeiten steckte: Er ignorierte das Problem, so lange es ihm möglich war.

Jetzt blickte er aus dem Fenster und trank einen Schluck Vermouth, während er darauf wartete, dass René sich zum Ausgehen fertig machte. Und er dachte darüber nach, dass seine Zeit ablief.

Als es an der Tür läutete, runzelte er die Stirn. Sie erwarteten niemanden. Da der Majordomus seinen freien Abend hatte, ging er selbst zur Tür. Sein Stirnrunzeln verschwand, als er seine Tochter sah.

»Sophie, was für eine reizende Überraschung!«

»Hallo Dad.«

Sie stellte sich leicht auf die Zehenspitzen, um ihn auf die Wange zu küssen. Attraktiv wie immer, dachte sie. Gute Gene und ein hervorragender Schönheitschirurg konservierten ihn prächtig. Sie bemühte sich, den kurzen, vorwurfsvollen Stich zu unterdrücken und sich stattdessen auf das instinktive Gefühl der Zuneigung zu konzentrieren, die sie für ihn verspürte.

»Ich komme gerade aus New York und wollte dich rasch sehen, bevor ich zur Villa fahre.«

Sie musterte sein Gesicht – glatt, fast ohne Falten und mit völlig unbesorgtem Ausdruck. Seine dunklen Haare waren an den Schläfen attraktiv grau, die tiefblauen Augen blickten klar. Er hatte ein gut geschnittenes, energisches Kinn mit einem Grübchen in der Mitte. Als Kind hatte sie es immer mit dem Finger angestupst und ihn damit zum Lachen gebracht. Liebe und Ressentiment stritten sich wie immer in ihr, sobald sie ihn ansah.

»Ich sehe, du willst ausgehen«, sagte sie, als sie seinen Smoking bemerkte.

»Gleich.« Er ergriff ihre Hand und zog sie hinein. »Aber ich habe noch viel Zeit. Setz dich, Prinzessin, und erzähl mir, wie es dir geht. Was möchtest du trinken?«

Sie zog sein Glas zu sich heran, schnüffelte daran und erwiderte: »Das Gleiche wie du.«

Während er an den Barschrank trat, blickte sie sich

im Zimmer um. Ein teurer Schein, dachte sie. Nur Show und keine Substanz. Genau wie Vater selbst.

»Fährst du morgen hoch?«

»Wohin?«

Sie legte den Kopf schräg. »Zur Villa.«

»Nein, warum?«

Sie nahm das Glas entgegen. »Hast du keinen Anruf bekommen?«

»Weswegen?«

Widerstreitende Loyalitäten kämpften in ihr. Er hatte ihre Mutter betrogen, hatte sein Ehegelübde sorglos gebrochen, solange Sophia zurückdenken konnte, und schließlich hatte er sie beide verlassen, ohne ernsthaft einen Gedanken an sie zu verschwenden. Aber er gehörte immer noch zur Familie, und die Familie war in die Villa zusammengerufen worden.

»*La Signora*. Eins ihrer Gipfeltreffen mit Anwälten, hat man mir gesagt. Vielleicht willst du ja auch kommen.«

»Ach, nun, ich war ...«

Er brach ab, als René eintrat.

Wenn es ein Pin-up-Girl für Geliebte gäbe, die wie Trophäen gesammelt wurden, dachte Sophia wütend, dann wäre René Foxx es. Groß, kurvenreich und äußerst blond. Das Valentino-Kleid umschmeichelte einen wunderbar geformten Körper und sah unaufdringlich und elegant aus.

Sie hatte die Haare hochgesteckt, um ihr hübsches Gesicht mit dem vollen, sinnlichen Mund – Collagen, dachte Sophia gehässig – und den grünen Katzenaugen zur Geltung zu bringen.

Passend zu Valentino hatte sie Diamanten gewählt, die auf ihrer makellosen Haut funkelten und glitzerten.

Wie viel mochten diese Klunkern ihren Vater wohl gekostet haben?, fragte sich Sophia.

»Hallo.« Sophia nahm noch einen Schluck von ihrem Vermouth, um die Bitterkeit aus ihrem Mund zu spülen. »René, nicht wahr?«

»Ja, schon seit fast zwei Jahren. Und immer noch Sophia?«

»Ja, seit sechsundzwanzig Jahren.«

Tony räusperte sich. Nichts war seiner Meinung nach gefährlicher als zwei Frauen, die sich angifteten. Der Mann zwischen ihnen war immer in einer schlechten Position.

»René, Sophia ist gerade aus New York gekommen.«

»Tatsächlich?« René ergriff Tonys Glas und trank einen Schluck. »*Deshalb* siehst du so reisegeschädigt aus! Wir wollen gerade auf eine Party gehen. Du kannst uns gern begleiten«, fügte sie hinzu und hakte sich bei Tony ein. »Ich habe bestimmt noch etwas in meinem Schrank, das dir stehen würde.«

Wenn sie sich mit René auseinander setzen wollte, dann würde das bestimmt nicht in der Wohnung ihres Vaters und nach einem so langen Flug geschehen. Den Zeitpunkt und den Ort wollte Sophia schon selbst bestimmen.

»Das ist ganz reizend, aber ich möchte nicht gern etwas anziehen, das mir viel zu groß ist. Und«, fügte sie mit zuckersüßer Stimme hinzu, »außerdem bin ich auf dem Weg in den Norden. Familienangelegenheit.« Sie stellte ihr Glas ab. »Ich wünsche euch einen schönen Abend.«

Als sie zur Tür ging, eilte Tony ihr nach und tätschelte ihr beruhigend die Schulter. »Warum kommst

du nicht mit, Sophia? Du bist auch so passend angezogen. Du bist wunderschön.«

»Nein, danke.« Sie drehte sich um und sah ihn an.
Er blickte sie um Entschuldigung heischend an. Sie
war diesen Gesichtsausdruck zu sehr gewöhnt, als
dass er noch auf sie gewirkt hätte. »Ich bin nicht
zum Feiern aufgelegt.«

Er fuhr zusammen, als sie ihm die Tür vor der
Nase zuschlug.

»Was wollte sie?«, fragte René.

»Sie ist nur mal so vorbeigekommen, wie ich
schon gesagt habe.«

»Deine Tochter tut nie etwas ohne Grund.«

Er zuckte mit den Schultern. »Sie hat vielleicht gedacht, wir könnten morgen früh zusammen nach
Norden fahren. Teresa hat eine Einladung herumge-
schickt.«

René kniff die Augen zusammen. »Davon hast du
mir ja gar nichts erzählt.«

»Ich habe auch keine bekommen.« Er ließ das
Thema fallen und dachte stattdessen an die Party,
und wie sehr er und René bei ihrer Ankunft auffallen
würden. »Du siehst fabelhaft aus, René. Es ist eine
Schande, dieses Kleid zu verstecken, selbst unter einem Nerz. Soll ich deine Stola holen?«

»Was heißt das, du hast keine bekommen?« René
stellte das leere Glas heftig auf einem Tisch ab. »Deine Stellung bei Giambelli ist doch viel wichtiger als
die deiner Tochter!« René wollte gern, dass das so
blieb. »Wenn die alte Frau die Familie zusammen-
ruft, dann gehst du hin. Wir fahren morgen früh.«

»Wir? Aber ...«

»Das ist eine perfekte Gelegenheit, um deinen
Standpunkt zu vertreten, Tony, und Pilar endlich zu

sagen, dass du die Scheidung willst. Wir gehen heute Abend früh nach Hause, damit wir morgen einen klaren Kopf haben.« Sie trat zu ihm und strich ihm mit den Fingern über die Wange.

Tony, das wusste sie, konnte man am besten mit einer geschickten Mischung aus eindeutigen Forderungen und körperlichen Belohnungen manipulieren.

»Und wenn wir heute Abend wieder hier sind, zeige ich dir, was dich erwartet, wenn wir erst einmal verheiratet sind.« Sie lehnte sich an ihn und biss neckend in seine Unterlippe. »Du kannst alles tun, was du willst.«

»Lass uns einfach gar nicht erst auf die Party gehen.«

Sie lachte und entwand sich ihm. »Sie ist aber wichtig. Und du hast Zeit, dir schon einmal auszudenken, was du von mir willst. Hol mir meinen Zobel, ja, Liebling?«

Heute Abend ist mir nach Zobel, dachte René, während Tony ihrer Bitte nachkam.

Heute Abend fühlte sie sich reich.

2

Im Tal und auf den Hügeln, die es umgaben, lag eine dünne Schneedecke. Die Weinstöcke, die wie Soldaten aufgereiht dastanden, reckten ihre kahlen Äste in den Nebel, der ringsum alles in sanfte Schatten hüllte. In der kühlen Dämmerung erschauerten die schlafenden Weinberge.

Diese friedliche Szene hatte ein Vermögen begründet, ein Vermögen, das Saison für Saison immer wieder neu eingesetzt wurde, mit der Natur als Partner und als Gegner zugleich.

Für Sophia war Wein zu keltern eine Kunst, ein Geschäft und eine Wissenschaft gleichermaßen, aber auch ein großes Spiel.

Von einem Fenster in der Villa ihrer Großmutter aus betrachtete sie das Spielfeld. Die Weinstöcke mussten jetzt beschnitten werden. Während sie auf Reisen gewesen war, waren sie bereits geprüft und ausgemustert worden, und damit hatten die ersten Phasen im Hinblick auf die neue Ernte bereits begonnen. Sophia war froh darüber, dass sie hergerufen worden war, sodass sie diese Phase selbst miterleben konnte.

Wenn sie unterwegs war, beanspruchte das Geschäft all ihre Energie. Sie dachte selten an die Weinberge, wenn sie für das Unternehmen tätig war. Aber wenn sie zurückkam, so wie jetzt, dann dachte sie kaum an etwas anderes.

Sie konnte jedoch nicht lange bleiben. Sie hatte Verpflichtungen in San Francisco, musste einer neuen Werbekampagne den letzten Schliff verleihen. Das hundertjährige Firmenjubiläum stand bevor. Und nach dem Erfolg der Auktion in New York erforderten die nächsten Unternehmungen jetzt ihre ganze Aufmerksamkeit.

Ein alter Wein für ein neues Jahrtausend, dachte sie. Villa Giambelli: Das nächste Jahrhundert vorzüglicher Leistungen beginnt.

Aber sie brauchten etwas Frisches, etwas Frecheres für den jüngeren Markt. Für diejenigen, die ihren Wein im Vorbeigehen kauften – ein rascher, spontaner Griff, um etwas zu einer Party mitzunehmen.

Nun, sie würde darüber nachdenken. Das war schließlich ihr Job. Und wenn sie sich darauf konzentrierte, würde sie nicht an ihren Vater und die berechnende René denken müssen.

Das geht mich nichts an, ermahnte Sophia sich. Es ging sie überhaupt nichts an, wenn ihr Vater sich unbedingt an ein früheres Unterwäschemodell mit einem Herzen so groß und so vertrocknet wie eine Rosine hängen wollte. Er hatte schon häufiger einen Narren aus sich gemacht und er würde es zweifellos wieder tun.

Sie wünschte, sie könnte ihn dafür hassen, für seine jämmerliche Charakterschwäche und dafür, dass er sie immer vernachlässigt hatte. Aber ihre heimliche Liebe zu ihm blieb beständig. Darin war sie vermutlich genauso dumm wie ihre Mutter.

Sie bedeuteten ihm beide nicht mehr als der Schnitt seines Anzugs. Und kaum waren sie aus seinem Blickfeld verschwunden, verschwendete er nicht einen Gedanken mehr an sie. Er war ein Bastard.

Egoistisch, nur sporadisch liebevoll und immer gedankenlos.

Sophia wünschte, sie wäre am Abend zuvor nicht bei ihm vorbeigefahren, hätte nicht das Band zwischen ihnen wieder erneuert. Es war besser für sie, so zu leben, wie sie es die letzten Jahre getan hatte. Reisen, arbeiten, ihre Zeit und ihr Leben mit beruflichen und gesellschaftlichen Verpflichtungen anfüllen.

Zwei Tage, beschloss sie. Sie würde ihrer Großmutter zwei Tage geben, würde Zeit mit ihrer Familie, im Weinberg und auf dem Weingut verbringen. Und dann würde sie sich wieder in die Arbeit stürzen. Die neue Kampagne wurde gewiss die beste aller Zeiten. Dafür würde sie sorgen.

Als sie über die Hügel blickte, sah sie zwei Gestalten durch den Nebel wandern. Einen großen, dünnen Mann mit einer alten, braunen Kappe auf dem Kopf und eine äußerst aufrechte Frau in Hosen und Männerstiefeln mit Haaren so weiß wie Schnee. Ein Border Collie lief ihnen voraus. Es waren ihre Großeltern, die mit der alten, treuen Sally ihren Morgenspaziergang machten.

Bei dem Anblick hob sich Sophias Laune. Ganz gleich, welche Veränderungen es in ihrem Leben gab, dies hier blieb konstant. *La Signora* und Eli MacMillan. Und die Rebstöcke.

Sie trat vom Fenster zurück und griff nach ihrem Mantel, um sich den beiden anzuschließen.

Trotz ihrer siebenundsechzig Jahre besaß Teresa Giambelli einen schönen Körper und einen scharfen Verstand. Sie hatte die Kunst des Weinanbaus auf den Knien ihres Großvaters gelernt. Und sie war erst drei gewesen, als sie mit ihrem Vater nach Kalifornien gereist war, um auch dort Wein anzubauen. Sie wuchs zweisprachig auf und reiste zwischen Kalifornien und Italien hin und her, so wie andere kleine Mädchen von zu Hause zum Spielplatz gingen.

Teresa hatte gelernt, die Berge, das Dunkel der Wälder und den Rhythmus der amerikanischen Sprache zu lieben. Es war nicht ihr Zuhause, nicht so wie das *Castello*, aber sie hatte hier ihren Platz gefunden und war zufrieden damit.

Sie hatte einen Mann geheiratet, der die Billigung ihrer Familie fand, und sie hatte auch gelernt, ihn zu lieben. Mit ihm hatte sie eine Tochter –, und zu ihrer immerwährenden Trauer – zwei tot geborene Söhne.

Sie hatte ihren Mann begraben, als sie erst dreißig war, und sie hatte nie seinen Namen angenommen oder ihn ihrem einzigen Kind gegeben. Sie war eine Giambelli, und dieses Erbe, diese Verantwortung war wichtiger und heiliger als die Ehe.

Teresa besaß einen Bruder, den sie sehr liebte. Er war Priester und hütete seine Schäfchen in Venedig. Sie hatte auch noch einen anderen Bruder gehabt, der als Soldat gefallen war, noch bevor er richtig gelebt hatte. Sie erinnerte sich nur noch schwach an ihn, jedoch voller Verehrung.

Und sie hatte eine Schwester, die sie für dumm hielt und die einen noch dümmeren Sohn in die Welt gesetzt hatte.

Teresa war diejenige gewesen, die die Familie und Tradition und das Erbe der Familie fortführen musste. Und das hatte sie auch getan.

Ihre Heirat mit Eli MacMillan hatte sie sorgfältig und bis ins kleinste Detail geplant. Sie sah sie in erster Linie als Fusion, weil seine Weinfelder hervorragend waren und im Tal unter ihren lagen. Er war ein guter Mann und, was für ihre Überlegungen noch wichtiger war, ein guter Winzer.

Er hatte sie umworben, aber das taten andere Männer auch. Sie war gern mit ihm zusammen, aber sie war auch gern mit anderen zusammen gewesen. Letztendlich sah sie in ihm den Merlot, den weicheren, milderen Rebsaft, der sich mit ihrem stärkeren und deutlich raueren Cabernet Sauvignon verband.

Im richtigen Mischungsverhältnis ergab das hervorragende Ergebnisse.

Nachdem sie Elis Heiratsantrag angenommen hatte, waren komplexe und detaillierte Geschäftsvereinbarungen getroffen worden. Die Vereinbarungen hatten beiden Unternehmen Nutzen gebracht und sie zufrieden gestellt.

Es war eine Überraschung für Teresa gewesen, als sie feststellte, dass sie schließlich sogar Trost, Freude und Befriedigung in einer Ehe fand, die jetzt in ihr zwanzigstes Jahr ging.

Eli war immer noch ein gut aussehender Mann und obwohl er zehn Jahre älter war als seine Frau, ging er noch nicht vom Alter gebeugt. Immer noch stand er jeden Morgen in der Dämmerung auf, und jeden Morgen ging er mit ihr spazieren, ganz gleich, bei welchem Wetter.

Teresa vertraute ihm wie keinem Mann außer ihrem Großvater, und liebte ihn mehr als jeden anderen Mann, der nicht zu ihrer Familie gehörte. Er kannte all ihre Pläne und die meisten ihrer Geheimnisse.

»Sophia ist gestern Abend spät angekommen.«

»Ah.« Eli legte ihr die Hand auf die Schulter, während sie zwischen den Reihen der Weinstöcke entlanggingen. Es hatte einige Zeit gedauert, bis Teresa sich an diese beiläufige Berührung eines Mannes, *ihres* Mannes, gewöhnt hatte. Und noch länger hatte es gedauert, bis sie sie nicht mehr missen mochte.

»Hast du geglaubt, sie würde nicht kommen?«

»Ich wusste, dass sie kommen würde.« Teresa war zu sehr daran gewöhnt, dass man ihr gehorchte, als dass sie es bezweifelt hätte. »Aber wenn sie direkt aus New York gekommen wäre, hätte sie früher hier sein können.«

»Sie hatte bestimmt eine Verabredung. Oder war einkaufen.«

Teresa kniff die Augen zusammen. Sie waren fast schwarz und immer noch scharf. Auch ihre Stimme klang scharf, als sie erwiderte: »Oder sie hat ihren Vater besucht.«

»Oder das«, stimmte Eli auf seine bedächtige Art zu. »Loyalität ist ein Charakterzug, den du immer bewundert hast, Teresa.«

»Wenn jemand sie verdient.« So sehr sie Eli liebte, manchmal machte seine unendliche Toleranz sie wütend. »Anthony Avano dagegen verdient nur Abscheu.«

»Ein bemitleidenswerter Mann, ein schlechter Ehemann und ein mittelmäßiger Vater.« Fast wie mein eigener Sohn, dachte Eli. »Und doch arbeitet er noch für dich.«

»Ich habe ihm anfangs zu tiefe Einblicke in das Unternehmen gewährt.« Teresa hatte ihm vertraut und ihn für fähig gehalten. Er jedoch hatte sie enttäuscht und das würde sie ihm nie verzeihen. »Aber er kann gut verkaufen. Solange die Werkzeuge funktionieren, benutze ich sie. Hätte ich ihn damals gefeuert, wäre das eine persönliche Befriedigung gewesen, in geschäftlicher Hinsicht jedoch unklug. Für Giambelli ist eben nur das Beste gut genug. Aber ich mag es nicht, wenn meine Enkelin dem Mann nachläuft.«

Mit einer ungeduldigen Handbewegung schob Teresa die Gedanken an ihren Schwiegersohn beiseite. »Wir werden ja sehen, wie er es aufnimmt, was ich heute zu sagen habe. Sophia hat ihm bestimmt erzählt, dass ich sie herbestellt habe. Also wird er auch kommen.«

Eli blieb stehen und sah Teresa an. »Und genau so hast du es gewollt. Du wusstest, dass sie es ihm sagen würde.«

Ihre dunklen Augen funkelten und sie lächelte ihn kühl an. »Und wenn es so wäre?«

»Du bist eine schwierige Frau, Teresa.«

»Stimmt. Danke.«

Lachend schüttelte Eli den Kopf und ging langsam weiter. »Deine Ankündigung heute wird Ärger erregen. Und Vorwürfe.«

»Das will ich hoffen.« Sie blieb stehen, um ein paar jüngere Weinstöcke, die von Spalierdraht gehalten wurden, prüfend zu betrachten. Sie müssten ausgedünnt werden, dachte sie. Nur die stärksten durften wachsen und ausgerichtet werden.

»Selbstzufriedenheit macht schwach, Eli. Man muss die Traditionen achten und trotzdem Veränderungen ausprobieren.«

Sie blickte über das Land. Der Nebel war dicht und die Luft feucht. Heute würde die Sonne wohl nicht durchkommen. Jedes Jahr dauerte der Winter länger.

»Manche dieser Weinstöcke habe ich mit meinen eigenen Händen gesetzt«, fuhr sie fort. »Weinstöcke, die mein Vater aus Italien mitgebracht hat. Als sie alt wurden, haben wir neue aus ihnen gezogen. Die neuen müssen Platz haben, damit sie wurzeln können, Eli, und die alten haben ein Recht auf Respekt. Was ich hier aufgebaut habe, was wir in unserer gemeinsamen Zeit aufgebaut haben, gehört uns. Und ich mache damit, was ich für das Beste halte.«

»Das hast du schon immer getan. In dieser Hinsicht stimme ich, wie in den meisten Fällen, mit dir überein. Es bedeutet nicht, dass wir eine leichte Saison vor uns haben.«

»Aber eine gute Weinlese«, erwiderte sie. »Dieses Jahr ...« Teresa griff nach einer Rebe. »Dieses Jahr gibt es einen edlen Jahrgang, da bin ich mir sicher.«

Als sie sich umdrehte, sah sie, wie ihre Enkelin über den Hügel auf sie zugelaufen kam. »Sie ist so schön, Eli.«

»Ja, und stark.«

»Das muss sie auch sein.« Teresa streckte Sophia die Hände entgegen. »*Buon giorno, cara. Come va?*«

»*Bene, bene.*« Sie küssten einander auf die Wangen. »*Nonna.*« Sophia trat einen Schritt zurück und musterte das Gesicht ihrer Großmutter. Es war ein attraktives Gesicht, nicht weich und hübsch wie das des Mädchens auf dem Etikett, das vor so langer Zeit entstanden war, sondern stark, beinahe wild. Geprägt von Ehrgeiz und von der Zeit, dachte Sophia immer. »Du siehst wundervoll aus! Und du auch.«

Sie umarmte Eli. Hier war alles so einfach. Er war Eli, einfach nur Eli, der einzige Großvater, den sie jemals gekannt hatte. Beständig, liebevoll und unkompliziert.

Er hob sie leicht hoch, sodass sie in der Luft hing.

Sie zappelte lachend. »Ich habe euch vom Fenster aus gesehen.« Als ihre Füße wieder den Boden berührten, trat sie einen Schritt zurück und bückte sich, um die geduldige Sally zu streicheln. »Ihr drei gebt ein richtiges Gemälde ab. Ich würde es *Der Weinberg* nennen«, fuhr sie fort und reckte sich, um Elis Jacke am Hals zu schließen. Schließlich sollte er sich nicht erkälten. »Was für ein Morgen!«

Sie schloss die Augen, warf den Kopf zurück und atmete tief ein. Sie konnte die feuchte Luft riechen, die Seife ihrer Großmutter und den Tabak, den Eli in einer seiner Taschen verstaut hatte.

»Deine Reise war erfolgreich?«, fragte Teresa.

»Es gibt einen Bericht. Und einen Bericht über den Bericht«, fügte Sophia lachend hinzu, während sie sich bei beiden einhakte. »Du wirst entzückt sein, *Nonna*. Und ich habe ein paar brillante Ideen zu der Werbekampagne.«

Eli blickte zu Teresa hinüber, und als sie nichts erwiderte, tätschelte er Sophias Hand. Der Ärger wird jetzt bald beginnen, dachte er.

»Der Schnitt hat angefangen.« Sophia waren die frischen Schnittstellen an den Weinstöcken aufgefallen. »Bei MacMillan auch?«

»Ja. Es ist an der Zeit.«

»Mir kommt es noch so lang vor bis zur Weinlese. *Nonna*, erzählst du mir, warum du uns alle herbestellt hast? Du weißt, dass ich schrecklich gern bei dir, Eli und Mama bin, aber bei Giambelli müssen nicht nur die Weinstöcke bearbeitet werden.«

»Wir reden später darüber. Jetzt gehen wir erst einmal frühstücken, bevor diese kleinen Ungeheuer von Donato aufstehen und uns alle in den Wahnsinn treiben.«

»*Nonna* ...«

»Später«, erwiderte Teresa. »Es sind noch nicht alle da.«

Die Villa Giambelli lag auf einer weitläufigen Anhöhe über dem Tal und vor einem Wald, der wild belassen worden war. Im Sonnenlicht schimmerten die Mauern golden, rot und ockerfarben und es gab zahlreiche Fenster. Das Weingut war dem Haus in Italien nachgebaut, im Laufe der Zeit jedoch erweitert und gründlich modernisiert worden.

So gab es zum Beispiel einen großen, schön ausgestatteten Probierraum, in dem die Winzer sich verabreden konnten, um die Produkte bei Brot und Käse zu testen. Weinclubs trafen sich viermal im Jahr zu prunkvollen Gesellschaften, und über die Büros vor Ort oder in San Francisco konnten Führungen vereinbart werden.

Der Wein, der bei solchen Gelegenheiten auf dem Weingut erworben werden konnte, wurde in die ganze Welt verschickt.

Die Keller unter den Hügeln dienten mit ihrer kühlen, feuchten Luft zur Lagerung und Reifung des Weines. Die Felder, auf denen die Villa Giambelli und ihre Nebengebäude errichtet waren, erstreckten sich über mehr als hundert Hektar, und während der Ernte duftete die Luft nach der Verheißung des Weins.

Der innere Hof der Villa war mit chiantiroten Fliesen auslegt, und in der Mitte stand ein Brunnen, in dem ein grinsender Bacchus seinen Kelch hob. Wenn die Winterkälte vorüber war, wurden zahllose Töpfe und Kübel nach draußen gestellt, sodass ringsum alles von Blumen und ihrem Duft erfüllt war.

Im Haus gab es zwölf Schlafzimmer und fünfzehn Badezimmer, ein Solarium, einen Ballsaal und ein großes Speisezimmer, das sechzig Gäste aufnehmen konnte. Es gab Musik- und Lesezimmer, Zimmer zum Arbeiten und zur Entspannung. Die Villa beherbergte zudem eine Sammlung amerikanischer und italienischer Kunstwerke und Antiquitäten, die ihresgleichen suchte.

Es gab sowohl einen Außen- als auch einen Innenpool und eine Garage für zwanzig Autos. Auch der Garten war fantastisch. Balkone und Terrassen umgaben das Gebäude, und eine Reihe von Treppen ermöglichte sowohl Gästen als auch der Familie einen individuellen Zugang zu den einzelnen Zimmern.

Als Tyler die Villa zum ersten Mal gesehen hatte, war sie für ihn wie ein Schloss gewesen, voller riesiger Zimmer und mit verwirrend vielen Gängen. Im Moment jedoch empfand er das Haus eher als Gefängnis, in dem er dazu verurteilt war, viel zu viel Zeit mit viel zu vielen Leuten zu verbringen.

Er wollte sich lieber in der kühlen Luft aufhalten, seine Weinstöcke pflegen und heißen Kaffee aus der Thermoskanne trinken. Stattdessen war er im Familiensalon eingesperrt und nippte an einem hervorragenden Chardonnay. Ein Feuer knisterte fröhlich im Kamin, und appetitliche kleine Hors d'oeuvres wurden auf italienischen Keramikplatten herumgereicht.

Tyler konnte nicht verstehen, warum die Leute ihre Zeit und Mühe mit winzigen Häppchen vergeudeten, wo es doch so viel leichter war und schneller ging, sich ein Sandwich zusammenzustellen.

Warum wurde aus dem Essen immer solch ein Ereignis gemacht? Doch diese ketzerischen Gedanken in einem italienischen Haushalt laut zu äußern, überlegte er, hätte bestimmt zur Folge, dass er auf der Stelle gelyncht würde.

Er war gezwungen gewesen, seine Arbeitskleidung gegen Hose und Pullover einzutauschen – seine Vorstellung von formeller Kleidung. Wenigstens hatte er sich nicht in einen Anzug gezwängt wie ... wie hieß der Kerl noch mal? Don aus Venedig mit der Frau, die viel zu stark geschminkt war, viel zu viel Schmuck trug und immer irgendeinen Säugling an irgendeinem Körperteil kleben hatte. Sie redete zu viel, doch niemand, vor allem nicht ihr Ehemann, schien ihr Beachtung zu schenken.

Francesca Giambelli Russo hingegen sagte kaum einen Ton. Was für ein Kontrast zu *La Signora*, dachte Ty. Niemand wäre auf die Idee gekommen, dass die beiden Schwestern waren. Francesca war dünn und schwächlich, eine unauffällige kleine Frau, die wie festgeklebt auf ihrem Stuhl saß und so aussah, als ob sie zusammenbrechen würde, wenn jemand sie direkt anspräche.

Ty bemühte sich sehr, das zu vermeiden.

Der kleine Junge, soweit man einen Dämonen aus der Hölle als kleinen Jungen bezeichnen konnte, lag auf dem Teppich und ließ zwei Laster zusammenprallen. Elis Border Collie, Sally, hatte sich hinter Sophias Beinen versteckt.

Tolle Beine, bemerkte Ty geistesabwesend. Sie sah so schlank und gepflegt aus wie immer, als sei sie dreidimensional einer Kinoleinwand entstiegen. Scheinbar fasziniert hörte sie Don zu, denn sie hatte ihre großen dunklen Schokoladenaugen aufmerksam auf sein Gesicht gerichtet, aber Ty sah, wie sie Sally diskret mit Hors d'oeuvres fütterte. Die Bewegung war zu gezielt, als dass sie sich wirklich auf das Gespräch konzentrieren konnte.

»Hier. Die gefüllten Oliven sind hervorragend.« Pilar trat mit einem kleinen Teller neben ihn.

»Danke.« Tyler wandte sich ihr zu. Von allen Giambellis fühlte er sich in Pilars Gegenwart am wohlsten. Sie erwartete nie endlose, leere Konversation von ihm, nur damit sie ihre eigene Stimme hören konnte. »Hast du eine Ahnung, warum wir hier unsere Zeit vertun?«

»Erst, wenn Mama es uns sagt, vorher nicht. Meine Quellen haben mir berichtet, das Mittagessen sei auf vierzehn Uhr angesetzt, aber ich weiß nicht, worauf wir warten. Wer auch immer es sein mag und um was auch immer es geht, Eli scheint jedenfalls zufrieden zu sein. Das ist ein gutes Zeichen.«

Tyler wollte einen Grunzer ausstoßen, erinnerte sich aber seiner guten Manieren. »Na, hoffentlich.«

»Wir haben dich hier seit Wochen nicht mehr gesehen. Was machst du denn eigentlich noch außer arbeiten?«

»Gibt es noch etwas anderes?«

Kopfschüttelnd hielt sie ihm noch einmal die Oliven hin. »Du ähnelst meiner Mutter mehr als jeder von uns. Hattest du nicht letzten Sommer eine Freundin? Eine hübsche Blonde? Pat? Patty?«

»Patsy. Sie war keine richtige Freundin. Nur eine Art ...« Er machte eine unbestimmte Handbewegung. »Du weißt schon.«

»Mein Lieber, du solltest mehr ausgehen. Und nicht nur wegen ... du weißt schon.«

Sie verhielt sich so sehr wie seine Mutter, dass er lächeln musste. »Das Gleiche könnte ich zu dir sagen.«

»Oh, ich bin doch nur eine alte Schreckschraube.«

»Die bestaussehende Schreckschraube in diesem Zimmer«, konterte er und brachte sie damit zum Lachen.

»Mama, du hortest die Oliven.« Sophia tauchte neben ihr auf und nahm sich eine vom Teller. Neben ihrer hübschen, gelassenen Mutter wirkte sie wie ein Feuerball, der vor Elektrizität knisterte. Sie war die Art von Frau, die einem unerwartet Stromschläge verpasste, wenn man ihr zu nahe kam. Jedenfalls kam es Ty immer so vor.

Und allein aus diesem Grund hatte er stets versucht, einen Sicherheitsabstand einzuhalten.

»Schnell, sag was zu mir. Wolltest du mich etwa für immer in den Fängen von Don dem Langweiler lassen?«, murrte Sophia.

»Arme Sophie. Nun, sieh es doch einmal so: Wahrscheinlich konnte er zum ersten Mal seit Wochen fünf Wörter hintereinander sagen, ohne dass Gina ihn unterbrochen hat.«

»Glaub mir, er hat sich an mir schadlos gehalten.« Sophia verdrehte ihre dunklen, exotischen Augen. »Hey, Ty, wie geht's dir?«

»Gut.«

»Schwer bei der Arbeit für MacMillan?«

»Klar.«

»Kennst du auch Wörter mit mehr als einer Silbe?«

»Ein paar. Ich dachte, du wärst in New York.«

»War«, entgegnete sie, ihn nachäffend. Ihre Mundwinkel zuckten. »Jetzt bin ich hier.« Sie warf einen Blick über ihre Schulter, weil ihre beiden jungen Verwandten anfingen zu kreischen und zu schluchzen. »Mama, wenn ich jemals auch so grässlich war, wie hast du es dann geschafft, mich nicht im Brunnen zu ertränken?«

»Du warst nicht grässlich, Liebling. Fordernd, arrogant, temperamentvoll, aber nie grässlich. Entschuldige mich.« Sie reichte Sophia die Platte und ging, um das zu tun, was sie immer am besten gekonnt hatte: Frieden stiften.

»Vermutlich hätte ich das machen sollen«, sagte Sophia seufzend, während sie zusah, wie ihre Mutter das schluchzende kleine Mädchen auf den Arm nahm. »Aber ich habe in meinem ganzen Leben noch nie so unangenehme Kinder gesehen.«

»Das kommt davon, wenn man verwöhnt und vernachlässigt wird.«

»Beides zugleich?« Nachdenklich musterte sie Don, der seinen brüllenden Sohn ignorierte, und Gina, die alberne Beschwichtigungslaute von sich gab.

»Gut beobachtet«, sagte Sophia. Aber das war schließlich nicht ihr Problem – Gott sei Dank –, also wandte sie ihre Aufmerksamkeit lieber wieder Tyler zu.

Er war so ein ... richtiger Mann, dachte sie. Er sah aus wie eine der indianischen Gottheiten, die das Tal bewachten. Und er war auf jeden Fall angenehmer anzuschauen als der vierjährige Wutanfall hinter ihr. Wenn sie ihm jetzt noch ein vernünftiges Gespräch entlocken konnte, dann wäre die Zeit bis zum Mittagessen angenehm überbrückt.

»Hast du irgendeine Ahnung, worum es heute geht?«, fragte Sophia.

»Nein.«

»Würdest du es mir sagen, wenn du es wüsstest?«

Er zuckte mit den Schultern und beobachtete, wie Pilar der kleinen Teresa etwas zumurmelte und mit ihr ans Fenster trat. Sie sieht so natürlich aus, dachte er. Wie eine Madonna. Und deswegen sieht auch das wütende kleine Mädchen auf einmal ganz reizend aus.

»Warum, glaubst du, kriegen Leute eigentlich Kinder, wenn sie sich gar nicht um sie kümmern wollen?«

Sophia wollte gerade eine Antwort geben, als ihr Vater und René das Zimmer betraten. »Das ist eine gute Frage«, murmelte sie, nahm ihm das Glas aus der Hand und stürzte seinen Wein hinunter. »Eine verdammt gute Frage.«

Pilar erstarrte, und alle Freude, die sie daraus gezogen hatte, das unglückliche kleine Mädchen abzulenken, verließ sie. Sofort fühlte sie sich unelegant, unattraktiv, alt, fett und hässlich. Da stand der Mann, der sie verlassen hatte. Und neben ihm seine jüngste Eroberung. Jünger, hübscher, klüger und sehr sexy.

Da sie jedoch wusste, dass ihre Mutter die beiden nicht begrüßen würde, setzte Pilar das Kind auf den Boden und trat auf die beiden zu. Ihr Lächeln war warm und herzlich und erstrahlte auf einem Gesicht, das viel schöner war, als sie selbst annahm. Ihre einfache Hose und ihr Pullover wirkten wesentlich eleganter und femininer als Renés teures Kostüm.

Und ihr Verhalten besaß eine Klasse, die heller funkelte als alle Diamanten.

»Tony, wie schön, dass du gekommen bist. Hallo, René.«

»Hallo Pilar.« René lächelte träge und ließ ihre Hand über Tonys Arm gleiten. Der Diamant an ihrem Finger funkelte im Licht. Sie wartete ein wenig, bis sie sicher sein konnte, dass Pilar begriffen hatte. »Du siehst ... so ausgeruht aus.«

»Danke.« Ihre Knie wurden weich. Sie spürte, wie ihre Beine nachgaben, als habe René mit aller Wucht mit der Spitze ihrer roten Pumps dagegen getreten.

»Bitte, setzt euch doch. Kann ich euch etwas zu trinken holen?«

»Mach dir keine Mühe, Pilar.« Tony beugte sich vor und hauchte ihr beiläufig einen Kuss auf die Wange. »Wir begrüßen nur rasch Teresa.«

»Geh zu deiner Mutter«, sagte Ty leise.

»Was?«

»Erfinde einen Vorwand und hol deine Mutter da heraus.«

Erst jetzt entdeckte Sophia den Diamanten an Renés Finger und registrierte das blanke Entsetzen in den Augen ihrer Mutter. Sie reichte Ty den Teller und eilte durch das Zimmer. »Mama, kannst du mir bitte mal eine Minute helfen?«

»Ja ... lass mich nur ...«

»Es dauert nicht lange«, sagte Sophia und zog Pilar rasch hinter sich her. Sie blieb erst stehen, als sie in der Bibliothek im zweiten Stock angekommen waren. Dort zog sie die Kassettentüren zu und lehnte sich dagegen.

»Mama, es tut mir so Leid!«

»Oh.« Pilar versuchte zu lachen und fuhr sich zitternd mit der Hand durchs Gesicht. »Und ich habe gedacht, ich rette die Situation.«

»Du hast es wunderbar gemacht.« Sophia trat zu Pilar, die auf eine Sessellehne gesunken war. »Aber ich kenne dieses Gesicht.« Sie umfasste das Gesicht ihrer Mutter mit beiden Händen. »Tyler anscheinend auch. Der Ring ist aufdringlich und nicht zu übersehen, genau wie sie.«

»Oh, Kind.« Pilar lachte gepresst. »Er ist prächtig – genau wie sie. Es ist schon in Ordnung.« Sie drehte jedoch an dem Goldreif, den sie immer noch trug. »Wirklich, es ist schon in Ordnung.«

»Gar nichts ist in Ordnung! Ich hasse die beiden, und ich werde jetzt wieder nach unten gehen und es ihnen ins Gesicht sagen.«

»Das wirst du nicht tun.« Pilar stand auf und ergriff Sophias Arme. Konnte man den Schmerz, der in den Augen ihrer Tochter stand, auch in ihrem eigenen Gesicht so deutlich erkennen? Und war es ihre Schuld? Hatte sie ihre Tochter in diese grauenhaften Verhältnisse, in denen sie lebte, mit hineingezogen? »Es klärt nichts und es ändert auch nichts. Hass ist sinnlos, Sophie. Du schadest damit nur dir selbst.«

Nein, dachte Sophia. Nein. Er konnte einen prägen.

»Sei wütend!«, verlangte sie. »Sei wenigstens wütend und verbittert und aufgebracht!« Sei *irgendetwas*, dachte sie. Irgendetwas, nur nicht verletzt und besiegt. Ich kann es nicht ertragen.

»Das bist *du* doch schon, Kind.« Pilar streichelte beruhigend über Sophias Arme. »Du kannst es viel besser als ich.«

»Einfach so hier hereinzukommen! Einfach hier hereinzumarschieren und es uns allen unter die Nase zu reiben! Er hatte nicht das Recht, dir oder mir das anzutun, Mama.«

»Er hat das Recht, zu tun, was er will. Aber er hat es nicht besonders gut gemacht.« Entschuldigungen. Seit fast dreißig Jahren suchte sie nach Entschuldigungen für Anthony Avano. Eine Gewohnheit, die sie nur schwer ablegen konnte.

»Lass dich davon nicht verletzen. Er ist immer noch dein Vater. Was auch immer geschieht, er wird stets dein Vater sein.«

»Er war mir nie ein Vater.«

Pilar wurde blass. »Oh, Sophia.«

»Nein, nein.« Wütend auf sich selbst hob Sophia abwehrend die Hand. »Ich bin grässlich. Es geht gar nicht um mich, aber ich kann nicht anders, ich muss es einfach auch auf mich beziehen. Dabei geht es noch nicht mal um ihn«, sagte sie ruhiger. »Er merkt es ja gar nicht. Aber *sie*. Sie wusste genau, was sie da tut. Und sie wollte es unbedingt tun. Ich hasse sie dafür, dass sie einfach zu uns nach Hause kommt und dir das zumutet – nein, verdammt noch mal, es uns allen zumutet! Uns allen.«

»Du übersiehst einen Faktor, Kind. René liebt ihn vielleicht.«

»Oh, *bitte*.«

»Sei nicht so zynisch. Ich habe ihn doch auch geliebt, warum sollte sie es dann nicht tun?«

Sophia wandte sich ab. Am liebsten hätte sie gegen irgendetwas getreten, irgendetwas zerbrochen. Und dann die Scherben in Renés makelloses, kalifornisches Gesicht gedrückt. »Sie liebt sein Geld, seine Stellung und seinen verdammten Kontostand!«

»Wahrscheinlich. Aber er ist ein Mann, der die Frauen dazu bringt, ihn zu lieben – mühelos.«

Sophia hörte die Wehmut in der Stimme ihrer Mutter. Sie hatte noch nie einen Mann geliebt, aber sie wusste, wie es sich anhörte. Ihre Wut schwand, als sie die Hoffnungslosigkeit im Tonfall ihrer Mutter hörte. »Du hast nie aufgehört, ihn zu lieben.«

»Es wäre sicher besser gewesen. Versprich mir eins: Mach keine Szene.«

»Ich gebe zwar nur ungern nach, aber vermutlich hat eisiges Desinteresse sowieso die größere Wirkung.«

Sophia küsste ihre Mutter auf beide Wangen, dann umarmte sie sie. »Geht es wieder, Mama?«

»Ja. Mein Leben ändert sich ja schließlich nicht, oder?« Oh, der Gedanke daran war niederschmetternd. »Eigentlich ändert sich gar nichts. Lass uns zurückgehen.«

»Ich sage dir, was wir tun«, begann Sophia, als sie wieder im Flur waren. »Ich überprüfe meinen Terminkalender, ob ich mir nicht ein paar Tage frei nehmen kann. Und dann fahren wir beide ins Spa. Wir werden uns bis zum Hals im Schlamm suhlen, lassen uns Gesichtsmasken machen und unsere Körper abrubbeln, massieren und polieren. Wir werden tonnenweise Geld für überteuerte Schönheitsprodukte ausgeben und uns den ganzen Tag im Bademantel herumlümmeln.«

Als sie an der Toilette vorbeikamen, ging die Tür auf und eine Brünette mittleren Alters trat heraus. »Das klingt ja verführerisch. Wann fahren wir?«

»Helen.« Pilar presste die Hand auf ihr Herz, während sie sich vorbeugte, um ihre Freundin auf die Wange zu küssen. »Du hast mich zu Tode erschreckt.«

»Tut mir Leid. Ich musste nur rasch aufs Klo.« Helen zog sich den Rock ihres steingrauen Kostüms über die Hüften, die sie sich ständig absaugen ließ, und vergewisserte sich, dass er richtig saß. »Der viele Kaffee, den ich auf dem Weg hierhin getrunken habe ... Sophie, du siehst ja toll aus! Also ...« Sie schob sich die Aktentasche unter den Arm und straffte die Schultern. »Die üblichen Verdächtigen sind im Salon?«

»Mehr oder weniger. Mir ist gar nicht eingefallen, dass du gemeint warst, als Mama sagte, die Anwälte kämen auch.« Und wenn ihre Großmutter Richterin Helen Moore herbestellt hatte, dann war es ernst, dachte Sophia.

»Pilar wusste nichts davon, und ich habe es auch erst vor ein paar Tagen erfahren. Deine Großmutter bestand darauf, dass ich diese Angelegenheit geheim halte.« Helens pfiffige graue Augen schweiften zum Salon.

Sie hatte seit fast vierzig Jahren mit den Giambellis und ihren Geschäften zu tun, und sie faszinierten sie immer wieder. »Sie hat euch alle im Dunkeln gelassen?«

»Sieht so aus«, murmelte Pilar. »Helen, es geht ihr doch gut, oder? Ich hatte angenommen, dass diese Angelegenheit hier und die Änderung ihres Testaments etwas damit zu tun hat, dass *Signore* Battista gestorben ist.«

»Soweit ich weiß, geht es *La Signora* gesundheitlich blendend wie immer.« Helen rückte ihre schwarze Hornbrille zurecht und schenkte ihrer ältesten Freundin ein aufmunterndes Lächeln. »Als ihre Anwältin kann ich dir leider nicht mehr über ihre Motivationen sagen, Pilar. Auch wenn ich sie völlig verstehe. Es ist ihre Show. Lass uns mal nachsehen, ob sie bereit ist, den Vorhang zu heben.«

3

La Signora übereilte ihren Einsatz nie. Sie hatte das Menü persönlich geplant. Es sollte üppig sein, das Essen jedoch zwanglos verlaufen. Die Weine stammten aus den kalifornischen Weinbergen, sowohl von den Giambellis als auch von den MacMillans. Auch das war sorgfältig geplant.

Während des Essens würde sie nicht übers Geschäft reden. Und sie würde, sehr zu Ginas Verärgerung, auch nicht zulassen, dass drei schlecht erzogene Kinder am Tisch saßen. Sie waren mit einem Dienstmädchen ins Kinderzimmer geschickt worden. Das Mädchen würde einen Bonus und Teresas ewigen Respekt erhalten, wenn sie es eine Stunde lang mit ihnen aushielt.

Als Teresa sich dazu herabließ, mit René zu sprechen, geschah dies mit eisiger Förmlichkeit. Sie empfand widerwillige Bewunderung für das Rückgrat der Frau. Es hatte schon andere gegeben, viele andere, die unter ihrer Frostigkeit sichtlich zusammengebrochen waren.

Neben ihrer Familie und Helen, die sie als dazugehörig empfand, hatte sie ihren vertrautesten Winzer und seine Frau eingeladen. Paulo Borelli war seit achtunddreißig Jahren bei Giambelli Kalifornien. Trotz seines Alters wurde er immer noch Paulie gerufen. Seine Frau Consuelo, eine mollige, fröhliche Person mit lautem Lachen, war früher einmal Küchenmädchen in der Villa gewesen.

Zuletzt gesellte sich noch Margaret Bowers zu ihnen, die Leiterin der Verkaufsabteilung von Mac-Millan. Sie war eine geschiedene Frau von sechsunddreißig Jahren, die im Moment dank Ginas Geschnatter fast zu Tode gelangweilt war und sich verzweifelt nach einer Zigarette sehnte. Tyler warf ihr einen Blick zu und schenkte ihr ein mitfühlendes Lächeln.

Manchmal sehnte Margaret sich auch verzweifelt nach ihm.

Als die Teller abgeräumt waren und Port in den Gläsern funkelte, lehnte Teresa sich in ihrem Stuhl zurück.

»In einem Jahr feiert Castello di Giambelli seinen hundertsten Geburtstag«, begann sie. Sofort hörten alle Gespräche auf. »Villa Giambelli macht seit vierundsechzig Jahren Wein in Napa Valley. MacMillan gibt es seit zweiundneunzig Jahren. Zusammen ergibt das zweihundertfünfundsechzig Jahre.«

Sie blickte sich um. »Fünf Generationen lang sind wir Winzer und Weinhändler gewesen.«

»Sechs, *Zia* Teresa«, warf Gina hastig ein. »Mit meinen Kindern sind es sechs.«

»Nach dem, was ich gesehen habe, werden aus deinen Kindern wahrscheinlich eher Kriminelle als Winzer. Bitte unterbrich mich nicht.«

Sie hob ihr Glas Portwein, roch daran und nahm langsam einen Schluck. »In diesen fünf Generationen haben wir uns auf zwei Kontinenten den Ruf erworben, Qualitätsweine zu produzieren. Der Name Giambelli steht für guten Wein. Wir haben Traditionen etabliert und sie mit neuen Methoden und neuer Technologie gemischt, ohne diesen Namen oder seine Bedeutung zu opfern. Wir werden ihn nie opfern. Vor zwanzig Jahren haben wir uns mit einem anderen guten Weingut zusammengetan. MacMillan aus Napa Valley produziert seitdem gemeinsam mit Giambelli Kalifornien. Die Partnerschaft ist gut gereift. Jetzt ist es an der Zeit, die Früchte des Erfolgs zu ernten.«

Sie spürte eher, als dass sie es sah, wie Tyler erstarrte. Sie rechnete es ihm hoch an, dass er seine Zunge im Zaum hielt, und sah zu ihm hin. »Veränderungen sind notwendig und gereichen beiden zum Vorteil. Die nächsten hundert Jahre beginnen heute. Donato!«

Don richtete sich aufmerksam auf. »*Sì*, ja«, verbesserte er sich, als ihm einfiel, dass Teresa in Kalifornien ungern italienisch sprach. »Ja, Tante Teresa.«

»Giambelli Italien und Kalifornien sind unabhängig voneinander geführt worden. Das wird zukünftig nicht mehr der Fall sein. Du wirst fortan dem Geschäftsführer des neu gegründeten Giambelli-Mac-Millan-Unternehmens berichten, das Standorte in Kalifornien und Venedig haben wird.«

»Was bedeutet das? Was bedeutet das?«, rief Gina aufgebracht auf Italienisch. »Donato ist der Geschäftsführer! Er ist der Nächste in der Erbfolge! Er trägt den Namen! Er ist dein Erbe!«

»Mein Erbe ist derjenige, den ich dazu mache.«

»Wir haben dir Kinder geschenkt!« Gina stand auf, schlug sich mit der Hand auf den Bauch, und machte dann mit dem Arm eine verächtliche Geste in die Runde. »Drei Kinder, und es werden noch mehr kommen. Niemand außer mir und Donato schenkt der Familie Kinder! Wer wird denn den Namen weiterführen, wenn du einmal nicht mehr bist, wenn nicht meine Kinder?«

»Feilschst du etwa mit deinem Bauch?«, fragte Teresa gleichmütig.

»Er ist immerhin fruchtbar«, giftete Gina, obwohl

ihr Mann versuchte, sie wieder auf den Stuhl zu ziehen. »Fruchtbarer jedenfalls als deiner oder der deiner Tochter. Jede von euch hat ein einziges Kind. Ich kann ein Dutzend bekommen!«

»Gott möge uns davor bewahren. Du wirst dein feines Haus und dein Taschengeld behalten. Aber du wirst nicht die Herrin des *Castello* werden. *Meines Castello*«, fügte Teresa kühl hinzu. »Entweder nimmst du, was du bekommst, oder du wirst viel mehr verlieren.«

»Gina, *basta*! Genug!«, befahl Don und erntete dafür einen Schlag auf die Hand.

»Du bist eine alte Frau«, stieß Gina zwischen zusammengebissenen Zähnen hervor. »Eines Tages wirst du tot sein, aber ich nicht! Wir werden ja sehen.« Sie rauschte aus dem Zimmer.

»*Zia Teresa, scusa*«, begann Donato. Sie schnitt ihm mit einer scharfen Geste das Wort ab.

»Deine Frau tut dir mit ihrem Auftritt keinen Gefallen, Donato, und deine Arbeit erfüllt keineswegs meine Erwartungen. Du hast dieses Jahr noch Zeit, die Angelegenheiten zu korrigieren. Bis zum nächsten Schnitt wirst du in deiner Stellung bei Giambelli bleiben. Dann sehen wir uns das Ganze noch einmal an. Wenn alles in Ordnung ist, wirst du befördert, mit einem angemessenen Gehalt und einer Prämie. Wenn nicht, wirst du nur auf dem Papier im Unternehmen bleiben. Ich möchte nicht, dass jemand aus meiner Familie entlassen wird, aber du wirst es nicht mehr so leicht haben wie bisher. Hast du verstanden?«

Dons Krawatte war ihm plötzlich zu eng, und das Essen, das er gerade zu sich genommen hatte, drehte sich ihm im Magen um. »Ich arbeite seit achtzehn Jahren für Giambelli!«

»Du hast *zwölf* Jahre für Giambelli gearbeitet. In den letzten sechs Jahren bist du ab und zu mal aufgetaucht, aber selbst das ist in der letzten Zeit nur noch selten vorgekommen. Glaubst du etwa, ich wüsste nicht, um welche Art von *Geschäften* es sich bei deinen Reisen nach Paris, Rom, New York und Kalifornien auf Kosten von Giambelli handelt?«

Teresa wartete darauf, wie er diesen Schlag aufnahm, sah die dünne Schweißschicht, die sich auf seiner Stirn bildete, und war wieder einmal enttäuscht von ihm. »Deine Frau ist dumm, Donato, aber ich nicht. Pass auf!«

»Er ist ein guter Junge«, sagte Francesca ruhig.

»Das ist er vielleicht gewesen. Und vielleicht wird noch mal ein guter Mann aus ihm. Margaret, verzeihen Sie die Familienstreitigkeiten. Wir sind ziemlich temperamentvoll.«

»Natürlich, *Signora.*«

»Wenn Sie einverstanden sind, werden Sie die Verkaufsleitung von Giambelli-MacMillan Kalifornien und Venedig übernehmen und koordinieren. Das bedeutet für Sie beträchtlich mehr Reisen und Verantwortung, mit einer angemessenen Gehaltserhöhung natürlich. Sie werden in fünf Tagen in Venedig erwartet, um dort Ihr Büro zu etablieren und sich mit dem Unternehmen vertraut zu machen. Sie haben Zeit bis morgen, um sich zu entscheiden, ob Sie diesen Vorschlag annehmen möchten, und wenn ja, werden wir dann die Details besprechen.«

»Ich brauche keine Bedenkzeit, danke«, erwiderte Margaret gelassen, obwohl ihr das Herz bis zum Hals schlug. »Über die Details werden wir uns einigen. Ich bin dankbar für die Chance.« Sie wandte sich Eli zu und nickte. »Ihnen beiden dankbar für die Chance.«

»Gut gesprochen. Dann bis morgen. Paulie, wir haben unsere Pläne schon besprochen, und ich danke dir sehr für deine Vorschläge und deine Diskretion. Du trägst zur Koordination des Unternehmens in den Weinbergen bei. Du kennst die besten Männer hier und bei MacMillan. Du wirst als Aufseher arbeiten.«

»Ich habe großen Respekt vor Paulie.« Tys Stimme war ruhig, obwohl ihm Ärger und Frustration die Kehle zuschnürten. »Vor seinen Fähigkeiten und Instinkten. Ich empfinde für das Unternehmen in der Villa und für die Menschen, die hier arbeiten, Bewunderung. Und ebenso für das Unternehmen in Venedig. Aber wir haben es auch bei MacMillan mit einem hochrangigen Unternehmen und fähigen Leuten zu tun. Ich werde nicht zulassen, dass sich deine Leute da hineinmischen, *Signora*. Du bist stolz auf das, was du und die Deinen aus dem Erbe, das dir hinterlassen wurde und das du weitergeben willst, gemacht habt. Ich jedoch auch.«

»Gut. Hör bitte noch einmal zu und denk nach.« Sie wies auf Eli.

»Ty, Teresa und ich sind nicht über Nacht zu diesem Entschluss gekommen, und wir haben ihn uns auch nicht leicht gemacht. Wir haben lange Zeit darüber geredet.«

»Ich muss eure Entscheidungsfindung nicht nachvollziehen können«, begann Ty.

»Nein«, unterbrach Eli ihn, bevor das Feuer, das er in den Augen seines Enkels aufblitzen sah, ausbrechen konnte. »Das ist klar. Wir haben mit Helen ausgearbeitet, wie die rechtlichen Grundlagen und Formalitäten aussehen müssen. Wir haben Strategien entwickelt, wie wir diese Fusion zum Nutzen aller Beteiligten durchführen können – nicht nur für diese Saison, sondern für die nächsten hundert Jahre.«

Er beugte sich vor. »Glaubst du, ich will für Mac-Millan weniger erreichen als du?«

»Ich weiß nicht mehr, was du willst. Ich dachte, ich wüsste es.«

»Dann werde ich es dir hier und jetzt klar machen. Indem wir fusionieren, werden wir nicht nur zum größten, sondern auch zum besten Weinhersteller in der Welt. Du wirst weiterhin MacMillan leiten.«

»Leiten?«

»Mit Paulie als Vorarbeiter und mit einigen Zusatzaufgaben.«

»Du kennst die Weinberge, Ty«, sagte Teresa. Sie verstand seine ablehnende Haltung, und sie gefiel ihr. Diese heiße Wut bedeutete, dass es ihm etwas ausmachte. Und das musste auch so sein. »Du verstehst etwas von Weinstöcken und Fässern. Aber was du tust und weißt, hört bei der Flasche auf. Du musst weiterkommen. Beim Thema Wein gibt es noch mehr als die Traube. Eli und ich möchten, dass unsere Enkel zusammenarbeiten.«

»Enkel?«, unterbrach Sophia sie.

»Wann hast du das letzte Mal in den Weinbergen gearbeitet?«, fragte Teresa ihre Enkelin. »Wann hast du das letzte Mal Wein probiert, der nicht aus einer hübschen Flasche gekommen ist? Du hast dich von den Wurzeln entfernt, Sophia.«

»Ich habe mich gar nicht entfernt«, gab Sophia zurück. »Ich bin keine Winzerin, ich mache Öffentlichkeitsarbeit.«

»Du wirst aber eine Winzerin werden. Und du«, sagte Teresa und wies auf Ty, »du wirst lernen, was

Marketing heißt. Ihr werdet es euch gegenseitig beibringen.«

»Oh, wirklich, *Nonna* ...«

»Still. Du hast ein Jahr Zeit. Pilar, Sophia wird
sich nicht mehr im bisherigen Maß um ihre üblichen
Verpflichtungen kümmern können. Du wirst diese
Lücke füllen.«

»Mama!« Pilar musste lachen. »Ich verstehe überhaupt nichts von Marketing oder Werbung.«

»Du besitzt Verstand. Es ist an der Zeit, dass du
ihn wieder einsetzt. Um Erfolg zu haben, brauchen
wir die ganze Familie.« Teresa blickte zu Tony.
»Und andere noch dazu. Du bleibst im Verkauf und
behältst vorläufig deinen Titel und deine Privilegien.
Aber du wirst wie Donato und die anderen Abteilungsleiter an die Geschäftsführung berichten. Von
jetzt an haben wir im Übrigen nur noch eine geschäftliche Beziehung. Komm nie wieder uneingela-
den in mein Haus oder an meinen Tisch.«

Es ging steil nach unten. Sein Titel war eine Sache.
Sein Gehalt und die Prämie auf lange Sicht eine andere. Teresa hatte die Macht, ihn völlig zu entblö-
ßen, deshalb benutzte er die einzige Waffe, die ihm
zur Verfügung stand. »Ich bin Sophias Vater.«

»Ich weiß, wer du bist.«

»Verzeihung, *Signora*«, sagte René mit vollendeter
Höflichkeit, »darf ich etwas sagen?«

»Sie sind, eingeladen oder nicht, ein Gast meines
Hauses. Was möchten Sie sagen?«

»Ich merke, dass meine Anwesenheit hier nicht besonders erwünscht ist.« Renés Tonfall war gleichmütig, und sie blickte Teresa unverwandt an. »Und
dass meine Beziehung zu Tony nicht Ihre Zustimmung findet. Aber er ist seit langem ein Gewinn für

Ihr Unternehmen. Da ich beabsichtige, für *ihn* ein Gewinn zu sein, kann Ihnen das nur nützen.«

»Das bleibt abzuwarten. Sie entschuldigen uns.« Teresa blickte über den Tisch. »Helen, Eli und ich müssen mit Sophia und Tyler sprechen. Der Kaffee wird im Salon serviert.«

»Du sagst irgendetwas«, begann Sophia zitternd vor Wut, als die anderen das Zimmer verlassen hatten, »und dann ist es auch so. Hast du dich so daran gewöhnt, *Nonna*, dass du glaubst, das gesamte Leben eines anderen Menschen einfach mit ein paar Worten verändern zu können?«

»Jeder hat die Wahl.«

»Was ist das denn für eine Wahl?« Sophia konnte nicht mehr sitzen bleiben und sprang auf. »Nimm Donato. Er hat nie außerhalb des Unternehmens gearbeitet. Sein ganzes Leben ist davon bestimmt. Und Tyler? Schon als Junge hat er seine ganze Zeit und Energie in MacMillan gesteckt.«

»Ich kann für mich selbst reden.«

»Ach, hör doch auf.« Sie drehte sich zu ihm um. »Deine Zunge verknotet sich doch, sobald du fünf Wörter hintereinander sagen musst. Und ich soll dir beibringen, wie man Wein vermarktet?«

Ty sprang auf, ergriff ihre Hände und drehte die Handflächen nach oben. »Wie Rosenblätter. Gepflegt und weich. Und ich soll dir beibringen, wie man arbeitet?«

»Ich arbeite genauso hart wie du! Nur weil ich nicht schwitze und in schlammverkrusteten Stiefeln herumstapfe, bedeutet das noch lange nicht, dass ich nicht mein Bestes gebe.«

»Ihr fangt ja großartig an, ihr beiden«, seufzte Eli und goss sich noch etwas Portwein ein. »Wenn ihr kämpfen wollt, dann kämpft. Es wird euch gut tun. Das Problem ist, dass keiner von euch jemals etwas tun musste, was euch wirklich gefordert hat. Vielleicht versagt ihr, vielleicht fallt ihr beide auf den Hintern bei eurem Versuch, etwas anderes zu tun als bisher. *Mehr* zu tun.«

Sophia reckte ihr Kinn. »Ich werde nicht versagen.«

»Du hast eine Saison lang Zeit, um es zu beweisen. Möchtest du gern wissen, was am Ende auf dich wartet? Helen?«

»Na, bis jetzt habe ich mich großartig unterhalten.« Helen legte ihre Aktentasche auf den Tisch. »Gutes Essen und eine Show, und das für so wenig Geld ...« Sie nahm Akten heraus und stellte die Tasche wieder auf den Boden. Dann rückte sie ihre Brille zurecht. »Ich werde mich kurz fassen und einer Sprache befleißigen, die auch Laien verstehen. Eli und Teresa fassen ihre Unternehmen zusammen und passen sie einander an, was einerseits Kosten senkt, auf der anderen Seite aber auch neue Kosten entstehen lässt. Ich halte es für eine sehr kluge geschäftliche Entscheidung. Jeder von euch wird den Titel eines Vizepräsidenten haben. Jeder von euch hat unterschiedliche Aufgaben und Verantwortlichkeiten, die in den Verträgen, die ich bei mir habe, festgeschrieben sind. Die Vertragsdauer umfasst ein Jahr. Sind eure Arbeitsergebnisse am Ende dieses Jahres inakzeptabel, so bekommt ihr wieder eine geringere Position zugewiesen. Darüber ist dann zu verhandeln.«

Während sie sprach, zog sie zwei Verträge aus einer Aktenmappe. »Ty, du bleibst in MacMillan wohnen, das Haus und die Einrichtung stehen dir weiter zur Verfügung. Sophia, du wirst hierhin umziehen müssen. Deine Wohnung in San Francisco wird ein Jahr lang von Giambelli gehalten, für den Fall, dass du dich geschäftlich in der Stadt aufhalten musst. Ty, wenn du dort geschäftlich zu tun hast, wird für Unterbringung gesorgt. Geschäftsreisen in andere Städte werden selbstverständlich vom Unternehmen bezahlt. Das *Castello* in Italien steht euch beiden zur Verfügung, gleichgültig ob ihr aus geschäftlichen oder privaten Gründen oder einer Mischung aus beidem dort hinfahrt.«

Helen blickte lächelnd auf. »So weit nicht so übel, was? Jetzt das Zuckerstückchen. Wenn du, Sophia, dich am Ende dieses Vertragsjahres gut geschlagen hast, bekommst du zwanzig Prozent vom Unternehmen, einen halben Anteil am *Castello* und den Titel einer Co-Präsidentin. Wenn *deine* Arbeit gut war, Tyler, wirst du ebenfalls zwanzig Prozent erhalten, das Besitzrecht an dem Haus, in dem du jetzt wohnst und den Titel eines Co-Präsidenten. Beide bekommt ihr zehn Hektar Weinberge, um euer eigenes Label anzubauen, wenn ihr wollt, oder, wenn euch das lieber ist, erhaltet ihr den Marktwert dafür.«

Helen machte eine Pause und fügte dann hinzu: »Pilar erhält auch zwanzig Prozent, wenn sie mit ihren Vertragsbedingungen einverstanden ist. So hat jeder Anteile. Im Fall von Elis oder Teresas Tod gehen ihre jeweiligen Anteile auf den Ehepartner über. Und an dem traurigen Tag, an dem keiner von beiden mehr unter uns weilt, werden ihre vierzig Prozent wie folgt verteilt: fünfzehn Prozent für jeden von euch jungen Leuten und zehn Prozent für Pilar. Damit hielte dann jeder von euch fünfunddreißig Prozent am größten Weinunternehmen der Welt. Und um das zu erreichen, müsst ihr euch nur in diesem Jahr an die Vertragsbedingungen halten.«

Sophia wartete, bis sie sicher war, dass ihre Stimme ihr gehorchte. Die Hände hielt sie im Schoß fest ineinander verschlungen. Ihr war mehr angeboten worden, als sie sich jemals vorgestellt oder erträumt hatte. Und gleichzeitig war sie wie ein Kind zurechtgewiesen worden. »Wer entscheidet darüber, ob unsere Arbeit gut ist oder nicht?«

»Im Interesse der Fairness«, erwiderte Teresa, »bewertet ihr euch gegenseitig einmal im Monat. Eli und ich werden euch auch bewerten, und das wird in die Bewertungen der Geschäftsführung einfließen.«

»Und wer zum Teufel ist der Geschäftsführer?«, fragte Tyler.

»Sein Name ist David Cutter. Er war früher bei Le Coeur und sitzt in New York. Er wird morgen hier sein.« Teresa stand auf. »Wir verlassen euch jetzt, damit ihr eure Verträge lesen und darüber reden könnt.« Sie lächelte warm. »Helen, möchtest du Kaffee?«

René weigerte sich aufzugeben. Eins hatte sie in ihrer Karriere als Model, während ihrer kurzen Erfahrung als Schauspielerin und bei ihrem lebenslangen gesellschaftlichen Aufstieg gelernt: Man musste immer nach oben streben.

Sie würde die Beleidigungen der alten Frau hinnehmen, den Kummer der verlassenen Ehefrau und die tödlichen Blicke der Tochter ertragen, wenn sie nur so siegen konnte.

Sie konnte sie verachten und trotzdem dulden, solange es nötig war. Sie trug den Diamantring an ihrem Finger, einen, den sie selbst ausgesucht hatte, und sie hatte vor, den Ehering bald folgen zu lassen. Tony war ihr Entrée in die Welt der wirklich Reichen, und sie hatte ihn aufrichtig gern. Beinahe so gern wie den Gedanken an das Vermögen der Giambellis.

Sie würde alles tun, um seine Position bei Giambelli im kommenden Jahr zu festigen, und sie hatte vor, das als seine Frau zu tun.

»Sag es ihr endlich«, befahl sie und ergriff ihre Kaffeetasse.

»René, Liebling ...« Tony rutschte unruhig hin und her. Er spürte schon jetzt das Gewicht der Handschellen. »Das ist ein schlechter Zeitpunkt.«

»Du hattest sieben Jahre Zeit, um es zu erledigen, Tony. Bring es endlich hinter dich.« Sie warf Pilar einen vielsagenden Blick zu. »Oder ich tue es für dich.«

»Schon gut, schon gut.« Er tätschelte ihre Hand. Dann schon lieber zum schlechten Zeitpunkt. Freundlich lächelnd stand er auf und trat zu Pilar, die gerade versuchte, die bekümmerte und leicht verwirrte Francesca zu trösten.

»Pilar, kann ich dich einmal sprechen? Unter vier Augen?«

Ein Dutzend Entschuldigungen gingen ihr durch den Kopf. Sie war während der Abwesenheit ihrer Mutter die Gastgeberin. Das Zimmer war voller Gäste. Ihre Tante brauchte ihre Aufmerksamkeit. Sie musste Kaffee bestellen.

Aber das waren nur Ausreden, und sie zögerten lediglich die Tatsache hinaus, dass sie sich ihm letztendlich doch stellen musste.

»Natürlich.« Sie murmelte ihrer Tante noch ein paar beruhigende Worte auf Italienisch zu, und drehte sich dann zu Tony um.

»Sollen wir in die Bibliothek gehen?« Zumindest nimmt er René nicht mit, dachte Pilar. Als sie an ihr vorbeigingen, warf René ihr einen Blick zu, der so hart und hell war wie der Stein an ihrem Finger.

Der Blick einer Siegerin, durchfuhr es Pilar. Wie lächerlich! Es war doch kein Wettbewerb, in dem man gewinnen oder verlieren konnte.

»Es tut mir Leid, dass Mama das Ganze heute vor so vielen Leuten verkündet hat«, begann Pilar. »Wenn sie es mir vorher gesagt hätte, hätte ich sie gebeten, mit dir unter vier Augen zu sprechen.«

»Das ist egal. Ihre persönliche Einstellung ist mir völlig klar.« Solche Dingen prallten seit Jahren an ihm ab, und er ließ sich nur selten davon beeindrucken. »In beruflicher Hinsicht habe ich sicher mehr erwartet, aber das kriegen wir schon wieder hin.«

Er trat in die Bibliothek und setzte sich in einen der tiefen Ledersessel. Früher einmal hatte er geglaubt, er würde in diesem Haus wohnen oder zumindest seinen Hauptwohnsitz hier behalten. Zum Glück zog er jedoch das Leben in der Stadt vor. In Napa konnte man nicht viel mehr machen, als den Weinstöcken beim Wachsen zusehen.

»Nun, Pilar ...« Sein Lächeln war charmant wie eh und je. »Wie geht es dir?«

»Wie es mir geht, Tony?« Am liebsten wäre sie in hysterisches Lachen ausgebrochen. Aber sie unterdrückte es. Das war eine ihrer Stärken. »Ganz gut. Und dir?«

»Mir geht's auch gut. Natürlich habe ich viel zu tun. Sag mir, wie wirst du auf *La Signoras* Vorschlag reagieren, aktiver im Unternehmen mitzuarbeiten?«

»Das war kein Vorschlag, und ich weiß noch nicht, wie ich darauf reagieren werde.« Der Gedanke summte immer noch wie ein Hornissenschwarm in ihrem Kopf. »Ich hatte noch keine Zeit, darüber nachzudenken.«

»Du wirst es schon richtig machen.« Mit ernsthaftem Gesichtsausdruck beugte er sich vor.

Das, dachte sie mit einem seltenen Anflug von Verbitterung, kann er gut. So tun, als ob er sich darüber Gedanken macht. Sich den Anschein geben, Interesse zu haben.

»Du bist eine hübsche Frau, und sicher in jeder Hinsicht ein Gewinn für das Unternehmen. Es wird dir gut tun, beschäftigt zu sein. Vielleicht stellst du ja sogar fest, dass du ein Talent dafür hast. Möglicherweise ist eine berufliche Karriere genau das, was du brauchst.«

Sie hatte eine Familie gewollt. Einen Ehemann. Kinder. Nie eine berufliche Karriere. »Sind wir hier, um über meine oder über deine Bedürfnisse zu reden, Tony?«

»Das hängt doch alles zusammen. Zum größten Teil jedenfalls. Pilar, ich glaube, wir sollten in diese neue Richtung blicken. Teresa hat uns beiden die Chance gegeben, neu anzufangen.«

Er ergriff ihre Hand. »Vielleicht haben wir diesen Anstoß gebraucht. Ich habe gemerkt, dass es dir schwer fällt, dich mit dem Gedanken an eine Scheidung anzufreunden.«

»Ach wirklich?«

»Natürlich.« Sie macht alles so zäh, dachte er. »Tatsache ist doch, Pilar, dass wir jetzt schon seit Jahren getrennte Wege gehen.«

Langsam entzog sie ihm ihre Hand. »Redest du von dem Leben, das wir geführt haben, seit du nach San Francisco gezogen bist, oder von dem Leben, das wir geführt haben, als wir nach außen hin den Anschein der Ehe aufrecht hielten?«

Furchtbar zäh, dachte er seufzend. »Pilar, unsere Ehe ist gescheitert. Es ist nicht besonders konstruktiv, nach all den Jahren jetzt alles noch einmal durchzukauen.«

»Ich glaube nicht, dass wir es überhaupt jemals wirklich *durchgekaut* haben, Tony. Aber vielleicht sind wir wirklich über den Zeitpunkt hinaus, wo dies noch Sinn hat.«

»Es ist auf jeden Fall unfair von mir gewesen, dass ich die Dinge nicht rechtlich beendet habe. So konntest du kein neues Leben beginnen.«

»Was für dich ja kein Problem war, oder?« Sie stand auf, trat an den Kamin und blickte ins Feuer. Warum stritt sie sich hier mit ihm? Warum machte ihr das Ganze überhaupt etwas aus? »Lass uns zumindest jetzt aufrichtig sein. Du bist heute hierher gekommen, um mich um die Scheidung zu bitten, und das hatte nichts mit den Entscheidungen meiner Mutter zu tun. Entscheidungen, von denen du gar nichts gewusst hast, als du René diesen Ring an den Finger stecktest.«

»Es mag sein, wie es will, aber es wäre albern, nicht zuzugeben, dass die Sache längst überfällig ist. Ich habe die Scheidung immer um deinetwillen aufgeschoben, Pilar.« In dem Moment, als er es sagte, glaubte er es sogar. Er glaubte es so sehr, dass sein Ton völlig aufrichtig klang. »Genauso wie ich dich jetzt um deinetwillen darum bitte. Es ist an der Zeit, dass du nach vorn siehst.«

»Nein«, murmelte sie. Sie drehte sich nicht um, um ihn anzusehen. Wenn sie jetzt in diese Augen blicken würde, würde sie seine Lügen glauben. »Offensichtlich können wir noch nicht einmal hierbei ehrlich sein. Wenn du die Scheidung willst, stehe ich dir nicht im Weg. Wahrscheinlich könnte ich das sowieso nicht. Mit ihr wirst du sicher nicht so leicht fertig werden wie mit mir«, fügte sie hinzu und drehte sich um. »Vielleicht ist das gut für dich. Vielleicht ist sie sogar die Richtige für dich. Ich war es bestimmt nicht.«

Tony hörte nur, dass er ohne Probleme bekommen würde, was er wollte. »Ich kümmere mich um die Einzelheiten. In aller Stille natürlich. Nach dieser langen Zeit interessiert sich die Presse sowieso nicht mehr dafür. Eigentlich brauchen wir nur noch ein paar Papiere zu unterschreiben. Wahrscheinlich denken außer unseren engsten Freunden die meisten Leute sowieso, wir seien schon längst geschieden.«

Als sie nichts erwiderte, erhob er sich. »Wenn das erst einmal hinter uns liegt, wird es uns allen besser gehen. Du wirst schon sehen. Übrigens solltest *du* mit Sophia sprechen. Ich finde es besser, wenn es von dir kommt – von Frau zu Frau. Und wenn sie sieht, dass es dir dabei gut geht, geht sie vielleicht freundlicher auf René zu.«

»Unterschätzt du uns eigentlich alle, Tony?«

Er streckte abwehrend die Hände aus. »Ich denke lediglich, dass es angenehmer für alle ist, wenn wir freundschaftlich miteinander umgehen. René wird meine Frau, und als solche gehört sie zu meinem beruflichen und gesellschaftlichen Leben. Wir werden uns alle ab und zu über den Weg laufen. Ich erwarte, dass Sophia höflich ist.«

»Ich habe von dir erwartet, dass du treu bist. Wir leben also alle mit unseren Enttäuschungen. Du hast bekommen, was du wolltest, Tony. Ich würde vorschlagen, du gehst und nimmst René mit, bevor Mama ihren Portwein zu Ende getrunken hat. Für einen Tag hat es genug Unerfreuliches gegeben.«

»Einverstanden.« An der Tür blieb Tony jedoch zögernd stehen. »Ich wünsche dir alles Gute, Pilar.«

»Ja, das glaube ich dir. Aus irgendeinem unerfindlichen Grund wünsche ich dir das Gleiche. Auf Wiedersehen, Tony.«

Als er die Tür hinter sich geschlossen hatte, trat Pilar vorsichtig zu einem Sessel und ließ sich so behutsam darauf nieder, als ob sie auseinanderbrechen könnte.

Sie dachte daran, wie sie mit achtzehn gewesen war – heftig verliebt, voller Pläne, Träume und strahlender Aussichten.

Oder mit dreiundzwanzig, als sie endgültig ihre Unschuld verloren und der Betrug ihr das Herz zerbrochen hatte. Mit dreißig hatte sie versucht, gegen den Zerfall ihrer Ehe anzukämpfen, ein Kind großzuziehen und einen Mann zu halten, der zu gleichgültig war, um auch nur so zu tun, als liebte er sie.

Sie dachte daran, wie sie sich mit vierzig in den Verlust ergeben und all ihre Träume, ihre großen Pläne begraben hatte.

Jetzt wusste sie, wie es war, achtundvierzig zu sein, allein und ohne Illusionen. Ersetzt, ganz legal, durch das neue, verbesserte Modell, so wie sie insgeheim schon so oft ersetzt worden war.

Sie hob ihre Hand und schob den Ehering bis zum ersten Fingerglied hoch. Sie hatte den einfachen Reif dreißig Jahre lang getragen. Jetzt musste sie ihn ablegen und damit das Gelübde, das sie vor Gott, vor ihrer Familie und ihren Freunden abgelegt hatte, aufheben.

Tränen brannten in ihren Augen, als sie ihn vom Finger zog. Eigentlich, dachte sie, ist es ja nur ein leerer Kreis. Das perfekte Symbol für ihre Ehe.

Sie war nie geliebt worden. Pilar ließ den Kopf zurücksinken. Wie düster, wie traurig, hier zu sitzen und sich einzugestehen, was sie so lange nicht hatte wahrhaben wollen. Kein Mann, noch nicht einmal ihr Ehemann, hatte sie je geliebt.

Als die Tür aufging, schloss sie die Finger um den Ring und drängte die Tränen zurück.

»Pilar.« Helen brauchte sie nur anzusehen. Sie presste die Lippen zusammen. »Okay, vergessen wir die Kaffeepause in der Unterhaltungsshow des heutigen Nachmittags.«

Da sie sich auskannte, trat sie zu einem bemalten Schränkchen, öffnete es und nahm eine Karaffe mit Cognac heraus. Sie schenkte zwei Gläser ein und setzte sich auf den Hocker vor Pilars Sessel.

»Trink, Liebes. Du siehst blass aus.«

Wortlos öffnete Pilar die Hand. Der Ring blinkte im Schein des Kaminfeuers einmal auf.

»Ja, das habe ich mir schon gedacht, als diese Schlampe den Klunker an ihrem Finger allen unter die Nase hielt. Sie verdienen einander. Dich hat er nie verdient.«

»Dumm, richtig dumm, sich davon so fertig machen zu lassen. Eigentlich waren wir doch seit Jahren schon nicht mehr verheiratet. Aber *dreißig* Jahre, Helen.« Pilar hielt den Ring hoch, und als sie durch den leeren Kreis blickte, sah sie ihr Leben. Eng und eingekapselt. »Dreißig verdammte Jahre! Sie trug noch Windeln, als ich Tony kennen lernte.«

»Das ist der Punkt. Sie ist jünger und hat größere Brüste.« Helen zuckte mit den Schultern. »Gott weiß, dass das allein ausreicht, um sie zu hassen. Ich bin auf deiner Seite, und alle anderen auch. Aber denk daran: Wenn sie in unserem Alter ist, füttert sie ihn mit Babynahrung und wechselt *seine* Windeln.«

Pilar stieß ein gequältes Lachen aus. »Ich hasse diese Situation, aber ich habe keine Ahnung, wie ich sie ändern sollte. Ich habe mich noch nicht einmal gewehrt, Helen.«

»Du bist eben keine Kämpfernatur.« Helen setzte sich auf die Armlehne des Sessels und legte den Arm um Pilar. »Du bist eine schöne, intelligente, nette Frau, die Pech gehabt hat. Und, verdammt noch mal, Liebes, dass diese Tür endlich zugeschlagen ist, ist das Beste, was dir passieren konnte.«

»Du meine Güte, du hörst dich an wie Tony.«

»Du brauchst mich nicht zu beleidigen. Außerdem hat er es nicht so gemeint, ich aber schon.«

»Vielleicht. Ich kann im Moment noch nicht klar sehen. Weder, was in der nächsten Stunde, noch was im nächsten Jahr passieren wird. O Gott, ich habe ihn noch nicht einmal dafür bezahlen lassen. Ich hatte nicht den Mumm dazu.«

»Keine Sorge, das besorgt schon *sie*.« Helen drückte Pilar einen Kuss auf den Scheitel. Kein Mann wie Tony sollte durchs Leben kommen, ohne zu bezahlen, dachte sie.

»Und wenn du ihn ein bisschen quälen willst, dann helfe ich dir dabei, eine Scheidungsvereinbarung aufzusetzen, die bleibende Narben und einen geschrumpften Hoden bei ihm hinterlässt.«

Pilar lächelte. Auf Helen konnte sie sich immer verlassen. »So unterhaltsam sich das anhört, es würde die Dinge nur unnötig hinauszögern und es schwerer für Sophie machen. Helen, was zum Teufel soll ich bloß mit dem neuen Leben anfangen, das mir in den Schoß gefallen ist?«

»Na, denk dir was aus.«

Sophia hatte auch über einiges nachzudenken. Sie bekam schon Kopfschmerzen, wenn sie den Vertrag nur las. Das Wesentliche begriff sie, auch wenn es in juristischen Fachausdrücken verschlüsselt war. Und das Wesentliche war, dass *La Signora* die Kontrolle behielt. Im kommenden Jahr würde Sophia sich beweisen müssen, obwohl sie glaubte, sie habe es schon getan. Wenn das zur Zufriedenheit ihrer Großmutter geschah, würde ein Teil der lange ersehnten Kontrolle in ihre Hände gelegt werden.

Nun, sie wollte es. Ihr gefiel nicht, wie sie es erreichen musste, aber sie verstand, was dahinter steckte.

Das war immer das Schwierigste, die Beweggründe ihrer Großmutter nachzuvollziehen. Vielleicht lag es ja daran, dass sie im Grunde ähnlich dachten.

Sie war nicht wirklich an der Weinherstellung interessiert. Die Weinberge zu lieben und Grundkenntnisse zu besitzen, war nicht das Gleiche, wie Zeit, Gefühle und Mühen in sie zu investieren. Doch wenn sie eines Tages den Platz ihrer Großmutter einnehmen wollte, dann musste sie das tun.

Möglicherweise zog sie ja Konferenzräume Fermentiertanks vor, aber ...

Sie blickte zu Tyler hinüber, der ebenfalls über seinem Vertrag brütete. Er zog die Tanks den Konferenzräumen vor. Vermutlich passten sie deshalb in beruflicher Hinsicht gut zusammen. Und vor ihm lag eine genauso schwierige Aufgabe wie vor ihr.

Ja, *La Signora* war wieder einmal so brillant wie unbarmherzig gewesen. Jetzt, da sich Sophias Wut gelegt hatte und kühlem, gesundem Menschenverstand gewichen war, sah sie ein, dass es so nicht nur funktionieren konnte, sondern sogar funktionieren *würde*.

Es sei denn, Ty würde alles verpfuschen.

»Es gefällt dir nicht«, mutmaßte sie.

»Was zum Teufel soll mir daran gefallen? Das war ein verdammter Hinterhalt!«

»Stimmt. Das ist *Nonnas* Stil. Die Truppen fallen rascher und organisierter ein, wenn du sie vor der Schlacht richtig aufstellst. Wenn du ihnen zu viel Zeit zum Nachdenken gibst, könnten sie desertieren. Willst du desertieren, Ty?«

Er blickte sie an, und sie sah den Stahl in seinen Augen. Hart und kalt. »Ich leite MacMillan seit acht Jahren. Ich gehe da nicht weg.«

Nein, er würde es nicht verpfuschen. »Okay. Dann lass uns anfangen. Du willst, was du willst, und ich will, was ich will. Wie bekommen wir es?« Sophia sprang auf und lief auf und ab. »Für dich ist es leichter.«

»Warum?«

»Ich gebe schließlich meine Wohnung auf und ziehe nach Hause zurück. Du kannst einfach bleiben, wo du bist. Ich muss einen Schnellkurs im Weinmachen absolvieren, und du brauchst dich nur ein bisschen unter die Leute zu mischen und ab und zu auf ein paar Meetings zu gehen.«

»Glaubst du, das ist einfacher? Ich mag keine Menschenansammlungen. Und wenn ich zu Meetings gehe, die mich nicht die Bohne interessieren, guckt mir dabei auch noch irgendein Kerl, den ich noch nicht einmal kenne, über die Schulter.«

»Über meine schließlich auch«, giftete sie. »Wer zum Teufel ist dieser David Cutter?«

»Ein Anzug«, erwiderte Ty voller Abscheu.

»Mehr als das«, murmelte Sophia. Wenn das stimmte, brauchte sie sich allerdings keine Sorgen zu machen. Sie wusste, wie man mit Anzügen umging.

»Wir müssen einfach mehr über ihn herausfinden.« Sie war in der Lage, das innerhalb kürzester Zeit äußerst gründlich zu tun. »Und wir müssen einen Weg finden, um mit ihm und miteinander arbeiten zu können. Letzteres dürfte nicht so schwer sein. Schließlich kennen wir uns seit Jahren.«

Am liebsten wäre er genauso wie sie hin und her gelaufen. Aber er wollte verdammt sein, wenn er es ihr einfach nachmachte. »Nein, das stimmt nicht. Ich kenne dich nicht, und ich weiß auch nicht, was du machst oder warum du es machst.«

Sie stützte sich mit den Händen auf der Tischplatte ab und brachte ihr schönes Gesicht nah an seins. »Sophia Teresa Maria Giambelli. Ich mache das Marketing für Wein. Und ich tue das, weil ich es gut kann. Und in einem Jahr werde ich zwanzig Prozent von einem der größten, erfolgreichsten und bedeutendsten Weinunternehmen auf der Welt besitzen.«

Ty stand langsam auf und nahm die gleiche Pose ein. »Du wirst gut sein müssen, und noch viel mehr. Du wirst dir die Hände schmutzig machen müssen, deine Designerstiefel werden schlammig werden und du wirst dir deine hübsche Maniküre ruinieren.«

»Glaubst du, ich kann nicht arbeiten, MacMillan?«

»Ich glaube, du weißt, wie man hinter einem Schreibtisch oder in der ersten Klasse im Flugzeug sitzt. Dein großartiger Hintern wird das Leben im kommenden Jahr nicht besonders kuschelig finden, Giambelli.«

Ein roter Schleier tauchte in ihren Augenwinkeln auf, ein sicheres Zeichen dafür, dass sie wütend wurde und im Begriff war, irgendetwas Dummes zu tun. »Lass uns wetten. Fünftausend Dollar, dass ich am

Ende der Saison besser Wein machen kann als du Öffentlichkeitsarbeit.«

»Wer entscheidet das?«

»Eine neutrale Partei. David Cutter.«

»Abgemacht.« Ty ergriff ihre schlanke Hand mit seiner großen, harten Pranke. »Kauf dir strapazierfähige Kleider und Stiefel, die zur Arbeit taugen. Morgen früh um sieben fängt dein Unterricht an.«

»Gut.« Sophia presste die Zähne zusammen. »Nachmittags hören wir auf und fahren in die Stadt, zu deiner ersten Lektion. Du kannst dir eine Stunde frei nehmen, um dir ein paar anständige Anzüge zu kaufen.«

»Du sollst doch hierher ziehen! Warum müssen wir dann in die Stadt fahren?«

»Weil ich ein paar Dinge aus meinem Büro brauche, und weil du dich mit den Abläufen dort vertraut machen musst. Außerdem brauche ich auch ein paar Sachen aus meiner Wohnung. Du hast einen starken Rücken – und dein Hintern ist auch nicht schlecht«, fügte sie mit dünnem Lächeln hinzu. »Du kannst mir beim Umzug helfen.«

»Ich muss dir etwas sagen.«

»Ach, du meine Güte. Gib mir Zeit, mich darauf vorzubereiten.«

»Ich mag dein Mundwerk nicht. Das habe ich noch nie gemocht.« Er steckte die Hände in die Taschen, denn wenn sie ihn so spöttisch anblickte wie jetzt, hätte er ihr am liebsten eine Ohrfeige verpasst. »Aber ich habe nichts gegen dich.«

»O Ty ... Das ist so ... rührend!«

»Hör zu, halt einfach den Mund.« Er fuhr sich mit der Hand durch die Haare und steckte sie wieder in die Tasche. »Du machst deinen Job, weil du gut darin bist. Ich mache meinen, weil ich ihn liebe. Ich habe nie etwas anderes tun wollen. Ich habe nichts gegen dich, Sophia, aber wenn sich herausstellen sollte, dass du mich meine Weinstöcke kostest, dann mache ich dich fertig.«

Sie sah ihn mit ganz neuen Augen. Wer hätte gedacht, dass der Junge so knallhart sein könnte? »In Ordnung, du hast mich gewarnt. Doch das Gleiche gilt auch für mich, Ty. Was immer ich tun muss, ich schütze, was mir gehört.«

Sie stieß hörbar die Luft aus und blickte auf die Verträge. »Ich glaube, wir sind beide auf der gleichen Seite angelangt.«

»Sieht so aus.«

»Hast du einen Stift?«

»Nein.«

Sophia trat zu einer Kommode und fand in einer Schublade zwei Füller. Sie reichte Tyler einen und blätterte die Unterschriftenseite in ihrem Vertrag auf. »Vermutlich können wir gegenseitig als Zeuge fungieren.« Sie holte tief Luft. »Auf drei?«

»Eins, zwei drei.«

Schweigend unterschrieben sie, schoben sich die Verträge über den Tisch zu und zeichneten beim anderen gegen.

Sophia füllte ihre Gläser und wartete anschließend darauf, dass Tyler seins hob. »Auf die neue Generation«, sagte sie.

»Auf eine gute Saison.«

»Das eine werden wir ohne das andere nicht haben.« Sie blickte ihm unverwandt in die Augen und stieß mit ihm an. »*Salute.*«

4

Wie mit tausend feinen Nadeln drang der eiskalte Regen bis auf die Knochen und ins Gemüt. Die dünne Schneedecke wurde in der bleigrauen Dämmerung zu schmutzigem Schlamm.

Jeder vernünftige Mensch blieb an einem solchen Morgen einfach im Bett oder setzte sich gemütlich mit einer zweiten Tasse Kaffee an den Frühstückstisch.

Tyler MacMillan, musste Sophia feststellen, war kein vernünftiger Mensch.

Das Telefon weckte sie. Zögernd streckte sie eine Hand unter der Decke hervor und holte sich den Hörer in die Wärme. »Ja?«

»Du bist zu spät!«

»Hä? Bin ich nicht. Es ist doch noch dunkel.«

»Es ist nicht mehr dunkel, es regnet nur. Steh auf, zieh dich an und komm hierher. Du stiehlst mir die Zeit.«

»Aber ...« Sophia verzog finster das Gesicht, weil er einfach auflegte. »Mistkerl!«, murrte sie.

Sie blieb ganz still liegen und lauschte dem Prasseln der Regentropfen. Es klang nach Eisregen. Na, das waren ja tolle Aussichten.

Gähnend schob sie die Decke zurück und stand auf. Jetzt stehle vielleicht ich ihm die Zeit, dachte sie, aber bald wird es umgekehrt sein.

Der Regen lief am Schirm von Tys Kappe entlang und rann ihm in den Kragen und den Rücken hinunter. Aber er war nicht so schlimm, dass er die Arbeit abbrechen musste. Außerdem war ein regnerischer Winter ein Segen. Ein kühler, nasser Winter war der erste Schritt zu einem besonders guten Jahrgang.

Tyler würde kontrollieren, was in seiner Macht lag – die Arbeit, die Entscheidungen, die Vorsichtsmaßnahmen und die Spekulationen. Darüber hinaus würde er darum beten, dass die Natur ihm beisprang.

Uns, dachte er, hakte seine Daumen in die Hosentaschen und betrachtete Sophia, die in ihren Fünfhundert-Dollar-Stiefeln durch den Schlamm stampfte.

»Ich habe dir doch gesagt, du sollst robuste Sachen anziehen.«

Sie stieß hörbar die Luft aus und sah der weißen Atemwolke nach. »Das sind meine robusten Sachen.«

Er musterte ihre schicke Lederjacke, die maßgeschneiderte Hose und die modischen italienischen Stiefel. »Nun, vielleicht wenn wir hier fertig sind.«

»Ich dachte, wenn es regnet, schneidet man nicht.«

»Es regnet nicht.«

»Oh?« Sophia streckte die Hand aus und ließ die Tropfen darauf prasseln. »Das ist ja seltsam. Ich habe diese nasse Substanz, die vom Himmel fällt, immer für Regen gehalten.«

»Es tröpfelt. Wo ist dein Hut?«

»Ich habe keinen.«

»Du liebe Güte.« Verärgert nahm er seine Kappe ab und setzte sie ihr auf den Kopf. Selbst diese nasse, zerdrückte Hässlichkeit nahm Sophia nichts von ihrem Stil. Vermutlich war er ihr angeboren.

»Es gibt zwei wichtige Gründe zum Schneiden«, sagte er.

»Ja, ich weiß, dass es Gründe zum Schneiden gibt.«

»Gut. Erklär sie mir.«

»Um den Weinstock zu formen«, erwiderte sie mit zusammengebissenen Zähnen. »Und wenn wir hier nur mündlichen Unterricht abhalten, warum können wir das nicht drinnen tun, wo es warm und trocken ist?«

»Weil die Weinstöcke draußen sind.« Und weil dies hier meine Show ist, dachte er. »Wir beschneiden die Weinstöcke, damit sie so wachsen, dass wir leichter sie leichter pflegen, abernten und Krankheiten kontrollieren können.«

»Ty ...«

»Still. In vielen Weinbergen arbeitet man mit Drahtspalieren statt mit Beschneiden. Hier verwenden wir beides, weil Weinbau ein endloses Experiment ist. Vertikales Verdrahten, die Genfer T-Stütze und andere Typen ... Wir schneiden jedoch auch traditionell mit der Hand. Der zweite Zweck des Beschneidens ist, das tragende Holz über den ganzen Weinstock zu verteilen, um die Produktion zu steigern und gleichzeitig Trauben von bester Qualität hervorzubringen.«

Er sprach mit ihr wie ein geduldiger Vater mit seinem kleinen, zornigen Kind. Wahrscheinlich wusste er das auch. Sophia klapperte mit den Wimpern. »Gibt es auch eine Prüfung, Herr Professor?«

»Du beschneidest meine Weinstöcke erst dann, wenn du weißt, warum du es tust.«

»Wir beschneiden und verdrahten, damit die Trauben wachsen. Wir lassen Trauben wachsen, um Wein daraus zu machen.«

Sie redete mit den Händen. Er hatte immer schon gefunden, dass es aussah wie eine Art Tanz. Anmutig und bedeutungsvoll.

»Und«, fuhr sie fort, »ich verkaufe den Wein mit geschickten, innovativen Marketingtechniken. Ich möchte dich daran erinnern, dass sie genauso wichtig für diesen Weinberg sind wie deine Baumscheren.«

»Gut, aber wir sind hier im Weinberg, nicht in deinem Büro. Hier unternimmst du nichts, ohne den Grund und die Konsequenzen zu kennen.«

»Ich habe eigentlich immer gedacht, dass man sich lediglich der äußeren Umstände bewusst sein muss. Es ist ein Spiel«, sagte sie mit einer weit ausholenden Geste. »Ein Spiel mit hohem Einsatz, aber im Grunde genommen ein Spiel.«

»Spiele spielt man zum Spaß.«

Sie lächelte und sah auf einmal ihrer Großmutter ähnlich. »Ich nicht, Süßer. Das hier sind ältere Rebstöcke.« Sophia betrachtete die Reihen, zwischen denen sie standen. »Hier muss also Kopfschnitt gemacht werden.«

»Warum?«

Sie rückte die Kappe zurecht. »Weil ...«

»Weil«, fuhr er fort und nahm die Schere aus dem Futteral an seinem Gürtel, »wir die tragenden Zweige gleichmäßig am Kopf des Weinstocks verteilt haben wollen.«

Er wandte sich zu ihr um und schlug sich mit der Schere in die Hand. Dann schob er einen Zweig beiseite, legte einen anderen frei, führte dann ihre Hände dorthin und machte den Schnitt mit ihr zusammen.

»Wir wollen, dass die Mitte, die Spitze, frei bleibt. Sie braucht Raum, damit sie genug Sonne bekommt.«

»Was ist mit mechanischem Beschneiden?«

»Das machen wir auch. Du aber nicht.« Er wandte sich dem nächsten Zweig zu. Sie riecht weiblich, dachte er. Ein exotisches Gegengewicht zu dem einfachen Duft von Regen und feuchter Erde.

Warum zum Teufel musste sie sich für die Arbeit draußen mit Parfüm bespritzen? Fast hätte er sie gefragt, aber dann fiel ihm ein, dass er ihre Beweggründe vermutlich weder verstehen noch mögen würde, und so ließ er es bleiben.

»Du arbeitest mit der Hand«, erklärte er ihr und tat sein Bestes, um ihren Duft zu ignorieren. »Ast für Ast. Pflanze für Pflanze. Reihe für Reihe.«

Sie blickte über die endlosen Reihen, die unzähligen Weinstöcke, die von Arbeitern beschnitten wurden oder darauf warteten, beschnitten zu werden. Ihr war klar, dass das Schneiden den ganzen Januar hindurch bis in den Februar hinein dauern würde. Und sie stellte sich vor, wie ihr das Ganze noch vor Weihnachten zum Hals heraushängen würde.

»Wir hören um zwölf auf«, erinnerte sie ihn.

»Um eins. Du warst zu spät.«

»So spät nun auch wieder nicht.«

Tyler drehte sich zu Sophia um. Er stand über sie gebeugt, die Arme auf ihren Armen und seine Hände über ihren, damit er sie beim Beschneiden leiten konnte. Die leichte Drehung war unbeabsichtigt. Aber sie hatte eine heftige Wirkung.

Ihre Blicke trafen sich – irritiert seiner, nachdenklich ihrer. Sie spürte, wie sein Körper sich anspannte und wie ihrer darauf mit einem leichten Prickeln reagierte.

»Na«, schnurrte sie und ließ ihren Blick zu seinem Mund gleiten. »Wer hätte das gedacht?«

»Schneid den Ast heraus.« Ty richtete sich auf und wich zurück, aber sie drehte sich einfach weiter um, sodass sich ihre Körper erneut berührten. Ein weiterer Schritt zurück hätte ihn als Feigling abgestempelt. Oder als Narr.

»Mach dir keine Sorgen, MacMillan, du bist nicht mein Typ.« Groß, rau, ein Naturbursche. »Normalerweise jedenfalls nicht.«

»Und du nicht meiner.« Scharf, aufgetakelt, gefährlich. »Niemals.«

Er konnte es nicht wissen, aber eine solche Bemerkung fasste sie nicht als Beleidigung auf, sondern als Herausforderung. Ihr leises, rein körperliches Interesse erreichte augenblicklich einen anderen Level. »Ach, tatsächlich? Warum nicht?«

»Ich mag keine kessen, aggressiven Frauen mit Modebewusstsein.«

Sie grinste. »Das bringe ich dir schon noch bei.« Dann wandte sie sich wieder den Ästen zu. »Wir hören um zwölf Uhr dreißig auf. Ein Kompromiss. Wir haben in dieser Saison viel zu tun.«

»Zwölf Uhr dreißig.« Er zog seine Handschuhe aus und reichte sie ihr. »Zieh die an, du bekommst sonst Blasen an deinen zarten Händen.«

»Danke. Sie sind zu groß.«

»Das geht schon. Morgen bringst du deine eigenen mit und setzt dir eine Kappe auf. Nein, nicht da«, sagte er, als sie einen weiteren Ast abknipsen wollte.

Er trat wieder hinter sie, legte seine Hände über ihre und lenkte die Schere an den richtigen Platz.

Ihr befriedigtes Lächeln sah er nicht.

Trotz der Handschuhe bekam sie Blasen. Sie taten zwar nicht wirklich weh, aber sie waren lästig. Als Sophia umgezogen und geschminkt war, ergriff sie ihre Aktentasche und rief laut auf Wiedersehen. Dann eilte sie aus der Tür. Während der kurzen Fahrt zu MacMillan ging sie im Geiste noch einmal ihre Verpflichtungen für den Tag durch. Sie würde ziemlich viel in ziemlich wenig Zeit packen müssen.

Sie hielt vor dem Feldstein-Haus mit der ausladenden großen Zeder davor und hupte zweimal kurz. Tyler ließ sie nicht warten, was ihr gefiel. Und er hatte sich umgezogen, stellte sie fest. Das Jeanshemd und die verblichene Jeans waren zwar weit von dem entfernt, was sie sich unter zwangloser Businesskleidung vorstellte, aber sie beschloss, seine Garderobe erst später zu kritisieren.

Er öffnete die Tür des BMW-Cabrios und blickte sie finster an. »Du erwartest doch nicht, dass ich mich in dieses winzige Spielzeugauto setze?«

»Es ist geräumiger, als es aussieht. Komm schon, jetzt stiehlst du mir meine Zeit.«

»Hättest du nicht den Jeep nehmen können?«, beklagte er sich, während er sich auf den Beifahrersitz quetschte.

Er sah aus wie ein großer, schlaksiger Schachtelteufel in einer viel zu kleinen Schachtel. »Ja, aber ich habe es nicht getan. Außerdem fahre ich gern mit meinem eigenen Auto.« Und das bewies sie ihm auch, denn kaum hatte er sich angeschnallt, gab sie Gas und sauste die Straße entlang.

Sie mochte die Berge im Regen. Sie sahen aus wie Schatten hinter einem silbernen Vorhang. Und sie mochte auch die Reihen kahler Weinstöcke, die auf die Sonne und die Wärme warteten, die sie wieder zu neuem Leben erweckten.

Sophia fuhr am MacMillan-Weingut vorbei, dessen verblichene Ziegelmauern von wildem Wein bewachsen waren. Das Gebäude stellte für sie den romantischen, schönen Eingang zu den Geheimnissen dar, die seine Keller bargen. Drinnen wendeten, wie bei Giambelli auch, die Arbeiter die Flaschen, in denen der Champagner reifte, oder bereiteten den Probierraum für eine Führung oder einen Weinclub vor.

Arbeit gab es in den Gebäuden, in den Kellern und in den Schuppen genug, auch wenn die Weinstöcke noch schliefen.

Und es gab auch genug Arbeit für Sophia in San Francisco.

Sie raste aus dem Tal hinaus wie eine Frau, die aus dem Gefängnis ausbricht. Ty fragte sich, ob sie sich wohl so vorkam.

»Warum ist mein Sitz warm?«

»Dein was? Oh.« Sie blickte lachend zu ihm herüber. »Ich habe gern einen warmen Hintern. Gefällt es dir nicht?« Sie stellte die Sitzheizung ab. »Erste Priorität hat unsere Jubiläumskampagne«, begann sie. »Zahlreiche Phasen, wie zum Beispiel die Auktion vor ein paar Tagen, sind schon angelaufen. Andere existieren erst auf dem Reißbrett. Wir suchen einen neuen Auftritt für einen neuen Wein – etwas Frisches, das dennoch die Tradition wahrt. Es muss Klasse haben und diskret sein, damit es unseren reiferen Kunden gefällt, aber auch etwas Freches, das den jüngeren und noch nicht so gut betuchten Markt interessiert.«

»Ja, gut.«

»Ty, auch hierbei musst du die Gründe und Konsequenzen verstehen. Den Wein zu verkaufen ist genauso wichtig wie das, was du tust. Sonst würdest du ihn ja nur für dich selbst machen, nicht wahr?«

Er setzte sich zurecht und versuchte, Platz für seine Beine zu finden. »Das wäre bestimmt einfacher.«

»Sieh mal, du produzierst unterschiedliche Weinqualitäten. Die beste, die in der Herstellung mehr kostet, die mehr kostet, wenn man sie in Flaschen füllt, mehr in der Lagerung, und so weiter, und dann deine mittlere Linie bis hinunter zum schlechtesten Wein. In der Vermarktung steckt viel mehr als nur der Wein selbst.«

»Ohne den Wein spielt aber alles andere keine Rolle.«

»Das mag sein, wie es will«, erwiderte sie mit, wie sie fand, heroischer Geduld. »Es ist auf jeden Fall Teil meines Jobs – und jetzt auch deines –, all diese unterschiedlichen Qualitäten den Verbrauchern zu verkaufen. Den individuellen Kunden und den Großkunden wie Hotels und Restaurants. Mit den Weinhändlern, den Brokern zu verhandeln und ihnen klar zu machen, dass sie Giambelli, oder von jetzt ab Giambelli-MacMillan, auf ihrer Liste haben müssen. Ich muss die Verpackung genauso verkaufen wie das, was in der Flasche ist.«

»Die Verpackung ist nebensächlich«, erwiderte er. »Der Inhalt zählt.«

»Das ist eine äußerst geschickte und subtile Beleidigung. Verpackung, Marketing und Werbung machen das Produkt überhaupt erst attraktiv für den Markt! Und dazu braucht man Leute – und Wein. Lass uns einen Moment beim Wein bleiben, ja?«

Seine Mundwinkel zuckten. Ihr Tonfall war kühl und scharf geworden, ein sicheres Zeichen dafür, dass er einen Punkt gemacht hatte. »Klar.«

»Ich muss die *Idee* des Produkts attraktiv, exklusiv, zugänglich, wesentlich und sexy machen. Also muss ich das Produkt kennen, und hier bewegen wir uns auf sicherem Grund. Aber ich muss auch den Kunden kennen und den Markt, den ich erobern will. Das musst du erst noch lernen.«

»Umfragen, Statistiken, Partys, Empfänge, Konferenzen ...«

Sie tätschelte ihm die Hand. »Du wirst es überleben.« Dann schwieg sie stirnrunzelnd. »Kennst du diesen Van?«

Aufmerksam beobachtete er, wie ein dunkler, neuer Minivan auf die Villa Giambelli zufuhr. »Nein.«

»Cutter«, murmelte Sophia. »Ich wette, es ist Cutter.«

»Wir könnten die Fahrt nach San Francisco aufschieben und es herausfinden.«

Das war ein verführerischer Gedanke, und Tys hoffnungsvoller Tonfall amüsierte sie. Sie schüttelte jedoch den Kopf und fuhr weiter. »Nein, damit würden wir ihn zu wichtig nehmen. Ich frage einfach meine Mutter aus, wenn ich nach Hause komme.«

»Ich möchte es auch gern wissen.«

»Wir spielen in dieser Geschichte auf Gedeih und Verderb zusammen, Ty. Ich hole dich in meine Liga, und du mich in deine.«

Es war ein langer Weg von Küste zu Küste. In gewisser Weise war es eine andere Welt, eine Welt, in der jeder ein Fremder war. Er hatte die Wurzeln ausgerissen, die er in den New Yorker Asphalt gesenkt hatte, in der Hoffnung, dass er sie hier, in den Hügeln und Tälern Nordkaliforniens, wieder einpflanzen konnte.

Wenn es nur *darum* gegangen wäre, hätte sich David keine Sorgen gemacht. Er hätte es als spannendes Abenteuer empfunden, wie die gefährlichen Spiele, die er in seiner Jugend gespielt hatte. Aber jetzt war er ein Mann von dreiundvierzig Jahren und trug die Verantwortung für zwei Teenager – und es stand zu viel auf dem Spiel.

Wenn er mit Sicherheit gewusst hätte, dass es für die Kinder das Beste war, er bliebe bei Le Coeur in New York, dann wäre er auch geblieben. Aber er wäre dort erstickt, in dem Stahl und Chrom seines Büros. Und er war sich beileibe nicht sicher. Schließlich war sein sechzehnjähriger Sohn beim Ladendiebstahl erwischt worden, und seine vierzehnjährige Tochter hatte begonnen, sich die Zehennägel schwarz zu lackieren.

David hatte den Kontakt zu seinen Kindern verloren, und damit auch die Kontrolle über sie. Als ihm das Angebot von Giambelli-MacMillan in den Schoß fiel, kam es ihm vor wie ein Zeichen.

Ergreif die Chance. Fang neu an.

Der Himmel allein wusste, dass er das schon mehrmals getan hatte. Aber dieses Mal warf er das Glück seiner Kinder in die Waagschale.

»Das ist hier ja mitten im Nirgendwo.«

David blickte seinen Sohn im Rückspiegel an. Maddy hatte in San Francisco gewonnen, saß darum jetzt auf dem Beifahrersitz und versuchte verzweifelt, gelangweilt auszusehen. »Wie kann das Nirgendwo eine Mitte haben?«, fragte David. »Das habe ich mich immer schon gefragt.«

Er hatte das Vergnügen zu sehen, wie Theo das Gesicht verzog. Das kam im Augenblick bei ihm einem Lächeln am nächsten.

Er sieht wie seine Mutter aus, dachte David. Eine junge, männliche Version von Sylvia. Was, wie David wusste, weder Theo noch Sylvia gefallen würde. Das hatten sie auch beide gemeinsam: dass sie so bedacht darauf waren, als Individuen angesehen zu werden.

Bei Sylvia hatte dies bedeutet, dass sie sich von der Ehe und ihrem Dasein als Mutter verabschiedet hatte. Bei Theo ... nun, die Zeit würde es vermutlich zeigen.

»Warum muss es denn so regnen?« Maddy kroch in ihrem Sitz zusammen und versuchte, nicht so aufgeregt zu wirken, während sie das riesige Herrenhaus vor ihnen musterte.

»Nun, das hat etwas damit zu tun, dass sich Feuchtigkeit in der Atmosphäre sammelt, und dann ...«

»Dad!« Sie kicherte, und es klang wie Musik in Davids Ohren.

Hier würde er seine Kinder zurückgewinnen, was immer es auch kosten mochte. »Dann wollen wir mal *La Signora* kennen lernen.«

»Müssen wir sie so nennen?« Maddy verdrehte die Augen. »Das klingt ja wie im Mittelalter!«

»Wir fangen mal mit Ms. Giambelli an und warten einfach ab. Und wir sollten versuchen, normal auszusehen.«

»Das kann Mad nicht. Verrückte sehen nie normal aus.«

»Freaks auch nicht.« Maddy stieg mit ihren hässlichen schwarzen Stiefeln mit den dicken Plateausohlen aus dem Auto. Wie sie da im Regen stand, sah sie für ihren Vater wie eine Art exzentrischer Prinzessin aus, mit langen hellen Haaren, einem Schmollmund und großen blauen Augen. Ihr kleiner Körper – sie war immer noch so ein kleines Ding! – war in zahlreiche schwarze Schichten gehüllt. Von ihrem rechten Ohrläppchen baumelten drei Silberketten hinunter – ein Kompromiss, dem David zugestimmt hatte, weil sie sich ursprünglich die Nase oder einen noch gefährlicheren Körperteil piercen lassen wollte.

Theo sah ganz anders aus. Groß, schlaksig, mit tiefbraunen Haaren, die lockig und ungekämmt um sein hübsches Gesicht hingen und ihm bis auf seine knochigen Schultern fielen. Seine Augen waren von einem blasseren Blau und für den Geschmack seines Vater zu oft verhangen und unglücklich. Er stand da in viel zu großen Jeans, in Schuhen, die fast so hässlich waren wie die seiner Schwester, und in einer hüftlangen Jacke.

Es sind nur Äußerlichkeiten, rief sich David ins Gedächtnis. Hatten seine Eltern nicht auch ständig an seinem Aussehen herumgenörgelt, als er in dem Alter war? Und hatte er sich nicht gelobt, dass er das bei seinen Kindern nie machen würde?

Aber bei Gott, er wünschte, sie würden wenigstens Kleidungsstücke tragen, die ihnen passten.

Er ging die Treppe hinauf und stand vor der geschnitzten Eingangstür zur Villa. Unruhig fuhr er sich mit den Händen durch seine dichten, dunkelblonden Haare.

»Was ist los, Dad? Nervös?«

Die Stimme seines Sohnes klang spöttisch und zerrte an Davids Nerven. »Lass mich in Ruhe, ja?«

Theo öffnete den Mund, eine sarkastische Erwiderung auf der Zunge. Aber dann fing er den warnenden Blick seiner Schwester auf und sah den angespannten Gesichtsausdruck seines Vaters. »Hey, du schaffst das schon.«

»Na klar.« Maddy zuckte mit den Schultern. »Sie ist schließlich nur eine alte Frau, oder?«

Lachend drückte David auf die Türglocke. »Genau.«

»Warte, ich setze mein normales Gesicht auf.« Theo drückte die Hände aufs Gesicht und zupfte an seinem Mund und an seinen Augenlidern herum. »Ich kann es nicht finden.«

David legte ihm den Arm um die Schultern und mit dem anderen Arm umschlang er Maddy. Sie würden es schon gut machen, dachte er.

»Ich mache schon auf, Maria!« Pilar eilte in die Eingangshalle, einen Strauß weiße Rosen im Arm.

Als sie die Tür öffnete, stand sie einem großen Mann gegenüber, der zwei Kinder im Arm hielt. Alle drei grinsten.

»Hallo. Kann ich Ihnen helfen?«

Nicht die alte Frau, dachte David, und ließ hastig seine Kinder los. Eine schöne Frau, mit überraschten Augen und Rosen im Arm. »Ich möchte zu Ms. Giambelli.«

Pilar lächelte ihn an. »Davon gibt es viele.«

»Teresa Giambelli. Ich bin David Cutter.«

»Oh, Mr. Cutter. Es tut mir Leid.« Sie streckte ihm die Hand entgegen. »Ich habe nicht daran gedacht, dass Sie ja heute erwartet werden.« Oder dass Sie eine Familie haben, dachte sie. Ihre Mutter hatte sich über die Details ausgeschwiegen. »Bitte, kommen Sie doch herein. Ich bin Pilar, Pilar Giambelli ...« Beinahe hätte sie aus Gewohnheit noch ihren Ehenamen hinzugefügt, ließ ihn dann aber entschlossen weg. »Die Tochter von *La Signora*.«

»Nennen Sie sie auch so?«, fragte Maddy.

»Manchmal. Du wirst es verstehen, wenn du sie kennen lernst.«

»Madeline, meine Tochter. Und das ist mein Sohn Theodore.«

»Theo«, murmelte Theo.

»Ich freue mich, euch kennen zu lernen, Theo und Madeline.«

»Maddy, okay?«

»Maddy. Kommen Sie in den Salon. Dort brennt ein Feuer im Kamin. Ich lasse Ihnen ein paar Erfrischungen bringen. So ein ungemütlicher Tag! Ich hoffe, Sie hatten eine schöne Reise?«

»Ja, sie verlief gut.«

»Sie war endlos«, korrigierte Maddy. »Und grässlich.« Bewundernd blickte sie sich in dem Zimmer um, das sie betreten hatten. Wie ein Palast, dachte sie. Wie eine farbige Abbildung in einem Buch, in dem alles alt und kostbar aussah.

»Das kann ich mir vorstellen. Geben Sie mir Ihre Mäntel.«

»Sie sind nass«, setzte David an, aber Pilar nahm sie ihm einfach aus der Hand und legte sie sich über den freien Arm.

»Ich kümmere mich darum. Bitte, setzen Sie sich doch! Fühlt euch wie zu Hause. Ich sage meiner Mutter, dass Sie hier sind, und sorge für etwas Heißes zu trinken. Möchten Sie Kaffee, Mr. Cutter?«

»Schrecklich gern, Ms. Giambelli.«

»Ich auch.«

»Nein, du nicht«, sagte David zu Maddy. Sie verzog schmollend die Mundwinkel.

»Einen Milchkaffee, vielleicht?«

»Das ist cool. Ich meine«, verbesserte sie sich

rasch, als der Ellbogen ihres Vaters sie an ihre Manieren erinnerte, »ja, danke.«

»Und du, Theo?«

»Ja, Ma'am, danke.«

»Es dauert nur eine Minute.«

»Mann!« Theo wartete, bis Pilar aus dem Zimmer war, dann warf er sich in einen Sessel. »Sie müssen ja megareich sein! Es sieht aus wie in einem Museum oder so.«

»Stell deine Stiefel nicht da drauf«, befahl David.

»Das ist doch ein Fußhocker«, entgegnete Theo.

»Wenn deine Füße in diesen Stiefeln stecken, sind sie keine Füße mehr.«

»Bleib ruhig, Dad.« Maddy klopfte ihm liebevoll auf den Rücken. »Du bist schließlich Geschäftsführer und so.«

»Genau.« Vom Vizepräsident zum kaufmännischen Geschäftsführer, und das alles in einem Dreitausendmeilen-Sprung. »Die Kugeln prallen an mir ab«, murmelte er. Er wandte sich zur Tür, weil er Schritte hörte.

Er wollte den Kindern gerade sagen, sie sollten aufstehen, aber das brauchte er gar nicht. Wenn Teresa Giambelli einen Raum betrat, erhoben sich die Leute sofort.

Er hatte ganz vergessen, dass sie so zierlich war. Sie hatten sich zweimal in New York zu persönlichen Gesprächen getroffen. Zwei lange, eingehende Sitzungen. Und trotzdem hatte er eine große Amazone in Erinnerung statt der zartknochigen, schlanken Frau, die jetzt auf ihn zutrat. Die Hand, die sie ausstreckte, war klein und fest.

»Mr. Cutter! Herzlich willkommen in der Villa Giambelli.«

»Danke, *Signora*. Sie haben ein wunderschönes Haus in einer großartigen Umgebung. Meine Familie und ich danken Ihnen für Ihre Gastfreundschaft.«

Pilar trat gerade ins Zimmer, um die letzten Sätze seiner höflichen und förmlichen Erwiderung zu hören. Es war nicht das, was sie von dem Mann erwartet hatte, der liebevoll zwei von der Reise mitgenommene Teenager im Arm hielt. Und auch die Kinder waren ein solches Verhalten offenbar nicht von ihm gewöhnt, den Seitenblicken nach zu urteilen, die sie ihrem Vater zuwarfen.

»Ich hoffe, die Reise war nicht zu beschwerlich«, fuhr Teresa fort und wandte ihre Aufmerksamkeit den Kindern zu.

»Überhaupt nicht. Wir haben sie genossen. *Signora* Giambelli, ich möchte Ihnen meine Kinder vorstellen. Mein Sohn Theodore und meine Tochter Madeline.«

»Willkommen in Kalifornien.« Sie reichte Theo die Hand, und obwohl er sich albern vorkam, ergriff und schüttelte er sie.

»Danke.«

Auch Maddy ergriff Teresas Hand. »Es ist schön, hier zu sein.«

»Das freut mich«, erwiderte Teresa mit leisem Lächeln. »Bitte, setzt euch doch, macht es euch bequem. Pilar, kommst du zu uns?«

»Natürlich.«

»Ihr müsst sehr stolz auf euren Vater sein«, begann Teresa, als sie sich hinsetzte. »Und auf alles, was er erreicht hat.«

»Äh ... klar«, sagte Theo und bemühte sich, gerade zu sitzen. Er wusste nicht viel von der Arbeit seines Vaters. In seiner Welt ging sein Vater ins Büro, und irgendwann kam er wieder nach Hause. Er nörgelte an den Hausaufgaben herum, und ließ das Essen anbrennen. Und noch häufiger hatte er im vergangenen Jahr angerufen und gesagt, er käme spät nach Hause, Theo oder Maddy sollten sich etwas vom Pizzadienst bringen lassen.

»Theo ist mehr an Musik als an Wein interessiert«, kommentierte David.

»Ah. Spielst du ein Instrument?«

Das war doch der Job seines Vaters! Warum musste er dann so viele Fragen beantworten? Theo runzelte die Stirn. Erwachsene kapierten doch sowieso nichts. »Gitarre. Und Klavier.«

»Du musst mir einmal etwas vorspielen. Ich liebe Musik. Was spielst du am liebsten?«

»Nur Rockmusik. Ich stehe auf Techno und so etwas.«

»Theo komponiert«, warf David ein. »Es ist recht interessant.«

»Wenn ihr euch erst einmal eingerichtet habt, möchte ich gern mal etwas hören. Und du«, wandte Teresa sich an Maddy, »spielst du auch ein Instrument?«

»Ich hatte Klavierunterricht.« Sie zuckte mit den Schultern. »Aber es interessiert mich eigentlich nicht. Ich möchte Wissenschaftlerin werden.« Das Schnauben ihres Bruders machte sie wütend.

»Maddy interessiert sich für vieles«, warf David rasch ein, bevor es ein Blutvergießen gab. »Nach dem, was ich gehört habe, sollte die High School hier den beiden genug bieten.«

»Kunst und Wissenschaft.« Teresa lehnte sich zurück. »Dann kommen sie also beide auf ihren Vater, denn im Wein ist beides vereint. Ich nehme an, Sie möchten sich erst ein paar Tage eingewöhnen«, fuhr sie fort, während ein Servierwagen hereingeschoben wurde. »Eine neue Position, eine neue Umgebung, neue Menschen ... und natürlich eine neue Schule und ein neuer Tagesablauf für Ihre Familie.«

»Dad sagt, es ist ein Abenteuer«, sagte Maddy und erntete ein ernstes Kopfnicken von Teresa.

»Wir werden zumindest versuchen, es dazu zu machen.«

»Ich stehe zu Ihrer Verfügung, *Signora*«, sagte David und blickte zu Pilar, die aufstand, um Kaffee und Plätzchen zu servieren. »Ich möchte mich noch einmal dafür bedanken, dass wir in Ihrem Gästehaus wohnen dürfen. Ich bin sicher, dass es ein Vergnügen sein wird, sich dort einzugewöhnen.«

Er sah, dass sich Pilars Augen weiteten. Ach, dachte er, das kommt überraschend für sie. Ich frage mich, warum. »Danke.«

»Bitte«, murmelte Pilar.

Als der Kaffee eingeschenkt war, plauderten sie noch eine Weile. David folgte Teresas Beispiel und sprach nicht vom Geschäft. Dazu ist noch reichlich Zeit, dachte er.

Nach genau zwanzig Minuten erhob sich Teresa. »Es tut mir Leid, dass mein Mann heute unabkömmlich war und Sie und Ihre reizenden Kinder nicht kennen lernen konnte. Wäre es Ihnen recht, wenn wir uns morgen zusammensetzen?«

»Ganz wie Sie wollen, *Signora*.« David erhob sich ebenfalls.

»Dann um elf. Pilar, zeigst du bitte den Cutters das Gästehaus und sorgst dafür, dass sie alles haben, was sie brauchen?«

»Natürlich. Ich hole rasch ihre Mäntel.«

Was zum Teufel ist das?, fragte sich Pilar, während sie die Mäntel holte. Normalerweise kümmerte *sie* sich um alles im Haushalt. Und doch war es ihrer Mutter gelungen, eine ganze Familie einzuschmuggeln, ohne dass sie selbst etwas davon mitbekommen hatte.

So viele Veränderungen, und praktisch über Nacht ... Sie musste wohl wieder aufmerksamer werden. Sie hatte es nicht gern, wenn sich wesentliche Dinge änderten, ohne dass sie darauf vorbereitet war.

Trotzdem spielte sie die höfliche Gastgeberin, als sie zurückkehrte. »Es ist nur eine kurze Fahrt. Eigentlich sogar nur ein kleiner Spaziergang, wenn das Wetter gut ist.«

»Winterregen ist gut für die Trauben.« David ergriff ihre Jacke und half ihr hinein.

»Ja. Das sagt man mir auch immer, wenn ich mich über die Nässe beklage.« Sie traten nach draußen. »Es gibt eine direkte Leitung von Haus zu Haus. Sie brauchen also nur anzurufen, wenn Sie etwas benötigen oder eine Frage haben. Unsere Haushälterin heißt Maria und es gibt nichts, was sie nicht kann. Danke«, fügte sie hinzu, als David ihr die Beifahrertür des Van öffnete.

»Ihr habt eine wundervolle Aussicht«, fuhr sie fort und drehte sich zu den Kindern um, die hinten eingestiegen waren. »Von jedem Schlafzimmer aus. Und es gibt einen Pool. Natürlich habt ihr jetzt im Moment noch nichts davon, aber ihr dürft gern die Schwimmhalle hier im Haupthaus benutzen, wann immer ihr wollt.«

»Eine Schwimmhalle?« Theos Miene hellte sich auf. »Cool.«

»Das heißt aber nicht, dass du einfach in der Badehose hereinschneien kannst, wann immer dir danach zumute ist«, warnte sein Vater ihn. »Sie dürfen nicht zulassen, dass sie das Haus übernehmen, Ms. Giambelli. Innerhalb einer Woche wären Sie reif für eine Therapie.«

»Das hat bei dir ja auch nicht funktioniert«, gab Theo zurück.

»Wir haben gern junge Leute um uns. Und nennen Sie mich doch bitte Pilar.«

»David.«

Hinter ihrem Rücken drehte sich Maddy zu ihrem Bruder um und klimperte heftig mit den Wimpern.

»Und jetzt nach links, David. Da sehen Sie das Haus schon. Ich finde, im Regen sieht es immer ein bisschen wie im Märchen aus.«

Interessiert beugte sich Theo vor. »Es ist ziemlich groß.«

»Vier Schlafzimmer und fünf Badezimmer. Es gibt ein hübsches Wohnzimmer, aber die große Wohnküche ist freundlicher, glaube ich. Kocht bei euch jemand?«

»Dad tut so, als ob«, erwiderte Maddy. »Und wir tun so, als äßen wir es gern.«

»Frechdachs. Und Sie?«, fragte David Pilar. »Kochen Sie?«

»Ja, und sogar sehr gut, aber selten. Nun, vielleicht gefällt Ihrer Frau ja die Küche, wenn sie kommt.«

Bei dem Schweigen, das plötzlich eintrat, zuckte Pilar innerlich zusammen.

»Ich bin geschieden.« David hielt vor dem Haus. »Es gibt nur uns drei. Dann wollen wir doch mal sehen. Das Gepäck holen wir später.«

»Es tut mir Leid«, murmelte Pilar, während die Kinder aus dem Auto sprangen. »Ich hätte nicht ...«

»Das ist doch ganz normal. Ein Mann, zwei Kinder, da erwartet man die ganze Familie. Machen Sie sich keine Gedanken deswegen.« Er tätschelte ihr beiläufig die Hand und öffnete ihr dann von innen die Tür. »Sie werden sich wegen der Zimmer zanken. Ich hoffe, Geschrei macht Ihnen nichts aus.«

»Ich bin Italienerin«, erwiderte sie nur und trat in den Regen.

5

Italienerin, dachte David später. Und großartig. Distanziert und freundlich zugleich. Kein einfacher Charakter. In dieser Hinsicht war sie wohl die Tochter ihrer Mutter.

Er besaß eine gute Menschenkenntnis – eine unschätzbare Fähigkeit, wenn man in größeren Unternehmen die schlüpfrige Karriereleiter hinaufsteigen wollte. Und bei Pilar Giambelli sagte ihm diese Kenntnis, dass sie gewohnt war, sowohl Befehle zu geben als sie zu empfangen.

Er wusste, dass sie verheiratet war und mit wem, aber da sie keinen Ring trug, nahm er an, dass die Ehe mit dem berüchtigten Tony Avano entweder vorbei oder ernsthaft gefährdet war. Das würde er herausfinden müssen, bevor er sie auf einer persönlicheren Ebene besser kennen lernte.

Sie hatte eine Tochter. Jeder in der Branche hatte schon von Sophia Giambelli gehört. Ein Energiebündel mit Stil und Ehrgeiz. Er war ihr ab und zu begegnet und fragte sich, wie sie es wohl aufgenommen hatte, dass er als Geschäftsführer eingesetzt worden war. Wahrscheinlich würde er vorsichtig vorgehen müssen, überlegte er und griff nach den Zigaretten in seiner Tasche. Im selben Moment fiel ihm ein, dass er keine hatte, weil er vor drei Wochen und fünf Tagen das Rauchen aufgeben hatte.

Denk an etwas anderes, befahl er sich und richtete

seine Aufmerksamkeit auf die Musik, die in brutaler Lautstärke aus dem neuen Zimmer seines Sohnes drang. Zum Glück lag es am anderen Ende des Flurs.

Es hatte den erwarteten Streit um die Zimmer gegeben, aber er war noch einigermaßen zivil abgelaufen. David hatte das auf die Anwesenheit Pilars zurückgeführt. Jedenfalls hatten die Kinder mehr aus Gewohnheit und ohne echtes Engagement miteinander gestritten, da jedes Zimmer im Haus schön war.

Fast sogar vollkommen, dachte David, mit dem glänzenden Holz und den Fliesen, den seidigen Wänden und der üppigen Ausstattung.

Die Perfektion, der elegante Stil, die absolute Ordnung verunsicherten ihn. Aber die Kinder würden das wahrscheinlich schon bald ändern. Ordentlich waren sie nicht. Also, wie gepflegt die Schachtel auch immer sein mochte, ihr Inhalt würde bald durcheinander geraten, und dann würden sie sich alle wohler fühlen.

Weil David keine Lust zum Auspacken hatte, trat er an eines der Fenster und blickte über die Weinberge. Pilar hatte Recht. Die Aussicht war großartig. Das war jetzt ein Teil seiner Spielwiese. Und er hatte vor, seine Zeichen zu setzen.

Am anderen Ende des Flurs trat Maddy aus ihrem Zimmer. Sie versuchte, möglichst gleichgültig zu wirken, aber in Wahrheit war sie tief beeindruckt. Zum ersten Mal in ihrem Leben musste sie sich das Badezimmer nicht mehr mit ihrem Bruder teilen. Und ihr Bad war in Dunkelblau und Tiefrot gefliest. Fliesen mit großen Blumen, und wenn sie in der Wanne lag, würde sie sich sicher vorkommen wie in einem seltsamen Garten.

Außerdem hatte sie ein großes Bett mit vier Pfosten. Sie hatte die Tür verschlossen, damit sie sich ganz allein darauf wälzen konnte.

Doch dann fiel ihr ein, dass sie nicht New York sehen würde, wenn sie aus dem Fenster blickte, und dass sie nicht eine ihrer Freundinnen anrufen und mit ihr losziehen konnte. Sie würde nie mehr ins Kino gehen können, wenn ihr danach zumute war. Sie würde *nichts* mehr tun können, das sie gewohnt war.

In Maddy stieg ein heißes, schmerzendes Heimweh auf. Die einzige Person, mit der sie reden konnte, war Theo – ihrer Meinung nach zwar ein armseliger Ersatz, aber er war der Einzige, der ihr geblieben war.

Als sie seine Tür aufstieß, drang ihr der Lärm der Chemical Brothers entgegen. Er lag auf dem Bett, die Gitarre quer über der Brust und versuchte, mitzuspielen. Das Zimmer war schon jetzt ein einziges Chaos, und wahrscheinlich würde es auch so bleiben, bis er auszog, um aufs College zu gehen.

»Du sollst doch auspacken.«

»Und du sollst dich um deine eigenen Angelegenheiten kümmern.«

Maddy warf sich bäuchlings aufs Fußende seines Bettes. »Hier gibt es ja nichts zu tun.«

»Hast du das jetzt erst gemerkt?«

»Vielleicht findet Dad es ja ganz furchtbar, und wir fahren wieder nach Hause.«

»Keine Chance. Hast du gesehen, wie er sich an die alte Dame rangeschleimt hat?« Da Theo auch Heimweh hatte, legte er seine Gitarre beiseite und beschloss, mit seinem Sargnagel von Schwester zu reden. »Was sollte das?«

»Er klang wie jemand aus einem Film. Weißt du, er klang genauso, wie er immer aussieht, wenn er sich für eine Sitzung einen Anzug anzieht.« Maddy verdrehte die Augen. »Nichts wird mehr so sein wie früher. Er hat diese Frau so seltsam angesehen.«

»Hä?«

»Diese Pilar. Was ist das eigentlich für ein Name?«

»Wahrscheinlich italienisch oder so. Was meinst du damit, er hat sie so seltsam angesehen?«

»Du weißt schon. So prüfend.«

»Ach was.«

»Mann, Jungs kriegen gar nichts mit.« Im Bewusstsein ihrer Überlegenheit setzte sich Maddy auf und warf ihre Haare zurück. »Er hat sie prüfend gemustert.«

»Ja und?« Theo zuckte mit den Schultern. »Er hat früher auch schon Frauen prüfend gemustert. Hey, wahrscheinlich hat er sogar mit ein paar von ihnen geschlafen.«

»Iihh, glaubst du wirklich?« Maddy rollte vom Bett und trat ans Fenster. Regen und Weinstöcke, Weinstöcke und Regen. »Vielleicht schläft er ja mit der Tochter seiner Chefin, man erwischt ihn dabei, er wird gefeuert und wir fahren nach Hause zurück.«

»Wohin nach Hause? Wenn er seinen Job verliert, können wir nirgendwo mehr hingehen. Werd endlich erwachsen, Maddy.«

Sie ließ die Schultern sinken. »Es tut so weh.«

»Ach, was du nicht sagst.«

Ty dachte dasselbe über das Leben im Allgemeinen, während Sophia ihn durch die Meetings peitschte –

eine Brainstorming-Session nannte sie es. Sie hatte ihm endlos Namen heruntergerasselt, während sie ihn gestikulierend und hier und da Grüße und Befehle austeilend durch die Werbeabteilung schleifte.

Er erinnerte sich natürlich an keinen der Namen, und die Gesichter waren alle wie in einem Nebel an ihm vorbeigerauscht, während er sich bemüht hatte, mit Sophia Schritt zu halten. Die Frau bewegte sich wie ein Geschoss. Schnell und durchschlagend.

Jetzt waren noch drei weitere Leute im Zimmer, lauter Stadtkrieger mit schicken Klamotten und schicken Frisuren, kleinen drahtgefassten Brillen und elektronischen Organizern. Zwei Frauen und ein Mann, alle jung und gut aussehend. Und er hatte keinen Namen behalten, weil sie alle so androgyn klangen.

Er hielt irgendeinen Kaffee in der Hand, den er nicht gewollt hatte, und alle redeten durcheinander und kauten dabei Biscotti.

Tyler bekam gewaltige Kopfschmerzen.

»Nein, Kris, ich will etwas Subtiles, was aber gleichzeitig eine starke Aussage hat. Ein starkes Bild mit einer emotionalen Botschaft. Trace, mach mal schnell eine Skizze: ein Paar – jung, in Freizeitkleidung, Ende zwanzig. Sitzen auf einer Veranda. Erotisch, aber eher beiläufig.«

Da der Mann mit dem blonden, stumpf geschnittenen Haar den Stift und den Skizzenblock zur Hand nahm, vermutete Ty, dass dies Trace war.

»Die Sonne geht unter«, fuhr Sophia fort und erhob sich von ihrem Schreibtisch, um im Zimmer umherzuwandern. »Das Ende des Tages. Es ist ein berufstätiges Paar, keine Kinder, ziemlich mobil, aber gesetzt.«

»Schaukel auf der Veranda«, schlug die lebhafte schwarze Frau in der roten Weste vor.

»Zu gesetzt. Zu ländlich. Lieber Designerstühle«, sagte Sophia. »Kräftige Farben bei den Kissen. Kerzen auf dem Tisch. Dicke, keine dünnen.«

Sie beugte sich über Traces Schulter und gab ein summendes Geräusch von sich. »Gut, gut. Aber mach es lieber so: Sie blicken einander an, vielleicht hat sie sogar die Beine auf seinen Knien liegen. Freundliche Intimität. Er hat die Ärmel hochgekrempelt, sie trägt Jeans, nein, Khakis.«

Sophia setzte sich auf die Schreibtischkante und schürzte die Lippen, während sie nachdachte. »Sie sollen sich unterhalten. Entspannt, sie haben Zeit. Sie genießen es, nach einem anstrengenden Tag zusammen zu sein.«

»Wie findest du es, wenn einer von ihnen Wein einschenkt? Die Flasche hält?«

»Das versuchen wir. Arbeitest du das mal aus, P.J.?«

Nickend ergriff die lebhafte P.J. ihren Block. Jetzt wusste Ty auch, wie sie hieß.

»Es sollte auch Wasser dabei sein.« Die zweite Frau, eine Rothaarige, die verärgert und gelangweilt aussah, unterdrückte ein Gähnen.

»Ach, haben wir Kris bei ihrem Schläfchen gestört?«, sagte Sophia süß, und Ty bemerkte ein rasches Aufblitzen unter den gesenkten Lidern der Frau.

»Ich finde Vorortszenen langweilig. Wasser bringt zumindest noch ein weiteres Element hinein – und unterschwellige Sexualität.«

»Kris will Wasser.« Sophia nickte und begann wieder durchs Zimmer zu laufen. »Wasser ist gut.

Ein Teich. Ein See. Das macht das Licht gut. Spiegelt wider. Sieh mal, Ty. Was denkst du?«

Er tat sein Bestes, um sich zu beteiligen und intelligent auszusehen, als Trace ihm seinen Skizzenblock hinhielt. »Ich verstehe nichts von Werbung. Es ist eine hübsche Zeichnung.«

»Du schaust dir doch Werbung an«, rief Sophia ihm ins Gedächtnis. »Ständig, ob du die Botschaft nun bewusst aufnimmst oder nicht. Was sagt das Bild dir?«

»Es sagt, dass sie auf einer Veranda sitzen und Wein trinken. Warum können sie keine Kinder haben?«

»Warum sollten sie?«

»Du willst ein Paar auf einer Veranda. Veranda bedeutet für gewöhnlich Zuhause. Warum sollten sie keine Kinder haben?«

»Weil wir keine kleinen Kinder in einer Werbung für alkoholische Getränke haben wollen«, erwiderte Kris leicht gereizt. »Werbegesetz 101.«

»Dann eben ein Hinweis auf Kinder. Ein paar Spielzeuge auf der Veranda. Das besagt, dass diese Menschen eine Familie haben, bereits seit einer Weile zusammen sind und immer noch gern gemeinsam auf der Veranda sitzen und am Ende des Tages ein Glas Wein miteinander trinken. Das ist sexy.«

Kris wollte schon ihren Mund aufmachen, bemerkte aber, wie Sophias Augen zu leuchten begannen. Klugerweise machte sie ihn wieder zu.

»Das ist gut. Das ist hervorragend«, sagte Sophia. »Lass Spielzeug auf der Veranda herumliegen, Trace. Stell die Flasche Wein auf den Tisch mit den Kerzen. Hier seht ihr unser nettes, aber schickes Vorortpaar.«

»Feiere den Sonnenuntergang«, murmelte sie. »Es ist dein Augenblick. Entspann dich mit Giambelli. Es ist dein Wein.«

»Eher gemütlich als hip«, murrte Kris.

»Für hip nehmen wir ein urbanes Setting. Zwei Paare, Freunde, die einen gemeinsamen Abend verbringen. Apartment-Szene. Mach sie jung und schick. Zeig durch das Fenster die Stadt. Lichter und Silhouetten.«

»Couchtisch«, warf P.J. ein, die bereits zeichnete. »Zwei sitzen auf dem Boden. Die anderen lümmeln sich auf der Couch, alle reden zugleich. Man kann fast die Musik hören. Auf dem Tisch stehen Essensreste. Takeout. Dort stellen wir auch den Wein hin.«

»Gut. Perfekt. Feiere den Dienstag und so weiter.«

»Warum den Dienstag?«, wollte Ty wissen.

»Weil du für dienstags nie Pläne machst.« Sophia hockte sich wieder auf die Schreibtischkante und kreuzte die Beine. »Du machst Pläne fürs Wochenende, aber ein Dienstagabend mit Freunden ist spontan. Wir möchten, dass die Leute auf dem Weg nach Hause eine Flasche von unserem Wein kaufen. Einfach nur, weil es Dienstag ist. Dein Augenblick, dein Wein. Das ist der Auslöser.«

»Der Wein ist Giambelli-MacMillan.«

Sie nickte. »Korrekt. Wir müssen das auch in der Kampagne darstellen. Eine Hochzeit. Feiern Sie mit uns Hochzeit. Champagner, Blumen, ein schönes Paar.«

»Flitterwochen sind sexier«, kommentierte Trace, während er seine andere Zeichnung ausfeilte. »Die gleichen Elemente, aber in einem tollen Hotelzimmer. Das Hochzeitskleid hängt an der Tür, und unser Paar ist mit Champagner auf Eis in einem tiefen Kuss versunken.«

»Wenn sie sich küssen, denken sie nicht ans Trinken«, sagte Ty.

»Guter Punkt. Vergiss den Kuss, aber der Rest ist toll. Zeig mir ...« Sophia fing an zu gestikulieren. »Vorfreude! Seide, Blumen, und drück ihnen die Champagnerflöten in die Hand. Sie sollen sich in die Augen sehen, statt sich zu küssen. Los, Kinder, schafft Magie. Seht zu, was ihr mir in den nächsten Stunden liefern könnt. Denkt immer an Augenblicke. Die besonderen und die gewöhnlichen.«

Sie schlug wieder die Beine übereinander, während ihr Team schwatzend das Zimmer verließ. »Nicht schlecht, MacMillan. Gar nicht schlecht.«

»Gut. Können wir jetzt nach Hause fahren?«

»Nein, ich habe hier noch eine Menge zu erledigen, und ich muss auch noch einiges einpacken, damit ich mir in der Villa ein Büro einrichten kann. Kannst du zeichnen?«

»Klar.«

»Das ist ein Plus.« Sophia schwang sich vom Schreibtisch und trat ans Regal, um einen Skizzenblock herauszunehmen.

Auf den Regalen standen jede Menge Dinge, nicht nur geschäftlicher Kram, sondern der Schnickschnack, den Leute, vor allem weibliche Leute, nach Tylers Meinung immer zu sammeln schienen. Die meisten der Staubfänger waren Frösche. Kleine grüne Frösche, größere Bronzefrösche, tanzende Frösche, modisch gekleidete Frösche und etwas, was so aussah, wie Frösche als Paar.

Sie passten irgendwie gar nicht zu der schick gekleideten Frau, die auf hohen Absätzen die Büroflure entlangmarschierte und wie eine Nacht im Wald roch.

»Suchst du nach einem Prinzen?«

»Hmm?« Sie blickte sich in die Richtung um, in die er wies. »Oh. Nein, Prinzen brauchen zu viel Aufmerksamkeit. Ich mag einfach nur Frösche. Hier, ich sehe das so: eine Art von Montage. Die Weinberge im Sonnenschein. Weinstöcke voller Trauben. Eine einzelne Gestalt, die durch die Reihen wandert. Dann, im Vordergrund, riesige Körbe mit gerade geernteten Trauben.«

»Wir benutzen keine Körbe.«

»Du arbeitest hier mit *mir*, Ty. Einfachheit, Zugänglichkeit, Tradition. Gichtige Hände, die den Korb halten. Dann Schwenk auf die Fässer, unzählige Reihen von Fässern, das dämmerige Licht der Keller. Das Geheimnis, das Romantische. Ein paar interessiert blickende Kerle in Arbeitskleidung, die den Freifluss überprüfen. Dazu nehmen wir Rot, roter Wein, der aus einem Fass sprudelt. Dann andere Arbeiter, die probieren. Und schließlich eine Flasche. Vielleicht zwei Gläser und ein Korkenzieher daneben.«

»Vom Weinstock auf den Tisch. Hundert Jahre Güte und Qualität. Nein, von *unseren* Weinstöcken auf *Ihren* Tisch.« Sophia runzelte die Stirn, als sie sich das Bild im Geiste vorstellte. »Als Überschrift nehmen wir die hundert Jahre Güte und Qualität, dann die Montage, und unten: Von unseren Weinbergen auf Ihren Tisch. Die Tradition von Giambelli-MacMillan dauert an.«

Sie wandte sich wieder Ty zu, blickte ihm über die Schulter und gab ein Schnauben von sich. Er hatte gezeichnet, während sie redete, und das Ergebnis waren Kreise und Strichmännchen und eine schiefe Säule, die wohl eine Flasche Rotwein darstellen sollte.

»Du hast doch gesagt, du könntest zeichnen.«

»Ich habe nicht gesagt, dass ich *gut* zeichnen kann.«

»Okay, dann haben wir ein Problem. Zeichnen ist auch nicht meine starke Seite, verglichen mit dir bin ich allerdings da Vinci. Ich kann besser arbeiten, wenn ich ein paar visuelle Hilfen habe.« Sie stieß die Luft aus. »Wir kriegen das schon hin. Ich lasse mir von meinem Team Skizzen faxen, während wir weiter planen. Wir koordinieren die Termine so, dass wir einmal in der Woche entweder hier oder in meinem Büro in der Villa eine Sitzung abhalten können.«

Sie ließ sich auf die Armlehne seines Sessels sinken und blickte stirnrunzelnd vor sich hin. Sie und ihr Team waren aufeinander eingespielt und sie hatte die unterschwelligen Strömungen gespürt. Das musste sie gleich angehen. »Ich brauche hier noch eine halbe Stunde. Geh doch schon rüber zu Armani, ich komme dann gleich nach.«

»Warum soll ich zu Armani gehen?«

»Weil du was zum Anziehen brauchst.«

»Ich habe jede Menge anzuziehen.«

»Lieber, deine Klamotten sind wie deine Zeichnungen. Sie entsprechen den grundlegenden Anforderungen, aber du kannst damit keine Preise gewinnen. Ich werde dich neu ausstatten, und dann kannst du mir die richtige Winzerkleidung verpassen.« Sophia tätschelte Tylers Schulter und stand auf.

Er hätte am liebsten widersprochen, aber das wäre Zeitverschwendung gewesen. Je eher sie fertig waren und wieder nach Norden fahren konnten, desto glücklicher würde er sein.

»Wo ist Armani?«

Sie starrte ihn an. Der Mann lebte seit Jahren eine Stunde von San Francisco entfernt. Wieso wusste er es nicht? »Frag meine Assistentin. Sie zeigt dir den Weg. Ich komme gleich nach.«

»*Ein* Anzug«, warnte Ty sie, während er zur Tür ging. »Und mehr nicht.«

»Mmm.« Das werden wir noch sehen, dachte sie. Es würde bestimmt Spaß machen, ihn neu einzukleiden. So ähnlich wie einen Klumpen rohen Ton zu formen. Aber vor dem Vergnügen kam erst noch die Arbeit. Sie trat wieder an ihren Schreibtisch und griff zum Telefonhörer. »Kris, kann ich dich kurz sprechen? Ja, jetzt gleich. Ich habe nicht viel Zeit.«

Sophie lockerte ihre Schultern und begann, Akten und Kassetten zusammenzupacken.

Sie arbeitete schon mehr als vier Jahre mit Kris zusammen, und war sich sehr wohl bewusst, dass es beträchtlichen Unmut gegeben hatte, als die frisch aus dem College entlassene Sophia die Abteilungsleitung übernahm. Sie hatten sich schließlich irgendwie geeinigt, aber Sophia zweifelte nicht daran, dass Kris jetzt wirklich unzufrieden war. Das ist nicht zu ändern, dachte Sophia. Sie musste irgendwie lernen, damit umzugehen.

Es klopfte an der Tür und Kris trat ein. »Sophia, ich habe Berge von Arbeit ...«

»Ich weiß. Nur fünf Minuten. Es wird in den nächsten Monaten ein ziemlicher Aufwand sein, die Dinge zwischen Napa Valley und hier hin und her zu schaufeln. Ich bin in einer Zwickmühle, Kris.«

»Wirklich? So siehst du gar nicht aus.«

»Du hast auch nicht gesehen, wie ich heute im Morgengrauen Weinstöcke beschnitten habe! Sieh mal, meine Großmutter hat Gründe für das, was sie tut und wie sie es tut. Ich verstehe diese Gründe nicht immer, und oft gefallen sie mir auch nicht, aber es ist ihr Unternehmen. Ich arbeite einfach nur hier.«

»Ja.«

Sophia hörte auf zu packen, stützte sich mit den Handflächen auf der Schreibtischplatte ab und sah Kris in die Augen. »Wenn du denkst, es macht mir Spaß, zwischen der Arbeit, die ich liebe, und den Weinbergen hin- und herzupendeln, dann bist du verrückt. Und wenn du denkst, Tyler habe es auf eine Position hier in diesem Büro abgesehen, dann denk lieber noch einmal nach.«

»Entschuldige, aber im Moment *hat* er eine Position in diesem Büro.«

»Und zwar eine, die deiner Meinung nach dir zusteht. Ich widerspreche dir nicht, aber ich sage dir, dass es nur zeitweilig ist. Ich brauche dich hier. Ich kann nicht jeden Tag herkommen, und ich kann auch nicht an allen Sitzungen teilnehmen oder alle Aufträge verteilen. Eigentlich, Kris, bist du gerade befördert worden. Du bekommst zwar keinen neuen Titel, aber ich werde alles tun, was ich kann, damit du für die zusätzlichen Pflichten finanziell entschädigt wirst.«

»Es geht mir nicht ums Geld.«

»Aber Geld kann nicht schaden«, schloss Sophia. »Tys Position hier und sein Titel stehen nur auf dem Papier. Er versteht nichts von Werbung und Marketing, Kris, und er ist auch nicht sonderlich daran interessiert.«

»Interessiert genug, um heute Kommentare und Vorschläge abzugeben.«

»Langsam.« Sie konnte geduldig sein, aber bedrängen ließ sie sich nicht. »Erwartest du von ihm, dass er hier wie ein Idiot herumsitzt? Er hat ein Recht darauf, seine Meinung zu äußern, und zufällig hat er ein paar äußerst vernünftige Vorschläge gemacht. Er ist ohne Fallschirm von der Klippe gesprungen, und er ist kooperativ. Nimm dir ein Beispiel.«

Kris biss die Zähne zusammen. Sie war seit fast zehn Jahren bei Giambelli und sie war es leid, ständig von den kostbaren Blutsverwandten überholt zu werden. »Er hat einen Fallschirm, genauso wie du. Ihr seid damit zur Welt gekommen. Wenn einer von euch springt, springen die Übrigen auch. Für uns andere gilt das nicht.«

»Ich möchte mit dir keine persönlichen Angelegenheiten der Familie besprechen. Ich sage lediglich, dass du ein geschätztes Mitglied von Giambelli und jetzt von Giambelli-MacMillan bist. Es tut mir Leid, wenn du das Gefühl hast, dass deine Fähigkeiten und Talente übersehen oder unterschätzt worden sind. Ich werde tun, was immer ich kann, um das zu korrigieren. Aber diese Veränderungen sind jetzt nötig, und in den nächsten Monaten sollten wir uns alle aufeinander verlassen können. Ich muss mich auch auf dich verlassen können. Wenn das nicht möglich ist, solltest du es mich wissen lassen, damit ich andere Arrangements treffen kann.«

»Ich tue meine Arbeit.« Kris wandte sich zur Tür und riss sie auf. »*Und* deine.«

»Nun«, murmelte Sophia, während die Tür heftig ins Schloss fiel, »das hat Spaß gemacht.« Seufzend griff sie zum Telefonhörer. »P.J., kann ich kurz mit dir sprechen?«

»Nein, wir wollen etwas Klassisches. Diesen dünnen grauen Streifen zum Beispiel.«

»Gut. Großartig. Ich nehme ihn. Lass uns gehen.«

»Tyler.« Sophia schürzte die Lippen und tätschelte seine Wange. »Probier ihn bitte an, sei ein guter Junge.«

Er packte sie am Handgelenk. »Mom?«

»Ja, Lieber?«

»Lass es sein.«

»Wenn du in der letzten halben Stunde nicht so finster vor dich hin geblickt hättest, dann wären wir jetzt schon aus der Tür. Dieser hier«, sagte sie und reichte ihm einen dunkelbraunen Anzug mit dünnen Streifen, »und diesen.« Sie wählte einen klassisch geschnittenen schwarzen Dreiteiler.

Dann trat sie zu den Hemden. »Shawn?« Sie winkte einem der Geschäftsführer, den sie vom Sehen kannte. »Mein Freund Mr. MacMillan braucht Ihre Beratung.«

»Ich werde mich gut um ihn kümmern, Ms. Giambelli. Übrigens, heute früh waren Ihr Vater und seine Verlobte da.«

»Tatsächlich?«

»Ja. Sie haben für die Flitterwochen eingekauft. Wenn Sie etwas Besonderes für die Hochzeit suchen, wir haben ein fantastisches neues Abendjackett hereinbekommen, das an Ihnen hinreißend aussehen würde.«

»Ich habe heute nur wenig Zeit«, stieß Sophia hervor. »Ich komme ein anderes Mal, sobald ich etwas weniger unter Druck bin, und sehe es mir an.«

»Sagen Sie mir nur Bescheid. Ich würde mich freuen, wenn ich Ihnen eine kleine Auswahl schicken könnte. Jetzt sehe ich rasch nach Mr. Mac-Millan.«

»Danke.« Blindlings ergriff sie ein Hemd und starrte auf das cremefarbene Ton-in-Ton-Muster.

Sie vergeuden keine Zeit, dachte sie. Kaufen schon für die Flitterwochen ein, noch bevor die Scheidung ausgesprochen ist. Und verbreiten die Neuigkeiten überall.

Vielleicht war es ja ganz gut für sie, dass sie eine Zeit lang aus der Stadt verschwand. So würde sie jedenfalls nicht ständig mit Leuten zusammentreffen, die ihr etwas von der Hochzeit ihres Vaters erzählten.

Warum ließ sie sich davon verletzen? Und wenn es *ihr* so wehtat, wie viel schlimmer mochte es dann erst für ihre Mutter sein?

Es macht keinen Sinn, wütend zu werden, sagte sie sich und sah sich weitere Hemden an. Es hatte einfach keinen Zweck.

Von den Hemden ging sie zu den Krawatten, und als Ty aus der Umkleidekabine trat, hatte sie einen kleinen Stapel an ausgewählten Dingen zusammengetragen.

Er sah verärgert, ein wenig verlegen und absolut großartig aus: breite Schultern, schmale Hüften und lange Beine in einem klassischen italienischen Anzug.

»O Mann.« Bewundernd legte Sophia den Kopf schräg. »Du machst dich gut, MacMillan. Überlass die Mode den Italienern, dann kannst du nichts falsch machen. Holen Sie den Schneider, Shawn, damit wir diese Show über die Bühne bringen.«

Sie trat mit den beiden Hemden auf ihn zu, dem cremefarbenen und einem tiefbraunen, und hielt sie unter das Jackett.

»Was ist los?«, fragte Ty.

»Nichts. Beide passen sehr gut.«

Wieder packte er sie am Handgelenk und hielt sie fest, bis sie ihm in die Augen sah. »Stimmt etwas nicht, Sophie?«

»Alles in Ordnung«, erwiderte sie, besorgt, dass er den Aufruhr in ihrem Inneren erkennen könnte. »Du siehst gut aus«, fügte sie hinzu und rang sich ein Lächeln ab. »Gut gebaut und sexy.«

»Es sind nur die Kleidungsstücke.«

Sophia presste sich die Hand aufs Herz und taumelte einen Schritt zurück. »MacMillan, wenn du das so siehst, haben wir noch einen weiten Weg vor uns.« Sie ergriff eine Krawatte und drapierte sie über dem Hemd. »Ja, genau so. Wie passt die Hose?«, fragte sie und griff nach dem Bund.

»Lass das bitte.« Verlegen schlug er ihre Hand weg.

»Wenn ich an dein edelstes Teil gewollt hätte, hätte ich tiefer gegriffen. Zieh doch mal den schwarzen Anzug an.«

Der Form halber grummelte er etwas, war aber froh, wieder in die Umkleidekabine verschwinden zu können. Er fühlte sich nicht zu Sophia hingezogen. Absolut nicht. Aber die Frau hatte ihn gemustert und angefasst. Er war schließlich auch nur ein Mensch, oder? Ein männlicher Mensch. Und er hatte vollkommen natürlich, menschlich und männlich reagiert.

Nun, er würde sich wieder beruhigen, und dann konnte der Schneider Maß nehmen, wenn es nötig war. Er würde alles kaufen, was Sophia ihm aufdrängte, um der Quälerei ein Ende zu machen.

Er hätte gern gewusst, was vorgefallen war, während er sich in der Umkleidekabine aufgehalten hatte. Was ihre großen, dunklen Augen so unglücklich gemacht hatte. So unglücklich, dass er ihr am liebsten seine starke Schulter zum Anlehnen angeboten hätte.

Auch das war eine normale Reaktion, versicherte er sich selbst, während er den Nadelstreifenanzug auszog und den schwarzen Dreiteiler anzog. Er empfand eben immer Mitgefühl, wenn jemand verletzt aussah.

Unter den momentanen Umständen jedoch würde er all diese normalen Regungen unterdrücken müssen. Kopfschüttelnd betrachtete er sich im Spiegel. Warum, zum Teufel, musste er eigentlich diese albernen Anzüge anziehen? Er war ein Farmer, und er war verdammt froh darüber.

Dann machte er den Fehler, auf das Preisschild zu blicken. Er hätte nie gedacht, dass beim Anblick einer einfachen Reihe von Zahlen sein Herzschlag aussetzen konnte.

Tyler war immer noch schockiert und nicht im Mindesten mehr erregt, als Shawn mit dem Schneider im Schlepptau in die Umkleidekabine tänzelte.

»Betrachte es als Investition«, riet Sophia ihm, als sie aus der Stadt fuhren. »Und, Lieber, du hast großartig ausgesehen.«

»Halt den Mund. Ich rede nicht mehr mit dir.«

Gott, er ist süß, dachte sie. »Habe ich nicht brav alles gekauft, was du mir gesagt hast? Selbst dieses häßliche Flanellhemd?«

»Ja, und was hat es dich gekostet? Hemden, ein paar Hosen, ein Hut und Stiefel ... Unter fünfhundert Dollar. Meine Rechnung war fast zwanzigmal so hoch. Ich kann es nicht glauben, dass ich zwei Anzüge für zehntausend Dollar gekauft habe.«

»Du siehst darin aus wie ein erfolgreicher Manager. Weißt du, wenn ich dich in diesem schwarzen Anzug kennen gelernt hätte, würde ich dich sicher begehren.«

»Tatsächlich?« Er versuchte, seine Beine in dem kleinen Auto auszustrecken, es gelang ihm aber nicht. »Heute früh habe ich ihn nicht getragen, und du hast mich trotzdem begehrt.«

»Nein. Das war nur eine ganz spontane Lust. Das ist etwas anderes. Aber ein Mann in einem gut geschnittenen Dreiteiler hat etwas, das mich anmacht. Was macht dich an?«

»Nackte Frauen. Ich bin ein einfacher Mann.«

Sophia lachte und trat aufs Gaspedal. »Nein, das bist du nicht. Das habe ich zuerst auch gedacht, aber das stimmt nicht. Du warst heute im Büro gut. Du hast dich tapfer geschlagen.«

»Wörter und Bilder.« Tyler zuckte mit den Schultern. »Was ist schon dabei?«

»Oh, komm, jetzt verdirb es nicht, Ty. Ich wollte dir vorher nicht allzu viel erzählen, weil du dir selbst einen Eindruck verschaffen solltest, aber jetzt ist es wohl an der Zeit, dir eine kurze Einführung in die Persönlichkeit der Leute zu geben, mit denen ich zusammenarbeite.«

»Der Mann ist in Ordnung. Er beherrscht das, was er tut, und mag seine Arbeit. Wahrscheinlich Single, also treibt ihn auch keiner an, damit er Karriere macht. Und er arbeitet gern mit attraktiven Frauen zusammen.«

»Nicht schlecht.« Beeindruckt blickte sie ihn an. »Und eine gute Beurteilung von jemandem, der behauptet, Menschen nicht zu mögen.«

»Dass ich sie nicht mag, bedeutet nicht, dass ich sie nicht beurteilen kann. Die kecke P.J. ...« Er brach ab, weil Sophia ihn lachend ansah. »Was ist?«

»Die kecke P.J. Das ist großartig.«

»Ja, nun, sie hat eine Menge Energie. Du schüchterst sie ein, aber sie versucht, es sich nicht anmerken zu lassen. Sie will so sein wie du, wenn sie groß ist, aber sie ist noch so jung, dass sich das auch ändern kann.«

»Es ist leicht, mit ihr zu arbeiten. Sie nimmt alles, was du ihr hinwirfst, und bringt es zum Glänzen. Sie findet leicht neue Ansätze, und sie hat auch keine Angst davor, eine Idee von uns auszuführen, die ihr nichts sagt. Wenn du irgendwelche Probleme hast und ich bin nicht da, um sie zu lösen, solltest du zu P.J. gehen.«

»Weil die Rothaarige mich jetzt schon hasst«, vollendete Ty den Satz. »Und von dir hält sie übrigens auch nicht viel. *Sie* will nicht du sein, wenn sie *erwachsen* ist, sie will *jetzt* du sein, und es würde ihr nichts ausmachen, wenn du einen plötzlichen Unfall hättest und ausfielst, sodass sie die Abteilung leiten könnte.«

»Du hast an deinem ersten Tag in der Schule viel mitbekommen. Kris ist gut, wirklich gut, was Konzepte, Kampagnen, und – wenn es sie interessiert – auch Details angeht. Sie wäre jedoch keine gute Abteilungsleiterin, weil sie die Leute falsch behandelt und dazu neigt, von oben herab mit ihnen zu reden. Und du hast Recht, im Moment hasst sie dich, einfach nur, weil du dich in ihrem Bereich aufhältst. Es ist nichts Persönliches.«

»Doch, das ist es. Es ist immer persönlich. Ich mache mir deswegen keine Sorgen, aber wenn ich du wäre, würde ich aufpassen. Sie möchte dich am liebsten in den Hintern treten.«

»Das hat sie schon versucht und ist gescheitert.« Sophia tippte mit den Fingernägeln auf das Lenkrad. »Ich bin viel taffer, als die meisten Leute glauben.«

»Das habe ich schon gemerkt.«

Ty lehnte sich so gut es ging zurück. Man würde sehen, wie taff sie nach ein paar Wochen in den Weinbergen war.

Es würde ein langer, eisiger Winter werden.

6

Pilar war gerade eingeschlafen, als um zwei Uhr morgens das Telefon klingelte. Sie fuhr im Bett hoch, und das Herz klopfte ihr bis zum Hals, als sie zum Hörer griff.

Ein Unfall? Tod? Tragödie?

»Hallo. Ja?«

»Du blöde Schlampe! Hast du geglaubt, du kannst mir Angst einjagen?«

»Was?« Ihre Hand zitterte, als sie sich durch die Haare fuhr.

»Ich werde dich und deine jämmerlichen Belästigungsversuche nicht dulden.«

»Wer ist da?« Pilar tastete nach dem Lichtschalter und blinzelte in der plötzlichen Helligkeit.

»Du weißt verdammt gut, wer hier ist. Du hast vielleicht Nerven, mich anzurufen und deinen verdammten Dreck über mir auszuschütten! Halt den Mund, Tony. Ich sage, was ich will.«

»René?« Pilar erkannte die beschwichtigende Stimme ihres Mannes im Hintergrund. Verzweifelt bemühte sie sich, einen klaren Kopf zu bekommen. »Was soll das? Was ist los?«

»Hör doch auf, die Unschuld zu spielen! Bei Tony funktioniert das ja vielleicht, aber bei mir nicht. Ich weiß, wer du bist. *Du* bist die Hure, Herzchen, nicht ich. Du bist die verdammte Heuchlerin, die verdammte Lügnerin. Wenn du hier jemals wieder anrufst ...«

»Ich habe nicht angerufen.« Pilar bemühte sich, ruhig zu bleiben und zog sich die Decke bis ans Kinn hoch. »Ich weiß nicht, wovon du redest.«

»Entweder du oder deine blöde Tochter, das ist doch das Gleiche. Du bist raus aus dem Spiel, und das ist schon seit Jahren so. Du bist eine frigide, vertrocknete alte Kuh. Eine fünfzigjährige Jungfrau. Tony und ich waren schon bei den Anwälten und jetzt wird endlich gerichtlich geklärt, was alle schon seit Jahren wissen. Kein Mann will dich, es sei denn wegen des Geldes deiner Mutter.«

»René, René! Hör auf! Hör jetzt auf. – Pilar?«

Durch das Rauschen in ihrem Kopf hörte Pilar Tonys Stimme. »Warum tut ihr das?«

»Es tut mir Leid. Jemand hat hier angerufen und gemeine Sachen zu René gesagt. Sie ist sehr aufgebracht.« Er musste schreien, um Renés Kreischen zu übertönen. »Natürlich habe ich ihr gesagt, dass du so etwas nie tun würdest, aber sie ist ... aufgebracht«, wiederholte er. »Ich muss jetzt aufhören. Ich rufe dich morgen an.«

»Sie ist aufgebracht«, flüsterte Pilar und begann, hin und her zu schaukeln, als das Freizeichen ertönte. »Natürlich muss sie beruhigt werden. Und was ist mit mir? Was ist mit mir?«

Sie legte den Hörer auf und warf die Decke zurück, damit sie sich nicht einfach Schutz suchend darunter zusammenrollte.

Zitternd zog sie sich den Morgenmantel über und suchte in ihrer Wäschekommode nach ihrem geheimen Notfallpäckchen Zigaretten. Sie stopfte sie in die Tasche und trat durch die Verandatüren in die Nacht hinaus.

Sie brauchte Luft. Sie brauchte eine Zigarette. Sie

brauchte ... Frieden. Pilar ging über die Terrasse die Steinstufen hinunter.

War es nicht genug, dass der einzige Mann, den sie je geliebt hatte, der einzige Mann, dem sie sich je hingegeben hatte, sie nicht liebte? Sie nicht genug geachtet hatte, um sein Gelübde zu halten? Musste sie jetzt auch noch von seiner neuesten Eroberung gequält werden? Mitten in der Nacht angerufen, angeschrien und mit Flüchen belegt werden?

Sie wanderte ziellos durch den Garten, wobei sie sich im Schatten hielt, damit aus dem Haus niemand, der vielleicht noch wach war, sie sehen konnte.

Der Schein, dachte sie, wütend darüber, dass ihre Wangen nass waren. Wir müssen um jeden Preis den Schein wahren. Es ging einfach nicht, dass einer der Dienstboten Ms. Giambelli mitten in der Nacht rauchend im Garten sah. Es ging nicht, dass jemand sah, wie Ms. Giambelli verzweifelt versuchte, einen Nervenzusammenbruch mit Tabak zu unterdrücken.

Dutzende von Leuten konnten René angerufen haben, dachte sie verbittert. Und sie hatte es höchstwahrscheinlich auch verdient. Tonys Tonfall nach zu urteilen wusste er ganz gut, wer sie angerufen hatte. Aber es war natürlich einfacher, René in dem Glauben zu lassen, es sei die abgelegte Ehefrau gewesen statt eine andere Geliebte jüngeren Datums.

»Ich bin noch nicht fünfzig«, murrte sie und kämpfte mit ihrem Feuerzeug. »Und auch keine gottverdammte Jungfrau.«

»Ich auch nicht.«

Sie wirbelte herum und das Feuerzeug fiel ihr aus der Hand. Als David Cutter aus dem Schatten ins Mondlicht trat, mischte sich Demütigung in ihre Wut.

»Es tut mir Leid, dass ich Sie erschreckt habe.« Er

bückte sich nach ihrem Feuerzeug. »Aber ich dachte, ich sage Ihnen lieber, dass ich hier bin, bevor Sie weiter Selbstgespräche führen.«

Er gab ihr Feuer und musterte dabei ihre tränen-verschmierten Wangen und feuchten Wimpern. Ihre Hände zitterten, also ergriff er sie.

»Ich konnte nicht schlafen«, fuhr er fort. »Neuer Ort, neues Bett ... Also bin ich spazieren gegangen. Sollen wir noch ein Stück weitergehen?«

Wahrscheinlich lag es an ihrer Erziehung, dass sie sich nicht einfach hastig zurückzog. »Ich rauche nicht. Offiziell jedenfalls nicht.«

»Ich auch nicht.« Trotzdem atmete er den Rauch in der Luft gierig ein. »Ich habe aufgehört. Es bringt mich um.«

»Ich habe nie offiziell geraucht. Also schleiche ich mich gelegentlich nach draußen und sündige.«

»Ihr Geheimnis ist bei mir sicher. Ich bin äußerst diskret. Manchmal kann es übrigens Wunder wirken, wenn man sich einem Fremden anvertraut.« Als sie nur den Kopf schüttelte, steckte er die Daumen in die Taschen seiner Jeans. »Nun, es ist eine schöne Nacht nach all dem Regen. Sollen wir ein bisschen spazieren gehen?«

Pilar wäre am liebsten wieder hineingerannt und hätte sich endgültig unter der Decke verkrochen. Aber sie wusste ganz genau, dass schlimme Dinge eher vorübergingen, wenn man sich ihnen stellte.

Also ging sie mit ihm.

»Ziehen Sie mit Ihrer Familie auf Dauer hierher?«, fragte sie.

»Das ist eine Übergangszeit. Mein Sohn hat in New York ein paar Probleme gehabt. Jugendsünden, aber dennoch ... Ich wollte das Umfeld ändern.«

»Ich hoffe, es gefällt Ihren Kindern hier.«

»Ich auch.« David zog ein Taschentuch aus der Hosentasche und reichte es Pilar schweigend. »Ich freue mich auf die Besichtigung der Weinberge morgen. Im Moment sehen sie großartig aus, im Mondlicht und ein bisschen vom Frost überzogen.«

»Das machen Sie gut«, murmelte Pilar. »So zu tun, als seien Sie nicht mitten in der Nacht einer hysterischen Frau begegnet.«

»Sie sahen nicht hysterisch aus. Nur traurig und wütend.« Und wunderschön, dachte er. Weißer Morgenmantel, schwarze Nacht. Wie eine stilisierte Fotografie.

»Ich hatte einen schlimmen Anruf.«

»Ist jemandem etwas passiert?«

»Keinem außer mir, und das ist meine eigene Schuld.« Sie blieb stehen, um die Zigarette auszudrücken und die Kippe unter dem Mulch neben dem Weg zu verstecken. Dann wandte sie sich um und sah David lange an.

Er hat ein gutes Gesicht, dachte sie. Ein ausgeprägtes Kinn, klare Augen. Blaue Augen, wie sie sich erinnerte. So tiefblau, dass sie in der Nacht fast schwarz wirkten. Die Andeutung eines Lächelns zeigte ihr, dass er wusste, dass sie ihn musterte. Und er war so geduldig und selbstbewusst, dass er es zuließ.

Pilar dachte daran, wie er gegrinst hatte, als er mit seinen beiden Kindern im Arm vor der Tür stand. Einem Mann, der seine Kinder liebte, und sie so gut verstand, dass er einer Fremden wie Pilars Mutter ihre Interessen erläuterte, konnte Pilar vertrauen.

Außerdem war es schwierig, den Schein zu wahren, wenn man mitten in der Nacht im Morgenmantel vor diesem Mann stand.

»Und, zu einem Ergebnis gekommen?«, fragte er sie lächelnd.

»Nun, Sie werden mit unserer Familie zusammenleben, also werden Sie auch manches hören. Mein Mann und ich leben seit vielen Jahren getrennt. Er hat mir vor kurzem, vor sehr kurzem, mitgeteilt, dass wir jetzt geschieden werden. Seine zukünftige Frau ist sehr jung. Sehr schön, aufreizend. Und ... sehr jung«, wiederholte sie auflachend. »Es ist wahrscheinlich lächerlich, wie sehr dieser Umstand mich stört. Auf jeden Fall ist es eine seltsame und schwierige Situation.«

»Es wird noch seltsamer und schwieriger für ihn werden, wenn er erst einmal erkennt, was er aufgegeben hat.«

Es dauerte einen Moment lang, bis Pilar das Kompliment registrierte. »Das ist sehr nett von Ihnen.«

»Nein, das ist es nicht. Sie sind schön, elegant und interessant.«

Sie war nicht gewohnt, so etwas zu hören. Das wurde ihm klar, als sie ihn einfach nur anstarrte. »Ein Mann gibt viel auf, denn eine Scheidung ist hart«, fügte er hinzu. »Eine Art von Tod, vor allem, wenn man es ernst nimmt. Selbst wenn nur noch Illusionen übrig sind – ist es ein verdammter Schock, eine Ehe zerbrechen zu sehen.«

»Ja.« Pilar fühlte sich getröstet. »Ja, das stimmt. Ich habe gerade erfahren, dass die Anwälte das Ende meiner Ehe in Kürze besiegeln. Also sollte ich wahrscheinlich jetzt schon einmal damit anfangen, die Scherben aufzusammeln.«

»Vielleicht sollten Sie ein paar einfach beiseite fegen.« David legte ihr die Hand auf die Schulter, nahm sie jedoch wieder weg, als er spürte, wie Pilar sich verkrampfte. »Es ist mitten in der Nacht. Manche der Tageslicht-Regeln gelten um drei Uhr nachts nicht, also sage ich es Ihnen besser geradeheraus. Ich fühle mich sehr zu Ihnen hingezogen.«

Ihr Magen verknotete sich, aber sie konnte nicht sagen, ob aus Freude oder Angst. »Das ist sehr schmeichelhaft.«

»Das ist keine Schmeichelei, es ist eine Tatsache. Schmeicheleien bekommen Sie auf einer Cocktailparty von einem Mann zu hören, der sich an Sie heranmachen will. Ich weiß, wovon ich spreche.«

Er grinste sie jetzt fröhlich an, genauso wie er gegrinst hatte, als sie ihn das erste Mal sah. Wieder krampfte sich etwas in ihr zusammen. Verblüfft stellte sie fest, dass es körperliche Anziehung war.

»Ich habe in meinem Leben ziemlich viele Schmeicheleien ausgeteilt. Genauso viele, wie Sie wahrscheinlich abgewehrt haben. Also sage ich es Ihnen einfach geradeheraus.« Das Grinsen verschwand, und seine Augen wurden ruhig und ernst. »Als Sie die Tür öffneten, hat es mich wie ein Blitzschlag getroffen. So etwas habe ich lange schon nicht mehr gespürt.«

»David ...« Pilar trat einen weiteren Schritt zurück, blieb jedoch stehen, als er nach ihrer Hand griff.

»Ich werde Sie nicht damit behelligen. Aber ich habe lange darüber nachgedacht.« Er blickte sie unverwandt an, und ihr Herz schlug schneller. »Deshalb konnte ich wahrscheinlich auch nicht schlafen.«

»Wir kennen einander kaum. Und ich bin ...« *Eine fünfzigjährige Jungfrau.* Nein, dachte sie, das war sie verdammt noch mal nicht. Aber nahe dran. *Zu* nahe.

»Das stimmt. Ich wollte eigentlich auch gar nicht so schnell mit der Sprache herausrücken, aber es schien mir der passende Augenblick zu sein. Eine schöne Frau in einem weißen Morgenmantel, Mondlicht, das den Garten überflutet ... Ein Mann kann dem nicht immer widerstehen. Außerdem haben Sie jetzt etwas, worüber Sie nachdenken können.«

»Ja, ganz bestimmt. Ich sollte jetzt lieber gehen.«

»Wollen Sie mit mir zu Abend essen?« David zog ihre Hand an die Lippen – auch dafür schien es der richtige Augenblick zu sein. »Bald?«

»Ich weiß nicht.« Pilar entzog ihm ihre Hand und kam sich vor wie ein albernes Schulmädchen. »Ich ... gute Nacht.«

Sie lief den Weg zurück, und als sie an der Treppe ankam, war sie außer Atem. Schmetterlinge tanzten in ihrem Bauch, und das Herz hämmerte ihr in der Brust – Gefühle, die sie seit langem nicht mehr empfunden hatte. Fast war es ihr peinlich.

Aber wütend war sie nicht mehr. Und auch nicht mehr traurig.

Kurz nach Mitternacht nahm Jeremy DeMorney in New York einen Anruf entgegen. Für ihn war die Person am anderen Ende der Leitung nicht mehr als ein Werkzeug, das man so einsetzte, wie es nötig war.

»Ich bin bereit. Bereit in die nächste Phase einzutreten.«

»Gut.« Lächelnd schenkte sich Jerry einen Cognac ein. »Es hat ziemlich lange gedauert, bis Sie sich dazu entschlossen haben.«

»Ich habe viel zu verlieren.«

»Und noch mehr zu gewinnen. Giambelli benutzt

Sie und man wird Sie ohne zu zögern hinauswerfen, wenn es der Firma dient. Sie wissen es, und ich weiß es auch.«

»Meine Position ist immer noch gesichert. Daran hat die Neuorganisation nichts geändert.«

»Im Moment nicht. Sie würden mich jedoch wohl kaum anrufen, wenn Sie sich keine Sorgen machten.«

»Ich bin es leid, das ist alles. Ich bin es leid, dass man meine Anstrengungen nicht honoriert. Ich habe es satt, überwacht und von Fremden bewertet zu werden.«

»Natürlich. Sophia Giambelli und Tyler MacMillan treten einfach nur in die familiären Fußstapfen. Ob sie es nun verdient haben oder nicht, sie tragen eben die richtigen Schuhe. Und jetzt ist auch noch David Cutter da. Ein cleverer Typ. Le Coeur hat es sehr bedauert, ihn zu verlieren. Er wird sich alle Bereiche des Unternehmens ganz genau ansehen. Und ein ernsthafter Blick könnte ... nun, er könnte Diskrepanzen aufdecken.«

»Ich bin vorsichtig gewesen.«

»Niemand ist jemals vorsichtig genug. Was wollen Sie jetzt auf den Tisch bringen? Es wird mehr sein als das Vorgeplänkel, aus dem unser letztes Gespräch bestand.«

»Das Jubiläum. Wenn es während des Zusammenschlusses Probleme gibt, die sich bis ins nächste Jahr, ins Jubiläumsjahr erstrecken, dann wird das die Fundamente des Unternehmens angreifen. Ich kann dazu beitragen.«

»Indem Sie einen alten Mann vergiften, zum Beispiel?«

»Das war ein Unfall.«

Die Panik, der Anflug von Jammern in der Stimme brachte Jerry zum Lächeln. Es war alles perfekt.

»Nennen Sie es so?«

»Es war Ihre Idee. Sie haben gesagt, er wird nur krank davon.«

»Oh, ich habe viele Ideen.« Müßig betrachtete Jerry seine Fingernägel. Le Coeur bezahlte ihm für seine Ideen – seine weniger radikalen Ideen – genauso viel wie für die Tatsache, dass er DeMorney hieß. »*Sie* haben es getan, mein Freund. Und *Sie* haben es vermasselt.«

»Woher sollte ich wissen, dass er ein schwaches Herz hat?«

»Wie ich bereits sagte, niemand ist jemals vorsichtig genug. Wenn Sie jemanden hätten töten wollen, dann hätten Sie sich die alte Frau vornehmen sollen. Sobald sie einmal tot ist, können sie bei Giambelli die Löcher im Deich gar nicht so schnell stopfen, wie wir sie aufbohren.«

»Ich bin kein Mörder.«

»Verzeihen Sie mir, wenn ich Ihnen zu nahe getreten bin.« Du bist genau das, dachte Jerry. Und deswegen tust du jetzt auch alles, was ich will. »Ich frage mich, ob die italienische Polizei wohl daran interessiert ist, Baptistas Leiche zu exhumieren und eine Obduktion vorzunehmen, wenn sie einen anonymen Anruf bekäme. Sie haben ihn getötet«, sagte Jerry nach einer langen Pause, »und Sie tun besser alles Notwendige, um sich zu schützen. Wenn Sie meine Hilfe wollen und ich Sie weiterhin finanziell unterstützen soll, dann sollten Sie langsam mal zeigen, was Sie für mich tun können. Für den Anfang könnten Sie mir Kopien von allem machen: juristische Unterlagen, die Verträge, die

Pläne für die Werbekampagne. Jeden einzelnen Schritt. Die Berichte der Weinbauern in Napa und Venedig.«

»Das ist riskant, und ich brauche Zeit dafür.«

»Für das Risiko werden Sie bezahlt. Und für die Zeit auch.« Er war ein geduldiger und reicher Mann und konnte sich beides leisten. Er würde beides investieren, um die Giambellis fertig zu machen. »Rufen Sie mich erst wieder an, wenn Sie etwas Nützliches haben.«

»Ich brauche Geld. Ich kann das, was Sie brauchen, ohne ...«

»Geben Sie mir etwas, womit ich etwas anfangen kann. Dann bekommen Sie das Geld. So funktioniert das.«

»Es sind Weinstöcke. Wirklich eine tolle Sache.«

»Für uns sind sie tatsächlich eine tolle Sache«, teilte David seinem schmollenden Sohn mit, »die Weinstöcke finanzieren deine Hamburger und Pommes frites in nächster Zukunft.«

»Finanzieren sie mir auch ein Auto?«

David blickte in den Rückspiegel. »Treib es nicht zu weit, Kumpel.«

»Dad, man kann hier am Ende der Welt nicht ohne Auto wohnen. Da geht man ein.«

»In dem Moment, in dem du aufhörst zu atmen, mache ich mich auf die Suche nach einem Gebrauchtwagenhändler.«

Vor drei Monaten, nein, noch vor drei *Wochen* hätte sein Sohn auf diesen Kommentar mit vorwurfsvollem Schweigen oder einer schneidenden Bemerkung reagiert. Dass er sich an die Kehle fasste, seine Augen hervortreten ließ und so tat, als bräche er keuchend auf dem Rücksitz zusammen, wärmte das Herz seines Vaters.

»Wir hätten wohl doch besser diesen Erste-Hilfe-Kurs belegt«, sagte David grinsend, während er zum MacMillan-Weingut abbog.

»Ist schon okay. Wenn er nicht mehr da ist, gibt es mehr Fritten für uns.«

Maddy machte es nichts aus, so früh aufstehen zu müssen. Ihr machte es auch nichts aus, durch die Gegend zu fahren. Was ihr jedoch etwas ausmachte, war, nichts zu tun zu haben. Im Moment war ihre größte Hoffnung, dass ihr Vater nachgeben und Theo ein Auto kaufen würde. Dann konnte sie ihren Bruder beschwatzen, sie irgendwohin zu fahren. Egal wohin.

»Es ist schön hier.« David stellte den Motor ab und stieg aus, um über die Weinberge zu blicken, in denen die Arbeiter an diesem frostigen Morgen eifrig damit beschäftigt waren, die Weinstöcke zu beschneiden. »Und dies, all dies, meine Kinder«, fuhr er fort und legte die Arme um sie, »wird niemals euch gehören.«

»Vielleicht hat ja jemand eine Tochter, die mir gefällt. Wir heiraten, und dann kannst du für mich arbeiten.«

David erschauerte. »Du machst mir Angst, Theo. Na, dann wollen wir es uns einmal näher anschauen.«

Ty erblickte das Trio, das durch die Reihen auf sie zukam, und fluchte leise. Touristen, die auf eine Führung in freundlicher Atmosphäre hofften, dachte er. Er hatte keine Zeit, freundlich zu sein. Und er wollte nicht, dass Fremde auf seinen Weinbergen herumliefen.

Er wollte ihnen schon entgegengehen, um sie zu vertreiben, als sein Blick auf Sophia fiel. Das war ihre Spielwiese, entschloss er spontan. Sollte sie doch mit den Leuten verhandeln, und er würde sich um seine Weinstöcke kümmern.

Er trat zu ihr und stellte widerstrebend fest, dass sie ihre Arbeit gut machte. »Da kommen ein paar Touristen«, sagte er. »Hast du Lust, eine Pause zu machen und sie ins Gut zum Probierraum zu bringen? Da ist bestimmt jemand, der für sie eine Standardführung machen kann.«

Sophia richtete sich auf und blickte den Neuankömmlingen entgegen.

»Natürlich, ich übernehme sie.« Und bekomme eine schöne Tasse heißen Kaffee für die Mühe. »Aber wenn ich ihnen vorher rasch die Weinberge zeige und erkläre, dass wir gerade beim Schnitt sind, dann ist der Mann vielleicht eher geneigt, ein paar Flaschen Wein zu kaufen.«

»Ich will nicht, dass Laien durch meine Reben trampeln.«

»Sei nicht so besitzergreifend und empfindlich.« Sophia strahlte ihn fröhlich an, griff nach seiner Hand und zog ihn auf die Familie zu.

»Guten Morgen! Willkommen auf dem MacMillan-Weingut. Ich bin Sophia, und Tyler und ich beantworten gern alle Ihre Fragen. Im Moment findet gerade der Winterschnitt statt. Ein wesentlicher Bestandteil unserer Arbeit. Machen Sie eine Rundreise durch das Tal?«

»Sozusagen.« Sie hat die Augen ihrer Großmutter, dachte David. Pilars Augen waren weicher, heller, mit goldenen Sprenkeln. »Ich habe gehofft, Sie beide zu treffen. Ich bin David Cutter, und das sind meine Kinder, Theo und Maddy.«

»Oh.« Sophia fasste sich rasch und ergriff Davids

Hand, auch wenn sich ihre Gedanken überstürzten. Er will uns in Augenschein nehmen, dachte sie. Nun, das funktioniert umgekehrt auch.

Bis jetzt wusste sie nur, dass David Cutter geschieden und alleinerziehender Vater von zwei Kindern war. Und dass er in den letzten zwei Jahrzehnten die Karriereleiter bei Le Coeur stetig hinaufgeklettert war.

Jetzt würde sie mehr erfahren. »Nun, noch einmal willkommen. Möchten Sie auf das Gut oder ins Haus?«

»Ich möchte gern einen Blick auf die Weinberge werfen. Es ist schon eine Weile her, seit ich den Schnitt mitbekommen habe.« David spürte Tylers Vorsicht und Ablehnung und wandte sich an ihn. »Sie haben wunderbare Weinberge, Mr. MacMillan. Und großartige Produkte.«

»Richtig. Und ich habe eine Menge Arbeit.«

»Sie müssen Tyler entschuldigen.« Sophia biss die Zähne zusammen und schlang verlegen die Arme um sich. »Er hat einen sehr eingeschränkten Fokus, und im Moment sieht er nur die Weinstöcke. Außerdem verfügt er nicht über besonders ausgeprägte soziale Fähigkeiten. Nicht wahr, MacMillan?«

»Weinstöcke brauchen keinen Smalltalk.«

»Aber alles wächst besser mit freundlicher Ansprache.« Maddy zuckte bei Tys verärgertem Gesichtsausdruck noch nicht einmal zusammen. »Warum beschneiden Sie im Winter?«, wollte sie wissen. »Warum nicht im Herbst oder im Frühling?«

»Wir beschneiden während der Ruheperiode.«

»Warum?«

»Maddy ...«, begann David.

»Ist schon okay.« Ty musterte sie näher. Sie zieht sich zwar an wie ein Vampirlehrling, dachte er, aber sie hat ein intelligentes Gesicht. »Wir warten ab, bis der erste schwere Frost die Weinstöcke zur Ruhe zwingt. Wenn man sie dann beschneidet, bereitet sie das auf das Wachstum im Frühjahr vor. Winterschnitt verringert den Ertrag. Und wir wollen Qualität, nicht Quantität. Zu üppig tragende Weinstöcke bringen nur viele minderwertige Trauben hervor.«

Er blickte David an. »Vermutlich gibt es nicht allzu viele Weinberge in Manhattan.«

»Das stimmt. Es ist einer der Gründe, warum ich dieses Angebot angenommen habe. Ich habe die Felder vermisst. Vor zwanzig Jahren habe ich einen sehr kalten, nassen Januar in Bordeaux verbracht und Weinstöcke für Le Coeur beschnitten. Im Laufe der nächsten Jahre habe ich zwischendurch immer mal wieder in Anbaugebieten gearbeitet, um das Gefühl dafür nicht zu verlieren. Aber nichts war so wie dieser lange Winter.«

»Können Sie mir zeigen, wie man es macht?«, fragte Maddy Tyler.

»Nun, ich ...«

»Ich nehme euch mit.« Sophia bekam Mitleid mit Tyler und lächelte die Kinder strahlend an. »Kommt ruhig beide mit mir. Wir schauen uns genau an, wie das Beschneiden geht, und dann gehen wir in die Produktion. Es ist ein faszinierender Prozess, auch wenn diese Phase hier sehr simpel aussieht. Es erfordert äußerste Präzision und Übung. Ich zeige es euch.« Sie ging mit den Kindern davon.

»Theo wird die Zähne nicht auseinander kriegen.« David stieß einen Seufzer aus. »Sie ist eine schöne Frau. Ich kann es ihm nicht verdenken.«

»Ja, sie sieht gut aus.«

David unterdrückte bei dem warnenden Unterton ein Lächeln. Er nickte. »Und ich bin alt genug, um ihr Vater zu sein, also brauchen Sie sich keine Sorgen zu machen.«

Nach Tys Sicht der Dinge war Cutter genau der Typ, auf den Sophia eigentlich fliegen musste. Gesetzt, schick, weltmännisch. Unter dem rauen Auftreten steckte Klasse.

Aber darum ging es hier nicht.

»Zwischen mir und Sophia ist nichts«, sagte Tyler entschieden.

»Wie auch immer ... Lassen Sie uns etwas klarstellen. Ich bin nicht hier, um Ihnen in die Quere zu kommen oder mich in Ihre Alltagsarbeit einzumischen. Sie sind der Weinbauer, MacMillan, nicht ich. Aber ich habe vor, meinen Job zu tun und mich über jeden Schritt und jede Phase in den Weinbergen auf dem Laufenden zu halten.«

»Sie haben Ihr Büro, ich die Weinberge.«

»Nicht ganz, nein. Ich bin zur Koordination und Überwachung eingestellt, und weil ich etwas von Weinstöcken verstehe. Ich bin nicht einfach nur ein Anzugträger, und ehrlich gesagt war ich es auch leid, mich dazu zu zwingen. Was dagegen?«

David zog die Baumschere aus Tylers Gürteltasche und wandte sich zur nächsten Reihe. Ohne Handschuhe hob er die Ruten, betrachtete sie prüfend und machte seinen Schnitt.

Schnell und effizient. Und korrekt.

»Ich verstehe etwas von Weinstöcken«, wiederholte David und gab Tyler das Werkzeug zurück. »Aber deswegen gehören sie noch lange nicht mir.«

Irritiert nahm Tyler die Schere entgegen und steckte sie wieder in die Gürteltasche, als wenn er ein

Schwert zurück in die Scheide rammen würde. »Gut, lassen Sie uns noch ein bisschen mehr klären. Ich mag es nicht, wenn mir jemand über die Schulter blickt und mir wie in der Schule Noten gibt. Ich weiß nicht, wie die Dinge bei Le Coeur stehen, und es interessiert mich auch nicht. *Ich* leite dieses Weingut.«

»Sie *haben* es geleitet«, erwiderte David gelassen. »Jetzt tun wir es gemeinsam, ob es Ihnen nun gefällt oder nicht.«

»Es gefällt mir nicht«, sagte Ty knapp und ließ ihn stehen.

Dickköpfig, unflexibel, besitzergreifend, dachte David. Das würde ein interessanter kleiner Kampf werden. Er blickte zu Sophia, die gerade seine Kinder unterhielt. Theos Hormone schleuderten förmlich Feuerbälle. Und das, dachte David erschöpft, würde kompliziert werden.

Er trat zu ihnen und sah anerkennend zu, wie seine Tochter eine Rute abschnitt. »Gut gemacht. Danke«, sagte er zu Sophia.

»Gern geschehen. Ich nehme an, Sie möchten von mir über die Pläne für die Werbekampagne informiert werden? Ich richte mir gerade ein Büro in der Villa ein. Würde es Ihnen heute Nachmittag passen? Zwei Uhr vielleicht?«

Cleveres Mädchen, dachte er. Macht den ersten Schritt, steckt ihren Bereich ab. Was für eine Familie! »Natürlich, das passt mir. Ich muss nur die beiden irgendwie beschäftigen.«

»Ich möchte alles andere auch noch sehen«, sagte Maddy. »Zu Hause ist sowieso nichts los. Da ist es langweilig.«

»Wir haben doch noch nicht alles ausgepackt!«

»Haben Sie es damit eilig?« Sophia legte Maddy die Hand auf die Schulter. »Wenn nicht, können Sie Maddy und Theo bei mir lassen. Ich muss in einer Stunde zurück zur Villa fahren und kann sie auf dem Heimweg absetzen. Sie wohnen im Gästehaus, nicht wahr?«

»Ja.« David blickte auf seine Uhr. Vor seiner Sitzung hatte er noch etwas Zeit. »Wenn sie Ihnen nicht im Weg sind ...«

»Überhaupt nicht.«

»Gut. Dann sehen wir uns um zwei. Und macht keinen Ärger, Kinder.«

»Wir suchen geradezu danach«, murmelte Maddy.

Sophia grinste. Sie mochte die Kinder. Maddys eingehende Fragen waren unterhaltsam und es war nett, auf einmal das Objekt der Liebe auf den ersten Blick eines Teenagers zu sein.

Außerdem, dachte Sophia, weiß wohl kaum jemand mehr über diesen Mann, wie er sich benahm, wie er dachte und plante, als seine Kinder. Den Morgen mit David Cutters Kindern zu verbringen, würde interessant und sicher aufschlussreich sein.

»Kommt, dann lasst uns mal Ty abschleppen«, schlug Sophia vor. »Er soll uns durch das Weingut führen. Ich bin mit der Produktion bei MacMillan nicht so vertraut wie bei Giambelli.« Sie steckte ihre Baumschere weg. »Wir können also alle etwas lernen.«

Pilar lief durch die Kanzlei von Richterin Helen Moore und versuchte, sich nicht aufzuregen. Ihr Leben schien ihr aus der Hand zu gleiten. Sie wusste nicht, wie sie es jemals wieder in den Griff bekommen sollte. Schlimmer noch, sie wusste gar nicht, ob ihr daran überhaupt noch etwas lag.

Natürlich musste sie etwas unternehmen, das war ihr klar. Sie war es leid, sich so missbraucht und nutzlos zu fühlen.

Und vor allem brauchte sie einen Freund oder eine Freundin.

Sie hatte ihre Mutter und ihre Tochter am Morgen kaum gesehen, absichtlich. Vermutlich war es feige, gerade denen aus dem Weg zu gehen, die ihr am nächsten standen. Aber sie brauchte Zeit, um den Schaden einzugrenzen, ihre Entscheidungen zu treffen und über diesen dummen Schmerz hinwegzukommen.

Instinktiv griff sie nach ihrem Ehering, um damit zu spielen, und ein heißer Stich durchfuhr sie, als sie merkte, dass er ja nicht mehr da war. Sie würde sich an diesen nackten Finger gewöhnen müssen. Nein, verdammt noch mal, sie würde sich nie daran gewöhnen! Heute Nachmittag würde sie sich einfach etwas Teures kaufen, einen dicken Klunker, den sie an den Mittelfinger ihrer linken Hand stecken konnte.

Ein Symbol, sagte sie sich. Ein Symbol für Freiheit und Neuanfang.

Für Versagen.

Seufzend warf sie sich in einen Sessel. In diesem Moment rauschte Helen ins Zimmer.

»Tut mir Leid, es hat ein bisschen länger gedauert.«

»Ist schon in Ordnung. Du siehst in deiner Robe immer so distinguiert und Angst einflößend aus!«

»Wenn ich jemals diese überschüssigen fünfzehn Pfund verlieren sollte, werde ich darunter einen Bikini tragen.« Helen zog die Robe aus und hängte sie auf. Statt eines Bikinis trug sie ein unauffälliges braunes Kostüm.

Zu matronenhaft, dachte Pilar. Zu brav. Passt genau zu Helen.

»Ich bin dir wirklich dankbar, dass du dir heute für mich Zeit nimmst. Ich weiß, wie viel du zu tun hast.«

»Wir haben zwei Stunden.« Helen sank auf ihren Schreibtischstuhl, zog ihre Schuhe aus und krümmte die Zehen. »Sollen wir essen gehen?«

»Lieber nicht. Helen ... ich weiß, du bist keine Scheidungsanwältin, aber ... Tony will die ganze Sache jetzt rasch zu Ende bringen. Ich weiß nicht, was ich tun soll.«

»Das kann ich für dich regeln, Pilar. Oder ich kann dir jemanden empfehlen. Ich kenne einige scharfe Hunde, die den Job nur zu gern übernehmen würden.«

»Mir wäre es sehr viel lieber, wenn du ihn übernähmst, und wenn alles so einfach wie möglich ablaufen würde. Und auch so sauber wie möglich.«

»Na, das finde ich enttäuschend.« Stirnrunzelnd schob Helen ihre Brille hoch. »Ich würde Tony schrecklich gern bluten lassen. Also, ich brauche deine Finanzunterlagen«, begann sie und ergriff einen gelben Notizblock. »Zum Glück habe ich dich vor Jahren schon dazu gebracht, Gütertrennung zu vereinbaren. Aber wir werden dich trotzdem schützen. Es könnte gut sein, dass er Forderungen stellt, Geld, Grundbesitz und so weiter. Und du wirst in *nichts* einwilligen.«

Helen blickte Pilar über den Rand ihrer Brille mit einem einschüchternden Blick an. »Das meine ich ernst, Pilar. Er bekommt nichts. *Du* bist die geschädigte Partei. Er will die Scheidung. Er will wieder heiraten. Also geht er so hinaus, wie er gekommen ist. Ich werde nicht zulassen, dass du ihn von dem Ganzen profitieren lässt. Hast du das verstanden?«

»Es geht nicht um Geld.«

»Für dich vielleicht nicht. Aber er führt ein teures Leben, und er wird das nicht gern ändern wollen. Wie viel hast du ihm in den letzten zehn Jahren zukommen lassen?«

Pilar rutschte unbehaglich hin und her. »Helen ...«

»Genau. Darlehen, die nie zurückgezahlt wurden. Das Haus in San Francisco, das Haus in Italien, samt der Einrichtung.«

»Wir verkauften ...«

»*Er* verkaufte«, korrigierte Helen. »Damals wolltest du nicht auf mich hören, aber jetzt wirst du es tun müssen, oder du solltest dir einen anderen Anwalt suchen. Du hast niemals deinen gerechten Anteil an dem Grundbesitz bekommen, der in erster Linie mit deinem Geld bezahlt worden ist. Und ich weiß ganz genau, dass er einiges von deinem Schmuck und deinem persönlichen Besitz hat mitgehen lassen. Damit ist es jetzt vorbei.«

Helen schob erneut ihre Brille hoch und lehnte sich zurück. Durch diese Geste und diese Körperhaltung wurde aus der Richterin wieder die Freundin. »Pilar, ich liebe dich, und deshalb sage ich dir Folgendes: Du hast dich von ihm behandeln lassen wie ein Fußabtreter. Zum Teufel, du hättest dir genauso gut ›Willkommen‹ auf die Brüste sticken und ihn über dich hinwegtrampeln lassen können! Ich und auch alle anderen, die dich lieben, konnten kaum hinsehen.«

»Vielleicht stimmt das.« Pilar kämpfte gegen die Tränen. »Ich habe ihn geliebt, und ein Teil von mir dachte, wenn er von mir abhängig wäre, würde er mich schon wiederlieben. Doch gestern Nacht ist etwas passiert, und alles hat sich geändert. Vermutlich hat es auch mich geändert.«

»Erzähl es mir.«

Pilar stand auf und erzählte Helen von dem Anruf. »Als ich hörte, wie er diese beiläufigen Entschuldigungen von sich gab, nur um René zu beschwichtigen, nachdem sie mich so angegriffen hatte, war ich erschüttert. Und später, nachdem ich mich wieder beruhigt hatte, stellte ich etwas fest: Ich liebe ihn nicht mehr, Helen. Vielleicht habe ich ihn schon seit Jahren nicht mehr geliebt. Das macht mich ganz elend.«

»Nein, das ist nicht mehr nötig.« Helen griff zum Telefonhörer. »Wir lassen uns etwas zu essen bringen. Dann erkläre ich dir, was getan werden muss. Und anschließend, Süße, werden wir es tun. Bitte.« Sie streckte die Hand aus. »Lass mich dir helfen.«

»Okay.« Pilar seufzte. »Okay. Dauert es länger als eine Stunde?«

»Nicht unbedingt. Carl? Bestellen Sie mir bitte zwei Clubsandwiches mit Hühnchen, als Beilage Salat, zwei Cappuccino und eine große Flasche Sprudelwasser. Danke.« Sie legte auf.

»Wunderbar.« Pilar setzte sich wieder. »Gibt es hier in der Nähe einen guten, viel zu teuren Juwelier?«

»Allerdings. Warum?«

»Wenn du noch Zeit hast, bevor du wieder deine Robe anlegen musst, könntest du mir dabei helfen, etwas Symbolisches und Prächtiges zu kaufen.« Sie hielt ihre linke Hand hoch. »Etwas, bei dessen Anblick René durchdreht.«

Helen nickte zustimmend. »Aber zuerst reden wir.«

7

Der Sonntag legte sich wie Balsam auf ihre Seele. Sie würde nicht stundenlang in Wolle und Flanell gehüllt Weinstöcke beschneiden müssen. Ty würde ihr nicht an den Fersen kleben und darauf lauern, dass sie einen Fehler machte.

Sie konnte in die Stadt fahren, einen Einkaufsbummel machen, Leute treffen. Sie konnte wieder ein wenig spüren, wie es war, ein geselliges Leben zu haben.

Bei diesem Gedanken überlegte Sophia, ob sie eine ihrer Freundinnen anrufen sollte. Dann aber beschloss sie, ihre freie Zeit lieber mit ihrer Mutter zu verbringen. An ihrem nächsten freien Tag würde sie sich dann mit Freunden verabreden. Sie würde ein Wochenende in San Francisco verbringen, in ihrer Wohnung eine Dinnerparty geben und in den Club gehen. Aber diesmal wollte sie ihre Mutter zu einem Weibertag überreden.

Sophia klopfte an Pilars Schlafzimmertür, steckte jedoch, ohne auf Antwort zu warten, gleich den Kopf hinein. Ihre Mutter hatte sie noch nie warten lassen.

Das Bett war schon gemacht, und durch die offenen Vorhänge strömte das Sonnenlicht. Als Sophia eintrat, kam Maria aus dem angrenzenden Badezimmer.

»Mama?«

»Oh, sie ist schon lange auf. Ich glaube, sie ist im Gewächshaus.«

»Ich finde sie sicher.« Sophia zögerte. »Maria, ich habe Mama die ganze Woche über kaum gesehen. Geht es ihr gut?«

Maria presste die Lippen zusammen und zupfte an den gelben Rosen auf Pilars Kommode herum. »Sie schläft nicht gut. Das sehe ich. Sie isst wie ein Vögelchen, und das auch nur, wenn ich sie dränge. Gestern habe ich sie deswegen ausgeschimpft, und sie meinte, es sei nur der Feiertagsstress. Was für ein Stress?« Maria warf die Hände hoch. »Deine Mama *liebt* Weihnachten. Es ist dieser Mann, der ihr Kummer bereitet. Ich will ja nicht schlecht von deinem Vater sprechen, aber wenn er meine Kleine krank macht, dann bekommt er es mit mir zu tun.«

»Reg dich nicht auf«, murmelte Sophia. »Wir kümmern uns schon um sie. Ich gehe sie jetzt suchen, Maria.«

»Sieh zu, dass sie etwas isst.«

Weihnachten, dachte Sophia, als sie die Treppe hinunterlief. Das war der perfekte Vorwand. Sie würde ihre Mutter bitten, mit ihr noch ein paar letzte Geschenke einzukaufen.

Während sie durch das Haus eilte, blickte sie sich um. In der Eingangshalle waren die roten und weißen Weihnachtssterne ihrer Mutter in Dutzenden von silbernen Töpfen üppig zwischen Miniatur-Stechpalmen arrangiert. Um die Türrahmen rankte sich frisches Grün mit Lichtern und roten Bändern.

Auf dem langen Refektoriumstisch im Familiensalon standen die drei Giambelli-Engel. Teresa, Pilar und Sophia, jedes Gesicht im Alter von zwölf Jahren festgehalten.

Wie ähnlich sie sich sahen! Die Kontinuität, die nicht zu leugnenden Blutsbande zwischen den drei Generationen. Als Sophia damals ihren Engel geschenkt bekommen hatte, war sie davon fasziniert gewesen. Fasziniert, ihr eigenes Gesicht über dem anmutigen Körper mit den Flügeln zu sehen. Eines Tages würde sie einen Engel für ihr eigenes Kind in Auftrag geben. Was für ein seltsamer Gedanke, sann sie. Nicht unangenehm, aber seltsam. Wenn die Zeit gekommen war, würde sie dafür sorgen, dass es eine nächste Generation gab.

Gemessen an ihrer Mutter und ihrer Großmutter hinkte sie ein bisschen hinterher. Aber schließlich war das kein Termin, den man sich im Kalender anstreichen konnte: sich verlieben, heiraten, ein Kind empfangen ...

Unsinn, solche Dinge ließen sich nicht planen. Dies alles würde sie mit dem richtigen Mann zur richtigen Zeit erleben. Aber es war so leicht, viel zu leicht, einen Fehler zu machen! Dabei konnten Liebe, Ehe und Kinder nicht einfach rückgängig gemacht werden wie ein unangenehmer Termin beim Zahnarzt.

Es sei denn, man hieß Anthony Avano, dachte Sophia, und ärgerte sich gleich über den Stich, den sie bei dem Gedanken empfand. Sie hatte nicht die Absicht, in die Fußstapfen ihres Vaters zu treten. Wenn sie ihre Wahl traf und das Gelübde ablegte, das dazu gehörte, würde sie es auch einhalten.

Deshalb mussten im Augenblick drei Engel reichen.

Sie blickte sich im Zimmer um. Überall standen Kerzen, und auch hier war Tannengrün arrangiert. Der große Baum – einer von vieren, die traditionsgemäß in der Villa aufgestellt wurden, prächtig mit Kristallgirlanden und kostbaren Ornamenten geschmückt, die aus Italien stammten – stand majestätisch am Fenster. Die Geschenke waren schon darunter aufgebaut, und das ganze Haus roch nach Pinien und Kerzenwachs.

Die Zeit ist mir durch die Finger geflossen, dachte Sophia schuldbewusst. Während ihre Mutter, ihre Großmutter und die Angestellten geschuftet hatten, um das Haus für die Feiertage zu schmücken, hatte sie sich in ihre Arbeit vergraben.

Sie hätte sich die Zeit nehmen sollen, ihnen zu helfen. Sie würde das sofort wiedergutmachen.

Sie trat aus der Tür und bedauerte sofort, dass sie sich keine Jacke übergezogen hatte. Es ging ein scharfer Wind, und Sophia rannte den Steinweg zum Gewächshaus entlang.

Die feuchtwarme Hitze schlug ihr wohltuend entgegen. »Mama?«

»Ich bin hier hinten, Sophie! Du musst dir unbedingt meine Narzissen ansehen, sie sind großartig. Ich glaube, ich nehme sie und die weißen Amaryllis mit in den Salon. Das sieht sehr festlich aus.«

Pilar sah ihre Tochter an. »Wo ist deine Jacke?«

»Habe ich vergessen.« Sophia küsste ihre Mutter auf die Wange und musterte sie dann eingehend.

Pilars alter Pullover war an den Ellenbogen durchgescheuert und viel zu weit. Die Haare hatte sie einfach zusammengebunden.

»Du hast abgenommen.«

»O nein.« Pilar tat die Bemerkung mit einer Handbewegung ab. »Du hast offenbar mit Maria geredet. Wenn ich mich nicht dreimal am Tag voll stopfe, dann ist sie überzeugt, dass ich verhungere.

Auf dem Weg hierher habe ich sogar zwei Plätzchen gestohlen, und sie müssten sich eigentlich jeden Moment auf meinen Hüften zeigen.«

»Das sollte bis zum Mittagessen reichen. Und dazu lade ich dich ein. Ich muss noch so viele Einkäufe machen, Mama! Du sollst mir helfen.«

»Sophia!« Kopfschüttelnd legte Pilar den Strauß Narzissen, den sie im Arm hielt, beiseite und beugte sich über die Tulpen. Sie werden bald blühen, dachte sie, und Farbe in die trüben Wintertage bringen. »Du hast mit den Weihnachtsgeschenken im Juni angefangen, und im Oktober warst du fertig. Genau wie du es immer tust, damit wir alle neidisch sind.«

»Okay, erwischt.« Sophia schwang sich auf den Arbeitstisch. »Aber im Ernst, ich möchte unbedingt in die Stadt und ein paar Stunden ausspannen. Es war solch eine schwere Woche. Lass uns wenigstens einen Tag lang abhauen.«

»Ich war gerade erst vor zwei Tagen in der Stadt.« Stirnrunzelnd stellte Pilar die Tulpen beiseite. »Sophie, ist diese neue Ordnung, die deine Großmutter eingeführt hat, zu viel für dich? Du stehst jeden Tag im Morgengrauen auf, und dann sitzt du hier noch stundenlang in deinem Büro. Du triffst dich nicht einmal mehr mit deinen Freunden!«

»Ich werde unter Druck immer besser. Allerdings könnte ich eine Assistentin gebrauchen, und ich glaube, du würdest die Anforderungen perfekt erfüllen.«

»*Cara*, wir wissen beide, dass ich dir nicht von Nutzen wäre.«

»Nein, das weiß ich nicht. Okay, dann eben Plan B. Du hast die ganze Dekoration im Haus gemacht, es sieht übrigens wunderschön aus. Es tut mir Leid, dass ich dir nicht geholfen habe.«

»Du warst beschäftigt.«

»Ich hätte nicht so beschäftigt sein dürfen. Aber jetzt geht die Bürozeit langsam in Partyplanungszeit über. Du musst mich darüber auf dem Laufenden halten, das gehört zu den Pflichten einer Assistentin. Also, welche Blumen möchtest du gern mit hineinnehmen? Ich helfe dir dabei, und dann schmücken wir weiter.«

Das Mädchen kann einen fertig machen, dachte Pilar. »Sophie, wirklich.«

»Ja, wirklich. Du bist der Trainee. Ich bin der Boss.« Sophia sprang vom Tisch und rieb sich die Hände. »Ich lasse dich jetzt für all die Jahre büßen, in denen du mich herumgeschubst hast. Vor allem in der Zeit zwischen zwölf und fünfzehn.«

»Nein, so grausam kannst du doch nicht sein.«

»Und ob. Du hast gefragt, ob mir der neue Tagesablauf nicht zu viel ist. Die Antwort lautet: beinahe. Das ist eine Tatsache. Ich bin nicht daran gewöhnt, meine Ablage und meinen Telefondienst selbst zu machen und all meine Briefe selbst zu tippen. Da ich jedoch weder *Nonna* noch MacMillan gegenüber zugeben kann, dass ich mich ein bisschen überlastet fühle, könntest du mir helfen.«

Pilar stieß die Luft aus und streifte ihre Gartenhandschuhe ab. »Du tust das nur, um mich beschäftigt zu halten, genauso wie Maria mich immer zum Essen nötigt.«

»Zum Teil«, gab Sophia zu. »Aber das ändert nichts an der Tatsache, dass ich jeden Tag viel zu viel Zeit damit verbringe, Büroarbeiten zu machen. Wenn sich das delegieren ließe, könnte ich mich vielleicht in diesem Jahrzehnt noch einmal verabreden. Mir fehlen die Männer!«

»Na gut, aber mach mir keinen Vorwurf, wenn du anschließend nichts mehr wiederfindest.« Pilar zog sich das Gummiband aus den Haaren und spielte damit herum. »Ich habe zum letzten Mal in einem Büro gearbeitet, als ich sechzehn war, und ich war so erfolglos, dass Mama mich hinausgeworfen hat.«

Lachend drehte sie sich um, und dann merkte sie, dass Sophia sie fassungslos anstarrte.

Verlegen versuchte Pilar, die Hand mit dem fünfkarätigen Rubinring am Finger hinter ihrem Rücken zu verstecken. »Er ist ein bisschen heftig, was?«

»Ich weiß nicht ... ich bin fast blind geworden durch das Funkeln.« Sophia ergriff die Hand ihrer Mutter und begutachtete den Stein und die Diamantenfassung.

»Wow! *Magnifico*!«

»Ich wollte mir einfach etwas leisten. Ich hätte es dir sagen sollen. Aber du warst so beschäftigt ... Verdammt.« Pilar stockte. »Ich habe deinen vollen Terminkalender vorgeschoben, um nicht mit dir reden zu müssen. Es tut mir Leid.«

»Du musst dich nicht entschuldigen, weil du dir einen Ring gekauft hast, Mama. Allerdings finde ich, dass er eher wie ein kleines Monument wirkt.«

»Ich war wütend. Man sollte nie etwas Folgenreiches tun, wenn man wütend ist.« Verlegen ergriff Pilar die Gartenwerkzeuge und begann, sie wegzuräumen. »Liebes, Helen regelt die Scheidung für mich. Ich hätte nicht ...«

»Gut. Sie wird nicht zulassen, dass er dich über den Tisch zieht. Sieh mich nicht so an, Mama. Du warst immer vorsichtig, mein ganzes Leben lang hast du dich bemüht, nicht ein böses Wort über meinen

Vater zu sagen. Aber ich bin nicht blind und dumm bin ich auch nicht.«

»Nein.« Plötzlich von Traurigkeit überwältigt, legte Pilar die kleine Hacke beiseite. »Nein, das warst du nie.« Und du hast immer so viel mehr gesehen und verstanden, als einem Kind zugemutet werden sollte, dachte sie.

»Wenn du ihn nicht bremsen würdest, würde er dein Geld nehmen und alles, was nicht niet- und nagelfest ist. Er könnte gar nicht anders. Mir ist wohler bei dem Gedanken, dass Tante Helen deine Interessen vertritt. Und jetzt lass uns die Blumen ins Haus bringen.«

»Sophie ...« Pilar legte ihrer Tochter eine Hand auf den Arm. »Es tut mir so Leid, dass diese Geschichte dich verletzt.«

»*Du* hast mich nie verletzt. Es war immer er. Er kann es aber vermutlich auch nicht ändern.« Sophia ergriff einen Amaryllistopf. »René wird an ihrer Zunge ersticken, wenn sie den Stein sieht.«

»Ich weiß. Genauso habe ich es mir vorgestellt.«

Seit über fünfzig Jahren feierte Giambelli, Kalifornien, prächtige Weihnachtspartys mit der Familie, Freunden, Angestellten und Partnern. Mit dem Unternehmen war stets auch die Gästeliste gewachsen.

Der Tradition folgend, die der italienische Zweig des Unternehmens begründet hatte, fanden die Partys gleichzeitig am letzten Samstag vor Weihnachten statt. Das Haus stand der Familie und den Freunden offen, und das Weingut den Angestellten. Partner wurden, je nach ihrer Stellung im Unternehmen, an den entsprechenden Ort eingeladen.

Einladungen in die Villa waren äußerst begehrt und wurden seitens des jeweiligen Gastes häufig als Statussymbol oder Erfolg gewertet. Die Giambellis sparten jedoch auch nicht an den Festlichkeiten auf dem Gut. Es gab reichlich und gut zu essen, der Wein floss in Strömen und Dekoration und Unterhaltung waren vom Feinsten.

Von jedem Familienmitglied wurde erwartet, dass es auf beiden Festen erschien.

Da Sophia seit ihrem fünfzehnten Lebensjahr mit von der Partie war, wusste sie, dass die Feier auf dem Weingut wesentlich unterhaltsamer war – und viel weniger mit lästigen Verwandten bevölkert.

Am anderen Ende des Flurs kreischte einer von Ginas Sprösslingen. Sophias Hoffnung, dass Don und seine Familie in Italien bleiben würde, war am Abend vorher zerstört worden. Und doch würde ihre Anwesenheit nicht so schlimm sein wie die ihres Vaters und Renés. Ihre Mutter hatte darauf bestanden, dass sie eingeladen wurden, und sich deswegen heftig mit *La Signora* gestritten. Ein Trost war nur, dass die beiden lediglich aufs Weingut eingeladen wurden. Das wird René schier umbringen, dachte Sophia, während sie die tropfenförmigen Diamantohrringe anlegte.

Sie trat zurück und betrachtete sich im Spiegel. Das schimmernde, silberfarbene Kleid mit dem kurzen, engen Jäckchen sah gut aus. Der tiefe Ausschnitt bildete einen schönen Rahmen für das Diamantcollier. Das Collier und die Ohrringe hatten schon ihrer Urgroßmutter gehört.

Sie drehte sich um und überprüfte gerade den Sitz des Kleides, als es an der Tür klopfte.

»Na hör mal!« Helen kam herein, hübsch und mollig in kühlem Pink. »Du funkelst ja geradezu!«

»Es ist toll, nicht wahr?« Sophia drehte sich noch einmal. »Ich habe es in New York gekauft, eigentlich für Silvester, aber ich musste es unbedingt heute Abend schon anziehen. Sind die Diamanten nicht zu viel?«

»Diamanten sind nie zu viel, Liebes.« Helen schloss die Tür. »Ich wollte dich kurz sprechen. Ich schneide das Thema nur ungern an, bevor du dich mit Hunderten von Leuten unterhalten musst, aber Pilar hat mir gesagt, dass Tony und René hierher kommen.«

»Was ist los?«

»Die Scheidung ist durch. Seit gestern. Es war wirklich nach all diesen Jahren nur noch eine Formsache. Da Tony es eilig hatte, und die Dinge nicht noch unnötig mit finanziellen Verhandlungen verkomplizieren wollte, ging es eigentlich nur noch darum, die Papiere zu unterzeichnen.«

»Ich verstehe.« Sophia ergriff ihre Abendtasche und spielte am Verschluss. »Hast du es Mama schon gesagt?«

»Ja. Gerade eben. Es geht ihr gut. Sie hält sich zumindest tapfer. Ich weiß, dass es ihr wichtig ist, dass du das Gleiche tust.«

»Mach dir um mich keine Sorgen, Tante Helen.« Sophia trat auf Helen zu und ergriff ihre Hände. »Du bist wie ein Fels in der Brandung. Ich weiß nicht, was wir ohne dich gemacht hätten.«

»Sie muss weiterleben.«

»Ich weiß.«

»Und du auch.« Helen drückte Sophias Hände. »Gib René nicht die Befriedigung zu sehen, dass es dich in irgendeiner Art trifft.«

»Nein.«

»Gut. Und jetzt muss ich rasch hinunter und meinen Mann suchen. Wenn ich James hier so früh allein lasse, klaut er Canapés und ruiniert die Präsentation des Caterers.« Helen öffnete die Tür und warf noch einmal einen Blick zurück. »Tony hat nicht viel Bewundernswertes in seinem Leben geleistet. Eins davon aber bist du.«

»Danke.« Als Sophia allein war, stieß sie langsam die Luft aus. Dann straffte sie ihre Schultern und trat wieder vor den Spiegel. Sie öffnete ihre Tasche, holte ihren Lippenstift heraus und malte ihre Lippen blutrot an.

David nippte an einem vollmundigen Merlot, mischte sich unter die Menge, die sich in der großen Halle des Weinguts versammelt hatte, und blickte sich nach Pilar um.

Er wusste, dass die Giambellis erscheinen würden. Er war auf den Pomp und das Protokoll der Feiertagsfestlichkeiten gut vorbereitet worden. Man erwartete auch von ihm, dass er sich auf beiden Partys aufhielt, was – obwohl niemand dies ausdrücklich erwähnt hatte – sowohl ein Privileg als auch eine Pflicht war. Er lernte schnell, dass jede Aufgabe in diesem Unternehmen mit beidem zu tun hatte.

David fand daran nichts Schlimmes. Er hatte die Herausforderung bekommen, die er brauchte. Er erhielt ein gutes Gehalt, was er schätzte. Und er arbeitete für ein Unternehmen, das er schätzte. Und das er richtig einschätzte.

Die letzten Wochen hatten ihm bestätigt, dass Giambelli-MacMillan ein geschlossenes, familienorientiertes Schiff war, welches mit Effizienz und wenig Gefühlen gesteuert wurde.

Das Produkt – der Wein – war König und Königin zugleich. Geld wurde zwar gern gesehen und erwartet, aber es war nicht das Eigentliche. Der Wein war das Eigentliche. In den letzten Jahren bei Le Coeur hatte David eher das Gegenteil erfahren.

Er war zufrieden, als er sah, dass sein Sohn sich amüsierte, und dass seine Tochter irgendeinen armen Weinbauern über irgendeine Phase der Produktion ausquetschte. Der Umzug war ihnen allen zum Glück gut bekommen.

»David. Schön, Sie zu sehen.«

Er wandte sich um und blickte überrascht in Jeremy DeMorneys lächelndes Gesicht.

»Jerry, ich wusste gar nicht, dass Sie hier sind.«

»Ich versuche, keines der alljährlichen Giambelli-Feste zu verpassen und werfe immer einen Blick in das Weingut, bevor ich zur Villa gehe. Äußerst demokratisch von *La Signora*, auch Vertreter der Konkurrenz einzuladen.«

»Sie ist eine große Dame.«

»Einzigartig. Wie gefällt es Ihnen, für sie zu arbeiten?«

»Es ist noch zu früh, um etwas zu sagen. Aber der Umzug ist gut über die Bühne gegangen. Ich bin froh, dass die Kinder nicht mehr in der Stadt leben. Wie läuft es in New York?«

»Es gelingt uns gerade eben, mit euch Schritt zu halten.« Der Unterton wurde durch ein spöttisches Grinsen gemildert. »Tut mir Leid, aber wir sind immer noch ein bisschen angeschlagen. Ich fand es tragisch, Sie zu verlieren, David.«

»Sie werden es überleben. Sonst noch jemand von Le Coeur hier?«

»Duberry ist aus Frankreich eingeflogen. Er

kennt die alte Dame seit hundert Jahren. Pearson repräsentiert die örtliche Filiale. Und dann noch ein paar Topleute von anderen Labels. Sie gibt uns allen die Chance, ihren Wein zu trinken und uns gegenseitig auszuspionieren. Gibt es irgendwelchen neuen Klatsch?«

»Wie ich schon sagte, es ist noch ein bisschen früh dafür.« Davids Tonfall war beiläufig, aber er war misstrauisch geworden. Jerrys Vorliebe für Klatsch und Mobbing war einer der Gründe, warum es ihm so leicht gefallen war, Le Coeur zu verlassen. »Jedenfalls ist es eine tolle Party. Entschuldigen Sie mich, da ist jemand, auf den ich gewartet habe.«

Vielleicht schon mein ganzes Leben lang, fügte David in Gedanken hinzu. Er ließ Jerry einfach stehen und drängte sich durch die Menge zu Pilar.

Sie trug Blau. Tiefblauen Samt mit einer langen Perlenkette. Sie sah warmherzig und königlich aus, und David hätte gesagt, auch unglaublich selbstbewusst, wenn er nicht das panische Aufflackern in ihren Augen gesehen hätte.

Dann drehte sie ganz leicht den Kopf und entdeckte ihn. Und, Himmel, sie errötete! Oder zumindest kam mehr Farbe in ihr Gesicht. Die Vorstellung, dass er das bewirkt hatte, machte ihn ganz nervös.

»Ich habe nach Ihnen gesucht.« Er ergriff Pilars Hand, bevor sie sie verstecken konnte. »Wie ein Junge auf dem Schulball. Ich weiß, dass Sie sich unter die Leute mischen müssen, aber zuerst möchte ich ein paar Worte mit Ihnen reden.«

Es kam ihr vor, als rolle eine warme Welle über sie hinweg. »David ...«

»Sie können sich nicht ohne Wein ins Getümmel stürzen. Das geht nicht.« Er zog sie mit sich. »Wir reden übers Geschäft, über das Wetter. Ich will Ihnen dabei nur fünf oder sechs Dutzend Mal sagen, dass Sie wunderschön aussehen. Hier.« David nahm ein Champagnerglas von einem Tablett. »Ich glaube nicht, dass Sie etwas anderes trinken können, so wie Sie aussehen.«

In ihrem Magen flatterte es schon wieder. »Ich kann mit Ihnen nicht Schritt halten.«

»Ich kann mit mir selbst gerade nicht Schritt halten. Ich mache Sie nervös.« David stieß leicht mit ihr an. »Ich müsste jetzt sagen, dass es mir Leid tut, aber dann würde ich lügen. Eine Beziehung beginnt man doch am besten mit Aufrichtigkeit, nicht wahr?«

»Nein. Ja. Ach, hören Sie auf.« Pilar versuchte zu lachen. Er sah wie ein eleganter Ritter aus, in seinem schwarzen Anzug und mit den dichten blonden Haaren, die im Licht schimmerten. Ein alberner Gedanke für eine Frau mittleren Alters, sagte sie sich. »Sind Ihre Kinder auch hier?«

»Ja. Sie haben erst gejammert, dass ich sie hierher mitschleppen wollte, und jetzt amüsieren sie sich prächtig. Pilar, Sie sind wunderschön. Ich habe bereits erwähnt, dass ich das sagen würde, oder?«

Unwillkürlich musste Pilar kichern. »Ja, ich glaube, das haben Sie gesagt.«

»Vermutlich können wir uns nicht in eine dunkle Ecke verdrücken und knutschen?«

»Nein, ganz bestimmt nicht.«

»Dann müssen Sie mit mir tanzen, und mir eine Chance geben, dass Sie Ihre Meinung ändern.« Verblüfft stellte sie fest, dass sie ihn auch begehrte. Das ist unpassend, ermahnte sie sich. Lächerlich. Sie war um Jahre älter als er.

Gott, was sollte sie bloß tun? Was sollte sie sagen? Fühlen?

»Im Moment gehen Ihnen tausend Dinge durch den Kopf«, murmelte er. »Ich wünschte, Sie würden sie mir alle sagen.«

»Du meine Güte.« Pilar presste die Hand auf den Bauch. Durch die Schmetterlinge glitt ein sanft glühender Ball. »Sie sind richtig gut im Flirten.«

»Es freut mich, dass Sie das denken, weil ich mich immer so unbeholfen fühle, wenn ich Sie sehe.«

Pilar holte tief Luft und rang um Fassung. »David, Sie sind sehr attraktiv ...«

»Finden Sie?« Unwillkürlich berührte er ihre Haare. Es gefiel ihm, wie sie sich an ihre Wangen schmiegten. »Könnten Sie das genauer erklären?«

»Und sehr charmant«, fügte sie hinzu und bemühte sich, ihre Stimme fest klingen zu lassen. »Ich fühle mich sehr geschmeichelt, aber ich kenne Sie nicht. Und außerdem ...« Sie brach ab und ihr Lächeln gefror. »Hallo, Tony. Hallo, René.«

»Pilar. Du siehst reizend aus.« Tony hauchte ihr einen Kuss auf die Wange.

»Danke. Darf ich vorstellen? David Cutter, Tony Avano und René Foxx.«

»René Foxx Avano«, korrigierte René zuckersüß. Sie hob ihre Hand und zeigte den diamantbesetzten Ehering. »Seit heute.«

Es war kein Stich ins Herz, wie Pilar befürchtet hatte. Mehr ein Brennen, ein rascher Schlag, der ebenso wütend machte, wie er wehtat. »Herzlichen Glückwunsch. Ich bin sicher, ihr werdet glücklich miteinander.«

»Oh, das sind wir bereits.« René hakte sich bei Tony ein. »Direkt nach Weihnachten fliegen wir nach Bimini. Es wird schön sein, dieser Kälte und dem Regen zu entfliehen. Du solltest dir auch ein wenig Urlaub gönnen, Pilar. Du siehst blass aus.«

»Seltsam. Ich habe gerade gedacht, wie erholt sie heute Abend aussieht.« David hob Pilars Hand und küsste ihre Finger. »Hinreißend, wirklich. Ich freue mich, Sie kennen zu lernen, Tony, bevor Sie das Land verlassen.«

David legte den Arm um Pilars Taille. »Ich hatte in den letzten Tagen beträchtliche Probleme, Sie zu erreichen.« Er warf René einen geradezu unhöflichen Blick zu. »Aber jetzt verstehe ich den Grund. Teilen Sie meinem Büro bitte Ihre Reisepläne mit, ja? Wir haben geschäftliche Dinge zu besprechen.«

»Meine Leute kennen meine Pläne.«

»Meine aber offenbar nicht. Und nun entschuldigen Sie uns. Wir müssen noch die Runde machen, bevor wir zur Villa gehen.«

»Das war nicht nett«, flüsterte Pilar.

»Na und?«

Verschwunden war Davids Charme. An seine Stelle war kaltes und skrupelloses Machtgebaren getreten. Es steht ihm nicht weniger gut, dachte sie.

»Abgesehen von der Tatsache, dass ich ihn aus Prinzip nicht leiden kann, bin ich Geschäftsführer und muss darüber informiert sein, wenn einer der Abteilungsleiter das Land verlässt. Er führt mich schon seit Tagen an der Nase herum und lässt sich am Telefon verleugnen. Das kann ich nicht ausstehen.«

»Er ist es einfach nicht gewöhnt, dass er Ihnen oder irgendjemandem sonst berichten muss.«

»Dann wird er sich daran gewöhnen müssen.« Über Pilars Kopf hinweg erblickte David Tyler. »Das müssen andere auch. Ach, ebnen Sie mir doch bitte ein wenig den Weg und stellen mich den Leuten vor, die sich fragen, was zum Teufel ich hier tue.«

Ty versuchte, sich unsichtbar zu machen. Er hasste große Partys. Es gab immer viel zu viele Leute, mit denen er reden musste, und viel zu wenige, denen er wirklich etwas zu sagen hatte. Er hatte sich bereits einen Plan zurechtgelegt. Eine Stunde auf dem Weingut und eine Stunde im Haupthaus. Danach konnte er sich davonschleichen und sich zu Hause ins Bett legen.

Er fand die Musik zu laut, die Räume zu voll und das Essen zu üppig. Ganz unterhaltsam war dagegen, die Leute zu beobachten, die alle elegant und zurechtgemacht waren. Jeder versuchte, den anderen auszustechen.

Tyler kam sich ein bisschen vor wie ein Zuschauer bei einem Theaterstück, und solange er sicher im Publikum stand, hielt er es noch ein Weilchen aus.

Er hatte auch dem kleinen Drama zwischen Pilar und René zugesehen. Tyler mochte Pilar so gern, dass er sicher aus seiner Ecke herausgekommen wäre und ihr beigestanden hätte, wenn nicht David Cutter schon da gewesen wäre. Prinzipiell irritierte Cutter ihn zwar, aber für sein rasches Handeln musste Tyler ihm Pluspunkte geben. Der kleine Handkuss war eine kluge Geste gewesen, und er hatte René und Avano offenbar geärgert.

Und seine Worte hatten blitzschnell dieses idiotische Lächeln von Avanos Gesicht getilgt.

Avano ist ein Arschloch, dachte Tyler und trank einen Schluck Wein. An der Seite von René jedoch, die ihn vorantrieb, konnte er gefährlich werden.

Wenn Cutter ihn in Schach zu halten vermochte, ließ es sich beinahe ertragen, dass er jetzt dazugehörte.

Aber auch nur beinahe.

»Warum stehen Sie hier so allein herum?«

Tyler blickte Maddy stirnrunzelnd an. »Weil ich eigentlich gar nicht hier sein will.«

»Warum sind Sie denn dann hier? Sie sind doch ein Erwachsener und können tun, was Sie wollen.«

»Das ist in der Realität oft leider ganz anders, kleines Mädchen.«

»Es gefällt Ihnen, so zu tun, als wären Sie eklig, was?«

»Nein. Ich *bin* eklig.«

Sie schürzte die Lippen und nickte. »Okay. Kann ich einen Schluck von Ihrem Wein haben?«

»Nein.«

»In Europa dürfen Kindern manchmal Wein probieren.«

Sie sagte das in ihren schwarzen Klamotten und den hässlichen Schuhen so hoheitsvoll, dass Ty am liebsten gelacht hätte. »Dann geh doch nach Europa. Hier nennt man es Anstiftung zur Sucht.«

»Ich war schon mal in Europa, aber ich kann mich nicht besonders gut daran erinnern. Ich will später noch einmal hin. Vielleicht lebe ich ja mal eine Zeit lang in Paris. Ich habe mit Mr. Delvecchio geredet. Er sagte, Wein sei ein Wunder, aber eigentlich ist es doch nur eine chemische Reaktion, oder nicht?«

»Es ist beides und keins von beidem.«

»Das muss es aber doch sein! Ich will nämlich ein Experiment machen, und ich habe gedacht, Sie könnten mir vielleicht dabei helfen.«

Tyler blinzelte sie an. »Was? Warum redest du nicht mit deinem Vater?«

»Weil *Sie* der Winzer sind. Ich dachte, ich besorge mir ein paar Trauben, lege sie in eine Schüssel und warte ab, was passiert. In eine andere Schüssel lege ich genau dieselbe Art und die gleiche Menge von Trauben, und da gebe ich aber etwas hinzu. Na ja, ähnlich wie im Chemieunterricht.«

»Normalerweise esse ich Trauben, die in einer Schüssel liegen«, erwiderte Tyler, aber Maddy hatte sein Interesse geweckt.

»Sehen Sie, in der einen Schüssel, wo nur die Trauben sind, müsste Mr. Delvecchios Wunder passieren. Bei der anderen würde ich Zusatzstoffe hinzufügen und bestimmte Techniken anwenden. Sozusagen die chemische Reaktion beschleunigen. Und dann könnte ich sehen, was besser funktioniert.«

»Selbst wenn du dieselbe Sorte Trauben nimmst, wirst du unterschiedliche Testergebnisse haben.«

»Warum?«

»Um diese Jahreszeit kannst du Trauben nur im Laden kaufen. Sie kommen wahrscheinlich gar nicht vom selben Weinberg. Und selbst wenn, gibt es Unterschiede. Erdtyp, Fruchtbarkeit, Wasserzufuhr ... Wann sie gepflückt worden sind, wie sie gepflückt worden sind. Du kannst die Trauben nicht mehr am Weinstock testen, weil sie nicht mehr daran hängen. Der Most in beiden Schüsseln würde sich selbst dann deutlich unterscheiden, wenn du *beide* in Ruhe ließest.«

»Was ist Most?«

»Saft. Aber wenn du es versuchen möchtest, solltest du Holzschüsseln verwenden. Das Holz verleiht dem Most einen gewissen Charakter.«

»Eine chemische Reaktion«, erwiderte Maddy grinsend. »Sehen Sie? Es ist Wissenschaft, keine Religion.«

»Kleines, Wein ist das und viel, viel mehr.« Ohne nachzudenken, bot Tyler ihr sein Glas an.

Sie nahm vorsichtig einen Schluck und blickte sich dabei verstohlen um, für den Fall, dass ihr Vater in der Nähe war. Probeweise ließ sie den Wein über die Zunge rollen, bevor sie ihn hinunterschluckte. »Schmeckt ganz gut.«

»Ganz gut?« Kopfschüttelnd nahm Tyler sein Glas wieder entgegen. »Das ist Pinot Noir Auslese. Nur ein Barbar würde ihn ›ganz gut‹ nennen.«

Maddy lächelte ihn charmant an. Jetzt wusste sie, dass er auf ihrer Seite war. »Zeigen Sie mir denn irgendwann mal die großen Weinfässer und die Maschinen?«

»Na klar.«

»Mr. Delvecchio hat gesagt, den Weißwein machen Sie in nicht rostendem Stahl und den Rotwein in Holzfässern. Ich hatte keine Gelegenheit, ihn nach dem Grund zu fragen. Warum ist das so?«

Sah er nicht süß aus? Der große, brummige MacMillan war in ein offenbar ernsthaftes Gespräch mit der Miniatur-Morticia vertieft. Sophia lächelte. Und wenn sie der Schein nicht trog, hatte er sogar Spaß daran. Und er sah wirklich gut aus.

Deshalb war sie froh darüber, dass sie heute Abend keinen Mann mitgebracht hatte, denn das hätte bedeutet, dass sie sich auf ihn hätte konzentrieren müssen. Ohne Begleitung konnte sie viel besser herumspazieren und sich mit den Leuten unterhalten, die sie am nettesten fand.

Im Moment gehörte Tyler dazu.

Es würde eine Zeit lang dauern, bis sie sich zu ihm durchgekämpft hatte. Sie hatte schließlich gesellschaftliche Pflichten zu erfüllen. Aber sie behielt ihn im Auge und begann, sich durch die Menge zu drängen.

»Sophia! Hinreißend wie immer!«

»Jerry! Fröhliche Weihnachten!« Sie küsste ihn auf beide Wangen. »Wie läuft das Geschäft?«

»Wir hatten ein tolles Jahr.« Er legte ihr den Arm um die Schultern und geleitete sie durch die Menge im Probierraum zur Bar. »Und erwarten ein weiteres gutes. Ein Vögelchen hat mir gezwitschert, dass du eine brillante Werbekampagne vorbereitest.«

»Diese Vögelchen zwitschern die ganze Zeit, nicht wahr?« Sophia strahlte der Barkeeper an. »Champagner, bitte. Mir hat ein anderes Vögelchen erzählt, dass du ein neues Label herausbringen willst. Mittlere Qualität, amerikanische Zielgruppe.«

»Irgendjemand sollte die Vögel abschießen. Ich habe in *Vino* über euren Cabernet '84 gelesen.«

»Ein ausgezeichneter Jahrgang.«

»Und die Auktion ist ziemlich gut für euch gelaufen. Schäm dich, Sophia, dass du mich versetzt hast, als du in New York warst. Du weißt doch, dass ich mich darauf gefreut habe, dich zu sehen.«

»Es ging nicht anders. Aber ich mache es auf der nächsten Reise wieder gut.«

»Ich verlasse mich darauf.«

Sie trank einen Schluck Champagner.

Er war ein attraktiver Mann. Der leise Silberhauch an den Schläfen verlieh ihm ein distinguiertes Aussehen, und das leichte Grübchen im Kinn wirkte charmant. Keiner von ihnen beiden würde Sophias Vater erwähnen, oder auch nur ein Wort darüber verlieren, dass Jerrys Frau ihm untreu gewesen war. Stattdessen würden sie freundlich ein wenig miteinander flirten. Sie verstanden einander sehr gut. Zwischen Le Coeur und Giambelli herrschte erbitterte Konkurrenz, und Jeremy DeMorney war nicht immer vorsichtig in der Wahl seiner Mittel, wenn es darum ging, seine Position zu vertreten.

Sophia bewunderte das.

»Ich lade dich dann zum Abendessen ein«, sagte sie zu ihm. »Und zum Wein. Wein von Giambelli-MacMillan. Wir wollen schließlich nur das Beste.«

»Und hinterher vielleicht noch ein wenig Cognac von Le Coeur in meiner Wohnung.«

»Nein, du weißt doch, dass ich nicht gern Geschäft ... mit Geschäft vermische.«

»Du bist eine grausame Frau, Sophia.«

»Du bist ein gefährlicher Mann, Jerry. Wie geht es deinen Kindern?«

»Den Kindern geht's gut. Sie verbringen die Ferien mit ihrer Mutter in Sankt Moritz.«

»Sie fehlen dir bestimmt.«

»Natürlich. Übrigens, ich habe schon überlegt, ob ich nicht ein oder zwei Tage im Valley verbringen soll, bevor ich wieder nach Hause fahre. Warum vermischen wir beide nicht einfach mal Vergnügen mit Vergnügen?«

»Das klingt verführerisch, Jerry, aber ich bin zurzeit sehr überlastet. Bis zum Jahresanfang werde ich wohl kaum zum Luftholen kommen.« Aus den Augenwinkeln sah sie, dass ihre Mutter zur Damentoilette ging. Und René war nur wenige Schritte hinter ihr.

»Wo ich gerade von überlastet rede, ich muss rasch etwas erledigen. Es war schön, dich zu sehen.«

»Ebenso«, erwiderte Jerry. Es wäre schöner gewesen, sie zu sehen, dachte er, wenn sie und der Rest ihrer Familie ruiniert wären. Und dabei wäre es hilfreich, Geschäft mit Geschäft zu vermischen, dachte er. Und Vergnügen mit Vergnügen.

Kurz nach Pilar betrat René den hübschen, holzgetäfelten Raum vor der Damentoilette. »Es ist dir gelungen, auf den Füßen zu landen, was?« René lehnte sich gegen die Tür, damit niemand anderer hereinkam.

»Du hast bekommen, was du wolltest, René.« Äußerlich ruhig öffnete Pilar ihre Abendtasche und holte ihren Lippenstift heraus. Sie hatte nur zwei Minuten allein sein wollen, bevor sie eine abschließende Runde machte, um sich dann in die Villa zu begeben. »Das sollte doch jetzt kein Thema mehr für dich sein.«

»Ex-Frauen sind immer ein Thema. Ich sage dir, ich dulde nicht, dass du mich oder Tony noch einmal anrufst und deine neurotische Scheiße über uns auskippst.«

»Ich habe nicht angerufen.«

»Du bist eine Lügnerin! Und ein Feigling. Und jetzt versteckst du dich auch noch hinter David Cutter.« René griff nach Pilars Hand und hielt sie hoch, sodass der Rubin im Licht funkelte. »Was musstest du tun, um den aus ihm herauszukitzeln?«

»Ich brauche keinen Mann, der mir Schmuck oder sonst etwas kauft, René. Das ist der grundlegende Unterschied zwischen uns.«

»Nein, ich sage dir, was der Unterschied zwischen uns ist: Ich gehe offen auf das zu, was ich will. Wenn du denkst, dass ich Tony fallen lasse, weil du deiner Familie etwas vorgejammert hast, irrst du dich. Du wirst ihn nicht hinausdrängen, und dein David Cutter auch nicht. Und wenn du es versuchst ... denk nur mal an all die interessanten Informationen, die er an eure Konkurrenz weitergeben könnte.«

»Die Familie oder das Unternehmen zu bedrohen, macht Tonys Position nicht sicherer. Und deine auch nicht.«

»Das werden wir ja sehen. Ich bin jetzt Mrs. Avano. Und Mr. und Mrs. Avano werden sich heute Abend mit den anderen Führungskräften in der Villa aufhalten. Ich bin sicher, dass unsere Einladung hierher nur ein Irrtum war.«

»Du bringst dich nur selbst in Verlegenheit«, erwiderte Pilar.

»Ich werde nicht leicht verlegen, merk dir das. Tony hat ein Stück von Giambelli, und ich habe ein Stück von ihm. Ich bin jünger als du und tausendmal jünger als deine Mutter. Wenn ihr tot seid, bin ich immer noch da.«

»Tatsächlich?« Pilar wandte sich zum Spiegel und begann, sich langsam und sorgfältig die Lippen nachzuziehen. »Wie lange, glaubst du, wird es dauern, bis Tony dich betrügt?«

»Das würde er nicht wagen.« Selbstsicher lächelte René. »Er weiß, dass ich ihn umbringe, wenn er es tut. Ich bin keine passive, geduldige Ehefrau. Tony hat mir gesagt, wie schlecht du im Bett warst. Wir lachen darüber. Soll ich dir einen Rat geben? Wenn du Cutter halten willst, gib ihn an deine Tochter weiter. Sie scheint jemand zu sein, mit dem ein Mann im Bett wenigstens Spaß haben kann.«

Pilar wirbelte herum, und genau in dem Moment trat Sophia durch die Tür. »Oh, wie lustig. Frauengespräche? René, wie mutig von dir, dieses Grün zu tragen, bei deinem Teint.«

»Halt den Mund, Sophia.«

»Wohlerzogen wie immer. Mama, du wirst in der Villa gebraucht. Ich bin sicher, dass René uns entschuldigt. Sie wird viel Platz und Ruhe brauchen, um sich neu zu schminken.«

»Im Gegenteil, ich werde euch beide allein lassen, damit du deiner Mutter die Hand halten kannst, wenn sie in hilflose Tränen ausbricht. Ich bin noch nicht fertig, Pilar«, fügte René hinzu, während sie die Tür öffnete, »aber du.«

»Das war ja unterhaltsam.« Sophia musterte ihre Mutter. »Du siehst nicht so aus, als wolltest du in Tränen ausbrechen.«

»Nein, das ist vorbei.« Pilar steckte den Lippenstift wieder in die Tasche und ließ sie zuschnappen. »Sophie, Liebes, dein Vater hat sie heute geheiratet.«

»Na großartig.« Seufzend schlang Sophia die Arme um ihre Mutter und legte den Kopf an ihre Schulter. »Fröhliche Weihnachten.«

8

Sophia wartete den richtigen Zeitpunkt ab. Sie musste ihren Vater allein sprechen, um ihm das zu sagen, was sie zu sagen hatte. Sie nahm sich vor, ganz ruhig zu bleiben. Ein Wutanfall würde sie nicht weiterbringen.

Während sie wartete, redete sie mit den Gästen und tanzte einmal mit Theo, was so unterhaltsam war, dass es ihre Laune deutlich hob. Als sie René mit Jerry auf der Tanzfläche sah, trat sie auf ihren Vater zu.

Es überraschte sie gar nicht, dass er in einer Ecke des Saales mit Kris flirtete. Sie fand es schrecklich, dass er an seinem Hochzeitstag seinen Charme an einer anderen Frau ausprobierte, aber es verwunderte sie nicht.

Als sie jedoch näher trat, nahm sie subtile Signale wahr – eine leichte Berührung, ein vielversprechender Blick –, die ihr sagten, dass das hier mehr war als ein Flirt. Und dieser Umstand überraschte sie doch.

Ihr Vater betrog René mit Kris. Allerdings sah ihm das so ähnlich, dass es Sophia kaum aufregte.

Sie hätte nicht sagen können, wer in diesem Trio der größte Narr war, aber das war im Moment auch gar nicht ihr Problem.

»Kris, es tut mir Leid, dass ich diesen zärtlichen Augenblick stören muss, aber ich will mit meinem Vater sprechen. Allein.«

»Schön, dich zu sehen.« Kris stand auf. »Du bist schon lange nicht mehr in meinem Büro gewesen, ich hatte ganz vergessen, wie du aussiehst.«

»Ich werde dir ein Foto schicken.«

»Nun, Prinzessin ...«, begann Tony.

»Übertreib es nicht.« Sophias Ton war ruhig, aber der Blick, den sie ihrem Vater zuwarf, bewirkte, dass er rot wurde und den Mund wieder schloss. »Wir wollen diese ganze Situation einfach auf den Trubel der Weihnachtsparty zurückführen. Wir setzen uns in meinem Büro zusammen, Kris, sobald mein Terminkalender es zulässt. Für heute Abend lassen wir das Geschäft mal zugunsten von persönlichen Angelegenheiten beiseite. Du kannst dich glücklich schätzen, dass ich dich vor René gesehen habe. Und jetzt muss ich mit meinem Vater über Familienangelegenheiten reden.«

»Mit dir am Ruder hat deine Familie nicht viele Angelegenheiten.« Kris fuhr leicht mit der Fingerspitze über Tonys Handrücken. »Bis später«, murmelte sie und schlenderte in den Saal.

»Sophie, du hast einen völlig falschen Eindruck bekommen. Kris und ich haben nur ein Glas miteinander getrunken.«

Ihr Blick durchbohrte ihn. »Spar dir das für René auf. Ich kenne dich schon länger. Lange genug, um auch nicht das leiseste Interesse an deinen Spielchen zu haben. Unterbrich mich nicht«, sagte sie, bevor er protestieren konnte. »Es dauert nicht lange. Ich höre, dass Glückwünsche angebracht sind. Oder zumindest aus Höflichkeitsgründen erforderlich. Also herzlichen Glückwunsch.«

»Hör zu, Sophie.« Er stand auf und griff nach ihrer Hand, aber sie entzog sie ihm.

»Mir ist René vollkommen gleichgültig, und du im Moment auch.«

Er sah sie so aufrichtig überrascht und verletzt an, dass sie sich fragte, ob er diesen Gesichtsausdruck wohl vor seinem Rasierspiegel einstudierte. »Das meinst du doch nicht ernst! Es tut mir Leid, dass du so aufgebracht bist.«

»Nein, das glaube ich nicht. Es tut dir Leid, dass ich dich damit konfrontiere. Du hast heute geheiratet und hast dir nicht einmal die Mühe gemacht, es mir mitzuteilen. Das zum einen.«

»Prinzessin, es war eine ganz kleine, einfache Trauung. Weder René noch ich hatten ...«

»Halt einfach den Mund. Du bist zu einem Familienfest gekommen und hast stolz dich und deine neue Frau präsentiert. Das allein ist schon ziemlich unsensibel, aber um dem Ganzen die Krone aufzusetzen, hattest du noch nicht einmal den Anstand, Mama vorher von der Trauung zu erzählen. Das zum Zweiten.«

Sophia war lauter geworden und einige Köpfe drehten sich zu ihnen um. Unbehaglich rückte Tony näher. Er ergriff ihren Arm und streichelte ihn leicht. »Lass uns doch hinausgehen, dann erkläre ich dir alles. Du brauchst doch hier drinnen keine Szene zu machen.«

»Oh, das brauche ich sehr wohl. Ich versuche verzweifelt, der Versuchung zu widerstehen, genau das zu tun. Hier liegt nämlich der Knackpunkt, du Bastard. Du hast diese Frau meiner Mutter vor die Nase gesetzt.« Sie stieß Tony vor die Brust. »Du lässt sie von René beschimpfen und bespucken, lässt zu, dass sie ihr Szenen macht und Schmerz zufügt, während du hier schon wieder mit einer anderen Frau sitzt – und dann auch noch mit einer, die deine Tochter sein könnte, falls du jemals daran gedacht hast, dass du eine hast! Das zum Dritten, verdammt noch mal. Du wirst dich ab heute von hier fern halten, und du wirst dich auch von mir fern halten. Bleib einfach weg und sieh zu, dass deine *Frau* das Gleiche tut. Sonst, das verspreche ich dir, lasse ich dich nämlich bluten.«

Bevor Tony sich erholen konnte, war Sophia aufgestanden. In diesem Moment packte sie jemand am Arm und zog sie in die Menge.

»Das war keine gute Idee«, sagte Ty ruhig und umfasste ihre Taille, damit sie ihm nicht entwischte. »Wirklich keine gute Idee, Angestellte auf der Weihnachtsparty zu ermorden. Lass uns nach draußen gehen.«

»Ich will nicht nach draußen gehen.«

»Du musst aber. Es ist kalt draußen, und du kannst dich etwas abkühlen. Bis jetzt hast du nur ein paar Leute unterhalten, die nahe genug bei dir standen, um mitzubekommen, wie du dich auf Avano gestürzt hast. Gut gemacht, übrigens. Aber wenn dir der Dampf aus den Ohren kommt, kannst du leicht die ganze Party kaputtmachen.«

Er hatte sie zur Tür geschoben.

»Hör auf, mich durch die Gegend zu zerren! Ich mag es nicht, wenn ein Mann mich so herumschubst.« Sophia entwand sich seinem Griff und hätte ihn beinahe geschlagen.

»Na los. Der erste Schuss ist frei. Danach schlage ich zurück.«

Sie holte tief Luft und blitzte Tyler finster an. Bei jedem Atemzug sprühte ihr glitzerndes Kleid im Mondschein Funken.

Wenn sie so außer sich vor Wut ist wie jetzt, ist sie großartig, dachte Ty. Und gefährlich wie eine

Ladung Dynamit, wenn die Zündschnur bereits brennt.

»Siehst du«, sagte er nickend. »Atme noch ein paarmal durch, und dann beruhigst du dich wieder.«

»Dieser Bastard.«

Sie entfernte sich von den efeubedeckten Mauern des Weingutes. Vom Lachen, von der Musik, die aus den hohen, schmalen Fenstern dröhnte. In den Schatten der alten Zypressen, wo sie sich ungestört austoben konnte, bis sie wieder ruhig war.

Tyler hörte, wie sie etwas auf Italienisch murmelte. Manche Wörter verstand er, und nichts hörte sich besonders angenehm an.

Kurz darauf wandte sie sich wieder zu Tyler und ließ die Hände sinken. »Ich konnte nicht anders.«

»Nein, wahrscheinlich nicht. Du warst schon immer ein Hitzkopf.« Weil es kalt war und sie zu zittern begann, zog er sein Jackett aus und legte es ihr um die Schultern.

Ihre Wut hatte nachgelassen, und sie fühlte sich wund und leer. »Das mit Kris und ihm ist mir egal, obwohl es in meiner Abteilung Probleme verursacht. Damit und auch mit ihr kann ich umgehen. Aber er hat meiner Mutter wehgetan.«

»Sie wird damit fertig, Sophie. Sie schafft das schon.« Ty steckte die Hände in die Taschen, um nicht dem Bedürfnis nachzugeben, Sophia in den Arm zu nehmen. Sie sah so verdammt elend aus. »Es tut mir Leid, dass er dich verletzt hat.«

»Danke.« Sie hatte Kopfschmerzen von ihrem Wutausbruch, und ihr Magen schmerzte. »Ich sollte mich wahrscheinlich bei dir bedanken, dass du mich hier herausgebracht hast, bevor ich mich an Unbeteiligten vergreifen konnte.«

»Wenn du Kris meinst, so kam sie mir nicht besonders unbeteiligt vor. Aber du brauchst dich nicht zu bedanken.«

Als Sophia sich wieder zu Tyler umwandte, merkte sie, dass er verlegen wirkte. Das fand sie so nett, dass sie sich auf die Zehenspitzen stellte und ihn leicht auf die Wange küsste. »Trotzdem danke. Ich habe doch nicht geschrien, oder? Wenn ich einen Wutanfall habe, bin ich nicht mehr ich selbst.«

»Nicht sehr, und außerdem war die Band ziemlich laut.«

»Na, dann ist es ja gut. Nun, ich glaube, hier bin ich jetzt fertig. Sollen wir nicht zur Villa gehen? Du kannst sicher sein, dass ich nicht noch einmal einen Anfall bekomme.«

»Das glaube ich. Soll ich deinen Mantel holen?«

»Nein, es geht schon.« Lächelnd zog sie sein Jackett enger um sich. »Ich habe ja deine Jacke.«

Der Garten der Villa erstrahlte in tausend Feenlichtern. Auf der beheizten Terrasse standen Blumen und Buchsbäume. Tische luden die Gäste ein, sich unter den Sternenhimmel zu setzen, und die Nacht und die Musik, die durch die Fenster drang, zu genießen.

Pilar gönnte sich noch einen Moment an der frischen Luft, bevor sie sich den Gästen widmete und ihre Pflicht tat. Sie überlegte, ob sie heimlich eine Notfall-Zigarette rauchen sollte.

»Versteckst du dich?«

Pilar zuckte zusammen, entspannte sich aber rasch wieder, als sie sah, dass es nur ihr Stiefvater war. »Erwischt.«

»Ich habe mich auch hinausgeschlichen.« Er blickte sich übertrieben wachsam um und flüsterte: »Hast du welche dabei?«

Sie lachte. »Nur eine«, flüsterte sie zurück. »Wir können sie uns teilen.«

»Zünd sie an, Partner. Deine Mutter ist beschäftigt. Wir haben genügend Zeit.«

Sie zündete die Zigarette an, und kurz darauf standen sie in einer dunklen Ecke und ließen sie verschwörerisch hin und her gehen.

Entspannt lehnte sich Pilar gegen die Hauswand. In den Weinfeldern glitzerten Lichter, die auf den nackten Zweigen der Weinstöcke steckten. Hinter ihnen erklang Musik.

»Es ist eine schöne Party.«

»Wie immer.« Bedauernd drückte Eli die Zigarette aus. »Du, deine Mutter und Sophia habt euch dieses Jahr ziemlich verausgabt. Ich hoffe, Teresa hat dir gesagt, wie dankbar wir dir für die Arbeit sind, die du in dieses Fest gesteckt hast.«

»Ja. Auf ihre Art.«

»Dann danke ich dir jetzt auf meine.« Eli legte die Arme um sie und begann mit ihr zu tanzen. »Eine hübsche Frau sollte niemals ohne Tanzpartner sein.«

»O Eli.« Sie lehnte den Kopf an seine Schulter. »Was würde ich nur ohne dich tun? Ich bin eine solche Katastrophe.«

»Du doch nicht! Pilar, du warst eine erwachsene Frau mit einem Kind, als ich deine Mutter heiratete. Ich habe versucht, mich nicht in dein Leben einzumischen.«

»Ich weiß.«

»Das macht Teresa schon für uns beide«, fuhr er fort und brachte sie damit zum Kichern. »Trotzdem«, sagte er, »möchte ich dir meine ehrliche Meinung sagen. Er war nie gut genug für dich.«

»Eli ...«

»Er wäre nie gut genug für dich gewesen. Du hast viele Jahre an Tony Avano vergeudet, aber es ist dir zumindest gelungen, aus deiner Tochter einen wunderbaren Menschen zu machen. Hüte das und verschwende nicht den Rest deines Lebens damit, dir zu überlegen, warum deine Ehe nicht funktioniert hat.«

»Er hat René geheiratet. Einfach so.«

»Umso besser.« Eli nickte, als Pilar ihn fassungslos anblickte. »Für dich, für Sophia, für alle Beteiligten. Sie passen hervorragend zusammen. Und seine neue Ehe entfernt ihn noch ein Stück mehr aus deinem Leben. Wenn es nach mir ginge, würde er auch aus dem Unternehmen verschwinden müssen. Und das wird vermutlich im Laufe des nächsten Jahres auch passieren.«

»Er ist gut in seinem Job.«

»Andere sind genauso gut und verursachen mir keine Magengeschwüre. Deine Mutter hatte Gründe, ihn zu behalten, aber diese Gründe sind nicht mehr so wichtig wie zuvor. Lass ihn gehen«, sagte Eli und küsste Pilar auf die Stirn. »Entweder geht er unter, oder er schwimmt. Ganz gleich was, es ist nicht mehr dein Problem.«

Auf der darunter liegenden Terrasse lauschte Tony diesem Gespräch, und sein Mund wurde hart. Er ärgerte sich immer noch über die, wie er fand, unnötige und unpassende Attacke seiner Tochter, die zudem in der Öffentlichkeit stattgefunden hatte.

Er glaubte nicht wirklich, dass die Giambellis ihn hinauswerfen würden. Aber sie würden ihm das Leben schwer machen. Sie hielten ihn für dumm und gedankenlos. Aber da irrten sie sich. Er hatte schon einen Plan, wie er seine finanzielle Situation sichern konnte. Und er brauchte weiß Gott Geld, und zwar viel. René hatte seine Ressourcen bereits zusammenschmelzen lassen.

Natürlich war es unklug gewesen, sich mit Kris einzulassen, und er tat auch schon sein Bestes, um die Sache so vorsichtig wie möglich zu beenden. Bis jetzt hatte sich dies allerdings als problematischer erwiesen, als er es sich vorgestellt hatte. Es schmeichelte ihm natürlich, dass eine so junge Frau wie Kris ihn derart anhimmelte. Und dass sie so wütend werden konnte, dass sie René mitten in der Nacht anrief.

Na ja, diesen Teil hatte er ja geregelt. René nahm an, Pilar habe angerufen, und er ließ sie in dem Glauben. Warum hätte er sie auch aufklären sollen?

Er trank seinen Wein, blickte zu den Sternen empor und verdrängte einfach alle Probleme, wie es seine Art war.

Mit Kris werde ich schon fertig, dachte er. Er hatte ihr versprochen, dass sie bei Giambelli Sophias Position bekommen würde, und das hatte die Flut ein wenig eingedämmt. So wie es irgendein Klunker bei René auch immer tat. Man musste nur die Schwächen seiner Gegner kennen.

Tony hatte vor, sein Leben so weiterzuführen, wie er es seiner Meinung nach verdiente. Es war an der Zeit, die Quellen anzuzapfen – ein bisschen mehr hier, ein bisschen mehr dort. Und in die Zukunft zu schauen.

Sophia unterhielt sich mit ihren Freunden und tat ihr Bestes, um ihrer Kusine Gina aus dem Weg zu gehen. Die Frau wurde immer schlimmer. Sie war richtiggehend peinlich. Sie trug nicht nur etwas, das aussah wie ein rotes, mit Münzen behängtes Weihnachtszelt, sondern sie erzählte auch jedem, ob er es nun hören wollte oder nicht, wie brillant ihr Mann sei.

Don hielt sich die meiste Zeit in der Nähe der Bar auf, stellte Sophia fest. Er war halb betrunken und versuchte, möglichst nicht aufzufallen.

»Geht es deiner Mutter gut?«

Sophia blieb stehen und lächelte Helen zu. »Ja. Jedenfalls als ich sie das letzte Mal gesehen habe. Hallo, Onkel James.« Sie fiel Helens Mann um den Hals. James Moore war eine der Konstanten in ihrem Leben gewesen und oft mehr ein Vater für sie als ihr eigener.

Er war ein wenig füllig geworden und hatte Haare verloren, aber hinter der Brille mit dem silbernen Rahmen funkelten seine grünen Augen fröhlich. Er sah aus wie jedermanns Lieblingsonkel, dabei war er einer der besten und gerissensten Strafverteidiger in Kalifornien.

»Sie ist wirklich das hübscheste Mädchen im ganzen Haus, was, Helen?«

»Wie immer.«

»Du bist schon seit Wochen nicht mehr bei mir vorbeigekommen.«

»Ich mache es wieder gut.« Sophia küsste ihn noch einmal auf die Wange. »*La Signora* hat mich mit Arbeit überhäuft.«

»Das habe ich schon gehört. Wir haben dir ein Geschenk mitgebracht.«

»Ich liebe Geschenke! Gib es mir.«

»Es ist da drüben und verschwendet seine Zeit mit einer Rothaarigen.«

Sophia blickte in die Richtung und stieß einen leisen Freudenschrei aus, als sie Lincoln Moore erblickte. »Ich dachte, Linc sei noch in Sacramento!«

»Er wird dir alles erzählen«, erwiderte James. »Geh hin und überrede ihn dieses Mal, dich endlich zu heiraten.«

»James!« Helen zog eine Augenbraue hoch. »Wir schauen mal nach Pilar. Geh ruhig hin.«

Lincoln Moore war groß, dunkelhaarig und gut aussehend. Und er war das, was für Sophia einem Bruder am nächsten kam. In verschiedenen Phasen ihres Lebens hatten sie beide Vorteile aus der Tatsache gezogen, dass sie nur zwei Monate älter war als er. Die Freundschaft ihrer Mütter hatte dafür gesorgt, dass sie zusammen aufwuchsen, und deshalb hatte sich keiner von ihnen jemals wie ein Einzelkind gefühlt.

Sie trat hinter ihn, schob ihren Arm durch seine Armbeuge und fragte die Rothaarige: »Gehört der Mann zu Ihnen?«

»Sophie.« Lachend hob er sie hoch und schwenkte sie herum. »Meine Ersatzschwester«, erklärte er seiner Gesprächspartnerin. »Sophia Giambelli – Andrea Wainwright. Meine Freundin. Sei nett zu ihr.«

»Andrea.« Sophia streckte ihr die Hand entgegen. »Wir reden noch miteinander.«

»Nein, das werdet ihr nicht. Sie verbreitet Lügen über mich. Das ist ihr Hobby.«

»Nett, Sie kennen zu lernen. Linc hat mir eine Menge von Ihnen erzählt.«

»Er lügt auch. Seid ihr beide aus Sacramento gekommen?«

»Nein. Ich bin Ärztin am Saint Francis, in der Notaufnahme.«

»Basketball-Verletzung.« Linc hielt seine rechte Hand hoch und zeigte den Verband um seinen Finger. »Ich habe ihn mir verstaucht. Andy hat einen Blick darauf geworfen und mir einen Verband gemacht. Danach bin ich sofort auf sie geflogen.«

»Eigentlich ist er schon auf mich geflogen, *bevor* ich ihm den Finger gerichtet habe. Aber da ich ihm den Rest seiner Finger nicht auch noch verstauchen konnte, bin ich hier. Tolle Party.«

»Ich wohne wieder in San Francisco«, erklärte Linc Sophia. »Ich habe beschlossen, bei meinem Vater in der Kanzlei zu arbeiten. Ich möchte Erfahrung bei Gericht sammeln. Ich bin dort zwar nur ein besserer Bürobote, aber ich lerne, was ich brauche, bis ich als Anwalt zugelassen werde.«

»Das ist ja toll! Linc, das ist großartig! Deine Eltern sind bestimmt begeistert, dass du wieder zu Hause bist. Wir treffen uns mal, ja?«

»Natürlich. Ich habe aber gehört, dass du zurzeit alle Hände voll zu tun hast.«

»Für dich hab ich immer Zeit. Wann wirst du als Anwalt zugelassen?«

»Nächsten Monat.«

»Er ist brillant, weißt du?«, sagte sie zu Andy. »Er kann seine Gegner richtig nerven.«

»Hör auf, Sophie.«

»Ich wünsche euch viel Spaß.« Sophia erblickte Ty, der gerade hereingekommen war und elend aussah. »Die Pflicht ruft. Schleicht euch bloß nicht weg, ohne meiner Mutter guten Abend gesagt zu haben. Du weißt, wie stolz sie auf dich ist.« Sophia strich Linc übers Jackett. »Gott weiß, warum.«

»Ich gehe bestimmt noch zu ihr. Und ich rufe dich an.«

»Das solltest du tun. Nett, Sie kennen gelernt zu haben, Andrea.«

»Ebenfalls.« Andrea blickte Linc an. »So, und du bist also brillant?«

»Ja. Es ist ein Fluch.« Grinsend zog er sie auf die Tanzfläche.

»Lächeln, MacMillan.«

Ty blickte Sophia an. »Warum?«

»Weil du jetzt mit mir tanzen wirst.«

»Warum?« Er unterdrückte einen Seufzer, als sie seine Hand ergriff. »Tut mir Leid. Ich habe zu lange mit Maddy Cutter herumgestanden. Das Kind fragt einem Löcher in den Bauch.«

»Ihr scheint euch aber gut verstanden zu haben. Wir würden besser tanzen, wenn du mich anfassen würdest.«

»Stimmt.« Er legte ihr seine Hand auf die Taille. »Sie ist ein interessantes Kind. Und helle. Hast du meinen Großvater gesehen?«

»Nein. Warum?«

»Ich möchte ihn und *La Signora* begrüßen. Und dann war ich wohl lange genug hier und kann endlich nach Hause gehen.«

»Du bist ja ein richtiger Partylöwe.« Spielerisch zupfte Sophia an seinen Haaren. Er hat viele Haare, dachte sie. Dicht und widerspenstig. »Leb doch mal ein bisschen, Ty! Es ist Weihnachten.«

»Noch nicht. Vor Weihnachten ist noch eine Menge zu erledigen, und hinterher wartet auch wieder viel Arbeit auf uns.«

»Hey.« Sie zupfte wieder an seinen Haaren, damit er endlich aufhörte, sich nach seinem Großvater umzusehen und sie anblickte. »Heute Abend gibt es keine Arbeit, und ich schulde dir noch etwas dafür, dass du mir zu Hilfe gekommen bist.«

Er wollte keine Dankbarkeit, sondern Distanz. Eine sichere Distanz. Sophia war immer gefährlich, aber wenn sie sich an einen Mann drückte, hatte dies grausame Konsequenzen. »Ich muss noch ein paar Grafiken und Statistiken durchsehen. Was ist daran komisch?«, fragte er, als sie schmunzelte.

»Ich habe mir nur gerade vorgestellt, wie du wohl bist, wenn du mal locker bist. Ich wette, dann kannst du ein ganz wilder Mann sein, MacMillan.«

»Ich bin doch locker«, murmelte er.

»Erzähl mir etwas.« Ihre Finger glitten zu seinem Kragen. Sie genoss es, wie seine blauen Augen vor Zorn funkelten. »Etwas, das nichts mit Wein oder Arbeit zu tun hat.«

»Was gibt es denn sonst noch?«

»Kunst, Literatur, ein amüsantes Kindheitserlebnis, eine geheime Fantasie oder einen Wunsch ...«

»Meine momentane Fantasie ist, hier herauszukommen.«

»Komm, das kannst du besser. Das Erste, was dir einfällt.«

»Dir dieses Kleid auszuziehen und zu probieren, ob du so schmeckst, wie du riechst.« Er wartete eine Sekunde. »Siehst du, da bleibt dir die Spucke weg.«

»Nur einen Moment lang, und auch nur, weil ich über meine Reaktion nachdenke. Die Vorstellung fasziniert mich weitaus mehr, als ich erwartet habe.« Sie legte den Kopf in den Nacken und musterte ihn. O ja, sie mochte seine Augen, vor allem jetzt, wo sie vor Leidenschaft funkelten. »Woher kommt das wohl? Was denkst du?«

»Für heute Abend habe ich genug Fragen beantwortet.« Er wollte einen Schritt zurücktreten, aber Sophia hielt ihn fest.

»Warum erfüllen wir nicht schnell unsere Pflicht und gehen dann zu dir?«

»Ist das so einfach für dich?«

»Vielleicht.«

»Aber für mich nicht, danke.« Sein Ton wurde kalt und er blickte sich wieder im Saal um. »Aber ich nehme an, hier gibt es jede Menge Alternativen für dich, wenn du auf ein kleines Abenteuer aus bist. Ich gehe nach Hause.«

Er ließ sie stehen.

Es dauerte fast zehn Sekunden, bevor Sophia wieder klar denken konnte, und weitere drei, bis ihr die Wut die Kehle zuschnürte. Er hatte bereits den Saal verlassen und war die ersten Stufen hinuntergestiegen, als sie ihn einholte.

»Nein, das tust du nicht«, zischte sie und zerrte ihn mit sich. »Hier herein!«

Sie trat in den Familiensalon und knallte die Türen hinter sich zu.

»*Cazzo! Culo!* Bastard!« Immer noch war ihre Stimme ruhig und kontrolliert. Er konnte nicht wissen, was sie das kostete.

»Du hast Recht«, unterbrach er sie, bevor sie all ihr Gift verspritzen konnte. »Das war unter der Gürtellinie und es tut mir Leid.«

Bei seiner ruhigen Entschuldigung traten ihr die Tränen in die Augen, aber sie drängte sie entschlossen zurück. »Deiner Meinung nach bin ich eine Hure, weil ich über Sex so denke wie ein Mann.«

»Nein! Himmel.« Er hatte es so wirklich nicht gemeint, hatte sie nur so treffen wollen, wie sie ihn immer traf. »Ich weiß nicht, was ich sagen soll.«

»Alles wäre in Ordnung, nicht wahr, wenn ich mich zurückhalten würde und mich von dir verführen lassen würde. Weil ich aber aufrichtig bin, bin ich gleich billig.«

»Nein.« Tyler packte sie an den Armen. »Du hast mich verunsichert. Wie immer. Ich hätte das nicht sagen dürfen. Um Himmels willen, wein jetzt nicht.«

»Ich werde bestimmt nicht weinen.«

»Gut. Okay. Sieh mal, du bist wunderschön – und wütend, und ich bin dir nicht gewachsen. Es ist mir bis jetzt gelungen, die Hände von dir zu lassen, und das soll auch in Zukunft so sein.«

»Im Moment hast du aber gerade die Hände auf mir.«

»Entschuldigung.« Er ließ sie sinken. »Entschuldigung.«

»Du sagst, du hast mich beleidigt, weil du ein Feigling bist?«

»Hör mal, Sophie, ich gehe jetzt nach Hause und stecke den Kopf unter die Dusche. Morgen arbeiten wir wieder zusammen und vergessen, was heute geschehen ist.«

»Das glaube ich nicht. Ich habe dich also verunsichert?« Sie gab ihm einen kleinen Schubs, und er trat einen Schritt zurück. »Und deine Reaktion darauf ist, mir eine Ohrfeige zu versetzen?«

»Es war einfach die falsche Antwort. Ich habe doch gesagt, dass es mir Leid tut.«

»Das reicht nicht aus. Versuch es einmal damit.«

Sie war bei ihm, bevor er etwas tun konnte. Und dann konnte er nur noch reagieren.

Ihre Lippen waren warm, weich und sehr erfahren. Leidenschaftlich pressten sie sich auf seinen

Mund. Ihr Körper war üppig und sehr weiblich. Sie drückte sich eng an ihn.

Tyler konnte keinen klaren Gedanken mehr fassen. Nur so viel erfuhr er: Sie schmeckte so, wie sie roch.

Dunkel, gefährlich und weiblich.

Unwillkürlich zog er sie fester an sich und erwiderte ihren Kuss.

Sie umschlang ihn wie eine exotische Schlingpflanze, doch in der nächsten Sekunde löste sie sich von ihm, und er blickte sie verständnislos an.

»Mach was draus.« Sophia fuhr sich leicht mit dem Finger über die Unterlippe und wandte sich zur Tür.

»Nur eine Minute.« Er packte sie am Arm und zog sie zu sich herum. Er wusste noch nicht genau, was er vorhatte, aber angenehm würde es sicher nicht werden.

Dann jedoch sah er das Entsetzen in ihrem Gesicht. Noch bevor er reagieren konnte, hatte sie ihn beiseite geschoben und lief auf den Refektoriumstisch zu.

»*Dio! Madonna,* wer macht denn so etwas?«

Tyler blickte auf die drei Giambelli-Engel. Blut lief über die geschnitzten Gesichter wie aus offenen Schnittwunden. Und jeweils auf der Brust stand in dem gleichen Rot:

Schlampe Nr. 1

Schlampe Nr. 2

Schlampe Nr. 3

»Setz dich, Sophie. Ich bringe sie weg, bevor deine Mutter oder deine Großmutter sie sehen. Ich nehme sie mit nach Hause und mache sie sauber.«

»Nein, das mache ich selbst. Ich glaube, es ist Nagellack. Ein gemeiner Mädchentrick«, erwiderte sie ruhig. Wut würde jetzt nichts nutzen, dachte sie, während sie die drei Figuren an sich nahm. Und sie verspürte auch keine Wut, nur Trauer. »René vermutlich. Oder Kris. Im Moment hassen beide die Frauen der Giambellis.«

»Bitte, ich kümmere mich darum.« Tyler legte Sophia die Hände auf die Schultern. »Wer auch immer das getan hat, wusste, dass es dich verletzt. Ich mache sie sauber und stelle sie wieder an ihren Platz, bevor irgendjemand es merkt.«

Am liebsten hätte sie ihm die drei Engel in seine großen, starken Hände gedrückt, und sich selbst gleich mit dazu. Doch stattdessen trat sie einen Schritt zurück. »Ich kümmere mich schon darum. Du hast es doch so eilig, nach Hause zu kommen.«

»Sophie!«

Seine Stimme klang so geduldig und so lieb, dass sie seufzte. »Ich muss es selbst tun. Und ich muss noch eine Zeit lang wütend auf dich sein. Also geh jetzt.«

Er gehorchte, aber kaum stand er im Flur, drehte er sich um und stieg wieder die Treppe zum Ballsaal hinauf. Er würde noch eine Weile bleiben, beschloss er. Nur um sich zu vergewissern, dass heute Abend nur Holzengel verletzt wurden.

In ihrem Zimmer reinigte Sophia die Figuren vorsichtig. Wie sie vermutet hatte, war es nur roter Nagellack. Ein gemeiner Vandalismus, und ein hässlicher dazu, aber nicht von Dauer.

So leicht kann man die Giambellis nicht zerstören, dachte sie. Wir sind zu hart dazu. So hart, dass sie die Gemeinheit einfach ignorieren konnte und den Verursacher seiner Befriedigung beraubte.

Durch diesen Zwischenfall war sie, nach dem, was zwischen ihr und Tyler geschehen war, wieder zur Besinnung gekommen.

Blödmann, dachte sie und trat zu dem antiken Spiegel, um sich die Nase frisch zu pudern. Der Blödmann konnte ganz gut küssen, wenn er sich Mühe gab, aber deswegen blieb er doch ein Blödmann. Hoffentlich litt er. Hoffentlich verbrachte er eine lange, verschwitzte, unbequeme Nacht. Wenn er morgen früh zerknittert und elend aussah, dann würde sie ihn vielleicht aus ihren Fängen lassen.

Sophia betrachtete sich im Spiegel und fuhr sich noch einmal leicht mit dem Finger über die Unterlippe.

Rasch ließ sie die Hand wieder sinken und nahm gerade ihren Lippenstift aus der Tasche, als sich die Tür öffnete.

»*Nonna!*« Sie blickte zu den drei Engeln. Alles war so, wie es sein sollte. »Ich habe nur mein Make-up ein wenig aufgefrischt. Ich komme gleich wieder.«

Teresa schloss die Tür hinter sich. »Ich habe gesehen, wie du Tyler nachgegangen bist.«

»Mmm.« Sophia zog sich sorgfältig die Lippen nach.

»Glaubst du, weil ich alt bin, bemerke ich den Ausdruck in deinen Augen nicht?«

»Was für einen Ausdruck, *Nonna*?«

»Einen heißblütigen.«

Sophia zuckte leicht mit den Schultern und schraubte ihren Lippenstift wieder zu. »Wir hatten einen Streit.«

»Nach einem Streit müsstest du deine Lippen nicht neu schminken.«

Sophia drehte sich lachend um. »Was du doch für scharfe Augen hast, Großmutter! Wir hatten wirklich einen Streit, und ich habe ihn auf meine Art beigelegt. Vor dem Gesetz und auch moralisch darf ich Tyler sehr wohl küssen, *Nonna*. Wir sind nicht blutsverwandt.«

»Ich liebe dich, Sophia. Und ich liebe Tyler.«

Sophia wurde warm ums Herz. Diese Worte hörte man selten von Teresa. »Ich weiß.«

»Ich habe euch zwei nicht zusammengebracht, damit ihr einander wehtut.«

»Sondern?«

»Zum Wohl der Familie.« Der Tag war lang gewesen, und Teresa setzte sich hin. »Heißblütigkeit kann das Urteilsvermögen trüben. Das nächste Jahr ist ein wichtiges Jahr, und noch bevor es überhaupt begonnen hat, gibt es Umbrüche bei uns. Du bist eine schöne junge Frau.«

»Manche sagen, ich sähe wie meine Großmutter aus.«

Teresa gestattete sich ein kleines Lächeln. Auch sie sah zu den drei Engeln hinüber und ihr Blick wurde weich. »Ein wenig vielleicht. Aber du kommst mehr auf deinen Großvater. Er war wunderschön, wie ein Gemälde. Ich habe ihn aus Verpflichtung geheiratet, aber es ist mir nicht schwer gefallen. Schönheit ist eine Waffe, *cara*. Achte sorgfältig darauf, wie du sie einsetzt, denn ohne Freundlichkeit wendet sie sich gegen dich.«

Sophia setzte sich ebenfalls. »Bin ich ... hart, *Nonna*?«

»Ja.« Teresa legte ihre Hand auf Sophias. »Das ist nichts Schlimmes. Eine weiche Frau kann man zu leicht formen und zu leicht verletzen. Deiner Mutter ist beides geschehen. Sie ist meine Tochter, Sophia«, fügte sie kühl hinzu, als Sophia erstarrte. »Ich will offen mit dir sprechen. Du bist nicht weich und du gehst deinen eigenen Weg. Ich freue mich über dich. Härte kann sich jedoch auch gegen einen wenden, wenn man zu sorglos damit umgeht. Pass auf.«

»Freust du dich, *Nonna*, weil ich zielsicher deinem Weg folge?«

»Natürlich. Du bist eine Giambelli. Blut lässt sich nicht verleugnen.«

»Ich bin auch eine Avano.«

Teresas Stimme wurde heftiger. »Du bist doch der Beweis dafür, welche Linie stärker ist, oder? Sicher hast du auch etwas von deinem Vater in dir. Er ist ein gerissener Mann, und du kannst auch gerissen sein. Er ist ehrgeizig, und das bist du auch. Aber seine Schwächen hast du nie besessen. Er hat zu wenig Herz, und das hat ihn ebenso ruiniert wie sein Mangel an Mut. Du besitzt beides, Herz und Mut, und deshalb kannst du hart sein, ohne zu zerbrechen.«

»Ich weiß, dass du ihn hasst«, erwiderte Sophia leise. »Heute Abend tue ich das auch.«

»Hass ist ein starkes Wort. Du solltest es nicht in Bezug auf deinen Vater verwenden, wie auch immer er ist, was auch immer er getan hat. Ich empfinde keinen Hass für Anthony Avano.« Teresa stand wieder auf. »Ich empfinde überhaupt nichts für ihn. Er hat die letzte Entscheidung getroffen, die mich angeht. Wir werden ein letztes Mal miteinander umgehen, dann ist er für mich gestorben.«

»Du meinst, du willst ihn vor die Tür setzen?«

»Er hat seine Wahl getroffen«, erwiderte Teresa. »Und jetzt muss er die Konsequenzen tragen. Du brauchst dir darüber keine Gedanken zu machen.«

Sie streckte die Hand aus. »Komm, du solltest auf der Party sein. Wir suchen deine Mutter und zeigen den Gästen drei Generationen Frauen der Giambellis.«

Es war schon sehr spät, als Tony die Wohnungstür aufschloss. Er fragte sich, ob wohl irgendjemand nach der langen Zeit noch wusste, dass er einen Schlüssel hatte.

Er hatte sich eine Flasche Wein aus seinem persönlichen Keller mitgebracht. Der Barolo würde dem Geschehen einen Rahmen geben. Geschäftliche Besprechungen – das Wort »Erpressung« kam ihm dabei gar nicht in den Sinn – sollten immer auf zivilisierte Art und Weise vonstatten gehen.

In der Küche entkorkte er die Flasche, ließ den Wein auf der Theke stehen, damit er atmen konnte, und holte zwei Gläser aus dem Schrank. Tony war zwar enttäuscht, dass er kein frisches Obst im Kühlschrank fand, begnügte sich aber mit dem Rad Brie.

Auch um drei Uhr morgens war der Auftritt wichtig.

Glücklicherweise hatte er den Termin auf diese Uhrzeit gelegt. Es hatte einige Zeit gedauert, René wieder zu beruhigen. Über eine Stunde lang hatte sie ihm nach ihrer Rückkehr Vorträge gehalten, über die Giambellis, wie sie sie behandelten, über seine Zukunft im Unternehmen. Und über Geld.

Geld war natürlich das Hauptthema gewesen.

Er konnte ihr kaum einen Vorwurf daraus machen.

Ihr Lebensstil erforderte eine Menge Geld. René verfügte nicht wie Pilar über unbegrenzte Mittel. Und René ging auch nicht wie Pilar mit Geld um –

so, als würde es demnächst unmodern werden, welches in der Tasche zu haben.

Kein Thema, dachte Tony und legte Cracker zu dem Käse. Die finanziellen Mittel zu erhöhen, würde eine einfache und zivilisierte Angelegenheit sein.

Die Giambellis beabsichtigten, ihn hinauszuwerfen, da war er sich jetzt ganz sicher. Weder Pilar noch Sophia würden für ihn einstehen. Er hatte gewusst, dass die Möglichkeit bestand, hatte aber beschlossen, sie einfach zu ignorieren und auf das Beste zu hoffen. Oder vielmehr, gestand er sich jetzt ein, hatte er zugelassen, dass René ihn in die Ecke drängte.

Aber er hatte noch andere Optionen. Jede Menge Optionen. Und die erste würde in ein paar Minuten vorbeikommen.

Das erste Geschäft würde ein Notbehelf sein, aber es verschaffte ihm Zeit. Es gab noch andere Auswege, und die konnten bei Bedarf erweitert werden. Tony hatte Kontakte – und Zukunftsaussichten.

Teresa Giambelli würde es noch sehr bedauern, dass sie ihn unterschätzt hatte. Sehr viele Leute würden das bedauern.

Er würde wie immer auf den Füßen landen, daran zweifelte er keine Sekunde.

Er lächelte, als es an der Tür klopfte, schenkte zwei Gläser Wein ein und stellte sie und die Flasche zusammen mit dem Käse und den Crackern auf ein Tablett. Das Tablett trug er zum Couchtisch im Wohnzimmer.

Dann richtete er seine Manschettenknöpfe, fuhr sich glättend durch die Haare, und dergestalt auf seine Verhandlungen vorbereitet, trat er zur Tür.

TEIL ZWEI

Das Wachsen

Nicht haben und halten, sondern wachsen und werden
ist Perfektion, wie Kultur sie versteht.

MATTHEW ARNOLD

9

»Ich verstehe nicht, warum wir noch einmal hierher kommen mussten.«

»Weil ich noch ein paar Sachen brauche.« Ich hätte es auch lassen können, gestand Sophia sich ein. Aber warum sollte sie nicht bei ihrer Wohnung vorbeifahren, wenn sie schon einmal in San Francisco war? Hatte sie zudem nicht Mitleid mit Ty gehabt und war mit Elis Allrad-Jeep gefahren statt mit ihrem Cabrio?

»Sieh mal«, fuhr sie fort, »ich habe dir doch erklärt, dass ich zu Beginn öfter im Büro vorbeischauen muss. Kris wird sich weiterhin gegen die neue Hierarchie auflehnen. Sie muss uns beide zusammen als Team sehen.«

»Schönes Team.«

»Ich tue mein Bestes.« Sie fuhr auf ihren Parkplatz und zog die Handbremse an. »Ich finde, wir sollten einen Waffenstillstand schließen. Im Moment habe ich einfach keine Zeit, um mit dir zu kämpfen, Ty.«

Sie stieg aus, schlug die Tür hinter sich zu und warf die Schlüssel in ihre Tasche.

»Was ist das Problem?«

»Ich habe kein Problem. *Du* bist das Problem.«

Tyler trat an ihr vorbei und lehnte sich gegen den Kühler. Sie war schon seit zwei Tagen so bissig. Lange genug, dass er verrückt werden konnte. Er glaubte nicht, dass es an dem Vorfall auf der Weihnachts-party lag. Da war sie ihm überlegen gewesen.

»Ein Team, erinnerst du dich? Bist du immer noch aufgebracht wegen der Engel?«

»Nein. Darum habe ich mich doch gekümmert. Sie sind wieder so gut wie neu.«

»Was ist also jetzt das Problem?«

»Willst du es wirklich wissen? Gut. Ich hasse es, jeden Tag im Morgengrauen aufzustehen und in der Kälte auf den Feldern herumzutrampeln. Aber ich tue es. Dann gehe ich wieder nach Hause und erledige das, was ich gelernt habe. Aber ich muss zwischen der Villa und den Büros hier hin und her hampeln, und hier habe ich eine Stellvertreterin, die nicht nur mit meinem Vater geschlafen hat, sondern auch noch zur Meuterei bereit ist.«

»Entlass sie doch.«

»Oh, das ist eine tolle Idee.« Sophia tippte sich mit dem Finger an die Schläfe, und ihr Tonfall wurde schneidend. »Warum ist mir das bloß nicht früher eingefallen? Könnte es vielleicht daran liegen, dass wir seit Wochen umorganisieren, mitten in einer riesigen, äußerst wichtigen Werbekampagne stecken und ich niemanden habe, der ihren Job übernehmen kann? Weißt du, ich glaube, das könnte wahrhaftig der Grund sein, warum ich der kleinen, hinterhältigen Schlampe noch keinen Tritt gegeben habe.«

»Mädchen, wenn du Sand im Schuh hast, musst du ihn herausschütteln.«

»Ich habe keine Zeit«, zischte sie und zerrte zum Beweis ihren Filofax aus der Tasche. Er war regelrecht aufgequollen. »Möchtest du vielleicht einmal einen Blick hineinwerfen und dir meinen Terminkalender für die nächsten sechs Wochen ansehen?« Sie stopfte ihn zurück in ihre Tasche.

»Du stehst also unter Druck.« Tyler zuckte leicht mit den Schultern. »Nimm dir morgen frei und erledige deine Arbeiten. Ich vertrete dich im Weinberg.«

Sophia warf ihm einen vernichtenden Blick zu.

»Niemand vertritt mich, MacMillan. Aber du hast Recht, ich stehe wirklich unter Druck. Ich muss meine Mutter einarbeiten, die wenig bis gar kein Interesse an Öffentlichkeitsarbeit hat. Ich musste drei Verabredungen mit interessanten Männern absagen, weil ich in Arbeit ersticke. Mein gesellschaftliches Leben geht den Bach hinunter. Ich kann seit zwei Tagen diese verfluchte René nicht erreichen, um mit meinem Vater zu sprechen, der nicht in seinem Büro ist. Dabei muss ich in den nächsten achtundvierzig Stunden dringend mit ihm über einen unserer Topcontroller sprechen, weil jemand – unglücklicherweise nicht ich – in ungefähr neunundvierzig Stunden nach San Diego fliegt, um dort an einer Sitzung teilzunehmen.«

»Was ist mit Margaret? Ich dachte, sie ist Leiterin des Rechnungswesens?«

»Glaubst du, das hätte ich nicht versucht? Sehe ich so dämlich aus?« Müde und frustriert marschierte sie zum Aufzug in der Tiefgarage und drückte auf den Knopf. »Sie ist gestern Nachmittag nach Italien geflogen. Weder sie noch ihr Büro ist umfassend über die Twiner-Akte orientiert, weil das immer das Baby meines Vaters war. Da ich nicht will, dass man bei Twiner erfährt, dass es bei uns ein Loch im Informationssystem gibt, steppe ich seit Tagen mit ihnen herum.«

»Niemand ersetzt dich«, kommentierte Ty, »aber du ersetzt auch noch Avano.«

»Stimmt, und ich habe es satt, ihn zu ersetzen. Aber ich arbeite für Giambelli, und deshalb tue ich seine Arbeit auch noch mit. Ich mag das nicht, ich bin es leid, und ich habe irrsinnige Kopfschmerzen.«

»Okay.« Überraschenderweise begann Tyler, ihre verspannte Schulter zu massieren, sobald sie im Aufzug standen. »Nimm ein Aspirin, und dann gehen wir Schritt für Schritt vor.«

»Sie hat kein Recht dazu, mich vor meinem eigenen Vater abzublocken! Weder in persönlicher noch in geschäftlicher Hinsicht.«

»Nein.« Das ist der eigentliche Grund für ihre Kopfschmerzen, dachte Ty. »Es ist ein Machtspiel. Es macht ihr Spaß, wenn sie merkt, dass du vor Wut schäumst. Vielleicht solltest du besser an ihm vorbei arbeiten.«

»Wenn ich an ihm vorbei arbeite, dann sieht er aus wie ein ... ach, verdammt! Er *ist* ein Narr. Ich bin so wütend auf ihn, dass er mir das zumutet! Und wenn ich die Sache bis heute Abend nicht geklärt habe ...«

»Bis heute Abend hast du sie geklärt.«

»Ja.« Sie stieß die Luft aus. Der Aufzug war in ihrem Stockwerk angekommen. Nachdenklich drehte sie sich zu Tyler um. »Warum bist du so nett zu mir?«

»Die Angelegenheit macht dich fertig. Außerdem ist Twiner ein großer Kunde. Ich verbringe nicht die ganze Zeit im Weinberg«, fügte er hinzu, als sie fragend die Augenbrauen hochzog. »Wenn du mir gesagt hättest, dass du vergeblich versuchst, deinen Vater zu erreichen, hätte ich dir geholfen. Du bist noch nicht zu Cutter gegangen.«

Sie presste die Lippen zusammen. »Nein. Aber ich

könnte mir vorstellen, dass er schon etwas ahnt. Er wird noch früh genug auf das Thema stoßen.«

»Dann müssen wir eben einfach schneller sein. Teamwork, weißt du noch?«

»Das machst du doch nur, weil du ihn nicht leiden kannst – noch weniger als mich.«

»Na und?«

Sophia musste lachen. Sie steckte den Schlüssel ins Schloss. »Du hast Recht, ein Grund ist so gut wie der andere. Ich will nur schnell ein paar Sachen zusammenpacken, unter anderem ein paar alte Akten, die meine Mutter studieren soll. Und ich meine, ich hätte irgendwo ein paar Notizen über Twiner, die das Loch wenigstens teilweise stopfen könnten. Zum Abendessen bist du wieder zu Hause.«

Sie blieb stehen und drehte sich zu Tyler um. »Es sei denn«, fügte sie lächelnd hinzu, »du wolltest etwas aufs Zimmer bestellen und eine andere Art von Teamwork versuchen.«

»Schlag dir das aus dem Kopf.«

»Es hat dir aber gefallen, mich zu küssen.«

»Als ich ein Kind war, habe ich grüne Äpfel gemocht. Mittlerweile habe ich gelernt, dass sie ganz ungesund sind.«

»Ich bin reif.«

Er griff nach dem Türknopf und drehte ihn. »Das kannst du laut sagen.«

Sie knuffte ihn freundschaftlich in den Arm. »Ich fange an, dich zu mögen, MacMillan. Was tun wir bloß?« Sie öffnete die Tür, trat ein und erstarrte.

»Dad?«

Ganz verschwommen nahm sie etwas wahr, bevor Ty sie wieder zur Tür hinausschob. Aber das verschwommene Bild prägte sich ihr fest ein.

Ihr Vater, zusammengesunken im Sessel, sein Kopf zur Seite geneigt, der silberne Schimmer an seinen Schläfen, seine Hemdbrust dunkel verkrustet. Und seine Augen, seine schönen, klugen Augen, verschleiert und starr.

»Dad. Er ist ... Ich muss ... Mein Vater!«

Sophia war leichenblass und begann zu zittern. Ty lehnte sie an die Wand vor ihrer Wohnung. »Hör mir zu, Sophia. Hör zu! Nimm dein Handy. Ruf 911 an. Sofort.«

»Ein Krankenwagen.« Durch den Nebel, der sich über sie zu senken drohte, wehrte sie sich gegen Tyler. »Er braucht einen Krankenwagen! Ich muss zu ihm!«

»Nein.« Er ergriff ihre Arme und schüttelte sie. »Du kannst ihm nicht mehr helfen.« Er verwarf die Idee, wieder zu Tony hineinzugehen und selbst nachzusehen. Er konnte Sophia jetzt nicht allein lassen. Außerdem hatte er schon genug gesehen, um sicher zu sein, dass man nichts mehr tun konnte.

Er zog Sophia zu Boden, öffnete selbst ihre Tasche und nahm das Handy heraus. »Wir müssen die Polizei rufen«, sagte er.

Sophia ließ den Kopf auf die Knie sinken, während Tyler über das Handy die nötigen Informationen weitergab. Sie konnte nicht denken. Wollte gar nicht denken. Irgendwie musste sie sich beruhigen und es durchstehen.

»Es geht mir gut.« Ihre Stimme klang beinahe ruhig, auch wenn ihre Hände zitterten. »Ich weiß, dass er tot ist. Ich muss zu ihm.«

»Nein.« Tyler setzte sich neben sie auf den Boden und legte ihr den Arm um die Schultern. »Du gehst nicht hinein. Es tut mir Leid, Sophia. Du kannst nichts mehr tun.«

»Man kann immer etwas tun.« Sie hob den Kopf. Ihre Augen waren trocken. Sie brannten. »Jemand hat meinen Vater getötet, und es *muss* etwas geben, was ich tun kann!« Ihre Stimme brach, und Tränen strömten ihr übers Gesicht. »Er ist doch immer noch mein Vater!«

»Ich weiß.« Ty hielt sie fest, bis sie den Kopf an seine Schulter lehnte. Man kann immer etwas tun, dachte er. Und wenn man nur wartet. Sophia weinte.

Er ließ sie nicht allein. Sophia registrierte dies voller Dankbarkeit trotz ihres Schmerzes.

Sie saß in der Wohnung gegenüber auf dem Sofa. Ab und zu war sie hier auf einer Party eingeladen gewesen. Das schwule Paar, das hier wohnte, gab hinreißende Partys. Und nun hatte Frankie, ein Grafiker, der oft zu Hause arbeitete, ihr und der Polizei seine Wohnung zur Verfügung gestellt. Damit sie unter sich waren, hatte er sich diskret in sein Schlafzimmer zurückgezogen.

Wahrscheinlich würde die Geschichte wie ein Lauffeuer durch das Gebäude gehen. Aber er hatte sich wie ein Freund verhalten. Daran würde sie sich immer erinnern.

»Ich weiß nicht, was er in meiner Wohnung gemacht hat«, sagte Sophia zum wiederholten Mal. Sie musterte das Gesicht des Mannes, der sie verhörte. Aber sie konnte sich nicht darauf konzentrieren, genauso wie sie immer wieder seinen Namen vergaß – Detective Lamont? Claremont?

»Hatte Ihr Vater oder irgendeine andere Person einen Schlüssel?« Der Name war Claremont. Alexander Claremont.

»Nein. Ich ... ja.« Sophia drückte sich die Fingerspitzen an die Schläfen, als ob sie dadurch ihre Gedanken ordnen könnte. »Ich habe meinem Vater kurz nach meinem Einzug einen Schlüssel gegeben. Seine Wohnung wurde renoviert, und ich plante eine Auslandsreise. Also bot ich ihm an, bei mir zu wohnen, solange ich weg war. Ich glaube nicht, dass er mir den Schlüssel jemals zurückgegeben hat. Ich habe aber auch nicht mehr daran gedacht.«

»Hat er Ihre Wohnung oft benutzt?«

»Nein. Er hat sie noch nicht einmal benutzt, als ich sie ihm anbot, sondern ist ins Hotel gezogen.« Zumindest hat er das gesagt, dachte sie. Hatte er damals doch in ihrer Wohnung gewohnt und später womöglich auch noch öfter? War sie nicht manchmal von einer Reise zurückgekommen und hatte das Gefühl gehabt, während ihrer Abwesenheit sei jemand da gewesen?

Nein, das war dumm. Ihr Vater hatte doch gar keinen Grund gehabt, ihre Wohnung zu benutzen. Er hatte doch seine eigene, die er mit René bewohnte.

Er hat deine Mutter betrogen, murmelte eine Stimme in ihrem Kopf. Er hat auch René betrogen.

»Ms. Giambelli?«

»Verzeihung. Was haben Sie gesagt?«

»Möchtest du ein Glas Wasser? Oder irgendetwas anderes?«, unterbrach Tyler den Polizisten, um ihr etwas Zeit zu verschaffen.

»Nein. Nein, danke. Es tut mir Leid, Detective, ich habe nicht zugehört.«

»Ist schon in Ordnung. Ich habe gefragt, wann Sie Ihren Vater zuletzt gesehen haben.«

»Samstagabend. Wir hatten ein Fest auf unserem Weingut. Es findet jedes Jahr statt, und mein Vater war auch anwesend.«

»Um wie viel Uhr ist er gegangen?«

»Das kann ich nicht sagen. Es waren so viele Leute da, und er hat sich auch nicht von mir verabschiedet.«

»Kam er allein?«

»Nein, seine Frau war bei ihm. René.«

»Seine Frau ...?«

»Ja. Er hat am Tag der Party geheiratet. René Foxx. Haben Sie es ihr noch nicht mitgeteilt?«

»Ich wusste nichts von ihr. Kann ich sie unter der Adresse Ihres Vaters erreichen?«

»Ja, ich ... Ja«, sagte Sophia noch einmal und drängte die Worte zurück, die ihr beinahe herausgerutscht wären.

»Haben Sie eine Pistole, Ms. Giambelli?«

»Nein.«

»Sie hatten keine Pistole in Ihrer Wohnung?«

»Ich mag Pistolen nicht.«

»Besaß Ihr Vater eine Waffe?«

»Ich weiß nicht. Meines Wissens nicht.«

»Wann waren Sie zum letzten Mal in Ihrer Wohnung?«

»Vor über einer Woche. Wie ich Ihnen bereits sagte, werde ich in den nächsten Monaten hauptsächlich in Napa wohnen. Ich bin heute hierher gekommen, um ein paar Sachen zusammenzupacken, nachdem Mr. MacMillan und ich in unserem Büro in der Stadt waren.«

»Wie war Ihre Beziehung zu Ihrem Vater?«

Sophias ganzer Körper wurde steif. Tyler, der neben ihr saß, konnte es förmlich spüren. »Er war mein Vater, Detective. Ich erspare Ihnen die Mühe, mich zu fragen, ob ich ihn umgebracht habe. Nein, ich habe ihn nicht umgebracht. Und ich weiß auch nicht, wer es getan haben könnte, oder warum.«

Claremonts Stimme blieb ruhig. »Hatte Ihr Vater Feinde?«

»Offensichtlich.«

»Die Sie gekannt haben«, fügte er hinzu.

»Nein, ich kenne niemanden, der ihn getötet haben könnte.«

Claremont blickte auf seinen Block und studierte eifrig seine Notizen.

»Wie lange sind Ihre Eltern schon geschieden?«

»Sie haben seit über sieben Jahren getrennt gelebt.«

»Tatsächlich?«

»Ja. Sie haben im Übrigen schon seit meiner Kindheit nicht mehr wirklich zusammengelebt.«

»Dann ist diese René Foxx also die zweite Frau Ihres Vaters?«

»Ja.«

»Sie haben gerade erst vor ein paar Tagen geheiratet?«

»So wurde es mir gesagt.«

»Wann wurden Ihre Eltern geschieden, Ms. Giambelli?«

In ihrem Magen krampfte sich ein kalter Klumpen zusammen. Sie wollte sich nicht anmerken lassen, dass der Mann sie nervös machte. »Ich glaube, die Scheidung ist einen Tag, bevor mein Vater René geheiratet hat, offiziell verkündet worden. Es war nur eine Formalität, Detective.«

Obwohl ihre Knie fast nachgaben, stand sie auf. »Es tut mir Leid, aber ich muss jetzt zu meiner Familie fahren. Ich möchte nicht, dass sie es aus den Abendnachrichten oder von einem Fremden erfahren. Können Sie mir sagen ... was passiert jetzt mit meinem Vater? Was haben wir zu tun?«

»Wir ermitteln weiter. Mein Partner arbeitet in Ih-

rer Wohnung mit dem polizeilichen Erkennungs-
dienst. Über alles Weitere reden wir mit der nächsten
Angehörigen.«

»Ich bin das einzige Kind meines Vaters.«

»Rechtlich ist seine Ehefrau die nächste Angehörige, Ms. Giambelli.«

Sophia öffnete den Mund und schloss ihn wieder.
Ihre Hand fuhr ziellos durch die Luft. Tyler ergriff
sie und hielt sie fest. »Ich verstehe. Natürlich. Ich
muss nach Hause, Ty.«

»Wir fahren sofort.«

»Mr. MacMillan, ich muss auch Ihnen noch ein
paar Fragen stellen.«

»Ich habe Ihnen meine Adresse gegeben.« Tyler
warf dem Mann einen scharfen Blick über die Schulter zu und führte Sophia zur Tür. »Sie wissen, wo Sie
mich finden können.«

»Ja.« Claremont klopfte mit dem Finger auf seinen Block. »Ich komme auf Sie zu.« Er hatte das Gefühl, als ob er und sein Partner bald einen Ausflug
aufs Land machen müssten.

Alexander Claremont mochte französischen Wein,
italienische Schuhe und amerikanische Jeans. Er war
in San Francisco aufgewachsen, als mittlerer Sohn eines Ehepaars aus der Mittelschicht, Leuten, die hart
gearbeitet hatten, um ihren drei Jungen ein gutes Leben und eine gute Ausbildung zu sichern.

Sein älterer Bruder war Kinderarzt, sein jüngerer
Professor in Berkeley. Alex Claremont hatte Anwalt
werden wollen. Er war jedoch dazu bestimmt, Polizist zu werden.

Das Gesetz bedeutete für einen Polizisten etwas
anderes als für einen Anwalt. Ein Anwalt musste es

verdrehen, manipulieren und auf die Bedürfnisse seiner Klienten zurechtschneidern.

Claremont verstand das und prinzipiell respektierte er es auch. Für einen Polizisten war das Gesetz jedoch die Richtschnur. Und diese Richtschnur verehrte Claremont.

»Was hältst du von der Tochter?«

Er antwortete nicht gleich, aber daran war seine Partnerin gewöhnt. Sie fuhr, weil sie zuerst am Auto angekommen war.

»Sie ist reich«, sagte er schließlich. »Und sie hat Klasse. Harte Schale. Hat nichts gesagt, was sie nicht sagen wollte. Sie hat 'ne Menge gedacht, aber sie passt auf, was sie sagt.«

»Große, bedeutende Familie. Großer, saftiger Skandal.« Maureen Maguire bremste vor einer Ampel. Sie klopfte mit den Fingern aufs Lenkrad.

Sie und Claremont waren sehr gegensätzlich. Sie war fest davon überzeugt, dass sie vor allem deswegen nach ein paar Anfangsschwierigkeiten vor drei Jahren ihren Rhythmus gefunden hatten und so gut zusammenarbeiteten.

Sie hatte eine sehr weiße Haut, ein irischer Typ mit Sommersprossen, rotblonden Haaren, sanften blauen Augen und einem Grübchen in der linken Wange. Sie war sechsunddreißig, vier Jahre älter als Claremont und glücklich verheiratet, während er ein überzeugter Single war. Sie wohnte in einem Vorort von San Francisco und er mitten in der Stadt.

»Niemand hat ihn hineingehen sehen. Und es gibt kein Auto. Wir überprüfen die Taxi-Unternehmen, um festzustellen, ob ihn jemand dahin gefahren hat. So wie die Leiche aussieht, ist er mindestens schon sechsunddreißig Stunden tot. Der Schlüssel zu der

Wohnung steckte in seiner Tasche, zusammen mit dreihundert Dollar, ein paar Münzen und zahlreichen Karten. Er trug eine goldene Rolex und goldene Manschettenknöpfe mit hübschen kleinen Diamanten darin. In der Wohnung gibt es einige leicht zu transportierende Wertgegenstände, aber es ist nichts gestohlen worden.«

Alex warf Maureen einen Blick zu. »Im Ernst?«

»Ich bin gerade die Liste durchgegangen. Zwei Gläser Wein, eins voll, eins halb voll. Nur eins mit Fingerabdrücken – seinen Fingerabdrücken. Er ist dort erschossen worden, wo er saß. Keine Handgreiflichkeiten, keine Anzeichen eines Kampfes. Dem Einschusswinkel nach saß der Mörder auf dem Sofa. Nette kleine Party mit Wein und Käse, und oh, entschuldige bitte, bum bum bum. Du bist tot.«

»Der Mann hat sich innerhalb eines Tages scheiden lassen und wieder geheiratet. Ein romantisches Intermezzo, das übel ausgegangen ist?«

»Vielleicht.« Maguire schürzte die Lippen. »Schwer zu sagen. Drei Schüsse, Kaliber fünfundzwanzig, nehme ich an, und aus nächster Nähe. Sicher kein lauter Knall, aber es ist erstaunlich, dass niemand in dem schicken Gebäude was gehört hat.«

Sie fuhr in eine Parklücke und blickte zum nächsten schicken Gebäude hoch. »Komisch, dass ein frisch gebackener Ehemann nicht nach Hause kommt und die junge Braut ihn nicht als vermisst meldet.«

»Wir gehen der Sache jetzt mal nach.«

René war gerade von einer dreistündigen Sitzung in ihrem Schönheitssalon nach Hause gekommen. Nichts entspannte sie mehr, als dort verwöhnt zu werden – außer Einkaufen vielleicht. Und das hatte sie sich auch noch gegönnt. Sie hatte kurz bei Neiman vorbeigesehen und sich reichlich entschädigt.

Tony würde für sein Schmollen teuer bezahlen müssen, dachte sie, während sie sich einen kleinen Vermouth einschenkte.

Er war schon einmal einfach verschwunden, als sie ihn wegen irgendeiner Angelegenheit bedrängt hatte. Das Gute war, dass er jedes Mal wieder zurückkam, ihr irgendein Geschenk mitbrachte und natürlich allem zustimmte, was sie von ihm verlangte.

Ihr machte das Ganze nicht besonders viel aus, weil sie unterdessen ein bisschen Zeit für sich selbst hatte. Außerdem war ja jetzt rechtlich alles abgesichert. Sie hob die linke Hand und betrachtete ihre glitzernden Ringe. Sie war Mrs. Anthony Avano, und sie hatte vor, es auch zu bleiben.

Oder ihm im Falle einer Scheidung das Fell über die Ohren zu ziehen.

Als es an der Tür läutete, lächelte sie. Das war bestimmt Tony. Kam wieder angekrochen. Er traute sich nie, seinen Schlüssel zu benutzen, wenn er weg gewesen war. Beim letzten Mal hatte sie nämlich die Pistole auf ihn gerichtet.

Eins musste man Tony lassen, er lernte schnell.

René öffnete die Tür – und blickte stirnrunzelnd auf die beiden Leute, die ihr Dienstmarken entgegenhielten.

»Mrs. Avano?«

»Ja. Was soll das?«

»Detective Claremont, und das ist meine Partnerin, Detective Maguire, San Francisco PD. Dürfen wir hereinkommen?«

»Warum?«

»Bitte, Mrs. Avano, dürfen wir hereinkommen?«

»Ist Tony im Gefängnis?«, zischte René und trat einen Schritt zurück, um die beiden hereinzulassen. »Was, zum Teufel, hat er getan?«

»Nein, Ma'am, er ist nicht im Gefängnis«, widersprach Maguire. »Es tut mir Leid, Mrs. Avano. Ihr Mann ist tot.«

»Tot?« René stieß heftig die Luft aus. »Das ist lächerlich. Sie haben sich in der Adresse geirrt.«

»Ein Irrtum ist ausgeschlossen, Mrs. Avano«, sagte Claremont. »Dürfen wir uns setzen?«

Renés Magen krampfte sich zusammen. »Soll ich Ihnen etwa glauben, dass Tony tot ist? Einfach tot?«

»Es tut uns sehr Leid, Ma'am. Sollen wir uns nicht besser setzen?« Maguire wollte nach ihrem Arm greifen, aber René zuckte zurück.

Sie war ein wenig blass geworden, aber ihre Augen waren voller Leben. Und blickten wütend. »Hatte er einen Unfall?«

»Nein, Ma'am. Können Sie uns sagen, wann Sie Ihren Mann das letzte Mal gesehen oder gesprochen haben?«

René starrte Claremont an. »Samstagnacht – oder am frühen Sonntagmorgen. Was ist mit Tony passiert?«

»Und Sie haben sich keine Sorgen gemacht, als Sie seither nichts von ihm hörten?«

»Wir hatten einen Streit«, zischte sie. »Tony schmollt danach häufiger schon mal. Ich bin nicht seine Mutter.«

»Nein, Ma'am.« Maguire nickte. »Sie sind seine Frau. Sie haben erst kürzlich geheiratet, nicht wahr?«

»Ja. Was ist ihm passiert? Ich habe ein Recht darauf, es zu erfahren!«

»Anthony Avano wurde erschossen.«

Renés Kopf zuckte zurück und Röte stieg ihr ins Gesicht. »Ich wusste es! Ich habe ihn gewarnt, dass sie etwas Verrücktes tun würde, aber er wollte ja nicht auf mich hören! Schließlich hat sie uns ja auch belästigt. Diese stillen Wasser, man kann ihnen nicht trauen!«

»Wem, Mrs. Avano?«

»Seiner Frau.« René holte tief Luft und ergriff ihren Drink. »Seiner *Ex*-Frau. Pilar Giambelli. Die Schlampe hat ihn umgebracht. Und wenn nicht sie, dann diese kleine Hure von ihrer Tochter.«

Tyler wusste nicht, was er für Sophia tun sollte. Sie saß mit geschlossenen Augen auf dem Beifahrersitz. Aber er wusste, dass sie nicht schlief. Sie hielt sich nur mit Mühe aufrecht, und er war sich nicht sicher, wie er sie ansprechen sollte.

Also schwieg er auf der langen Fahrt nach Norden.

Die Energie und die Vitalität, die zu Sophia gehörten wie das Atmen, waren verschwunden. Wie eine Puppe saß sie neben ihm. Vielleicht befand sie sich in einer Art Luftblase zwischen dem Schock und der nächsten Phase, der Trauer. Ty verstand nicht allzu viel von solchen Dingen. Er hatte noch nie jemanden verloren, der ihm wichtig war. Und vor allem nicht derart brutal und plötzlich.

Als er in die Auffahrt einbog, öffnete sie die Augen. Ihre Hände lagen ineinander verschlungen in ihrem Schoß.

Die Luftblase ist geplatzt, dachte Ty, als er sah, wie ihre Knöchel weiß wurden.

»Ich komme mit dir.«

Sie wollte ablehnen und erwidern, das könne sie schon allein. Es war schwer zuzugeben, dass sie nicht sicher war, was sie überhaupt noch allein konnte. Und er gehörte zur Familie. Sie brauchte jetzt ihre Familie.

»Danke. Meine Mutter ...« Sie schluckte, als sie am Fuß der Treppe anhielten. »Für meine Mutter wird es sehr schwer sein.«

»Sophia.« Tyler legte seine Hand über ihre. »Sophia«, sagte er noch einmal, bis sie ihn anblickte. »Alle Menschen denken immer, sie müssten stark sein. Das ist gar nicht nötig.«

»Für die Giambellis schon. Ich fühle mich wie erstarrt, Ty. Und ich habe Angst davor, was mit mir passiert, wenn sich diese Erstarrung löst. Ich habe Angst davor, dass ich anfange nachzudenken, zu fühlen. Ich kann im Moment nur einen Schritt nach dem anderen machen.«

»Dann machen wir jetzt den nächsten Schritt.«

Er stieg aus dem Auto und ging auf ihre Seite. Ihre Kehle brannte. Tyler ergriff ihre Hand.

Das Haus war warm und vom Duft der Blumen erfüllt. Sophia blickte sich wie eine Fremde in der großen Eingangshalle um. Nichts hatte sich verändert. Wie war es möglich, dass sich nichts verändert hatte?

Maria kam in die Eingangshalle. Sophia hatte das Gefühl zu träumen.

»Maria, wo ist meine Mutter?«

»Oben. Sie arbeitet in deinem Büro. Miss Sophia?«

»Und *La Signora*?«

Unbehaglich blickte Maria Tyler an. »Sie ist mit Mr. Mac auf den Feldern.«

»Würdest du sie bitte holen lassen? Beide?«

»Ja, sofort.«

Maria eilte davon und Sophia ging zur Treppe. Musik drang aus ihrem Büro. Irgendetwas Leichtes und Beschwingtes. Sophia erreichte die Tür und sah ihre Mutter über die Tastatur des Computers gebeugt dasitzen.

»Was soll das heißen, diese Funktion ist nicht zulässig? Verdammt noch mal, ich hasse dich!«

Zu einem anderen Zeitpunkt hätte sich Sophia über diesen Ausbruch amüsiert. Aber jetzt wäre sie am liebsten in Tränen ausgebrochen.

»Mama?«

»Oh, Gott sei Dank! Sophia, ich habe irgendetwas falsch gemacht, was, weiß ich nicht. Ich sitze schon seit einer Stunde an diesem Ding hier, und ich mache immer noch alles falsch!«

Pilar schob den Stuhl vom Schreibtisch zurück, blickte auf – und erstarrte.

»Was ist los? Was ist passiert?« Sie kannte das Gesicht ihrer Tochter auswendig. Ihr Magen zog sich zusammen und sie eilte auf Sophia zu. »Was ist passiert?«

»Mama.« Jetzt ändert sich alles, dachte Sophia. Wenn es erst einmal ausgesprochen war, würde nichts mehr so sein wie vorher. »Mama, es geht um Dad.«

»Ist er verletzt? Ist er krank?«

»Er ...« Sie brachte die Worte nicht über die Lippen. Sophia ließ Tys Hand los und schlang die Arme um ihre Mutter.

Pilar wurde ganz ruhig. »O Gott. Oh, mein Gott.« Sie drückte ihr Gesicht in Sophias Haare und begann, sie zu wiegen. »Nein. Oh, Liebes, nein.«

»Es tut mir Leid. Es tut mir so Leid, Mama. Wir haben ihn gefunden. In meiner Wohnung. Jemand ... jemand hat ihn dort umgebracht.«

»Was? Warte.« Zitternd hob sie den Kopf. »Das kann nicht wahr sein.«

»Setz dich, Pilar.« Tyler führte die beiden Frauen zu der Chaiselongue, die an der Wand stand.

»Nein, nein. Das kann nicht stimmen. Ich muss ...«

»Setzt euch«, wiederholte Tyler und drückte sie beide sanft auf das Sofa. »Hört mir zu. Seht mich an.« Er wartete, bis Pilar nach Sophias Hand griff. »Ich weiß, dass es für euch beide schlimm ist. Avano war in Sophias Wohnung. Wir wissen nicht, warum. Es sah so aus, als habe er sich dort mit jemandem getroffen.«

Pilar blinzelte. In ihrem Kopf wirbelte alles durcheinander. »In Sophies Wohnung? Was meinst du damit?«

»Auf dem Tisch standen eine Flasche Wein und zwei Gläser.« Er rief sich die Szene ins Gedächtnis. »Wahrscheinlich hat ihn derjenige, mit dem er sich dort getroffen hat, umgebracht. Die Polizei hat Sophia schon verhört.«

»Sophia!« Pilar umklammerte die Hand ihrer Tochter. »Die Polizei ...«

»Sie werden dir auch noch Fragen stellen. Ich weiß, dass es schwer ist, jetzt überhaupt einen klaren Gedanken zu fassen, aber du musst dich darauf vorbereiten, dass sie zu dir kommen werden. Du solltest besser einen Anwalt anrufen. Für euch beide.«

»Ich will keinen Anwalt. Ich brauche keinen. Um Gottes willen, Ty, Tony ist ermordet worden.«

»Ja. In der Wohnung seiner Tochter, nur wenige Tage, nachdem ihr geschieden worden seid und er wieder geheiratet hat. Nur wenige Tage, nachdem Sophia ihn in aller Öffentlichkeit zur Rede gestellt hat.«

Schuldbewusst warf Sophia ein: »Du meine Güte, Ty, wenn einer von uns Tony hätte umbringen wollen, dann hätten wir es schon vor Jahren getan!«

Tyler blickte Sophia an. Sie hat ihre Energie wiedergewonnen, stellte er fest. Und sie war wütend, was eindeutig ein Plus war. »Willst du das den Polizisten sagen? Willst du das den Reportern sagen, wenn sie dich anrufen? Öffentlichkeitsarbeit ist doch *dein* Job, Sophia. Denk einmal nach.«

Ihr Atem kam heftig und stoßweise. Am liebsten hätte sie laut geschrieen, aber als sie spürte, dass die Hand ihrer Mutter zitterte, riss sie sich zusammen. »Gut. Aber noch nicht. Wir sollten zuerst trauern.« Sie zog ihre Mutter an sich. »Wir sollten zuerst wie Menschen reagieren.«

Dann stand sie auf und ging steifbeinig zur Tür. »Würdest du bitte hinuntergehen und mit *Nonna* und Eli reden? Erzähl ihnen alles. Ich möchte mit meiner Mutter allein sein.«

»Okay.« Ty beugte sich hinunter und berührte sie am Knie. »Es tut mir Leid.« Als er hinausging, sah Sophia ihm nach. Ihre Augen waren dunkel und tief.

10

Ty hatte Recht, aber darüber konnte Sophia später noch nachgrübeln. Die Reporter riefen an, kaum zehn Minuten, nachdem sie mit ihrer Mutter geredet und noch bevor sie die Gelegenheit gehabt hatte, hinunterzugehen und mit ihrer Großmutter zu sprechen.

Sie wusste, welches Verhalten sie präsentieren würden. Einigkeit. Und sie war darauf vorbereitet, sich mit der Polizei auseinander zu setzen, um den Schlag für ihre Mutter zu mildern.

Sie würde keinen Kommentar abgeben, bis sie selbst in der Lage war, eine angemessene Pressemitteilung zu formulieren. Es würde keine Interviews geben. Natürlich würde der Mord an ihrem Vater einen Medienrummel auslösen, aber die Giambellis würden sich dazu nicht äußern.

Was bedeutete, dass sie zahlreiche Familienmitglieder und wichtige Angestellte anrufen musste. Der erste Anruf jedoch galt Helen Moore.

Sie brauchten juristischen Rat, wie Tyler es bereits gesagt hatte.

»Ich habe Tante Helen angerufen«, teilte Sophia kurz darauf Teresa mit.

»Gut.« Teresa saß im vorderen Salon, ihre Haltung war kerzengerade wie immer und ihr Gesichtsausdruck gefasst. »Was ist mit deiner Mutter?«

»Sie wollte ein paar Minuten allein sein.«

Teresa nickte und ergriff Sophias Hand. »Wem von deinen Leuten vertraust du genug? Er oder sie sollte dann eine Pressemitteilung herausgeben und die Anrufe abfangen.«

»Mir. Ich möchte es selbst tun, *Nonna*.«

»Gut.« Teresa drückte ihre Hand und ließ sie dann los. »Es tut mir Leid, dass du so traurig bist, *cara*. Tyler hat uns alles erzählt. Mir gefällt der Gedanke gar nicht, dass du verhört worden bist, bevor du mit Helen oder James sprechen konntest.«

»Ich habe nichts zu verbergen. Ich weiß nichts. Mein Vater wurde erschossen, als er in meinem Sessel in meiner Wohnung saß. Wie sollte ich ihnen etwas erzählen können, das ihnen bei der Suche nach dem Mörder hilft?«

Mit einer ungeduldigen Geste wechselte Teresa das Thema. »Tyler, bring Sophia etwas Wein.« Als das Telefon klingelte, schlug sie ärgerlich auf die Armlehne ihres Sessels.

»Ich kümmere mich schon darum«, sagte Tyler.

»Nein, ich möchte nicht, dass jemand von der Familie heute mit der Presse spricht.« Sophia rieb sich die Stirn und befahl sich nachzudenken. »Du solltest David informieren. Bitte ihn hierher zu kommen. Wenn du so nett bist, ihm alles zu erklären, fange ich an, an einem Statement zu arbeiten.«

»Ich hole ihn her.« Tyler trat zu ihr und hob ihr Kinn. »Du brauchst keinen Wein. Du brauchst ein Aspirin.«

»Ich brauche nichts von beidem.« Sie wich einen Schritt zurück. »Gib mir eine halbe Stunde Zeit«, sagte sie zu ihrer Großmutter.

»Sophie.« Eli legte Sophia den Arm um die Schultern. »Lass dir mehr Zeit.«

»Ich kann nicht.«

»Gut, dann tu, was am besten für dich ist. Ich fange jetzt mit den Anrufen an.«

»Das kann ich auch machen.«

»Schon, aber ich will es tun. Und nimm ein Aspirin.«

»Na gut, dir zuliebe.«

Es half, das Aspirin und die Arbeit. Nach einer Stunde war Sophia ruhiger, hatte die offizielle Erklärung entworfen und David eingeweiht.

»Ich kümmere mich um die Presse, Sophia. Sie kümmern sich um sich selbst und um Ihre Mutter.«

»Wir schaffen das schon. Sie müssen sich darüber im Klaren sein, dass irgendein unternehmungslustiger Reporter versuchen wird, bis zur Villa oder zu MacMillans Haus durchzudringen. Sie haben Kinder, und man wird auch diese Verbindung zur Familie ausnutzen.«

»Ich rede mit meinen Kindern. Sie werden den Klatschblättern keine Geschichte verkaufen, Sophia.«

»Es tut mir Leid, so habe ich es nicht gemeint. Aber sie sind noch jung. Sie könnten in einem günstigen Moment abgefangen werden.

»Ich rede mit ihnen«, wiederholte er. »Ich weiß, dass das Ganze hart für Sie ist. Unvorstellbar hart. Und für Ihre Mutter auch.« David stand auf. »Wenn es irgendetwas zu tun gibt, sagen Sie mir Bescheid.«

»Danke. Das ist nett von Ihnen.« Zögernd musterte Sophia ihn. Ressentiments und Unternehmenspolitik spielten jetzt keine Rolle. »Meine Großeltern vertrauen Ihnen, sonst wären Sie nicht hier. Also vertraue ich Ihnen auch. Sie bekommen ein Zimmer hier im Haus, damit Sie die Anrufe entgegennehmen können. Ich würde Ihnen mein Büro zur Verfügung stellen, aber ich brauche es vielleicht selbst.«

Sie trat auf die Tür zu, blieb aber mitten in der Bewegung stehen. Sie sah vollkommen erledigt aus.

»Warum ziehen Sie sich nicht ein wenig zurück?«

»Ich kann nicht. Solange ich in Bewegung bleibe, kann ich mit dem Grauen umgehen. Ich weiß, was die Leute von ihm gedacht haben. Ich weiß, was auf Cocktailpartys oder in Artikeln in Hochglanzmagazinen über ihn gesagt worden ist.«

Ich weiß, was *ich* von ihm dachte. Was *ich* zu ihm gesagt habe. O Gott, denk jetzt nicht daran.

»Es kann ihn nicht mehr verletzen. Aber es verletzt meine Mutter. Deshalb darf ich mich jetzt nicht hinlegen.«

Eilig ging sie durch die Tür. David folgte ihr. »In der Bibliothek ist es wahrscheinlich am besten«, begann sie. »Dort sind Sie ungestört, und sie liegt am günstigsten, wenn Sie etwas brauchen, woran wir nicht gedacht haben.«

Sie war kurze Zeit später gerade auf der Treppe, als Maria der Polizei die Haustür öffnete. Claremont sah Sophia sofort.

»Ms. Giambelli.«

»Hallo, Detective. Es ist in Ordnung, Maria. Ich kümmere mich um alles. Haben Sie neue Informationen?«, fragte sie, während sie die letzten Stufen hinunterstieg.

»Nein, noch nicht. Wir möchten gern noch einmal mit Ihnen und mit Ihrer Mutter sprechen.«

»Meine Mutter hat sich gerade hingelegt. David, das ist Detective ...«

»Claremont«, ergänzte er. »Und meine Partnerin, Detective Maguire.«

»Dies ist David Cutter. Detective Claremont, Detective Maguire. Mr. Cutter ist der Geschäftsführer von Giambelli-MacMillan. Ich führe Sie in den Salon und bin gleich bei Ihnen.«

»Ist Ihre Mutter zu Hause, Ms. Giambelli?«

»Ich sagte Ihnen bereits, dass meine Mutter sich hingelegt hat. Sie ist im Moment nicht in der Lage, mit Ihnen zu sprechen.«

»Sophia!« Pilar kam die Treppe herunter, wobei sie sich mit einer Hand am Geländer festhielt. Helen war direkt hinter ihr. »Es ist schon in Ordnung. Ich werde tun, was ich kann.«

»Mrs. Avano«, begann Helen, wobei sie absichtlich Pilars Ehenamen nannte, »ist bereit, Ihre Fragen zu beantworten. Ich bin sicher, dass Sie auf ihren emotionalen Zustand Rücksicht nehmen werden. Richterin Moore«, fügte sie mit kühlem Kopfnicken hinzu. »Ich bin eine alte Freundin der Familie.«

Claremont hatte schon von ihr gehört. Und er war von ihrem Mann einmal heftig ins Kreuzverhör genommen worden. »Vertreten Sie Ms. Avano, Richterin Moore?«

»Ich bin hier, um meiner Freundin meine Unterstützung und meinen Rat anzubieten, falls das nötig sein sollte.«

»Warum setzen wir uns nicht?«, sagte Pilar. »Sophia, bittest du Maria, uns einen Kaffee zu machen?«

»Natürlich.«

Glatt und höflich, dachte Claremont. Er sah deutlich, von wem die Tochter ihre Klasse hatte. Aber auch Klassefrauen konnten Morde begehen, genauso wie alle anderen. Vor allem, wenn sie durch ein jüngeres Modell ersetzt wurden. Sie beantwortete jedoch alle seine Fragen ohne Umschweife.

Pilar hatte mit dem Verstorbenen seit der besagten Party weder gesprochen noch hatte sie ihn gesehen. Sie war seit über einem Monat nicht mehr in der Wohnung ihrer Tochter gewesen. Sie besaß keinen Schlüssel. Sie hatte keine Pistole, gab jedoch, bevor die Richterin eingreifen konnte, zu, dass es im Haus Waffen gab.

»Sie waren aufgebracht, als ihr Mann gleich nach der Scheidung René Foxx heiratete?«

»Ja«, stimmte Pilar zu, bevor Helen etwas sagen konnte. »Es ist albern, das zu leugnen, Helen. Natürlich war ich aufgebracht. Das Ende einer Ehe ist kein Grund zum Feiern. Auch wenn die Ehe nur noch auf dem Papier existierte. Er war immerhin der Vater meiner Tochter.«

»Haben Sie gestritten?«

»Nein.« Pilar verzog den Mund, und Claremont musste an eine trauernde Madonna denken. »Es war schwierig, sich mit Tony zu streiten. Er mied Streit. Ich gab ihm, was er wollte. Was anderes blieb mir gar nicht übrig.«

»Ich habe die Scheidung für Mrs. Avano ausgehandelt«, warf Helen ein. »Sie ist auf beiden Seiten freundschaftlich verlaufen. Und in rechtlicher Hinsicht so einfach wie möglich.«

»Aber Sie waren trotzdem aufgebracht«, wiederholte Maguire. »Aufgebracht genug jedenfalls, um letzte Woche mitten in der Nacht in der Wohnung ihres Ex-Mannes anzurufen und Drohungen und Anschuldigungen auszustoßen.«

»Das war ich nicht.« Zum ersten Mal kam Leben in Pilars Augen. »Ich habe nie in Tonys Wohnung angerufen, nie mit René gesprochen. Sie nimmt lediglich an, dass ich es gewesen sei.«

»Mrs. Avano, wir können Ihre Telefongespräche überprüfen.«

»Dann tun Sie das bitte.« Sie saß ebenso starr da, wie ihre Stimme klang. »Die Wahl, die Tony getroffen hat, missfiel mir, aber es war immerhin noch *seine* Wahl. Es entspricht nicht meinen Gewohnheiten, mitten in der Nacht bei jemandem anzurufen, um Drohungen und Anschuldigungen auszustoßen.«

»Die jetzige Mrs. Avano behauptet etwas anderes.«

»Dann irrt sie sich entweder oder sie lügt. Sie rief mich mitten in der Nacht an und beschuldigte mich, die Anrufe getätigt zu haben. Sie werden ihren Anruf nachweisen können, Detective, meinen jedoch nicht.«

»Warum sollte sie lügen?«

»Ich weiß nicht.« Seufzend rieb sich Pilar über die Schläfen. »Vielleicht hat sie ja gar nicht gelogen. Ich bin sicher, dass jemand sie angerufen hat, und sie nahm an, ich sei es gewesen. Sie war wütend. Sie mag mich logischerweise nicht.«

»Wissen Sie, wann Mr. Avano am Abend der Party gegangen ist?«

»Nein. Um ehrlich zu sein, habe ich ihn und René an jenem Abend so weit wie möglich gemieden. Die Begegnung war mir peinlich.«

»Wissen Sie, warum er um ...« Claremont zog sein Notizbuch zu Rate. Sie hatten das Taxiunternehmen ausfindig gemacht. »... um drei Uhr morgens in die Wohnung Ihrer Tochter gefahren ist?«

»Nein.«

»Wo waren Sie um diese Zeit?«

»Im Bett. Die meisten Gäste waren gegen eins weg. Kurz vor zwei bin ich dann in mein Zimmer gegangen. Allein«, fügte sie hinzu. »Ich habe Sophia gute Nacht gesagt, und dann bin ich direkt zu Bett gegangen, weil ich müde war. Es war ein langer Tag.« Pilar verstummte und warf Helen einen bedeutungsvollen Blick zu.

»Entschuldigen Sie uns für einen Moment?«, fragte Helen sofort und bat die beiden Detectives mit einer Geste, das Zimmer zu verlassen.

Als sie im Flur standen, spekulierte Maguire: »Man ist von hier in einer Stunde in San Francisco. Und sie hat ein Motiv.«

»Warum sollte sie sich mit ihrem Ex in der Wohnung ihrer Tochter treffen?«

»Damit es in der Familie bleibt.«

»Vielleicht«, erwiderte Claremont. Als die Richterin sie rief, traten sie wieder ins Zimmer.

»Mrs. Avano hat gezögert, Ihnen etwas mitzuteilen. Anthony Avano war einige Jahre lang ihr Mann, und sie haben eine gemeinsame Tochter. Sie möchte ungern etwas sagen, was seinem Ruf schaden könnte. Ich habe ihr jedoch geraten, diese Information weiterzugeben, da sie Ihnen bei den Ermittlungen nutzen könnte. Und außerdem ... außerdem, Pilar«, fügte sie ruhig hinzu, »werden sie das bald auch aus anderen Quellen erfahren.«

Pilar stand auf und ging im Zimmer auf und ab. »Nun gut. Sie haben mich gefragt, ob ich eine Ahnung hätte, warum er in Sophias Wohnung gefahren ist ... Manche Menschen trinken, manche spielen, manche haben Affären. Tony hatte Affären. Er wollte sich vielleicht dort mit jemandem treffen, eine Affäre beenden oder ...«

»Wissen Sie, mit wem er eine Affäre gehabt haben könnte?«

»Nein, ich habe schon vor langer Zeit aufgehört, darauf zu achten. Aber es gab jemanden. Er wusste, wer René in jener Nacht angerufen hat, da bin ich sicher. Und auf der Party war er ungewöhnlich gereizt. Er war ein wenig grob zu David Cutter und nicht so verbindlich wie sonst. Rückblickend würde ich sagen, er hatte Probleme. Ich wollte es an dem Abend nicht wissen, deshalb habe ich nichts unternommen. Wenn ich anders gehandelt hätte ... ich weiß nicht, ob das etwas geändert hätte. Die Vorstellung tut weh.«

Claremont erhob sich. »Wir danken Ihnen für Ihre Mitarbeit, Mrs. Avano. Wir möchten jetzt gern mit den anderen Familienmitgliedern sprechen, auch mit Mr. Cutter und allen Angestellten, die auf der Party waren.«

Vor allem wollte er noch einmal mit Sophia sprechen. Er befragte sie allein, während seine Partnerin mit David Cutter sprach. »Sie haben gar nicht erwähnt, dass Sie und Ihr Vater in der Nacht, als er ermordet wurde, einen heftigen Streit hatten.«

»Nein, das habe ich nicht erwähnt, weil Sie nicht danach gefragt haben. Aber jetzt gebe ich Ihnen gern Auskunft darüber. Bei einem Streit geht es darum, dass zwei Menschen unterschiedliche Standpunkte vertreten. Unter diesem Aspekt hatten wir keinen Streit.«

»Wie würden Sie es dann nennen?«

»Harte Worte. Harte Worte, die schon seit langem fällig waren. Es ist schwer für mich, Detective, dass es die letzten Worte waren, die ich je zu ihm gesagt habe. Sie entsprachen zwar der Wahrheit, und ich habe jedes einzelne ernst gemeint, aber es ist trotzdem schwer. Ich war wütend. Er hatte, kaum von meiner Mutter geschieden, wieder geheiratet. Er hatte sich nicht die Mühe gemacht, mir davon zu erzählen, er hatte noch nicht einmal meine Mutter davon in Kenntnis gesetzt, und er kam zu dem Familienfest einfach mit seiner neuen Frau am Arm. Das war gedankenlos und unsensibel und sah ihm ähnlich. Und das habe ich ihm gesagt.«

»Mir wurde berichtet, Sie hätten ihn bedroht.«

»Ach ja? Kann sein. Ich war wütend, verletzt, beleidigt. René hatte meine Mutter angegriffen – mit Worten. Sie hatte gar keinen Grund dazu, schließlich hat sie doch bekommen, was sie wollte. Und er ließ es einfach zu. Mein Vater war schon immer großartig darin, alles einfach geschehen zu lassen und scheinbar gar nicht zu bemerken, welcher Schaden angerichtet wurde.«

Die Neuigkeiten verbreiteten sich rasch im ganzen Land und auch über den Atlantik. Donato saß im Büro im Erdgeschoss seines Hauses, trank Cognac und dachte nach. Im Haus war es endlich ruhig, obwohl das Baby sicher bald wieder nach der Brust verlangen würde.

Gina schlief, und wenn sie nicht bald schon wieder das Kind würde stillen müssen, hätte er heimlich hinausschlüpfen und eine entspannende Stunde mit seiner Geliebten verbringen können. Aber das riskierte er besser nicht.

Tony Avano war tot.

Das für den nächsten Tag angesetzte Treffen mit Margaret Bowers würde verschoben werden. Das verschaffte ihm Zeit. Er hätte lieber seine geschäftlichen Transaktionen mit Tony fortgeführt. Bei Tony Avano hatte er immer gewusst, wo er stand.

Doch jetzt war Tony tot, und es würde einen großen Aufruhr geben, Gerede, Klatsch, Verzögerungen und Heimlichkeiten. Das konnte er zu seinem Vorteil nutzen.

Er musste natürlich wieder nach Kalifornien fliegen. Er würde seiner Kusine seine Unterstützung und sein Mitgefühl anbieten müssen. Und *La Signora* versichern, dass er alles Erforderliche tun würde, um Giambellis Produktion fortzuführen.

Da es nur noch zwei Tage bis Weihnachten waren, wollte er Gina dazu überreden, zu Hause zu bleiben. Ja, das war gut. So konnte er seine hübsche Geliebte mitnehmen. Niemand würde es merken.

Und es ließ ihm genug Zeit, um festzustellen, was getan werden musste, und *wie* er es tun musste.

Armer Tony, dachte er und hob seinen Cognacschwenker. Ruhe in Frieden.

Jeremy DeMorney drehte den Ton der Abendnachrichten leiser und zog sein Dinnerjackett aus. Er war froh, dass er heute einmal früh nach Hause gekommen war. Es war besser, allein zu Hause zu sein, wenn er die Nachrichten hörte, als irgendwo in der Öffentlichkeit.

Tony Avano, der wertlose Bastard, war tot. Irgendwie fast schade. Im momentanen Klima war Avano reif zum Pflücken gewesen. Und Jerry hatte ziemlich lange darauf gewartet.

Er hinterlässt eine traurige Ex-Frau, dachte er, eine fröhliche Witwe und eine trauernde Tochter. Mehr, als er verdient hatte.

Während er sich auszog, überlegte Jerry, ob er nach Kalifornien fliegen und am Gedächtnisgottesdienst teilnehmen sollte. Aber dann verwarf er die Idee wieder.

Es war immerhin bekannt, dass der verstorbene, unbeweinte Avano mit Jeremys Frau geschlafen hatte.

Oh, sie waren damit natürlich umgegangen wie zivilisierte Menschen, wenn man einmal von der gespaltenen Lippe absah, die Jerry seiner untreuen Frau als Abschiedsgeschenk mitgegeben hatte. Scheidung, finanzielle Einigung und tadellose Manieren in der Öffentlichkeit.

Nun, dachte Jerry, den Schein wahren konnten sie alle gut.

Er hatte der Familie einen Beileidsbrief geschrieben. Aber im Moment war es sicher am besten, Distanz zu halten. Er würde die notwendigen Schritte tun, wenn er dazu bereit war.

Jetzt aber wollte er seinen eigenen kleinen Leichenschmaus begehen. Er würde eine Flasche Champagner aufmachen und den Mord feiern.

Sophia gelang es fast eine ganze Woche lang, den Mord ihres Vaters wie eine geschäftliche Angelegenheit zu behandeln. Sie hielt ihre Emotionen zurück, machte Anrufe, traf Arrangements, stellte Fragen, beantwortete sie und wachte wie ein Falke über ihre Mutter.

Von der Polizei bekam sie immer nur dieselbe Auskunft. Die Ermittlungen waren im Gange, und alle Spuren wurden verfolgt. Sie behandelten sie, als sei sie eine Reporterin. Oder eine Verdächtige.

René ging nicht ans Telefon, und Sophia war es leid, Dutzende von Nachrichten auf dem Anrufbeantworter zu hinterlassen. Mitfühlende Nachrichten, besorgte Nachrichten, höfliche, wütende, verbitterte Nachrichten.

Es würde einen Trauergottesdienst für ihren Vater geben. Mit oder ohne die Kooperation und Beteiligung seiner Witwe.

Sophia erzählte ihrer Mutter, dass sie ins Büro fahren müsse, und machte sich für die Abfahrt fertig.

Als sie aus dem Haus trat, fuhr gerade Tyler vor.

»Wohin fährst du?«

»Ich muss geschäftlich weg.«

»Wohin?«

Sie versuchte, an ihm vorbei zur Garage zu kommen, aber er versperrte ihr den Weg. »Hör mal, ich bin in Eile. Geh Weinstöcke schneiden.«

»Wohin willst du?«

Beinahe hätte sie die Nerven verloren, aber das konnte sie nicht zulassen. »Ich muss in die Stadt. Ich habe etwas zu erledigen.«

»Gut. Wir nehmen meinen Wagen.«

»Ich brauche dich heute nicht.«

»Teamwork, weißt du noch?« Tyler sorgte sich um ihren Zustand und er wollte sie nicht fahren lassen.

»Ich kann das allein, MacMillan.« Warum, zum Teufel, hatte sie nicht gesagt, sie würde einkaufen gehen?

»Ja, du kannst alles allein.« Er legte ihr die Hand auf den Arm und öffnete die Tür auf der Beifahrerseite. »Steig ein.«

»Ist dir jemals in den Sinn gekommen, dass ich lieber allein sein möchte?«

»Ist dir jemals in den Sinn gekommen, dass mir das egal ist?« Um das Problem zu lösen, hob er sie einfach hoch und setzte sie ins Auto. »Schnall dich an«, befahl er und schlug die Tür zu.

Sie zog kurz in Erwägung, hinauszuspringen und mit den Fäusten auf ihn loszugehen. Aber sie hatte Angst, dass sie dann nie wieder aufhören würde. In ihr war eine solche Wut, eine so große, brennende Trauer ... Und sie rief sich ins Gedächtnis, dass er ja schließlich in ihren schlimmsten Momenten auch für sie da gewesen war.

Tyler glitt hinter das Lenkrad. Vielleicht lag es daran, dass er sie fast schon sein halbes Leben lang kannte. Vielleicht auch daran, dass er ihr in den letzten Monaten mehr Aufmerksamkeit geschenkt hatte als in den gesamten zwanzig Jahren zuvor. Jedenfalls kannte er dieses Gesicht nur zu gut. Und der beherrschte Gesichtsausdruck war nur Maske.

»Also.« Er ließ den Wagen an und blickte Sophia an. »Wohin willst du wirklich?«

»Zur Polizei. Sie sagen mir am Telefon nichts.«

»Okay.« Er legte den ersten Gang ein und fuhr die Auffahrt hinunter.

»Ich brauche keinen Wachhund, Ty, und auch keine breite Schulter zum Anlehnen.«

»In Ordnung.« Er fuhr einfach weiter. »Nur zur Erinnerung, du kannst mich auch als Punchingball benutzen!«

Statt einer Antwort verschränkte sie die Arme und blickte starr nach vorn. Über den schneebedeckten Bergen lag Dunst, und sie sahen aus wie ein Foto mit Weichzeichner. Der atemberaubende Anblick munterte Sophia jedoch nicht auf. Vor ihrem geistigen Auge sah sie nur die herausgerissene Seite aus einem Wirtschaftsmagazin, die sie am Tag zuvor mit der Post bekommen hatte.

Die Aufnahme von ihr, ihrer Großmutter und ihrer Mutter war beschmiert worden wie die drei

Giambelli-Engel. Statt Nagellack war es dieses Mal blutrote Tinte gewesen, und dieses Mal waren sie als Mörderschlampen beschimpft worden.

War das die Reaktion auf ihre wiederholten Anrufe bei René? Dachte die Frau, solch eine kindische Drohung würde ihr Angst einjagen? Sie wollte sich nicht einschüchtern lassen. Und während sie das Papier im Kamin verbrannte, hatte Sophia Abscheu und Wut empfunden, aber keine Angst.

Aber auch am nächsten Tag ging es ihr nicht aus dem Kopf.

»Hat Eli dich gebeten, auf mich aufzupassen?«, fragte sie Tyler.

»Nein.«

»Meine Großmutter?«

»Nein.«

»Wer denn?«

»Hör mal, Sophia, Befehle nehme ich im Beruf entgegen, wenn es sein muss, aber nicht in meinem Privatleben. Und das hier gehört zu meinem Privatleben. Klar?«

»Nein.« Sie betrachtete sein gut geschnittenes Profil. »Du hast meinen Vater doch gar nicht gemocht, und nach mir bist du auch nicht gerade verrückt.«

»Deinen Vater habe ich nicht gemocht.« Er sagte das in einfachem Ton, ohne Entschuldigung und ohne Genugtuung. Und allein aus diesem Grund versetzte es ihr einen Stich. »Bei dir bin ich mir noch nicht sicher. Aber ich mag deine Mutter, und ich kann René nicht ausstehen, vor allem nicht die Tatsache, dass sie versucht hat, die Polizei auf Pilar und vielleicht auch auf dich zu hetzen.«

»Dann wird es dich begeistern, dass mein zweites

Ziel heute René ist. Ich muss mit ihr über den Gedenkgottesdienst sprechen.«

»Mann, das kann ja lustig werden! Glaubst du, ihr zieht euch an den Haaren und geht mit Zähnen und Krallen aufeinander los?«

»Das gefällt euch Männern, was? Ekelhaft!«

»Stimmt.« Er stieß einen wehmütigen Seufzer aus und brachte sie damit zum Lachen, das erste echte Lachen seit Tagen.

Sophia fiel ein, dass sie noch nie in einer echten Polizeiwache gewesen war. Ihre Vorstellungen entsprangen den Kriminalromanen, und deshalb hatte sie eigentlich dunkle Flure mit abgetretenem Linoleum, laute, vollgestopfte Büros, triefäugige, bellende Personen und den Geruch nach schlechtem Kaffee erwartet, der aus Pappbechern getrunken wurde.

Stattdessen stand sie in einem Bürogebäude mit sauberen Fußböden, die leicht nach Lysol dufteten. Es war dort zwar nicht gerade grabesstill, aber auch nicht so lärmend, wie sie angenommen hatte. Der Geruch von Kaffee hing in der Luft, aber er roch frisch und aromatisch. Sie sah allerdings Pistolen, und das war doch schon etwas – in Gürteltaschen oder im Schulterhalfter. Das war zumindest ein seltsamer Anblick in dem hell erleuchteten Zimmer, in dem das Hauptgeräusch das Surren der Computer war.

Als Sophia sich umsah, fiel ihr Blick auf Claremont. Er sah kurz auf eine Tür, die zum Nebenzimmer führte, dann stand er auf und kam auf sie zu.

»Guten Tag, Ms. Giambelli.«

»Ich will mit Ihnen über meinen Vater sprechen. Über unsere Vorkehrungen und Ihre Ermittlungen.«

»Wie ich Ihnen schon am Telefon sagte ...«

»Ich weiß, was Sie mir am Telefon gesagt haben, Detective. Im Grunde genommen gar nichts. Ich glaube, ich habe ein Recht auf mehr Information, und ich habe sicher ein Recht darauf zu erfahren, wann die Leiche meines Vaters freigegeben wird. Ich wollte Ihnen sagen, dass ich mich an Ihre Vorgesetzten wenden werde. Ich werde von jetzt an jede Verbindung nutzen, die ich habe. Und glauben Sie mir, meine Familie hat viele Verbindungen.«

»Darüber bin ich mir im Klaren. Lassen Sie uns in das Büro des Lieutenants gehen.« Er wies auf die entsprechende Tür und fluchte leise, als die andere Tür aufging und seine Partnerin mit René herauskam.

Sie sah in Schwarz großartig aus. Blass, mit goldenem Haar, das im Licht wie die Sonne strahlte, war sie das perfekte Bild einer gut situierten Witwe. Sophia konnte sich vorstellen, dass sie das Resultat sorgfältig im Spiegel betrachtet hatte, bevor sie aus dem Haus ging. René hatte es sich jedoch nicht verkneifen können, das Schwarz mit einer prächtigen Diamantbrosche aufzuhellen.

Sophia starrte auf die Brosche und blickte dann René ins Gesicht.

»Was macht sie hier?«, fragte René. »Ich habe Ihnen doch gesagt, dass sie mich belästigt! Sie ruft mich ständig an und bedroht mich.« Sie zerknüllte ein Taschentuch in der Hand. »Ich möchte, dass sie unter Arrest gestellt wird. Alle. Sie haben meinen armen Tony umgebracht!«

»Hast du die Rolle lange geübt, René?«, fragte Sophia eisig. »Sie ist noch verbesserungsbedürftig.«

»Ich verlange Polizeischutz! Sie haben Tony meinetwegen ungebracht. Das sind alles Italiener. Sie haben Verbindung zur Mafia.«

Sophia brach in Lachen aus. Sie sank auf die Bank an der Wand. »Oh, genau, das ist es! Das Haus meiner Großmutter ist eine Brutstätte des organisierten Verbrechens. Wir brauchten nur ein Ex-Model, ein auf Geld versessenes Flittchen, damit es endlich ans Tageslicht kommt.«

Sie merkte gar nicht, dass ihr Lachen in Weinen übergegangen war, dass ihr die Tränen über die Wangen strömten. »Ich möchte meinen Vater begraben, René. Lass mich meinen Anteil daran haben, und danach brauchen wir uns nie wieder zu sehen oder miteinander zu sprechen.«

René steckte ihr Taschentuch fort. Sie trat auf Sophia zu. Im Raum war es mäuschenstill. Sie wartete, bis Sophia wieder aufgestanden war. »Er gehört mir. Und du wirst an gar nichts teilhaben.«

»René!« Sophia streckte die Hand aus und zog scharf die Luft ein, als René sie wegschlug.

»Mrs. Avano«, sagte Claremont warnend und ergriff ihren Arm.

»Sie soll mich nicht anfassen. Wenn du oder irgendjemand aus deiner *Familie* mich jemals wieder anruft, dann kriegt ihr es mit meinen Anwälten zu tun.« René reckte hochmütig das Kinn und marschierte aus dem Zimmer.

»Reine Gehässigkeit«, murmelte Sophia. »Das tut sie nur aus Gehässigkeit.«

»Ms. Giambelli ...« Maguire ergriff ihren Arm. »Setzen Sie sich doch. Ich hole Ihnen einen Kaffee.«

»Ich möchte keinen Kaffee. Sagen Sie mir, ob Ihre Ermittlungen irgendwelche Fortschritte gemacht haben.«

»Im Moment können wir Ihnen nichts Neues berichten. Es tut mir Leid.«

»Wann wird die Leiche meines Vaters freigegeben?«

»Die sterblichen Überreste Ihres Vaters sind heute morgen freigegeben worden, an seine nächste Angehörige.«

»Ich verstehe. Ich habe meine und Ihre Zeit verschwendet. Entschuldigen Sie.« Sophia ging hinaus und zerrte ihr Handy aus der Tasche. Zuerst versuchte sie, Helen Moore anzurufen, aber man sagte ihr, die Richterin sei in einer Verhandlung und nicht zu erreichen.

»Glaubst du, sie kann René aufhalten?«, fragte Tyler.

»Ich weiß nicht. Ich muss es versuchen.« Als Nächstes rief sie in James Moores Büro an, aber er war in einer Sitzung. Zuletzt versuchte sie es bei Linc. »Linc? Ich bin es, Sophia. Ich brauche Hilfe.«

Pilar saß auf einer Steinbank im Garten. Es war kalt, aber, bei Gott, sie brauchte Luft. Im Haus kam sie sich vor wie eingesperrt. Eingesperrt von den Wänden und Fenstern, bewacht von den Menschen, die sie liebten und ihr Bestes wollten.

Behütet wie ein Invalide, der jeden Moment dahinscheiden konnte, dachte sie.

Die anderen glaubten, sie trauere, und sie ließ ihnen den Glauben. Ist das die größere meiner Sünden? fragte sie sich. Dass ich jeden glauben lasse, ich verginge vor Trauer?

Dabei fühlte sie nichts. Konnte nichts fühlen.

Nur eine leise Spur von Erleichterung.

Sie hatte Schock, Kummer und Trauer empfunden, aber es war alles ziemlich rasch vorübergegangen. Nun schämte sie sich wegen dieses Mangels an

Gefühl so sehr, dass sie ihre Familie weitestgehend mied. Fast das ganze Weihnachtsfest hatte sie in ihren Zimmern verbracht, unfähig, ihr Kind zu trösten, aus Angst, das Kind könnte die Unaufrichtigkeit der Mutter bemerken.

Wie konnte es geschehen, dass Liebe sich so schnell in Nicht-Lieben und dann in Gleichgültigkeit verwandelte? fragte sich Pilar. Hatte sie diesen Mangel an Leidenschaft und Mitgefühl schon immer besessen? Und hatte Tony sie deshalb verlassen? Oder hatte sein gedankenloses Verhalten in ihrer Ehe all ihre Fähigkeiten zu fühlen abgetötet?

Das spielte nun wohl kaum noch eine Rolle. Er war tot – und sie war leer.

Pilar stand auf und wandte sich zum Haus, blieb aber stehen, als sie sah, dass David ihr auf dem gepflasterten Pfad entgegenkam.

»Ich wollte Sie nicht stören.«

»Das ist schon in Ordnung.«

»Ich habe versucht, Sie nicht zu belästigen.«

»Das war nicht nötig.«

»Ich hielt es doch für nötig. Sie sehen müde aus, Pilar.« Und einsam, fügte er in Gedanken hinzu.

»Das sind wir vermutlich alle. Ich weiß, dass Sie in den letzten Tagen zahlreiche Zusatzverpflichtungen übernommen haben. Ich hoffe, Sie wissen, wie dankbar wir Ihnen dafür sind.« Sie wäre fast zurückgewichen, als er auf sie zukam, zwang sich aber, stehen zu bleiben. »Wie war Ihr Weihnachtsfest?«

»Anstrengend. Ich bin froh, wenn endlich Januar ist und die Kinder wieder zur Schule gehen. Kann ich irgendetwas für Sie tun?«

»Nein, eigentlich nicht.« Sie wollte sich am liebsten entschuldigen und in ihr Zimmer flüchten. Wieder einmal. Aber dann blickte sie ihn an, und ohne dass sie es wollte, strömten auf einmal die Worte aus ihrem Mund. »Ich bin so nutzlos hier, David! Ich kann Sophia nicht helfen. Ich weiß, dass sie versucht, sich mit Arbeit abzulenken, und sie verbringt viel Zeit damit, mich in ihrem Büro anzulernen. Aber ich vermassele einfach immer alles.«

»Das ist doch albern.«

»Nein, es ist eine Tatsache. Ich habe nie wirklich in einem Büro gearbeitet, und die kurze Zeit, die ich dort verbracht habe, liegt fünfundzwanzig Jahre zurück. Alles hat sich verändert. Ich bringe den verdammten Computer nicht zum Laufen, und die meiste Zeit weiß ich nicht einmal, worum es geht. Und statt mir meine Fehler vor Augen zu halten, tätschelt sie mir den Kopf, weil sie mich nicht aufregen will. *Sie* ist diejenige, die sich aufregt, und ich kann ihr nicht helfen.«

Pilar legte die Fingerspitzen zusammen. »Also bin ich davongelaufen. Ich bin so verdammt gut darin, immer wegzulaufen! Und jetzt stehe ich hier draußen, damit ich ihr nicht gegenübertreten muss. Sie macht sich krank wegen Tony und versucht, René davon abzuhalten, Anspruch auf seine Leiche zu erheben. Sie kann nicht trauern, das lässt sie nicht zu. Aber sie braucht dieses Ritual, und René lässt es ihr nicht.«

»Sie muss auf ihre Art damit fertig werden. Das wissen Sie doch. Genauso, wie Sie auf Ihre Art damit umgehen müssen.«

»Ich weiß nicht, was meine Art ist. Ich sollte hineingehen.«

David wollte sie nicht allein lassen und ging neben ihr her aufs Haus zu. »Pilar, glauben Sie, Sophia weiß nicht, was sie Ihnen bedeutet?«

»Sie weiß es. Genauso wie sie weiß, dass sie ihrem Vater nichts bedeutet hat. Es ist schwer für ein Kind, damit zu leben.«

»Das weiß ich. Aber sie leben beide damit.«

An der Seitenterrasse blieb Pilar stehen und wandte sich zu David um. »Haben Sie manchmal Angst, Ihren Kindern nicht der richtige Vater zu sein?«

»Jeden Tag.«

Sie lachte leise auf. »Es ist schrecklich, aber es ist eine Erleichterung, dass Sie das sagen.« Als sie die Verandatür aufstieß, sah sie Sophia auf dem Sofa liegen, das Gesicht kalkweiß. Neben ihr saß Linc Moore und hielt ihre Hand.

»Was ist los?« Pilar stürzte auf ihre Tochter zu. »O Baby, was ist los?«

»Wir sind zu spät gekommen. Linc hat alles versucht. Er hat sogar eine einstweilige Verfügung erreicht, aber es war zu spät. Sie hat ihn einäschern lassen, Mama! Sie hatte schon alles vorher arrangiert.«

»Es tut mir Leid.« Linc, der immer noch Sophias Hand hielt, streckte seine andere Hand nach Pilar aus. »Sie hat ihn direkt ins Krematorium bringen lassen. Es hatte schon begonnen, bevor ich die einstweilige Verfügung bekam.«

»Er ist fort, Mama.«

II

Den langen Winter über schliefen die Weinstöcke. Die Weinberge nahmen den Regen auf, erstarrten unter dem Frost und wurden an den seltenen, warmen Tagen wieder weich.

Für den Bauern, für die Pflanze wiederholte sich der Kreislauf immer wieder, mit allen Variationen und Überraschungen, Freuden und Tragödien, die dazu gehörten.

Das Leben drehte sich beständig im Kreis.

Ende Januar verzögerte schwerer Regen das Beschneiden, aber bei aller Frustration versprach das nasse Winterwetter auch eine gute Ernte.

Den ganzen Februar über konnte man nur warten. Manchen kam es so vor, als hätten sie schon immer nur gewartet.

Im zweiten Stock der Villa Giambelli lag Teresas Büro. Es gefiel ihr, dass es so weit fort vom geschäftigen Treiben im Haus war. Und sie liebte den weiten Blick über ihren Besitz.

Jeden Tag stieg sie die Treppe hinauf, ein gutes Training für den Körper, und arbeitete dort drei Stunden. Niemals weniger, aber, vor allem in diesen Tagen, auch selten mehr. Das Zimmer war behaglich. Sie glaubte daran, dass eine komfortable Umgebung die Produktivität steigerte. Sie glaubte auch daran, sich selbst etwas Gutes tun zu müssen.

Der Schreibtisch hatte schon ihrem Vater gehört.

Er war alt, aus dunkler Eiche mit tiefen Schubladen. Das bedeutete Tradition. Darauf standen ein Telefon mit zwei Leitungen und ein Computer. Das bedeutete Fortschritt.

Unter dem Schreibtisch schnarchte Sally friedlich vor sich hin. Das bedeutete Zuhause.

An diese drei Dinge glaubte sie.

Und weil sie das tat, saßen jetzt ihr Mann und sein Enkel, ihre Tochter und ihre Enkelin, David Cutter und Paulo Borelli bei ihr im Zimmer.

Das Alte und das Neue, dachte sie.

Sie wartete, bis der Kaffee serviert war. Der Regen rann in Bächen vom Dach und an den Fenstern hinunter.

»Danke, Maria.« Teresa faltete die Hände, während die Haushälterin hinausging und die Tür hinter sich schloss.

»Es tut mir Leid«, begann sie, »dass wir uns nicht früher alle zusammensetzen konnten. Durch den Verlust von Sophias Vater und die Umstände seines Todes mussten wir bestimmte Geschäftsbereiche hintanstellen. Und Elis Erkrankung hat dieses Treffen außerdem noch verzögert.«

Sie blickte ihn an. Er kam ihr immer noch ein wenig geschwächt vor. Aus der Erkältung war so schnell eine ernsthafte Grippe mit Fieber und Schüttelfrost geworden, dass sie Angst bekommen hatte.

»Es geht mir wieder gut«, sagte er, um sie zu beruhigen. »Immer noch ein bisschen wackelig auf den Beinen, aber es geht schon. Ein Mann hat ja gar keine andere Chance, als gesund zu werden, wenn so viele Pflegerinnen um ihn herumtanzen.«

Teresa lächelte, weil er das von ihr erwartete, aber sie hörte das leise Pfeifen in seiner Brust. »Während

Elis Genesung habe ich ihn so gut wie möglich über die geschäftlichen Entwicklungen auf dem Laufenden gehalten. Sophia, ich habe deinen Bericht und deine Vorschläge für die Jahrhundertkampagne vorliegen. Wir werden zwar auch noch unter vier Augen darüber sprechen, aber ich möchte dich bitten, jeden auf den neuesten Stand zu bringen.«

»Natürlich.« Sophia stand auf und öffnete eine Mappe, die Entwürfe der Anzeigen und Berichte über Inhalt, Verbraucherstatistiken und Werbeauftritte enthielt.

»Phase eins der Kampagne wird im Juni beginnen, wobei die Werbung so platziert wird, wie es in euren Mappen dargestellt ist«, begann sie und reichte jedem eine Mappe. »Wir haben eine dreigeteilte Kampagne entwickelt, die sich an unsere besser verdienenden Kunden, an den Durchschnittskunden und an den jungen, gelegentlichen Weintrinker mit begrenztem Budget wendet.«

Tyler hörte nicht zu. Er kannte die Kampagne. Er war in den verschiedenen Phasen ihrer Entwicklung dabei gewesen. Das Ergebnis hatte ihm den Wert dessen, was er tat, klargemacht, aber er konnte sich nicht dazu überwinden, wirkliches Interesse dafür zu empfinden.

Die Langzeitwetterberichte sagten wärmeres Wetter voraus. Wenn das zu schnell ging, würden die Trauben zu rasch aus ihrem Winterschlaf erwachen. Er musste dringend ein Auge darauf haben. Wenn die Weinstöcke zu früh austrieben, waren sie frostgefährdet. Er war zwar darauf vorbereitet, aber ...

»Oh, wir müssen Tyler wach halten«, sagte Sophia mit süßer Stimme, und holte ihn damit in die Realität zurück.

»Nein, nicht nötig. Aber da du jetzt schon mal mein Schläfchen unterbrochen hast, kann ich ja gleich fortfahren. In der zweiten Phase beziehen wir die Öffentlichkeit ein. Weinproben, Touren durch die Berge, Feste, Auktionen, Galas – sowohl hier als auch in Italien –, die für Aufmerksamkeit sorgen.«

Er stand auf, um sich noch einen Kaffee vom Servierwagen zu holen. »Sophia weiß, was sie tut. Ich glaube nicht, dass das hier jemand anders sieht.«

»Und auf den Feldern?«, fragte Teresa. »Weiß Sophia auch da, was sie tut?«

Er trank einen Schluck Kaffee und ließ sich Zeit mit der Antwort. »Für einen Lehrling macht sie ihre Sache gut.«

»Bitte, Ty, du machst mich ganz verlegen mit deinen Komplimenten.«

»Nun gut«, murmelte Teresa. »David? Irgendwelche Kommentare über die Kampagne?«

»Clever, nobel, gut durchdacht. Meine einzige Sorge als Vater von Teenagern ist, dass die Anzeigen für den Markt der Einundzwanzig- bis Dreißigjährigen so wirken könnten, als ob man ohne Wein gar nicht leben könnte.«

»So soll es ja auch sein«, erwiderte Sophia.

»Und so wollen wir es auch darstellen«, stimmte er zu. »Aber ich habe Angst, dass die Anzeigen der jungen Käuferschicht so gut gefallen, dass auch die noch Jüngeren davon beeinflusst werden. Aus diesen Worten spricht der Vater«, gab er zu.

Pilar gab ein Geräusch von sich, sagte aber nichts. David, der sich ganz bewusst neben sie gesetzt hatte, hatte es jedoch gehört. »Pilar? Was denken Sie?«

»Ach, ich habe nur ... nun, eigentlich finde ich die Kampagne wundervoll, und ich weiß, wie hart Sophia daran gearbeitet hat – und Ty natürlich auch und ihr Team. Aber ich glaube, David spricht da einen wichtigen Punkt an. Es ist schwer, etwas für junge Erwachsene zu vermarkten und gleichzeitig den Jugendschutz im Auge zu behalten. Wenn wir irgendeine Art von Verzichtserklärung ...«

»So etwas ist langweilig und verwässert die Botschaft«, erwiderte Sophia. Sie setzte sich wieder und fügte nachdenklich hinzu: »Es sei denn, wir formulieren es lustig, witzig und verantwortlich, sodass sich das Ganze mit der ursprünglichen Botschaft vermischt. Lass mich mal darüber nachdenken.«

»Gut. Jetzt Paulie.«

Sophia hörte nicht mehr zu, als der Vorarbeiter von Weinstöcken und verschiedenen Jahrgängen zu sprechen begann, die in den Fässern und Tanks getestet wurden.

Alter, dachte sie. Alter. Jahrgang. Reife. Perfektion. Sie brauchte den richtigen Ansatz. Geduld. Um guten Wein zu machen, brauchte man Geduld. Belohnungen. Alter, Belohnungen, Geduld. Sie würde es schon finden.

Es zuckte ihr in den Fingern, ihren Stift und ihren Block hervorzuholen. Sie arbeitete besser, wenn sie die Wörter auf dem Papier vor sich sah. Sie stand auf, um sich noch einen Kaffee zu holen und kritzelte, während sie zu ihrem Platz zurückging, verstohlen etwas auf eine Serviette.

Dann war Paulie fertig, und David kam an die Reihe. Statt seine Marketingvorschläge, die Kostenanalysen, die Vorausplanungen und Zahlen zu kommentieren, wie Sophia es erwartet hatte, legte ihre Großmutter seinen schriftlichen Bericht beiseite.

»Damit beschäftigen wir uns später. Im Augenblick möchte ich hören, wie Sie die Führungskräfte hier bewerten.«

»Auch darüber haben Sie meine schriftlichen Berichte, *Signora*.«

»Stimmt«, bestätigte sie und zog einfach nur die Augenbrauen hoch.

»Nun gut. Tyler braucht mich auf den Weinfeldern nicht, und das weiß er auch. Die Tatsache, dass die Kontrolle mein Job ist und ich ansonsten nur eine weitere Fachkraft bin, ist bisher bei ihm nur auf Widerstand gestoßen. Ein Widerstand, für den ich ihm keinen Vorwurf machen kann, aber er mindert die Effizienz unserer Arbeit. Abgesehen davon werden die Weinberge von MacMillan so gut geführt wie alle anderen, bei denen ich bisher gearbeitet habe. Ebenso wie die von Giambelli. Es gibt immer noch etwas zu verbessern, aber Tylers Arbeit ist hervorragend.«

»Sophia arbeitet im Weinberg nicht schlecht, aber es ist nicht ihre Stärke. Genauso wenig wie Marketing und Öffentlichkeitsarbeit Tylers Stärken sind. Diese Tatsachen ergeben jedoch eine gute und interessante Mischung. Sophia hat allerdings einige Probleme in ihrem Büro in San Francisco.«

»Ich bin mir der Probleme bewusst«, sagte Sophia. »Und ich werde sie lösen.«

»Sie müssen sich von *ihr* lösen«, korrigierte David sie. »Sophia, Sie haben eine schwierige und unkooperative Angestellte, die seit einigen Wochen versucht, Ihre Autorität zu untergraben.«

»Ich habe morgen Nachmittag einen Termin mit ihr. Ich kenne meine Leute, David, und weiß, wie ich mit ihnen umgehen muss.«

»Wollen Sie wissen, *wie* schwierig und unkooperativ Kristin Drake in der letzten Zeit gewesen ist?« Er wartete eine Sekunde. »Sie verhandelt mit anderen Unternehmen. Ihre Bewerbung hat in den letzten zwei Wochen auf einem halben Dutzend anderer Schreibtische gelegen. Eine meiner Quellen bei Le Coeur hat mir berichtet, dass sie falsche Behauptungen und Anschuldigungen verbreitet, bei denen *Sie* ihr Lieblingsthema sind.«

Sophia schluckte schwer und nickte dann. »Ich kümmere mich darum.«

»Tu das«, riet Teresa ihr. »Wir dulden keine Angestellten, die sich mit Klatsch und Tratsch bei einem anderen Unternehmen bewerben. Nun David – und was ist mit Pilar?«

»Sie lernt«, sagte David. »Doch ihr derzeitiger Job ist nicht ihre starke Seite. Ich glaube, Sie missbrauchen sie, *Signora*.«

»Wie bitte?«

»Meiner Meinung nach wäre Ihre Tochter viel geeigneter für eine Position als Repräsentantin des Unternehmens, wo ihr Charme und ihre Eleganz nicht so vergeudet würden wie bei ihrer Arbeit am Computer. Es wundert mich, dass Sie Pilar nicht gebeten haben, die Führungen und Weinproben durchzuführen, wo sie Besuchern das Unternehmen erklären könnte. Sie ist eine ausgezeichnete Gastgeberin, *Signora*. Eine ausgezeichnete Büroangestellte ist sie nicht.«

»Wollen Sie damit sagen, ich habe einen Fehler gemacht, als ich von meiner Tochter verlangte, dass sie die geschäftlichen Zusammenhänge des Unternehmens kennen lernt?«

»Ja«, erwiderte David einfach und verursachte damit bei Eli einen Hustenanfall.

»Entschuldigung, Entschuldigung!« Er wedelte mit der Hand, als Tyler aufsprang, um ihm ein Glas Wasser einzuschenken. »Ich habe nur versucht, mein Lachen zu unterdrücken. Himmel, Teresa, er hat Recht, und du weißt es.« Er nahm das Glas entgegen und trank vorsichtig einen Schluck, bis der Druck in seinem Brustkorb nachließ. »Du hasst es, Unrecht zu haben, und du irrst dich ja auch wirklich selten. Sophia? Wie macht sich deine Mama als deine Assistentin?«

»Sie hatte bisher kaum Zeit ... Ach, sie ist schrecklich«, gab Sophia zu und brach in Lachen aus. »Oh, Mama, es tut mir so Leid, aber du bist die schlechteste Assistentin, die ich jemals gehabt habe. Ich könnte dich in einer Million Jahren noch nicht in die Stadt schicken, damit du dort mit meinem Team arbeitest. Du hast gute Ideen«, fügte sie besorgt hinzu, weil ihre Mutter nichts erwiderte, »so wie heute mit dem Jugendschutz. Aber du erwähnst sie erst, wenn man dich darum bittet, und selbst dann weißt du nicht, wie man sie umsetzen könnte. Und außerdem hasst du jede einzelne Minute, die du in meinem Büro sitzt.«

»Ich tue mein Bestes. Und offensichtlich versage ich«, sagte Pilar und stand auf.

»Mama ...«

»Nein, ist schon gut. Mir ist es lieber, wenn du aufrichtig bist, statt mich zu belehren. Ich werde die Sache für alle Beteiligten so einfach wie möglich machen. Ich kündige. Wenn ihr mich jetzt entschuldigen wollt ... Ich suche mir etwas, worin ich gut bin. Zum Beispiel, irgendwo elegant und charmant herumzusitzen.« Fluchtartig, aber mit erhobenem Kopf verließ Pilar den Raum.

»Ich rede mit ihr«, erbot sich Sophia.

»Das tust du nicht.« Teresa hob die Hand. »Sie ist eine erwachsene Frau, kein Kind, das man besänftigen muss. Wir bringen erst diese Sitzung hinter uns.«

Es ist ermutigend zu sehen, dachte Teresa, während sie ihre Kaffeetasse hob, dass meine Tochter Temperament und Rückgrat zeigt.

Endlich.

Er hatte eigentlich keine Zeit für beruhigende Gespräche, aber da David fand, dass er durchaus mitschuldig an der Situation war, ging er zu Pilar. In den letzten Wochen war Maria eine seiner Quellen für Neuigkeiten bei den Giambellis geworden. Mit ihrer Hilfe fand er Pilar im Gewächshaus.

Sie trug Gartenhandschuhe und eine Schürze und topfte gerade Schösslinge um, die sie selbst gezogen hatte.

»Haben Sie eine Minute Zeit?«

»Ich habe alle Zeit der Welt«, erwiderte sie, ohne ihn eines Blickes zu würdigen. »Ich tue ja nichts Wichtiges.«

»Sie arbeiten nicht in einem Büro. Und dort gibt es auch nichts, das Sie befriedigt oder einem Ziel dient. Das ist ein Unterschied. Es tut mir Leid, dass meine Bewertung Ihre Gefühle verletzt hat, aber ...«

»Aber es geht ums Geschäft.« Sie blickte ihn jetzt direkt an.

»Ja. Es geht ums Geschäft. Wollen Sie wirklich tippen und die Ablage machen, Pilar? In Konferenzen über Werbekampagnen und Marketingstrategien herumsitzen?«

»Ich möchte mich nützlich fühlen.« Sie stieß ihre kleine Schaufel in die Erde. Dachten sie, sie sei wie eine der Blumen, die sie hier pflegte? Etwas, das ein kontrolliertes Klima brauchte und gut behandelt werden musste, um in einer hübschen Umgebung attraktiv auszusehen?

»Ich bin es leid. Ich bin es leid, dass man mir das Gefühl gibt, ich sei zu nichts nutze. Keine Fähigkeiten, keine Talente, kein Hirn.«

»Dann haben Sie nicht richtig zugehört.«

»Oh, ich habe Ihnen sehr wohl zugehört.« Pilar zerrte ihre Handschuhe von den Händen und ließ sie zu Boden fallen. »Ich soll charmant und elegant sein. Wie eine hübsch angezogene Puppe, die man zur rechten Zeit an den rechten Ort setzt, und die übrige Zeit im Schrank verstaut. Danke, nein. Ich war lange genug im Schrank verstaut.«

Sie wollte sich an David vorbeidrängen, aber er packte sie einfach am Arm. Entsetzt starrte sie ihn an, als er auch noch den anderen Arm ergriff und sie festhielt.

»Bleiben Sie hier.«

»Lassen Sie mich los.«

»In einer Minute. Erstens: Charme ist ein Talent. Eleganz ist eine Fähigkeit. Und man braucht Hirn, um zur richtigen Zeit die richtigen Worte zu sagen und anderen Menschen das Gefühl zu geben, sich wohlzufühlen. Sie sind gut in diesen Dingen, warum wollen Sie sie dann nicht nutzen? Zweitens: Wenn Sie glauben, es sei keine richtige Arbeit, Touristen und Kunden bei Weinproben und Führungen zu betreuen, dann werden Sie schon noch bemerken, dass es verdammt anstrengend sein kann.«

»Sie brauchen mir nicht zu sagen ...«

»Offensichtlich doch.«

Pilar starrte ihn mit offenem Mund an, weil er sie so abrupt unterbrochen hatte. Das geschah selten.

Und sie dachte daran, wie er mit Tony bei der Party umgegangen war. Jetzt fertigte er sie genauso kalt und schneidend ab.

»Ich möchte Sie daran erinnern, dass ich nicht für Sie arbeite.«

»Ich möchte *Sie* daran erinnern«, konterte er, »dass Sie das im Wesentlichen sehr wohl tun. Solange Sie nicht wie ein verwöhntes Kind von hier verschwinden, arbeiten Sie für mich.«

»*Va' al diavolo.*«

»Ich habe im Moment keine Zeit, um zur Hölle zu fahren«, erwiderte er gelassen. »Ich schlage Ihnen vor, Ihre Talente im richtigen Bereich zur Geltung zu bringen. Sie müssen das Geschäft kennen, um die Führungen durchzuführen, Sie müssen die Geduld haben, immer wieder die gleichen Fragen zu beantworten. Sie müssen das Produkt in den Vordergrund stellen können, ohne den Eindruck zu erwecken, dass Sie das tun. Sie müssen freundlich, informativ und unterhaltsam sein. Und bevor Sie damit beginnen, sollten Sie in sich gehen und aufhören, sich als die verlassene Frau eines Mannes zu sehen, dem nichts so wichtig war wie er selbst.«

Pilar blickte David immer noch mit offenem Mund an, und ihre Lippen zitterten. Dann sagte sie: »Wie gemein von Ihnen.«

»Vielleicht. Aber es wurde Zeit, dass jemand es Ihnen sagte. Sie machen sich selbst nieder, und langsam regt mich das ernsthaft auf.«

»Sie haben nicht das Recht, so etwas zu mir zu sagen. Ihre Position bei Giambelli ist kein Freibrief dafür, grausam zu sein.«

»Meine Position im Unternehmen gibt mir nicht grundsätzlich das Recht, die Wahrheit auszusprechen. Und sie gibt mir auch nicht das Recht *hierzu*«, fügte er hinzu und zog sie an sich. »Aber dies hier ist ja auch persönlich.«

Sie war zu schockiert, um ihn aufzuhalten. Sie konnte nicht den leisesten Einwand machen. Und als sein Mund sich hart und zornig auf ihre Lippen drückte, konnte sie nur noch fühlen.

Der Mund eines Mannes – heiß und fest. Die Hände eines Mannes – fordernd und stark. Das Gefühl ihres Körpers nahe an seinem, die Hitze. Die sexuelle Bedrohung.

Das Blut stieg ihr in den Kopf und ihr Körper, ihr ausgehungertes Herz erwachten in diesem Strom der Lust.

Leise stöhnend schlang sie die Arme um ihn. Sie stießen an ihren Arbeitstisch und die Töpfe klapperten gegeneinander und fielen um. All ihre Bedürfnisse, die sie so lange verdrängt hatte, erwachten, und ihr wurden die Knie weich.

»Was«, keuchte sie, als David sie auf die Bank drängte, »was tun wir hier?«

»Darüber denken wir später nach.«

Er musste sie anfassen, ihre Haut unter den Händen spüren. Er zerrte an ihrem Pullover und kam sich dabei vor wie ein Teenager auf dem Rücksitz eines Autos.

Der Regen klatschte gegen die Glaswände, aber im Gewächshaus war die Luft warm und feucht und duftete nach Blumen, Erde und nach ihr. Sie zitterte, und leise, beglückende Laute drangen aus ihrer Kehle.

Er hätte sich am liebsten auf sie gestürzt. Er konnte sich nicht erinnern, wann er je ein so heftiges Verlangen verspürt hatte.

»Pilar. Lass mich ...« Er kämpfte mit dem Knopf an ihrer Hose.

Wenn er ihren Namen nicht gesagt hätte, hätte sie alles vergessen und sich einfach ihrem Verlangen hingegeben. Aber der Klang ihres Namens holte sie in die Wirklichkeit zurück. Panik überflutete sie.

»Warte. Das ist ... wir können das nicht tun.«

Dennoch drängte sie sich an ihn und erschauerte, als seine Lippen über ihren Hals glitten. »David. Nein. Warte. Hör auf.«

»Pilar.« Er bekam kaum Luft. »Ich will dich.«

Wie lange schon hatte sie diese Worte nicht mehr gehört? Wie lange schon hatte sie dieses Begehren nicht mehr in den Augen eines Mannes gesehen? Es war schon so lange her, dass sie sich nicht mehr zutraute, rational zu denken oder zu handeln.

»David! Ich bin noch nicht bereit dafür.«

Seine Hände lagen immer noch auf ihrer Taille. »Das glaube ich nicht.«

»Ich habe nicht erwartet ...« Er hat so starke Hände, dachte sie. Stark und hart. Ganz anders als ... »Bitte, könntest du einen Schritt zurücktreten?«

David rührte sich nicht. »Ich wollte dich von der ersten Minute an, als ich dich gesehen habe. Von der Minute an, als du die Tür geöffnet hast.«

Freude mischte sich mit Panik und Verwirrung. »Ich bin ...«

»Bitte«, sagte er. »Sag jetzt nicht, dass du dich geschmeichelt fühlst.«

»Aber das ist so! Du bist sehr attraktiv und ...« Und sie konnte nicht klar *denken*, wenn er sie berührte. »Bitte. Würdest du jetzt einen Schritt zurücktreten?«

»Gut.« Es kostete ihn einige Überwindung. »Du

weißt, dass mir das nicht jederzeit mit jeder Frau passiert.«

»Ich glaube, es hat uns beide überrascht«, begann sie und stand vorsichtig von der Bank auf.

»Pilar, wir sind keine Kinder mehr.«

»Nein, das stimmt.« Es war ihr peinlich, ihren Pullover wieder richten zu müssen, daran zu denken, wie sich seine Hände darunter angefühlt hatten. Auf ihr. »Und das ist ein wichtiger Punkt. Ich bin achtundvierzig, David, und du bist ... nun, du nicht.«

Über diesen Einwand musste er lachen. »Du wirst doch ein paar Jahre nicht als Vorwand nehmen ...«

»Es ist kein Vorwand. Es ist eine Tatsache. Eine weitere Tatsache ist, dass wir uns erst seit kurzem kennen.«

»Acht Wochen und zwei Tage. Und so lange stelle ich mir schon vor, wie es ist, dich zu berühren.« Er streichelte ihr über die Haare. »Ich hatte nicht vor, in dein Gewächshaus zu stürmen und dir die Kleider vom Leib zu reißen. Aber dann ergab es sich so. Du hättest es gern ein bisschen konventioneller? Ich hole dich um sieben zum Abendessen ab.«

»David! Mein Mann ist erst seit ein paar Wochen tot.«

»Dein Ex-Mann«, erwiderte er kühl. »Stell ihn nicht zwischen uns, Pilar. Das dulde ich nicht.«

»Dreißig Jahre kann man nicht einfach so über Nacht ablegen, ganz gleich, wie die Umstände waren.«

David packte sie bei den Schultern und zog sie auf die Zehenspitzen. Erst da merkte sie, wie zornig er war. »Tony Avano ist nicht mehr deine Sicherheitszone, Pilar! Gewöhn dich daran. Und gewöhn dich an mich.«

Er küsste sie noch einmal, ein langer, harter Kuss, dann ließ er sie los. »Sieben Uhr«, sagte er und marschierte in den Regen hinaus.

Dieser wertlose Hurensohn sollte sein Leben oder das von Pilar nicht noch aus dem Grab heraus kompliziert machen, beschloss David. Mit langen Schritten eilte er über den Weg. Er kochte vor Wut. Das würde er nicht zulassen. Er würde mit ihr ganz aufrichtig sprechen, und alle Geheimnisse und Schatten ans Licht zerren. Bald schon.

Weil er finster zu Boden schaute und auch Sophia nach unten blickte, während sie durch den Regen rannte, stießen sie auf dem Weg zusammen.

»Upps«, machte sie und hielt mit einer Hand den Hut fest, den sie wegen des Regens aufgesetzt hatte. »Ich dachte, Sie wären nach Hause gegangen.«

»Ich musste erst noch was erledigen. Ich habe gerade versucht, Ihre Mutter zu verführen. Haben Sie damit ein Problem?«

»Äh ...«

»Kein Kinnhaken? Keine bissige Bemerkung?«

Obwohl seine überraschende Erklärung Sophia etwas benommen machte, erkannte sie doch, dass sie einen wütenden, frustrierten Mann vor sich hatte. »Nein. Tut mir Leid. Ich arbeite noch daran.«

»Nun, wenn Sie damit fertig sind, schicken Sie mir einen Bericht.«

Als er weiterstürmte, konnte Sophia den Dampf, den er abließ, beinahe sehen. Sie hielt erneut ihren Hut fest und rannte zum Gewächshaus.

Pilar stand da und betrachtete ihren Arbeitstisch. Töpfe waren umgefallen und zerbrochen, und einige Schösslinge waren bis zur Unkenntlichkeit zerdrückt.

Sophia konnte sich lebhaft vorstellen, was passiert war. »Mama?«

Pilar zuckte zusammen und griff rasch nach ihren Gartenhandschuhen. »Ja?«

Langsam trat Sophia auf sie zu. Die Wangen ihrer Mutter waren gerötet, und ihre Haare waren zerzaust.

»Ich habe gerade David getroffen.«

Pilar ließ die Handschuhe fallen und bückte sich rasch, um sie wieder aufzuheben. »Oh?«

»Er sagte, er habe versucht, dich zu verführen.«

»Was?« Entsetzen schnürte Pilar die Kehle zu.

»Und so, wie du aussiehst, stimmt das auch.«

»Es war nur eine ...« Nervös ergriff Pilar ihre Schürze, konnte sich aber plötzlich nicht mehr erinnern, wie sie sie anziehen musste. »Wir hatten eine Auseinandersetzung, und er war ärgerlich. Es ist wirklich nicht der Rede wert.«

»Mama!« Sanft nahm Sophia ihr die Handschuhe und die Schürze ab und legte sie weg. »Empfindest du etwas für David?«

»Wirklich, Sophia, was für eine Frage ...«

Auf die du nicht antwortest, dachte Sophia. »Versuchen wir es einmal andersherum. Fühlst du dich von ihm angezogen?«

»Er ist ein attraktiver Mann.«

»Da stimme ich dir zu.«

»Wir sind nicht ... das heißt, ich bin nicht ...« Pilar stützte sich auf dem Arbeitstisch ab. »Ich bin zu alt dafür.«

»Sei nicht albern. Du bist eine schöne Frau in der Blüte deiner Jahre. Warum solltest du keine Romanze haben?«

»Ich suche keine Romanze.«

»Dann vielleicht Sex.«

»Sophie!«

»Mama!«, sagte Sophia im gleichen entsetzten Tonfall. Dann schlang sie die Arme um ihre Mutter. »Ich bin hierher gekommen, weil ich Angst hatte, ich hätte deine Gefühle verletzt, und du wärst böse auf mich. Stattdessen finde ich dich hier erhitzt und zerzaust nach einem kleinen Gerangel mit unserem neuen und äußerst attraktiven Geschäftsführer. Es ist wundervoll!«

»Es ist nicht wundervoll, und es wird nicht wieder vorkommen. Sophia, ich war fast dreißig Jahre lang verheiratet. Ich kann mich jetzt nicht einfach einem anderen Mann in die Arme werfen.«

»Dad ist tot, Mama.« Sophia hielt Pilar weiterhin umschlungen, aber ihre Stimme wurde weicher. »Es ist schwer für mich, das zu akzeptieren, damit zu leben, wie es passiert ist, und damit fertig zu werden, dass ich nicht die Gelegenheit hatte, mich von ihm zu verabschieden. Es ist auch schwer zu wissen, dass er mich nicht wirklich geliebt hat.«

»O Sophie, er hat dich geliebt.«

»Nein.« Sie trat einen Schritt zurück. »Nicht so, wie ich es wollte oder brauchte. Du, du hast mich immer geliebt. Aber er war nicht für mich da. Und er war auch nicht für dich da. Das lag nicht in seiner Natur. Und jetzt hast du die Chance, mit jemandem zusammen zu sein, der dir Aufmerksamkeit schenkt.«

»O Kind.« Pilar streichelte ihrer Tochter über die Wange.

»Ich wünsche es dir so sehr! Und ich wäre so traurig und wütend, wenn ich denken müsste, dass du diese Chance vertust wegen etwas, das es nie gab. Ich liebe dich! Ich möchte, dass du glücklich bist.«

»Ich weiß.« Pilar küsste Sophia auf die Wangen. »Ich weiß. Aber ich brauche auch Zeit, um damit fertig zu werden. Und, *cara*, es geht nicht nur um deinen Vater, um das, was zwischen uns war oder was mit ihm geschehen ist. Es geht auch um mich. Ich weiß nicht, wie ich mit jemand anderem zusammen sein soll, oder ob ich das überhaupt möchte.«

»Wie willst du es denn jemals erfahren, wenn du es gar nicht erst versuchst?« Sophia wollte sich auf den Tisch setzen, besann sich dann aber eines Besseren. Der Umstände wegen. »Du magst ihn doch, oder?«

»Natürlich mag ich ihn.« Mögen? dachte sie. Eine Frau rollte sich nicht stöhnend mit einem Mann in Blumenerde herum, wenn sie ihn nur *mochte*. »Er ist ein sehr netter Mann«, brachte sie hervor. »Und ein guter Vater.«

»Und du findest ihn attraktiv. Er hat einen tollen Hintern.«

»Sophia!«

»Wenn du mir erzählen willst, dass dir das nicht aufgefallen ist, müsste ich ein Gebot überschreiten und meine Mutter eine Lügnerin nennen. Und er hat so ein gewisses Lächeln ...«

»Er hat liebe Augen«, murmelte Pilar. Ihre Tochter seufzte.

»Ja. Wirst du mit ihm ausgehen?«

Pilar rückte geschäftig die Töpfe hin und her. »Ich weiß noch nicht.«

»Tu es ruhig. Erkunde ihn ein bisschen. Teste, wie es sich anfühlt. Und nimm aus meinem Nachtschränkchen ein Kondom mit.«

»Oh, du meine Güte!«

254

12

Maddy beäugte ihren Vater misstrauisch, während er seine Krawatte band. Es war die graue mit den dunkelblauen Streifen. Er hatte zwar *gesagt*, er und Mrs. Giambelli gingen nur aus geschäftlichen Gründen zum Abendessen aus. Aber sie glaubte ihm nicht.

Sie musste darüber nachdenken, was sie dabei empfand. Doch im Moment vergnügte sie sich damit, ihn ein bisschen zu ärgern.

»Nasenpiercing ist ein Symbol des Selbstausdrucks!«

»Es ist unhygienisch!«

»Es ist eine uralte Tradition.«

»In der Familie Cutter ist es keine uralte Tradition. Du wirst dir die Nase nicht piercen lassen, Madeline. Das ist mein letztes Wort.«

Sie seufzte und zog einen Schmollmund. Eigentlich hatte sie auch nicht vor, sich die Nase piercen zu lassen, sie wollte nur unbedingt ein drittes Loch im linken Ohrläppchen. Und es war eine gute Strategie, sich von der Nase aus vorzuarbeiten. Eine Strategie, die ihrem Vater sicher gefallen würde, wenn er davon wüsste.

»Es ist *mein* Körper.«

»Nicht bevor du achtzehn bist. Bis zu diesem glücklichen Tag bestimme ich. Geh und nerv deinen Bruder.«

»Das geht nicht. Ich rede im Moment nicht mit ihm.«

Maddy rollte sich auf dem Bett ihres Vaters auf den Rücken und streckte die Beine in die Luft. Sie trug das übliche Schwarz, aber langsam bekam sie es satt. »Kann ich mich stattdessen tätowieren lassen?«

»Oh, natürlich. Wir lassen uns alle dieses Wochenende tätowieren.« Er drehte sich um. »Wie sehe ich aus?«

Maddy legte den Kopf schräg. »Besser als der Durchschnitt.«

»Du bist der Trost meines Alters, Maddy.«

»Wenn ich für meine Wissenschaftsklausur ein A bekomme, darf ich mir dann die Nase piercen lassen?«

»Wenn Theo irgendwo ein A bekommt, würde ich es mir glatt überlegen, ob er sich piercen lassen darf.«

Da beide Möglichkeiten ziemlich weit hergeholt waren, musste Maddy lachen. »Ach, komm, Daddy!«

»Ich muss los.« Er scheuchte sie vom Bett und schleppte sie aus dem Zimmer, indem er sie um die Taille fasste und hochhob.

Diese Angewohnheit, die so alt war, wie sie denken konnte, machte sie immer ganz glücklich. »Wenn ich schon die Nase nicht piercen lassen darf, darf ich mir dann vielleicht noch ein Loch ins linke Ohrläppchen machen lassen? Für einen kleinen Knopf?«

»Wenn du wirklich so fest entschlossen bist, noch mehr Löcher in dich hineinbohren zu lassen, will ich es mir überlegen.« Er blieb an Theos Tür stehen und klopfte mit der freien Hand.

»Verschwinde, du blöde Schnecke!«

David blickte Maddy an. »Ich vermute, er meint dich.« Er stieß die Tür auf. Sein Sohn lag auf dem Bett, das Telefon am Ohr, anstatt brav an seinem Schreibtisch zu sitzen und seine Hausaufgaben zu machen.

David fühlte sich hin und her gerissen. Zum einen ärgerte er sich darüber, dass der Junge seine Aufgaben nicht machte, zum anderen freute er sich, dass David an der neuen Schule schon Freunde gefunden hatte.

»Ich ruf dich wieder an«, murmelte Theo und legte auf. »Ich habe nur mal eine Pause gemacht.«

»Ja, den ganzen Monat lang«, kommentierte Maddy.

»Ihr habt genug zu essen für heute Abend. Die Nummer des Restaurants steht auf dem Block neben dem Telefon, und die Nummer meines Handys habt ihr auch. Ruft nicht an, wenn es nicht unbedingt sein muss. Kein Streit, keine nackten Fremden im Haus, keine alkoholischen Getränke. Macht eure Hausaufgaben, kein Telefon oder Fernsehen, bis ihr damit fertig seid, und steckt das Haus nicht in Brand. Habe ich etwas vergessen?«

»Kein Blut auf dem Teppich«, warf Maddy ein.

»Ja. Wenn ihr bluten müsst, blutet auf die Fliesen.«

Er küsste Maddy auf den Scheitel und ließ sie dann hinunter. »Ich werde gegen Mitternacht wieder zu Hause sein.«

»Dad, ich brauche ein Auto.«

»Hmm. Und ich brauche eine Villa in Südfrankreich. Mach dich an die Arbeit. Um elf macht ihr das Licht aus«, fügte er hinzu, während er sich umdrehte.

»Ich *muss* einfach vier Räder haben!«, rief Theo hinter ihm her und fluchte leise, weil sein Vater unbeeindruckt die Treppe hinunterging. »Hier bist du so gut wie gestorben ohne Auto!« Er warf sich wieder aufs Bett und blickte finster an die Decke.

Maddy schüttelte den Kopf. »Du bist so ein Blödmann, Theo.«

»Und du bist so hässlich, Maddy.«

»Wenn du ihn ständig quälst, kriegst du nie ein Auto. Hör zu, wenn ich dir dabei helfe, ein Auto zu bekommen, musst du mich zwölfmal zum Einkaufszentrum fahren, ohne deswegen gemein zu werden.«

»Wie willst du kleiner Schwachkopf mir denn dabei helfen, ein Auto zu bekommen?« Aber er blickte sie trotzdem nachdenklich an. Maddy bekam fast immer, was sie wollte.

Sie schlenderte auf einen Sessel zu und machte es sich bequem. »Zuerst die Abmachung. Dann erzähle ich es dir.«

Teresa war nicht der Meinung, dass eine Mutter irgendwann im Leben ihres Kindes zurücktreten und sich schweigend ansehen sollte, was passierte. Eine Mutter würde ja auch nicht am Strand stehen bleiben und zusehen, wie ihr Kind, ganz gleich wie alt es war, in den Wellen ertrank.

Mutterschaft endete nicht mit der Volljährigkeit des Kindes. Teresas Meinung nach endete sie nie – ob das dem Kind nun gefiel oder nicht.

Die Tatsache, dass Pilar eine erwachsene Frau mit einem eigenen Kind war, hielt Teresa nicht davon ab, in ihr Zimmer zu gehen. Und es hielt sie gewiss nicht davon ab, ehrlich ihre Meinung zu sagen, während sie zusah, wie Pilar sich für den Abend umzog. Für den Abend mit David Cutter.

»Die Leute werden darüber reden.«

Pilar befestigte ihre Ohrringe. »Es ist doch nur ein Abendessen.« Mit einem Mann. Einem attraktiven Mann, der ganz deutlich gemacht hatte, dass er mit ihr schlafen wollte. *Dio*.

»Die Leute finden überall etwas zum Klatschen. Und wenn du und David miteinander ausgeht, werden sie über euch reden.«

Pilar griff nach ihrer Perlenkette. Waren Perlen zu formell? Zu altmodisch? »Beunruhigt dich das, Mama?«

»Beunruhigt es *dich*?«

»Warum sollte es? Ich habe nichts getan, was irgendjemanden interessieren könnte.« Mit ungeschickten Fingern fummelte sie am Verschluss der Kette herum.

»Du bist eine Giambelli.« Teresa trat auf sie zu und legte ihr die Kette um. »Das allein reicht. Glaubst du, nur weil du lediglich Hausfrau warst und eine Tochter großgezogen hast, hast du nichts Interessantes getan?«

»Du bist Hausfrau gewesen, hast eine Tochter großgezogen *und* dabei noch ein Imperium geführt. Verglichen damit falle ich weit zurück. Das habt ihr mir nur zu deutlich vor Augen geführt.«

»Das ist Unsinn.«

»Ach, tatsächlich, Mama?« Sie drehte sich um. »Vor zwei Monaten hast du mich unvermittelt ins Geschäftsleben gestoßen, und ich habe in null Komma nichts bewiesen, dass ich dazu kein Talent habe.«

»Ich hätte nicht so lange damit warten dürfen. Vor Jahren bin ich mit ganz bestimmten Zielen hierher gekommen. Ich wollte Giambelli zum besten Unternehmen auf der ganzen Welt machen. Ich wollte heiraten und Kinder bekommen, und sie glücklich und gesund aufwachsen sehen.«

Automatisch begann Teresa, die Töpfchen und Tiegel auf Pilars Schminktisch hin und her zu schieben. »Eines Tages wollte ich dann das, was ich aufgebaut hatte, in deine Hände legen. Die vielen Kinder, von denen ich geträumt hatte, gab es nicht. Das schmerzt mich, aber immerhin gibt es dich. Du bist vielleicht traurig, dass aus deiner Ehe und dem Wunsch nach vielen Kindern nichts geworden ist. Aber liebst du Sophia deshalb weniger?«

»Natürlich nicht.«

»Du glaubst, ich sei von dir enttäuscht.« Teresa blickte Pilar im Spiegel an. »Das war ich auch. Enttäuscht, dass du einem Mann erlaubt hast, dein Leben zu beherrschen, dass du ihm erlaubt hast, dich minderwertig zu fühlen. Und dass du nichts daran geändert hast.«

»Ich habe ihn lange Zeit geliebt. Das war vielleicht ein Fehler, aber du kannst deinem Herzen nichts befehlen.«

»Bist du sicher?«, fragte Teresa. »Jedenfalls konnte ich dich durch nichts umstimmen. Und wenn ich zurückblicke, lag mein Fehler darin, dass ich es dir zu leicht gemacht habe. Das ist jetzt vorbei, und du bist noch zu jung, um dir nicht neue Ziele zu stecken. Ich möchte, dass du an deinem Erbe teilhast, dass du teilhast an dem, was ich erschaffen habe. Ich bestehe darauf.«

»Selbst du kannst aus mir keine Geschäftsfrau machen.«

»Dann mach etwas anderes aus dir«, erwiderte Teresa ungeduldig. »Hör endlich auf, dich nur als Widerspiegelung dessen zu betrachten, was ein

Mann in dir gesehen hat, und sei du selbst. Ich habe dich gefragt, ob es dich stört, wenn die Leute über dich reden, und mir wäre am liebsten gewesen, du hättest geantwortet, zum Teufel mit den Leuten. Lass sie doch reden. *Gib* ihnen etwas zum Reden.«

Überrascht schüttelte Pilar den Kopf. »Du hörst dich an wie Sophia.«

»Dann pass auf: Wenn du David Cutter willst, dann nimm ihn dir. Eine Frau, die nur dasitzt und darauf wartet, dass sie etwas bekommt, steht am Ende mit leeren Händen da.«

»Wir gehen doch nur zum Abendessen ...«, begann Pilar, brach aber ab, als Maria das Zimmer betrat.

»Mr. Cutter ist unten.«

»Danke, Maria. Sag ihm, Miss Pilar kommt gleich.« Teresa blickte wieder zu ihrer Tochter und sah die leichte Panik in ihrem Blick. »Den gleichen Ausdruck hattest du schon mit sechzehn, wenn ein junger Mann im Salon auf dich wartete. Schön, das noch einmal zu sehen.« Sie streifte Pilars Wange mit den Lippen. »Ich wünsche dir einen schönen Abend.«

Als sie wieder allein war, nahm sich Pilar einen Moment lang Zeit, um sich zu beruhigen. Sie war nicht mehr sechzehn, und es war nur ein Abendessen. Es würde sehr kultiviert und höchstwahrscheinlich äußerst vergnüglich vonstatten gehen. Mehr nicht.

Nervös überprüfte sie an der Treppe noch einmal den Inhalt ihrer Tasche. Als ihre Finger auf zwei Päckchen Kondome stießen, blinzelte sie entsetzt.

Sophia, dachte sie und schloss die Tasche hastig wieder. Um Gottes willen! Unwillkürlich musste sie kichern.

Dann ging sie die Treppe hinunter. Sie würde alles einfach auf sich zukommen lassen.

Es war eine Verabredung. Ein anderes Wort gab es nicht dafür, das musste Pilar zugeben. Nichts anderes legte diesen rosigen Schimmer über einen Abend, nichts anderes verursachte Schmetterlinge im Bauch. Es mochte Jahrzehnte her sein, seit sie ihre letzte Verabredung gehabt hatte, aber jetzt kam die Erinnerung deutlich und klar zurück.

Sie hatte ganz vergessen, wie es war, mit einem Mann bei Kerzenschein an einem Tisch zu sitzen und einfach nur zu reden. Und mehr noch, dieser Mann hörte ihr zu, schenkte ihr *Aufmerksamkeit*. Natürlich hatte sie nicht vor, daraus eine Beziehung werden zu lassen, außer, nun ja, Freundschaft vielleicht. Aber jedes Mal, wenn sie daran dachte, was Sophia ihr in die Tasche gesteckt hatte, bekam Pilar feuchte Handflächen.

Eine Freundschaft mit einem attraktiven, interessanten Mann würde schön sein.

»Pilar! Wie wundervoll, dich zu sehen!«

Pilar erkannte die Duftwolke und die bissig-freundliche Stimme, noch bevor sie aufblickte. »Hallo, Susan.« Sie setzte ihr Gesellschaftslächeln auf. »Du siehst ja großartig aus! Susan Manley, David Cutter.«

»Nein, bleiben Sie sitzen, bleiben Sie sitzen!« Susan, strahlend blond und gerade ihrem jüngsten Facelifting entronnen, machte eine abwehrende Handbewegung. »Ich habe mir gerade die Nase gepudert und wollte wieder zu meinem Tisch gehen, als ich euch hier sah. Charlie und ich sind mit zweien seiner auswärtigen Kunden hier. Todlangweilig«, sagte sie augenzwinkernd. »Ich habe erst kürzlich zu Laura gesagt, wir müssten uns unbedingt mal wieder treffen. Wir haben uns schon so lange nicht mehr gesehen! Ich freue mich, dass du so gut aussiehst, Liebes. Das muss ja eine entsetzliche Zeit für dich gewesen sein. Es war für uns alle ein solcher Schock!«

»Ja.« Pilar spürte, wie die Freude an dem Abend in sich zusammenfiel. »Danke für deinen Brief.«

»Ich wünschte nur, ich hätte mehr tun können. Nun, wir wollen nicht über so traurige Dinge sprechen.« Sie drückte Pilars Arm und musterte David. »Ich hoffe, deiner Mutter geht es gut?«

»Sehr gut, danke.«

»Ich muss weiter. Ich kann den armen Charlie nicht so lange mit den beiden allein lassen. Schön, Sie kennen gelernt zu haben, Mr. Cutter. Ich rufe dich nächste Woche an. Wir müssen unbedingt mal zusammen zu Mittag essen.«

»Ja, unbedingt«, erwiderte Pilar und griff nach ihrem Weinglas, während Susan davonrauschte. »Es tut mir Leid. In gewisser Weise ist das Tal ein Dorf. Es ist schwierig, irgendwohin zu gehen, ohne irgendjemandem zu begegnen, den man kennt.«

»Warum entschuldigst du dich dann dafür?«

»Es ist mir peinlich.« Sie stellte ihr Weinglas wieder ab und befingerte den Stiel. »Und die Leute werden reden, wie meine Mutter schon vorausgesagt hat.«

»Tatsächlich?« David zog ihre Hand vom Glas weg. »Dann wollen wir ihnen doch mal was zum Reden geben.« Er hob ihre Hand an die Lippen und knabberte leicht an den Knöcheln. »Ich mag Susan«, sagte David, als Pilar ihn anstarrte. »Sie hat mir eine gute Überleitung geliefert. Was wird sie wohl morgen Laura erzählen, wenn sie sie anruft?«

»Das kann ich mir nur zu gut vorstellen, David.« Ein Schauer lief ihren Arm hinauf. Sie entzog ihm ihre Hand. »Ich bin nicht auf der ... Suche.«

»Das ist komisch. Das war ich auch nicht, bis ich dich kennen lernte.« Er beugte sich vor. »Lass uns etwas Sündiges tun.«

Das Blut stieg ihr ins Gesicht. »Was denn?«

»Lass uns ...« seine Stimme wurde zu einem verschwörerischen Flüstern, »ein Dessert bestellen.«

Sie musste unwillkürlich lachen. »Großartig.«

Und es war großartig. Die Heimfahrt durch die kalte Nacht unter einem sternenklaren Himmel und einem kühlen, weißen Mond. Leise Musik aus dem Radio, während sie hitzig über ein Buch debattierten, das sie beide kürzlich gelesen hatten.

Pilar hätte beinahe aufgeseufzt, als sie die Lichter der Villa sah. Vorbei, dachte sie. Zu Beginn des Abends war sie furchtbar nervös gewesen, und jetzt bedauerte sie, dass er beinahe vorüber war.

»Die Kinder sind noch auf«, sagte David, als er feststellte, dass das Gästehaus so hell erleuchtet war wie ein Kasino in Las Vegas. »Ich werde sie umbringen müssen.«

»Ja, ich habe schon gemerkt, was für ein grausamer und brutaler Vater du bist. Und wie deine Kinder dich fürchten.«

Er warf ihr einen Blick von der Seite zu. »Ich hätte nichts dagegen, wenn sie ab und zu mal vor mir zittern würden.«

»Dafür ist es jetzt wohl zu spät. Du hast zwei glückliche, gut gelungene Kinder großgezogen.«

»Ich arbeite noch daran.« Er trommelte mit den Fingern aufs Lenkrad. »Theo ist in New York in Schwierigkeiten geraten. Ladendiebstahl, hat sich heimlich aus der Wohnung geschlichen und so. Seine Noten, die noch nie besonders gut waren, sind in den Keller gesunken.«

»Das tut mir Leid, David. Die Pubertät ist für jeden eine harte Zeit und noch härter, wenn man alleinerziehend ist. Ich könnte dir ein paar haarsträubende Geschichten von Sophia in diesem Alter erzählen. Dein Sohn ist ein netter junger Mann. Dieses Benehmen gehört einfach zur Entwicklung dazu.«

»Mir hat es auf jeden Fall den Anstoß gegeben, den ich brauchte. Ich habe ihn ein bisschen zu sehr an der langen Leine gelassen, weil es einfacher für mich war. Am Ende eines langen Tages hatte ich keine Energie mehr. Als ihre Mutter ging, war es für Maddy schwerer als für Theo, deshalb habe ich mich mehr um sie gekümmert. Jedenfalls habe ich mir aus diesen Gründen den Van gekauft und beschlossen, mit ihnen quer durchs Land zu fahren, statt uns alle in einen Flieger zu verfrachten. Nichts schweißt eine Familie so zusammen wie eine Dreitausendmeilenfahrt in einem geschlossenen Vehikel – wenn man sie überlebt.«

»Das war sehr mutig von dir.«

»Du redest von Mut?« Er bog in die Auffahrt zur Villa ein. Pilar wollte aussteigen, aber er hielt sie zurück.

»Ich öffne die Tür. Lass uns diesen Abend richtig beenden.«

Sie wurde wieder nervös. Was meinte er damit? fragte sie sich, während er um den Wagen herumging. Erwartete er von ihr, dass sie ihn hereinbat, damit sie sich im Salon küssen konnten? Sicher nicht. Das stand ganz außer Frage.

Er würde sie nur zur Tür bringen. Sie konnten sich Gute Nacht sagen und sich einen flüchtigen – wirklich nur ganz flüchtigen – Kuss geben. Unter Freunden, rief sie sich ins Gedächtnis und zuckte zurück, als er die Tür öffnete.

»Danke. Es war ein schönes Essen, ein wundervoller Abend.«

»Für mich auch.« Er ergriff ihre Hand. Es überraschte ihn nicht, dass sie kalt war. Er hatte das Misstrauen in ihren Augen gesehen.

»Ich will dich wiedersehen, Pilar.«

»Oh. Nun, natürlich. Wir sind ...«

»Nicht in Gesellschaft«, sagte er und drehte sie zu sich. »Nicht aus geschäftlichen Gründen. Allein.« Er zog sie an sich. »Und aus sehr persönlichen Gründen.«

»David ...«

Aber da war sein Mund schon wieder über ihrem. Dieses Mal sanft. Überredend. Nicht mit der abrupten, schockierenden Hitze, die all ihre Bedürfnisse mit einem Schlag zum Leben erweckt hatte, sondern mit einer Wärme, die sich langsam ausbreitete und geduldig all ihre Verkrampfungen löste. Die sie aufweichte, bis sie das Gefühl hatte, dahinzuschmelzen.

Er umfasste ihr Gesicht mit den Händen und fuhr zärtlich mit den Daumen über ihre Wangenknochen. »Ich rufe dich an.«

Sie nickte und griff blindlings nach dem Türknopf. »Gute Nacht, David.«

Dann trat sie ins Haus und schloss die Tür hinter sich. Und wie albern sie sich auch vorkommen mochte, sie schwebte geradezu die Treppe hinauf.

In der Kellerei hatte Sophia schon immer an ein Schmugglerparadies denken müssen. Diese weiten, hallenden Gewölbe mit den riesigen Fässern voller Wein ... Sie hatte sich stets gern dort aufgehalten, und schon als Kind durfte sie sich an einen der kleinen Tische setzen und einer der Winzer gab ihr ein kleines Probierglas.

Sie hatte sehr früh gelernt, aufgrund von Aussehen, Geruch und Geschmack einen hervorragenden Jahrgang von einem gewöhnlichen Wein zu unterscheiden. Und sie hatte schon früh begriffen, welche Feinheiten einen Wein über einen anderen erhoben.

Wenn sie dadurch für das Gewöhnliche verdorben worden war, was machte das schon? Sie suchte nach Qualität, erkannte und verlangte sie, weil sie dazu erzogen worden war, sich nicht mit etwas Geringem zufrieden zu geben.

Im Moment dachte sie jedoch nicht an Wein, sondern an Männer.

Sie studierte auch diese ganz genau. Sie erkannte einen minderwertigen Charakter, wusste, wer wahrscheinlich einen bitteren Nachgeschmack hinterließ und wer sich mit der Zeit als gut erweisen würde.

Deshalb hatte sie vermutlich noch keine langjährige, ernsthafte Beziehung zu einem Mann gehabt. Keiner von denen, die sie getestet hatte, hatte den richtigen Geschmack, das richtige Bouquet gehabt, als dass sie sich damit hätte zufrieden geben können.

Was ihre Fähigkeit betraf, die richtige Wahl für sich zu treffen und ohne Konsequenzen die Testphase zu genießen, besaß sie absolutes Selbstvertrauen. Aber ihrer Mutter traute sie in diesem Zusammenhang nicht allzu viel zu.

»Es ist ihre dritte Verabredung in zwei Wochen.«

»Mmm.« Ty hielt ein Glas Claret an das offene Feuer, um seine Farbe zu überprüfen. Er verließ sich wie sein Großvater und *La Signora* auf die alten Methoden. Er gab ihm eine Zwei für Farbe und Klarheit und schrieb die Noten in seine Tabelle.

»Meine Mutter und David.« Sophia versetzte ihm einen Schubs, um seine Aufmerksamkeit zu erregen.

»Was ist mit ihnen?«

»Sie gehen heute Abend schon wieder aus. Zum dritten Mal in zwei Wochen.«

»Und warum soll mich das interessieren?«

Sie seufzte. »Sie ist verletzlich. Ich kann nicht sagen, dass ich ihn nicht mag, eigentlich finde ich ihn sogar nett. Und schließlich habe ich sie anfangs ermutigt, als er Interesse an ihr zeigte. Aber ich dachte, es sei nur ein kleiner Flirt.«

»Sophia, es mag dich überraschen, aber ich arbeite gerade, und ich möchte wirklich nicht über die persönlichen Angelegenheiten deiner Mutter mit dir reden.«

Tyler schwenkte den Wein vorsichtig im Glas, steckte seine Nase hinein und roch daran, vollkommen auf seine Aufgabe konzentriert.

»Sie haben noch nicht miteinander geschlafen.«

Er zuckte sichtlich zusammen, und das Weinbouquet entging ihm. »Verdammt, Sophia!«

»Wenn sie schon miteinander geschlafen hätten, bräuchte ich mir keine Sorgen zu machen. Das würde bedeuten, dass es sich nur um körperliche Anziehung gehandelt hat. Aber ich glaube, es wird etwas Ernstes. Doch was wissen wir eigentlich wirklich über David? Eigentlich nur Berufliches. Er ist geschieden, und wir wissen nicht, warum. Vielleicht ist er ja ein Casanova oder ein Opportunist! Wenn man mal darüber nachdenkt, dann hat er mit meiner Mutter angefangen, gleich nachdem mein Vater ...«

Tyler roch erneut an dem Wein und schrieb seine Noten auf. »Das klingt so, als wolltest du sagen, dass deine Mutter ihm nicht aus eigener Kraft gefallen kann.«

»Ach was.« Beleidigt griff Sophia nach einem Glas Merlot und hielt es ans Licht. »Sie ist schön, intelligent, charmant und alles, was ein Mann sich von einer Frau nur wünschen kann.«

Bis auf Vater, dachte sie. Ärgerlich über sich selbst notierte sie die Note für Trübheit. »Ich würde mir ja keine Gedanken machen, wenn sie offen mit mir reden würde! Aber sie sagt nur, dass David und sie gern zusammen sind.«

»Ach nee!«

»Oh, halt den Mund!« Sie roch an dem Wein, schrieb ihre Meinung auf, dann nahm sie einen Schluck und kostete ihn fachmännisch.

»Er ist noch nicht reif.«

Tyler probierte ebenfalls und stimmte ihr zu. »Wir lassen ihn noch ein bisschen älter werden. Viele Dinge entwickeln sich erst, wenn man sie eine Zeit lang sich selbst überlässt.«

»Meinst du das philosophisch?«

»Willst du meine ehrliche Meinung hören oder nur eine Gratis-Zustimmung?«

»Beides wäre wahrscheinlich zu viel verlangt.«

»Genau.« Ty ergriff das nächste Glas und hielt es ans Licht. Aber eigentlich blickte er auf Sophia. Es war schwer, das nicht zu tun, gestand er sich ein. Nicht hinzusehen, nicht zu staunen. Sie saßen in einem kühlen, feuchten Keller, bei einem knisternden Feuer, es roch nach Holz, Rauch und Erde, und Schatten umtanzten sie. Manche Leute hätten dies als romantisch bezeichnet, und er tat sein Bestes, um nicht zu diesen Leuten zu gehören. So wie er sein Bestes tat, nicht zu oft an sie als Frau zu denken. Sie war höchstens eine Partnerin. Und dazu noch eine, auf die er eigentlich auch verzichten konnte.

Aber seine Partnerin machte sich Sorgen. Er hätte sich einreden können, dass sie sich Probleme machte, wo es keine gab, oder dass sie ihre hübsche Nase in Dinge steckte, die sie nichts angingen, aber er wusste ganz genau, dass Sophia ihre Mutter uneingeschränkt liebte.

»Seine Ex-Frau hat ihn und die Kinder verlassen.«

Sophia schaute von dem Probierglas auf. »Verlassen?«

»Ja. Sie hat beschlossen, in die große weite Welt zu ziehen. Mit Kindern und Ehemann konnte sie sich und die weite Welt nicht erforschen, also ist sie gegangen.«

»Woher weißt du das?«

»Maddy hat es mir erzählt«, erwiderte er, schuldbewusst, weil er Dinge weitererzählte, die ihm anvertraut worden waren. Das Mädchen hatte nicht viel von ihrem ehemaligen Leben erzählt, aber Ty hatte sich ein ziemlich klares Bild machen können. »Die Mutter scheint sich wohl nicht allzu oft bei ihnen zu melden, und seit sie abgehauen ist, kümmert sich Cutter um alles. Theo hat ein paar Probleme gehabt, und Cutter hat die Stelle hier angenommen, um aus der Stadt wegzukommen.«

»Also ist er ein guter Vater.« Sophia wusste nur zu gut, was es hieß, von einem Elternteil im Stich gelassen zu werden. »Das heißt aber noch lange nicht, dass er gut für meine Mutter ist.«

»Das muss sie selbst entscheiden. Du suchst bei jedem Mann nach irgendwelchen Mängeln, und letztendlich findest du sie auch.«

»Das tue ich nicht.«

»Du tust genau das.«

»Bei dir muss ich gar nicht so lange suchen«, erwiderte sie zuckersüß. »Deine Mängel liegen auf der Hand.«

»Was für ein Glück für uns beide.«

»Du siehst doch kaum hin. Es ist ja auch viel sicherer, sich von Weinreben umschlingen zu lassen als von einem menschlichen Wesen.«

»Reden wir jetzt von meinem Sexleben? Da muss ich wohl einen Schritt verpasst haben.«

»Du hast doch gar keins.«

»Verglichen mit dir nicht.« Er stellte das Glas ab, um seine Wertung zu notieren. »Du gehst durch Männer wie ein Messer durch Käse. Ein langsamer, langer Schnitt, ein bisschen Knabbern, weglegen. Du irrst dich, wenn du glaubst, diese Standards auch bei Pilar ansetzen zu können.«

»Ich verstehe.« Sophia blickte ihn verletzt an. Er hatte es mal wieder geschafft, sie zu kränken. Genau wie ihr Vater. Sie rückte näher, weil sie das Bedürfnis hatte, ihn dafür zu bestrafen. »Durch dich habe ich noch nicht hindurchgeschnitten, Ty, oder? Bei dir ist mir noch nicht einmal der erste Schnitt gelungen. Liegt es vielleicht daran, dass du Angst vor einer Frau hast, die mit Sex umgeht wie ein Mann?«

»Ich habe überhaupt keine Lust, es mit einer Frau zu versuchen, die mit Sex umgeht wie ein Mann. Ich bin eben altmodisch.«

»Warum erweiterst du nicht einfach mal deinen Horizont?« Sie reckte ihm einladend ihr Gesicht entgegen. »Trau dich«, neckte sie ihn.

»Ich bin nicht interessiert.«

Sie schlang ihm die Arme um den Hals, und ihr Griff wurde fester, als er versuchte, sie abzuschütteln. »Wer von uns blufft jetzt?«

Ihre Augen glänzten dunkel. Ihr Duft hüllte ihn ein, und ihre Lippen streiften seine.

»Warum testest du mich nicht einfach mal?«, fragte sie leise.

Es war ein Fehler, aber es war schließlich nicht sein erster. Er packte sie an den Hüften und ließ seine Hände an ihr hinaufgleiten.

»Sieh mich an«, befahl er und senkte seinen Mund auf ihre Lippen.

Er küsste sie lange, langsam und tief. Und er ließ ihren Geschmack über seine Zunge rollen wie einen guten Wein.

Aus dem Verführten war der Verführer geworden. Sophia merkte es zwar, aber sie konnte nicht widerstehen.

Es lag viel mehr in dem Kuss, als sie erwartet hatte. Mehr als ihr jemals angeboten worden war, als sie jemals angenommen hatte.

Tyler beobachtete sie eindringlich. Selbst als er mit ihrem Mund spielte, sich alles in ihrem Kopf drehte und sie sich ihm entgegendrängte, beobachtete er sie mit der Geduld einer Katze. Das allein war eine ganz neue, aufregende Erfahrung.

Wieder glitten seine Hände an ihren Seiten hinunter, streiften ihre Brüste. Dann löste er sich von ihr.

»Du manipulierst mich, Sophia. Ich mag das nicht.«

Er wandte sich ab und trank einen Schluck Wasser aus der Flasche, die bereitstand, um den Geschmack des Weins zu neutralisieren.

»Ein Winzer ist auch ein Wissenschaftler.« Sie holte tief Luft. »Du hast doch sicher schon einmal was von chemischen Reaktionen gehört.«

Er drehte sich um und hielt ihr die Flasche hin. »Ja. Und ein guter Winzer nimmt sich Zeit, weil manche chemischen Reaktionen nur Chaos hinterlassen.«

Enttäuscht blickte sie ihn an. »Kannst du nicht einfach sagen, dass du mich begehrst?«

»Doch, das kann ich. Ich begehre dich, und zwar so sehr, dass ich manchmal kaum Luft bekomme, wenn du zu nahe bist.«

So wie jetzt, dachte er, immer noch ihren Geschmack spürend.

»Aber wenn ich mit dir ins Bett gehe, wirst du mich so ansehen, wie du mich gerade angesehen hast. Und dann geht es nicht mehr nur um irgendeinen Mann und um irgendeine Bettgeschichte, sondern dann geht es um mich, und du weißt es.«

Ein Schauer durchrann sie. »Warum lässt du das wie eine Drohung klingen?«

»Weil es eine ist.« Er wandte sich ab, ergriff das nächste Glas Wein und machte sich wieder an die Arbeit.

13

Claremont las wieder einmal die Akte Avano. Er verbrachte sogar einen großen Teil seiner Freizeit damit, die Daten, die Beweise, den Tatort und die medizinischen Untersuchungsergebnisse zu studieren. Er konnte die Aussagen und Verhöre fast auswendig zitieren.

Nach fast acht Wochen gingen die meisten davon aus, dass die Ermittlungen in eine Sackgasse geraten waren. Keine wirklichen Verdächtigen, keine greifbaren Spuren, keine einfachen Antworten.

Die Sache beschäftigte ihn sehr. Er glaubte nicht an das perfekte Verbrechen, sondern an übersehene Details.

Was hatte er übersehen?

»Alex.« Maguire setzte sich auf die Ecke seines Schreibtisches. Sie wollte nach Hause und trug bereits ihren Mantel, um sich gegen das elende Februarwetter in San Francisco zu schützen. Ihr Jüngster schrieb morgen eine Geschichtsarbeit, ihr Mann kämpfte mit einer Erkältung und zum Abendessen gab es nur Reste.

Niemand zu Hause würde glücklich sein, aber sie musste trotzdem hin.

»Mach Feierabend«, sagte sie zu ihm.

»Es gibt ständig lose Enden«, beklagte er sich.

»Ja, aber du kannst sie nicht alle zusammenfügen. Der Fall Avano ist noch ungelöst, und es sieht so aus, als bliebe es auch dabei, wenn wir nicht Glück haben und uns etwas in den Schoß fällt.«

»Ich will kein Glück haben.«

»Ach, weißt du, ich lebe dafür.«

»Er benutzt die Wohnung seiner Tochter für ein Treffen«, begann Claremont und ignorierte den tiefen Seufzer seiner Partnerin. »Niemand sieht ihn hineingehen, niemand hört die Schüsse, niemand sieht jemanden herauskommen.«

»Weil es drei Uhr morgens war. Die Nachbarn haben geschlafen, und weil sie an den Lärm der Stadt gewöhnt sind, haben sie den Pistolenknall nicht gehört.«

»Scheißpistole. Weiberpistole.«

»Wie bitte?« Maguire klopfte auf ihren Neun-Millimeter-Polizeirevolver.

»Na gut, Laienpistole«, korrigierte er sich lächelnd. »Wein und Käse, ein spätes Treffen in einer fremden Wohnung. Hat sich offensichtlich zu Hause heimlich davongeschlichen. Das Opfer ist ein Kerl, der gern fremdgeht. Das riecht nach einer Frau. Und vielleicht ist das der Punkt. Es sollte nach einer Frau aussehen.«

»Wir haben den Täter auch unter Männern gesucht.«

»Vielleicht müssen wir noch einmal genauer nachforschen. Die Ex-Mrs. Avano ist in Gesellschaft eines gewissen David Cutter gesehen worden.«

»Das würde bedeuten, dass sich ihr Männergeschmack deutlich verbessert hat.«

»Sie bleibt fast dreißig Jahre verheiratet mit solch einem Hurensohn, der ständig fremdgeht. Warum?«

»Sieh mal, mein Mann betrügt mich nicht, und ich liebe ihn sehr. Aber manchmal frage ich mich, warum ich eigentlich immer noch mit ihm verheiratet bin. Mrs. Giambelli ist katholisch«, schloss Maguire mit einem weiteren Seufzer. Ihr war mittlerweile klar, dass sie so bald noch nicht nach Hause kommen würde. »Eine praktizierende italienische Katholikin. Da fällt einem die Scheidung nicht leicht.«

»Als er sie darum bat, hat sie aber eingewilligt.«

»Sie hat ihm nicht im Weg gestanden. Das ist etwas anderes.«

»Ja, aber als geschiedene Katholikin könnte sie nicht wieder heiraten, oder? Oder mit Billigung der Kirche mit einem anderen Mann zusammenleben.«

»Dann hat sie ihn also umgebracht, um freie Bahn zu haben? Das ist weit hergeholt, Alex. Auf der katholischen Sündenskala steht Mord eindeutig über Scheidung.«

»Oder jemand anderes hat es für sie getan. Cutter wird in das Unternehmen geholt und steht *über* Avano. Das schafft Probleme. Cutter gefällt Avanos Ex-Frau, von der er bald geschieden sein wird.«

»Wir haben Cutter gründlich überprüft. Er ist sauber.«

»Vielleicht. Vielleicht hatte er aber vorher auch nur keine Gelegenheit, sich die Hände schmutzig zu machen. Sieh mal, wir haben herausgefunden, dass Avano in finanziellen Schwierigkeiten steckte. Und da die Witwe als Schauspielerin nicht gerade Oscar-Qualitäten hat, nehme ich an, dass das eine große, unerfreuliche Überraschung für sie war. Wenn man also von der Theorie ausgeht, dass Avano seine finanziellen Probleme für sich behalten hat, aber andererseits sicher auch nicht der Typ war, der lange ohne seinen Beluga auskam, wen sollte er dann anpumpen? Bestimmt keinen seiner Freunde aus der Gesellschaft«, fuhr Claremont fort. »Dann hätte er sich nämlich auf dem nächsten Wohltätigkeitsball nicht mehr zeigen können. Er geht also zu Giambelli, wo ihm schon seit Jahren ausgeholfen worden ist. Zu seiner Ex-Frau vielleicht.«

»Und wenn man deiner Argumentation folgen will, schäumte Cutter vor Wut, weil sie ihm wieder Geld gab. Falls sie es übrigens nicht getan hat und Avano gemein geworden ist, hat er auch geschäumt. Aber von vor Wut schäumen bis dahin, drei Kugeln in einen Mann zu jagen, ist es ein weiter Weg.«

Und doch dachte sie darüber nach. Bisher hatten sie so wenig in der Hand gehabt. »Wir sollten uns morgen mal mit David Cutter unterhalten.«

Davids Arbeitstag war ein Hin und Her zwischen dem Büro in San Francisco, seinem Büro zu Hause, den Weinbergen und dem Weingut. Zählte man die Zeit dazu, die er mit den beiden Teenagern verbrachte, hatte er oft einen Vierzehnstundentag.

Und doch war er noch nie in seinem ganzen Leben glücklicher gewesen.

Bei Le Coeur hatte er die meiste Zeit am Schreibtisch verbracht. Gelegentlich war er auf Reisen gegangen, um dann auf der anderen Seite eines anderen Schreibtisches zu sitzen. Er hatte in einem Bereich gearbeitet, der ihm Respekt und ein gutes Gehalt einbrachte.

Aber er hatte sich zu Tode gelangweilt.

Der tatkräftige Einsatz, der bei Giambelli-Mac-Millan von ihm erwartet wurde, machte jeden Tag zu einem kleinen Abenteuer. Er mischte jetzt in Bereichen der Weinherstellung mit, die früher für ihn nur graue Theorie gewesen waren und nur auf dem Papier existiert hatten.

Vertrieb, Verpackung, Versand, Marketing. Und vor allem die Trauben selbst. Vom Weinstock auf den Tisch.

Und was für Weinstöcke! Kilometerweit erstreckten sie sich im Dunst des Tales. Die Mischung von Licht und Schatten. Und wenn in der Dämmerung der Frost auf ihnen schimmerte oder sie um Mitternacht im kühlen Schein des Mondes dalagen, empfand David das als reine Magie.

Wenn er durch die Reihen ging, die feuchte Luft einatmete und die Weinstöcke ihm ihre dünnen Arme entgegenreckten, kam er sich vor wie in einem Gemälde. Ein Gemälde, dem er mit ein paar kühnen Strichen seinen eigenen Stempel aufdrückte.

Es lag eine Romantik darin, die er hinter dem Stahl und dem Glas in New York ganz vergessen hatte.

Das Leben zu Hause lief immer noch nicht ganz glatt. Theo lehnte sich tagtäglich gegen die Regeln auf. David kam es so vor, als ob der Junge oft zerrissen war.

Wie der Vater, so der Sohn, dachte er. Aber das war kein besonderer Trost, wenn er sich mitten in der Kampfzone befand. Er begann sich zu fragen, warum ihn sein eigener Vater früher nicht einfach auf dem Speicher eingesperrt hatte, bis er einundzwanzig war.

Maddy war nicht viel einfacher. Die Idee mit dem Nasenring schien sie aufgegeben zu haben. Jetzt wollte sie Strähnchen im Haar. Es verblüffte ihn immer wieder aufs Neue, wie ein vernünftiges Mädchen so verrückt danach sein konnte, dumme Sachen mit seinem Körper anzustellen. Und er hatte keine

Ahnung, wie er sich in ein vierzehnjähriges Mädchen hineinversetzen sollte. Allerdings war er sich auch nicht sicher, ob er das überhaupt wollte.

Aber die beiden hatten sich immerhin eingelebt. Sie hatten Freunde gefunden und gewöhnten sich langsam an ihren neuen Rhythmus.

David fand es seltsam, dass keiner von ihnen etwas über seine Beziehung zu Pilar gesagt hatte. Normalerweise neckten sie ihn erbarmungslos mit seinen Freundinnen. Vielleicht nahmen sie ja an, der Kontakt zu Pilar habe etwas mit dem Geschäft zu tun. Umso besser.

Er erwischte sich dabei, wie er vor sich hin träumte – was ihm oft passierte, wenn er an Pilar dachte. Kopfschüttelnd setzte er sich aufrecht hin. Er hatte jetzt keine Zeit zu träumen. In zwanzig Minuten hatte er eine Sitzung mit den Abteilungsleitern und musste vorher noch seine Unterlagen durchgehen.

Da seine Zeit knapp bemessen war, war er auch nicht allzu erfreut über den Besuch der Polizei.

»Detectives, was kann ich für Sie tun?«

»Uns ein paar Minuten Ihrer Zeit schenken«, erklärte Claremont, während sich Maguire im Büro umsah.

»Ein paar Minuten kann ich gerade noch erübrigen. Setzen Sie sich doch.«

Große, gemütliche Ledersessel, stellte Maguire fest. In einem großen, gemütlichen Büro mit einem atemberaubenden Blick auf San Francisco. Der Raum wirkte äußerst männlich, mit der in Creme und Burgunderrot gehaltenen Einrichtung und dem glänzenden Mahagonischreibtisch.

Sie fragte sich, ob das Büro wohl dem Mann auf den Leib geschneidert worden war oder umgekehrt.

»Ich nehme an, Ihr Besuch hat etwas mit Tony Avano zu tun«, begann David. »Gibt es irgendwelche neuen Erkenntnisse in den Ermittlungen?«

»Der Fall ist immer noch nicht geklärt, Mr. Cutter. Wie würden Sie Ihre Beziehung zu Mr. Avano beschreiben?«

»Wir hatten keine, Detective Claremont«, erwiderte David geradeheraus.

»Sie waren beide Topmanager im selben Unternehmen und haben beide hauptsächlich in diesem Gebäude gearbeitet.«

»Nur sehr kurze Zeit. Ich war noch nicht ganz zwei Wochen bei Giambelli, als Avano ermordet wurde.«

»In zwei Wochen konnten Sie sich doch sicher einen Eindruck verschaffen?«, warf Maguire ein. »Sie hatten Sitzungen, redeten über das Geschäft ...«

»Das sollte man meinen, nicht wahr? Aber ich hatte keine einzige Sitzung mit ihm, und wir haben nur ein einziges Gespräch geführt, das auf der Party am Abend vor seiner Ermordung stattfand. Es war das einzige Mal, dass ich ihn von Angesicht zu Angesicht gesehen habe, und da hatten wir wirklich nicht viel Zeit, um über geschäftliche Angelegenheiten zu sprechen.«

Sagt nichts über den Eindruck, den er von dem Opfer hatte, notierte sich Claremont. Aber dazu würden sie noch kommen. »Warum hatten Sie ihn noch nicht kennen gelernt?«

»Die Termine ließen es nicht zu.« Sein Tonfall verriet nichts.

»Seine oder Ihre?«

David lehnte sich zurück. Ihm war gleichgültig, in welche Richtung das Verhör zielte. »Seine. Es ist mir trotz zahlreicher Versuche nicht gelungen, ihn zu erreichen. In der Zeit zwischen meiner Ankunft und seinem Tod war Avano entweder nicht im Büro, zumindest nicht, wenn ich hier war, oder er hat einfach meine Anrufe nicht erwidert.«

»Das muss Sie geärgert haben.«

»Ja.« David nickte Maguire zu. »Das habe ich ihm bei unserem kurzen Gespräch auf dem Weingut auch gesagt. Ich habe ihm klar gemacht, dass ich von ihm erwartete, sich während der Geschäftszeiten mit mir in Verbindung zu setzen. Das konnte jedoch dann nicht mehr geschehen.«

»Haben Sie ihn außerhalb der Geschäftszeiten getroffen?«

»Nein. Detectives, ich kannte den Mann nicht. Ich hatte keinen Grund, ihn zu mögen oder nicht zu mögen.«

Davids Stimme klang gelassen, fast gleichgültig, so als hielte er eine lästige Sitzung ab. »Es ist mir klar, dass Sie bei Ihren Ermittlungen jeder Spur nachgehen müssen, aber Sie kommen nicht weiter, wenn Sie mich als Mordverdächtigen betrachten.«

»Sie gehen mit seiner Ex-Frau aus.«

Davids Magen hob sich ein wenig, aber sein Gesicht blieb ausdruckslos. Er beugte sich wieder vor. »Das stimmt. Sie war schon seine Ex-Frau, als er ermordet wurde und auch, als wir begonnen haben, miteinander auszugehen. Ich glaube nicht, dass es da irgendwelche rechtlichen oder moralischen Bedenken gibt.«

»Unseren Informationen nach ist die ehemalige Mrs. Avano vorher nie mit Männern ausgegangen.«

»Das mag daran liegen, dass sie bis zu diesem Zeitpunkt nie einen Mann kennen gelernt hat, mit dem sie gern ausgegangen wäre. Ich finde das schmeichelhaft, aber sicher ist es kein Grund, jemanden zu ermorden«, erwiderte David.

»Wegen einer jüngeren Frau sitzen gelassen zu werden, ist häufig ein Grund«, widersprach Maguire und sah, wie seine kühlen Augen zornig aufflackerten. Er geht nicht nur mit ihr aus, dachte sie, er ist wirklich verliebt.

»Was soll das heißen?«, fragte David. »Pilar habe ihn umgebracht, weil er eine andere Frau begehrte? Oder dass sie herzlos ist, weil sie so kurz nach der Ermordung ihres Ex-Mannes an einem anderen Mann interessiert ist? Wie wollen Sie denn das konstruieren?«

Er ist wütend, dachte Maguire, aber beherrscht. Genau der Typ, der ruhig seinen Wein trinken und Kugeln auf einen anderen Mann abfeuern konnte.

»Wir beschuldigen niemanden«, fuhr sie fort. »Wir versuchen nur, uns ein Bild zu machen.«

»Ich werde Ihnen dabei behilflich sein. Avano lebte seit zwanzig Jahren sein eigenes Leben. Pilar Giambelli lebte ihres, und zwar auf eine wesentlich bewundernswertere Art. Was für ein Geschäft Avano in jener Nacht auch immer im Sinn hatte, es ging nur um ihn und hatte nichts mit ihr zu tun. Und ebenso betrifft auch die Tatsache, dass ich mit Ms. Giambelli ausgehe, nur uns beide.«

»Sie gehen davon aus, dass Mr. Avano in jener Nacht ein Geschäft im Sinn hatte? Wie kommen Sie darauf?«

»Ich gehe von gar nichts aus.« David wandte sich Claremont zu, während er sich erhob. »Das überlasse ich Ihnen. Ich habe jetzt eine Sitzung.«

Claremont blieb sitzen. »Wussten Sie, dass Mr. Avano finanzielle Probleme hatte?«

»Avanos Finanzen waren nicht mein Problem und auch nicht meine Sorge.«

»Waren Sie nicht neugierig, warum Mr. Avano Ihnen aus dem Weg ging?«

»Ich bin von außen in das Unternehmen gekommen, und da waren Vorbehalte zu erwarten.«

»Er hatte Vorbehalte Ihnen gegenüber?«

»Vielleicht. Wir hatten leider keine Gelegenheit, darüber zu sprechen.«

»Sie weichen mir aus.« Claremont stand auf. »Haben Sie eine Pistole, Mr. Cutter?«

»Nein. Ich habe zwei Kinder im Teenageralter. Es gibt überhaupt keine Waffen in meinem Haus, und es hat auch nie welche gegeben. In der Nacht, als Avano ermordet wurde, war ich zu Hause bei meinen Kindern.«

»Die das bezeugen können.«

David ballte die Hände zu Fäusten. »Sie hätten gemerkt, wenn ich das Haus verlassen hätte.« Er würde nicht zulassen, dass seine Kinder von der Polizei verhört wurden. Nicht wegen eines Individuums wie Avano. »Alles Weitere können wir gern mit meinem Anwalt besprechen.«

»Das ist Ihr gutes Recht.« Maguire erhob sich ebenfalls und spielte ihre Trumpfkarte aus. »Danke für das Gespräch, Mr. Cutter. Wir werden mit Mrs. Giambelli über die Finanzen ihres Mannes sprechen.«

»Seine Witwe dürfte mehr darüber wissen.«

Maguire widersprach: »Pilar Giambelli war wesentlich länger mit ihm verheiratet und sie gehört zu dem Unternehmen, für das er arbeitete.«

David steckte die Hände in die Taschen. »Sie versteht noch weniger vom Geschäft als Sie beide.«

Bei dem Gedanken an Pilar traf er spontan eine Entscheidung. »Avano hat in den letzten drei Jahren systematisch Geld von Giambelli erschwindelt. Er hat Ausgabenquittungen gefälscht, Verkaufszahlen aufgebläht, Reisekosten für Reisen abgerechnet, die er gar nicht oder lediglich aus privaten Gründen angetreten hatte. Es waren nie große Summen, und es ist in verschiedene Kanäle geflossen, sodass es nicht auffiel. In seiner Position, sowohl beruflich als auch privat, hat niemand seine Abrechnungen infrage gestellt.«

Claremont nickte. »Außer Ihnen.«

»Ja. Am Tag der Party fielen mir einige Belege auf, und als ich die Sache nachprüfte, begann ich, das Muster zu verstehen. Manchmal hat er die Betrügereien unter seinem Namen gemacht, manchmal unter Pilars oder dem seiner Tochter. Er hat sich noch nicht einmal die Mühe gemacht, ihre Unterschriften zu fälschen, sondern hat die Schecks einfach selbst unterschrieben. So sind in den letzten drei Jahren etwas über sechshunderttausend Dollar zusammengekommen.«

»Und als Sie ihn damit konfrontierten ...«, warf Maguire ein.

»Das habe ich nicht getan. Ich hatte allerdings die Absicht, und ich glaube, das ist ihm bei unserem Gespräch auf der Party auch klar geworden. Mein Eindruck war jedenfalls, dass er wusste, worum es ging. Am Tag nach der Party habe ich Teresa Giambelli und Eli MacMillan das Problem vorgetragen. Das Ergebnis war, dass ich alles regeln und dafür sorgen sollte, dass Avano das Geld zurückzahlte. Er hätte zudem das Unternehmen verlassen müssen. Wenn er eine der Forderungen abgelehnt hätte, hätten die Giambellis rechtliche Schritte unternommen.«

»Warum wurde diese Information bisher zurückgehalten?«

»Es war der Wunsch von Mrs. Giambelli senior, dass ihre Enkelin nicht einer Demütigung ausgesetzt werden sollte, indem wir das Verhalten ihres Vaters öffentlich machten. Ich wurde gebeten, nichts zu sagen, es sei denn, die Polizei spräche mich direkt darauf an. Zurzeit sind *La Signora*, Eli MacMillan und ich die Einzigen, die davon wissen. Avano ist tot, und es schien unnötig, den Skandal noch größer zu machen, indem wir ihn als Dieb und Schürzenjäger hinstellten.«

»Mr. Cutter«, sagte Claremont, »wenn es um Mord geht, ist nichts unnötig.«

David hatte kaum die Tür hinter den Polizisten geschlossen und einmal tief Luft geholt, um sich zu beruhigen, als die Tür schon wieder aufging. Sophia klopfte grundsätzlich nicht an.

»Was wollten die beiden?«

Rasch zwang David sich zur Gelassenheit. »Wir kommen beide zu spät zur Sitzung.« Er ergriff seine Unterlagen und schob sie zusammen mit den Berichten, den Statistiken und den Memos in seine Aktentasche.

»David!« Sophia blieb mit dem Rücken zur Tür stehen. »Ich hätte hinter den Polizisten hergehen und sie fragen können. Ich hatte gehofft, Sie seien verständnisvoll.«

»Die beiden haben Fragen gestellt, Sophia. Sie ermitteln weiter.«

»Warum bei Ihnen und nicht bei mir oder einigen anderen Leuten in diesem Gebäude? Sie haben doch meinen Vater kaum gekannt, Sie haben nie mit ihm zusammengearbeitet! Was könnten Sie denn der Polizei über ihn oder seine Ermordung erzählen, was nicht schon bekannt ist?«

»So gut wie gar nichts. Es tut mir Leid, Sophia, aber wir müssen das Gespräch jetzt abbrechen. Die Leute warten.«

»David. Geben Sie mir doch bitte einen Anhaltspunkt. Gerüchte verbreiten sich rasch«, schloss sie. »Ich habe ein Recht, es zu erfahren.«

Einen Moment lang sagte er gar nichts und musterte sie nur. Ja, sie hat ein Recht, es zu erfahren, dachte er dann. Und er hatte nicht das Recht, es ihr vorzuenthalten.

Entschlossen griff er zum Telefonhörer. »Ms. Giambelli und ich kommen ein paar Minuten später zur Sitzung«, teilte er seiner Assistentin mit. Mit dem Kopf wies er dann auf einen Stuhl. »Setzen Sie sich.«

»Ich bleibe stehen. Sie haben vielleicht schon bemerkt, dass ich nicht so zart besaitet bin.«

»Ich habe bemerkt, dass Sie sich gut im Griff haben. Nun, die Polizei hat einige Fragen gestellt, die zumindest teilweise etwas damit zu tun hatten, dass ich mit Ihrer Mutter ausgehe.«

»Ich verstehe. Hat man die Theorie aufgestellt, Sie und Mama hätten eine lange, geheime Liebesaffäre? Das könnte man leicht durch die Tatsache entkräften, dass Sie bis vor ein paar Monaten an der Ostküste gewohnt haben. Und wenn man bedenkt, dass mein Vater offen mit einer anderen Frau zusammengelebt hat, dann bedeuten ein paar Verabredungen zum Abendessen gar nichts.«

»Die Polizei betrachtet das sicher aus allen möglichen Blickwinkeln.«

»Verdächtigen sie Sie oder Mama?«

»Ich würde sagen, sie verdächtigen jeden. Das ist ihr Job. Sie haben mir gegenüber bis jetzt noch keinen Kommentar darüber abgegeben, wie Sie meine Beziehung zu Ihrer Mutter einschätzen.«

»Ich bin mir diesbezüglich übrigens auch noch nicht sicher. Wenn ich so weit bin, werde ich es Sie wissen lassen.«

»Das ist nur zu fair«, erwiderte er gelassen. »Ich weiß auf jeden Fall, wie *ich* es einschätze, also sage ich es Ihnen: Ich mag Pilar sehr. Ich habe nicht vor, ihr Probleme oder Kummer zu bereiten. Das möchte ich auch Ihnen nicht gern antun, zum einen, weil sie Sie liebt und zum anderen, weil ich Sie mag. Aber ich musste mich soeben entscheiden, ob ich Ihnen beiden Kummer bereite oder ob ich zulasse, dass meine Kinder von der Polizei verhört werden – wobei das die Ermittlungen nicht weitergebracht hätte.«

Jetzt hätte Sophia sich doch am liebsten hingesetzt, aber ihr Stolz zwang sie, stehen zu bleiben. »Was haben Sie denn der Polizei gesagt, das mir Kummer bereiten könnte?«

Die Wahrheit, dachte er, verabreicht man wie Medizin besser in einer großen Dosis. »Ihr Vater hat seit Jahren im Unternehmen Geld unterschlagen. Die einzelnen Beträge waren relativ gering, deshalb ist es auch so lange unentdeckt geblieben.«

Alle Farbe wich aus Sophias Gesicht, aber sie zuckte nicht zusammen. »Und das ist kein Irrtum?«, fragte sie, verwarf aber die Frage sofort wieder, noch bevor er antworten konnte. »Nein, natürlich nicht. Sie können sich nicht irren.« Ihre Stimme klang leicht verbittert. »Wie lange wissen Sie es schon?«

»Mit absoluter Sicherheit wusste ich es am Tag der Party. In den Tagen danach wollte ich mich mit Ihrem Vater zusammensetzen, um ...«

»... ihn zu entlassen«, beendete sie seinen Satz.

»Ihn darum zu bitten, dass er kündigt. Wie Ihre Großeltern es vorgesehen hatten. Am Tag nach der Party habe ich ihnen von den Unterschlagungen berichtet. Sie wollten ihm die Gelegenheit geben, die Gelder zurückzuzahlen und zu kündigen. Das haben sie Ihretwegen getan – zwar auch wegen Ihrer Mutter und dem Unternehmen, aber hauptsächlich Ihretwegen. Es tut mir Leid.«

Sophia nickte und wandte sich ab. »Ja, natürlich. Ich danke Ihnen, dass Sie aufrichtig mit mir waren.«

»Sophia ...«

»Bitte nicht.« Sie erstarrte, als er näher trat. »Ich werde daran nicht zerbrechen. Ich wusste schon, dass er ein Dieb war. Ich habe bei René eine Brosche aus dem Familienschmuck meiner Mutter entdeckt. Ich sollte sie erben, deshalb weiß ich, dass Mutter sie ihm nicht geschenkt hat. Als ich die Brosche auf ihrem Witwenkostüm sah, wusste ich, dass er sie gestohlen hatte. Er hat es allerdings garantiert nicht so gesehen. Auch die Sache mit dem Geld nicht, das er aus dem Unternehmen entwendet hat. Pilar, mag er gedacht haben, hat so viele Schmuckstücke, sie würde es gar nicht merken. Das Unternehmen, mag er gedacht haben, kann es sich leisten, mir ein bisschen mehr Kapital zu borgen. Ja, er war ein Meister darin, sein jämmerliches Benehmen zu entschuldigen.«

»Wenn Sie jetzt lieber nach Hause gehen möchten, statt an der Sitzung teilzunehmen, werde ich Sie entschuldigen.«

»Ich habe nicht die Absicht, die Sitzung zu verpassen.« Sie drehte sich wieder um. »Ist es nicht seltsam? Ich wusste, was er Mama all die Jahre über angetan hat – ich habe es ja selbst gesehen. Aber ich habe ihm immer verziehen oder mir eingeredet, dass es eben seine Art war, und dadurch konnte ich es akzeptieren. Er hat Geld und Schmuck gestohlen – was so viel unwichtiger ist, als jemandem die Würde und die Selbstachtung zu stehlen, wie er es bei meiner Mutter getan hat. Aber genau das musste ich erfahren, um mir endlich eingestehen zu können, wie wertlos er als Mensch war. Warum mag das wohl so sein? – Nun, wir sehen uns bei der Sitzung.«

»Lassen Sie sich noch ein paar Minuten Zeit …«

Doch Sophia war schon davongerauscht. Ganz wie ihre Großmutter, dachte David.

Da Sophia heute fuhr, saß Tyler während der Heimfahrt schweigend auf dem Beifahrersitz. Abgesehen vom Radio, das laut dröhnte, war es still. Er hatte es zweimal leiser gedreht, aber sie hatte es immer wieder auf höchste Lautstärke gestellt. Von Abteilungsleitermeetings bekam er Kopfschmerzen und ebenso von dem Lärm aus dem Radio, aber er beschloss, nichts zu sagen. Auf die Art und Weise brauchten sie sich wenigstens nicht zu unterhalten.

Sophia sah auch gar nicht so aus, als sei sie zu einer Unterhaltung aufgelegt. Sie fuhr zu schnell, aber daran hatte er sich schon gewöhnt. Außerdem fuhr sie nie unvorsichtig.

Trotzdem seufzte er innerlich auf, als er endlich das Dach seines Hauses sah. Jetzt gleich würde er heil in seinem Heim ankommen, konnte sich die vornehmen Klamotten ausziehen und die Stille und Einsamkeit genießen.

Selbst wenn sie den Mund so fest geschlossen hielt wie jetzt, machte ihn die Frau fertig.

Vor seinem Haus stellte sie den Motor ab und war noch vor ihm aus dem Wagen gestiegen.

»Was machst du da?«

»Ich komme mit hinein!«, rief sie über die Schulter.

»Warum?«

»Weil ich keine Lust habe, nach Hause zu gehen.«

Er klimperte mit seinen Schlüsseln. »Es war ein langer Tag.«

»Ach ja?«

»Ich habe noch Dinge zu erledigen.«

»Das passt gut. Ich brauche dringend noch Ablenkung. Sei ein Kumpel, MacMillan. Biete mir was zu trinken an.«

Resigniert steckte er den Schlüssel ins Schloss. »Nimm dir selbst was zu trinken. Du weißt ja, wo alles ist.«

»Gastfreundlich ohne Wenn und Aber. Das mag ich so an dir.« Sie trat ein und ging direkt in den Wohnraum mit dem Weinregal. »Bei dir, Ty, gibt es keine Vorspiegelung falscher Tatsachen, keine Spielchen. Du bist, was du bist. Griesgrämig, grob, vorhersehbar.«

Sie ergriff irgendeine Flasche. Der Jahrgang oder die Qualität spielten im Moment keine Rolle. Während Sophia sie entkorkte, blickte sie sich im Zimmer um. Stein und Holz – harte Materialien, sauber verarbeitet zu großen, einfachen Möbeln in klaren Farben.

Keine Blumen, dachte sie, keine Weichheit, kein Schmuck. »Nimm zum Beispiel dieses Zimmer hier.

Hier gibt es nichts Überflüssiges. Hier lebt ein männlicher Mann, sagt es, der keine Zeit für schönen Tand hat. Du kümmerst dich nicht die Bohne um Äußerlichkeiten, Ty, oder?«

»Nicht besonders.«

»Du bist so verdammt robust.« Sophia schenkte zwei Gläser ein. »Manche Leute leben und sterben für den schönen Schein. Für sie ist er das Allerwichtigste.«

»Wenn du schon meinen Wein trinkst und mein Zimmer mit Beschlag belegst, dann kannst du mir auch gleich sagen, warum du in solch seltsamer Stimmung bist.«

»Oh, ich habe viele Stimmungen.« Sie trank ihren Wein aus, viel zu schnell, um ihn genießen zu können, und schenkte sich ein weiteres Glas ein. »Ich bin eine Frau mit vielen Facetten, Tyler. Du kennst noch nicht die Hälfte davon.«

Langsam trat sie auf ihn zu. »Möchtest du gern mehr kennen lernen?«

»Nein.«

»Oh, komm, jetzt enttäusch mich nicht. Lüg mich nicht an. Keine Spielchen.« Sie fuhr mit der Fingerspitze über sein Hemd. »Du möchtest mich doch gern anfassen, und ich möchte auch gern angefasst werden.«

»Du möchtest dich betrinken und mit mir schlafen? Tut mir Leid, das passt nicht in meine Pläne für heute Abend.« Er nahm ihr das Glas aus der Hand.

»Was ist los? Willst du mich erst zum Abendessen einladen?«

Er stellte das Glas ab. »Ich denke dabei an mich. Und – Überraschung – auch an dich.«

»Gut. Dann suche ich mir jemanden, der nicht so wählerisch ist.« Sie wollte zur Tür gehen, aber er packte sie am Arm. »Lass mich los. Du hattest deine Chance.«

»Ich bringe dich nach Hause.«

»Ich will nicht nach Hause.«

»Du gehst dorthin, wo ich dich hinbringe.«

»Ich sagte, lass mich los!« Sie wirbelte herum und wollte ihn kratzen und schlagen. Und es überraschte sie mehr als ihn, dass sie plötzlich in Tränen ausbrach.

»Mist. Nun gut ...« Er tat das Einzige, was ihm einfiel. Er hob Sophia hoch, trug sie zu einem Sessel, setzte sich dorthin und hielt sie auf dem Schoß. »Lass alles heraus, und dann geht es uns beiden besser.«

Während sie weinte, klingelte irgendwo unter dem Sofakissen, wo er es das letzte Mal hingestopft hatte, das Telefon. Und die alte Uhr auf dem Kamin begann die volle Stunde zu schlagen.

Sophia schämte sich ihrer Tränen nicht. Sie waren schließlich auch nur eine Form der Leidenschaft. Sie zog jedoch eigentlich andere Methoden der Entspannung vor. Als sie sich ausgeweint hatte, blieb sie sitzen, wo sie war, warm und tröstlich an Tyler gekuschelt.

Er streichelte oder tätschelte sie nicht, wiegte sie nicht und murmelte auch nicht all die albernen, beruhigenden Worte, mit denen man normalerweise Tränen zu stillen versuchte. Er ließ sie einfach weinen. Und sie war ihm dankbar dafür.

»Tut mir Leid.«

»Ja, mir auch.«

Sophia entspannte sich. Sie holte tief Luft und atmete seinen Geruch ein. Dann stieß sie die Luft wieder aus.

»Wenn du mit mir wilden Sex gehabt hättest, hätte ich dich nicht ganz nass geweint.«

»Nun, wenn ich das vorher gewusst hätte ...«

Sie lachte und ließ ihren Kopf noch einen Moment lang an seiner Schulter liegen, bevor sie von seinem Schoß kletterte. »So war es wahrscheinlich besser. Mein Vater hat im Unternehmen Geld unterschlagen.«

Noch bevor er antworten konnte, fuhr sie fort: »Du wusstest es.«

»Nein.«

»Aber es überrascht dich nicht.«

Tyler stand ebenfalls auf. »Nein, es überrascht mich nicht.«

»Ich verstehe.« Sie blickte an ihm vorbei zum Kamin, in dem noch die Asche des gestrigen Feuers lag. Wie passend, dachte sie. Genauso fühlte sie sich auch – kalt und leer. »Na gut.« Sie straffte die Schultern und wischte sich die letzten Spuren der Tränen aus dem Gesicht. »Ich bezahle jetzt meine Schulden. Ich mache dir was zu essen.«

Zunächst wollte er protestieren, doch dann wog er die Vorteile des Alleinseins gegen ein anständiges Abendessen ab. Sophia konnte kochen, fiel ihm ein. »Du weißt ja, wo die Küche ist.«

»Ja.« Sie trat zu ihm, stellte sich auf die Zehenspitzen und küsste ihn auf die Wange. »Zahlung sofort«, sagte sie. Dann verließ sie das Zimmer und zog sich unterwegs schon ihr Jackett aus.

14

»Du hast nicht zurückgerufen.«

Margaret traf Tyler auf dem Weingut der Mac-Millans. Seit ihrer Rückkehr aus Venedig hatte sie einige zufrieden stellende und erfolgreiche Sitzungen hinter sich gebracht. Ihre Karriere machte gute Fortschritte, sie war sich sicher, dass sie blendend aussah, und sie besaß den Schliff, den Reisen ins Ausland einer Frau ihrer Meinung nach verliehen.

Nur ein Ziel musste sie noch erreichen: Tyler MacMillan zu bekommen.

»Tut mir Leid, ich war mit Arbeit überhäuft.« Der Februar war ein gemächlicher Monat in Bezug auf die Weinproduktion, aber das bedeutete nicht, dass es nichts zu tun gab. Sophia hatte für heute Abend auf seinem Gelände eine Weinprobe angesetzt. Er war zwar nicht besonders erfreut darüber, aber er verstand, wie wichtig es war, dass er sich darum kümmerte, dass alles in Ordnung war.

»Das kann ich mir vorstellen. Ich habe mir die Pläne für die Jahrhundertkampagne angesehen. Du hast großartige Arbeit geleistet.«

»Das war Sophia.«

Margaret begleitete ihn in den Probierraum. »Du stellst dein Licht zu sehr unter den Scheffel, Ty. Wann kommst du nach Italien, um dir die Produktion dort anzusehen? Du wärst bestimmt beeindruckt.«

»Hab schon davon gehört. Ich habe aber im Moment keine Zeit.«

»Wenn du kommst, zeige ich dir die Gegend. Und lade dich zu einer Pasta in einer tollen kleinen Trattoria ein. Sie schenken nur noch unseren Wein aus, und ich verhandle im Moment mit einigen Tophotels, damit sie unser Label diesen Sommer in den Vordergrund stellen.«

»Das klingt so, als hättest du auch viel Arbeit gehabt.«

»Ich finde es toll. Es gibt noch ein paar Widerstände bei einigen Kunden, die an Tony Avano und seinen Stil gewöhnt waren, aber das schaffe ich schon. Weiß die Polizei eigentlich schon Genaueres über den Mord?«

»Nicht, dass ich wüsste.« Wann würde wohl die Geschichte mit der Unterschlagung durchsickern? fragte sich Tyler.

»Es ist schrecklich. Er war sehr beliebt bei den Kunden, besonders in Italien. Mit mir können sie nicht so gut Grappa trinken und Zigarren rauchen.«

Tyler blieb stehen und lächelte Margaret an. »Na, das wäre aber auch ein Bild ...«

»Ich weiß schon, wie ich mit den Jungs umgehen muss. Ende der Woche fliege ich wieder zurück. Ich hatte gehofft, wir könnten einen Abend zusammen verbringen. Ich koche dir was.«

Was war bloß mit ihm los, dass ihm die Frauen ständig etwas zu essen anboten? Sah er so hungrig aus? Das ... Seine Gedanken wurden unterbrochen, als Maddy hereinkam. Die Kleine munterte ihn immer wieder auf. »Hey, die verrückte Wissenschaftlerin!«

Insgeheim entzückt warf Maddy ihm einen finsteren Blick zu. »Ich habe meine Geheimformel gefunden.« Sie hielt ihm zwei Erdnussbuttergläser entgegen, die mit einer dunklen Flüssigkeit gefüllt waren.

»Sieht ziemlich Furcht einflößend aus.« Ty ergriff sie und schwenkte die Flüssigkeit vorsichtig.

»Vielleicht solltest du das heute Abend bei deiner Weinprobe anbieten. Mal sehen, was die Leute sagen.«

»Hmmm.« Tyler konnte sich die Kommentare der Weinsnobs bei einem Schluck von Maddys Küchenwein nur zu gut vorstellen. Unwillkürlich musste er grinsen. »Gute Idee.«

»Willst du mich nicht deiner Freundin vorstellen?« Es war nicht so, dass Margaret Kinder nicht leiden konnte, allerdings sah sie sie lieber aus sicherer Entfernung.

»Oh, Entschuldigung. Margaret Bowers, Maddy Cutter.«

»Oh, du musst Davids kleines Mädchen sein. Dein Vater und ich hatten heute ein paar gemeinsame Konferenzen.«

»Ach was.« Es ärgerte Maddy, als kleines Mädchen bezeichnet zu werden. »Kann ich auch zur Weinprobe kommen?« Sie ignorierte Margaret. »Ich möchte ein bisschen zuschauen und euch beobachten.«

»Sicher.« Ty öffnete ein Glas und roch daran. Seine Augen funkelten erheitert. »Das hier möchte ich selbst gern beobachten.«

»Ty? Wie wäre es mit morgen Abend?«

»Morgen?«

»Zum Abendessen.« Margaret versuchte, beiläufig zu klingen. »Ich möchte gern ausführlicher mit dir über die italienische Produktion reden. Ich hoffe, du kannst mir ein paar Tipps geben und meine Schwächen ein bisschen ausbügeln. Bei einigen Aspekten bin ich mir noch nicht im Klaren, und ich glaube, es würde mir helfen, wenn ich mit einem erfahrenen Winzer reden könnte, dessen Muttersprache Englisch ist.«

»Natürlich.« Im Moment war Ty wesentlich mehr an Maddys Wein interessiert, deshalb trat er hinter die Bar, um sich ein Glas zu holen.

»Um sieben? Ich habe einen guten Merlot aus Italien mitgebracht.«

»Gut.«

»Bis morgen also. Nett, dich kennen gelernt zu haben, Maddy.«

»Danke.« Maddy schnaubte kurz, als Margaret hinausging. »Du bist so ein Trottel!«

»Wie bitte?«

»Sie ist scharf auf dich, und du merkst es noch nicht mal.«

»Sie ist nicht scharf auf mich, und du solltest nicht so reden.«

»Ist sie doch.« Maddy setzte sich auf einen Hocker an der Bar. »Frauen wissen solche Dinge.«

»Vielleicht, aber du bist noch keine Frau.«

»Ich habe schon meine Tage.«

Er wollte gerade einen Schluck trinken, setzte aber das Glas hastig wieder ab. »Bitte?«

»Es ist eine biologische Funktion. Und wenn ein weibliches Wesen in der Lage ist, schwanger zu werden, dann ist sie körperlich gesehen eine Frau.«

»Gut. Großartig.« Er wollte diese Debatte jetzt nicht vertiefen. Er ließ den Wein auf der Zunge rollen. Er war einfach, um es vorsichtig auszudrücken, hatte viel Säure und war gleichzeitig zu süß, da sie offensichtlich Zucker hinzugefügt hatte. Trotzdem war es ihr gelungen, Wein zu machen. Schlechten Wein zwar, aber darum ging es nicht.

»Hast du etwas davon getrunken?«

»Hmm.« Sie stellte das andere Glas auf die Theke. »Das ist der Wunderwein. Keine Zusätze. Ich habe gelesen, dass man manchmal Ochsenblut wegen der Farbe hinzugibt, aber ich wusste nicht, wo ich welches herbekommen sollte. Außerdem klingt es eklig.«

»Wir machen das hier auch nicht. Ein bisschen Kalziumkarbonat würde die Säure herausnehmen, aber wir lassen ihn einfach für sich stehen. Im Großen und Ganzen ist es für Schüsselwein kein völliger Fehlschlag. Du hast es geschafft, Kind! Ein guter Versuch.«

Tapfer wie er war, trank er auch einen Schluck von dem Wunderwein. »Interessant. Trüb, unreif und beißend, aber es ist Wein.«

»Liest du meinen Bericht und meine Statistiken, wenn ich fertig bin?«

»Klar.«

»Gut.« Sie klimperte mit den Wimpern. »Ich koche dann auch für dich.«

»Frechdachs.«

»Zumindest ein Mensch«, sagte David, der gerade hereinkam, »der mit mir übereinstimmt.« Er trat zu seiner Tochter und legte ihr den Arm um die Schultern. »Fünf Minuten hatten wir gesagt.«

»Wir wurden aufgehalten. Ty hat gesagt, ich könnte zur Weinprobe kommen.«

»Maddy ...«

»Bitte. Er wird auch meinen Wein anbieten.«

David blickte zu Ty. »Sie sind ein mutiger Mann, MacMillan. Ihr Weinclub könnte Einwände gegen das Programm haben.«

»Richtig.« Der Gedanke gefiel Ty. »Es wird ihren Horizont erweitern.«

»Oder sie vergiften.«

»Bitte, Dad! Es dient der Wissenschaft.«

»Das hast du auch über die verfaulten Eier in deinem Zimmer gesagt. Eigentlich sind wir gar nicht aus beruflichen Gründen aus New York weggezogen«, sagte er zu Tyler. »Die neuen Mieter räuchern die Wohnung wahrscheinlich immer noch aus. Okay, aber um zehn bist du hier verschwunden. Lass uns jetzt gehen. Theo sitzt im Van. Er fährt uns nach Hause.«

»Wir werden alle sterben«, erwiderte Maddy düster.

»Unsinn. Ich überlebe.«

Er hob sie vom Hocker und gab ihr einen Klaps aufs Hinterteil. Maddy huschte durch die Tür.

»Ich wollte Ihnen noch sagen, dass ich es nett von Ihnen finde, wenn Sie sich mit ihr beschäftigen.«

»Sie stört mich nicht.«

»Natürlich tut sie das.«

Tyler stellte die Gläser in die Spüle unter der Bar. »Na gut. Aber es macht mir nichts aus.«

»Wenn ich den Eindruck gehabt hätte, hätte ich sie von Ihnen fern gehalten. Ich merke übrigens, dass sie sich in ihrer Gesellschaft wesentlich wohler fühlen als mit mir. Ich bin Ihnen im Weg, und das macht Ihnen etwas aus.«

»Ich brauche niemanden, der mich überwacht.«

»Nein, aber das Unternehmen brauchte einen, und es brauchte vor allem frisches Blut. Einen Außenseiter. Jemand, der die Firma aus allen Blickwinkeln betrachten und Vorschläge unter anderen Voraussetzungen machen kann.«

»Haben Sie irgendwelche Vorschläge für mich, Cutter?«

»Als Erstes könnte ich Ihnen ja mal vorschlagen, das Brett vor Ihrem Kopf und den Stock in Ihrem Rücken wegzunehmen. Dann könnten wir damit ein Lagerfeuer anzünden und zusammen ein paar Biere trinken.«

Einen Moment lang überlegte Tyler, ob ihn die Bemerkung amüsieren oder ärgern sollte. Dann sagte er: »Nehmen Sie Ihre Bretter noch dazu, dann könnten wir ein richtiges Höllenfeuer machen.«

»Gute Idee. Ich bringe Maddy später vorbei. Um zehn komme ich sie dann wieder abholen.«

»Ich kann sie nach Hause fahren, das erspart Ihnen einen Weg.«

»Danke.« David wandte sich zur Tür, blieb aber noch einmal stehen. »Hören Sie, Sie lassen es mich doch wissen, wenn sie ... wenn sie sich in Sie verliebt? Es ist wahrscheinlich normal, aber ich möchte es gern schon im Keim ersticken.«

»Da besteht keine Gefahr. Ich glaube, ich bin mehr ein großer Bruder oder eine Art Onkel für sie. Aber Ihr Junge ist mächtig in Sophie verschossen.«

David starrte Tyler blinzelnd an. Dann rieb er sich mit den Händen übers Gesicht. »Das habe ich nicht gemerkt. Ich habe gedacht, das wäre nur in der ersten Woche so gewesen. Verdammt!«

»Sie kann damit umgehen. Sie wird ihm nicht wehtun.«

»Das macht er schon selbst.« David dachte an Pilar und zuckte zusammen.

»Es fällt Ihnen schwer, ihm Geschmack abzusprechen, was? Unter den Umständen?«

David warf Ty einen Blick zu. »Noch ein Frechdachs«, murmelte er und ging hinaus.

Pilar wählte ein einfaches Cocktailkleid, weil sie fand, dass das dunkle Grün mit den Satinpaspeln weder zu geschäftlich noch zu festlich aussah. Genau richtig, so hoffte sie, um als Gastgeberin für die Weinprobe zu fungieren.

Sie hatte die Rolle übernommen, um es ihrer Familie, David und vor allem sich selbst zu beweisen. Eine Woche lang hatte sie Führungen begleitet und war angelernt worden – äußerst vorsichtig, wie sie fand. Die Angestellten fassten Familienmitglieder geradezu mit Samthandschuhen an.

Erschüttert hatte sie festgestellt, wie wenig sie eigentlich über das Weingut, die Weinberge, die Produktion und die Öffentlichkeitsarbeit wusste. Es würde länger als eine Woche dauern und mehr als ein bisschen Lektüre brauchen, bis sie das alles allein übernehmen konnte. Aber bei Gott, eine Weinprobe konnte sie wirklich selbstständig durchführen.

Und sie war entschlossen, das zu beweisen.

Sie würde lernen, mit vielen Dingen allein fertig zu werden, auch mit ihrem eigenen Leben. Und zu einem Teil dieses Lebens gehörte der Sex. Umso besser für sie.

Bei diesem Gedanken setzte sie sich auf die Bettkante. Die Vorstellung, mit David eine intime Beziehung einzugehen, erschreckte sie. Und dass die Vorstellung sie erschreckte, irritierte sie. Und alles zusammen machte sie zu einem nervösen Wrack.

Als es an der Tür klopfte, sprang sie auf und griff zu ihrer Haarbürste. »Ja? Herein?«

Erleichtert seufzte sie auf, weil es Helen war. »Gott sei Dank, du bist es nur. Ich bin es so leid, immer so tun zu müssen, als sei ich eine Frau des einundzwanzigsten Jahrhunderts!«

»Na, zumindest siehst du so aus. Tolles Kleid.«

»Darunter zittere ich nur. Ich bin froh, dass du und James bei der Weinprobe dabei seid.«

»Wir haben auch Linc mitgeschleppt. Seine derzeitige Freundin arbeitet heute Abend.«

»Immer noch die Ärztin?«

»Ja.« Helen setzte sich auf die Samtchaiselongue und machte es sich bequem. »Ich habe langsam das Gefühl, es ist etwas Ernstes.«

»Und?«

»Ich weiß nicht ... Sie ist ein nettes Mädchen, guterzogen. Zielstrebig, was ihm nichts schaden würde, und unabhängig, was ich schätze.«

»Aber er ist dein Baby.«

»Aber er ist mein Baby«, stimmte Helen zu. »Manchmal fehlt mir der kleine Junge mit den aufgeschlagenen Knien und den losen Schnürsenkeln. Ich sehe ihn selbst noch in diesem großen, gut aussehenden Anwalt mit dem Dreiteiler, der nur noch Stippvisiten in meinem Leben macht. Und«, sie seufzte, »ich werde alt. Wie geht es denn deinem Baby so?«

Pilar legte die Bürste weg. »Du weißt schon, was Tony gemacht hat, oder?«

»Deine Mutter hielt es für das Beste, mich zu informieren, damit ich auf alle Eventualitäten eingerichtet bin. Es tut mir so Leid, Pilar!«

»Mir auch. Es war unnötig.« Sie drehte sich um. »Und sah ihm so ähnlich. Das denkst du doch auch, oder?«

»Es spielt keine Rolle, was ich denke. Außer, wenn ich merke, dass du dir Vorwürfe machst.«

»Nein, dieses Mal nicht. Und hoffentlich auch nie wieder. Aber es ist hart, sehr hart für Sophia.«

»Sie wird es schon verkraften. Unsere Babys sind zu selbstbewussten Erwachsenen geworden, ohne dass wir es gemerkt haben, Pilar.«

»Ich weiß. Und trotzdem können wir nicht aufhören, uns Sorgen über sie zu machen.«

»Muttersein hört eben nie auf. Als wir ankamen, ist Sophia gerade hinüber zu MacMillan gefahren. Ich habe Linc mitgeschickt, er lenkt sie ab.«

»Es ist immer so schön, sie zusammen zu sehen, fast wie Bruder und Schwester.«

»Mmmm. Und jetzt setz dich.« Helen klopfte einladend auf das Sofa. »Ich will alles über deine Romanze mit David Cutter hören. Schließlich bin ich seit über dreißig Jahren verheiratet, da muss ich mich am Leben anderer schadlos halten.«

»Es ist wirklich nicht ... wir sind einfach gern zusammen.«

»Kein Sex also?«

»Helen!« Pilar ließ sich auf die Chaiselongue fallen. »Wie soll ich denn Sex mit ihm haben?«

»Falls du vergessen haben solltest, wie es geht, kann ich dir einige gute Bücher zu dem Thema empfehlen. Und Videos oder Internetsites.« Die Augen hinter Helens Brille funkelten. »Ich gebe dir mal eine Liste.«

»Ich meine es ernst.«

»Ich auch. Es stehen ein paar heiße Sachen drin.«

»Hör auf.« Pilar musste lachten. »David ist bis jetzt sehr geduldig gewesen, aber ich bin nicht naiv. Er will Sex, und er wird sich nicht damit zufrieden geben, mit mir auf der Veranda herumzuknutschen oder ...«

»Herumknutschen? Komm schon, Pilar! Details, alle Einzelheiten.«

»Sagen wir mal, er hat einen äußerst kreativen Mund, und wenn er ihn einsetzt, kann ich mich ganz genau daran erinnern, wie es mit zwanzig war.«

»Oh!« Helen wedelte sich mit der Hand Luft zu. »Und?«

»Aber ich bin nicht mehr zwanzig. Und mein Körper erst recht nicht. Wie könnte ich zulassen, dass er mich nackt sieht, Helen? Meine Brüste hängen in Richtung Mexiko.«

»Liebes, meine sind schon vor Jahren in Argentinien gelandet. James scheint es nicht zu stören.«

»Aber das ist doch genau der Punkt! Ihr seid jetzt fast dreißig Jahre zusammen. Ihr habt euch zusammen verändert. Und was noch schlimmer ist, David ist jünger als ich.«

»Schlimmer? Ich kann mir Schlimmeres vorstellen.«

»Versuch dich doch mal in meine Lage zu versetzen. Er ist dreiundvierzig. Ich bin achtundvierzig. Das ist ein großer Unterschied. Ein Mann in diesem Alter hat normalerweise jüngere Frauen, oft sogar *viel* jüngere Frauen mit straffen Körpern, wo nichts hängt.«

»Oft gepaart mit leeren Köpfen, die nicht denken«, erwiderte Helen. »Pilar, Tatsache ist, er geht mit dir aus. Und wenn du solche Komplexe wegen deines Körpers hast – was mich irritiert, wenn ich daran denke, was im Vergleich dazu aus meinem geworden ist – dann sorg dafür, dass beim ersten Mal das Licht aus ist.«

»Du bist wirklich eine große Hilfe.«

»Ja, das bin ich auch, denn wenn er sich von Brüsten abgestoßen fühlt, die nicht mehr zweiundzwanzig Jahre alt und straff sind, dann verschwendest du deine Zeit mit ihm. Also ist es besser, du findest das jetzt endlich heraus, statt nur über die Sache zu spekulieren. Willst du mit ihm schlafen? Ja oder nein?«, fragte Helen. »Hör auf deinen Bauch und denk nicht so viel.«

»Ja.«

»Dann kauf dir tolle Unterwäsche und pack es an!«

Pilar biss sich auf die Lippe. »Die Unterwäsche habe ich schon gekauft.«

»Ach, du meine Güte! Lass mal sehen.«

Die Weinprobe war seit fast vierundzwanzig Stunden vorüber und Tyler bekam immer noch Lachanfälle. Zwei Dutzend verwöhnte, geschmäcklerische Clubmitglieder hatten den Schock ihres Lebens bekommen, als sie den so genannten Vin de Madeleine probierten.

»Unverfälscht«, sagte er und platzte beinahe vor Lachen, »aber mannbar! Himmel, wo holen die solche Ausdrücke her? Mannbar!«

»Nun werd mal langsam wieder ernst.« Sophia saß hinter dem Schreibtisch in ihrem Büro in der Villa und studierte Fotos von den Models, die Kris für die Anzeigen ausgesucht hatte. »Und es wäre mir lieb, wenn du mich nächstes Mal vorwarnen würdest, falls du wieder einen geheimnisvollen Jahrgang unter die Auswahl mischst.«

»Ein Angebot in letzter Minute. Und es geschah im Namen der Wissenschaft.«

»Die Weinproben geschehen im Namen der Tradition, des Ansehens und der Werbung.« Sophia blickte Tyler streng an, gab aber auf, da er nur grinste. »Okay, es war lustig, und wir können einen interessanten, spaßigen Artikel in unserem Newsletter darüber schreiben. Vielleicht kann man ja auch noch ein paar Anekdoten dazu liefern.«

»Schlägt dein Herz eigentlich nur für Marketing?«

»Darauf kannst du wetten! Zum Glück für alle Beteiligten, denn manche Mitglieder wären ganz schön beleidigt gewesen, wenn ich die Sache nicht glatt gebügelt hätte.«

»Manche Mitglieder sind aufgeblasene Idioten.«

»Ja, und diese aufgeblasenen Idioten kaufen große Mengen unseres Weins und machen ihn bei gesellschaftlichen Ereignissen bekannt. Und da unsere junge Winzerin so unverfälscht und ›mannbar‹ ist wie ihr Wein, können wir das zu unserem Vorteil nutzen.« Sophia machte sich eine Notiz und beschwerte sie mit dem lustigen grünen Glasfrosch, den Ty ihr zu Weihnachten geschenkt hatte. »Wenn du also das nächste Mal ein Experiment planst, warne mich bitte vor.«

Er streckte seine Beine aus. »Bleib locker, Giambelli.«

»In Ordnung, du König der Partylöwen.« Sie wählte ein Hochglanzfoto aus und hielt es ihm hin. »Was hältst du von der?«

Er nahm das Foto entgegen und musterte die Blondine mit den Schlafzimmeraugen. »Ist ihre Telefonnummer dabei?«

»Hab ich's mir doch gedacht. Sie ist zu sexy. Ich habe Kris gesagt, dass ich natürliche Mädchen will.« Sophia runzelte die Stirn. »Ich muss sie entlassen. Sie gibt sich nicht einmal die Mühe, mit den Veränderungen zurechtzukommen. Im Gegenteil, sie ignoriert direkte Anweisungen und macht den anderen das Leben schwer.« Sophia seufzte. »Meine Spione haben mir gesagt, dass sie sich vorgestern mit Jeremy DeMorney von Le Coeur getroffen hat.«

»Wenn sie Ärger macht, warum bereitet es dir dann solche Probleme, sie hinauszuwerfen? Erzähl mir nicht, dass du sie während der Kampagne oder der Umorganisierung nicht ersetzen kannst.«

»Also, ich zögere noch, weil sie gut ist, und ich möchte sie nicht gern verlieren. Sie kennt die Kampagne und meine langfristigen Pläne ganz genau und könnte auch noch andere Kollegen dazu verleiten, mit ihr zu gehen. Und in persönlicher Hinsicht zögere ich, weil ich glaube, dass sie was mit meinem Vater hatte, und wenn ich sie entlasse, könnte sie damit vielleicht an die Öffentlichkeit treten. Was auch immer ich tue, Ärger gibt es auf jeden Fall. Aber ich kann es jetzt nicht mehr aufschieben. Morgen werde ich mich darum kümmern.«

»Das könnte ich auch übernehmen.«

Sophia klappte den Aktenordner zu. »Das ist wirklich sehr nett von dir. Aber ich muss es selbst tun. Ich sollte dich auch warnen, dass wir alle viel mehr Arbeit haben werden, wenn Kris nicht mehr da ist. Vor allem seit meine Mutter nicht mehr im Büro arbeitet – oder es zumindest versucht.«

»Das heitert mich ja richtig auf.«

»Ich habe schon daran gedacht, Theo zu fragen, ob er nicht einen Teilzeitjob haben möchte. Wir könnten zwei Nachmittage in der Woche eine Aushilfe brauchen.«

»Na toll! Dann kann er regelmäßig hier herumhängen und dich anschmachten.«

»Je öfter er in meiner Nähe ist, desto schneller kommt er darüber hinweg. Täglicher Kontakt wird seine Hormone beruhigen.«

»Glaubst du?«, murmelte Ty.

»Tyler, war das ein verdecktes Kompliment oder nur deine komische Art, mir zu sagen, dass ich dich nervös mache?«

»Keins von beidem.« Er betrachtete noch einmal das Model. »Ich stehe auf Blondinen mit Schlafzimmeraugen und vollen Lippen.«

»Wasserstoffsuperoxyd und Collagen.«

»Ach ja?«

»O Gott, ich *liebe* Männer.« Sophia stand auf und trat zu ihm, umfasste sein Gesicht mit den Händen und gab ihm einen schmatzenden Kuss auf den Mund. »Du bist so süß!«

Ein kurzer, harter Ruck an ihrer Hand – und sie fiel auf seinen Schoß. Kurz darauf verstummte ihr Lachen, und ihr Herz hämmerte.

So hatte er sie noch nie geküsst, so voller Ungeduld, Hitze und Hunger. Er küsste sie, als könne er nie genug bekommen. Ihr Körper bäumte sich auf, dann krallte sie die Finger in seine Haare.

Mehr, dachte sie. Sie wollte mehr davon.

Als er sich zurückzog, drängte sie ihm nach. Doch dann biss sie sich leicht auf die Unterlippe. »Wozu sollte das gut sein?«

»Mir war danach.«

»In Ordnung. Tu es noch einmal.«

Er hatte sie beim ersten Mal gar nicht küssen wollen. Aber jetzt war sein Appetit geweckt. »Warum nicht?«

Wieder ergriff er Besitz von ihrem Mund, nicht ganz so heftig dieses Mal, nicht ganz so grob. Er konnte sich nur zu gut vorstellen, wie es war, in sie hineinzugleiten. In ihre weiche Wärme. Aber er war sich nicht sicher, wie ein Mann dabei heil bleiben sollte.

Im selben Moment knöpfte er bereits ihre Bluse auf, und sie zog ihn zu Boden.

»Beeil dich!« Atemlos bog sie sich ihm entgegen.

Schnell. Er konnte es sich schnell, hart und wütend vorstellen. Genau das wollte sie. Das wollten sie beide. Er zog sie hoch, küsste sie wieder. Sein Bauch zog sich vor Verlangen und Vorfreude zusammen, denn sie zog an seinem Gürtel.

In diesem Moment ging die Bürotür auf. »Ty, ich muss ...« Eli erstarrte mitten in der Bewegung, als er seinen Enkel und das Mädchen, das für ihn wie seine Enkeltochter war, zusammen auf dem Fußboden liegen sah. Die Röte stieg ihm in die Wangen, und er taumelte zurück.

»Entschuldigung.«

Als die Tür zuschlug, hatte Ty sich schon hingehockt. Er konnte keinen klaren Gedanken fassen. Aufgewühlt rieb er sich mit den Händen übers Gesicht. »Oh, großartig. Einfach großartig.«

»Ups.«

Tyler spreizte die Finger und blickte Sophia an. »Ups?«

»Mein Hirn ist ein bisschen beschädigt. Etwas Besseres kann ich im Moment nicht äußern. O Gott.« Sie ließ den Kopf auf die Knie sinken. »Hilfe. Und wie gehen wir jetzt damit um?«

»Ich weiß nicht. Ich muss wahrscheinlich mit ihm reden.«

Sophia hob den Kopf ein wenig. »Das kann ich ja machen.«

»Du feuerst unzuverlässige Mitarbeiter, ich rede mit schockierten Großvätern.«

»Das ist nur fair.« Sie begann, ihre Bluse zuzuknöpfen. »Ty, es tut mir wirklich Leid. Ich würde Eli nie absichtlich verärgern oder Probleme zwischen euch verursachen wollen.«

»Ich weiß.« Er stand auf und streckte ihr nach kurzem Zögern die Hand entgegen, um auch ihr aufzuhelfen.

»Ich möchte mit dir schlafen.«

Im Moment fühlte er sich überfordert. »Ich glaube, es ist ziemlich klar, was wir beide wollen, ich weiß nur noch nicht, wie wir es anstellen sollen. Ich muss ihm nachgehen.«

»Ja.«

Als er hinauseilte, trat sie ans Fenster und verschränkte die Arme. Am liebsten hätte sie jetzt etwas ebenso Wichtiges zu tun gehabt. Aber sie konnte nur nachdenken.

Tyler holte seinen Großvater ein, als er gerade auf die Weinberge zu wanderte. Die treu ergebene Sally hatte sich an seine Fersen geheftet. Er sagte nichts, weil er sich noch nicht klar darüber war, welche Worte er wählen wollte. Er ging einfach nur neben Eli her.

»Wir werden Frostwachen aufstellen müssen«, sagte Eli. »Die Wärmeeinbrüche haben die Weinstöcke genarrt.«

»Ja. Ich passe schon auf. Ah ... es ist fast Zeit zum Pflügen.«

»Hoffentlich verzögert der Regen das nicht.« Wie sein Enkel betrachtete auch Eli die Weinstöcke und suchte nach den richtigen Worten. »Ich ... ich hätte anklopfen sollen.«

»Nein, ich hätte nicht ...« Verlegen beugte sich Ty zu Sally und streichelte sie. »Es ist einfach passiert.«

»Nun ...« Eli räusperte sich. Er brauchte mit Tyler zum Glück nicht über Sex zu reden. Das hatte er vor Jahren schon hinter sich gebracht. Sein Enkel war ein erwachsener Mann, und wusste Bescheid über Blumen und Bienen und Verantwortung. Aber ...

»Ach verdammt, Ty. Du und Sophie ...«

»Es ist einfach passiert«, wiederholte Ty. »Es hätte wahrscheinlich nicht geschehen dürfen, und ich sollte dir jetzt sagen, dass es nicht mehr vorkommt.«

»Das geht mich nichts an. Nur – ihr beiden ... zum Teufel, Ty, ihr seid fast zusammen aufgewachsen! Ich weiß, dass ihr nicht miteinander verwandt seid, und nichts könnte euch wirklich von so einer Geschichte abhalten. Es ist einfach nur ein Schock, das ist alles.«

»Ja, für alle Beteiligten«, stimmte Tyler zu.

Eli ging ein Stück weiter. »Liebst du sie?«

Ein leises Schuldgefühl schnürte Tyler den Magen zusammen. »Grandpa, es geht nicht immer nur um Liebe.«

Eli blieb stehen und blickte Tyler an. »Meine Ausrüstung mag älter sein als deine, Junge, aber sie funktioniert auf die gleiche Weise. Ich weiß, dass es nicht immer um Liebe geht. Ich habe ja nur gefragt.«

»Es ist eine rein körperliche Anziehung. Wenn es dir nichts ausmacht, würde ich lieber nicht darüber reden.«

»Oh, es macht mir nichts aus. Ihr seid beide erwachsen und habt Verstand. Und ihr seid beide gut erzogen worden, also ist es deine Sache, was du tust. Aber das nächste Mal verschließ bitte die verdammte Tür.«

Es war fast sechs, als Tyler nach Hause kam. Er war erschöpft, ausgelaugt und gereizt. Ein kaltes Bier und eine heiße Dusche würden ihm jetzt sicher gut tun. Als er den Kühlschrank öffnen wollte, sah er die Notiz, die er sich am Abend zuvor als Erinnerung an die Tür geheftet hatte.

Abendessen bei M. – 7 Uhr

»Mist!« Er lehnte die Stirn an die Kühlschranktür. Wahrscheinlich würde er es noch schaffen, wenn er sich beeilte. Aber er hatte überhaupt keine Lust. Er war nicht in der Stimmung, um übers Geschäft zu reden, auch nicht, wenn er dabei etwas Anständiges zu essen bekam und nette Gesellschaft hatte.

Er selbst war heute Abend bestimmt keine nette Gesellschaft.

Er griff nach dem Telefon, stellte jedoch fest, dass er es schon wieder verlegt hatte. Fluchend öffnete er die Kühlschranktür, um sich ein Bier zu nehmen, bevor er mit der Suche begann. Und da lag das Telefon, zwischen einer Flasche Corona und einer Tüte Milch.

Ich werde Margaret dafür entschädigen, dachte er, während er ihre Telefonnummer heraussuchte. Er würde sie zum Abendessen oder zum Lunch einladen, und zwar noch bevor sie wieder abreiste.

Sie hörte das Läuten des Telefons nicht, weil sie unter der Dusche stand und lauthals sang. Sie hatte sich schon den ganzen Tag auf den Abend gefreut. Auf dem Nachhauseweg hatte sie Steaks und Ofenkartoffeln gekauft und außerdem noch in der Bäckerei einen Apfelkuchen abgeholt, den sie als selbst gebacken ausgeben wollte.

Ein Mann musste ja nicht alles wissen.

Das war genau die Art von Mahlzeit, wie Ty sie mochte.

Den Tisch hatte sie bereits gedeckt, Kerzen aufgestellt, Musik ausgewählt und ihre Kleider auf dem Bett zurechtgelegt. Und das Bett selbst hatte sie frisch bezogen.

Sie waren zwei- oder dreimal miteinander ausgegangen. Margaret redete sich zwar nicht ein, dass Ty sie deswegen als seine Freundin ansah, aber das wollte sie nach diesem Abend ändern.

Sie trat aus der Dusche und begann sich vorzubereiten.

Es war immer aufregend, sich für einen Mann zurechtzumachen. Ein Teil der Vorfreude.

Sie cremte sich ein, parfümierte sich, zog Seidenunterwäsche an und stellte sich vor, wie sie Tyler MacMillan später beim Apfelkuchen verführte.

Sie hatte schon immer ein Faible für ihn gehabt. Die Beförderung, die Reisen und die Aufregung über ihre neue Verantwortung hatten ihr das Selbstvertrauen verliehen, ihn dieses Faible spüren zu lassen.

Sie holte den Wein aus dem Kühlschrank, den sie für den Abend vorgesehen hatte. Dabei stellte sie fest, dass das Lämpchen an ihrem Küchentelefon blinkte.

»Margaret, hier ist Ty. Ich muss dir leider für heute Abend absagen. Ich hätte schon eher anrufen sollen, aber ... ich hatte kurzfristig noch was im Büro zu erledigen. Tut mir Leid. Ich rufe dich morgen an. Wenn du noch nichts vorhast, lade ich dich zum Essen ein, und wir können übers Geschäft reden. Es tut mir wirklich Leid, dass ich dir nicht früher Bescheid gesagt habe.«

Sie starrte auf das Telefon und hätte es am liebsten aus der Wand gerissen. Aber das würde natürlich nichts ändern, und sie war eine praktisch veranlagte Frau, die sich niemals sinnlosen Wutausbrüchen hingab.

Zur Hölle mit ihm! Dort, wo er herkam, gab es noch viel mehr. Sehr viele, dachte Margaret, als sie die Pfanne herausholte, um das Steak zu braten. In Italien hatte sie zahlreiche interessante Angebote gehabt. Vielleicht sollte sie sich mal mit jemandem treffen, wenn sie wieder dort war, und einfach abwarten, wohin es führte.

Im Moment jedoch wollte sie erst einmal den Wein öffnen und sich gründlich betrinken.

15

Pilar betrat das Gästehaus durch die Hintertür. Es war eine lieb gewordene Gewohnheit. Sie hatte das Gefühl, sich mit Theo angefreundet zu haben. Hinter seiner Fassade war er ein interessanter und interessierter junger Mann. Ein Junge, dachte sie, der den besänftigenden Einfluss einer Mutter brauchte.

Es berührte sie, dass er sich über ihre Gesellschaft offenbar freute. Er kam häufiger in die Villa, um im Pool zu schwimmen. Dabei war es ihr gelungen, ihn ins Musikzimmer zu locken, wo er Klavier spielte – oder zumindest auf dem Instrument herumklimperte. Von da zu einem Gespräch über Musik war es nur ein kleiner Schritt gewesen.

Pilar hoffte, dass er ihre Gespräche genauso genoss wie sie.

Maddy war anders. Das Mädchen war höflich, blieb aber kühl und beobachtete alles und jeden. Pilar nahm an, dass dies etwas mit ihrer Beziehung zu Maddys Vater zu tun hatte.

Pilar fragte sich, ob David wohl überhaupt merkte, dass Maddy eifersüchtig ihr Territorium hütete.

Pilar rückte ihre Schultertasche zurecht. Sie würde nur so lange bleiben, wie es allen recht war. Sie würde ihnen Essen kochen und ihrem Geplauder lauschen.

Es hatte ihr so gefehlt, jemanden bemuttern zu können!

Wenn das Schicksal ihr ein anderes Leben zugewiesen hätte, hätte sie ein Haus voller Kinder gehabt, einen großen Hund und jede Menge Näh- und Flickarbeiten.

Stattdessen hatte sie eine intelligente, schöne Tochter zur Welt gebracht, die viel zu wenig Fürsorge brauchte. Und jetzt, mit achtundvierzig, konnte sie nur noch Blumen umhegen statt der Kinder, die sie sich so sehnlich gewünscht hatte.

Doch halt, Selbstmitleid ist unattraktiv, dachte Pilar. Lächelnd klopfte sie an die Küchentür.

Es durchzuckte sie, weil David aufmachte. Er trug Hemd und Jeans und hielt eine Tasse Kaffee in der Hand. »Na, das passt ja gut.« Er ergriff ihre Hand und zog sie hinein. »Ich habe gerade an dich gedacht.«

»Ich habe nicht erwartet, dass du zu Hause bist.«

»Ich arbeite heute hier.« Er hielt ihre Hand fest, als er ihr einen Kuss gab.

»Oh. Als ich den Van nicht gesehen habe ...«

»Theo und Maddy haben sich gegen mich zusammengerottet. Lehrerausflug, keine Schule – der Albtraum aller Eltern. Wir haben es gelöst, indem sie mir die Autoschlüssel abgeschwatzt haben und ins Einkaufszentrum und zum Kino fahren durften. Deshalb passt dein Besuch besonders gut.«

»Wirklich?« Sie entzog ihm ihre Hand und fingerte am Schulterriemen ihrer Tasche herum.

»Ja. Er hält mich zumindest davon ab, hier herumzusitzen und mir auszumalen, in was für Schwierigkeiten sie geraten könnten. Möchtest du einen Kaffee?«

»Nein, ich wollte eigentlich ... Ich wollte nur ein paar Sachen für die Kinder abgeben.« Es machte sie verlegen, allein mit ihm im Haus zu sein. Das hatte sie bisher immer vermieden. »Maddy ist doch so interessiert an der Weinproduktion, und ich dachte, sie würde vielleicht gern etwas über die Geschichte von Giambelli, Kalifornien, lesen.«

Pilar zog das Buch, dass sie im Souvenirladen des Weingutes gekauft hatte, aus der Tasche.

»Genau ihr Geschmack. Es wird ihr gefallen. Nach der Lektüre kann sie dann Ty und mich wieder mit neuen Fragen quälen.«

»Sie hat einen wachen Verstand.«

»Das brauchst du mir nicht zu sagen.«

»Und für Theo habe ich die Platte hier mitgebracht. Er hört ja eigentlich nur Techno-Rock, aber ich dachte, es macht ihm vielleicht Spaß, mal etwas Älteres aufzulegen.«

»Sergeant Pepper!« David studierte das Plattencover. »Wo hast du die denn ausgegraben?«

»Ich habe sie ständig gespielt und meine Mutter damit verrückt gemacht.«

»Hast du auch Perlenarmbänder und Schlaghosen getragen?«, neckte er sie.

»Natürlich. Als ich so alt war wie Maddy, habe ich mir eine ganz tolle aus Paisleystoff genäht.«

»Genäht? Was du alles kannst!« David drückte sie gegen die Küchentheke. »Mir hast du gar nichts mitgebracht.«

»Ich wusste ja nicht, dass du überhaupt hier bist.«

»Und jetzt, wo du es weißt?« Er kam noch näher und stützte sich mit den Händen auf der Theke ab. »Hast du nicht doch was für mich in der Tasche?«

»Tut mir Leid.« Sie versuchte zu lachen, aber es fiel ihr schwer, weil sie kaum Luft bekam. »Beim nächsten Mal. Ich muss jetzt wirklich zurück. Ich helfe heute Nachmittag bei einer Führung.«

»Um wie viel Uhr?«

»Halb fünf.«

»Mmmm.« Er blickte zur Küchenuhr. »Eineinhalb Stunden. Was können wir wohl mit neunzig Minuten anfangen?«

»Ich könnte dir etwas kochen.«

»Ich habe eine viel bessere Idee.« Er legte seine Hände auf ihre Taille und schob sie zur Tür.

»David!«

»Keiner ist zu Hause außer dir und mir«, sagte er und ließ seine Lippen spielerisch über ihre Kehle zu ihrem Mund hoch gleiten, während er aus der Küche drängte. »Weißt du, was ich vorgestern gedacht habe?«

»Nein.« Woher sollte sie das wissen? Sie wusste ja nicht einmal, was sie selbst im Moment dachte.

»Dass das Ganze eine verrückte Geschichte ist. Meine Freundin lebt bei ihrer Mutter.«

Bei der Vorstellung, dass jemand sie als seine Freundin bezeichnete, musste Pilar lachen.

»Und ich lebe mit meinen Kindern zusammen. Es gibt keinen Ort, wohin ich mit dir gehen kann, um all die Dinge zu tun, die ich gern mit dir tun würde. Weißt du eigentlich, was ich gern mit dir machen würde?«

»Ich verstehe, was du meinst, David, aber es ist mitten am Tag.«

»Mitten am Tag ...« Er blieb am Fuß der Treppe stehen. »Und eine gute Gelegenheit. Ich *hasse* verpasste Gelegenheiten. Du nicht auch?«

Sie ging zwar mit ihm die Stufen hinauf, wusste aber eigentlich nicht, wie es ihr überhaupt gelang. Ihre Beine waren so schwach und ihr Herz schlug so heftig, dass sie sich vorkam, als habe sie bereits einen

Berg bestiegen. »Ich habe nicht erwartet ...« Er erstickte ihre Worte mit einem Kuss. »Ich bin nicht vorbereitet ...«

»Liebling, darum kümmere ich mich.«

Er wollte sich darum kümmern? Wie sollte er sich denn darum kümmern, dass sie sexy Unterwäsche trug oder dass das gnadenlose Tageslicht sich in die weichen, schmeichelnden Schatten der Nacht verwandelte? Wie sollte er ...

Plötzlich fiel ihr ein, dass er auf die Verhütung anspielte, und jetzt kam sie sich restlos dumm und albern vor.

»Nein, das habe ich nicht gemeint ... David, ich bin nicht mehr jung.«

»Ich auch nicht.« An der Tür zu seinem Schlafzimmer blieb er stehen. Es war nicht richtig, sie einfach dort hineinzuschleifen. »Pilar, ich empfinde eine Menge komplizierter Gefühle für dich. Ein ganz unkompliziertes Gefühl ist jedoch, dass ich dich begehre.«

In Pilars Kopf drehte sich alles. »David, du musst wissen, dass Tony mein erster Mann war. Und er war auch mein letzter. Es ist so lange her ... Und ich ... Gott, ich bin völlig aus der Übung.«

»Dass es niemand anderen gegeben hat, schmeichelt mir, Pilar.« Er streifte ihre Lippen mit seinem Mund. »Es macht mich demütig. Und es erregt mich.« Wieder senkte sich sein Mund auf ihren.

»Komm ins Bett.« Er führte sie dorthin. »Lass mich dich berühren. Berühr mich.«

»Ich kriege keine Luft.« Sie atmete keuchend, obwohl er ihr das Jackett auszog. »Ich weiß, dass ich verspannt bin. Es tut mir Leid. Offenbar kann ich mich nicht entspannen.«

»Ich will auch gar nicht, dass du dich entspannst.«
David blickte sie unverwandt an, als sie ihre Bluse
aufknöpfte. Seine Finger streichelten zart über ihre
bloße Haut. »Leg deine Hände auf meine Schultern,
Pilar. Steig aus deinen Schuhen.«

Sie zitterten beide. Wie beim ersten Mal, dachte
er. Für sie wie für mich. Und genauso Angst erregend und großartig.

Die späte Wintersonne warf weißes Licht durch
die Fenster. Im Haus war es so still, dass er jeden
Atemzug von ihr hören konnte. Leicht strich er mit
den Fingern über ihre weiche Haut und sie erbebte.

»So glatt, so warm. Wunderschön.«

David brachte Pilar dazu, seinen Worten Glauben
zu schenken. Und es schien ihm nichts auszumachen,
dass ihre Finger zitterten, als sie sein Hemd aufknöpfte. Dass sie zusammenzuckte, als er mit den
Knöcheln über ihren Bauch glitt, während er ihre
Hose öffnete.

Und was das Beste von allem war: Er hörte nicht
auf.

Langsam und fest streichelten seine Hände sie.
Dieses Gefühl noch einmal zu erleben, wie sich alle
Hitze in ihrem Bauch sammelte und wie alles in ihr
pulsierte ... Auf einmal kam es ihr ganz natürlich
vor, auf dem Bett zu liegen, und seinen harten Körper an ihrem zu spüren.

Pilar vergaß das Tageslicht und all die Makel, die
es enthüllen würde. Sie gab sich einfach nur dem Gefühl hin, ihren Geliebten zu spüren.

David wollte sie nicht drängen, aber aus ihrem
Zögern war schon längst Bereitschaft geworden. Sie
bewegte sich unter ihm, stieß ihm ihre Hüften entgegen, und ihre Hände glitten über seinen Rücken.

Vor lauter Erregung vergaß er alle Geduld und warf sich auf sie.

Ihre Finger verschränkten sich, während sie über das Bett rollten, und lösten sich dann wieder voneinander, um neue Geheimnisse zu erforschen. Seine Lippen schlossen sich über ihrer Brustwarze und sie sagte stöhnend seinen Namen.

Eine Welle der Lust überflutete sie und sie erschauerte. Als seine Hand zwischen ihre Beine glitt, war sie bereits nass und heiß.

Sie explodierte unter seiner Berührung, ihre Welt wurde blendend hell, und sie gab sich seinen Händen, seinem Mund hin.

Sie ist mein. Die weiche, feuchte Haut, die nach Frühling roch, der Körper, der sich ihm bereitwillig entgegenbäumte. Sie bewegte sich mit ihm, als seien sie schon tausendmal zusammen gewesen. Und sie umschlang ihn, als ob ihre Arme ihn schon immer fest und warm umschlungen hätten.

Er wollte ihr noch so viel mehr zeigen, sie noch mehr erforschen, aber er konnte sich nicht mehr beherrschen und drang in sie ein.

Sie bog sich ihm entgegen und nahm ihn in ihrer weichen Wärme auf. Rasch fanden sie ihren Rhythmus, langsam zuerst, dann immer schneller, und als sie kam, schrie sie an seinem Hals erstickt auf.

In San Francisco schien ebenfalls die Sonne, aber ihr Strahlen machte Sophias Kopfschmerzen nur noch schlimmer. Sie blickte Kris an, die ihr an ihrem Schreibtisch gegenübersaß. Das Schlimmste an allem ist, dachte Sophia, dass diese Frau die Kündigung nicht hatte kommen sehen. Dass sie alle Warnzeichen nicht verstanden hatte. Und das machte das Gespräch umso schwieriger.

»Du willst doch gar nicht mehr hier bleiben, Kris. Das hast du ganz deutlich gemacht.«

»Ich habe in diesem Büro bessere Arbeit geleistet als jeder andere in diesem Unternehmen. Das weißt du genauso gut wie ich. Es gefällt dir nur nicht.«

»Im Gegenteil, deine Arbeit habe ich immer respektiert.«

»Das ist Quatsch!«

Sophia holte tief Luft und befahl sich, ruhig und sachlich zu bleiben. »Du hast viel Talent und ich bewundere das. Was ich jedoch nicht bewundere und auch nicht länger tolerieren oder übersehen kann, ist deine Haltung gegenüber Vorgesetzten und die Tatsache, dass du die Regeln des Unternehmens nicht einhältst.«

»Du meinst meine Haltung dir gegenüber.«

»Ich kann es dir schriftlich geben – ich bin deine Vorgesetzte.«

»Weil du Giambelli heißt.«

»Darum geht es nicht.«

»Wenn Tony noch leben würde, säßest nicht *du* hinter diesem Schreibtisch, sondern ich.«

Sophia schluckte die Bitterkeit, die in ihr aufstieg, hinunter. »Hat er dich damit ins Bett bekommen?«, fragte sie spöttisch. »Indem er dir meinen Job versprach? Das war geschickt von ihm und dumm von dir. Mein Vater hat dieses Unternehmen nicht geleitet, und seine Stimme hatte hier kein Gewicht.«

»Dafür habt ihr wahrlich gesorgt, ihr drei Giambelli-Frauen.«

»Nein, er hat selbst dafür gesorgt. Aber das ist nicht unser Thema. Tatsache ist, dass ich diese Abteilung leite, und du nicht mehr für mich arbeitest. Du bekommst die üblichen Abfindungen, einschließlich des Gehalts für zwei Wochen. Ich möchte, dass du dein Büro bis heute Abend geräumt hast.«

Sie standen beide auf. Sophia hatte den Eindruck, dass Kris handgreiflich geworden wäre, hätte nicht der Schreibtisch zwischen ihnen gestanden. Fast tat es Sophia Leid, dass sie nicht in den Ring steigen konnten – ein weiteres Indiz dafür, wie schlecht ihr Verhältnis geworden war.

»Das ist gut. Ich habe andere Angebote. Jeder in der Branche weiß, wer hier wirklich die kreative Kraft ist.«

»Ich hoffe, du bekommst bei Le Coeur genau das, was du verdienst«, erwiderte Sophia. Kris sperrte überrascht den Mund auf. »Es gibt in dieser Branche keine Geheimnisse. Aber denk bitte an die Vertraulichkeitsklausel, die du unterschrieben hast, als du in diese Firma eingetreten bist. Wenn du Informationen über Giambelli an einen Konkurrenten weitergibst, wirst du dich vor Gericht wiederfinden.«

»Ich brauche gar nichts weiterzugeben. Deine Kampagne ist schlecht konzipiert und banal. Sie ist peinlich.«

»Na, was für ein Glück, dass du nicht mehr damit in Verbindung gebracht wirst, was?« Sophia trat um den Schreibtisch herum und ging dicht an Kris vorbei. Beinahe hoffte sie, sie würde zuschlagen. Dann öffnete sie die Tür. »Ich glaube, es ist alles gesagt.«

»Diese Abteilung wird untergehen, denn ich nehme die anderen mit. Dann wollen wir doch mal sehen, wie weit du mit deinem Farmer kommst.« Kris schlenderte auf die Tür zu und grinste Sophia höhnisch an. »Tony und ich haben *so* über euch beide gelacht!«

»Ich bin schockiert, dass du dir die Zeit für Witze oder Gespräche genommen hast.«

»Er hat mich respektiert«, gab Kris zurück. »Er wusste, wer diese Abteilung wirklich leitete. Wir hatten ein paar interessante Gespräche über dich. Schlampe Nummer drei.«

Sophia packte Kris am Arm. »Dann warst *du* das! Schäbiger Vandalismus, anonyme Briefe ... Du hast Glück, dass ich dich nur hinauswerfe und nicht auch noch einsperren lasse.«

»Ruf doch die Polizei ... und dann versuch mal, es zu beweisen. Darüber kann ich nur lachen.« Kris zerrte ihren Arm aus der Umklammerung und verließ das Zimmer.

Sophia ließ die Tür offen und trat sofort wieder an ihren Schreibtisch, um den Sicherheitsdienst anzurufen. Sie sollten Kris aus dem Gebäude schaffen. Es überraschte sie nicht, dass Kris die Engel beschädigt und die Fotografie geschickt hatte, aber es widerte sie an.

Sie konnte nichts dagegen unternehmen. Und sie konnte auch nicht verhindern, dass Kris vielleicht schon Unterlagen kopiert und hinausgeschafft hatte. Aber sie konnte zumindest sicherstellen, dass sie nicht noch in der letzten Minute einen Versuch startete.

Alles andere als zufrieden ließ Sophia schließlich P. J. und Trace kommen.

Während sie auf die beiden wartete, ging sie in ihrem Büro auf und ab. Tyler kam herein.

»Ich habe Kris durch die Eingangshalle rauschen sehen«, sagte er und ließ sich in einen Sessel fallen. »Sie hat mich als hirntoten, schwanzgesteuerten Farmer bezeichnet. Ich nehme an, das sollte sich auf dich beziehen.«

»Das zeigt, dass sie keine Ahnung hat. Dein Hirn ist sehr lebendig, und bis jetzt warst du ziemlich resistent gegen mich. Himmel! Ich bin so sauer!«

»Ich habe mir schon gedacht, dass es nicht so gut gelaufen ist, als ich den Feuer speienden Drachen sah.«

»Ich habe die ganze Zeit gehofft, dass sie mich schlagen würde, damit ich sie niederstrecken könnte. Dann würde ich mich jetzt besser fühlen. Sie hat mich Schlampe Nummer drei genannt. Ich würde ihr gern zeigen, wozu eine richtige italienische Schlampe fähig ist, wenn man sie bedrängt! Schmiert Nagellack auf unsere Engel und schickt mir anonyme Briefe!«

»Komm, reg dich ab. Was für Briefe?«

»Nichts.« Sophia machte eine abwehrende Handbewegung und lief weiter auf und ab.

Tyler packte ihre Hand und zog sie zu sich heran. »Was für Briefe?«

»Nur ein Foto, vor ein paar Monaten – meine Mutter, meine Großmutter und ich. Dieses Mal hatte sie einen roten Stift benutzt, und es war genauso gehässig wie die Sache mit den Giambelli-Engeln.«

»Warum hast du es mir nicht gesagt?«

»Weil der Umschlag an mich adressiert war, weil es mich angekotzt hat und weil ich der Person, die das Foto geschickt hat, nicht noch die Befriedigung geben wollte, dass ich darüber rede.«

»Wenn du noch mal so etwas bekommst, will ich es wissen. Klar?«

»Na toll, gut, du wirst es als Erster erfahren.« Zu wütend, um stehen zu bleiben, entzog Sophia Tyler ihre Hand. »Sie hat gesagt, mein Vater habe ihr meinen Job verschaffen wollen. Er hat es ihr wahrscheinlich versprochen, hatte keine Bedenken, ihr etwas zu versprechen, was mir gehörte, genauso wenig, wie er sich Gedanken darüber gemacht hat, den Schmuck meiner Mutter an René zu verschenken.«

Und das hat sie getroffen, dachte Tyler. Selbst jetzt noch traf Avano sie mitten ins Herz. »Es tut mir Leid.«

»Du denkst wahrscheinlich, sie haben einander verdient. Recht hast du. Ich muss mich beruhigen, ich muss mich beruhigen«, wiederholte sie wie ein Mantra. »Es ist vorbei, und es hat keinen Zweck, weiter darüber nachzugrübeln. Wir müssen nach vorn blicken. Ich muss jetzt erst einmal mit P.J. und Trace sprechen, und ich muss ruhig bleiben.«

»Soll ich gehen?«

»Nein. Wir zeigen uns ihnen besser als Team.« Sophia nahm ein Aspirin aus der obersten Schublade ihres Schreibtisches. »Ich hätte sie schon vor Wochen hinauswerfen sollen. Du hattest Recht, und ich hatte Unrecht.«

»Das muss ich aufschreiben. Kann ich einen Stift haben?«

»Halt den Mund.« Dankbar dafür, dass seine Ruhe sich langsam auf sie übertrug, holte sie tief Luft und öffnete eine Flasche Wasser. »Sag mir ganz aufrichtig, Ty, was du von der Jahrhundertkampagne hältst.«

»Wie oft soll ich dir noch sagen, dass ich davon nichts verstehe.«

»Als Verbraucher, verdammt noch mal!« Sie schluckte das Aspirin und nahm einen tiefen Zug aus der Wasserflasche. »Du hast doch sonst über alles und jedes auf der Welt eine Meinung.«

»Ich finde sie clever. Was willst du sonst noch hören?«, erwiderte er.

»Das reicht.« Erschöpft ließ Sophia sich auf die Schreibtischkante sinken. »Kris hat mich verunsichert, und das macht mich ganz fertig.« Sie blickte auf ihre Uhr. »Ich muss das jetzt noch mit den beiden regeln, und dann haben wir eine Sitzung mit Margaret.«

Schuldbewusst rutschte er in seinem Sessel hin und her. »Ich war gestern Abend bei ihr eingeladen und habe abgesagt. Heute habe ich sie noch nicht erreicht.«

»Sie sollte um sechs hier sein.«

»Oh, gut. Kann ich mal dein Telefon benutzen?«

Sophia nickte und ging in ihr Vorzimmer, um Kaffee zu bestellen.

»Sie ist nicht da«, sagte Ty, als Sophia zurückkam. »Sie hat heute früh zwei Sitzungen verpasst.«

»Das sieht Margaret gar nicht ähnlich. Wir rufen sie am besten mal zu Hause an«, begann sie, brach aber ab, weil P.J. und Trace das Zimmer betraten.

»Kommt herein. Setzt euch.« Schweigend schloss sie die Tür. »Ich wollte euch mitteilen«, sagte sie, während sie wieder an ihren Schreibtisch zurückging, »dass ich mich von Kris trennen musste.«

P.J. und Trace wechselten einen raschen Blick.

»Was euch beide nicht überrascht, wie ich sehe.« Als keine Antwort kam, beschloss Sophia, die Karten auf den Tisch zu legen. »Ich möchte euch sagen, dass ihr hoffentlich beide wisst, wie sehr ich euch schätze, und wie wichtig ihr für diese Abteilung, für das Unternehmen und für mich persönlich seid. Möglicherweise sind manche immer noch unzufrieden mit den Veränderungen, die Ende letzten Jahres stattgefunden haben, und wenn einer von euch dazu etwas zu sagen hat, so bin ich offen für ein Gespräch.«

»Kann ich eine Frage stellen?«, sagte Trace.

»Nur zu.«

»Wer übernimmt Kris' Position?«

»Niemand.«

»Du willst nicht jemand Neues für sie einstellen?«

»Mir wäre es lieber, wenn ihr beide euch ihre Arbeit, ihren Titel und ihre Kompetenzen teilt.«

»Ich möchte ihr Büro«, verkündete P.J. rasch.

»Verdammt«, zischte Trace.

»Okay, lasst uns zusammenfassen.« Sophia trat zur Tür, weil ihre Assistentin angeklopft hatte, um den Kaffee hereinzubringen. »Ihr seid nicht nur wenig überrascht von der jüngsten Entwicklung, sondern wenn ich mich nicht irre, seid ihr auch nicht besonders aufgebracht oder enttäuscht.«

»Man soll über die Toten ja nichts Schlechtes sagen.« P.J. blickte nachdenklich in ihren Kaffee. »Aber ... du bist ja nicht jeden Tag im Büro. Bist viel auf Reisen, in Meetings ... Und seit Dezember arbeitest du drei Tage in der Woche zu Hause in deinem Büro.«

»Und?«

»Was P.J. sagen möchte, ohne in der Schlampenhölle zu landen, ist, dass es schwer ist, mit Kris zusammenzuarbeiten. Und noch schwerer ist es, *für* sie zu arbeiten«, fügte Trace hinzu. »Und genau das wollte sie, wenn du nicht da warst. Sie meinte, sie hätte die Verantwortung, und wir und die anderen in der Abteilung seien ihre Untergebenen. Ich war es ziemlich leid, ein Untergebener zu sein, und ich habe mich schon nach einem anderen Job umgeschaut.«

»Du hättest mit mir reden können. Verdammt noch mal, Trace!«

»Das hätte ich auch getan, auf jeden Fall, bevor ich eine Entscheidung getroffen hätte. Nun gut, das

Problem ist jetzt gelöst. Außer, dass P.J. und ich um Kris' Büro würfeln sollten.«

»Ich habe es als Erste gesagt. Da hast du Pech gehabt. Sophia, sie hat versucht, die Leute hier gegen dich aufzuhetzen. Ein paar Anhänger hatte sie sicher, und möglicherweise verlierst du ein paar gute Leute, wenn sie geht.«

»In Ordnung. Ich berufe für heute Nachmittag eine Mitarbeiterversammlung ein, um Schadensbegrenzung zu betreiben. Es tut mir Leid, dass ich das alles nicht mitbekommen habe. Übrigens, ich möchte gern ein paar Empfehlungen von euch haben. Tipps, wer befördert werden könnte. Von jetzt ab seid ihr Co-Manager, und ich werde das im Haus bekannt geben.«

»Toll!« P.J. sprang auf. »Ich mache mir sofort eine Skizze, wie ich mein neues Büro einrichte.« Sie wandte sich an Ty. »Ich wollte Ihnen nur noch sagen, dass Sie noch lange nicht schwanzgesteuert sind, nur weil Sie sich stark und schweigsam geben. Im Gegenteil, es macht Sie interessant. Kris war nur wütend, weil Sie nicht versagt haben.«

»Hör auf, dich einzuschleimen«, knurrte Trace.

»Ich brauche mich nicht einzuschleimen, ich habe das große Büro bekommen.« P.J. klimperte mit ihren Wimpern und lief hinaus.

»Ich arbeite gern hier, und ich arbeite gern mit *dir*. Es wäre mir schwer gefallen, wenn sich die Lage anders entwickelt hätte.« Pfeifend verließ auch Trace das Büro.

»Fühlst du dich jetzt besser?«, fragte Tyler.

»Beträchtlich. Ich bin allerdings ein bisschen ärgerlich auf mich, weil ich es so weit habe kommen lassen.«

»Na ja. Dann kümmerst du dich jetzt am besten um die Mitarbeiterversammlung, und ich versuche, Margaret zu erwischen. Hast du Lust, mit zum Abendessen zu kommen, wenn sie Zeit hat?«

»Klar, aber ich glaube, ihr würde das nicht gefallen. Sie hat es auf dich abgesehen.«

»Ach, komm.«

»Lass es dir gesagt sein«, beharrte Sophia und ging hinaus, um mit ihrer Assistentin über die Mitarbeiterversammlung zu sprechen.

Frauen, dachte Tyler, während er in Sophias Rolodex nach Margarets Privatnummer suchte und sie dann wählte. Und da behaupteten sie immer, *Männer* hätten nur Sex im Kopf. Dass Margaret und er gut miteinander auskamen und ein- oder zweimal miteinander ausgegangen waren, bedeutete noch lange nicht ...

Seine Gedanken wurden unterbrochen, als ein Mann nach dem dritten Läuten abnahm. »Ich möchte gern Margaret Bowers sprechen.«

»Wer spricht da?«

»Tyler MacMillan.«

»Tyler MacMillan ...« Am anderen Ende der Leitung entstand eine kleine Pause. »Hier ist Detective Claremont.«

»Claremont? Tut mir Leid, ich muss mich verwählt haben.«

»Nein, haben sie nicht. Ich befinde mich in der Wohnung von Ms. Bowers. Sie ist tot.«

TEIL DREI

Die Blüte

Blumen sind lieblich: Liebe ist wie eine Blume
Freundschaft ist ein schützender Baum.

SAMUEL TAYLOR COLERIDGE

16

Im März blies ein rauer Wind über das Tal. Er machte den Boden hart und raschelte durch die nackten Äste der Weinstöcke. Der Nebel im Morgengrauen ließ einen frösteln. Noch hatte der Frühling nicht begonnen, und noch drohten Schaden und Verluste.

Es gab viele Dinge, über die man sich Gedanken machen musste.

Sophia brachte den Wagen an den Weinbergen zum Stehen und war enttäuscht, dass Tyler nicht durch die Reihen stapfte, um zu prüfen, ob die Rebstöcke nicht zu früh ausschlugen. Wenn das Wetter es zuließ, musste bald mit dem Eggen begonnen werden. Die Erde musste gelüftet und aufgebrochen und die Senfpflanzen mussten untergepflügt werden.

Aber noch hatte der Winter das Tal fest im Griff. Und die, die dort lebten, hatten zu viel Zeit zum Nachdenken.

Tyler grübelte bestimmt in seinem Büro, dachte sie, als sie zum Haus weiterfuhr. Grübelte über seinen Statistiken und Berichten.

Sie würde für eine Unterbrechung sorgen.

Zuerst wollte sie anklopfen, aber sie befürchtete, dass er sie möglicherweise wegschicken würde. Also öffnete sie einfach die Tür und zog sich die Jacke aus, noch während sie eintrat.

»Ty?« Sie warf die Jacke über die Garderobe und eilte zu seinem Büro.

»Ich habe zu tun.« Er blickte noch nicht einmal auf.

Noch kurz zuvor hatte er am Fenster gestanden und gesehen, wie sie von den Feldern zum Haus herübergekommen war. Er hatte sogar kurz überlegt, ob er die Tür abschließen sollte. Aber das war ihm dann doch zu schäbig und sinnlos vorgekommen.

Sie würde sich von einer verschlossenen Tür nicht abhalten lassen.

Sophia setzte sich vor seinen Schreibtisch, lehnte sich zurück und wartete darauf, dass ihm das Schweigen unangenehm wurde. »Was gibt's?«

»Du siehst schrecklich aus.«

»Danke.«

»Hast du schon was von der Polizei gehört?«

»Du würdest Neuigkeiten wahrscheinlich genauso erfahren wie ich.«

Das stimmt, dachte sie. Und das Warten machte sie nervös. Es war jetzt fast eine Woche her, seit Margarets Leiche gefunden wurde. Sie hatte auf dem Boden vor einem Tisch gelegen, der für zwei gedeckt gewesen war – ein unberührtes Steak auf einem Teller, heruntergebrannte Kerzen und eine leere Flasche Merlot.

Genau das ging Tyler nicht aus dem Kopf, das wusste Sophia. Das zweite Gedeck war für ihn bestimmt gewesen.

»Ich habe heute mit ihren Eltern gesprochen. Sie lassen sie nach Columbus überführen. Es ist schwer für sie. Aber für dich auch.«

»Wenn ich nicht abgesagt hätte ...«

»Du weißt doch gar nicht, ob das etwas geändert hätte.« Sie trat zu ihm und begann, ihm die Schultern zu massieren. »Wenn sie eine Herzschwäche gehabt hat, von der niemand etwas wusste, hätte sie jederzeit krank werden können.«

»Wenn ich da gewesen wäre ...«

»Wenn. Vielleicht.« Mitfühlend drückte Sophia ihm einen Kuss auf den Scheitel. »Glaub mir, diese zwei Worte machen dich noch wahnsinnig.«

»Sie war viel zu jung für einen verdammten Herzanfall! Und komm mir nicht mit Statistik. Die Polizei ermittelt und gibt keine Informationen weiter. Das bedeutet doch etwas!«

»Im Moment bedeutet es nur, dass es ein unerwarteter Todesfall war und dass Margaret durch Giambelli eine Verbindung mit meinem Vater hatte. Es ist nur Routine, Ty. Bis wir etwas anderes erfahren, ist es nur Routine.«

»Du hast gesagt, sie habe etwas für mich empfunden.«

Wenn ich das nur rückgängig machen könnte, dachte Sophia.

Sie würde sich eher die Zunge abbeißen, als noch einmal eine so gedankenlose Bemerkung zu machen. »Ich habe dich doch nur aufgezogen.«

»Nein, hast du nicht.« Tyler klappte das Berichtheft zu. »Ich habe es einfach nicht wahrgenommen. Sie hat mich nicht in diesem Sinne interessiert, und deshalb wollte ich es auch nicht wahrhaben.«

»Das ist doch nicht deine Schuld, und es nutzt niemandem, wenn du jetzt ständig darüber nachdenkst. Es tut mir Leid, dass das passiert ist. Ich mochte sie.« Ohne nachzudenken schlang Sophia die Arme um seine Schultern und legte ihre Wange an seinen Kopf.

»Ich auch.«

»Komm mit runter, ich mache uns eine Suppe.«

»Warum?«

»Weil wir dann beide mit etwas anderem beschäftigt sind, als ständig nachzudenken. Und zu warten.« Sie drehte seinen Stuhl herum, sodass er sie ansehen musste. »Außerdem weiß ich neuen Klatsch, den ich sonst niemandem erzählen kann.«

»Ich mag keinen Klatsch.«

»Schade.« Sie zog an seiner Hand und freute sich, dass er sich von ihr hochziehen ließ. »Meine Mutter hat mit David geschlafen.«

»Ach, verdammt, Sophie! Warum erzählst du mir so etwas?«

Lächelnd hakte sie sich bei ihm ein. »Weil du diesen Klatsch nicht weiterverbreiten wirst, und weil es wohl kaum das geeignete Thema zwischen *Nonna* und mir ist.«

»Ach ja, aber mit *mir* kannst du darüber reden.« Tyler verstand die Frauen nicht. »Woher weißt du es überhaupt?«

»Also wirklich, Ty!«, rief Sophia aus, als sie die Treppe hinuntergingen. »Zunächst einmal kenne ich Mama, und ein Blick auf sie hat genügt. Und außerdem habe ich die beiden gestern zusammen gesehen, und man merkt es ihnen an.«

Er fragte nicht, wie man es ihnen ansah. Sie würde es ihm zweifellos erzählen, und er würde es sowieso nicht verstehen. »Und was empfindest du dabei?«

»Ich weiß nicht. Ein Teil von mir ist entzückt. Wie schön für Mama! Aber ein anderer Teil von mir denkt, dass meine Mutter doch keinen Sex haben darf. Das ist mein unreifer Teil. Ich arbeite noch daran.«

Tyler blieb am Fuß der Treppe stehen und sah sie an. »Du bist eine gute Tochter.« Mit einer beiläufigen Geste hob er ihr Kinn. »Und nicht halb so schlimm, wie die Leute behaupten.«

»Oh, ich kann durchaus schlimm sein. Wenn David ihr wehtut, wird er noch erfahren, wie schlimm ich sein kann.«

»Ich halte ihn fest, und du ziehst ihm die Haut ab.«

»Das ist eine gute Idee.« Ihr Blick veränderte sich, als er sie unverwandt ansah. Und ihr Herz schlug schneller. »Ty ...« Sie hob ihre Hand an sein Gesicht, und er beugte sich zu ihr.

Als es an der Tür klopfte, fluchte sie. »Du meine Güte! Was stimmt bloß mit unserem Zeitplan nicht? Behalte bitte, wo wir gerade waren. Bitte denk daran!«

»Ich werde ein Lesezeichen einlegen.« Nicht weniger irritiert über die Unterbrechung als sie, trat Ty zur Tür und öffnete sie. Sein Magen zog sich zusammen.

»Mr. MacMillan.« Claremont stand neben Maguire. »Können wir hereinkommen?«

Sie traten in den unaufgeräumten Wohnraum. Der Kamin war kalt, weil Tyler am Morgen nicht daran gedacht hatte, ein Feuer anzuzünden. Auf dem Wohnzimmertisch lag eine mehrere Tage alte Zeitung. Darunter lugte die Ecke eines Taschenbuchs hervor, Maguire konnte den Titel jedoch nicht entziffern.

Tyler machte sich nicht die Mühe, schnell aufzuräumen, wie es die meisten Leute tun würden, stellte sie fest. Und er sah auch nicht so aus, als ob er sich mit ihnen hinsetzen wollte. Und als er sich schließlich doch in einen Sessel fallen ließ, setzte sich Sophia auf die Armlehne neben ihm.

Claremont zog seinen Notizblock heraus und begann mit der Befragung. »Sie sagten, Sie und Margaret hätten häufiger Verabredungen gehabt.«

»Nein, das habe ich nicht gesagt. Ich habe gesagt, dass wir ein paarmal miteinander ausgegangen sind.«

»Im Allgemeinen wird das als Verabredungen interpretiert.«

»Ich habe es nicht so interpretiert.«

»An dem Abend, als sie starb, waren sie mit ihr zum Abendessen verabredet.«

»Ja.«

Claremonts Stimme war ausdruckslos und vorurteilsfrei gewesen, aber es tat trotzdem weh. »Wie ich Ihnen bereits sagte, wurde ich hier aufgehalten und rief sie gegen sechs Uhr an. Ich erreichte nur ihren Anrufbeantworter und hinterließ eine Nachricht, dass ich es nicht schaffen würde.«

»Sie haben nichts weiter erklärt«, warf Maguire ein.

»Nein.«

»Was hat sie aufgehalten?«

»Arbeit.«

»In der Villa?«

»Das habe ich Ihnen schon beim letzten Mal gesagt. Daran hat sich nichts geändert. Ich hatte die Zeit vergessen, und erst wieder an das Abendessen gedacht, als ich nach Hause kam.«

»Sie haben sie um sechs angerufen, also hatten sie da noch eine Stunde Zeit. Sie hätten es schaffen können.« Maguire legte den Kopf schräg. »Oder Sie hätten sie anrufen und ihr sagen können, dass Sie ein bisschen später kommen.«

»Das hätte ich allerdings tun können. Aber mir war nicht danach, in die Stadt zu fahren. Ist das ein Problem?«

»Als Ms. Bowers gestorben ist, war der Tisch noch für zwei gedeckt. Das *ist* ein Problem.«

»Detective Claremont?«, unterbrach Sophia freundlich. »Ty äußert sich nicht so deutlich, weil er wahrscheinlich das Gefühl hat, er könne mich dadurch in Verlegenheit bringen. Wir hatten an diesem Abend in der Villa einen etwas ... nun, sagen wir *schwierigen* Moment.«

»Sophia!«

»Ty«, erwiderte sie gelassen, »ich glaube, die Detectives verstehen, dass du nicht in der Stimmung warst, nach San Francisco zu fahren und mit einer Frau zu Abend zu essen, wenn du dich kurz vorher noch mit einer anderen Frau im Büro auf dem Fußboden gewälzt hast. Es war ungeplant und spontan und wahrscheinlich äußerst unpassend«, fuhr sie fort. »Wir wurden unterbrochen, weil Tylers Großvater das Zimmer betrat.«

Um ihre Aussage zu unterstreichen, fuhr sie Tyler durch die Haare. »Mr. MacMillan senior kann das bestätigen, wenn Sie es für nötig halten, ihn zu fragen. Unter diesen Umständen halte ich es jedenfalls für verständlich, dass Ty nicht in der Stimmung war, sich mit Margaret zu einem Geschäftsessen in der Stadt zu treffen. Wesentlich daran ist doch, wenn ich mich nicht ganz irre, dass er nicht da gewesen ist und deshalb nichts mit dem, was ihr passiert ist, zu tun haben kann.«

Claremont hörte geduldig zu, nickte und blickte dann zu Tyler. Sein Eindruck von den beiden wurde immer klarer, zumal MacMillan verlegen aussah und die Giambelli amüsiert.

»Waren Sie früher schon einmal zum Abendessen in Ms. Bowers Wohnung eingeladen?«

»Nein. Ich bin nur einmal in ihrer Wohnung gewesen, um sie zu einem geschäftlichen Treffen im Four Seasons abzuholen. Das war vor ungefähr einem Jahr.«

»Warum fragen Sie nicht, ob er jemals mit ihr geschlafen hat?«, warf Sophia ein. »Ty, hast du jemals mit Margaret ...«

»Nein.« Irritiert und verlegen warf er ihr einen wütenden Blick zu. »Du meine Güte, Sophie ...«

Besänftigend tätschelte sie ihm die Schulter und fuhr fort: »Sie fühlte sich zu ihm hingezogen, und er hat es nicht gemerkt. Männer sind oft so, und Ty ist da noch ein wenig blauäugiger als die meisten anderen Männer. Ich versuche schon seit Wochen, ihn ins Bett zu ...«

»Hörst du jetzt endlich auf?« Am liebsten wäre er in ein Mauseloch verschwunden. »Hören Sie, es tut mir Leid, was mit Margaret passiert ist. Sie war eine nette Frau. Ich mochte sie. Und wenn ich nicht abgesagt hätte, hätte ich vielleicht den Notarzt rufen können, als sie den Herzanfall hatte. Aber ich verstehe ehrlich gesagt nicht, was Sie mit Ihren Fragen bezwecken.«

»Haben Sie Ms. Bowers jemals eine Flasche Wein geschenkt?«

Tyler fuhr sich mit der Hand durch die Haare. »Ich weiß nicht. Wahrscheinlich. Ich gebe vielen Leuten, auch Kollegen, Weinflaschen mit. Das hat was mit unserer Branche zu tun.«

»Wein mit dem italienischen Giambelli-Label?«

»Nein, ich nehme mein eigenes. Warum?«

»Ms. Bowers hat an dem Abend, als Sie bei ihr zum Essen eingeladen waren, fast eine ganze Flasche Castello di Giambelli Merlot getrunken. Die Flasche enthielt Digitalis.«

»Ich fasse es nicht!« Ruckartig richtete sich Tyler auf. Sophia krallte ihre Hand in seine Schulter.

»Sie wurde ermordet?«, fragte Sophia. »Vergiftet? Margaret war ... wenn du dort gewesen wärst ... Wenn du den Wein ...«

»Möglicherweise wäre die Dosis nicht tödlich gewesen, wenn zwei Personen die Flasche getrunken hätten«, erklärte Claremont. »Aber Ms. Bowers hat fast die ganze Flasche geleert, und zwar vermutlich relativ schnell. Können Sie uns erklären, wie Digitalis in eine Flasche mit italienischem Merlot gelangen kann?«

»Ich muss meine Großmutter anrufen!« Sophia sprang auf. »Wenn unsere Produkte vergiftet wurden, müssen wir schnell handeln. Ich brauche alle Informationen über die Flasche. Den Jahrgang ... Und ich brauche eine Kopie des Labels.«

»Wir haben Ihre Großmutter bereits informiert«, sagte Maguire. »Und auch die italienischen Behörden. Produktmanipulation ist eine Möglichkeit, aber bis jetzt haben wir noch keine Ahnung, wo Ms. Bowers die Flasche erworben hat oder ob sie ihr geschenkt worden ist. Wir können auch nicht ausschließen, dass sie das Digitalis selbst hinzugefügt hat.«

»Um Selbstmord zu begehen? Das ist lächerlich.« Ty stand auf. »Sie war nicht selbstmordgefährdet. Es ging ihr hervorragend, sie war glücklich in ihrem Job und ganz aufgeregt über die neue Verantwortung und die Reisen.«

»Haben Sie irgendwelche Feinde, Mr. MacMillan? Jemand, der vielleicht von Ihrer Verabredung mit Ms. Bowers gewusst hat?«

»Nein. Und ich bin auch kein geeignetes Opfer. Wenn der Wein mit Digitalis vergiftet war, hätte ich

es sofort gemerkt. Ich hätte es gerochen oder ge-
schmeckt. Das ist mein Job.«

»Genau«, warf Maguire ein.

Sophia spürte, wie sich ihre Härchen aufstellten.
»Ty, du hast schon genug Fragen beantwortet. Wir
rufen einen Anwalt an.«

»Ich brauche keinen gottverdammten Anwalt!«

»Wir rufen sofort Onkel James an.«

»Das ist Ihr gutes Recht.« Claremont erhob sich
ebenfalls. »Noch eine Frage an Sie, Ms. Giambelli.
Wissen Sie etwas über die Beziehung zwischen Ihrem
Vater und Ms. Bowers?«

Ihr wurde eiskalt. »Soweit ich weiß, war sie rein
geschäftlich.«

»Ich verstehe. Nun, vielen Dank für Ihre Auskünf-
te.«

»Mein Vater und Margaret!«

»Wahrscheinlich wollte er dich nur aus der Reserve locken.«

Aber Sophia hatte den Köder bereits geschluckt.
»Wenn sie etwas miteinander hatten, und jetzt sind
sie beide tot ...«

»Überstürze nichts, Sophie.« Tyler legte kurz seine
Hand über ihre, bevor er herunterschaltete, um in
die Auffahrt zur Villa einzubiegen. Er wusste, wie
durcheinander sie war. Sie hatte noch nicht einmal
Einwände erhoben, als er sich einfach hinter das
Steuer gesetzt hatte.

»Wenn jemand die Flasche vergiftet hat, wenn die
Möglichkeit besteht, wenn auch nur die *kleinste*
Möglichkeit besteht, dass andere Flaschen ...«

»Überstürze nichts«, wiederholte er. Er hielt an,
beugte sich zu ihr und nahm ihre Hand. »Wir müs-

sen erst einmal alles überprüfen. Jeden Schritt, jedes Detail. Wir dürfen nicht in Panik geraten. Denn genau das hat derjenige, der es getan hat, wenn es sich um Vergiftung handelt, beabsichtigt: Panik, Chaos, Skandal.«

»Ich weiß. Ich werde schon damit fertig. Das ist mein Job. Ich denke mir etwas aus, damit die Öffentlichkeit nichts erfährt. Aber ... mein Vater und Margaret, Ty! Wenn sie wirklich etwas miteinander gehabt haben ...« Sie umklammerte seine Hand fester. »Ich *muss* darüber nachdenken. Wenn es wirklich so war, hat er dann von dem Gift gewusst? Wie oft im Jahr ist er nach Italien gereist? Acht-, zehn- oder zwölfmal?«

»Denk nicht darüber nach, Sophia.«

»Warum denn nicht? Du tust es doch auch. Glaubst du, ich merke das nicht? Du denkst darüber nach, und andere werden es auch tun. Also muss ich mich doch als Erste damit befassen. Ich will das nicht von ihm glauben. Alles andere muss ich akzeptieren, aber *das* will ich nicht glauben.«

»Du machst zu große Sprünge. Geh langsamer vor. Fakten, Soph, lass uns mit den Fakten beginnen.«

»Fakt ist, dass zwei Menschen tot sind.« Weil ihre Hand zu zittern begann, entzog sie sie ihm und stieg aus dem Wagen. »Margaret hat die meisten Kunden meines Vaters übernommen. Eine Verbindung hat auf jeden Fall zwischen ihnen bestanden, ob es nun eine persönliche Beziehung war oder nicht.«

»Okay.« Offensichtlich konnte er sie im Moment nicht ablenken. »Wir überprüfen diese Verbindung und warten ab, was uns das bringt. Zuerst jedoch kümmern wir uns um den Wein«, fuhr er fort, während er die Treppe hinaufging. »Und dann um die Folgen.«

Die Familie war im vorderen Salon versammelt. Auch David war anwesend. Er stand am Fenster und telefonierte. Teresa saß wie ein Soldat auf ihrem Stuhl und trank Kaffee. Sie nickte, als Ty und Sophia eintraten.

»James ist unterwegs.« Eli ging vor dem Kamin auf und ab. Sein Gesicht wirkte alt. »David redet gerade mit Italien und versucht, den Schaden zu begrenzen.«

»Ich hole euch einen Kaffee«, begann Pilar.

»Mama, setz dich.«

»Ich muss irgendetwas tun.«

»Mama!« Sophia stand auf und trat zu dem Servierwagen, der neben Teresa stand. »Dad und Margaret ...«

»Ich weiß nicht.« Pilar hielt die Kaffeetasse umklammert, obwohl sie innerlich zitterte. »Ich weiß es einfach nicht. Ich habe gedacht – mein Eindruck war, dass René ihn an der kurzen Leine hielt.«

»Nicht kurz genug.« Sophia bemühte sich, ruhig zu bleiben. »Er hatte auch etwas mit einer Frau aus meinem Büro.«

»Oh.« Pilar seufzte. »Ich wünschte, ich könnte dir zu Margaret etwas sagen, Sophie. Aber ich weiß es einfach nicht. Es tut mir Leid.«

»Hört alle zu.« Teresa ergriff das Wort. »Wenn etwas zwischen Tony Avano und Margaret Bowers gewesen ist, wird die Polizei davon ausgehen, dass jeder von uns, der irgendeine Verbindung zu ihnen hatte, etwas mit ihrem Tod zu tun haben kann. Wir sind eine Familie. Wir stehen füreinander ein, bis diese Sache geklärt ist.«

Sie sah David an, der gerade den Telefonhörer auflegte. »Und?«

»Wir überprüfen es«, sagte er. »Wir rufen alle Flaschen Merlot dieses Jahrgangs zurück. Und in Kürze können wir sagen, aus welchem Fass die Flaschen gezogen wurden. Ich fliege morgen früh nach Italien.«

»Nein. Eli und ich werden morgen fliegen.« Teresa hob die Hand und Eli ergriff sie. »Das ist meine Aufgabe. Sie sorgen dafür, dass hier im Unternehmen nichts passiert. Dass es keine Einbußen gibt. Dafür haben Sie und Tyler die Verantwortung.«

»Paulie und ich könnten mit den Weingütern beginnen«, schlug Tyler vor. »Und David kann sich um die Flaschenabfüllung kümmern.«

David nickte. »Wir sehen uns jede einzelne Personalakte an. Sie kennen die Leute besser als ich. Höchstwahrscheinlich ist das Problem auf Italien begrenzt, aber wir können zumindest dafür sorgen, dass hier nicht auch noch etwas passiert.«

Sophia hatte schon ihren Notizblock hervorgeholt. »Ich verfasse eine Presseerklärung auf Englisch und Italienisch. In ungefähr einer Stunde ist sie fertig. Ich brauche alle Details über den Rückruf. Wir werden eine Geschichte darüber veröffentlichen, wie der Wein bei Giambelli-MacMillan gemacht wird. Wie sicher der Vorgang ist. In Italien wird die Sache bestimmt Aufsehen erregen, aber hier könnten wir vor einer Krise bewahrt bleiben. Wir müssen Kamerateams in die Weinberge lassen, und auch auf die Weingüter hier und in Italien. *Nonna*, wenn du mit Eli hinfliegst, können wir zeigen, dass Giambelli ein Familienbetrieb ist, und dass *La Signora* sich immer noch höchstpersönlich um alles kümmert.«

»Es ist ein Familienbetrieb«, bestätigte Teresa gepresst. »Und ich kümmere mich höchstpersönlich um alles.«

»Ich weiß.« Sophia senkte ihren Block. »Es ist nur wichtig, dass die Presse und die Verbraucher es auch erfahren und glauben und davon beeindruckt sind. Wir müssen Mama hier einsetzen – Mama, Ty und mich. Wir zeigen ihnen, dass die Familie sich um alles kümmert. Hundert Jahre Tradition, Qualität *und* Verantwortung. Ich weiß, wie man das macht.«

»Sie hat Recht.« Niemand war überraschter als Sophia selbst, dass Tyler sie unterstützte. »Im Wesentlichen ist mir Öffentlichkeitsarbeit und Image ziemlich egal. Und deswegen«, fügte er hinzu, »habt ihr beide mich ja auch da hineingeschubst. Außerdem hätte ich sicher lieber eine Heuschreckenplage auf meinem Weingut als Reporter. Aber daran ist jetzt nichts zu ändern, und ich bin mir ziemlich sicher, dass Sophia einen Weg finden wird, um den schlimmsten Schaden einzudämmen. Wahrscheinlich wird ihr sogar ein Weg einfallen, um das Ganze zum Besten des Unternehmens zu wenden.«

»Einverstanden. Also tut jeder von uns das, was er am besten kann.« Teresa blickte Eli an. »Aber wir warten erst noch das Gespräch mit James Moore ab. Nicht nur der Ruf des Unternehmens muss geschützt werden, sondern das Unternehmen selbst. Sophia, entwirf deine Pressemitteilung. David wird dir bei den Details helfen. Und dann lassen wir die Anwälte einen Blick darauf werfen.«

Ihr Stolz war getroffen worden. Das ist am schwersten zu akzeptieren, dachte Teresa, während sie am Fenster ihres Büros stand. Ihr Besitz war beschädigt und bedroht worden. Ein ganzes Lebenswerk in den Schmutz gezogen durch eine vergiftete Flasche Wein.

Und jetzt musste sie sich auf andere verlassen, um ihr Erbe zu retten.

»Wir schaffen das schon, Teresa.«

»Ja.« Sie drückte Elis Hand. »Ich habe gerade daran gedacht, wie mein Großvater, als ich ein kleines Mädchen war, mit mir durch die Weinberge gegangen ist. Er sagte immer, es reiche nicht aus, nur zu pflanzen. Man muss die Pflanzen pflegen, behüten, achten und formen. Die Weinstöcke waren seine Kinder. Und dann wurden sie meine.«

»Du hast sie gut aufgezogen.«

»Und den Preis dafür bezahlt. Ich war dem Mann, den ich vor so langer Zeit hier geheiratet habe, keine gute Ehefrau, meiner Tochter keine gute Mutter. Mir wurde die Verantwortung übergeben, aber ich habe auch den Ehrgeiz geerbt, Eli. So viel Ehrgeiz ... Ob ich wohl mehr Kinder bekommen hätte, wenn ich nicht immer nur an meine Weinstöcke gedacht hätte? Hätte meine Tochter wohl eine andere Berufswahl getroffen, wenn ich ihr eine bessere Mutter gewesen wäre?«

»Alles geschieht so, wie es geschehen soll.«

»Da spricht der praktisch veranlagte Schotte. Wir Italiener neigen mehr dazu, an Zufälle zu glauben. Und an Vergeltung.«

»Was geschehen ist, ist keine Vergeltung, Teresa. Es ist entweder ein schrecklicher Unfall oder eine kriminelle Handlung. Und in beiden Fällen bist du nicht dafür verantwortlich.«

»Ich habe die Verantwortung an dem Tag übernommen, als ich Giambelli übernahm.« Sie blickte über die Reihen der schlafenden Weinstöcke. »Bin ich nicht verantwortlich dafür, was mit Tyler und Sophia geschieht? Ich habe nur an das Unternehmen gedacht und nie einen Gedanken daran verschwendet, was auf einer anderen Ebene mit ihnen passieren könnte.«

»Teresa!« Eli drehte sie zu sich herum. »Dass du sie zum Arbeiten zusammengebracht hast, musste nicht unbedingt bedeuten, dass sie sich miteinander auf dem Fußboden wälzen.«

Sie seufzte. »Nein, aber es beweist, dass ich ihren menschlichen Bedürfnissen nicht Rechnung getragen habe. Wir übergeben ihnen unser Erbe. Ich habe erwartet, dass sie sich auseinander setzen, das haben wir beide ja auch getan. Aber Sex kann die Menschen zu Feinden machen. Und das habe ich nicht bedacht. Gott, ich fühle mich so alt!«

»Teresa ...« Eli küsste sie auf die Stirn. »Wir *sind* alt.«

Er wollte sie damit zum Lachen bringen, und sie tat ihm den Gefallen. »Nun, *wir* sind jedenfalls keine Feinde geworden. Wir können nur hoffen, dass beide ein Stück von uns in sich tragen.«

»Ich liebe dich, Teresa.«

»Ich weiß. Aber ich habe dich nicht aus Liebe geheiratet, Eli.«

»Ich weiß, mein Liebes.«

»Aus geschäftlichen Gründen«, sagte sie und trat einen Schritt zurück. »Eine Fusion, ein kluger Schritt für das Unternehmen. Ich respektierte dich. Ich mochte dich sehr und war gern mit dir zusammen. Doch statt für mein berechnendes Verhalten bestraft zu werden, wurde ich belohnt. Ich liebe dich inzwischen sehr, und ich hoffe, du weißt das auch.«

»Ja. Wir werden das alles schon in den Griff bekommen, Teresa.«

Er ergriff ihre Hand, die sie ihm entgegenstreckte. »Lass uns hinuntergehen. James wird gleich da sein.«

James überflog Sophias Pressemitteilung und nickte. »Gut.« Dann nahm er seine Lesebrille ab. »Klar, ruhig, mit einer persönlichen Note. Vom rechtlichen Standpunkt her würde ich nichts ändern.«

»Dann gehe ich jetzt hinauf, tippe sie sauber ab und schick sie hinaus.«

»Nimm Linc mit.« James zwinkerte ihr zu. »Für Hilfsarbeiten ist er gut zu gebrauchen.«

Er wartete, bis die beiden das Zimmer verlassen hatten. »Teresa, Eli, ich habe mich mit euren Anwälten in Italien beraten. Ihr seid das Problem schnell und entschlossen angegangen. So habt ihr rechtliche Schritte gegen das Unternehmen vermutlich verhindert. Vielleicht müsst ihr euch hier auf ein paar individuelle Prozesse gefasst machen. Ich versuche, die entsprechenden Informationen von der Polizei zu bekommen. Bevor nicht bewiesen ist, dass sich das Gift schon in der verkorkten Flasche befunden hat, müsst ihr euch nur über den Schaden in der Öffentlichkeit Gedanken machen. Doch sollte man Giambelli Nachlässigkeit vorwerfen, werden wir auch damit fertig.«

»Es geht mir nicht um Nachlässigkeit, James. Wenn der Wein von Anfang an vergiftet war, dann ist das keine Nachlässigkeit, sondern Mord.«

»Im Moment sind das noch Spekulationen, denn den Fragen nach zu urteilen, die die Polizei dir und Tyler, gestellt hat, tappt sie noch im Dunkeln. Sie wissen nicht, wann das Digitalis in den Wein gelangt ist. Vom rechtlichen Standpunkt betrachtet ist

Giambelli damit noch einen wichtigen Schritt vom Problem entfernt.«

»Das *Problem*«, sagte Tyler, »ist der Tod einer Frau.«

»Das ist ein Problem für die Polizei. Es gefällt dir vielleicht nicht, aber ich rate dir dringend, keine Fragen mehr ohne den Beistand eines Anwalts zu beantworten. Es ist der Job von Polizisten, einen Fall zu lösen. Aber es ist nicht deine Aufgabe, ihnen dabei zu helfen.«

»Ich kannte Margaret.«

»Das ist richtig. Und sie hatte ein nettes, romantisches Essen für den Abend vorbereitet, an dem sie starb. Ein Abendessen, zu dem du nicht erschienen bist. Im Augenblick fragt sich die Polizei, wie gut du sie gekannt hast. Lass sie rätseln. Und während sie noch herumrätseln, sehen wir uns mal Margaret Bowers an. Wer sie war, wen sie kannte, was sie wollte.«

»Ziemliches Chaos, was?«

Sophia blickte zu Linc hoch. »Ich habe das Gefühl, dass wir noch lange daran zu knabbern haben.«

»Das glaube ich auch. Doch Dad steht an deiner Seite, und somit kann dir nichts passieren. Und Mom wird sich auch nicht raushalten. Und dann hast du noch mich.«

Sie lächelte. »Eine dreifache Bedrohung.«

»Verdammt richtig. Moore, Moore und Moore. Wer könnte sich etwas ...«

»Hör auf.« Sophia speicherte die Pressemitteilung in ihrem Computer und faxte sie an P.J. »Es ist besser, wenn sie aus dem Büro in San Francisco statt von hier kommt. Es soll zwar persönlich sein, aber es soll nicht wie eine Familienverschwörung aussehen. Ich habe schon mit weiteren Meldungen und ein paar Anekdoten angefangen. Willst du sie dir mal ansehen und mir deinen juristischen Rat geben, ob ich mein Hinterteil bedeckt gehalten habe?«

»Klar. Ich habe dein Hinterteil immer schon gemocht.«

»Haha.« Sie stand auf und überließ ihm ihren Platz am Schreibtisch. »Wie geht's der Ärztin?«

»Es läuft gut. Du solltest mal eine deiner zahlreichen Verabredungen absagen und dich abends mit uns treffen. Wir könnten zusammen ausgehen und Spaß haben. Und du siehst im Moment so aus, als ob du ein bisschen Spaß gebrauchen könntest.«

»Mehr als ein bisschen. In der letzten Zeit hat mein gesellschaftliches Leben ziemlich brachgelegen, und so wird es offenbar noch lange bleiben.«

»Und das sagt die Partykönigin?«

»Die Partykönigin hat ihre Krone verloren.« Da Linc an ihrem Computer saß, griff Sophia zum Telefon, um mit P.J. zu sprechen.

»Wenn du mich fragst, könnte dir eine kleine Pause nicht schaden, Sophie. Du bist nervös. Nur Arbeit und keine Spiele und Tralala.«

»Ich habe keine Zeit zum Spielen«, giftete sie. »Ich habe noch nicht mal Zeit, um über die aktuellen Schritte hinauszudenken oder Luft zu holen. Ich habe seit drei Monaten ausschließlich Zwölf-Stunden-Tage, habe Blasen an den Händen, musste eine Topmitarbeiterin hinauswerfen und hatte seit sechs verdammten Monaten keinen Sex mehr.«

»Aua. Und damit meine ich nicht die Blasen. Ich würde dir ja gern anbieten, bei dem Problem auszu-

helfen, aber da hätte Frau Doktor höchstwahrscheinlich Einwände.«

Sophia stieß die Luft aus. »Ich glaube, ich lerne
besser Yoga.« Sie zog ihre Schreibtischschublade auf
und nahm ein Aspirin heraus. Kurz darauf hatte sie
P.J. in der Leitung. »Ist das Fax durchgekommen?«
Sie hörte zu und nickte. »Jag es so schnell wie möglich raus, dann ... Was? Du lieber Himmel, wann?
Gut, gut. Schick die Meldung raus. Und mail mir die
Nachricht, Wort für Wort. Ich entwerfe eine Antwort. Gib keinen Kommentar ab und sorg dafür,
dass alle Abteilungsleiter, alle wichtigen Angestellten
eine Kopie von der Pressemitteilung bekommen. Das
ist die vorläufige Sprachregelung. Halt mich auf dem
Laufenden.«

Sie legte auf und blickte Linc an. »Die Geschichte
ist schon durchgesickert.«

17

GIAMBELLI-MACMILLAN, DER GIGANT DER WEININDUSTRIE, WIRD VON EINER WEITEREN KRISE GESCHÜTTELT. ES WURDE BESTÄTIGT, DASS EINE VERGIFTETE FLASCHE WEIN FÜR DEN TOD VON MARGARET BOWERS, EINER LEITENDEN ANGESTELLTEN DES UNTERNEHMENS, VERANTWORTLICH WAR. DIE POLIZEI ERMITTELT. DER TATBESTAND DER PRODUKTMANIPULATION KANN NICHT AUSGESCHLOSSEN WERDEN, UND GIAMBELLI-MACMILLAN RUFT ALLE FLASCHEN CASTELLO DI GIAMBELLI MERLOT, JAHRGANG 1992, ZURÜCK. SEIT DER FUSION DER GIAMBELLI-MACMILLAN-WEINGÜTER IM LETZTEN DEZEMBER ...

Perfekt, dachte Jerry, als er die Abendnachrichten sah. Absolut perfekt. Natürlich würden sie sich wehren, das taten sie ja jetzt schon. Aber was würde in der Öffentlichkeit hängen bleiben?

Giambelli – Tod.

Flaschen würden in den Ausguss geleert werden. Unverkaufte Ware würde in den Regalen stehen bleiben. Es würde einige Zeit lang ziemlich wehtun und sich sowohl kurz- als auch langfristig auf den Profit auswirken. Profit, den Le Coeur einstreichen konnte.

Das allein war eine große Befriedigung. Beruflich und persönlich. Vor allem persönlich.

Natürlich waren ein paar Menschen gestorben.

Aber das war doch nicht seine Schuld! Er hatte nichts damit zu tun – nicht direkt jedenfalls. Und wenn die Polizei den Schuldigen fasste, wurde der Schaden für Giambelli nur noch schlimmer.

Er wollte noch ein wenig warten. Den richtigen Zeitpunkt abpassen. Sich die Show ansehen. Und wenn es ihm günstig erschien, konnte es ja noch einen anonymen Anruf geben.

Doch dieses Mal nicht bei den Medien, sondern bei der Polizei.

»Digitalis wird aus Fingerhut gewonnen.« Maddy wusste das, sie hatte nachgeschlagen.

»Was?« Zerstreut blickte David auf. Er hatte Berge von Papier auf seinem Schreibtisch, auf Italienisch. Und er konnte es wesentlich besser sprechen als lesen.

»Würde man Fingerhut in der Nähe von Weinstöcken anpflanzen?«, fragte Maddy. »So wie man hier Senf zwischen die Reihen sät? Wegen des Stickstoffs? Das tut wahrscheinlich niemand, weil jeder weiß, dass Fingerhut Digitalis enthält. Aber vielleicht haben sie ja einen Fehler gemacht. Könnten die Trauben infiziert worden sein, wenn Fingerhut in der Nähe wächst und von der Erde aufgenommen wird?«

»Ich weiß nicht, Maddy. Darüber brauchst du dir doch keine Gedanken zu machen!«

»Warum nicht? Du machst dir doch auch Gedanken.«

»Es ist mein Job, mir Gedanken zu machen.«

»Ich könnte dir aber helfen.«

»Liebes, wenn du mir helfen willst, lass mich ein bisschen in Ruhe. Mach deine Hausaufgaben.«

Schmollend verzog sie den Mund. Ein sicheres Zeichen, dass sie beleidigt war, aber David war zu beschäftigt, um sich darum zu kümmern.

»Ich habe meine Hausaufgaben schon gemacht.«

»Nun, dann hilf Theo bei seinen. Oder mach irgendetwas anderes.«

»Aber wenn das Digitalis ...«

»Maddy.« Sein Geduldsfaden riss. »Das ist keine Geschichte oder ein Projekt. Das ist ein äußerst reales Problem, und ich muss mich damit befassen. Geh und beschäftige dich mit etwas anderem.«

»Gut.« Heftig schlug sie die Tür zu seinem Büro hinter sich zu und stampfte wütend davon. Nie wollte er sich von ihr helfen lassen, wenn es um etwas Wichtiges ging! Mach deine Hausaufgaben, red mit Theo, räum dein Zimmer auf. Immer fiel ihm nur so etwas ein.

Pilar Giambelli hätte er bestimmt nicht so weggeschickt. Und dabei hatte die keine Ahnung von Wissenschaft. *Sie* verstand nur etwas von Musik und Kunst und hübschem Aussehen. Mädchenkram!

Maddy marschierte in Theos Zimmer. Er lag auf dem Bett, seine Musik dröhnte, die Gitarre lag auf seinem Bauch, und er hatte mal wieder das Telefon am Ohr. Dem Ausdruck auf seinem Gesicht nach zu urteilen, redete er mit einem Mädchen. Männer waren *so* blöd.

»Dad möchte, dass du deine Hausaufgaben machst.«

»Verzieh dich.« Er kreuzte die Knöchel. »Nö, nichts. Nur meine blöde Schwester.«

Das Telefon schlug ihm hart gegen den Kieferknochen, als Maddy sich auf ihn stürzte.

»Au! Warte! Verdammt noch mal, Maddy! Ich rufe dich wieder an.« Er ließ das Telefon fallen und konnte sich gerade noch gegen einen Tritt in seine Geschlechtsteile wehren. »Was, zum Teufel, ist los?«

Sie rangelten miteinander und es gelang ihm, seine Schwester hinunterzudrücken. Sie kämpfte zwar nicht wie ein typisches Mädchen, aber er war immer noch stärker als sie. »Hör auf, du verdammte kleine Schlampe! Was ist los?«

»Ich bin nicht *nichts*!«, giftete sie und versuchte noch einmal, mit ihrem Knie auszuholen.

»Nein, du bist nur völlig plemplem.« Theo leckte sich über den Mundwinkel und schmeckte Eisen. »Ich blute! Wenn ich Dad ...«

»Du kannst ihm gar nichts erzählen. Er hört keinem zu außer ihr.«

»Wem, ihr?«

»Du weißt genau, wen ich meine. Geh von mir runter, du großer, fetter Idiot. Du bist genauso schlimm wie er, schmust mit irgendeinem Mädchen herum und hörst niemandem zu.«

»Ich habe mich unterhalten«, erwiderte Theo würdevoll. »Und wenn du mich noch einmal schlägst, schlage ich zurück. Auch wenn Dad mich dafür bestraft. Was hast du denn für Probleme?«

»Ich habe gar kein Problem. Die Männer in diesem Haus machen sich wegen der Frauen in der Villa zu Idioten, das ist das Problem. Es ist Ekel erregend. Und peinlich.«

Theo wischte sich das Blut vom Mund. Was Sophia anging, so hatte er lebhafte Fantasien. Und die würde ihm seine kleine Schwester nicht verderben.

Er warf die lockigen Haare zurück und gähnte. »Du bist ja nur eifersüchtig.«

»Bin ich nicht.«

»Bist du doch. Weil du dünn und flachbrüstig bist.«

»Ich habe lieber Verstand als Brüste.«

»Wie du meinst. Ich weiß gar nicht, warum du dich so darüber aufregst, dass Dad mit Pilar rummacht. Er hat doch sonst auch Frauen gehabt.«

»Du bist so dumm«, erwiderte Maddy verächtlich. »Er macht nicht mit ihr rum, Blödmann. Er liebt sie.«

»Ach komm. Woher willst du das denn wissen?« Dennoch versetzten Maddys Worte ihm einen seltsamen kleinen Stich. Er holte eine Tüte Chips aus seiner Kommode. »Mann!«

»Alles wird sich ändern. Achte nur darauf.« Es schnürte ihr die Kehle zusammen und sie stand auf. »Nichts wird wieder so sein wie früher, darauf kannst du Gift nehmen.«

»Seit Mama weg ist, ist sowieso nichts mehr so wie früher.«

»Es ist *besser* geworden.« Tränen traten Maddy in die Augen, aber da sie vor ihrem Bruder nicht weinen wollte, rannte sie aus dem Zimmer.

»Ja«, murmelte Theo. »Aber es ist nicht mehr so wie früher.«

Sophia hoffte, dass die Dunkelheit und die kalte, klare Luft ihre trüben Gedanken verscheuchen würde. Sie musste logisch denken. Die Nachricht hatte einiges an Schaden angerichtet, und die Leute erinnerten sich meistens nur an den ersten Eindruck. Den schlechten.

Und sie hatte jetzt die Aufgabe, diesen schlechten Eindruck abzumildern. Sie musste der Öffentlichkeit zeigen, dass zwar Giambelli beschädigt worden war, das Unternehmen jedoch nichts getan hatte, um andere zu beschädigen. Worte reichten dazu nicht aus, das war Sophia klar. Jetzt mussten sie handeln.

Wenn ihre Großeltern nicht schon die Absicht gehabt hätten, nach Italien zu fliegen, hätte sie sie dazu gedrängt. Sie mussten sich dort jetzt zeigen und durften sich nicht darauf zurückziehen, »keinen Kommentar« abzugeben. Immer wieder sollten sie sich zu dem Problem äußern, und vor allem immer wieder den Namen des Unternehmens nennen. Sie mussten das Ganze zu ihrer persönlichen Angelegenheit machen.

Aber ... zu Margaret Bowers durften sie sich nur vorsichtig äußern. Sie mussten natürlich Mitgefühl zeigen, durften aber keine Verantwortung übernehmen.

Und um ihnen dabei zu helfen, durfte Sophia an Margaret nicht mehr als Person denken.

Das mochte zwar kalt sein, aber dann war sie eben kalt. Mit ihrem Gewissen würde sie sich später auseinander setzen.

Sie stand am Rande des Weinbergs. Er wird vor Schädlingen und den Unbilden des Wetters geschützt, dachte sie. Alles wurde bekämpft, was ihn bedrohte. Auch jetzt. Sie würde den Kampf aufnehmen, und zwar mit ihren Mitteln. Und sie würde nichts bedauern, das ihr zum Sieg verhalf.

Aus den Augenwinkeln nahm sie eine Bewegung wahr. Sofort dachte sie: Eindringling, Saboteur, Mörder! Sie stürzte sich auf den Schatten – und hielt kurz darauf ein zappelndes, junges Mädchen fest.

»Lassen Sie mich los! Ich darf mich hier aufhalten!«

»Entschuldigung. Tut mir Leid.« Sophia trat einen Schritt zurück. »Du hast mir Angst eingejagt.«

Sie hat nicht gerade ängstlich ausgesehen, dachte Maddy. Eher Angst einflößend. »Ich tu doch gar nichts Schlimmes.«

»Das habe ich ja auch nicht gesagt. Ich habe nur gesagt, dass du mir Angst eingejagt hast. Wir sind zurzeit alle etwas nervös. Sieh mal ...«

Sie bemerkte Tränenspuren auf den Wangen des Mädchens. Doch da sie es auch nicht gern hatte, wenn man sie nach dem Grund für ihre Tränen fragte, gestand sie Maddy das gleiche Recht zu.

»Ich bin hierher gekommen, um mich ein bisschen durchpusten zu lassen. Da drinnen ist im Moment einfach zu viel los.« Sophia blickte zum Haus.

»Mein Vater arbeitet auch.«

Sophia hörte die Anspannung in Maddys Stimme und machte sich ihre eigenen Gedanken. »Er steht im Moment ziemlich unter Druck, wie wir alle. Morgen früh fliegen meine Großeltern nach Italien. Ich mache mir ihretwegen Sorgen. Sie sind nicht mehr jung.«

Maddy empfand Sophias Vertrauen als beruhigend. Langsam ging sie neben ihr her. »Sie benehmen sich aber nicht so, als wären sie alt. Nicht hinfällig oder so.«

»Nein, das stimmt. Ich würde trotzdem lieber an ihrer Stelle fliegen, aber die Firma braucht mich jetzt hier.«

Maddys Lippen zitterten, während sie zu den Lichtern des Gästehauses blickte. Sie wurde von niemandem gebraucht. »Sie haben wenigstens etwas zu tun.«

»Ja. Wenn ich nur wüsste, was ich als Nächstes tun muss! Es ist einfach alles zu viel.«

Sie warf Maddy einen Blick zu. Das Mädchen war durcheinander und schmollte offenbar wegen irgendetwas. Sophia erinnerte sich noch zu gut daran, wie es war, vierzehn zu sein.

»Wahrscheinlich sitzen wir beide in gewisser Weise im selben Boot. Was die Sache mit meiner Mutter und deinem Vater angeht, meine ich«, sagte sie, als Maddy schwieg. »Es ist ein bisschen komisch.«

Maddy zuckte mit den Schultern. »Ich muss gehen.«

»Okay, aber vorher will ich dir noch etwas sagen. Von Frau zu Frau, von Tochter zu Tochter, wie auch immer. Meine Mutter hat lange ohne einen Mann gelebt, der sich um sie kümmerte. Ich weiß nicht, wie es für dich ist, oder für deinen Bruder oder deinen Vater. Aber für mich ist es mittlerweile schön zu sehen, dass sie jetzt einen guten Mann hat, der sie glücklich macht. Ich hoffe, du gibst ihr eine Chance.«

»Es spielt keine Rolle, was ich tue – oder denke oder sage.«

Sie fühlt sich elend und lehnt alles ab, dachte Sophia. Ja, daran konnte sie sich auch erinnern. »Doch, es spielt eine Rolle. Wenn uns jemand liebt, spielt es sehr wohl eine Rolle, was wir denken und tun.« Als sie Schritte hörte, drehte sie sich um. »Und es sieht so aus, als liebte dich jemand.«

»Maddy!« Atemlos riss David seine Tochter in die Arme. Es gelang ihm, sie zugleich zu umarmen und zu schütteln. »Was machst du denn? Du kannst doch nicht im Dunkeln einfach weglaufen.«

»Ich bin nur spazieren gegangen.«

»Und das hat mich ein Jahr meines Lebens gekostet. Wenn du dich mit deinem Bruder prügeln willst, habe ich nichts dagegen, aber du darfst nie mehr einfach das Haus verlassen, ohne Bescheid zu sagen. Klar?«

»Ja, Sir.« Obwohl Maddy insgeheim erfreut war, verzog sie das Gesicht. »Ich habe nicht geglaubt, dass du es überhaupt merkst.«

»Da irrst du dich aber.« Er schlang ihr den Arm um den Nacken, eine kleine Geste der Zuneigung, die Sophia schon häufiger aufgefallen war. Es machte sie neidisch. Ihr Vater hatte sie nie so angefasst.

»Zum Teil ist es meine Schuld«, sagte Sophia. »Ich habe sie aufgehalten. Sie kann großartig zuhören. Ich musste meine Gedanken ordnen.«

»Sie sollten das für heute sein lassen. Sie brauchen schließlich all Ihre Kraft für morgen. Ob Ihre Mutter jetzt wohl Zeit hat?«

David merkte nicht, wie Maddy erstarrte, aber Sophia fiel es auf. »Ich glaube schon. Warum?«

»Ich gehe im Moment die ganzen Berichte und Protokolle durch. Sie sind alle auf Italienisch. Ich käme schneller vorwärts, wenn sie jemand lesen würde, der die Sprache besser beherrscht als ich.«

»Ich sage es ihr.« Sophia blickte Maddy an. »Sie wird Ihnen gern helfen.«

»Danke. Jetzt werde ich dieses Gepäckstück hier nach Hause schleppen und ein bisschen darauf einschlagen. Wir sehen uns morgen bei der Besprechung. Um acht Uhr.«

»Ja, bis morgen. Gute Nacht, Maddy.« Sophia sah ihnen nach, als sie auf das Gästehaus zugingen. Ihre Schatten waren so nah beieinander, dass sie im Mondlicht zu einem verschmolzen.

Man konnte dem Kind kaum einen Vorwurf machen. Es war schwer für Menschen, sich auf Veränderungen einzulassen, wenn ihnen das Leben, so wie es gewesen war, gut schien. Aber es gab eben immer wieder Veränderungen, und es war klüger, sich ihnen anzupassen. Noch besser allerdings war es, sie selbst einzuleiten.

Tyler stellte Radio und Fernseher ab. Er ging nicht ans Telefon. Für ihn war es das Beste, die Medien zu ignorieren. Zumindest ein paar Stunden lang.

Er arbeitete sich durch seine Akten, seine Protokolle und jeden greifbaren Bericht. Er konnte und wollte sicherstellen, dass zumindest bei MacMillan nichts passiert war.

Was er jedoch nicht kontrollieren konnte, waren seine eigenen Fragen in Bezug auf Margaret. Ein Unfall, Selbstmord oder Mord? Selbstmord konnte er ausschließen. Sie war nicht der Typ dazu gewesen, und er selbst war ganz bestimmt nicht so sehr von sich eingenommen, dass er annehmen musste, sie habe sich wegen eines abgesagten Abendessens umgebracht.

Vielleicht war sie an ihm interessiert gewesen, und vielleicht hatte er die Signale übersehen, aber er stand nun mal nicht auf ehrgeizige Karrierefrauen mit Terminkalendern. Diese Frauen raubten einem einfach zu viel Energie.

Wie Sophia zum Beispiel.

Du lieber Himmel, wenn er nicht bald mit ihr schlafen konnte, würde er explodieren. Das ist genau der Punkt, dachte er, während er ruhelos durchs Haus lief. Diese Gedanken an sie trübten den Verstand, strengten ihn an und machten eine ohnehin schon komplexe Geschäftsverbindung noch komplizierter.

Im Moment musste er sich mehr denn je vollständig auf seinen Job konzentrieren. Die aktuelle Krise zog all seine Zeit und Energie von den Weinbergen ab – ausgerechnet jetzt, wo er es sich am wenigsten leisten konnte. Der Langzeitwetterbericht hatte Frost vorausgesagt. Ein paar Fässer konnten im Übrigen schon in Flaschen abgefüllt werden, und außerdem hatte das Eggen bereits begonnen.

Er hatte keine Zeit, sich über polizeiliche Ermittlungen und mögliche juristische Verfahren Gedanken zu machen. Oder über eine Frau. Allerdings konnte er die Frau am schwersten aus seinen Gedanken vertreiben.

Unvermittelt griff er nach seiner Jacke, trat zur Haustür und riss sie auf.

Sophia stand auf der Treppe.

»Ich mag keine reizbaren Machos«, sagte sie und schlug die Tür hinter sich zu.

»Und ich mag keine herrschsüchtigen, aggressiven Frauen.«

Sie fielen übereinander her. Während sie sich küssten, schob sie sich an ihm hoch und schlang die Beine um seine Hüften. »Dieses Mal will ich ein Bett.« Keuchend zerrte sie an seinem Hemd. »Den Fußboden probieren wir später aus.«

»Und ich will dich nackt.« Er knabberte an ihrem Hals und taumelte die Treppe hinauf. »Egal wo.«

»Himmel, du hast einen unglaublich guten Geschmack.« Ihre Lippen glitten über sein Gesicht, seinen Hals. Als er sie im oberen Flur gegen die Wand drückte, hielt sie den Atem an und krallte die Finger in seine Haare. »Es geht doch nur um Sex, oder?«

»Logisch.« Er küsste sie wieder und begann, ihr den Pullover über den Kopf zu ziehen. »Du bist so schön ...« Er ließ den Pullover fallen und senkte seinen Mund über die sanfte Rundung ihrer Brüste, die aus dem BH drängten. »Wir werden es nicht mehr bis ins Bett schaffen.«

Sophias Herz hämmerte, als er mit den Zähnen über ihre bloße Haut glitt. »Gut, dann nächstes Mal.«

Sie wusste nicht mehr, wo sie war und wer sie war. Die Leidenschaft überwältigte sie und blindlings zerrten sie an ihren Kleidern, berührten und küssten sich, bis alles um sie herum verschwamm.

Sie war bereits nass und bog sich ihm entgegen, als seine Finger sie fanden. Der Orgasmus überflutete sie mit einer Kraft, dass sie das Gefühl hatte, sich aufzulösen.

»O nein.« Er drückte sie gegen die Wand und stieß weiter in sie hinein. »Ich will, dass du schreist. Komm noch mal.«

Sie konnte nichts dagegen tun. Sie ließ sich von ihm nehmen, bis alles um sie herum nur noch dunkel und wild war.

Ein Schleier zog sich über Tylers Augen. Sie hörte sein keuchendes Atmen und wusste, es galt ihr.

»Jetzt!« Sie krallte erneut die Hände in seine Haare und erschauerte, weil ein weiterer Höhepunkt nahte. »Jetzt, jetzt, jetzt.«

Als er in sie hineinstieß, kam sie noch einmal. Sie krallte die Nägel in seine schweißbedeckten Schultern, und ihre Hüften bogen sich ihm entgegen. Er hielt seine Lippen fest auf ihre gepresst und schluckte die kleinen, gierigen Laute, die aus ihrer Kehle drangen.

Und dann schoss die Lust auch durch ihn und er verging.

Eng umschlungen sanken sie zu Boden.

Sophia begann zu lachen. »*Dio. Grazie a Dio.* Endlich dekantiert. Keine wirkliche Finesse, aber ein guter Körper und hervorragendes Durchhaltevermögen.«

»An der Finesse arbeiten wir noch, wenn ich nicht gerade den Mond anheule.«

»Ich habe mich nicht beklagt.« Sie fuhr mit den Lippen leicht über seine Brust. »Ich fühle mich großartig.«

»Das kann ich bestätigen. Du fühlst dich unglaublich an.« Er stieß die Luft aus. »Ich bin außer Atem.«

»Ich auch.« Sie hob den Kopf und musterte ihn. »Bist du schon fertig?«

»Keineswegs.«

»Oh, gut, ich nämlich auch nicht.« Sie setzte sich auf ihn. »Ty?«

»Mmmm?« Er streichelte ihren Oberkörper. Sie ist so weich, dachte er. Weich, dunkel und exotisch.

»Wir müssen eine Sprachregelung treffen.«

»Ja.« Sie hatte ein hübsches kleines Grübchen an der linken Hüfte.

»Möchtest du eine feste Beziehung?«

»Nein.«

»Gut. Ich auch nicht.« Sie stützte sich mit den Händen zu beiden Seiten seines Kopfes ab und beugte sich über ihn. Mit den Lippen fuhr sie leicht seine Mundwinkel entlang. »Ins Bett?«, flüsterte sie.

Er richtete sich auf und schlang die Arme um sie. »Nächstes Mal.«

Irgendwann gegen Mitternacht fand Sophia sich mit dem Gesicht nach unten auf seinem Bett. Die Laken waren zerwühlt und warm, und sie fühlte sich ganz matt.

»Wasser«, krächzte sie. Jetzt, wo sie ein Bedürfnis gestillt hatte, wollte sie nicht riskieren, vor Durst zu sterben. »Ich brauche Wasser. Ich gebe dir alles, was du willst, erfülle deine wildesten sexuellen Träume, aber gib mir eine Flasche Wasser.«

»Die wilden sexuellen Träume hast du schon erfüllt.«

»Oh, ach ja.« Sie tätschelte ihm die Schulter. »Sei lieb, MacMillan.«

»Okay. Hilf mir – wo sind wir denn?«

»Auf dem Bett.« Sie seufzte. »Wir haben es am Ende doch noch geschafft.«

»Gut. Ich bin gleich zurück.« Er erhob sich schwankend, und da er quer über dem Bett gelegen hatte, irrte er sich in der Richtung und stieß gegen einen Stuhl.

Sophia lauschte seinen unterdrückten Flüchen und lächelte in sich hinein. Er war so süß! Und lustig. Klüger, als sie geglaubt hatte, und unglaublich im Bett. Auf dem Fußboden. An der Wand. Sie konnte sich an keinen anderen Mann erinnern, den sie derart attraktiv fand. Vor allem, wenn man bedachte, dass er jemand war, der nur dann einen Anzug anzog, wenn man ihn mit der Pistole bedrohte.

Sie war so in Gedanken verloren, dass sie aufschrie, als Ty ihr das eiskalte Wasser an die bloße Schulter hielt. »Ha ha«, murrte sie, setzte sich dann aber dankbar auf und trank das halbe Glas in einem Zug leer.

»Hey, ich dachte, wir würden teilen.«

»Ich habe nichts von teilen gesagt.«

»Dann möchte ich noch mehr sexuelle Wünsche erfüllt haben.«

»Das schaffst du gar nicht«, kicherte sie.

»Du weißt, wie gern ich dich eines Besseren belehre.«

Als seine Hand an ihrem Oberschenkel entlang glitt, seufzte sie auf. »Das stimmt.« Trotzdem reichte sie ihm das Wasserglas. »Vielleicht habe *ich* ja noch ein paar sexuelle Wünsche. Aber dann muss ich wirklich nach Hause gehen. Morgen früh ist Besprechung.«

Tyler trank das Glas aus und stellte es weg. »Darüber denken wir jetzt noch nicht nach.« Dann schlang er Sophia einen Arm um die Taille und zog sie unter sich. »Ich werde dir jetzt erzählen, was ich mir vorstelle.«

Es ist lange her, dachte Sophia, seit ich mich das letzte Mal morgens um zwei ins Haus geschlichen habe. Und doch gehörte es wie Reiten oder Fahrradfahren oder, nun ja, auch Sex, zu den Fähigkeiten, die man nicht verlernte. Sie schaltete ihre Scheinwerfer aus, damit sie nicht die Fenster der Villa anleuchteten, und fuhr langsam um die Kurve in die Garage.

Es war eine kalte, sternenklare Nacht und Sophia blieb noch einen Moment draußen stehen. Sie war schrecklich müde, wunderbar ausgelaugt und fühlte sich äußerst lebendig.

Tyler MacMillan, dachte sie, ist ein Mann voller Überraschungen, mit zahlreichen Geheimfächern und erstaunlicher Energie. Sie hatte in den letzten Monaten viel über ihn erfahren. Jetzt freute sie sich darauf, ihn noch weiter zu erforschen.

Im Moment jedoch sollte sie lieber zu Bett gehen und ein bisschen schlafen, sonst war sie am nächsten Morgen zu nichts zu gebrauchen.

Seltsam, dachte sie, während sie von hinten um das Haus herumging, ich wäre am liebsten bei ihm geblieben. Hätte bei ihm geschlafen. Angekuschelt an seinen langen, warmen Körper. Sicher, warm, behütet.

Über die Jahre hatte sie sich angewöhnt, sich nach dem Sex emotional abzukapseln. So wie es ein Mann für gewöhnlich tat, hatte sie immer gedacht. Im selben Bett zu schlafen und gemeinsam aufzuwachen, nachdem der Spaß und die Spielchen vorüber waren, konnte peinlich sein. Und es war zu intim. Indem sie solche Situationen vermied, hielt sie das Gefühlschaos in Grenzen.

Aber Tylers Bett zu verlassen war ihr schwer gefallen. Vielleicht mag ich ihn ja mehr, dachte sie, während sie durch den Garten ging. Und fühle mich viel mehr zu ihm hingezogen, als ich erwartet habe. Doch nach einer Weile würde der Glanz der Erregung sicher nachlassen.

So war es doch immer.

Wenn man lebenslange Liebe anstrebte, wurde man immer enttäuscht. Es war viel besser, den Augenblick zu genießen und dann zu gehen.

Als sie um die letzte Ecke des Gartens bog, stand sie auf einmal vor ihrer Mutter.

Verblüfft starrten sie einander an.

»Ähm, es ist eine schöne Nacht«, sagte Sophia schließlich.

»Ja. Ich war gerade, äh ... David ...« Hilflos wies Pilar in die Richtung des Gästehauses. »Er brauchte Hilfe beim Übersetzen.«

»Ich verstehe.« Ein wildes Kichern stieg in Sophia auf. »Nennt deine Generation das so?« Sie drängte das Kichern zurück, und nur ein erstickter Laut entfuhr ihr. »Wir sollten uns jetzt besser ins Haus schleichen, sonst erfrieren wir hier draußen noch.«

»Ich habe wirklich übersetzt.« Pilar eilte zur Tür und versuchte, sie zu öffnen. »Es war viel ...«

»O Mama.« Sophia konnte sich nicht mehr beherrschen. Sie hielt sich den Bauch vor Lachen. »Hör auf, dich zu rechtfertigen.«

»Ich habe nur ...« Verlegen zupfte Pilar an ihren Haaren. Sie ahnte, wie sie aussah – erhitzt und zerknittert. Wie eine Frau, die gerade aus dem Bett kam. Oder, wie in ihrem Fall, vom Wohnzimmersofa. Angriff schien ihr die beste Verteidigung zu sein. »Du warst lange aus.«

»Ja. Ich habe auch übersetzt. Mit Ty.«

»Mit ... Oh. Oh.«

»Ich glaube, ich verhungere. Und du?« Sophia ging in die Küche. »Ich habe nichts zu Abend gegessen.« Beiläufig sagte sie, während sie in den Kühlschrank blickte: »Hast du ein Problem mit mir und Ty?«

»Nein ... ja. Nein«, stotterte Pilar. »Ich weiß nicht. Ich weiß einfach nicht, wie ich damit umgehen soll.«

»Lass uns Kuchen essen.«

»Kuchen?«

Sophia zog die Überreste eines Apfelkuchens heraus. »Du siehst wundervoll aus, Mama.«

Pilar fuhr sich durch die Haare. »Das glaube ich nicht.«

»Wirklich wundervoll.« Sophia stellte die Platte mit dem Kuchen auf die Küchentheke und holte Teller aus dem Schrank. »Ich habe mich etwas schwer getan mit David und dir. Ich bin einfach nicht daran gewöhnt, dich als ... dich so zu sehen. Aber jetzt, wo wir uns mitten in der Nacht beide ins Haus schleichen, gefällt es mir.«

»Ich muss mich nicht in mein eigenes Haus schleichen.«

»Oh.« Sophia hielt die Tortenschaufel hoch und fragte: »Warum tust du es dann?«

»Einfach nur ... Lass uns Kuchen essen.«

»Gute Idee.« Sophia schnitt zwei große Stücke ab und lächelte, als Pilar sich schon wieder durch die Haare fuhr. »Es war ein langer, anstrengender Tag. Es ist so schön, ihn angenehm zu beenden.«

»Stimmt. Obwohl du mir da draußen einen ziemlichen Schock versetzt hast.«

»Ich? Stell dir mal *meine* Überraschung vor!«

Sophia stellte die Teller auf den Küchentisch, während Pilar die Gabeln holte. Verschmitzt lächelnd leckte Sophia sich Kuchen vom Finger. »David ist ziemlich scharf auf dich.«

»Sophie!«

»Wirklich! Er hat tolle Schultern, ein nettes, jungenhaftes Gesicht, und er ist klug. Da hast du dir wirklich einen tollen Kerl angelacht, Mama.«

»Er ist keine Trophäe. Und ich hoffe doch, dass du Ty auch nicht als Trophäe ansiehst.«

»Er hat einen fantastischen Hintern.«

»Ich weiß.«

»Ich habe Ty gemeint.«

»Ich weiß«, wiederholte Pilar. »Bin ich etwa blind?« Undamenhaft schnaubend ließ sie sich auf einen Stuhl fallen. »Das Ganze ist lächerlich, peinlich und ...«

»Es macht Spaß«, beendete Sophia den Satz. Sie setzte sich ebenfalls. »Wir interessieren uns beide für Mode und in der letzten Zeit auch beide fürs Geschäft. Warum sollten wir uns nicht auch beide ... *Nonna*!«

»Ja, natürlich interessieren wir uns beide für ...«
Pilar ließ ihre Gabel fallen. »Mama? Warum bist du
wach?«

»Glaubt ihr, ich merke nicht, wenn Leute in meinem Haus ein- und ausgehen?« In einen dicken Che-
nille-Morgenmantel und Pantoffeln gehüllt betrat
Teresa die Küche. »Was, keinen Wein?«

»Wir waren einfach nur ... hungrig«, brachte Sophia heraus.

»Ha, kein Wunder. Sex ist ein anstrengendes Geschäft, wenn man ihn richtig betreibt. Ich habe auch
Hunger.«

Sophia schlug sich die Hand vor den Mund, aber
es war bereits zu spät. Sie platzte vor Lachen. »Danke, Eli!«

Teresa nahm sich das letzte Stück Apfelkuchen von
der Platte. Ihre Tochter starrte mit zuckenden Schultern auf ihren Teller. »Lasst uns jetzt Wein trinken.
Ich glaube, die Gelegenheit schreit geradezu danach.
Das ist bestimmt das erste Mal, dass alle drei Frauen
der Giambellis in der Küche sitzen, nachdem sie Liebe
gemacht haben. Du brauchst nicht so erstaunt drein-
zuschauen, Pilar. Schließlich ist Sex etwas ganz Na-
türliches. Und da ihr euch dieses Mal würdige Partner
ausgesucht habt, trinken wir darauf.«

Sie wählte eine Flasche Sauvignon blanc vom Kü-
chengestell aus und entkorkte sie. »Wir machen gerade anstrengende Zeiten durch. Doch es hat andere
Zeiten gegeben, und es wird wieder andere geben.«
Sie schenkte drei Gläser ein. »Wesentlich ist, dass
wir leben. Ich mag David Cutter übrigens.«

»Danke. Das freut mich.«

Sophia biss sich auf die Unterlippe, um ihr Grinsen zu verbergen, als sich Teresa ihr zuwandte.

»Wenn du Tyler wehtust, werde ich wütend und enttäuscht sein. Ich liebe ihn sehr.«

»Nun, das finde ich prima.« Ernüchtert legte Sophia ihre Gabel weg. »Warum sollte ich denn?«

»Denk an meine Worte. Und jetzt – morgen werden wir um das kämpfen, was wir sind und was wir haben. Heute Nacht« – sie hob ihr Glas – »heute Nacht feiern wir es. *Salute.*«

18

Es war ein Krieg, der an mehreren Fronten geführt wurde. Sophia kämpfte über den Rundfunk, in den Printmedien und am Telefon. Sie verbrachte Stunden damit, Pressemitteilungen auf den neuesten Stand zu bringen, Interviews zu geben und Kunden zu beruhigen. Und jeden Tag fing sie wieder von Neuem an, widerlegte Gerüchte, Geschwätz und Spekulationen. Während der Krise brauchte sie nicht im Weinberg zu arbeiten. Das war Tys Schlachtfeld, aber sie merkte, dass es ihr fehlte, dort nicht mithelfen zu können. Nicht am Eggen teilnehmen zu können, an den Frostwachen, am sorgfältigen Hüten der Knospen.

Sophia machte sich Sorgen um ihre Großeltern, die in Italien kämpften. Jeden Tag trafen Berichte ein. Der Rückruf hatte begonnen, und bald würde der Wein, Flasche für Flasche, untersucht werden. Um die Kosten konnte sie sich nicht kümmern. Das war Davids Angelegenheit.

Wenn Sophia mal für eine Minute verschnaufen wollte, stellte sie sich ans Fenster ihres Büros und sah zu, wie die Männer den Boden pflügten. Dieses Jahr würde ein ganz besonderer Jahrgang werden.

Sie mussten es nur überstehen.

Sie zuckte zusammen, weil ihr Telefon schon wieder läutete, unterdrückte jedoch den Drang, es zu ignorieren.

»Sophia Giambelli.«

Zehn Minuten später hängte sie auf und ließ ihrer Wut mit einem Strom italienischer Flüche freien Lauf.

»Hilft dir das?«, fragte Pilar, die an der Tür erschienen war.

»Nicht genug.« Sophia presste die Finger an die Schläfen und überlegte, wie sie wohl am besten mit der nächsten Kampfphase umgehen sollte. »Ich bin froh, dass du da bist. Kannst du bitte hereinkommen und dich eine Minute setzen?«

»Lieber fünfzehn. Ich habe gerade eine Tour hinter mir.« Pilar ließ sich in einem Sessel nieder. »Sie kommen scharenweise. Hauptsächlich Neugierige. Auch ein paar Reporter, aber seit deiner Pressekonferenz nicht mehr so viele.«

»Es werden wahrscheinlich wieder mehr. Ich hatte gerade einen Produzenten der Larry-Mann-Show am Telefon.«

»Larry Mann.« Pilar zog die Nase kraus. »Übelstes Schundfernsehen. Du wirst ihnen nichts an die Hand geben.«

»Sie haben schon was. Sie haben René.« Unruhig stand Sophia auf. »Man wird morgen eine Show mit ihr aufzeichnen, und dabei enthüllt sie vermutlich Familiengeheimnisse und erzählt die wahre Geschichte von Dads Tod. Wir sind herzlich eingeladen. Sie wollen entweder dich oder mich oder auch uns beide dabei haben, damit wir unsere Sicht der Dinge erzählen.«

»Das geht nicht, Sophie. So befriedigend es ja auch sein mag, ihr in aller Öffentlichkeit eine Ohrfeige zu verpassen, es ist nicht der richtige Weg. Und es ist auch nicht das richtige Forum.«

»Warum, glaubst du, habe ich geflucht?« Sophia ergriff ihren Frosch-Briefbeschwerer und spielte damit herum. »Wir ignorieren sie einfach. Aber ich würde mich wirklich nur zu gern mit dieser Schlampe im Dreck wälzen. Sie gibt Hinz und Kunz Interviews und sie richtet beträchtlichen Schaden damit an. Ich habe schon mit Tante Helen und Onkel James über rechtliche Schritte gesprochen.«

»Lass das lieber sein.«

»Wir dürfen nicht zulassen, dass sie die Familie verleumdet.« Sophia blickte finster auf ihren Frosch. Normalerweise heiterte sein albernes Gesicht sie auf. »Ich kann mich nicht mit ihr auf eine Ebene begeben, was wirklich eine Schande ist. Aber ich kann gerichtlich gegen sie vorgehen.«

»Hör mir zuerst mal zu«, sagte Pilar und beugte sich vor. »Rechtliche Schritte zu unternehmen, das macht im Augenblick René und das, was sie sagt, nur noch glaubwürdiger. Ich weiß, dass du am liebsten kämpfen willst, und ich neige normalerweise zum Rückzug, aber dieses Mal tun wir keins von beidem. Wir bleiben einfach nur an unserem Platz stehen.«

»Daran habe ich auch schon gedacht. Aber letztendlich kannst du Feuer nur mit Feuer bekämpfen.«

»Nicht immer, Liebes. Manchmal muss man es auch löschen. Wir löschen es einfach mit gutem Giambelli-Wein.«

Sophia holte tief Luft und setzte sich wieder. Sie stellte den Briefbeschwerer auf den Schreibtisch und drehte ihn, während sie nachdachte.

Hinter ihr ratterte das Fax, aber sie achtete nicht darauf.

»Das ist gut.« Sie nickte ihrer Mutter zu. »Das ist

sehr gut. Wir ertränken die Flammen. Wir werden eine Party feiern. Einen Frühlingsball, mit Abendkleidung. Wie viel Zeit brauchst du, um ihn zu organisieren?«

Pilar blinzelte noch nicht einmal. »Drei Wochen.«

»Gut. Stell die Gästeliste zusammen. Wenn wir die Einladungen rausgeschickt haben, mache ich die Presse aufmerksam. René setzt auf Schund, wir setzen auf Eleganz.«

»Eine Party?« Tyler erhob seine Stimme über das Rattern der Eggen. »Hast du jemals von Nero gehört?«

»Rom brennt nicht. Darum geht's mir doch.« Ungeduldig zog Sophia ihn von den Maschinen weg. »Giambelli nimmt seine Verantwortung ernst und arbeitet hier und in Italien mit den Behörden zusammen. *Merda!*«, fluchte sie, als ihr Handy läutete. »Warte mal.«

Sie zog es aus der Tasche. »Sophia Giambelli. *Sì. Va bene.*« Mit einer abweisenden Geste zu Ty ging sie ein paar Schritte weg.

Er beobachtete sie, wie sie offensichtlich Befehle auf Italienisch entgegennahm.

Um sie herum wurde gepflügt. Systematisch warfen die lauten Maschinen Erde auf, um die Pflanzen zu bedecken. Die Wärme veranlasste die Weinstöcke zu knospen, obwohl der kühle Wind von den Bergen wieder eine frostklare Nacht versprach.

Und inmitten dieses ewigen Kreislaufs stand Sophia. Der Mittelpunkt, dachte er. Vielleicht ist sie schon immer da gewesen.

Sie ging zwischen den Reihen auf und ab und redete mit lauter Stimme in ihr Handy. Es klang wie eine faszinierende fremde Musik.

Tyler fluchte nicht, als das Gefühl in ihm aufstieg. Er hatte es erwartet.

Ich bin verrückt nach ihr, gestand er sich ein. Hingerissen. Verloren. Und früher oder später würde er sich überlegen müssen, wie er damit umging.

Sie schob das Handy wieder in ihre Tasche. »Die italienische Presseabteilung«, sagte sie zu Ty. »Ein paar Stolpersteine mussten aus dem Weg geräumt werden. Tut mir Leid wegen der Unterbrechung. Wo ...«

Sie verstummte und blickte ihn an. »Weshalb grinst du?«, fragte sie.

»Grinse ich? Vielleicht, weil du so nett anzusehen bist, selbst wenn du unter Dampf stehst.«

»Unter Dampf stehen ist im Moment die einzig richtige Bezeichnung. Denk nur an die Party. Außerdem müssen wir Flagge zeigen und mit den Plänen für das Jubiläum weitermachen. Die erste Gala ist schon im Hochsommer. Und jetzt geben wir ein kleineres Fest im engeren Kreis, um Einigkeit, Verantwortung und Selbstbewusstsein zu demonstrieren.«

Sie zählte die einzelnen Punkte an ihren Fingern ab. »Der Rückruf ist freiwillig und unter beträchtlichen Kosten erfolgt, noch bevor er von einem Gericht angeordnet wurde. *La Signora* und Mr. MacMillan sind persönlich nach Italien gereist, um ihre Unterstützung bei den Ermittlungen anzubieten. Giambelli ist jedoch zuversichtlich, das Problem bald unter Kontrolle zu haben. Die Familie, und das müssen wir betonen, nimmt ihre gesellschaftliche Rolle weiterhin wahr. Wir zeigen unseren Glanz, und René wühlt im Schlamm.«

»Glanz.« Tyler musterte die Weinstöcke. Im Geiste machte er sich eine Notiz, die Berieselungsanlage zu überprüfen, falls sie heute Nacht als Schutz vor Frost gebraucht werden sollte. »Wenn wir unseren Glanz zeigen wollen, wie kommt es dann, dass ich mich mit einem Fernsehteam herumschlagen und durch den Matsch laufen muss?«

»Um zu zeigen, wie viel harte Arbeit in jeder einzelnen Flasche Wein steckt. Nörgele nicht, MacMillan. Die letzten Tage waren für alle anstrengend.«

»Ich würde weniger nörgeln, wenn mir nicht dauernd irgendjemand im Weg stünde.«

»Gilt das auch für mich?«

Er blickte in Sophias schönes Gesicht. »Sieht nicht so aus.«

»Warum bist du dann nicht gestern Nacht durch die Terrassentür zu mir geschlichen?«

Er verzog die Mundwinkel. »Ich habe daran gedacht.«

»Offensichtlich nicht intensiv genug.« Sie beugte sich zu ihm, und als er zurückwich, fragte sie: »Was ist los? Hast du Kopfschmerzen?«

»Nein, aber Zuschauer. Ich möchte eigentlich nicht in der Zeitung lesen, dass ich mit meiner Kollegin schlafe.«

»Es hat nichts mit dem Geschäft zu tun, wenn du mit mir schläfst.« Ihre Stimme wurde um einige Grade kühler. »Aber wenn du dich meiner schämst ...« Sie zuckte mit den Schultern, drehte sich um und ging weg.

Nach kurzem Zögern, weil ihn öffentliche Szenen eigentlich unangenehm waren, lief Tyler ihr nach. In fünf Schritten war er bei ihr und packte sie am Arm.« Ich schäme mich wegen gar nichts. Nur weil ich mein Privatleben nicht in der Öffentlichkeit ausbreiten möchte ...« Er packte auch ihren anderen

Arm. »Es gibt im Augenblick genug Gerüchte, und wir brauchen nicht noch eins hinzuzufügen. Wenn ich mit den Gedanken nicht bei der Arbeit bin, kann ich das auch nicht von meinen Leuten erwarten. Ach, zum Teufel damit!«

Er hob sie hoch und küsste sie leidenschaftlich.

»Okay?«, wollte er dann wissen und ließ sie wieder hinunter.

»Beinahe.« Sie fuhr ihm mit den Händen über die Brust und spürte, dass er zitterte. Dann erwiderte sie seinen Kuss, bis er sie enger an sich zog, und alles in ihr zu glühen begann.

»Das war gut«, murmelte sie.

»Lass deine Terrassentür unverschlossen.«

»Das war sie gestern schon.«

»Ich muss jetzt weiterarbeiten.«

»Ich auch.«

Trotzdem blieben sie stehen, wo sie waren, eng aneinander geschmiegt. Mit Sophia geschah etwas. Ein Beben ging durch ihren Bauch, jedoch kein lustvolles Erschauern, sondern mehr ein Schmerz, der sich bis zu ihrem Herzen hochzog. Und das Handy in ihrer Tasche läutete schon wieder.

»Nun«, sagte sie mit unsicherer Stimme und löste sich von Tyler. »Runde zwei. Ich sehe dich dann später.«

Noch im Wegeilen zog sie den Apparat aus der Tasche. Über Ty würde sie später nachdenken. »Sophia Giambelli. – *Nonna!* Ich bin froh, dass du mich erreicht hast. Ich habe eben schon versucht, dich anzurufen, aber …«

Sie brach ab, alarmiert vom Tonfall ihrer Großmutter. Am Rand des Weinbergs blieb sie stehen. Ihre Haut war eiskalt, obwohl die Sonne schien.

Noch bevor sie sich verabschiedet hatte, rannte sie bereits zurück. »Ty!«

Beunruhigt lief er ihr entgegen. »Was ist los? Was ist geschehen?«

»Sie haben noch mehr gefunden. Noch zwei weitere Flaschen waren vergiftet!«

»Verdammt. Na ja, damit mussten wir rechnen. Wir haben ja geahnt, dass es um Produktmanipulation ging.«

»Es könnte noch schlimmer werden. *Nonna* – sie und Eli ...« Sie brach ab, um ihre Gedanken zu ordnen. »Es gab einen alten Mann, der schon für *Nonnas* Großvater gearbeitet hat. Er hat als Junge im Weinberg angefangen. Vor einem Jahr ist er in Rente gegangen. Und Ende letzten Jahres ist er gestorben. Er hatte ein schwaches Herz.«

Ty wusste schon, was als Nächstes kam. »Erzähl weiter.«

»Seine Enkelin, die ihn gefunden hat, sagte, er habe unseren Merlot getrunken. Sie kam zu meiner Großmutter, als sie von dem Rückruf hörte. Sie lassen jetzt seine Leiche exhumieren.«

»Sein Name war Bernardo Baptista.« Sophia hatte alle Details säuberlich getippt, aber sie brauchte ihre Unterlagen gar nicht. Sie hatte jedes Wort im Kopf. »Er war dreiundsiebzig. Er starb im Dezember offenbar an einem Herzschlag, während er bei einem einfachen Nachtessen und mehreren Gläsern von Castello Giambelli Merlot, Jahrgang '92, vor seinem Kamin saß.«

Wie Margaret Bowers, dachte David grimmig. »Es hieß, Baptista habe ein schwaches Herz gehabt.«

»Er hatte leichte Herzprobleme und litt zur Zeit seines Todes an einer Grippe. Das erklärt, warum ihm an dem Wein nichts aufgefallen ist. Baptista war bekannt für seine Nase. Er hatte seit über sechzig Jahren mit Wein zu tun. Aber da er erkältet war, hat er nicht gemerkt, dass mit dem Wein etwas nicht stimmte. Seine Enkelin schwört, dass er ihn erst an jenem Abend geöffnet hat, weil sie die Flasche noch geschlossen sah, als sie ihn nachmittags besuchte. Die Flasche und ein paar andere Geschenke vom Unternehmen hat er immer gern gezeigt. Er war sehr stolz auf seine Zugehörigkeit zu Giambelli.«

»Der Wein war ein Geschenk?«

»Laut seiner Enkelin ja.«

»Von wem?«

»Sie weiß es nicht. Er hat zu seiner Pensionierung ein Fest gegeben, und es ist üblich, dass Giambelli jemanden, der in Rente geht, beschenkt. Ich habe das überprüft, aber dieser Wein stand nicht auf der Geschenkeliste. Er bekam einen Cabernet, einen Weißwein und einen Champagner. Es ist allerdings nicht unüblich, dass sich der Angestellte einen anderen Wein aussuchen darf oder von anderen Mitgliedern des Unternehmens zusätzlich noch Wein geschenkt bekommt.«

»Wann werden sie wissen, ob der Wein seinen Tod verursacht hat?« Pilar trat zu dem Schreibtisch, an dem Sophia saß, und legte ihrer Tochter die Hand auf die Schulter.

»In ein paar Tagen.«

»Wir tun, was wir können, um die Spur zurückzuverfolgen«, sagte David. »In der Zwischenzeit gehen wir weiter so vor wie geplant. Ich werde *La Signora* und Eli vorschlagen, einen Privatdetektiv anzuheuern.«

»Ich arbeite an einer Erklärung. Es ist das Beste, wenn wir die neuen Erkenntnisse verkünden und klar machen, welchen großen Anteil Giambelli am Rückruf und der Überprüfung hat. Ich möchte nicht, dass uns die Presse wieder zuvorkommt.«

»Lass es mich wissen, wenn ich dir helfen kann«, sagte Pilar.

»Stell die Gästeliste zusammen.«

»Liebes, du kannst jetzt unmöglich ein Fest feiern wollen!«

»Im Gegenteil.« Entschlossen schob Sophia die Trauer darüber, dass ein alter Mann gestorben war, an den sie sich mit großer Zuneigung erinnerte, beiseite. »Wir ändern nur das Motto. Wir veranstalten eine Wohltätigkeitsgala. Das haben wir früher auch schon gemacht. Ich möchte, dass die Leute sich lange daran erinnern. Tausend Dollar pro Gedeck. Essen, Wein und Unterhaltung gestiftet von Giambelli-MacMillan, und der Erlös geht an die Obdachlosen.«

Während sie sprach, machte sie sich Notizen und entwarf im Geiste bereits die Einladungen und Pressemitteilungen. »Unsere Familie möchte anderen dabei helfen, ein sicheres Leben zu führen. Es gibt viele Leute, die *La Signora* mehr als einen Tausender für ein elegantes Dinner schulden, und wenn sie daran erinnert werden müssen, werde ich das gern übernehmen.«

Sophia legte den Kopf schräg und wartete auf Davids Reaktion.

»Du bist die Expertin«, sagte er zögernd. »Wir bewegen uns auf einem schwankenden Seil, aber meiner Meinung nach bist du in der Lage, die Balance zu halten.«

»Danke. In der Zwischenzeit müssen wir kühles Desinteresse an den Reaktionen heucheln, die René erzeugt. Sie werden sich gegen uns persönlich richten. Und damit richten sie sich natürlich auch gegen das Unternehmen.«

Pilar setzte sich an einen ruhigen Tisch in der Bar im Four Seasons. Wenn sie irgendjemanden über ihre Absichten unterrichtet hätte, hätte ihr derjenige bestimmt gesagt, dass sie einen Fehler beging.

Vielleicht machte sie ja auch wirklich einen Fehler.

Aber sie hatte keine andere Wahl. Pilar bestellte sich ein Mineralwasser und richtete sich auf eine Wartezeit ein. Sie zweifelte nicht daran, dass René zu spät kommen würde. Genauso wenig, wie sie daran zweifelte, dass sie überhaupt kommen würde. Sie konnte der Konfrontation mit einem Feind, den sie für schwächer hielt, nicht widerstehen.

Geduldig nippte Pilar an ihrem Wasser. Sie hatte viel Erfahrung im Warten.

René enttäuschte sie nicht. Strahlend rauschte sie schließlich herein. Sie war eine Frau, die es liebte, die Aufmerksamkeit auf sich zu ziehen – Pelze zu tragen, wenn es eigentlich zu warm dafür war.

Sie sah gut aus – fit und ausgeruht. Zu oft in der Vergangenheit, gestand Pilar sich ein, hatte sie diese Aufsehen erregende und vor allem *jüngere* Frau gemustert und sich im Vergleich dazu unzulänglich gefühlt.

Es lag auf der Hand, warum Tony sich zu ihr hingezogen gefühlt hatte. Noch leichter war zu verstehen, warum sie ihn hatte einfangen können. René war keine hohlköpfige Barbiepuppe, sondern eine Frau mit scharfem Verstand, die genau wusste, wie sie das bekam, was sie wollte – und die es auch behielt.

»Hallo, Pilar.«

»René, danke, dass du dich mit mir triffst.«

»Oh, wie hätte ich nein sagen können?« René schlüpfte aus ihrem Pelz und setzte sich. »Du siehst ein wenig angespannt aus. Champagnercocktail«, bestellte sie bei der Kellnerin, ohne aufzublicken.

Pilars Magen zog sich nicht mehr so zusammen wie früher. »Du nicht. Du warst Anfang des Jahres ein paar Wochen in Europa? Die Reise muss dir gut bekommen sein.«

»Tony und ich hatten einen ausgedehnten Urlaub geplant. Er hätte nicht gewollt, dass ich zu Hause sitze und grübele.« René schlug ihre langen Beine übereinander, die in glänzenden Seidenstrümpfen steckten. »Das war eher immer dein Job.«

»René, wir waren nie Konkurrentinnen. Ich war schon lange aus dem Rennen, als Tony und du euch kennen gelernt habt.«

»Du warst nie wirklich aus dem Rennen. Du und deine Familie, ihr habt doch die ganze Zeit über dafür gesorgt, dass er von Giambelli nicht das bekam, was er verdiente! Jetzt ist er tot, und ihr werdet mir das bezahlen, was ihr ihm bezahlt hättet.« Sie griff nach ihrem Glas, kaum dass es vor sie hingestellt wurde. »Hast du etwa geglaubt, ich ließe seinen Namen und damit auch meinen durch den Schmutz ziehen?«

»Seltsam, genau das wollte ich dich gerade fragen.« Pilar faltete die Hände, um sich zu sammeln. »Was auch immer sonst gewesen ist, René, er war der Vater meiner Tochter. Ich wollte seinen Namen nie beschädigt sehen. Und ich möchte genauso dringend wie du wissen, wer ihn umgebracht hat und warum.«

»*Du* warst es, auf die eine oder andere Weise, indem du ihn aus dem Unternehmen gedrängt hast. Er hat sich in dieser Nacht nicht mit einer anderen Frau getroffen. Das hätte er nicht gewagt. Ich war ihm genug, so wie du es niemals warst.«

Pilar überlegte, ob sie Kris erwähnen sollte, aber es schien ihr nicht der Mühe wert. »Nein, ich war ihm nie genug. Ich weiß nicht, mit wem er sich in jener Nacht getroffen hat und warum, aber ...«

»Ich sage dir, was ich denke«, unterbrach René sie. »Er hatte etwas gegen dich und deine Familie in der Hand. Und du hast ihn umbringen lassen. Vielleicht hast du ja sogar diese Margaret dazu benutzt, und deshalb ist sie jetzt auch tot.«

Pilars Mitgefühl schwand mit einem Schlag. »Das ist lächerlich! Wenn du vorhast, so etwas der Presse oder im Fernsehen zu erzählen, wirst du mit rechtlichen Schritten rechnen müssen.«

»Bitte.« René nahm noch einen Schluck aus ihrem Glas. »Glaubst du etwa, ich hätte noch keinen Anwalt konsultiert, um mich abzusichern, was ich sagen kann und was nicht? Du hast dafür gesorgt, dass Tony entlassen werden sollte und dass ich mit leeren Händen dastand. Ich habe vor, mir zu holen, was mir zusteht.«

»Tatsächlich? Und da du so kaltblütig bist, hast du keine Angst vor Vergeltung?«

René blickte zu einem Nebentisch. Dort saßen zwei Männer und tranken Wasser. »Bodyguards. Rund um die Uhr. Du brauchst gar nicht erst auf den Gedanken zu kommen, mich zu bedrohen.«

»Du hast dir eine Fantasiewelt zurechtgelegt. Es tut mir Leid wegen dir und Tony, ehrlich, denn ihr wart das perfekte Paar. Ich bin hierher gekommen, um dich zu bitten, vernünftig zu sein, dich meiner Familie gegenüber anständig zu verhalten und an Tonys Kind zu denken, bevor du mit der Presse redest. Aber wir haben wohl beide unsere Zeit verschwendet. Ich nahm an, du hättest ihn geliebt, aber das war albern von mir. Also versuchen wir es jetzt anders.«

Pilar beugte sich vor, und ihre Augen glitzerten auf einmal kalt und hart. »Tu, was du willst, und sag, was du willst. Letztendlich machst du dich damit nur lächerlich. Und es mag zwar kleinlich von mir sein, aber ich werde es genießen. Bleib ruhig weiter die Trophäe eines alternden Mannes, René, es passt zu dir«, sagte Pilar und griff nach ihrer Geldbörse. »Genau wie diese auffälligen Ohrringe zu dir passen – viel besser übrigens als zu mir, als Tony sie mir zu unserem fünften Hochzeitstag schenkte.«

Sie warf einen Zwanzigdollarschein auf den Tisch. »Ich betrachte diese Ohrringe und alle weiteren meiner Besitztümer, die er sich im Lauf der Zeit angeeignet hat, als ausreichende Bezahlung. Mehr wirst du von mir oder von Giambelli nicht bekommen.«

Pilar rauschte nicht hinaus. Die dramatischen Auftritte überließ sie René. Sie schlenderte aus der Bar und fühlte sich gut dabei. Im Hinausgehen ließ sie einen weiteren Schein auf den Tisch fallen, an dem Renés Bodyguards saßen.

»Die Runde geht an mich«, verkündete sie lachend.

»Ich habe einen ziemlich starken Auftritt hingelegt.« Vor Wut schäumend lief Pilar auf dem Aubusson-Teppich in Helen Moores Wohnzimmer hin und her.

»Und bei Gott, ich glaube, ich war Spitze! Ich war aber auch so wütend! Diese Frau hält unserer Familie die Flinte vor die Nase, und während sie auf uns zielt, trägt sie meine Ohrringe.«

»Du hast doch eine Aufstellung über deinen Schmuck – Versicherungsbelege und so weiter. Wir könnten sie zurückfordern.«

»Ich habe diese blöden Ohrringe immer gehasst.« Pilar zuckte ärgerlich mit den Schultern. »Tony hat sie mir als Friedensangebot nach einer seiner Affären geschenkt. Die Rechnung habe natürlich ich bezahlt. Meine Güte, ich kann die Vorstellung, wie dumm ich oft war, kaum ertragen.«

»Reg dich ab. Willst du nichts trinken?«

»Nein, ich muss noch fahren, und eigentlich sollte ich schon auf dem Weg nach Hause sein.« Pilar atmete zischend aus. »Ich musste nur erst mal Dampf ablassen, sonst wäre ich am Ende noch Amok gelaufen und im Gefängnis gelandet.«

»Es ist immer gut, wenn man eine Freundin hat, die Richterin ist. Hör mal, ich finde, du hast das einzig Richtige getan, indem du mit ihr geredet hast. Viele Leute mögen anderer Meinung sein, aber sie kennen dich nicht so gut wie ich.«

Helen schenkte sich einen doppelten Wodka auf Eis ein. »Du musstest das endlich einmal loswerden, und du hast schon viel zu lange gewartet.«

»Es wird nichts ändern.«

»Vielleicht doch.« Helen setzte sich. »Wichtig ist, dass es für dich etwas geändert hat. Du hast die Initiative ergriffen. Und ich hätte nur zu gern miterlebt, wie du ihr die Meinung gesagt hast. Sie wird in ihrer schäbigen Talkshow gegen dich wüten und letztendlich wahrscheinlich vom Publikum ausgebuht werden, weil die Leute an ihren zehn Pfund Schmuck Anstoß nehmen. Ehefrauen«, fuhr sie fort, »die betrogen worden sind, stürzen sich nur zu gern auf Frauen wie René. Ach, Pilar, sie werden sie in Stücke reißen, und du kannst wetten, dass Larry Mann und seine Produzenten damit rechnen.«

Pilar blieb stehen. »Daran habe ich gar nicht gedacht.«

»Liebes, René Foxx ist nur eines von Gottes vielen Vanilletörtchen. Sie klatscht dir ins Gesicht, klar. Na und? Zeit, sie abzuwischen.«

»Du hast Recht. Ich mache mir Sorgen wegen der Familie und wegen Sophie. Auch wenn es nur die Boulevardpresse ist, Presse ist es trotzdem, und es wird ihnen peinlich sein. Ich wünschte, ich wüsste, wie ich René das Maul stopfen kann.«

»Du könntest eine einstweilige Verfügung erwirken. Ich bin Richterin, ich kenne mich mit diesen Sachen aus«, entgegnete Helen trocken. »Du könntest sie wegen Diffamierung anzeigen, und vielleicht würdest du sogar gewinnen. Aber als deine Anwältin und deine Freundin rate ich dir, ihr den Auftritt zu gönnen. Früher oder später erledigt sie sich damit selbst.«

»Je eher, desto besser. Wir haben ziemlich große Probleme, Helen.«

»Ich weiß. Es tut mir Leid.«

»Wenn sie behauptet, wir hätten Tony umbringen lassen, und dass Margaret darin verwickelt war ... Die Polizei hat schon nach der Beziehung zwischen Margaret und Tony gefragt. Das beunruhigt mich.«

»Margaret war das unglückliche Opfer eines Wahnsinnigen. Produktmanipulation hat meistens kein konkretes Ziel, deshalb ist sie ja auch das Werk von Verrückten. Tony aber war ein gezieltes Opfer. Das eine hat nichts mit dem anderen zu tun, und du solltest aufhören, es miteinander zu vermischen.«

»Die Presse vermischt die beiden Fälle.«

»Die Presse würde einen Affen mit einem Elefanten zusammenbringen, wenn sich dadurch die Auflage erhöht.«

»Ja, du hast Recht. Ich sage dir was, Helen: Als ich mit René sprach, ist mir trotz meiner Wut und meiner Sorge etwas klar geworden. Ich habe mich nie mit ihr oder mit irgendeiner der zahllosen anderen Frauen in Tonys Leben auseinander gesetzt. Ich habe nie gekämpft und das ist sehr traurig«, sagte sie ruhig.

»Er hat von Anfang an deine Selbstachtung untergraben.«

»Das stimmt.« Pilar griff nach Helens Glas und nahm einen winzigen Schluck. »Aber vieles von dem, was zwischen uns passierte oder nicht passierte, lag sowohl an mir als auch an ihm. Ich blicke nicht mit Bedauern zurück. Ich blicke zurück, Helen, weil ich diese Fehler nie, nie wieder machen möchte.«

»Gut.« Helen nahm ihr das Glas wieder aus der Hand und prostete ihr zu. »Auf die neue Frau bei den Giambellis. Und nun setz dich zu mir und erzähl mir alles über dein Sexleben.«

Mit einem leisen Freudenlaut warf Pilar ihre Arme zur Decke. »Da du schon mal fragst ... Ich habe eine unglaubliche, aufregende, ungehörige Affäre mit einem jüngeren Mann.«

»Ich hasse dich.«

»Du wirst mich verabscheuen, wenn ich dir von seinem wundervollen, harten, unermüdlichen Körper erzähle.«

»Schlampe!«

Lachend ließ sich Pilar auf die Armlehne des Sofas sinken. »Ich habe wirklich keine Ahnung, wie eine Frau durchs Leben kommen kann, ohne zu wissen, wie es ist, unter einem solchen Körper zu liegen. Tony war schlank und ziemlich zart gebaut.«

»Und nicht gerade mit einem kräftigen Pinsel ausgestattet.«

»Da sagst du was.« Pilar zuckte zusammen. »Oh, das ist schrecklich. Das ist wirklich gemein.«

»Nein, das ist toll. James hat ... einen angenehmen Körper. Ein süßer alter Bär«, sagte Helen liebevoll. »Aber es macht dir doch nichts aus, wenn ich mir ein paar Anregungen von deinem sexuellen Abenteuer hole?«

»Natürlich nicht. Wozu sind denn Freundinnen da?«

Sophia war ebenfalls bereit für ein kleines sexuelles Abenteuer. Der Himmel wusste, dass sie eins gebrauchen konnte! Sie hatte bis zur Erschöpfung gearbeitet und machte sich unablässig sorgenvolle Gedanken.

Abends war sie schwimmen gegangen, um sich zu entspannen, und hatte sich danach in den Whirlpool gesetzt, um ihre Muskeln zu lockern. Nach dieser Wassertherapie hatte sie noch ein üppiges Schaumbad genommen.

Nun entzündete sie im ganzen Zimmer Kerzen, die nach Zitronengras, Vanille und Jasmin dufteten. In ihrem flackernden Schein wählte sie ein Nachtgewand aus schwarzer Spitze mit tiefem Ausschnitt und dünnen Trägern. Warum sollte sie subtil vorgehen?

Den Wein hatte sie aus dem privaten Keller geholt. Einen jungen, spritzigen Chardonnay. Sie legte ihn auf Eis, kuschelte sich in einen Sessel und wartete auf Ty. Und schlief auf der Stelle ein.

Es war ein seltsames Gefühl, sich in ein Haus zu schleichen, in dem er eigentlich jederzeit willkommen war. Seltsam und aufregend.

In seinem Leben hatte es immer wieder Momente gegeben, in denen er sich vorgestellt hatte, nachts in Sophias Schlafzimmer zu schleichen. Zum Teufel, welcher Mann würde sich so etwas nicht vorstellen?

Aber es wirklich zu tun und zu wissen, dass sie auf ihn wartete, war wesentlich besser als jede nächtliche Fantasie.

Tyler wusste genau, dass sie übereinander herfallen würden, sobald er die Tür öffnete.

Er konnte Sophia bereits schmecken.

Er sah den Kerzenschein hinter den Verandafenstern. Exotisch, sinnlich. Leise drehte er den Türknopf. Das Klicken hallte wie Trompetenschall in seinem Kopf.

Er schaute sich nach ihr um, und dann entdeckte er sie, schlafend im Sessel.

»Ach, Sophie ...«

Leise durchquerte er das Zimmer, hockte sich vor den Sessel und tat, wozu er selten Gelegenheit hatte. Er betrachtete sie, ohne dass sie es wusste.

Weiche Haut mit einem rosig-goldenen Schimmer. Dichte, dunkle Wimpern und ein voller, üppiger Mund.

»Du bist ein großartiges Geschöpf«, murmelte er. »Und du hast dich überarbeitet, was?«

Er blickte sich um, registrierte den Wein, die Kerzen, das Bett, das bereits aufgeschlagen war. »Heute Abend bleibt's wohl nur bei dem Gedanken. Komm, Baby«, flüsterte er und hob sie hoch. »Ich bringe dich zu Bett.«

Sie rührte sich schläfrig, und er dachte, ein Mann, der eine solche Frau berührte, ohne gleich über sie herzufallen, hätte wahrscheinlich eine Medaille verdient.

»Hmmm. Ty ...«

»Gut geraten«, sagte er und legte sie aufs Bett. »Schlaf weiter.«

Sie schlug die Augen auf, als er die Decke über sie zog. »Was? Wohin gehst du?«

»Auf einen langen einsamen Spaziergang in die kalte, dunkle Nacht.« Amüsiert beugte er sich über sie und drückte ihr einen keuschen Kuss auf die Stirn. »Gefolgt von der obligatorischen kalten Dusche.«

»Warum?« Sie ergriff seine Hand und zog sie an ihre Wange. »Hier drin ist es schön warm.«

»Baby, du bist kaputt. Ich lasse dich schlafen.«

»Geh nicht. Bitte, ich will nicht, dass du gehst.«

»Ich komme doch wieder.« Er beugte sich noch einmal zu ihr hinunter, um ihr einen Gutenachtkuss zu geben. Aber ihre Lippen waren weich und schmeckten nach einer schläfrigen Einladung. Er versank in ihnen.

»Geh nicht«, sagte sie noch einmal. »Liebe mich. Es wird wie im Traum sein.«

Und es war wie im Traum. Düfte und Schatten und Seufzer. Langsam und zärtlich. Er glitt neben ihr ins Bett, und sie versanken ineinander.

Wieder küsste er sie, und er fand alles, was er jemals begehrt hatte.

Ihr Atem wurde heftiger, als der Höhepunkt nahte. Seine Hände waren rau von der Arbeit, doch sie strichen über sie wie Samt. Sein Körper war hart und lag auf ihrem wie Seide. Sein Mund war fest, und seine Lippen glitten mit unendlicher Geduld über ihre.

Keine Wildheit, keine Gier. Heute Nacht boten sie sich einander an und hießen sich willkommen.

Sophia schwebte wie auf Wolken dahin.

Sie stöhnte leise, als der erste Höhepunkt kam. Befriedigung und Hingabe. *Er* hat das bewirkt, dachte sie, als sie sich in ihm verlor.

Sie fuhr ihm durch die Haare und zog ihn zu sich, bis sich ihre Münder trafen.

Ihre Augen schimmerten im Schein der Kerzen. Die Luft war von süßem Duft erfüllt. Während er sich in ihr bewegte, sah er sie an.

»Heute ist es anders«, sagte er und küsste sie, als sie den Kopf schüttelte. »Heute ist es anders. Bisher habe ich dich begehrt. Heute brauche ich dich.«

Tränen traten ihr in die Augen. Ihre Lippen zitterten vor Worten, die sie nicht sagen konnte. Und dann war sie so erfüllt von ihm, dass sie nur noch seinen Namen schluchzen und sich ihm hingeben konnte.

19

Was hatte ein dreiundsiebzig Jahre alter Winzer aus Italien mit einer sechsunddreißig Jahre alten Verkaufsleiterin aus Kalifornien gemein? Giambelli, dachte David. Es war die einzige Verbindung, die er zwischen den beiden herstellen konnte.

Und die Art, wie sie gestorben waren.

Die Exhumierung von Bernardo Baptista hatte bestätigt, dass er durch den Merlot eine gefährliche Dosis Digitalis zu sich genommen hatte. Das konnte kein Zufall sein. Die Polizei auf beiden Seiten des Atlantiks bezeichnete es als Mord, und der Wein der Giambellis war die Mordwaffe.

Aber warum? Welches Motiv verband die Tötung von Margaret Bowers und Baptista?

Als die Kinder zu Bett gegangen waren, machte David zunächst eine Kontrolle in den Giambelli-Weinbergen und fuhr dann zu MacMillan. Da die Temperatur gefallen war, hatten er und Paulie die Sprinkleranlage angestellt und waren die Reihen entlanggegangen, während das Wasser an den Weinstöcken sofort gefror und die dünne Eisschicht einen Schutzschild gegen den drohenden harten Frost bildete. Er wusste, dass Paulie die ganze Nacht über Wache stehen und darauf achten würde, dass die Wasserzufuhr nicht versiegte. Vor der Dämmerung waren Temperaturen unter dem Gefrierpunkt angesagt.

394

Weinstöcke konnten genauso schnell und leise umgebracht werden wie Menschen.

Aber das vermochte er wenigstens zu kontrollieren. Die Brutalität der Natur konnte er verstehen und dagegen ankämpfen. Aber wer war schon imstande, einen kaltblütigen und scheinbar zufälligen Mord zu verstehen?

Der feine Wasserdunst wirbelte über die Weinstöcke der MacMillans, und die winzigen Tröpfchen glitzerten im kalten Licht des Mondes. David zog seine Handschuhe an, griff nach der Thermosflasche und stieg aus dem Auto, um die letzten Schritte zu laufen.

Tyler saß auf einem umgedrehten Fass und trank aus seiner Thermosflasche. »Ich dachte mir, dass Sie vorbeikommen würden.« Einladend tippte er mit der Spitze seines Stiefels auf ein weiteres Fass. »Nehmen Sie sich einen Stuhl.«

»Wo ist Ihr Vormann?«

»Ich habe ihn eben nach Hause geschickt. Wir brauchen uns ja nicht beide die Nacht um die Ohren zu schlagen.« In Wahrheit wollte Ty nur ungestört seinen Gedanken nachhängen.

»Wir tun alle, was wir können.« Tyler zuckte mit den Schultern und blickte prüfend auf die Reihen, die sich unter den Lichtern in ein funkelndes Wunderland verwandelten. »Das System läuft einwandfrei.«

David setzte sich und zog den Deckel von seiner Thermosflasche ab. Wie Ty trug er eine Skimütze und eine dicke Jacke, die sowohl Kälte als auch Feuchtigkeit abhielt. »Paulie hat die Wache bei Giambelli übernommen. Kurz nach Mitternacht hat es Frostalarm gegeben, aber wir waren schon darauf vorbereitet.«

»Das ist normal für Ende März. Tückisch ist die

Zeit Ende April, bis in den Mai hinein. Wenn Sie schlafen gehen wollen, übernehme ich die Wache hier.«

»In der letzten Zeit hat niemand besonders viel geschlafen. Kannten Sie Baptista?«

»Nicht wirklich. Mein Großvater hat ihn gekannt. *La Signora* hat es schwer getroffen. Natürlich zeigt sie es nicht«, sagte er. »Jedenfalls nicht in der Öffentlichkeit. Aber es hat sie umgehauen. Wie alle Giambelli-Frauen.«

»Produktmanipulation ...«

»Es geht nicht nur darum. Das ist nur die geschäftliche Seite. Die Sache mit Baptista ist persönlich. Sie sind damals zur Beerdigung geflogen. Für Sophia war er wohl so eine Art Maskottchen. Sie sagte, er habe ihr immer heimlich Süßigkeiten zugesteckt. Der arme alte Kerl.«

David beugte sich vor. »Ich habe darüber nachgedacht und versucht, eine Verbindung herzustellen. Wahrscheinlich Zeitverschwendung, da ich nur ein Manager bin und kein Polizist.«

Tyler musterte ihn über den Rand seines Kaffeebechers. »Sie machen nicht den Eindruck eines Zeitverschwenders. Und für einen Manager sind Sie gar nicht so übel.«

Halb lachend hob David seinen Becher. Der Dampf, der daraus aufstieg, vermischte sich mit dem nächtlichen Dunst. »Aus Ihrem Mund ist das ja ein ungeheures Kompliment.«

»Verdammt wahr.«

»Nun, nach dem, was ich weiß, hat Margaret Baptista nie kennen gelernt. Er war schon tot, als sie Avanos Kunden übernahm und zum ersten Mal nach Italien reiste.«

»Das spielt doch keine Rolle, wenn sie zufällige Opfer waren.«

David schüttelte den Kopf. »Es spielt eine Rolle, wenn sie das nicht waren.«

»Stimmt.« Tyler stand auf, um seine Beine zu strecken, und gemeinsam wanderten sie die Reihen auf und ab.

Er merkte auf einmal, dass er keine Vorbehalte mehr David gegenüber hatte. Auch gut, dachte er. Man braucht so viel Energie, um Groll zu pflegen. Und es war Verschwendung wertvoller Zeit, da sie schließlich beide auf derselben Seite standen.

»Sie arbeiteten beide für Giambelli, sie kannten beide die Familie.« Ty schwieg. »Und beide kannten Avano.«

»Tony war schon tot, als Margaret die Flasche entkorkte. Wir wissen allerdings nicht, wie lange diese schon in ihrem Besitz war. Es hätte viele Gründe gegeben, sie aus dem Weg zu räumen.«

»Avano war ein Arschloch«, sagte Tyler gepresst. »Er hat ständig Schwierigkeiten gemacht, aber als Mörder sehe ich ihn eigentlich nicht. Dazu hatte er nicht genug Mumm.«

»Mochte ihn eigentlich überhaupt jemand?«

»Sophie.« Tyler zuckte mit den Schultern. Er wünschte, sie einmal länger als zehn Minuten aus seinen Gedanken vertreiben zu können. »Sie hat es zumindest versucht. Und auch einige andere haben ihn gemocht, nicht nur Frauen.«

Zum ersten Mal hatte David die Gelegenheit, ein unverfälschtes Bild von Anthony Avano gezeichnet zu bekommen. »Und warum?«

»Er hatte ein gutes Auftreten und war elegant. Ich würde es zwar als schmierig bezeichnen, aber er ist damit durchgekommen. Manche Menschen schwimmen immer oben und tauchen andere ungestraft unter. Er war so einer.«

»*La Signora* hat an ihm festgehalten.«

»Wegen Pilar und wegen Sophia. Es ging ihr nur um die Familie. Und geschäftlich – na ja, er wusste, wie er die Kunden bei Laune halten konnte.«

»Ja, seine Spesenabrechnungen zeigen, wie viel Mühe er dafür aufgewendet hat. Und als Margaret sich an seine Fersen heftete, sah er die Gelegenheit schwinden, auf Kosten der Giambellis zu leben. Das muss ihn wütend gemacht haben – auf das Unternehmen, auf die Familie, auf sie.«

»Sein Stil wäre eher gewesen, sie ins Bett zu bekommen, nicht, sie umzubringen.«

Tyler blieb stehen. Sein Atem war weiß. Es war kälter geworden. Sein inneres Thermometer sagte ihm, dass es auf den Gefrierpunkt zuging.

»Ich bin kein Manager, aber ich kann mir gut vorstellen, dass der ganze Ärger das Unternehmen einiges an Profit und Image kostet. Wenn jemand der Familie Probleme bereiten wollte, dann ist er äußerst erfinderisch und bösartig vorgegangen.«

»Der Rückruf, die daraus entstandene Panik und das langfristige Misstrauen der Verbraucher in das Label werden Millionen kosten. Es wird das ganze Unternehmen schädigen, einschließlich Ihrem.«

»Ja.« Damit hatte Tyler sich schon auseinander gesetzt. »Ich könnte mir vorstellen, dass Sophia clever genug ist, um dieses langfristige Misstrauen aufzulösen.«

»Dazu muss sie mehr als clever sein. Sie muss schon brillant sein.«

»Das ist sie. Deshalb ist sie ja so anstrengend.«

»Sie sind verliebt in sie, nicht wahr?« David machte eine abwehrende Handbewegung. »Tut mir Leid. Zu persönlich.«

»Ich habe mich gerade gefragt, ob Sie als Manager fragen, als Teilhaber oder als der Mann, der ein Verhältnis mit ihrer Mutter hat.«

»Ich habe eigentlich eher als Freund gefragt.«

Tyler überlegte einen Moment lang, dann nickte er. »Okay, das ist in Ordnung. Ja, man könnte sagen, ich bin in sie verliebt, und zwar, seitdem ich zwanzig bin. Sophie war damals sechzehn«, erinnerte er sich. »Du liebe Güte! Sie war der reinste Wirbelwind.«

Um sie herum rieselte der Sprinkler, und David schwieg für einen Augenblick. »Als ich auf dem College war, gab es da ein Mädchen ...« Angenehm überrascht registrierte er, dass Tyler einen Flachmann aus der Tasche zog und ihm anbot. »Marcella Roux. Eine Französin. Beine bis zu den Ohren und einen niedlichen kleinen Überbiss.«

»Ein Überbiss.« Ty ließ das Bild auf sich wirken. »Die sind gut.«

»O ja.« David trank einen Schluck Brandy. »Ach, Marcella Roux ... Sie hat mich das Fürchten gelehrt.«

»Eine Frau, die so aussieht und auch noch so *ist*, kann dich fertig machen.« Tyler nahm den Flachmann und trank ebenfalls einen Schluck. »Ich habe immer gedacht, wenn man sich schon dermaßen in eine Frau verguckt, wo Frauen ganz allgemein schon ein Ärgernis sind, könnte man sich genauso gut in eine verlieben, die leicht zu haben ist und einen nicht ständig nervös macht. Ich habe in den letzten zehn Jahren beträchtliche Energie in diese Theorie gesteckt. Hat mir nicht so besonders gut getan.«

»Das kann ich bestätigen«, erwiderte David nach einer Weile. »Ja, das kann ich bestätigen. Ich hatte eine Frau und wir haben zwei Kinder bekommen – gute Kinder –, und ich dachte, wir erfüllen den amerikanischen Traum. Na ja, das war wohl ein Irrglaube. Aber es gab die Kinder. Vielleicht habe ich ja ein paarmal was falsch gemacht, aber das gehört wohl dazu. Ich habe mich nur auf das eine Ziel konzentriert: Sei ein guter Vater, sorg dafür, dass sie ein anständiges Leben haben. Frauen – na ja, ein guter Vater zu sein, bedeutet nicht, wie ein Mönch zu leben. Aber dieser Bereich steht plötzlich ganz unten auf der Liste deiner Prioritäten. Keine ernsthaften Beziehungen, nie wieder. Nein, Sir, wer braucht das schon. Und dann öffnet Pilar die Tür und hält Blumen im Arm. Es war wie ein Blitzschlag.«

»Vermutlich. Ihr Hirn ist wohl immer noch in Mitleidenschaft gezogen.«

Sie gingen langsam die Reihen entlang, in der kältesten Stunde vor dem Morgengrauen, während die Sprinkleranlage zischte und die Weinstöcke eisig glitzerten.

Zweihundertfünfzig Gäste, ein siebengängiges Menü, jeweils mit dem passenden Wein, gefolgt von einem Konzert im Ballsaal und schließlich Tanz. Es war eine traumhafte Veranstaltung, und Sophia dankte im Stillen ihrer Mutter dafür, dass jedes Detail gelungen war. Aber auch sich selbst klopfte sie auf den Rücken, weil sie die Gästeliste sorgfältig mit bekannten Namen aus der ganzen Welt gemischt hatte.

Die Viertelmillion, die für wohltätige Zwecke gesammelt worden war, machte etwas her, aber auch ihre gute Öffentlichkeitsarbeit, vor allem, da alle Familienmitglieder anwesend waren, einschließlich ihres Großonkels, des Priesters, der in die Reise eingewilligt hatte, nachdem seine Schwester ihn persönlich am Telefon inständig darum gebeten hatte.

Einigkeit, Solidarität, Verantwortungsbewusstsein und Tradition, das waren die Schlüsselwörter, die sie der Presse einhämmern würde. Und mit den Worten kamen die Bilder. Die prächtige Villa öffnete ihre Pforten zu wohltätigen Zwecken. Die Familie, vier Generationen, miteinander verbunden durch Blut und Wein und durch die Vision eines Mannes.

O ja, sie hatte auch Cesare Giambelli eingesetzt, den einfachen Bauern, der aus Schweiß und Träumen ein Imperium aufgebaut hatte. Das war unwiderstehlich. Sophia hatte zwar nicht erwartet, dass es die gegnerischen Wogen abwenden würde, aber es hatte sie zumindest geglättet. Irritierend an diesem Abend war nur Kris Drake.

Da habe ich nicht weit genug gedacht, stellte Sophia fest. Sie hatte Jeremy DeMorney mit Absicht eine Einladung geschickt. Eine Hand voll wichtiger Konkurrenten einzuladen, zeigte die Offenheit der Giambellis und auch ihren Gemeinschaftsgeist. Aber es war ihr nicht in den Sinn gekommen, dass Jerry eine frühere Giambelli-Angestellte als Begleiterin mitbringen würde.

Es hätte ihr aber einfallen müssen. Diese Art von Humor sah ihm ähnlich. Und sie musste zugeben, dass Kris Mumm besaß.

Die Runde ist an sie gegangen, gestand sie sich ein. Sophia hatte jedoch schnell aufgeholt, indem sie absolut höflich zu beiden gewesen war.

»Du hörst nicht zu.« Tyler gab ihr einen kleinen Schubs. Sie lehnte sich leicht an ihn. »Ich höre jeden Ton. Aber ich kann auch zur gleichen Zeit nachdenken. Das betrifft zwei verschiedene Gehirnteile.«

»Dein Gehirn hat zu viele Teile. Wie lange dauert das hier noch?«

Die vollen Klänge erfüllten die Luft. »Sie ist großartig! Sie singt von Tragödien und gebrochenen Herzen.«

»Ich dachte, sie sollte über Liebe singen.«

»Das ist doch das Gleiche.«

Tyler blickte Sophia an und sah, dass ihre Augen tränenverschleiert waren. Ein einzelner Tropfen war aus ihren dunklen Augen gequollen und hing an den Wimpern. »Sind die Tränen echt oder nur für die Menge bestimmt?«

»Du bist ein solcher Bauer! Sei still.« Sie verschränkte ihre Finger mit seinen und gab sich nur noch der Musik hin.

Als der letzte Ton verklungen war, erhob sie sich mit den anderen und spendete begeisterten Beifall.

»Können wir jetzt mal für fünf Minuten nach draußen verschwinden?«, flüsterte Ty ihr ins Ohr.

»Schlimmer als ein Bauer, ein Barbar! *Brava!*«, rief sie laut. »Geh voran«, fügte sie leise hinzu. »Ich muss die Gastgeberin spielen. Du solltest dir Onkel James packen. Er sieht genauso elend aus wie du. Geht hinaus, trinkt einen Schluck, raucht eine Zigarre und benehmt euch wie Männer.«

Sie sah ihm nach, dann trat sie mit ausgestreckten Händen auf die Diva zu. »*Signora, bellissima!*«

Pilar tat ebenfalls ihre Pflicht, aber sie dachte nicht an die Musik oder an Öffentlichkeitsarbeit. Sie hatte nur Details und zeitliche Abläufe im Kopf. Jetzt mussten rasch und unauffällig die Stühle wegge- räumt werden, damit im Ballsaal getanzt werden konnte. Dann mussten auf die Minute die Terrassen- türen geöffnet werden und das Orchester, das dort saß, musste zu spielen beginnen. Aber zuerst durfte die Diva noch die Huldigungen entgegennehmen. Teresa und Eli überreichten der Sängerin Rosen und bedeuteten dann David, Helen und ein paar ausge- wählten Freunden, ihr ebenfalls zu gratulieren.

Als auch andere auf die Sängerin zutraten, nickte Pilar dem wartenden Personal zu. Stirnrunzelnd sah sie, dass Tante Francesca noch immer auf ihrem Stuhl saß und offensichtlich fest eingeschlafen war. Sie hat wieder Beruhigungsmittel genommen, dachte Pilar, und schlängelte sich durch die Menge.

»Don.« Sie drückte ihren Vetter am Arm und lä- chelte dem Paar, mit dem er sich gerade unterhielt, entschuldigend zu. »Deine Mutter fühlt sich nicht wohl«, sagte sie leise. »Könntest du mir helfen, sie in ihr Zimmer zu bringen?«

»Sicher. Es tut mir Leid, Pilar«, fuhr er fort, wäh- rend sie auf seine Mutter zutraten. »Ich hätte ein Au- ge auf sie haben müssen.« Suchend blickte er sich nach seiner Frau um. »Aber ich dachte, Gina sei bei ihr.«

»Ist schon in Ordnung. *Zia* Francesca?« Pilar beugte sich zu ihrer Tante und redete leise auf Italie- nisch auf sie ein, während sie und Don der alten Frau halfen aufzustehen.

»*Ma che vuoi?*« Benommen gab sie Pilar einen Klaps auf die Hand. »*Lasciami in pace.*«

»Wir bringen dich nur zu Bett, Mama.« Don packte seine Mutter fester. »Du bist müde.«

»*Sì, sì.*« Sie hörte auf, sich zu wehren. »*Vorrei del vino.*«

»Du hast schon genug Wein getrunken«, sagte Don, aber Pilar schüttelte den Kopf.

»Ich bringe dir welchen, wenn du in deinem Zimmer bist.«

»Du bist ein braves Mädchen, Pilar.« Gefügig wie ein Lamm schlurfte Francesca aus dem Ballsaal. »So viel liebenswerter als Gina. Don hätte besser dich geheiratet.«

»Wir sind miteinander verwandt, *Zia* Francesca«, erinnerte Pilar sie.

»Ja? Oh, natürlich. Mein Kopf ist ganz benebelt. Reisen ist so anstrengend.«

»Ich weiß. Du fühlst dich gleich besser, wenn du auf deinem Zimmer bist und dein Nachthemd anhast.«

In Francescas Zimmer läutete Pilar nach einem Mädchen. Es tat ihr zwar Leid, aber sie musste Don die Angelegenheit überlassen. Eilig lief sie wieder in den Ballsaal.

»Probleme?«, fragte Sophia.

»Tante Francesca.«

»Ah, wie immer. Na ja, ein Priester in der Familie gleicht die Trunkenbolde wieder aus, oder? Sind wir so weit?«

»Ja.« Pilar drehte das Licht herunter. Auf dieses Signal hin wurden die Terrassentüren geöffnet und Musik drang herein. Teresa und Eli führten den ersten Tanz an. Sophia legte ihrer Mutter einen Arm um die Taille.

»Perfekt. Das hast du wunderbar gemacht.«

»Gott segne uns alle.« Pilar stieß die Luft aus. »Ich könnte jetzt auch etwas zu trinken gebrauchen.«

»Wenn das hier vorbei ist, köpfen wir eine Flasche Champagner. Aber jetzt« – sie gab Pilar einen kleinen Schubs – »tanz!«

Es sah zwar aus, als würden sie sich prächtig amüsieren, war aber harte Arbeit. Sophia musste selbstsicher wirken, und interessierten Gästen und der Presse subtile und nicht so subtile Fragen über die Situation beantworten. Und sie musste vermitteln, wie betrübt und aufgebracht sie waren, und vor allem eine Botschaft weitergeben: Giambelli-MacMillan war lebendig und wohlauf und machte Wein.

»Sophia! Ein reizender Abend!«

»Danke, Mrs. Eliot. Ich freue mich sehr, dass Sie kommen konnten.«

»Das hätte ich um nichts in der Welt versäumen wollen. Sie wissen ja, dass Blake und ich uns aktiv für die Obdachlosen einsetzen. Unser Restaurant spendet stets große Summen für die Heime.«

Und euer Restaurant, dachte Sophia, während sie zustimmende Laute von sich gab, hat bei den ersten Anzeichen von Problemen den Dauerauftrag für alle Label von Giambelli und MacMillan gekündigt. »Vielleicht könnten unsere beiden Unternehmen eines Tages eine Stiftung gründen. Essen und Wein sind schließlich eine perfekte Verbindung.«

»Hmm. Nun ja, vielleicht ...«

»Sie kannten meine Familie schon vor meiner Geburt.« Um Intimität herzustellen, ergriff Sophia den Arm der Frau und zog sie von der Musik weg. »Ich hoffe, Sie wissen, wie sehr wir diese Verbindung und Ihre Freundschaft schätzen.«

»Blake und ich hegen die allergrößte Achtung für Ihre Großmutter und Eli. Die jüngsten Probleme bedauern wir sehr.«

»Wenn man Probleme hat, wendet man sich Hilfe suchend an seine Freunde.«

»Auf persönlicher Ebene haben Sie sicher Recht. Aber Geschäft ist Geschäft, Sophia. Wir müssen unsere Klientel schützen.«

»Genau wie wir. Giambelli steht zu seinen Produkten. Jeder von uns kann jederzeit zum Opfer von Sabotage und Produktmanipulation werden. Wenn wir und diejenigen, die mit uns Geschäfte machen, den Erpressern nichts entgegensetzen, öffnen wir ihnen Tür und Tor.«

»Da mögen Sie Recht haben, Sophia, aber bevor wir nicht sicher sein können, dass das Giambelli-Label sauber ist, können und werden wir es nicht anbieten. Es tut mir Leid für Sie und ich bin beeindruckt davon, wie Sie mit Ihren Schwierigkeiten umgehen. Blake und ich wären heute Abend nicht hier, wenn wir Sie und Ihre Familie auf persönlicher Ebene nicht unterstützen würden. Doch unsere Gäste erwarten von uns hervorragendes Essen und keinen Wein, der vergiftet sein könnte.«

»Vier Flaschen von unzähligen tausend ...« begann Sophia.

»Eine ist schon zu viel. Es tut mir Leid, meine Liebe, aber das ist die Realität. Entschuldigen Sie mich.«

Sophia trat auf einen Kellner zu, nahm sich ein Glas Rotwein, und nachdem sie sich vergewissert hatte, dass sie niemand beobachtete, trank sie einen tiefen Schluck.

»Du siehst ein bisschen gestresst aus.« Kris tauchte neben ihr auf und ergriff sich ein Glas Champagner. »Das kommt wohl daher, dass du zum ersten Mal in deinem Leben für dein Geld arbeiten musst.«

»Du irrst dich.« Sophias Stimme klang eisig. »Ich arbeite nicht für Geld, sondern aus Liebe.«

»Gesprochen wie eine Prinzessin.« Zufrieden mit sich nippte Kris am Champagner. Sie hatte an diesem Abend nur eine einzige Aufgabe: Sophia zu reizen. »Hat Tony dich nicht immer so genannt? Seine Prinzessin.«

»Ja.« Sophia wappnete sich gegen die Trauer, aber seltsamerweise empfand sie keine. Das allein war schon traurig genug. »Er hat mich nie verstanden. Du offensichtlich auch nicht.«

»Oh, ich verstehe dich. Ihr habt Probleme. Jetzt, wo Tony nicht mehr da ist, und du und der Bauerntölpel euch die Arbeit teilt, hat euer Unternehmen an Format verloren. Und jetzt präsentierst du dich hier in deinem Abendkleid und deiner geerbten Perlenkette, um das Geschäft wieder in Schwung zu bringen und die Fehler zu übertünchen. Wirklich, du benimmst dich wie ein Bettler an der Straßenecke, nur dass er wenigstens nicht vorgibt, jemand anderes zu sein.«

Vorsichtig stellte Sophia ihr Weinglas ab und machte einen Schritt auf Kris zu. Doch bevor sie etwas sagen konnte, kam Jerry zu ihnen geschlendert und legte Kris die Hand auf den Arm.

»Kris«, sagte er warnend, »das ist unpassend. Sophia, es tut mir Leid.«

»Niemand muss sich für mich entschuldigen.« Kris warf ihre Haare zurück. »Ich bin nicht als Angestellte hier, sondern als Privatperson.«

»Ich bin nicht interessiert an Entschuldigungen. Von keinem von euch. Ihr seid Gäste in meinem Haus, und solange ihr euch so benehmt, werdet ihr auch als solche behandelt. Wenn du mich oder jemanden aus meiner Familie hier beleidigen willst, dann lasse ich dich entfernen. Genauso wie ich dich aus meinem Büro entfernt habe. Glaub bloß nicht, dass ich eine Szene scheue.«

Kris schürzte spöttisch die Lippen. »Würde sich das nicht hübsch in der Presse machen?«

»Leg es nur darauf an«, fauchte Sophia zurück. »Dann können wir ja sehen, wer von uns am besten dabei wegkommt. Auf jeden Fall lasse ich dich hier hinauswerfen und es könnte sein, dass das deinen neuen Boss nicht interessiert. Stimmt's, Jerry?«

»Sophia! Du siehst reizend aus!« Helen legte Sophia den Arm um die Schultern. »Entschuldigt uns bitte, ja?«, sagte sie fröhlich, während sie Sophia wegzog. »Willst du nicht das mörderische Funkeln in deinen Augen abstellen, Liebes? Du erschreckst die Gäste.«

»Ich möchte Kris am liebsten auf kleiner Flamme rösten, und Jerry gleich dazu.«

»Sie sind es nicht wert, Süße.«

»Ich weiß, ich weiß. Sie hätte mich auch nicht so wütend machen können, wenn ich nicht schon wegen Anne Elliot gekocht hätte.«

»Wir gehen in die Damentoilette, damit du dich ein bisschen abkühlen kannst. Denk daran, was du hier für eine großartige Show abziehst. Du hast alle beeindruckt.«

»Zu wenig für zu viel Aufwand.«

»Sophie, du zitterst ja!«

»Ich bin nur wütend.« Gemeinsam verließen sie den Saal. »Und ich habe Angst«, gestand sie, als sie mit Helen den Vorraum der Toilette betrat. »Tante Helen, ich habe viel Geld in dieses Fest gesteckt. Geld, mit dem ich vorsichtiger hätte umgehen müssen, wenn man bedenkt, in was für einer Lage wir stecken. Die Elliots rücken nicht von ihrer Meinung ab. Und dann kommt auch noch Kris und gebärdet sich wie eine Krähe, die Aas riecht.«

»Sie ist doch nur eine von Tonys abgelegten Freundinnen und deine Energie und Zeit nicht wert.«

»Sie weiß, wie ich denke.« Der Raum war nicht groß genug, als dass sie hätte auf und ab laufen können, also stand Sophia nur da und kochte vor sich hin. »Ich hätte lieber einen Weg finden sollen, um sie im Unternehmen zu halten, damit ich sie besser kontrollieren kann.«

»Hör auf. Du brauchst dir wegen ihr keine Vorwürfe zu machen. Es ist ganz offensichtlich, dass sie schrecklich eifersüchtig auf dich ist. Ich weiß, dass die Lage im Moment prekär ist, aber ich habe heute Abend mit einigen Leuten geredet, die fest hinter euch stehen und entsetzt über die Vorfälle sind.«

»Ja, und einige stecken bestimmt auch weiterhin ihr Geld in unser Unternehmen, aber es gibt trotzdem viele andere, die das nicht mehr tun. Das Personal hat mir berichtet, dass zahlreiche Gäste gar keinen Wein getrunken oder zuerst andere beim Trinken beobachtet haben, um sicherzugehen, dass sie auch am Leben bleiben. Es ist einfach schrecklich! Und so grauenhaft für *Nonna*. Langsam sieht man es ihr an, und das macht mir Sorgen.«

»Sophia, wenn ein Unternehmen hundert Jahre am Markt ist, dann gibt es immer Krisen. Und das hier ist eben eine.«

»So etwas hatten wir noch nie. Wir verlieren Kunden, Tante Helen, das weißt du doch auch. Es werden Witze gerissen. Hast du Probleme mit deiner

Frau? Du brauchst gar nicht zum Anwalt zu gehen, gib ihr einfach eine Flasche Giambelli.«

»Liebes, ich bin Anwältin, und über uns sind seit Jahrhunderten Witze gemacht worden.« Helen strich Sophia übers Haar. Sie hatte nicht gewusst, dass das Kind sich solche Sorgen machte. »Du nimmst das alles zu persönlich.«

»Es ist meine Aufgabe, das positive Image aufrechtzuerhalten. Wenn ich das nicht hinkriege ... Ich weiß, dass ich heute Abend eine Menge Eier in den Korb gelegt habe, und ich hasse die Vorstellung, ein paar davon könnten zerbrechen.«

»Ein paar vielleicht«, bestätigte Helen, »aber nicht alle.«

»Aber ich bekomme die Botschaft nicht übermittelt! *Wir* sind hier die Opfer, warum begreifen die Leute das denn nicht? *Wir* sind angegriffen worden. Wir werden immer noch angegriffen – finanziell, emotional und rechtlich. Die Polizei ... Du meine Güte, es schwirren Gerüchte herum, dass Margaret und mein Vater an irgendeiner Verschwörung beteiligt gewesen wären und Mama hätte davon gewusst!«

»Das ist doch nur Renés dummes Geschwätz.«

»Ja, aber wenn die Polizei anfängt, es ernst zu nehmen und sie als Verdächtige verhört, weiß ich nicht mehr, was wir tun sollen.«

»Das wird nicht passieren.«

»Oh, Tante Helen, es könnte gut so weit kommen. Solange René in den Talkshows und in der Klatschpresse das Feuer schürt und der Mörder frei herumläuft, steht Mama ganz oben auf der Liste der Verdächtigen. Genau wie ich.«

Helen hatte auch schon darüber nachgedacht, aber als sie es jetzt so deutlich ausgesprochen hörte, lief ihr doch ein Schauer über den Rücken. »Hör zu. Niemand wird dich oder deine Mutter wegen irgendetwas anklagen. Die Polizei mag euch verhören, aber letztendlich nur, um euch als Verdächtige auszuschließen. Wenn sie euch stärker bedrängen, müssen sie erst einmal an James vorbei. An mir und auch an Linc.«

Sie schloss Sophia in die Arme. »Mach dir keine Gedanken darüber.«

Helen tätschelte Sophias Rücken und blickte dabei in den Spiegel hinter ihr. Das ermutigende Lächeln war verschwunden und tiefe Sorge war an seine Stelle getreten. Sie war dankbar dafür, dass die anwaltliche Schweigepflicht ihr verbot, die Ängste des Mädchens noch zu vergrößern.

Erst heute Morgen waren alle Bücher des Unternehmens beschlagnahmt worden.

Sophia zog ihre Lippen nach, puderte sich die Nase und straffte die Schultern. Jetzt sah ihr niemand mehr die Angst oder Verzweiflung an. Als sie sich wieder zu den Gästen gesellte, strahlte sie und funkelte, und ihr Lachen erklang warm und sorglos.

Sie flirtete, tanzte und betrieb weiter Überzeugungsarbeit. Ihre Laune hob sich beträchtlich, als es ihr gelang, einen weiteren Großkunden dazu zu bringen, den Bann von Giambelli zu nehmen.

Zufrieden mit sich gönnte sie sich eine kurze Pause, um Linc ein wenig zu ärgern. »Hängst du immer noch mit diesem Verlierer herum?«, fragte sie Andrea.

»Na ja, jedes Mal, wenn ich versuche, ihn zu verlassen, weint er.«

»Tu ich gar nicht. Ich sehe dann nur immer ganz verloren aus. Ich habe schon nach dir gesucht«, sagte Linc zu Sophia. »Wir brechen auf.«

»So früh schon?«

»Das Streichquartett ist wirklich nicht mein Ding. Ich bin nur hier, weil Mom mich mit Kuchen bestochen hat. Aber ich wollte dich noch einmal sehen, bevor wir verschwinden, um mich zu überzeugen, dass es dir gut geht.«

»Ja, alles in bester Ordnung.«

Er tippte ihr mit dem Finger auf die Nase. »Übertreib nicht. Andrea weiß, was los ist.«

»Es ist schwierig«, gab Sophia zu. »*Nonna* muss noch darüber hinwegkommen, was mit *Signor* Battista passiert ist. Er hat ihr viel bedeutet. Wir fühlen uns alle durch die verschiedenen Ermittlungen bedrängt. Ich habe mich gerade eben bei deiner Mom ein bisschen ausgeweint.«

»Daran ist sie gewöhnt. Du weißt, dass du auch mich jederzeit anrufen kannst, um dich auszuweinen.«

»Ich weiß.« Sie küsste Linc auf die Wange. »Du bist wirklich nicht übel. Und du hast einen guten Geschmack bei Ärzten. Geht! Macht, dass ihr wegkommt.« Sie trat beiseite. »Besuch uns mal wieder«, fügte sie an Andrea gewandt hinzu. Dann nahm sie ihren Rundgang durch den Saal wieder auf.

»Da bist du ja.« Tyler fing sie ab und zog sie in eine Ecke. »Ich kann das hier nicht mehr ertragen. Ich haue ab.«

»Nein, reiß dich zusammen.« Sie blickte sich im Saal um. Es waren noch nicht viele Leute gegangen – ein gutes Zeichen. »Halt noch eine Stunde durch, und dann belohne ich dich dafür.«

»Da musst du dich aber schon sehr anstrengen.«

»Ich werde sehen, was ich tun kann. Geh und lass deinen Charme bei Betina Renaldi spielen. Sie ist alt, einflussreich und sehr empfänglich für raue junge Männer mit knackigem Hintern.«

»O Mann, was du alles gutmachen musst!«

»Fordere sie einfach zum Tanzen auf und sag ihr, wie sehr wie es schätzen, dass sie uns unterstützt.«

»Wenn sie mir in meinen knackigen Hintern kneift, werde ich es an dir auslassen.«

»Mmmm. Ich freue mich schon darauf.« Sophia drehte sich um und bekam so einen Streit zwischen Don und Gina mit. Rasch ging sie durch den Ballsaal auf die beiden zu.

»Macht das nicht hier.« Mit einer scheinbar liebevollen Geste hakte sie sich bei beiden ein. »Wir können nicht noch mehr Gerüchte gebrauchen.«

»Willst du mir etwa vorschreiben, wie ich mich zu benehmen habe?« Gina wollte sich losreißen, aber Sophia hielt sie fest. »Gerade du, deren Vater ein Gigolo war, deren Familie keine Ehre kennt?«

»Vorsichtig, Gina, vorsichtig. Diese Familie bezahlt deine Windeln. Lasst uns nach draußen gehen.«

»Fahr zur Hölle.« Sie stieß Sophia heftig gegen Don. »Du und alle anderen.« Ihre Stimme wurde schrill, und einige Gäste drehten sich nach ihnen um. Es gelang Sophia, sie aus der Tür zu ziehen, bevor sie sich losreißen konnte.

»Wenn du hier eine Szene machst«, sagte sie, »dann kostet dich das genauso viel wie jeden von uns. Deine Kinder sind Giambellis. Denk daran.«

Ginas Lippen bebten, aber sie senkte gehorsam die Stimme. »Denk *du* lieber daran. Denkt beide daran! Was ich tue, tue ich für sie.« Sie rauschte davon.

»Don, verdammt noch mal! Geh ihr nach und beruhige sie.«

»Das kann ich nicht. Sie hört mir nicht zu.« Er trat hinter die Tür und zog ein Taschentuch aus der Tasche, um sich den Schweiß von der Stirn zu wischen. »Sie ist wieder schwanger.«

»Oh.« Mit einer Mischung aus Erleichterung und Ärger tätschelte Sophia ihm den Arm. »Herzlichen Glückwunsch.«

»Ich wollte kein Kind mehr, und sie weiß das. Deswegen haben wir uns gestritten. Und dann erzählt sie es mir heute Abend, während wir uns umzogen. Die Kinder haben geschrieen, und mir ist fast der Kopf geplatzt. Sie erwartet immer, dass ich ganz begeistert bin, und wenn ich das nicht bin, giftet sie mich an.«

Er steckte das Taschentuch wieder in die Tasche.

»Das tut mir Leid. Wirklich. Sehr Leid, aber heute Abend ist es lebenswichtig, welchen Eindruck wir machen. Ob du nun glücklich darüber bist oder nicht, du musst es regeln. Sie ist schwanger, verletzlich und ihre Hormone spielen verrückt. Außerdem ist sie ja nicht von selbst schwanger geworden. Du musst zu ihr gehen.«

»Ich kann nicht«, wiederholte er. »Sie redet jetzt sowieso nicht mit mir. Ich war wütend. Den ganzen Abend über hat sie geschmollt und mir erzählt, es sei Gottes Wille und ein Segen. Ich musste einfach weg von ihr. Fünf kostbare Minuten weg von dieser Nörgelei. Also bin ich hinausgeschlüpft, um ein Telefonat zu führen. Ich habe ... es gibt eine andere Frau.«

»Oh.« Sophia machte sich nicht einmal die Mühe zu fluchen. »Das ist ja großartig.«

»Ich habe nicht gemerkt, dass Gina mir gefolgt ist, und ich wusste nicht, dass sie mich belauscht. Als ich wieder hereinkam, hat sie mich zur Rede gestellt und mich mit Beschuldigungen überhäuft. Nein, sie wird jetzt nicht mehr mit mir reden.«

»Na, da habt ihr euch ja den richtigen Moment ausgesucht.«

»Bitte, ich weiß, was ich zu tun habe. Versprich mir nur, dass du *Zia* Teresa nichts davon erzählst.«

»Glaubst du, ich habe nichts Besseres zu tun, als direkt damit zu ihr zu rennen?«

»Sophie! So habe ich es nicht gemeint.« Erleichtert ergriff er ihre Hände. »Ich bringe die Sache in Ordnung. Ganz bestimmt. Aber geh du jetzt bitte zu Gina und sag ihr, sie soll sich benehmen und geduldig sein. Nichts Überstürztes tun. Ich bin schon durch die Ermittlungen so unter Druck.«

»Es geht hier nicht um dich, Donato.« Sophia zog ihre Hände weg. »Du bist einfach nur ein Mann, der seinen Schwanz nicht in der Hose behalten kann. Es geht um Giambelli. Ich werde mit Gina reden, weil ich zumindest dieses eine Mal Mitleid mit ihr habe. Und du bringst die Sache in Ordnung. Du trennst dich von der anderen Frau und siehst zu, wie du mit deiner Ehe und deinen Kindern klarkommst.«

»Ich liebe sie, Sophia! Du weißt doch, was es heißt, jemanden zu lieben.«

»Ich weiß, dass du drei Kinder hast und ein viertes unterwegs ist. Du hast die Verantwortung für deine Familie, Donato. Entweder benimmst du dich wie ein Mann, oder ich sorge persönlich dafür, dass du dafür bezahlst. *Capisce?*«

»Du hast doch gesagt, du gehst nicht zu *La Signora*. Ich habe dir vertraut.«

»*La Signora* ist nicht die einzige Frau bei den Giambellis, die weiß, wie man mit Betrügern und Lügnern umgeht. Oder mit Feiglingen. *Cacasotto.*«

Er wurde weiß. »Du bist zu hart.«

»Leg es darauf an, dann wirst du feststellen, wie hart ich sein kann. Und jetzt sei klug. Geh wieder hinein und lächle. Verkünde deiner Tante, dass wieder ein Giambelli das Licht der Welt erblicken wird. Und halt dich von mir fern, bis ich deinen Anblick wieder ertragen kann.«

Zitternd vor Wut ließ sie ihn einfach stehen. Vielleicht bin ich zu hart, dachte sie. Und vielleicht galt ein Teil ihrer Wut auch ihrem Vater – ebenfalls ein Betrüger, ebenfalls ein Lügner, ebenfalls ein Vater, der seine Pflichten vernachlässigt hatte.

Die Ehe bedeutet manchen Menschen gar nichts, dachte sie. Für sie war sie nur ein Spiel, dessen Regeln man einfach brechen konnte. Sophia eilte durch den Flügel mit den Privaträumen, fand Gina jedoch nirgendwo.

Idiotin, dachte sie, und einen Moment lang war sie unschlüssig, wen sie mehr verachtete, Gina oder Donato.

Sie rief leise nach ihr und warf einen Blick in den Kindertrakt, wo die Kinder und die junge Frau, die heute Abend auf sie aufpasste, schliefen.

Da sie annahm, dass Gina ihre Wut vielleicht an der frischen Luft abreagierte, trat sie auf die Terrasse. Die Musik aus dem Ballsaal drang leise durch die Dunkelheit.

Am liebsten hätte sie sich jetzt einfach treiben lassen. Sollten doch alle selbst sehen, wie sie zurechtkamen. Wütende Ehefrauen, Männer, die fremdgingen ... Polizisten und Anwälte und gesichtslose Feinde. Sie war alles so leid.

Sie sehnte sich nach Ty. Sie wollte mit ihm tanzen, den Kopf an seine Schulter lehnen und all ihre Sorgen für ein paar Stunden jemand anderem überlassen.

Aber sie riss sich zusammen und ging wieder hinein, um zu tun, was getan werden musste.

Als sie ein leises Geräusch aus dem Zimmer hinter sich hörte, drehte sie sich um. »Gina?«

Ein heftiger Stoß ließ sie zurücktaumeln. Sie stolperte durch die Terrassentür. Während sie fiel, nahm sie eine verschwommene Bewegung wahr. Als jedoch ihr Kopf auf der steinernen Balustrade aufschlug, sah sie nichts mehr. Um sie herum wurde es dunkel.

20

Tyler beschloss, den letzten Tanz mit Teresa zu tanzen und dann nach Hause zu gehen. Sie wirkte in ihrem bestickten Kleid beruhigend robust. Ihre Hand lag trocken und kühl in seiner.

»Warum bist du noch nicht erschöpft?«, fragte er.

»Das leiste ich mir erst, wenn die letzten Gäste gegangen sind.«

Über ihren Kopf hinweg blickte er sich im Ballsaal um. Es sind noch zu viele Leute da, dachte er, und dabei war es schon nach Mitternacht. »Wir könnten ja anfangen, sie hinauszukehren.«

»Unverändert liebenswürdig. Das mag ich an dir.« Als er grinste, musterte sie ihn eingehend. »Das hier bedeutet dir alles gar nichts, nicht wahr?«

»Natürlich bedeutet es mir etwas. Die Weinberge ...«

»Nicht die Weinberge, Tyler.« Sie wies auf die Terrassentür, die Lichter, die Musik. »Das hier, die eleganten Kleider, das Geplauder, die Pracht.«

»Nein, das bedeutet mir nicht das Geringste.«

»Aber du bist trotzdem gekommen, wegen deines Großvaters.«

»Wegen meines Großvaters und deinetwegen, *Signora*. Wegen ... der Familie. Wenn mir alles egal wäre, wäre ich letztes Jahr, als du mein Leben neu organisiert hast, abgehauen.«

»Das hast du mir immer noch nicht verziehen«, schmunzelte sie.

»Nicht ganz.«

Er zog ihre Hand an die Lippen und küsste sie, in einer seltenen Anwandlung von Galanterie.

»Wenn du gegangen wärst, hätte ich einen Weg gefunden, um dich wieder zurückzuholen. Du wirst hier gebraucht. Ich werde dir jetzt etwas erzählen, weil dein Großvater es nicht tun wird.«

»Ist er krank?« Tyler blickte sich hastig nach Eli um.

»Sieh mich an«, sagte sie leise und befehlend. »Er darf nicht wissen, dass wir von ihm reden.«

»War er beim Arzt? Was hat er?«

»Er ist krank – aber an der Seele. Dein Vater hat ihn angerufen.«

»Was wollte er? Geld?«

»Nein, er weiß, dass er kein Geld mehr bekommt.« Teresa hätte die Geschichte lieber für sich behalten, sie hasste es, eine solche Last weiterzugeben. Aber der Junge hatte ein Recht darauf, es zu erfahren. »Er ist außer sich. Die jüngsten Probleme und Skandale passen nicht in sein gesellschaftliches Bild und verursachen ihm, wie er behauptet, beträchtlichen Ärger. Offenbar hat ihn die Polizei im Zuge ihrer Ermittlungen verhört, und dein Vater gibt Eli die Schuld daran.«

»Er wird nicht wieder anrufen. Ich kümmere mich darum.«

»Ich weiß. Du bist ein guter Junge, Tyler.«

Er blickte Teresa an und zwang sich zu einem Lächeln. »Tatsächlich?«

»Ja. Ich würde dich nicht damit belasten, aber Eli hat ein weiches Herz. Und die Sache hat ihm einen Schlag versetzt.«

»Mein Herz ist nicht so weich.«

»Immer noch weich genug.« Sie streichelte ihm über die Wange. »Ich verlasse mich auf dich.« Als er sie überrascht ansah, fuhr sie fort: »Überrascht dich das oder jagt es dir Angst ein?«

»Vielleicht beides.«

»Gewöhn dich daran.« Mit diesem sanften Befehl trat sie einen Schritt zurück. »Und jetzt bist du entlassen. Such Sophia und lock sie hier weg.«

»Sie ist nicht leicht zu verlocken.«

»Ich glaube, du schaffst das schon. Und es gibt nicht viele, die es schaffen. Ich habe sie jetzt schon seit einer Weile nicht mehr gesehen. Such sie und lenk sie für ein paar Stunden von der Arbeit ab.«

Das kam schon beinahe einem Segen gleich, dachte Tyler. Er war sich nicht sicher, ob er das wollte. Für den Augenblick jedoch befolgte er nur Teresas Befehl. Such Sophia und verschwinde mit ihr.

Sie war nicht im Ballsaal und auch nicht auf der Terrasse. Er fragte jedoch niemanden, ob er sie gesehen hätte, sondern schlenderte durch die Räume und warf einen Blick in einen Salon, in dem Gäste zusammensaßen und sich unterhielten. Dort saßen auch die Moores. Helen trank Tee, und James paffte eine Zigarre, während er über irgendeinen alten Fall dozierte. Linc und seine Freundin, die doch schon vor einer Stunde hatten gehen wollen, saßen auf dem Sofa, entweder in Geiselhaft oder hypnotisiert.

»Ty, komm her. Nimm dir eine Zigarre.«

»Nein, danke. Ich ... *La Signora* hat mich gebeten, Sophia zu suchen.«

»Ich habe sie seit einer ganzen Weile nicht mehr gesehen. Oh, mein Gott, wie spät es schon ist!« Linc sprang auf und zog Andrea hoch. »Wir müssen jetzt wirklich gehen.«

»Vielleicht ist sie nach unten gegangen, Ty«, warf Helen ein. »Um ihr Make-up zu erneuern oder Luft zu schnappen.«

»Ja, gut, ich sehe mal nach.«

Er lief die Treppe hinunter und traf auf Pilar. »Deine Mutter fragt sich, wo Sophia ist.«

»Ist sie nicht oben?« Zerstreut warf Pilar ihre Haare zurück. Sie wollte nur zehn Minuten an die frische Luft und ein großes Glas Wasser trinken. »Ich habe sie seit, oh, bestimmt seit einer halben Stunde nicht mehr gesehen. Ich habe gerade versucht, mit Gina zu reden. Sie hat sich eingeschlossen. Offenbar hat sie sich mit Don gezankt. Sie wirft mit Gegenständen um sich, weint hysterisch und natürlich hat sie die Kinder aufgeweckt, und die schreien jetzt ebenfalls.«

»Danke für den Tipp. Ich sehe zu, dass ich diesen Teil des Hauses meide.«

»Warum siehst du nicht einmal in Sophias Zimmer nach? Ich habe zumindest so viel aus Gina herausbekommen, dass Sophia versucht hat zu vermitteln. Vielleicht ist sie in ihr Zimmer gegangen, um sich abzureagieren. Ist David im Ballsaal?«

»Hab ihn nicht gesehen«, sagte Tyler. »Wahrscheinlich ist er da irgendwo.«

Er eilte zu Sophias Zimmer. Wenn er sie dort fand, war es wirklich eine gute Idee, die Tür abzusperren und Sophia von der Arbeit abzulenken, wie ihm befohlen worden war. Er hatte sich schon den ganzen Abend gefragt, was sie wohl unter diesem roten Kleid trug.

Er klopfte leise und öffnete die Tür. Im Zimmer war es dunkel und kalt. Kopfschüttelnd trat Tyler auf die Terrassentüren zu, um sie zu schließen.

»Du wirst dir deinen hübschen Hintern abfrieren, Sophie«, murmelte er. Plötzlich hörte er ein leises Stöhnen.

Verwirrt trat er nach draußen. Und dann sah er sie, in dem schwachen Lichtschein, der von oben aus dem Ballsaal drang. Sie lag auf der Terrasse und versuchte, sich zu aufzurichten. Er sprang auf sie zu und kniete sich neben sie.

»Vorsichtig, Liebes. Was hast du gemacht? Bist du gestürzt?«

»Ich weiß nicht ... ich ... Ty?«

»Ja. Du meine Güte, du zitterst ja! Komm, lass uns hineingehen.«

»Es geht schon. Ich bin nur ein bisschen durcheinander. Lass mich erst mal wieder einen klaren Kopf bekommen.«

»Drinnen. Du hast eine Wunde, Soph. Du blutest.«

»Ich ...« Sie fuhr sich mit der Hand an die Stirn und blickte dann verständnislos auf ihre roten Finger, »blute«, stieß sie noch hervor, dann fielen ihr wieder die Augen zu.

»O nein, nein, nicht.« Ty nahm sie in die Arme. »Werd nicht wieder bewusstlos.« Sein Herz hämmerte, als er sie hochhob. Sie war leichenblass. »Das kommt davon, dass du diese bleistiftdünnen Absätze trägst. Ich weiß sowieso nicht, wie Frauen darauf laufen können, ohne sich die Knöchel zu brechen.«

Er redete immer weiter, um sie beide zu beruhigen, während er Sophia auf das Bett legte und die Terrassentüren schloss. »Jetzt wärmen wir dich erst einmal auf, und dann sehe ich mir den Schaden an.«

»Ty.« Als er eine Decke über sie zog, packte sie seine Hand. Trotz der Schmerzen wurde ihr Kopf langsam wieder klarer. »Ich bin nicht gefallen. Jemand hat mich gestoßen.«

»Dich gestoßen? Ich schalte mal das Licht an, damit ich sehen kann, wo du überall verletzt bist.«

Sie wandte den Kopf ab. »Ich glaube, ich bin überall verletzt.«

»Ruhig jetzt. Bleib einfach nur ganz still liegen.« Seine Hände waren sanft, obwohl er innerlich vor Wut schäumte. Am Kopf hatte sie eine hässliche, tiefe Schramme, die bereits anschwoll und voller Kies war. Auch der Arm, direkt unter der Schulter, war verschrammt.

»Ich ziehe dir jetzt dieses Kleid aus.«

»Tut mir Leid, mein Schöner, ich habe Kopfschmerzen.«

Er lächelte über ihren Versuch, witzig zu sein, zog sie hoch und suchte nach Knöpfen, einem Reißverschluss oder irgendwelchen Haken an ihrem Kleid. »Liebes, wie zum Teufel funktioniert das hier?«

»Unter dem linken Arm.« Mittlerweile schmerzte jeder Zoll ihres Körpers. »Da ist ein kleiner Reißverschluss, und dann musst du mich irgendwie herausschälen.«

»Ich habe mich schon gefragt, was du wohl darunter trägst«, redete er immer weiter, während er sie auszog. Es gab wahrscheinlich eine Bezeichnung für das Ding, das sich eng um ihre Taille schloss und an den Beinen hoch ausgeschnitten war. Er hätte es einfach nur als Aufsehen erregend bezeichnet. Die Strümpfe endeten an ihren Oberschenkeln und wurden von Strumpfbändern mit kleinen Rosenknospen gehalten. Tyler würdigte zwar die aufregende Unterwäsche, war jedoch in der Hauptsache erleichtert darüber, dass die Frau, die darin steckte, offensichtlich keine größeren Blessuren davongetragen hatte.

Ihr rechtes Knie war aufgeschrammt, und die Seidenstrümpfe waren ruiniert.

Irgendjemand, das schwor er sich, würde teuer dafür bezahlen müssen, dass er sie verletzt hatte. Aber das musste noch warten.

»Nicht so schlimm, siehst du?«, sagte er beruhigend, während er ihr half, sich aufzusetzen, damit sie sich selbst betrachten konnte. »Sieht so aus, als wärst du auf die rechte Seite gefallen. Da ist eine kleine Beule an der Hüfte, und dein Knie und die Schulter sind verschrammt. Dein Kopf hat das Meiste abbekommen, so gesehen hast du also Glück gehabt.«

»Das ist ja eine reizende Art, mir klarzumachen, was für einen Dickschädel ich habe. Ty, ich bin nicht hingefallen, jemand hat mich gestoßen!«

»Ich weiß. Dazu kommen wir, wenn ich die Wunde ein wenig gesäubert habe.«

Als er aufstand, sank sie wieder auf das Bett zurück. »Bringst du mir ein Aspirin, wenn du schon einmal dabei bist?«

»Ich glaube, du solltest besser nichts nehmen, bevor du im Krankenhaus bist.«

»Ich gehe doch nicht wegen ein paar Kratzern und Beulen ins Krankenhaus!« Sie hörte, wie im angrenzenden Badezimmer das Wasser rauschte. »Wenn du versuchst, mich dazu zu zwingen, breche ich in Tränen aus und benehme mich furchtbar weiblich, und du wirst dir ganz schlecht vorkommen. Glaub mir, ich bin in der Stimmung dazu, jemanden fertig zu machen, und du bist mitten in der Schusslinie.

Nimm bloß nicht meine guten Waschlappen! Im Wäscheschrank sind ein paar alte, und da ist auch ein Desinfizierungsmittel und Aspirin.«

»Halt den Mund, Sophie.«

Sie zog die Decke höher. »Es ist kalt hier drin.«

Tyler kam wieder herein, in der Hand ihre Schüssel aus Muranoglas, eins ihrer besten Gästehandtücher, bereits tropfnass, und ein Glas Wasser.

»Was hast du mit den Blüten gemacht, die in der Schüssel lagen?«

»Mach dir darüber keine Gedanken. Komm, lass uns Doktor spielen.«

»Aspirin! Ich flehe dich an.«

Er zog ein Fläschchen aus seiner Tasche, öffnete es und schüttelte zwei Tabletten heraus.

»Bitte, wir wollen doch nicht geizig sein. Ich möchte vier.«

Er ließ sie die Tabletten nehmen und begann dann, die Wunde an ihrem Kopf zu säubern. Es kostete ihn viel Kraft, seine Hände ruhig zu halten und gleichmäßig zu atmen. »Wer hat dich gestoßen?«

»Ich weiß nicht. Ich habe hier unten nach Gina gesucht. Sie und Don haben miteinander gestritten.«

»Ja, davon habe ich gehört.«

»Ich konnte sie nicht finden. Ich wollte einfach nur mal eine Minute für mich allein sein, deshalb ging ich auf die Terrasse. Ich hörte etwas hinter mir, wollte mich umdrehen, und das Nächste, was ich weiß, ist, dass ich taumelte – ich konnte das Gleichgewicht nicht mehr halten. Und dann gingen die Lichter aus. Wie schlimm sieht mein Gesicht aus?«

»Deinem Gesicht ist gar nichts passiert. Du wirst zwar eine Narbe behalten, aber direkt unter dem Haaransatz. Die Schramme ist nicht tief, nur ein schöner, breiter Kratzer. Hast du eine Ahnung, wer dich gestoßen hat? Ein Mann? Eine Frau?«

»Nein, dazu ging es zu schnell, und außerdem war es dunkel. Wahrscheinlich ist es Gina gewesen, oder Don. Sie waren beide wütend auf mich. Das passiert eben, wenn du zwischen die Fronten gerätst.«

»Wenn es einer von ihnen war, werden sie sehr viel schlimmer aussehen als du, wenn ich mit ihnen fertig bin.«

Der kleine Satz, den ihr Herz tat, machte sie ganz schwindlig. »Mein Held. Aber ich weiß nicht, ob es einer von ihnen war. Es könnte jeder gewesen sein, der in mein Zimmer gegangen ist, um ein bisschen herumzuschnüffeln. Und damit ich ihn nicht erwische, hat er mir den Stoß versetzt.«

»Wir sehen uns gleich einmal um, ob etwas fehlt oder durcheinander ist. Halt die Luft an.«

»Was?«

»Halt die Luft an«, wiederholte er. Sophia verzog schmerzerfüllt das Gesicht, weil er die Wunde mit dem Peroxyd betupfte.

»*Festa di cazzo! Coglioni! Mostro!*«

»Vor einer Minute war ich noch ein Held.« Mitleidig blies er auf die Wunde. »Gleich wird's besser. Wir machen uns jetzt mal an den Rest.«

»*Va via!*«

»Könntest du vielleicht auf Englisch fluchen?«

»Ich sagte, du sollst weggehen. Fass mich nicht an!«

»Komm schon, sei ein großes, tapferes Mädchen. Ich gebe dir danach auch einen Lutscher.« Er zog die Decke weg und betupfte auch die anderen Kratzer.

Ihr Atem kam stoßweise. Es tat höllisch weh. »Das macht dir wohl Spaß, du Sadist.«

»Ich kann es nicht ganz abstreiten. Nenn mir die ersten fünf Präsidenten der Vereinigten Staaten.«

»Sneezy, Dopey, Moe, Larry und Curly.«

Himmel, war es ein Wunder, dass er sich in diese Frau verliebt hatte? »Fast getroffen. Offenbar hast du keine Gehirnerschütterung. So, fertig, Baby.« Er küsste sie sanft auf den Mund. »Alles erledigt.«

»Ich möchte meinen Lutscher.«

»Na klar.« Er legte seine Wange an ihre. »Du hast mir einen solchen Schrecken eingejagt«, murmelte er. »Ich bin zu Tode erschrocken, Sophie.«

Wieder machte ihr Herz einen kleinen Satz. »Es ist ja jetzt wieder gut. Du bist auch nicht wirklich ein Bastard.«

»Tut es noch weh?«

»Nein.«

»Was heißt ›Lügner‹ auf Italienisch?«

»Vergiss es. Es tut nicht mehr so weh, wenn du mich festhältst. Danke.«

»Gern geschehen. Wo bewahrst du dein Glitzerzeug auf?«

»Den Schmuck? Die nachgemachten Teile sind im Schmuckkästchen, der echte Schmuck in meinem Safe. Glaubst du, ich habe einen Einbrecher überrascht?«

»Das können wir leicht herausfinden.« Tyler stand auf, um die übrigen Lampen einzuschalten.

Sie sahen es beide gleichzeitig. Und trotz der Schmerzen sprang Sophia vom Bett. Wütend und entsetzt las sie, was jemand mit roter Farbe über ihren Spiegel geschmiert hatte:

Schlampe Nr. drei

»Kris! Verdammt, das ist ihr Stil. Wenn sie glaubt, ich lasse ihr das durchgehen ...« Entsetzt brach sie ab. »Nummer drei. Mama. *Nonna!*«

»Zieh dir etwas über«, befahl Tyler. »Und verschließ die Tür. Ich prüfe es gleich nach.«

»Nein, das tust du nicht.« Sie war schon an ihren Schrank getreten. »*Wir* prüfen das nach. Niemand schubst mich ungestraft herum«, sagte sie, während sie sich Pullover und Hose anzog. »Niemand.«

Auch auf den Spiegeln in Pilars und Teresas Zimmer entdeckten sie die Schmierereien. Aber Kris Drake fanden sie nicht.

»Wir müssen doch noch etwas anderes tun können!«

Sophia wischte wütend die Schrift auf ihrem Spiegel ab. Die örtliche Polizei war gekommen, hatte Aussagen aufgenommen und das Ausmaß des Vandalismus untersucht. Und hatte ihr nichts anderes sagen können als das, was sie selbst schon wusste. Dass jemand die Zimmer betreten hatte und mit rotem Lippenstift eine hässliche kleine Nachricht auf den Spiegeln hinterlassen hatte. Und Sophia niedergeschlagen hatte.

»Diese Nacht können wir gar nichts mehr tun.« Tyler ergriff ihr Handgelenk und zog ihre Hand herunter. »Ich kümmere mich schon darum.«

»Es war an mich gerichtet.« Angeekelt ließ sie das Putztuch fallen.

»Die Polizei wird sie verhören, Sophie.«

»Und sie wird ihnen sicher erzählen, dass sie hier hereingetanzt ist, diese Liebesbotschaft hinterlassen und mich niedergeschlagen hat.« Frustriert stöhnte Sophia auf. »Na ja, ist ja auch egal. Die Polizei kann ihr vielleicht nichts nachweisen, aber ich weiß, dass sie es getan hat. Und früher oder später wird sie mir dafür bezahlen.«

»Und ich helfe dir dabei. Bis dahin gehst du ins Bett.«

»Ich kann jetzt nicht schlafen.«

Tyler nahm ihre Hand und führte sie zum Bett. Sie war immer noch angezogen, und er trug noch Hemd und Smokinghose. Er legte sich mit ihr hin und zog die Decke über sie beide.

»Versuch es.«

Einen Moment lang lag sie ganz still da, verblüfft, weil er keinen Versuch machte, sie zu berühren oder in den Arm zu nehmen. Er machte das Licht aus.

»Ty?«

»Hmmm?«

»Wenn du mich festhältst, tut es nicht so weh.«

»Gut. Schlaf jetzt.«

Und sobald sie ihren Kopf an seine Schulter gelegt hatte, war sie auch schon eingeschlafen.

Claremont reckte sich auf seinem Stuhl, während Maguire den Bericht las. »Na, was denkst du?«

»Die jüngste Ms. Giambelli wird niedergeschlagen. Alle drei erhalten eine gemeine Nachricht, auf ihre Spiegel geschmiert. Oberflächlich betrachtet ...« sagte sie und warf den Bericht auf seinen Schreibtisch. »... sieht es aus wie ein böser Streich. Von einer Frau.«

»Und unter der Oberfläche?«

»Sophia G. wurde nicht schlimm verletzt, aber wenn ihre Großmutter zur falschen Zeit ins Zimmer gekommen wäre, hätte es ernster sein können. Alte Knochen brechen leichter. Außerdem hat die örtliche Polizei festgestellt, dass Sophia mindestens fünfzehn bis zwanzig Minuten draußen in der Kälte gelegen hat. Sehr unangenehm. Sie hätte auch noch länger dort gelegen, wenn der junge Mann sie nicht gesucht hätte. Es war also ein äußerst übler Streich. Jemand will sie unbedingt fertig machen.«

»Und die jüngste Giambelli behauptet, dass das auf Kris Drake zutrifft.«

»Die hat es heftig abgestritten«, entgegnete Maguire. »Man kann ihr nicht nachweisen, dass sie sich in diesem Teil des Hauses aufgehalten hat. Keine Fingerabdrücke.«

»Lügt Sophia also? Irrt sie sich?«

»Ich glaube nicht.« Maguire schürzte die Lippen. »Warum sollte sie lügen? Sie hat keinen Grund dazu, und sie kommt mir nicht so vor wie eine Frau, die etwas ohne Grund tut. Außerdem ist sie vorsichtig. Sie würde nie jemanden beschuldigen, wenn sie sich nicht ganz sicher ist. Die Drake hat sie gestoßen. Vielleicht ist es ja so einfach. Oder es steckt noch eine Menge mehr dahinter.«

»Wenn sich jemand die Zeit nimmt, die Mühe und das Risiko auf sich nimmt, Wein zu vergiften, wenn er sogar bereit ist zu töten, warum sollte diese Person sich dann mit so etwas Einfältigem wie einer Nachricht auf einem Spiegel aufhalten?«

»Wir wissen ja gar nicht, ob es dieselbe Person ist.«

»Hypothetisch gesprochen also eine Art Vendetta gegen die Giambellis.«

»Um sie vors Schienbein zu treten? Ihr gebt eine große Party? Ihr wollt so tun, als ob alles wieder normal sei? Na wartet!«

»Vielleicht. Die Drake ist ein Bindeglied. Sie hat für das Unternehmen gearbeitet, sie hatte eine Affäre mit Avano. Wenn sie so sauer ist, dass sie auf der Party Ärger gemacht hat, dann war sie vielleicht auch sauer genug, um ein paar Kugeln in ihren Liebhaber zu jagen.«

»*Ex*-Liebhaber nach ihrer Aussage.« Maguire runzelte die Stirn. »Ehrlich, Partner, wir sind bei ihr schon vorher in eine Sackgasse geraten, und ich glaube nicht, dass dieser kleine Angriff sie mit dem Mord an Avano in Verbindung bringt. Der Stil ist einfach zu unterschiedlich.«

»Es ist trotzdem interessant, oder? Die Giambellis haben jahre-, jahrzehntelang keine besonderen Probleme. Doch in den letzten Monaten häufen sie sich. Das ist sehr interessant.«

Tyler lief draußen mit dem Handy auf und ab. Das Haus kam ihm zu klein vor, wenn er mit seinem Vater redete. Ganz Kalifornien kam ihm dann zu klein vor.

Allerdings redete er im Moment gar nicht, sondern lauschte den üblichen Klagen und Vorwürfen.

Der Country Club schwirre von Gerüchten und dummen Witzen über ihn. Seine derzeitige Frau – Ty wusste schon gar nicht mehr, wie viele Mrs. MacMillans es in der Zwischenzeit gegeben hatte – sei im Schönheitssalon gedemütigt worden. Erwartete Einladungen für verschiedene gesellschaftliche Ereignisse seien nicht eingetroffen.

Etwas müsse geschehen und zwar schnell. Es liege in Elis Verantwortlichkeit, dass der Name der Familie über jeden Vorwurf erhaben blieb, was ihm offensichtlich gleichgültig gewesen sei, als er diese italienische Frau heiratete. Doch wie auch immer, es sei absolut zwingend, dass der Name MacMillan, das Label und das Unternehmen sich von Giambelli trennte. Er erwartete von Tyler, dass er all seinen Einfluss geltend mache, bevor es zu spät sei. Eli sei alt und hätte offensichtlich schon längst in den Ruhestand treten müssen.

»Bist du fertig?« Tyler wartete eine Antwort gar nicht erst ab. »Und jetzt sage ich dir, was geschehen wird. Wenn du irgendwelche Klagen oder Kommentare loswerden willst, richte sie an mich. Wenn du Grandpa noch einmal belästigst, werde ich alle rechtlichen Schritte unternehmen, um diesen Vermögensfonds, von dem du in den letzten dreißig Jahren gelebt hast, einzufrieren.«

»Du hast kein Recht ...«

»Nein, *du* hast nicht das Recht, irgendetwas zu fordern. Du hast niemals auch nur einen Tag lang für dieses Unternehmen gearbeitet, genauso wenig wie ihr beide, du und meine Mutter, auch nur einen Tag lang meine Eltern wart. Bis er bereit ist, zurückzutreten, wird Eli MacMillan dieses Unternehmen leiten. Und wenn er zurücktritt, werde ich es leiten. Glaub mir, ich werde nicht so geduldig sein wie er. Solltest du ihm auch nur noch einen Moment lang Kummer bereiten, werden wir nicht mehr bloß am Telefon darüber sprechen.«

»Willst du mir etwa drohen? Hast du etwa vor, mich auch so aus dem Weg zu schaffen wie Tony Avano?«

»Nein, ich kann dich da treffen, wo es dir wehtut. Ich werde dafür sorgen, dass all deine wichtigen Kreditkarten gekündigt werden. Denk daran, du hast es nicht mit einem alten Mann zu tun. Versuch nicht, mich auszutricksen.«

Tyler schaltete das Handy aus. Sophia stand am Rand der Terrasse.

»Es tut mir Leid. Ich wollte nicht lauschen.« Er sah elend aus. Sie wusste nur zu gut, wie man sich in solch einer Situation fühlte. Also trat sie auf ihn zu und umfasste sein Gesicht mit den Händen. »Tut mir Leid«, sagte sie noch einmal.

»Ach, das war nichts Besonderes. Nur eine Unterhaltung mit dem lieben, alten Dad.« Angewidert warf er das Telefon auf den Terrassentisch. »Was willst du?«

»Ich habe den Wetterbericht gehört. Sie haben für heute Nacht Frost angesagt und ich fragte mich, ob du vielleicht da draußen gern Gesellschaft hättest.«

»Nein, danke. Ich schaffe das schon allein.« Er schob ihre Haare beiseite und betrachtete die Wunde. »Sehr attraktiv.«

»Solche Schrammen sehen nach ein paar Tagen immer schlimmer aus. Aber zumindest fühle ich mich nicht mehr so steif, wenn ich morgens aufwache. Ty ... sag mir, was los ist.«

»Nichts. Ich habe es schon geregelt.«

»Ja, ja, du kannst alles regeln. Und ich auch. Wir sind schrecklich.« Sie drückte seine Schulter. »Ich habe dir gesagt, wo es mir wehtut. Sag du es mir jetzt auch.«

Im ersten Moment wollte er sie abwehren, doch dann gab er nach. »Mein Vater ... Er nörgelt an meinem Großvater herum, wegen der schlechten Presse und den ganzen Polizeiverhören. Sie kommen seinen Tennisstunden in die Quere. Ich habe ihm gesagt, er soll sich zurückhalten.«

»Und tut er das?«

»Wenn nicht, rede ich mit Helen darüber, dass sie ein paar Löcher in seinen Vermögensfonds reißt. Das wird ihm schon das Maul stopfen, diesem Hurensohn. Er hat noch nie in seinem ganzen Leben auch nur einen Tag gearbeitet – noch schlimmer sogar, er hat nie auch nur den kleinsten Anflug von Dankbarkeit gezeigt. Er nimmt immer nur, und wenn irgendwelche Probleme auftauchen, jammert er. Kein Wunder, dass er und dein Vater sich so gut verstanden haben.« Fluchend brach er ab. »Verdammt, Sophie. Das tut mir Leid.«

»Nein, das braucht es nicht. Du hast ja Recht.«

Es gibt eine Verbindung zwischen uns, dachte sie, die keiner vorher erkannt hatte.

»Ty, hast du jemals darüber nachgedacht, wie froh wir beide sein können, dass bestimmte Gene offensichtlich eine Generation überspringen? Warte«, sagte sie, bevor er sich zurückziehen konnte. »Du bist Eli so ähnlich.«

Sie fuhr mit den Fingern durch seine Haare. »Harter Junge«, sagte sie und küsste ihn auf die Wange. »Beständig wie ein Felsen. Lass dich von diesem Schwächling zwischen dir und Eli nicht fertig machen.«

Sanft drückte er seine Stirn gegen ihre. »Ich habe meinen Vater nie gebraucht.« Nicht so, dachte er, wie du deinen gebraucht hast. »Habe ihn nie gewollt.«

»Und ich habe meinen zu sehr gewollt und gebraucht. Deshalb sind wir so geworden, wie wir sind. Aber ich mag uns so, wie wir sind.«

»Wenn ich darüber nachdenke, bist du gar nicht so übel.« Tyler streichelte über ihre Arme. »Danke.« Er küsste Sophia auf den Scheitel. »Ich hätte nichts gegen ein bisschen Gesellschaft bei der Frostwache heute Nacht.«

»Ich bringe den Kaffee mit.«

21

Als die Tage länger und sonniger wurden, brachen winzige Blütenknospen an den Weinstöcken auf. Die Bäume zeigten schon das erste Grün, und hier und da lugten neue Schösslinge aus der Erde. In den Wäldern waren die Vogelnester voller Eier, und Entenmütter schwammen mit ihren frisch ausgeschlüpften Küken über den Fluss.

April bedeutet Wiedergeburt, dachte Teresa. Und Arbeit. Und die Hoffnung, dass der Winter endgültig vorbei war.

»Die Wildgänse brüten schon«, sagte Eli zu ihr, als sie ihren Morgenspaziergang machten.

Sie nickte. Ihr Vater hatte ebenfalls dieses natürliche Barometer benutzt, um den Zeitplan der Weinlese zu beurteilen. Sie hatte gelernt, den Himmel, die Vögel und den Boden genauso zu beobachten wie die Rebstöcke. »Es wird ein gutes Jahr werden. Wir hatten einen regenreichen Winter.«

»Ein paar Wochen müssen wir uns noch Sorgen wegen dem Frost machen. Aber ich glaube, wir haben die richtige Zeit für die neuen Schösslinge gewählt.«

Teresa blickte über die gepflügten Felder. Sie hatte fünfzig Hektar für die neuen Pflanzungen zur Verfügung gestellt, europäische Weinreben, die auf amerikanische Wurzelstöcke aufgepfropft worden waren. Sie hatten erstklassige Trauben ausgesucht – Cabernet Sauvignon, Merlot, Chenin Blanc. Und nach eingehender Beratung mit Tyler hatten sie das Gleiche auf den Feldern der MacMillans gemacht.

»In fünf Jahren, vielleicht auch schon in vier, werden sie tragen.«

»Wenn das, was wir jetzt gepflanzt haben, Früchte trägt, Eli, sind wir ein Vierteljahrhundert zusammen.«

»Teresa!« Er ergriff ihre Schultern und drehte sie zu sich herum. Erschreckt blickte sie ihn an. »Das ist mein letztes Jahr.«

»Eli ...«

»Ich werde nicht sterben.« Beruhigend fuhr er mit den Händen über ihre Arme. »Ich will mich nur zur Ruhe setzen. Ich habe angefangen, ernsthaft darüber nachzudenken, als wir beide nach Italien geflogen sind. Wir haben uns selbst an beiden Orten zu fest verwurzelt, hier und im *Castello*. Wir wollen ein letztes Mal pflanzen, und dann überlassen wir unseren Kindern die Ernte. Es ist Zeit.«

»Wir haben doch schon darüber geredet. Wir haben gesagt, wir machen es noch fünf Jahre. Ein schrittweiser Prozess.«

»Ich weiß. Aber diese letzten Monate haben mich daran erinnert, wie rasch ein Leben, oder auch ein Lebensstil, zu Ende gehen kann. Es gibt Orte, die ich noch sehen möchte, bevor meine Zeit abgelaufen ist. Und ich möchte sie mit dir zusammen sehen. Ich bin es leid, mein Leben nach den Erfordernissen der jeweiligen Jahreszeit auszurichten, Teresa.«

»Mein ganzes Leben ist Giambelli gewesen.« Teresa trat einen Schritt zurück und berührte eine zarte, weiße Blüte. »Wie kann ich mich jetzt, wo das Unternehmen angeschlagen ist, davon abwenden? Eli, wie können wir unseren Kindern etwas übergeben, das nicht mehr heil ist?«

»Weil wir ihnen vertrauen. Weil wir an sie glauben. Weil sie die Chance verdient haben, Teresa.«

»Ich weiß nicht, was ich dazu sagen soll.«

»Denk darüber nach. Wir haben noch viel Zeit bis zur Lese. Ich möchte Ty nicht erst in meinem Testament vermachen, was er sich verdient hat. Ich möchte es ihm geben, solange ich noch am Leben bin.« Er blickte über die knospenden Weinstöcke zu den neuen Pflanzungen. »Es ist Zeit, die Dinge endlich wachsen zu lassen.«

Teresa wandte sich ihm wieder zu. Ein großer, wettergegerbter Mann mit einem alten, treuen Hund an seiner Seite. »Ich weiß nicht, ob ich dir zustimmen kann. Aber ich verspreche, ich werde darüber nachdenken.«

»Das Moussieren ist ein wesentlicher Bestandteil bei der Herstellung eines Schaumweins.« Pilar erklärte einer Reisegesellschaft die Herstellung von Champagner. »In der ersten Phase wird jedoch der stille Wein gemacht. Diese Flaschen hier« – sie wies auf die Flaschengestelle in der Kellerei – »reifen einige Monate lang, dann gären sie. Wir nennen den Gärungsprozess *cuvée*, eine Bezeichnung aus dem Französischen, wo dieser Vorgang seinen Ursprung hat. Wir sind dem Mönch Dom Pérignon äußerst dankbar dafür, dass er die Entdeckung gemacht hat, wie man – wie er es nannte – Sterne trinkt.«

»Wenn es nur Wein ist, wie bringt man ihn dann zum Sprudeln?«

»Durch die zweite Gärung, die Dom Pérignon im siebzehnten Jahrhundert entdeckte.«

Pilar antwortete mit sicherer Stimme. Die Fragen der Gruppen machten ihr schon lange nichts mehr aus.

In ihrem schmalen Kostüm und den flachen Schuhen trat sie jetzt zur Seite, damit ihre Besucher die Flaschengestelle besser sehen konnten.

»Ursprünglich hielt man es für ein Problem«, fuhr sie fort. »Wein, der im Herbst auf Flaschen gezogen wurde, drückte im Frühling die Korken, oder damals die Baumwollstopfen, hinaus. Das war äußerst ärgerlich, besonders in der französischen Champagne. Der Benediktinermönch, der Kellermeister in der Abtei von Hautvillers war, nahm sich höchstpersönlich dieses Problems an. Er orderte dickere Verschlüsse, aber daraufhin zerbrachen die Flaschenhälse. Um das Problem zu lösen, orderte er Flaschen aus dickerem Glas. Jetzt hielten die Verschlüsse und die Flaschen, und der Mönch konnte den Wein zweimal gären lassen. Das war der erste Champagner.«

Sie schwieg, um der Gruppe die Gelegenheit zu geben, um die Gestelle herumzugehen. Stimmen hallten im Gewölbe wider, also wartete sie, bis es wieder still wurde.

»Heute ...« Ein kleiner Schauer durchfuhr sie, als David sich zu der Gruppe gesellte. »Heute stellen wir Champagner nicht mehr nach dem Zufallsprinzip her. Für den Besten jedoch folgen wir den traditionellen Methoden, die vor Jahrhunderten in dieser französischen Abtei entwickelt wurden. Wenn der Winzer die *méthode champenoise* anwendet, zieht er den jungen, gegorenen Wein auf Flaschen. Eine kleine Menge Zucker und Hefe wird hinzugegeben, und dann wird die Flasche so verschlossen, wie Sie es hier sehen.«

Sie ergriff die Musterflasche, um sie an die Besucher weiterzureichen. »Die Zugaben beschleunigen die zweite Gärung, die wir, wieder auf französisch, *prise de mousse* nennen. Die Blasen entstehen, indem der Zucker sich in Alkohol verwandelt. Da die Flasche verschlossen ist, können sie nicht entweichen. Diese Flaschen werden dann zwei bis vier Jahre lang gelagert.«

»Da ist so ein klebriges Zeug drin«, äußerte jemand.

»An der Musterflasche sieht man die Ablagerung und die Schwebeteilchen. Das ist ein ganz natürlicher Vorgang bei der zweiten Reifung und Gärung. Die Flaschen hängen mit dem Hals nach unten in diesen Gestellen und werden monatelang jeden Tag herausgenommen und geschüttelt.«

Pilar lächelte einer Frau zu, die mit gerunzelter Stirn die Flaschen betrachtete. »Wie Sie bei dieser Führung gesehen haben, glaubt Giambelli daran, dass jede für den Verbraucher bestimmte Flasche Wein die Kunst, die Wissenschaft und die Mühe verdient, die notwendig sind, um einen guten Wein zu machen. Dieses Schütteln heißt auf Französisch *remuage*. Es beschleunigt die Trennung der Schwebeteilchen, sodass der Wein nach ein paar Monaten klar ist. Dann werden die Flaschen mit dem Hals nach unten gelagert, damit die Schwebeteilchen im Flaschenhals bleiben.«

»Wenn sie das Zeug trinken, ist es kein Wunder, dass sie davon sterben.«

Die Bemerkung wurde nur geflüstert, aber sie war trotzdem zu hören. Pilar erstarrte und spürte, wie sie aus dem Konzept geriet. Trotzdem fuhr sie fort: »Es ist die Aufgabe des Winzers zu entscheiden, wann der Wein lange genug gelagert hat. Dann wird der Flaschenhals in einer Salzlösung eingefroren. So kann der Verschluss entfernt werden, ohne dass Wein verloren geht, und die gefrorene Ablagerung gleitet hinaus. Das nennt man *Degorgement*. Die Flasche wird mit etwas Wein oder *dosage* – Brandy oder Zucker – aufgefüllt ...«

»Oder mit ein bisschen Digitalis.«

Wieder kam Pilar aus dem Takt, und ein paar Leute wurden unruhig. Doch sie schüttelte abwehrend den Kopf, als David vortreten wollte. »Während des gesamten Vorgangs gibt es, wie im Übrigen bei jedem unserer Weine, Sicherheitskontrollen. Wenn der Champagner für fertig erklärt wird, wird er verkorkt und auf den Markt gebracht, sodass Sie ihn bei Ihren Festen anbieten können. Es gibt billigere und weniger aufwändige Verfahren, um Champagner herzustellen, aber Giambelli-MacMillan glaubt daran, dass Tradition, Qualität und Detailgenauigkeit unsere Weine zu besonders guten Produkten werden lassen.«

Pilar lächelte, als sie die Musterflasche wieder entgegennahm. »Am Ende der Führung können Sie sich in unserer Probierstube selbst davon überzeugen.«

In der Probierstube ließ Pilar die Gäste in Ruhe die Muster testen und beantwortete einzelne Fragen. Sie kam sich vor wie eine Alleinunterhalterin, doch dafür schien sie ein Talent zu haben.

»Gute Arbeit.«

David trat neben sie.

»Danke.«

»Trotz des Zwischenrufs.«

»Das war nicht das erste Mal. Ich glaube, ich bewältige das inzwischen ganz gut. Zumindest bekomme ich keine feuchten Hände mehr. Aber ich bin immer noch in der Lernphase. Manchmal komme ich mir vor wie ...«

Sie brach ab, als ein Mann am Ende der Bar zu röcheln begann. Er griff sich an die Kehle und taumelte zurück. Als Pilar auf ihn zustürzte, brach er in dröhnendes Gelächter aus.

Derselbe Witzbold, stellte David fest, der die sarkastischen Bemerkungen im Weinkeller gemacht hatte. Bevor er eingreifen konnte, hatte Pilar die Situation schon im Griff.

»Entschuldigung.« Ihre Stimme klang sanft und besorgt. »War der Wein nicht nach Ihrem Geschmack?«

Der Mann brüllte vor Lachen, obwohl seine Frau ihn heftig mit dem Ellbogen in die Seite stieß. »Hör auf, Barry.«

»Och, komm. Das ist doch lustig.«

»Humor ist oft eine subjektive Angelegenheit«, sagte Pilar freundlich. »Wir bei Giambelli-MacMillan haben natürlich wenig Anlass, über den tragischen Tod von zweien unserer Leute zu lachen, aber wir sind Ihnen dankbar, dass Sie versuchen, uns ein wenig aufzumuntern. Vielleicht sollten Sie es noch einmal mit unserem Merlot versuchen.« Sie gab dem Barkeeper ein Zeichen.

»Nein, danke.« Er klopfte sich auf den Bauch. »Ich bin eher Biertrinker.«

»Ach ja? Das hätte ich nie vermutet.«

»Du bist wirklich blöde, Barry.« Seine Frau ergriff ihre Tasche, die auf der Bar lag, und rauschte aus der Tür.

»Es war doch nur ein *Witz*! Du meine Güte.« Der Mann zog seinen Gürtel hoch und rannte ihr nach. »Kann denn niemand einen Witz verstehen?«

»Nun ...« Pilar wandte sich wieder zu ihrer Gruppe um. Die Leute starrten sie entweder an oder taten so, als sähen sie woandershin. »Jetzt, da wir alle etwas zu lachen hatten, hoffe ich, dass die Führung Ihnen gefallen hat. Sollten Sie noch Fragen haben, beantworte ich sie gern. Wenn Sie möchten, können Sie in unserem Laden alle Weine, einschließlich derer, die Sie probiert haben, erwerben. Wir hoffen, Sie besuchen uns einmal wieder, und auch unser Schwesterunternehmen, das Weingut MacMillan, nur wenige Minuten von hier entfernt in Napa. Wir wünschen Ihnen *buon viaggio*, wo immer Ihre Reisen Sie hinführen mögen.«

David wartete, bis die Leute sich zerstreut hatten, bevor er Pilars Arm ergriff und mit ihr nach draußen ging. »Das Kompliment mit der guten Arbeit war verfrüht. Ich hätte großartig sagen sollen. Großartige Arbeit! Allerdings hätte ich diesem Idioten die Flasche Merlot eher über den Kopf gezogen, als sie ihm anzubieten.«

»Oh, das habe ich im Geiste sowieso getan.« Pilar holte tief Luft. »So jemanden wie Barry habe ich ein- oder zweimal in der Woche. Am besten funktioniert es, wenn man darauf unerschütterlich freundlich reagiert. Und es ist sicher hilfreich, dass ich zur Familie gehöre.«

»Ich bin noch nie zuvor zu deinen Führungen gekommen. Ich wollte nicht, dass du dich überwacht fühlst.« David ließ ihre Perlenkette durch seine Finger gleiten. »Du bist ein Naturtalent, Mrs. Giambelli.«

»Weißt du was? Du hast Recht«, erwiderte sie fröhlich. »Genauso wie du Recht hattest, als du mich zu dieser Aufgabe drängtest. So kann ich wenigstens etwas Sinnvolles tun.«

»Ich habe dich nicht gedrängt. Es ist eine deiner Eigenarten, dass du dich nicht drängen lässt. Du hast auch damals gewusst, wie du dein Leben führen musstest, damit es für dich einen Sinn ergab. Aber die Zeiten ändern sich. Ich habe nur eine Tür geöffnet, doch du bist diejenige, die hindurchgegangen ist.«

»Das ist sehr interessant.« Amüsiert legte Pilar den Kopf schräg. »Ich bin nicht sicher, ob meine Familie dir da zustimmen würde. Und ich auch nicht.«

»Es erforderte Rückgrat, in einer Ehe auszuharren, die keine mehr war, nur weil du deine Gelübde ernst genommen hast. Es wäre leichter für dich gewesen, wegzugehen. Ich weiß das.«

»Du überschätzt mich.«

»Das glaube ich nicht. Aber wenn du mir unbedingt dankbar dafür sein willst, dass ich dir zu diesem Job verholfen habe, dann nehme ich das gern an. Vor allem«, fügte er hinzu und ließ seine Hände an ihren Armen hinabgleiten, »wenn du dir etwas ausdenkst, wie du mich dafür belohnen kannst.«

»Ich wüsste schon was.« Sie verschränkte ihre Finger mit seinen. Flirten wurde mit etwas Übung immer einfacher. »Wir könnten mit einem Abendessen anfangen.«

»Ich habe ein nettes Gasthaus entdeckt.«

»Das ist schön.« Aber ein Abendessen in einem Gasthaus war wie eine richtige Verabredung – und so förmlich. Sie wollte eigentlich etwas anderes.

»Aber ich habe eher daran gedacht, für dich zu kochen. Für dich und deine Kinder.«

»Kochen? Für uns alle?«

»Ich bin eine sehr gute Köchin«, teilte sie ihm mit. »Und ich habe so selten eine Küche für mich allein! Du hast eine hübsche Küche. Aber wenn du es peinlich findest, oder wenn du denkst, dass es deinen Kindern nicht recht ist, dann gehen wir lieber in das Gasthaus.«

»Kochen«, wiederholte er. »Am Herd. Mit Töpfen.« Er zog Pilar hoch und gab ihr einen Kuss. »Wann essen wir?«

Pilar kocht heute Abend für uns. Ich weiß nicht, was, aber ihr werdet es sicher mögen. Ich bin um sechs zu Hause. Versucht bis dahin, euch wie menschliche Kinder zu benehmen und nicht wie Mutanten, die ich in einem Pokerspiel gewonnen habe.

Alles Liebe, Dad

Maddy las die Notiz, die am Kühlschrank klebte, und verzog das Gesicht. Warum musste sie unbedingt herkommen? Warum konnte sie, Maddy, eigentlich nicht mitbestimmen, wer zu Besuch kam und wer nicht? Glaubte Dad wirklich, sie und Theo seien so blöde, dass sie glaubten, die Frau käme nur vorbei und würde in der Küche eines Mannes herumwerkeln, um sie alle zu erfreuen?

Okay, dachte sie. Theo ist vielleicht so blöd, aber ich werde das schon regeln.

Sie nahm die Notiz und lief nach oben. Theo war in seinem Zimmer, hing schon wieder am Telefon, ruinierte seine Trommelfelle schon wieder mit seiner dröhnenden Musik. Er ging nach der Schule nicht in die Küche, um sich etwas zu essen zu machen. Entgegen allen Hausregeln hatte er in seinem Zimmer so viel Junk Food gehortet, dass er damit ein kleines Land hätte ernähren können.

»Mrs. Giambelli kocht Abendessen.«

»Was? Hau ab, ich telefoniere gerade.«

»Du darfst nicht telefonieren, bevor du nicht deine Hausaufgaben gemacht hast. Mrs. Giambelli kommt vorbei, also fang besser damit an. Sonst erzählt sie Dad noch, dass du gar nichts machst.«

»Sophia?«

»Nein, du Blödmann.«

»Hör mal, ich ruf dich zurück. Meine Schwester nervt mal wieder, also muss ich sie erst umbringen. Ja. Später.« Er legte auf und stopfte sich Taco Chips in den Mund. »Wer kommt wegen was vorbei?«

»Die Frau, mit der Dad schläft, kommt zum Kochen.«

»Wie?« Theos Gesicht hellte sich auf. »Richtig auf dem Herd?«

»Kapierst du das denn nicht?« Angewidert schwenkte Maddy den Zettel mit der Notiz. »Das ist doch nur Taktik! Sie will sich hier einschleichen.«

»Hey, jeder, der sich in die Küche schleicht und wirklich kochen kann, ist mir recht. Was kocht sie denn?«

»Es spielt *überhaupt* keine Rolle, was sie kocht! Wie kannst du nur so begriffsstutzig sein? Sie dringt auf die nächste Ebene vor. Sie kocht für ihn und für uns. Zeigt ihm, was für eine große, glückliche Familie wir sein könnten.«

»Mir ist egal, was sie will, solange ich was Anständiges zu essen bekomme. Hör doch auf damit, Maddy. Ich meine, hör – einfach – auf. Dad darf schließlich eine Freundin haben.«

»Idiot! Mir ist es egal, wenn er *zehn* Freundinnen hat. Was aber sollen wir tun, wenn er beschließt, dass er wieder eine Ehefrau haben will?«

Theo dachte nach und schob sich weitere Chips in den Mund. »Ich weiß nicht.«

»Ich weiß nicht«, äffte Maddy ihn nach. »Sie wird alle Regeln ändern und alles an sich reißen. Um uns wird sie sich nicht kümmern. Wir sind nur die Beigabe.«

»Mrs. Giambelli ist cool.«

»Klar, im Moment ist sie süß und nett. Aber wenn sie erst mal hat, was sie will, braucht sie nicht mehr süß und nett und cool zu sein. Dann kann sie uns vorschreiben, was wir zu tun und zu lassen haben. Und wir werden alles so machen müssen, wie sie es will.«

Maddy drehte den Kopf, als sie die Küchentür hörte. »Siehst du, sie kommt einfach herein. Das ist *unser* Haus.«

Maddy stampfte wütend in ihr Zimmer und knallte die Tür hinter sich zu. Sie hatte vor, dort zu bleiben, bis ihr Vater nach Hause kam.

Sie hielt es eine Stunde lang durch. Sie konnte die Musik und das Lachen von unten hören. Das raue Lachen ihres Bruders machte sie wütend. Der Verräter! Und noch wütender machte sie, dass niemand heraufkam, um nach ihr zu sehen. Doch sie würde ihnen schon zeigen, dass es ihr gleichgültig war.

Mit hocherhobener Nase ging sie nach unten. Es roch wirklich gut, aber nach Maddys Meinung war das nur ein weiteres Argument gegen Pilar. Sie gab an, das war alles. Kochte ein großes, tolles Abendessen.

Maddy biss die Zähne zusammen und ging in die Küche. Theo saß am Küchentisch und hämmerte auf sein elektrisches Keyboard ein, während Pilar am Herd stand und in irgendeinem Topf rührte.

»Du musst einen Text dazu machen«, sagte Pilar.

Er spielte ihr gern seine Musik vor. Sie hörte richtig zu. Und wenn er etwas Schlechtes spielte, sagte sie es ihm. Na ja, auf nette Art, dachte Theo. Daran merkte er, dass sie richtig aufmerksam zuhörte.

Seine Mutter hatte das nie getan. Sie war immer zu beschäftigt gewesen.

»Mit Worten bin ich nicht so gut. Ich komponiere lieber.«

»Dann brauchst du einen Partner.« Pilar drehte sich um und legte den Löffel weg. »Hi, Maddy. Was macht der Aufsatz?«

»Was für ein Aufsatz?« Sie zuckte mit den Schultern, als Theo warnend zischte, nicht sicher, ob sie nun wütend oder dankbar sein sollte, weil er eine Ausrede für sie gefunden hatte. »Oh. Ist fast fertig.« Sie öffnete die Kühlschranktür und suchte betont lange nach einem Fruchtsaft. »Was ist das hier für ein Zeug?«

»Welches Zeug meinst du? Die Käsepaste ist für die Nudeln. Das andere ist eine Marinade für die Vorspeise. Euer Vater hat mir erzählt, dass ihr gern italienisch esst, also habe ich mir gedacht, dass ich damit auf der sicheren Seite bin.«

»Ich esse heute keine Kohlehydrate.« Maddy wusste, dass das gemein war, da brauchte Theo sie gar nicht so wütend anzufunkeln. Aber als sie hinter Pilars Rücken das Gesicht verzog, reagierte er nicht so wie sonst. Stattdessen sah er einfach weg, als wäre es ihm peinlich.

Und das tat weh.

»Außerdem hatte ich sowieso vor, heute Abend zu einer Freundin zum Essen zu gehen.«

»Oh, das ist aber schade.« Beiläufig holte Pilar eine Schüssel aus dem Schrank und begann, die Creme für das Tiramisu zu rühren. »Das hat dein Vater gar nicht erwähnt.«

»Er muss Ihnen ja nicht alles sagen.«

Es war das erste Mal, dass das Mädchen offen ungezogen zu ihr war. Wahrscheinlich sind die Schranken gefallen, dachte Pilar. »Das muss er natürlich nicht, und mit fast fünfzehn bist du auch alt genug, um zu wissen, was du essen möchtest, und vor allem, *wo* du es essen möchtest. Theo, würdest du Maddy und mich bitte für eine Minute allein lassen?«

»Klar.« Er ergriff sein Keyboard und warf Maddy einen verächtlichen Blick zu. »Wer ist hier der Idiot?«, murmelte er, als er an ihr vorbeiging.

»Sollen wir uns nicht setzen?«

Maddy schnürte es die Kehle zu. »Ich bin nicht heruntergekommen, um mich hinzusetzen und zu unterhalten, ich wollte mir nur etwas zu trinken holen. Ich muss meinen Aufsatz zu Ende schreiben.«

»Es gibt gar keinen Aufsatz. Setz dich, Maddy.«

Sie lümmelte sich auf einen Stuhl und setzte eine gelangweilte Miene auf. Pilar hatte kein Recht dazu, sie zurechtzuweisen, und das würde Maddy ihr schon klarmachen, wenn die Frau erst mal Dampf abgelassen hatte.

Pilar goss sich etwas von dem Espresso, den sie für das Tiramisu gemacht hatte, in eine Tasse und trank einen Schluck. »Ich möchte dich warnen. Ich bin hier im Vorteil, da ich kein vierzehnjähriges Mädchen bin, sondern eine Mutter, deren Tochter einmal genauso alt war wie du jetzt.«

»Sie sind nicht meine Mutter.«

»Nein, das bin ich nicht. Und es ist sicher schwer für dich, dass eine Frau einfach in euer Haus kommt, nicht wahr? Ich versuche mir vorzustellen, was ich an deiner Stelle empfinden würde. Wahrscheinlich genau dasselbe wie du. Ich wäre wütend, nervös, voller Vorurteile. Für Theo ist es leichter. Er ist ein Junge und hat keine Ahnung von den Dingen, die uns Frauen bewegen.«

Maddy öffnete den Mund, schloss ihn aber wieder, als sie merkte, dass ihr keine Antwort einfiel.

»Du hattest lange Zeit die Verantwortung. Deine Männer würden das nicht so sehen, wären wahrscheinlich beleidigt, wenn jemand das behauptete«, fügte Pilar hinzu und sah erfreut, dass sich Maddys Mundwinkel leicht verzogen. »Aber eine kluge Frau führt normalerweise das Regiment. Du hast hier gute Arbeit geleistet, und ich bin nicht gekommen, um dir das Heft wieder aus der Hand zu nehmen.«

»Sie ändern doch schon alles! Aktionen bewirken Reaktionen. Das ist wissenschaftlich belegt. Ich bin doch nicht blöd.«

»Nein, du bist klug.« Armes, ängstliches kleines Mädchen, dachte Pilar, mit dem Kopf einer Erwachsenen. »Ich wollte auch immer klug sein und kam mir doch nie klug genug vor. Ich habe das kompensiert, denke ich, indem ich lieb und still war und Frieden gehalten habe. Diese Aktionen haben auch Reaktionen bewirkt.«

»Wenn man immer still ist, hört einem keiner zu.«

»Da hast du vollkommen Recht. Dein Vater ... er gibt mir das Gefühl, klug und stark genug zu sein, um das zu sagen, was ich denke und fühle. Das ist eine tolle Sache. Du weißt das schon.«

Maddy blickte stirnrunzelnd auf den Tisch. »Wahrscheinlich.«

»Ich bewundere ihn, Maddy – als Mann und als Vater. Das ist auch eine tolle Sache. Ich erwarte nicht von dir, dass du für mich die Willkommensfahne heraushängst, aber ich hoffe, du schlägst mir auch nicht die Tür vor der Nase zu.«

»Warum interessiert es Sie überhaupt, was ich tue?«

»Aus vielen Gründen. Ich mag dich. Tut mir Leid, aber das stimmt. Ich mag deine Unabhängigkeit und deinen Verstand und deine Loyalität deiner Familie gegenüber. Wenn ich nicht mit deinem Vater zusammen wäre, kämen wir wahrscheinlich gut miteinander aus. Aber ich bin mit deinem Vater zusammen, und ich nehme dir wohl etwas von seiner Zeit und Aufmerksamkeit weg. Ich könnte ja sagen, dass mir das Leid tut, aber wir wüssten beide, dass es nicht stimmt. Ich möchte auch etwas von seiner Zeit und Aufmerksamkeit. Weil ich deinen Vater nämlich liebe, Maddy, und das ist ein weiterer Grund, warum mich interessiert, was du tust.«

Pilar schob ihre Tasse weg, stand auf und hielt sich den Bauch. »Ich habe das noch nie zuvor gesagt. Mann, das fühlt sich seltsam an!«

Maddy rutschte auf ihrem Stuhl hin und her. Sie saß mittlerweile ganz gerade. Und auch ihr drehte sich der Magen um. »Meine Mutter hat ihn auch geliebt. Genug jedenfalls, um ihn zu heiraten.«

»Das ist sicher wahr. Sie ...«

»Halt! Sie wollen jetzt bloß alles entschuldigen. Aber das stimmt alles nicht! Als es nicht so war, wie sie es sich vorgestellt hatte, hat sie uns verlassen. *Das ist die Wahrheit.* Wir haben keine Rolle gespielt.«

Im ersten Moment wollte Pilar das Mädchen trösten. Es beruhigen. Es gab ein Dutzend Dinge, die sie hätte sagen können, aber dieses kleine Mädchen mit den feuchten, abweisenden Augen hätte sie gar nicht hören wollen.

Warum sollte sie auch? dachte Pilar.

»Nein, du hast Recht. Du hast keine große Rolle gespielt.« Pilar setzte sich wieder hin. Am liebsten hätte sie Maddy in den Arm genommen. Aber das war nicht der richtige Zeitpunkt. »Ich weiß, wie es ist, keine besonders große Rolle zu spielen. Ich weiß es wirklich, Maddy«, sagte sie fest und legte ihre Hand über die des Mädchens. »Ich weiß, wie traurig und wütend es einen macht, wie dir nachts alle Fragen und Zweifel und Wünsche im Kopf herumschwirren.«

»Erwachsene können kommen und gehen, wann sie wollen. Kinder können das nicht.«

»Das stimmt. Aber dein Vater ist nicht gegangen. Für ihn *habt* ihr eine Rolle gespielt. Du und Theo, ihr seid ihm wichtig. Und du weißt, dass ich daran nie etwas ändern könnte.«

»Aber andere Dinge könnten sich ändern. Und wenn sich eine Sache ändert, folgen die anderen nach. Das ist Ursache und Wirkung.«

»Nun, ich kann nicht versprechen, dass sich nichts ändern werden. Das ist nun mal so. Menschen ändern sich auch. Aber im Moment macht dein Vater mich glücklich. Und ich mache ihn glücklich. Ich will dich deswegen nicht verletzen, Maddy. Ich verspreche, mir sehr viel Mühe zu geben, dich oder Theo nicht zu verletzen. Zu respektieren, was ihr denkt und fühlt. Das verspreche ich.«

»Er war zuerst mein Vater«, flüsterte Maddy heftig.

»Und er wird auch zuletzt dein Vater sein. Immer. Wenn ich das ändern wollte, so könnte ich das gar nicht. Weißt du denn nicht, wie sehr er dich liebt? Du könntest ihn vor die Wahl stellen. Sieh mich an, Maddy. Sieh mich an«, sagte sie ruhig und wartete, bis das Mädchen seinen Blick hob. »Wenn du es wirklich möchtest, könntest du ihn vor die Wahl zwischen dir und mir stellen. Dann hätte ich keine Chance. Ich bitte dich, mir eine zu geben. Wenn du das nicht kannst, dann erfinde ich eine Ausrede, räume hier alles auf und bin weg, bevor er nach Hause kommt.«

Maddy wischte sich die Tränen von den Wangen. »Warum?«

»Weil ich ihn auch nicht verletzen möchte.«

Maddy schniefte und blickte stirnrunzelnd auf den Tisch. »Kann ich das probieren?«

Pilar zog die Augenbrauen hoch und blickte auf ihren Espresso. Dann schob sie Maddy schweigend die Tasse zu. Das Mädchen roch daran und rümpfte die Nase, hob jedoch die Tasse zum Mund und probierte.

»Das schmeckt ja schrecklich. Wie kann man das nur trinken?«

»Eine Angewohnheit, vermutlich. Im Tiramisu wird er dir besser schmecken.«

»Vielleicht.« Maddy schob die Tasse wieder über den Tisch. »Ich denke, ich probiere es mal.«

In Bezug auf eins konnte Pilar sich ganz sicher sein: Niemand hatte ein Problem mit ihren Kochkünsten. Es war lange her, seit sie zum letzten Mal für eine ganze Familie gekocht hatte. Lange genug jedenfalls, um äußerst geschmeichelt zu sein, dass alle einen Nachschlag verlangten und ihr bei jedem Bissen Komplimente machten.

Sie hatte im Esszimmer gedeckt, da sie hoffte, dass die förmlichere Atmosphäre dort für Maddy weniger bedrohlich sein würde. Aber die Förmlichkeit war in dem Moment vorbei gewesen, als Theo den ersten Bissen von ihren Manicotti gekostet und verkündet hatte, die Raupen seien klasse.

Theo bestritt einen Großteil der Unterhaltung, während seine Schwester eher beobachtete, kaute und ab und zu eine gezielte Frage einwarf. Pilar fand es rührend, dass sie und Maddy sich gemeinsam über die männlichen Gedankengänge lustig machten, als David ein Bild aus dem Sport verwendete, um eine Meinung zu illustrieren.

»Dad hat auf dem College Baseball gespielt«, sagte Maddy zu ihr.

»Tatsächlich? Ein weiteres verborgenes Talent. Warst du gut?«

»Ich war großartig. Erste Liga.«

»Ja, aber er war so sportbesessen, dass er bei den Mädchen nie in die erste Liga aufgestiegen ist«, gluckste Theo und wich einem spielerischen Schlag seines Vaters aus.

»Du hast ja keine Ahnung. Ich war ...« Er brach ab. »Was auch immer ich jetzt sage, ich kriege Probleme. Also sage ich einfach nur, dass dies ein wunderbares Essen war. In meinem Namen und im Namen meiner Sprösslinge danke ich dir.«

»Gern geschehen, aber im Namen deiner zwei Sprösslinge möchte ich dich darauf hinweisen, dass du uns alle unter den Tisch gegessen hast.«

»Ich habe einen schnellen Stoffwechsel«, behauptete er.

»Das sagen sie alle.« Pilar stand auf.

»O nein.« Er legte seine Hand über ihre, bevor sie nach den Tellern greifen konnte. »Hausregel. Wer kocht, räumt nicht auf.«

»Ich verstehe. Nun, das ist eine Regel, mit der ich leben kann.« Sie hob ihren Teller und hielt ihn ihm hin. »Bitte.«

»Eine weitere Hausregel«, entgegnete David unter Theos brüllendem Gelächter. »Dad darf delegieren. Theo und Maddy werden nur zu gern den Abwasch übernehmen.«

»Na klar.« Maddy stieß einen schweren Seufzer aus. »Und was machst du?«

»Ich muss dieses hervorragende Essen abarbeiten, indem ich mit der Köchin einen kleinen Spaziergang mache.« Er beugte sich vor und küsste Pilar. »Ist dir das recht?«

»Ich habe nichts dagegen.«

Sie trat mit ihm nach draußen in den milden Frühlingsabend. »Das ist ganz schön viel Unordnung für zwei Teenager.«

»Hausarbeit prägt den Charakter. Außerdem gibt es ihnen die Gelegenheit, darüber zu reden, wie ich dich nach draußen gelockt habe.«

»Oh, bin ich gelockt worden?«

»Ich hoffe doch.« Er zog sie in die Arme und umschlang sie noch fester, als sie ihm ihren Mund entgegenhob. Ein Schauer durchlief ihn. »In der letzten Zeit waren wir nicht besonders häufig zusammen.«

»Es ist auch schwer, weil so viel los ist.« Zufrieden lehnte sie den Kopf an seine Schulter. »Ich habe in der letzten Zeit zu viel Aufhebens um Sophie gemacht. Aber ich kann nicht anders. Der Gedanke, dass sie in unserem Haus angegriffen worden ist ... Dass jemand in unsere Zimmer gegangen ist ... Ich ertappe mich dabei, dass ich nachts wach liege und auf Geräusche höre, was ich sonst nie getan habe.«

»Manchmal blicke ich nachts aus dem Fenster und sehe Licht bei dir. Ich möchte dir gern sagen, dass du dir keine Sorgen machen sollst, aber das wirst du natürlich trotzdem tun, bis alles vorbei ist. Es geht uns allen so.«

»Manchmal fühle ich mich besser, wenn ich aus meinem Fenster schaue und Licht bei dir sehe. Der Gedanke, dass du in der Nähe bist, hilft mir.«

»Pilar.« Er legte seine Stirn an ihre.

»Was ist?«

»Es gibt Probleme in der italienischen Filiale. Bei der Steuerprüfung sind Unstimmigkeiten in den Zahlen entdeckt worden. Ich muss wahrscheinlich für ein paar Tage hinüberfliegen, obwohl ich euch im Moment nur ungern allein lasse.« David blickte zu den hell erleuchteten Küchenfenstern.

»Die Kinder können in der Villa wohnen, solange du weg bist. Wir kümmern uns schon um sie, David. Du brauchst dir keine Sorgen zu machen.«

Teresa hatte bereits erklärt, dass die Kinder während seiner Abwesenheit ihre Gäste sein würden. Trotzdem würde er sich Sorgen machen. Um alle. »Ich lasse auch dich nicht gern allein. Komm mit mir.«

»O David.« Der Gedanke machte sie ganz aufgeregt. Der italienische Frühling, die milden Nächte, ein Liebhaber ... Wie wundervoll, dass ihr Leben diese Wendung genommen hatte, dass solche Dinge möglich waren! »Das würde ich schrecklich gern tun, aber es geht nicht. Es wäre nicht richtig, wenn ich gerade jetzt meine Mutter allein lasse. Und du kannst deine Arbeit schneller und leichter erledigen, wenn du weißt, dass ich hier mit deinen Kindern auf dich warte.«

»Musst du immer so praktisch sein?«

»Nicht gern«, erwiderte sie sanft. »Ich würde viel lieber ja sagen und einfach mit dir davonlaufen.« Sie drehte sich einmal um sich selbst, weil sie sich auf einmal jung, albern und glücklich fühlte. »Ich würde dich gern in einem dieser riesigen alten Betten im *Castello* lieben. Mich mit dir für einen Abend nach Venedig davonschleichen und auf der *piazza* tanzen, dich im Schatten der Brücken küssen. Frag mich später noch einmal.« Sie wirbelte zu ihm herum. »Frag mich noch einmal, wenn all das vorüber ist. Dann komme ich mit.«

Irgendetwas war anders. Sie war freier, merkte er. Und das machte sie nur noch bezaubernder.

»Und warum sollte ich dich nicht schon jetzt darum bitten? Fahr mit mir nach Venedig, wenn das hier vorbei ist.«

»Ja.« Sie streckte die Hände aus und ergriff seine. »Ich liebe dich, David.«

Er wurde ganz still. »Was hast du gesagt?«

»Ich liebe dich. Es tut mir Leid, es ist vielleicht zu schnell, aber ich musste es sagen. Ich *wollte* es sagen.«

»Du sollst es nur noch einmal wiederholen.« Er zog sie in die Arme und wirbelte sie herum. »Ich habe falsch gerechnet. Nach meinen Berechnungen hätte es mindestens noch zwei Monate gedauert, bis du dich in mich verliebst.«

Er bedeckte ihr Gesicht mit Küssen. »Und das ist mir schwer gefallen«, fuhr er fort. »Weil ich dich nämlich schon lange liebe. Ich hätte eigentlich wissen müssen, dass du mich nicht so lange leiden lassen würdest.«

Sie drückte ihre Wange an seine. Sie konnte wieder lieben. Das Herz tat ihr weh vor Freude. Und geliebt werden. »Was hast du gesagt?«

»Lass es mich zusammenfassen.« David stellte sie wieder auf die Füße. »Ich liebe dich, Pilar. Seit dem ersten Blick. Ein Blick, und ich habe daran geglaubt, dass man im Leben eine zweite Chance bekommt.« Er zog sie wieder an sich und küsste sie zärtlich. »Du bist mein.«

22

Venedig war eine Frau, *la bella donna*, elegant trotz ihres Alters, sinnlich und geheimnisvoll. Es traf einen mitten ins Herz, wenn man sie zum ersten Mal sah, in ihrer verblichenen Pracht und den müden Farben, wie ein altes Ballkleid.

Venedig war keine Stadt, in der man seine Zeit mit Anwälten und Buchhaltern verschwendete, keine Stadt, in der ein Mann sich damit begnügen konnte, Stunde um Stunde in einem Büro eingeschlossen zu sein, während vor den Fenstern dieses Gefängnisses die süße Verführerin Frühling ihr Lied sang.

Sich ins Gedächtnis zu rufen, dass Venedig auch eine alte Handelsstadt war, besserte Davids Laune nicht. Und auch das Wissen, dass die gewundenen Sträßchen und Brücken voller Touristen waren, die in den zahllosen Souvenirläden ihr Geld ausgaben, hielt ihn nicht davon ab, draußen sein zu wollen.

Er wollte auch mit Pilar durch diese alten Straßen schlendern und ihr irgendein Souvenir kaufen, über das sie noch Jahre später lachen konnten. Das hätte ihm Freude gemacht. Es hätte ihm auch Freude gemacht, zuzusehen, wie Theo sich in Windeseile ein Gelato einverleibte, oder zuzuhören, wie Maddy einen armen Gondoliere über Geschichte und Architektur der Kanäle ausfragte.

Er vermisste seine Familie. Er vermisste seine Geliebte. Und dabei war er noch nicht einmal achtundsechzig Stunden von zu Hause weg.

Der Buchhalter redete unablässig auf Italienisch auf ihn ein, mit einer flüsternden Stimme, die allein schon schwierig genug zu verstehen war. David rief sich in Erinnerung, dass er nicht nach Venedig geschickt worden war, um hier in den Tag zu träumen, sondern dass er seine Arbeit tun musste.

»*Scusi.*« Er hob die Hand und blickte auf eine Seite des dicken Berichts. »Ich glaube, diesen Bereich sollten wir uns noch einmal anschauen.« Er sprach langsam und absichtlich ein bisschen schlechter italienisch. »Ich möchte sichergehen, dass ich alles verstehe.«

Der Buchhalter reagierte so, wie er gehofft hatte, und erklärte ihm geduldig noch einmal den neuen Abschnitt.

»Die Zahlen«, sagte er, »passen nicht zusammen.«

»Ja. Ich verstehe. Sie passen nicht in die Ausgaben der Abteilungen. Das verblüfft mich, *Signore*, was mich aber noch mehr verblüfft, sind die Aktivitäten, die für das Cardianili-Konto aufgeführt sind: Aufträge, Lieferungen, Bruchschäden, Löhne, Ausgaben. Alles sauber aufgeführt.«

»*Sì.* In diesem Bereich gibt es keine ... wie sagt man? Diskrepanzen. Die Zahlen sind korrekt.«

»Das sind sie offenbar. Es gibt jedoch kein Cardianili-Konto. Giambelli hat keinen Kunden mit diesem Namen. Und unter der angegebenen Adresse gibt es in Rom auch keinen Großmarkt dieses Namens. Wenn es also keinen Kunden und keinen Großmarkt gibt, wohin sind dann in den letzten drei Jahren die Lieferungen geschickt worden?«

Der Buchhalter zwinkerte hinter seinen drahtgefassten Brillengläsern. »Das kann ich nicht sagen. Das muss natürlich ein Fehler sein.«

»Natürlich. Das ist ein Fehler.« Und David glaubte auch zu wissen, wer ihn begangen hatte.

Er drehte sich mit seinem Schreibtischstuhl um und wandte sich an den Anwalt. »*Signore*, hatten Sie schon Gelegenheit, die Dokumente zu studieren, die ich Ihnen gestern gegeben habe?«

»Ja.«

»Und welcher Verkaufsleiter war für diesen Kunden zuständig?«

»Anthony Avano.«

»Und die Rechnungen, die Ausgabenbelege und die Korrespondenz mit diesem Kunden waren von Anthony Avano unterschrieben?«

»Ja. Bis Dezember letzten Jahres hat er die meisten Unterlagen unterschrieben. Danach hat Margaret Bowers unterschrieben.«

»Wir müssen die Richtigkeit der Unterschriften überprüfen lassen.«

»Ich verstehe.«

»Und die Unterschrift desjenigen, der die Lieferungen, Ausgaben und Zahlungen des Kunden abgezeichnet hat. Donato Giambelli.«

»*Signor* Cutter, ich lasse die Unterschriften überprüfen, kümmere mich um die rechtliche Seite und berichte Ihnen dann. Das werde ich aber erst tun«, fügte er hinzu, »wenn ich die Genehmigung von *Signora* Giambelli dazu habe. Dies ist eine delikate Angelegenheit.«

»Das weiß ich. Deswegen ist Donato Giambelli auch nicht über dieses Treffen informiert worden. Ich vertraue auf Ihre Diskretion, *Signori*. Die Giambellis möchten keinen weiteren öffentlichen Skandal, weder als Unternehmen noch als Familie. Wenn Sie mich bitte einen Moment entschuldigen würden. Ich rufe *La Signora* in Kalifornien an und berichte ihr, was wir gerade besprochen haben.«

Für einen Außenseiter war es immer heikel, die Integrität und Ehrenhaftigkeit eines Familienmitglieds infrage zu stellen. David war weder Italiener noch ein Giambelli. Zwei Minuspunkte, dachte er. Die Tatsache, dass er erst vor vier Monaten in das Unternehmen eingetreten war, war der dritte.

Seiner Meinung nach gab es zwei Möglichkeiten, gegen Donato Giambelli vorzugehen. Er konnte es aggressiv und offen tun, oder aber er wartete mit dem Schläger über der Schulter, bis sich die Gelegenheit für den perfekten Schlag bot.

So viel zu Sportmetaphern, dachte er, während er mit den Händen in den Taschen am Fenster seines Büros stand und auf das rege Treiben auf dem Kanal blickte. Aber es passte. Was waren Geschäfte anderes als ein Spiel? Man brauchte Können, Glück und Strategien.

Donato würde annehmen, dass er Heimvorteil hatte. Aber in der Minute, in der er das Büro betrat, befand er sich auf Davids Spielfeld, und das würde David ihm schon klarmachen.

Sein Telefon läutete.

»*Signor* Giambelli ist hier, *Signor* Cutter.«

»Sagen Sie ihm, ich sei gleich bei ihm.«

Soll er ruhig noch ein bisschen schwitzen, dachte David. Wenn die Gerüchte hier so schnell wie in den meisten anderen Unternehmen kursierten, dann wusste Don schon, dass es eine Sitzung gegeben hatte. Buchhalter, Anwälte, Fragen, Unterlagen … Und er würde herumrätseln und sich Sorgen machen.

Wenn er klug war, hatte er bereits eine vernünftige Erklärung zur Hand. Am klügsten war es sicher, wenn er einen Wutanfall bekam. Und er würde sich darauf verlassen, dass ihn die Loyalität der Familie durch die Krise trug.

David trat zur Tür, öffnete sie und sah Donato in seinem Vorzimmer hin und her gehen. »Don, danke, dass Sie gekommen sind. Tut mir Leid, dass ich Sie habe warten lassen.«

»Es klang so, als ob es sehr wichtig sei, deshalb habe ich mir die Zeit genommen.« Don trat in das Büro und blickte sich rasch um. Als er sah, dass das Zimmer leer war, entspannte er sich ein bisschen. »Wenn Sie mich vorher über Ihre Reisepläne unterrichtet hätten, hätte ich mir Zeit freigehalten, damit ich Ihnen Venedig zeigen kann.«

»Es ist alles ziemlich rasch gekommen, und außerdem kenne ich Venedig schon. Ich freue mich allerdings darauf, das *Castello* und die Weinberge zu sehen. Setzen Sie sich doch.«

»Wenn Sie mir sagen, wann Sie dorthin fahren wollen, kann ich Sie gern begleiten. Ich bin regelmäßig dort, um mich zu vergewissern, dass alles in Ordnung ist.« Don setzte sich und faltete die Hände. »Nun, was kann ich für Sie tun?«

Offener Angriff, dachte David, und setzte sich hinter seinen Schreibtisch. »Sie können mir das Cardiliani-Konto erklären.«

Don wurde blass. Blinzelnd setzte er ein verwirrtes Lächeln auf. »Ich verstehe nicht.«

»Ich auch nicht«, erwiderte David liebenswürdig. »Deshalb bitte ich Sie ja, es mir zu erklären.«

»Ah, nun, David, Sie überschätzen mein Gedächtnis. Ich habe nicht jedes Konto oder Detail im Kopf.
Wenn Sie mir Zeit geben, um die Unterlagen heraus-
zu...«

»Oh, die habe ich bereits hier.« David tippte mit
dem Finger auf die Aktenmappe auf seinem Schreibtisch. Doch nicht so clever, dachte er überrascht. Und
nicht vorbereitet. »Ihre Unterschrift erscheint auf zahlreichen Ausgabenbelegen, auf Briefen und anderen
Dokumenten, die an diesen Kunden gerichtet sind.«

»Meine Unterschrift erscheint auf vielen solcher
Dokumente.« Don begann leicht zu schwitzen. »Ich
kann mich ja wohl kaum an alle erinnern.«

»Bei diesem hier ist es etwas anderes. Der Kunde
existiert nämlich gar nicht. Es gibt keine Firma Cardiliani, Donato. Doch es gibt jede Menge Unterlagen
darüber, und es steckt sehr viel Geld darin. Rechnungen und Ausgaben, aber kein Kunde. Kein Mann
mit dem Namen« – David schwieg, öffnete die Aktenmappe und zog ein Blatt Papier mit dem Giam-
belli-Briefkopf hervor – »Giorgio Cardiliani, mit
dem Sie anscheinend in den letzten Jahren einige
Male korrespondiert haben. Er existiert nicht, und es
gibt auch keinen Großmarkt unter der angegebenen
Adresse in Rom, an den laut dieser Unterlagen einige
Weinlieferungen gegangen sind. Und dieser Großmarkt, zu dem sie zweimal in den letzten acht Monaten auf Geschäftskosten gereist sind, existiert ebenfalls nicht. Wie erklären Sie das?«

»Ich verstehe das nicht.« Donato sprang auf. Allerdings sah er nicht wütend aus, sondern entsetzt.
»Was werfen Sie mir vor?«

»Im Moment gar nichts. Ich bitte Sie nur, mir diese Unterlagen zu erklären.«

»Ich habe keine Erklärung dafür. Ich kenne diese Unterlagen und diesen Kunden nicht.«

»Wie kommt es dann, dass Ihre Unterschrift hier auftaucht? Wie kommt es dann, dass Ihr Ausgabenkonto in Verbindung mit diesem Kunden mit mehr als zehn Millionen Lire belastet wurde?«

»Ein Irrtum.« Donato befeuchtete seine Lippen. Er griff nach dem Brief. »Eine Fälschung. Jemand benutzt mich, um *La Signora*, um meiner Familie Geld zu stehlen. *Mia famiglia*, rief er und schlug sich mit bebenden Händen vor die Brust. »Ich werde sofort Nachforschungen anstellen.«

Überhaupt nicht clever, dachte David. Nicht annähernd clever genug. »Sie haben achtundvierzig Stunden Zeit.«

»Das wagen Sie? Sie wagen es, mir ein solches Ultimatum zu stellen, wenn jemand meine Familie bestiehlt?«

»Das Ultimatum, wie Sie es nennen, kommt von *La Signora*. Sie braucht Ihre Erklärung in zwei Tagen. In zwei Tagen werden alle Unterlagen über diese Angelegenheit der Polizei übergeben.«

»Der Polizei?« Don wurde blass. Er rang nach Fassung, seine Hände zitterten und seine Stimme wurde schrill. »Das ist doch lächerlich! Offensichtlich handelt es sich nur um ein internes Problem. Wir wollen keine Nachforschungen von außen, das Aufsehen ...«

»*La Signora* will Ergebnisse. Egal, was es kostet.«

Don schwieg und dachte fieberhaft nach. »Da Tony Avano der Verantwortliche für die Scheinfirma war, ist die Quelle für das Problem leicht festzustellen.«

»In der Tat. Aber ich habe nicht Avano als Verantwortlichen identifizieren können.«

»Ich nahm natürlich an ...« Don wischte sich mit dem Handrücken über den Mund. »Ein größerer Kunde.«

»Ich habe Cardiliani nicht als größeren Kunden qualifiziert. Nehmen Sie sich Ihre zwei Tage«, sagte David ruhig. »Und nehmen Sie meinen Rat an. Denken Sie an Ihre Frau und an Ihre Kinder. *La Signora* wird wahrscheinlich eher dazu geneigt sein, Mitleid zu zeigen, wenn Sie für das einstehen, was geschehen ist. Und wenn Sie für Ihre Familie einstehen.«

»Sie brauchen mir nicht zu sagen, was ich mit meiner Familie machen soll. Und mit meiner Position. Ich bin schon mein ganzes Leben lang bei Giambelli! Ich *bin* ein Giambelli! Und das werde ich auch noch sein, wenn Sie schon lange wieder weg sind. Ich möchte diese Unterlagen haben.«

»Gern.« David ignorierte die gebieterisch ausgestreckte Hand und schloss den Aktenordner. »In achtundvierzig Stunden.«

Es verwirrte David, dass Donato Giambelli so unvorbereitet war. Er hatte überhaupt keine Ahnung gehabt. Er ist zwar nicht unschuldig, dachte er, als er den Markusplatz überquerte. Vielmehr steckte Donato bis zu den Ellbogen in diesem Sumpf. Aber er hatte den Schwindel nicht ausgeheckt. Das war vermutlich Avano gewesen. Er hatte nur mitgespielt. Ziemlich wahrscheinlich, obwohl die Summen, die unter Avanos Namen aufgelaufen waren, geringfügig waren im Vergleich zu dem, was Donato eingesteckt hatte.

Und Avano war seit vier Monaten tot.

Die Detectives, die mit der Aufklärung seiner Ermordung befasst waren, würden wahrscheinlich an dieser neuen Information äußerst interessiert sein. Und wie viel von diesem zwielichtigen Geschehen würde auch Pilar betreffen?

Leise fluchend setzte David sich an einen der Tische, die draußen auf dem Platz standen, und beobachtete eine Zeit lang das Treiben vor der Kathedrale.

Avano hatte das Unternehmen gemolken, dachte er. Das war eine bereits bekannte Tatsache. Aber was David jetzt in seiner Aktentasche mit sich trug, brachte die Angelegenheit auf einen anderen Level. Donato machte Betrug daraus.

Und Margaret? Es gab kein Anzeichen dafür, dass sie vor ihrer Beförderung von irgendwelchen Unterschlagungen gewusst oder sich daran beteiligt hatte. Hatte sie sich so rasch verändert? Oder hatte sie von dem falschen Kunden erfahren und hatte dieses Wissen zu ihrem Tod geführt?

Wie auch immer die Erklärung war, sie beantwortete nicht die drängendste Frage von allen: Wer war jetzt dafür verantwortlich? Mit wem telefonierte Donato jetzt gerade in panischem Entsetzen, um sich Anweisungen geben zu lassen?

Würde derjenige genauso leicht wie Donato zu überzeugen sein, dass *La Signora* vorhatte, die Angelegenheit der Polizei zu übergeben? Oder würde er einen kühleren Kopf bewahren und den Bluff merken?

Auf jeden Fall wurde Donato Giambelli in zwei Tagen vor die Tür gesetzt. Und auch das bereitete David Kopfschmerzen. Don musste ersetzt werden, und zwar so schnell wie möglich. Die internen Nachforschungen mussten so lange durchgeführt werden, bis auch das letzte Leck gestopft war.

Wahrscheinlich würde er länger als geplant in Italien bleiben müssen.

Er bestellte ein Glas Wein, blickte auf die Uhr und zog sein Handy heraus. »Maria? Hier spricht David Cutter. Ist Pilar da?«

»Einen Moment, Mr. Cutter.«

Er versuchte sich vorzustellen, wo sie war und was sie gerade tat.

Am letzten Abend, den sie zusammen verbracht hatten, hatten sie sich in seinem Van am Rande des Weinbergs geliebt. Wie Teenager, dachte er. Sie waren gierig übereinander hergefallen.

Bei dem Gedanken daran stieg eine schmerzliche Sehnsucht in ihm auf.

Es fiel ihm leichter, sie sich vorzustellen, wie sie ihm im milden Licht des Spätnachmittags gegenübersaß, während um sie herum die Tauben flatterten.

Wenn das alles hier vorbei ist, gelobte er sich, dann würde er mit ihr hierher fliegen.

»David?«

Die Tatsache, dass sie ein wenig atemlos war, brachte ihn zum Lächeln. Sie hatte sich seinetwegen beeilt. »Ich sitze gerade am Markusplatz.« Er ergriff das Glas Wein, das der Kellner ihm gebracht hatte, und trank einen Schluck. »Ich trinke einen interessanten kleinen Chianti und denke an dich.«

»Hörst du Musik?«

»Ein kleines Orchester spilet auf der anderen Seite des Platzes irgendwelche amerikanischen Schlager. Ein bisschen verdirbt es den Augenblick.«

»Überhaupt nicht. Für mich jedenfalls nicht.«

»Wie geht es den Kindern?«

»Es geht ihnen gut. Ich glaube, Maddy und ich freunden uns langsam miteinander an. Gestern ist sie nach der Schule zu mir ins Gewächshaus gekommen. Sie hat mir einen Vortrag über Fotosynthese gehalten. Das meiste war mir zu hoch. Theo hat sich von dem Mädchen getrennt, mit dem er zusammen war.«

»Julie?«

»Julie war die im letzten Winter. Du bist nicht auf dem neuesten Stand. Nein, Carrie. Er und Carrie sind auseinander, und er hat ungefähr zehn Minuten lang den Kopf hängen lassen. Er hat allen Mädchen abgeschworen und will sein Leben nur noch der Musik widmen.«

»Das hat er schon einmal getan. Das dauert mindestens einen Tag lang.«

»Ich halte dich auf dem Laufenden. Wie ist es in Italien?«

»Jetzt besser, weil ich mit dir rede. Sagst du den Kindern, dass ich sie heute Abend anrufe? Ich versuche es gegen sechs eurer Zeit.«

»In Ordnung. Du weißt wahrscheinlich noch nicht, wann du nach Hause kommst?«

»Nein, noch nicht. Es gibt ein paar Komplikationen. Du fehlst mir, Pilar.«

»Du mir auch. Tust du mir einen Gefallen?«

»Schon gewährt.«

»Bleib einfach noch eine Weile da sitzen. Trink deinen Wein, hör der Musik zu und beobachte, wie das Licht sich verändert. Ich denke dann an dich.«

Nachdem er aufgelegt hatte, saß er grübelnd vor seinem Glas Wein. Es war eine neue Erfahrung gewesen, mit einer Frau – mit ihr – so über seine Kinder zu reden. Mit jemandem, der sie verstand und sie mochte. Es verband sie in einer Weise miteinander, die sie fast zu einer Familie machte. Und das, stellte er fest, war genau das, was er wollte. Er wollte wieder eine Familie haben.

Der Atem stockte ihm, und er ließ sein Weinglas sinken. Er wollte eine Frau. Er wollte, dass Pilar seine Frau wurde.

Sie waren erwachsene Menschen, die ihr halbes Leben bereits hinter sich hatten. Warum sollten sie den Rest vergeuden?

Er stand auf und warf ein paar Lire auf den Tisch.

Warum sollte er auch nur noch eine Minute vergeuden? Was gab es für einen besseren Ort als Venedig, um der Frau, die er liebte, einen Ring zu kaufen? Als er sich umdrehte und das erste Schaufenster, das ihm in die Augen fiel, zu einem Juwelierladen gehörte, nahm David das als ein Zeichen.

Es war nicht so leicht, wie er angenommen hatte. Er wollte keinen Diamanten. Ihm fiel ein, dass Avano ihr wahrscheinlich einen geschenkt hatte, und er empfand tiefen Widerwillen dagegen, Pilar etwas zu schenken, was sie schon von Avano bekommen hatte.

Er wollte etwas kaufen, das mit ihnen beiden zu tun hatte, etwas, das ihr zeigte, dass er sie so gut verstand wie kein anderer.

Er stieg die Rialtobrücke hinauf, wo die Läden dicht gedrängt lagen und sich die Touristen durch die Menge drängelten, als ob ihnen das letzte Souvenir vor der Nase weggeschnappt werden könnte.

David schob sich an den Ständen mit Lederwaren, T-Shirts und anderen Erinnerungsstücken vorbei und versuchte, sich auf die Schaufenster zu konzentrieren. Jedes quoll über vor Gold und Edelsteinen. Entmutigt, verärgert und müde von dem langen Spaziergang wollte er beinahe aufgeben. Er konnte ja schließlich auch seine Assistentin in Venedig um eine Empfehlung bitten.

Als er sich ein letztes Mal zu einem Schaufenster umdrehte, sah er ihn.

Der Ring war mit fünf Steinen besetzt – alle in einer zarten Herzform – die farbig funkelten. Wie ihre Blumen, dachte er. Fünf Steine. Er trat näher. Einer für jeden von ihnen und für jedes ihrer Kinder. Der blaue war wahrscheinlich ein Saphir, der rote ein Rubin, der grüne ein Smaragd. Bei dem dunkelroten und dem goldenen Stein war er sich nicht sicher. Aber was spielte das schon für eine Rolle? Der Ring war einfach perfekt.

Eine halbe Stunde später trat er wieder auf die Straße. Er trug die Beschreibung des Rings in seiner Tasche – Amethyst und Citrin sind die anderen beiden Steine, rief er sich noch einmal ins Gedächtnis. Und den Ring trug er ebenfalls bei sich. Er hatte das heutige Datum eingravieren lassen.

Sie sollte immer daran erinnert werden, dass er ihn an dem Abend gefunden hatte, an dem er auf dem Markusplatz saß, während das Licht sanft wurde und er mit ihr redete.

Ziellos wanderte er durch die schmalen Straßen. Jetzt, bei Einbruch der Dunkelheit, waren weniger Menschen unterwegs. Die Kanäle glitzerten schwärzlich. Hier und da hörte seine eigenen Schritte oder das Geräusch des Wassers, das an die Steine schwappte.

Er beschloss, nicht in seine Wohnung zu gehen, sondern betrat eine Trattoria in einer Seitenstraße. Wenn er jetzt nach Hause ginge, würde er doch bloß arbeiten und sich damit den Abend verderben. Er bestellte Steinbutt und einen halben Liter weißen Hauswein.

Genüsslich verzehrte er sein Essen, lächelte sentimental über ein Paar, das offensichtlich in den Flitterwochen war, freute sich an dem kleinen Jungen, der seinen Eltern entwischt war und die Kellner bezauberte. Schließlich trank er noch einen Kaffee und überlegte sich, was er wohl sagen würde, wenn er Pilar den Ring schenkte.

Als er später zurückging, waren die meisten Plätze menschenleer. Die Läden waren geschlossen und die Stände schon lange abgebaut.

Ab und zu sah er einen Lichtstrahl aus einer Gondel, in der Touristen durch einen Seitenkanal fuhren, oder er hörte eine Stimme. Doch die meiste Zeit war er – endlich – allein.

Langsam wanderte er durch die Gassen, ließ den Stress des Tages von sich abfallen und genoss Venedig in der Dunkelheit.

Er überquerte eine Brücke, blickte auf, als Licht aus einem Fenster über ihm drang, und lächelte, als eine junge Frau die Wäscheleine hereinzog. Sie hatte dunkle Haare, die über ihre Schultern fielen. Ihre Arme waren lang und schlank und an ihrem Handgelenk blitzte es golden. Sie sang, und ihre klare Stimme erfüllte die leere Straße.

Als sie ihn erblickte, lachte sie fröhlich auf.

David blieb stehen und wollte ihr einen Gruß zurufen. Und damit rettete er wahrscheinlich sein Leben.

Er verspürte einen plötzlichen Schmerz, ein heftiges Brennen in der Schulter. Schwach vernahm er ein Geräusch wie eine leise Explosion, und das Gesicht der Frau verschwamm vor seinen Augen.

Dann fiel er langsam zu Boden und lag blutend und bewusstlos auf dem kalten Pflaster einer venezianischen Gasse.

Davids Ohnmacht dauerte nicht lange. Er sah rote Schleier vor den Augen und hörte wie von ferne Stimmen. Italienische Worte drangen in sein Bewusstsein.

Er empfand mehr Hitze als Schmerz, als ob ihn jemand direkt über ein Feuer hielte. Und er dachte, mit beinahe klarem Verstand: Man hat auf mich geschossen.

Jemand zog an ihm und bettete ihn anders, sodass der Schmerz wie ein Messer durch ihn hindurchschoss. David versuchte zu sprechen und sich dagegen zu wehren, aber nur ein Stöhnen drang über seine Lippen, und ihm wurde wieder schwarz vor Augen.

Als er wieder zu Bewusstsein kam, blickte er in das Gesicht der jungen Frau, die er bei Wäscheabhängen beobachtet hatte.

»Sie haben aber noch spät gearbeitet«, flüsterte er mit kaum wahrnehmbarer Stimme.

»*Signore, per piacere. Sta zitto. Riposta. L'aiuto sta venendo.*«

Er lauschte und übersetzte dabei die italienischen Worte so langsam und mühsam wie ein Student im ersten Semester. Er sollte ruhig liegen bleiben und sich nicht bewegen. Das ist nett von ihr, dachte er benommen. Der Krankenwagen war unterwegs. Wieso der Krankenwagen?

Ach ja. Man hatte auf ihn geschossen.

Das sagte er ihr auch, zuerst auf englisch, dann auf Italienisch. »Ich muss meine Kinder anrufen. Ich muss ihnen sagen, dass es mir gut geht. Haben Sie ein Telefon?«

Die Frau bettete seinen Kopf in ihrem Schoß, und er verlor erneut das Bewusstsein.

»Sie haben sehr viel Glück gehabt, Mr. Cutter.«

David versuchte, sich auf das Gesicht des Mannes zu konzentrieren. Die Ärzte hatten ihn mit Medikamenten voll gepumpt. Er verspürte zwar keine Schmerzen mehr, doch er spürte auch sonst kaum etwas. »Im Moment fällt es mir schwer, Ihnen beizupflichten. Es tut mir Leid, aber ich habe Ihren Namen vergessen.«

»DeMarco. Ich bin Lieutenant DeMarco. Ihr Arzt sagt, Sie brauchen Ruhe, aber ich habe leider ein paar Fragen. Könnten Sie mir vielleicht erzählen, woran Sie sich erinnern?«

David erinnerte sich an eine hübsche Frau, die Wäsche abhängte, und an das Licht, das auf dem Wasser und den Pflastersteinen schimmerte. »Ich ging durch die Gassen«, begann er und bemühte sich, sich aufzusetzen. »Pilars Ring .... Ich hatte gerade einen Ring gekauft!«

»Ich habe ihn, beruhigen Sie sich. Ich habe den Ring, Ihre Brieftasche und Ihre Uhr. Es ist alles in Sicherheit.«

Die Polizei ... Die Leute riefen die Polizei, wenn jemand auf der Straße erschossen wurde. Dieser Mann hier sah wie ein echter Polizist aus, nicht so geschniegelt wie der Detective in San Francisco. DeMarco war ein wenig untersetzt und wurde bereits kahl. Dafür hatte er einen mächtigen schwarzen Schnurrbart, der über seine Oberlippe hing. Sein Englisch war präzise und korrekt.

»Ich wollte zurück in meine Wohnung – noch einen kleinen Spaziergang machen. Ich hatte nach der Arbeit eingekauft – den Ring. Dann habe ich zu Abend gegessen. Es war so ein schöner Abend, und ich war den ganzen Tag im Büro eingesperrt. Ich sah eine Frau an einem Fenster. Sie zog ihre Wäscheleine herein. Es war ein hübscher Anblick. Sie sang ... Ich blieb stehen. Dann bin ich auf die Straße gefallen. Ich spürte ...« Mühsam hob David den Arm an. »Ich wusste, dass man auf mich geschossen hatte.«

»Sind Sie schon einmal angeschossen worden?«

»Nein.« David verzog das Gesicht. »Es fühlte sich nur so an. Ich muss das Bewusstsein verloren haben. Als ich wieder zu mir kam, war die Frau da. Sie ist vermutlich heruntergekommen, als sie sah, was passiert war.«

»Und haben Sie gesehen, wer auf Sie geschossen hat?«

»Ich habe nur die Pflastersteine auf mich zukommen sehen.«

»Wer könnte ein Motiv haben, auf Sie zu schießen, Mr. Cutter?«

»Ich weiß nicht. Ein Raubüberfall ...«

»Aber Ihre Wertsachen waren noch alle da. Warum sind Sie in Venedig?«

»Ich bin Geschäftsführer bei Giambelli-MacMillan. Ich hatte hier verschiedene Meetings.«

»Aha. Sie arbeiten für *La Signora*.«

»Ja.«

»*La Signora* hat im Moment Probleme in Amerika, nicht wahr?«

»Es hat Probleme gegeben, aber ich verstehe nicht, was das damit zu tun haben soll, dass ich in Venedig überfallen werde. Ich muss meine Kinder anrufen.«

»Ja, ja, das können wir arrangieren. Kennen Sie jemanden in Venedig, dem Sie einen solchen Angriff unterstellen, Mr. Cutter?«

»Nein.« Er hatte es kaum verneint, als ihm Donato einfiel. »Nein«, wiederholte er. »Ich kenne niemanden, der mich auf der Straße niederschießen würde. Sie sagten, sie hätten meine Wertsachen, Lieutenant. Der Ring, den ich gekauft habe, meine Brieftasche, meine Uhr. Und meine Aktentasche?«

»Eine Aktentasche wurde nicht gefunden.« DeMarco lehnte sich zurück. Die Augenzeugin hatte auch ausgesagt, das Opfer habe eine Aktentasche bei sich gehabt. Sie hatte sie ihm sehr gut beschrieben. »Und was enthielt Ihre Aktentasche?«

»Papiere aus dem Büro«, sagte David. »Nur Papierkram.«

Es ist schwer, so vielen Schlägen standzuhalten, dachte Teresa. Langsam wurde sie müde. Und doch hielt sie sich aufrecht, als sie mit Eli den Familiensalon betrat. Sie wusste, dass die Kinder dort waren und auf den Anruf ihres Vaters warteten.

Maddy lag auf dem Sofa, die Nase in einem Buch. Theo klimperte auf dem Klavier herum. Warum musste ihnen ihre Unschuld so früh schon genommen werden? fragte sich Teresa.

Sie drückte Elis Arm, um ihn zu beruhigen und um sich zu wappnen. Dann ging sie hinein.

Pilar blickte von ihrem Stickzeug auf. Ein Blick auf ihre Mutter, und ihr stockte der Atem. Als sie langsam aufstand, glitt ihr der Stickrahmen aus den Händen. »Mama?«

»Bitte setz dich. Theo ...« Sie wies ihn an, mit dem Klavierspielen aufzuhören. »Maddy, komm her. Zuerst möchte ich euch sagen, dass es eurem Vater gut geht.«

»Was ist passiert?« Maddy erhob sich von der Couch. »Irgendetwas ist doch passiert! Deshalb hat er auch nicht angerufen. Er ruft nie zu spät an.«

»Er ist verletzt worden, aber es geht ihm gut. Er ist im Krankenhaus.«

»Ein Unfall?« Pilar trat zu Maddy und legte ihr die Hand auf die Schulter. Als das Mädchen sie abschütteln wollte, packte sie fester zu.

»Nein, kein Unfall. Man hat auf ihn geschossen.«

»Geschossen?« Theo rückte vom Klavier ab. Entsetzen schnürte ihm die Kehle zu. »Das kann nicht stimmen, das muss ein Irrtum sein. Dad läuft nicht durch die Gegend und wird einfach angeschossen.«

»Er ist direkt ins Krankenhaus gebracht worden«, fuhr Teresa fort. »Ich habe mit dem Arzt gesprochen, der ihn behandelt hat. Eurem Vater geht es besser, er ist schon wieder in recht guter Verfassung.«

»Hört mir zu.« Eli trat vor und ergriff Theos und Maddys Hand. »Ich weiß, dass ihr Angst habt und euch Sorgen macht. Uns geht es nicht anders. Aber der Arzt hat ganz eindeutig bestätigt, dass euer Vater stark ist. Er wird wieder vollständig gesund werden.«

»Ich will, dass er nach Hause kommt.« Maddys Lippen zitterten. »Ich will, dass er sofort nach Hause kommt!«

»Er wird nach Hause kommen, sobald sie ihn aus dem Krankenhaus entlassen«, sagte Teresa. »Ich treffe alle notwendigen Vorkehrungen. Liebt dich dein Vater, Madeline?«

»Natürlich.«

»Weißt du, wie sehr er sich im Moment um dich sorgt? Um dich und um deinen Bruder, und wie diese Sorge es ihm noch schwerer macht, sich zu schonen und gesund zu werden? Er ist darauf angewiesen, dass ihr stark für ihn seid.«

Als das Telefon läutete, rannte Maddy hin. »Hallo? Hallo? Daddy?« Tränen stürzten ihr aus den Augen und Schluchzer erschütterten ihren ganzen Körper. Sie schlug nach Theo, als er versuchte, ihr den Hörer aus der Hand zu nehmen. »Ist okay.« Ihre Stimme brach, und sie drehte sich zu Teresa um. »Ist okay«, wiederholte sie, wischte sich die Nase mit der Hand ab und holte tief Luft. »Hey, hast du die Kugel abgefangen?«

Sie lauschte auf die Worte ihres Vaters. *La Signora* nickte ihr zu.

»Ja, Theo steht hier und schubst mich dauernd. Darf ich ihn schlagen? Zu spät«, fügte sie hinzu. »Ich habe es schon getan. Ja, hier ist er.«

Sie reichte den Hörer an ihren Bruder weiter.

»Du bist eine starke junge Frau«, sagte Teresa zu ihr. »Dein Vater kann sehr stolz auf dich sein.«

»Lassen Sie ihn nach Hause kommen, ja? Lassen Sie ihn bitte nach Hause kommen.« Widerstandslos ließ sie sich von Pilar in die Arme nehmen und weinte sich dort aus.

23

Ihr Kopf pochte wie eine offene Wunde, aber das war nichts im Vergleich zu dem Schmerz in ihrem Herzen. Doch Pilar ignorierte beides und nahm ihren Platz hinter ihrem Schreibtisch ein.

Gegen Elis und Pilars Einwände hatte Teresa den Kindern erlaubt, an der Krisensitzung teilzunehmen. Sie war immer noch das Oberhaupt der Familie Giambelli, und die Kinder hatten ein Recht darauf zu erfahren, warum ihr Vater, Teresas Meinung nach, angeschossen worden war.

»Ich habe mit David gesprochen«, begann sie und lächelte seine Kinder an. »Bevor sein Arzt kam und ihn zwang, sich auszuruhen.«

»Das ist ein gutes Zeichen.« Sophia stellte sich neben Theo. Er sah so jung, so verletzlich aus! »Männer sind einfach hilflos, wenn sie krank sind. Sie können nicht aufhören, darüber zu reden.«

»Ach was. Wir sind stoisch.« Theo versuchte jedenfalls, stoisch zu sein, aber sein Magen wehrte sich dagegen.

»Wie auch immer«, fuhr Teresa fort, »mit Zustimmung seines Arztes wird er in den nächsten Tagen nach Hause fliegen. Die Polizei ermittelt in dem Fall. Ich habe auch mit dem zuständigen Kommissar gesprochen.«

Und hatte sich von ihm seinen Bericht faxen lassen. Teresa faltete die Hände über den Unterlagen.

»Es gab zahlreiche Zeugen. Sie haben eine Beschreibung des Täters, wenn auch keine besonders gute. Ich weiß nicht, ob sie ihn finden oder ob das überhaupt eine Rolle spielt.«

»Wie können Sie das sagen?« Maddy sprang auf. »Er hat auf meinen Vater geschossen!«

Teresa nickte verständnisvoll, erklärte aber: »Weil ich glaube, dass der Täter nur als Werkzeug angeheuert wurde, um die Papiere zu stehlen, die sich im Besitz deines Vaters befanden. Ein verachtenswerter Akt des Selbstschutzes. Es gab ... Fehlbeträge auf zahlreichen Konten. Die Details muss ich euch jetzt hier nicht erläutern, aber David hat aufgedeckt, dass mein Neffe Geld aus dem Unternehmen an eine Scheinfirma überwiesen hat.«

»Donato!« Es gab Sophia einen Stich. »Er hat dich bestohlen?«

»Uns.« Teresa reagierte bereits ganz gelassen darauf. »Er hat sich auf meine Anweisungen hin an diesem Nachmittag mit David in Venedig getroffen und muss sich darüber klar geworden sein, dass seine Taten bald aufgedeckt würden. Und das war dann seine Reaktion. Meine Familie hat euch Schmerz bereitet«, sagte sie zu Theo und Maddy. »Ich bin das Oberhaupt der Familie und für diesen Schmerz verantwortlich.«

»Dad arbeitet für Sie. Er hat nur seinen Job getan.« Theo biss die Zähne zusammen, weil sein Magen immer noch revoltierte. »Es ist die Schuld dieses Mistkerls, nicht Ihre. Ist er im Gefängnis?«

»Nein. Sie suchen ihn noch. Anscheinend ist er geflohen.« Verächtlich fügte sie hinzu: »Hat seine Frau und seine Kinder einfach im Stich gelassen und ist abgehauen. Ich verspreche euch, dass man ihn finden wird. Er wird bestraft werden, dafür werde ich sorgen.«

»Er braucht Geld. Und er braucht Hilfe«, warf Ty ein.

»Das muss jemand in Venedig abklären.« Sophia stand auf. »Ich fliege noch heute Abend hin.«

»Ich möchte nicht noch jemanden aus der Familie in Gefahr bringen.«

»*Nonna*, wenn Donato ein Konto eingerichtet hat, um Geld zu unterschlagen, hat er dabei Hilfe gehabt: meinen Vater. Es ist mein Blut«, fuhr sie auf Italienisch fort, »genauso wie deins. Meine Ehre, genauso wie deine. Du kannst mir nicht das Recht absprechen, es wiedergutmachen zu wollen.« Sie holte tief Luft und redete in Englisch weiter. »Ich fliege heute Abend.«

»Zum Teufel«, grollte Tyler. »*Wir* fliegen heute Abend.«

»Ich brauche keinen Babysitter.«

»Stimmt.« Er blickte sie kühl an, »Doch wir sind beide davon betroffen, Giambelli. Du fliegst, und ich fliege auch. Ich überprüfe den Weinberg und das Weingut«, sagte er zu Teresa. »Wenn dort etwas nicht stimmt, merke ich es. Den Papierkram überlasse ich den anderen.«

Teresa sah zu Eli hinüber. Der nächste Schritt im Zyklus, dachte sie. Wir übergeben die Last den Jüngeren.

»Einverstanden.« Teresa ignorierte Sophias Zischen. »Deine Mutter wird sich weniger Sorgen machen, wenn du nicht allein bist.«

»Genau, dann kann ich meine Sorge auf zwei Menschen verteilen. Mama, was ist mit Gina und den Kindern?«

»Für sie wird gesorgt. Ich glaube nicht an die Sünden des Vaters.« Teresa blickte Sophia an. »Ich glaube an das Kind.«

Das Erste, was David tat, als er aus dem Krankenhaus entlassen wurde – oder vielmehr, als er sich selbst aus dem Krankenhaus entließ – war, Blumen zu kaufen.

Er suchte den Strauß äußerst sorgfältig aus.

Es war nicht einfach, mit dem einen Arm in der Schlinge einen riesigen Strauß Blumen durch die belebten Gassen Venedigs zu tragen, aber es gelang ihm. So wie es ihm gelang, die Stelle wiederzufinden, an der er angeschossen worden war.

Er war darauf vorbereitet, dass es ihm einen Stich versetzen würde, aber ihm war nicht klar gewesen, dass er so wütend reagieren würde. Jemand hatte ihn angegriffen, sein Blut vergossen. Und fast wären seine Kinder Waisen geworden.

Dieser Jemand, schwor sich David, als er auf seinen eigenen Blutflecken stand, würde dafür bezahlen. Gleichgültig, wie lange es dauerte, ihn zu finden.

Er blickte hoch. Heute hing zwar keine Wäsche draußen, aber das Fenster stand offen. Er wandte sich zum Eingang und betrat das Gebäude. Es erstaunte ihn, wie sehr ihn das Treppensteigen erschöpfte. Schweißgebadet und außer Atem kam er oben an und lehnte sich keuchend an die Wand neben der Wohnungstür.

Wie sollte er jemals zurück in die Giambelli-Wohnung kommen, seine Sachen packen und einen Flug buchen, wenn er kaum diese Treppe hinaufkam? Die Tatsache, dass ihn der Arzt genau *davor* gewarnt hatte, bevor David auf eigene Verantwortung das Krankenhaus verließ, ärgerte ihn noch zusätzlich.

Ächzend richtete er sich auf und klopfte an die Tür.

Er erwartete nicht, dass sie zu Hause war, und hatte eigentlich vorgehabt, die Blumen vor die Tür zu legen oder einen hilfsbereiten Nachbarn zu bitten, sie ihr zu geben. Aber die Tür ging auf, und da stand sie.

»*Signorina.*«

»*Sì.*« Sie blickte ihn verständnislos an, doch dann hellte sich ihr hübsches Gesicht auf. »*Signore! Come sta? Oh, oh, che bellezza!*« Sie nahm die Blumen entgegen und bat ihn herein. »Ich habe heute Morgen im Krankenhaus angerufen«, fuhr sie in schnellem Italienisch fort. »Sie haben gesagt, Sie schliefen. Ich war so außer mir! Ich konnte es gar nicht glauben, dass so etwas direkt unter meinem Fenster passiert ... Oh.« Sie schlug sich mit der Hand vor den Kopf. »Sie sind ja Amerikaner«, sagte sie. »*Scusami.* Es tut mir Leid, aber mein Englisch ist nicht besonders gut.«

»Ich spreche Italienisch. Ich wollte Ihnen danken.«

»Mir? Ich habe doch gar nichts getan. Bitte, kommen Sie herein und setzen Sie sich. Sie sehen so blass aus.«

Er blickte sich in ihrer Wohnung um. Klein und einfach, aber hübsch. »Wenn Sie nicht am Fenster erschienen wären und ich nicht hinaufgeblickt hätte, weil Sie so spät noch Ihre Wäsche abhängten und so ein hübsches Bild abgaben, würde ich jetzt vielleicht nicht hier stehen. *Signorina.*« Er ergriff ihre Hand und zog sie an seine Lippen. »*Mille grazie.*«

»*Prego.*« Sie neigte den Kopf. »Eine romantische Geschichte. Kommen Sie, ich mache Ihnen einen Kaffee.«

»Sie brauchen sich nicht zu bemühen.«

»Bitte, wenn ich Ihr Leben schon gerettet habe, dann muss ich es auch pflegen.« Sie trug die Blumen in die Küche.

»Wissen Sie ... einer der Gründe, warum ich noch so spät spazieren ging, war, dass ich vor dem Abendessen etwas gekauft habe. Ich hatte einen Ring gekauft, einen Verlobungsring für die Frau, die ich liebe.«

»Oh.« Seufzend legte sie die Blumen auf die Anrichte und warf ihm einen Blick zu. »Mein Pech, Ihr Glück. Aber ich mache Ihnen trotzdem einen Kaffee.«

»Ich könnte einen gebrauchen. *Signorina*, ich weiß nicht einmal Ihren Namen.«

»Elana.«

»Elana, ich hoffe, Sie nehmen es so, wie es gemeint ist. Ich halte Sie für die zweitschönste Frau auf der ganzen Welt.«

Lachend begann sie, die Blumen in einer Vase zu arrangieren. »Wirklich, sie hat *sehr* viel Glück.«

Als David endlich bei seiner Wohnung ankam, war er Schmerzen, Erschöpfung, Ärzte und Fußgängerströme in Venedig leid. Er war bereits zu dem Schluss gekommen, dass er an diesem Abend nicht mehr zurückfliegen würde. Er hatte Glück, wenn es ihm noch gelang, sich auszuziehen und ins Bett zu legen, aber auf keinen Fall würde er sich noch lange genug auf den Beinen halten können, um zu packen.

Seine Schulter pochte, seine Beine gaben nach und fluchend versuchte er, den Schlüssel mit der linken Hand ins Schloss zu bekommen. Es war ihm noch nicht gelungen, als die Tür aufgerissen wurde.

»Da sind Sie ja endlich!« Sophia stemmte die Hände in die Hüften. »Haben Sie den Verstand verloren? Sie entlassen sich selbst aus dem Krankenhaus und wandern durch Venedig! Sie sind leichenblass. Männer sind solche Idioten!«

»Danke, vielen Dank. Haben Sie etwas dagegen, wenn ich hereinkomme? Ich glaube, das ist immer noch meine Wohnung.«

»Ty ist unterwegs, um Sie zu suchen.« Sie ergriff seinen gesunden Arm und zog ihn hinein. »Wir haben uns zu Tode geängstigt, als wir feststellten, dass Sie gegen den Rat der Ärzte auf eigene Verantwortung das Krankenhaus verlassen haben.«

»Selbst in Italien ist das Essen im Krankenhaus nicht genießbar.« David sank auf einen Stuhl. »Ein Mann kann dort verhungern. Außerdem habe ich nicht damit gerechnet, dass so schnell jemand hier ist. Was haben Sie gemacht, haben Sie sich hierher gebeamt?«

»Wir sind gestern Abend geflogen. Es war ein langer Flug, ich habe sehr wenig geschlafen und bin jetzt schon sehr lange in dieser Wohnung aus Sorge um Sie herumgelaufen. Also versuchen Sie nicht auch noch, mit mir zu streiten.« Sie drehte den Deckel von einem Fläschchen und reichte ihm eine Tablette.

»Was ist das?«

»Etwas gegen die Schmerzen. Sie haben das Krankenhaus ohne Ihre Medikamente verlassen.«

»Drogen! Sie haben mir Drogen mitgebracht. Wollen Sie mich heiraten?«

»Idiot«, wiederholte sie und trat zu dem kleinen Kühlschrank, um eine Flasche Wasser herauszuholen. »David, wo *waren* Sie?«

»Ich habe einer schönen Frau Blumen gebracht.«

Er lehnte sich zurück und griff nach der Wasserflasche. Als Sophia sie ihm entriss, stieß er einen Seufzer aus. »Ach, kommen Sie, machen Sie mit meinen Medikamenten keine Scherze.«

»Sie waren bei einer Frau?«

»Und ich habe mit ihr Kaffee getrunken«, bestätigte er. »Mit der Frau, die mir das Leben gerettet hat. Ich habe ihr Blumen mitgebracht, um mich bei ihr zu bedanken.«

Nachdenklich neigte Sophia den Kopf. Er sah erschöpft aus, ein wenig verschwitzt und geradezu romantisch, mit dem Arm in der Schlinge und den Schatten unter seinen tiefblauen Augen.

»Vermutlich ist das Ordnung. Ist sie hübsch?«

»Ich sagte ihr, sie sei die zweitschönste Frau auf der ganzen Welt, aber ich verdränge sie auch gern auf den dritten Platz, wenn Sie mir endlich das verdammte Wasser geben. Lassen Sie mich die Tabletten nicht kauen, ich flehe Sie an!«

Sophia reichte ihm die Flasche und hockte sich vor ihn hin. »David, das tut mir alles so Leid.«

»Ja, mir auch. Den Kindern geht es doch gut, oder?«

»Ja. Sie machen sich Sorgen um Sie, aber mittlerweile sind sie so weit beruhigt, dass Theo schon anfängt, es ziemlich cool zu finden, dass Sie angeschossen worden sind. Nicht jedermanns Vater ...«

»Liebes, quälen Sie sich nicht so.«

»Nein, ist schon in Ordnung.« Sie holte tief Luft. »Und Maddy hat gestern Abend über die Kugel Witze gemacht. Sie hat Sie doch gefragt, ob Sie sie aufgefangen hätten, erinnern Sie sich? Jedenfalls ist sie ganz fasziniert davon, sagt meine Mutter. Sie will es studieren.«

»Typisch meine Tochter.«

»Es sind großartige Kinder, David. Das kommt wahrscheinlich daher, dass sie einen Vater haben, der daran denkt, einer Frau Blumen zu kaufen, nachdem er gerade erst vom Pflaster abgekratzt worden ist. Kommen Sie, ich bringe Sie zu Bett.«

»Das sagen sie alle.« Das selige Grinsen, das sich auf seinem Gesicht ausbreitete, zeigte Sophia, dass die Medikamente zu wirken begannen. »Ihre Mutter kann auch nicht die Hände von mir lassen.«

»Gute Tabletten, was?«

»Echt gut. Vielleicht sollte ich mich eine Minute hinlegen?«

»Klar. Warum versuchen wir es nicht mit einer breiten, ebenen Fläche?« Sie half ihm hoch.

»Sophie? Pilar regt sich doch nicht mehr auf als nötig wegen der ganzen Sache, oder?«

»Natürlich tut sie das. Aber sie regt sich bestimmt wieder ab, wenn Sie nach Hause kommen und sie für Sie sorgen kann.«

»Mir geht es gut, mir ist nur ein bisschen schwindlig.« Glucksend stützte er sich auf dem Weg zum Schlafzimmer schwer auf Sophia. Er hatte das Gefühl zu schweben. »Das Leben ist schöner mit Chemie.«

»Na klar. Wir sind fast da.«

»Ich will nach Hause. Wie soll ich bloß mit einer Hand packen?«

»Machen Sie sich keine Gedanken. Ich packe für Sie.«

»Wirklich? Das würden Sie für mich tun?« David wollte Sophia einen Kuss auf die Wange geben, verfehlte sie aber. »Danke.«

»Kein Problem. Auf geht's. Und jetzt aufs Bett le-

gen. Vorsichtig. Ich möchte Ihnen nicht wehtun ...
Oh! Entschuldigung«, sagte sie, als er aufschrie.

»Nein, es ist nicht mein Arm. Es ist ... in meiner
Tasche.« Fluchend versuchte er, nach dem Päckchen
zu greifen, und war nur leicht verlegen, als sie in seine Tasche griff und es herauszog.

»Ah, wir haben Klunker gekauft!« Sie öffnete das
Schächtelchen und blinzelte. »Oh, du meine Güte.«

»Ich sage Ihnen lieber gleich, dass ich ihn für Ihre
Mutter gekauft habe. Ich will sie fragen, ob sie mich
heiratet.« David schob sich auf das Kissen hoch und
sank gleich wieder zurück. »Ist das ein Problem für
Sie?«

»Vielleicht. Schließlich haben Sie mir erst vor fünf
Minuten einen Antrag gemacht, Sie verlogener Bastard.« Sie setzte sich auf die Bettkante. »Er ist wunderschön, David. Er wird ihr gefallen. Sie liebt Sie.«

»Sie verkörpert alles, was ich mir jemals gewünscht habe. Meine wunderschöne Pilar, innen wie
außen. Ich werde gut auf sie aufpassen.«

»Das weiß ich. Das Jahr ist noch nicht einmal halb
vorüber«, sagte Sophia leise. »Alles geht so schnell!
Aber manche Dinge«, fügte sie hinzu, »manche Dinge entwickeln sich in die richtige Richtung.« Sie
beugte sich vor und küsste ihn auf die Wange.
»Mach jetzt die Augen zu, Papa.«

Als Tyler zurückkam, kochte Sophia gerade Minestrone. Es haute ihn immer um, wenn er sie in der Küche werkeln sah.

»Er ist hier«, sagte sie, ohne sich umzublicken.
»Er schläft.«

»Ich habe dir doch gesagt, dass er selbst auf sich
aufpassen kann.«

»Ja, das hat er ganz großartig gemacht, als er sich hat anschießen lassen, was? Bleib von der Suppe weg«, fügte sie hinzu, als er sich über den Topf beugte. »Sie ist für David.«

»Es ist doch genug für alle da.«

»Sie ist noch nicht fertig. Du solltest zum Weinberg fahren. Dann kannst du heute Nacht im *Castello* schlafen. Ich bekomme Akten geschickt und will hier am Computer arbeiten.«

»Nun, das hast du dir fein ausgedacht.«

»Wir sind schließlich nicht auf Urlaub hier.« Sie ging aus der Küche.

Ty atmete tief durch und folgte ihr dann in das kleine Arbeitszimmer. »Warum reden wir nicht darüber?«

»Es gibt nichts zu reden, Ty. Ich habe einfach den Kopf zu voll.«

»Ich weiß, warum du nicht wolltest, dass ich mitkomme.«

»Ach ja?« Sie startete den Computer. »Könnte es vielleicht sein, weil ich eine Menge Arbeit in relativ kurzer Zeit zu erledigen habe?«

»Es könnte sein, dass du verletzt bist, dich betrogen fühlst. Die ganzen Ereignisse nagen an dir. Und wenn du verletzt bist, bist du verletzlich, und deine Widerstandskraft lässt nach. Du hast Angst, dass ich dir zu nahe komme. Du willst mich nicht so nahe bei dir haben, nicht wahr, Sophia?« Er ergriff ihr Kinn, sodass sie ihn anblicken musste. »Das hast du noch nie gewollt.«

»Ich würde sagen, wir sind uns so nahe, wie es nur geht. Und es war meine Idee.«

»Sex ist einfach. Los, steh auf!«

»Ich habe zu tun, Ty, und ich habe keine Lust auf einen schnellen Bürofick.«

Er zog sie so heftig hoch, dass ihr Stuhl umfiel. »Versuch nicht immer, alles darauf zu reduzieren.«

Es geht zu schnell, dachte sie wieder. Zu viele Dinge bewegten sich viel zu schnell. Und wenn sie nicht das Steuer in der Hand behielt, wie sollte sie dann die richtige Richtung einhalten?

»Ich will nicht mehr als das. Alles andere zieht zu viele Probleme nach sich. Ich habe dir doch gesagt, dass mir zu vieles im Kopf herumgeht. Und du tust mir weh.«

»Ich habe dir noch nie wehgetan.« Tyler lockerte seinen Griff. »Vielleicht ist das ein Teil des Problems. Hast du dich jemals gefragt, warum du eigentlich immer an dieselbe Sorte Männer gerätst?«

»Nein.« Sie reckte ihr Kinn.

»Ältere Männer. Aalglatte Männer. Männer, die aus der Tür gleiten, wenn du ihnen einen Tritt gibst. Ich bin nicht glatt, Sophie, und ich gleite auch nicht.«

»Dann wirst du dir den Hintern verbrennen.«

»Kann sein.« Lächelnd zog er sie hoch. »Ich gehe nicht fort, Sophie, ich bleibe da. Und du denkst besser einmal darüber nach.« Er ließ sie los und trat zur Tür. »Ich komme nachher zurück.«

Stirnrunzelnd rieb sie sich die Arme. Der blöde Bastard hat mir wahrscheinlich blaue Flecken verpasst, dachte sie. »Meinetwegen brauchst du dich nicht zu beeilen.«

Sie wollte sich wieder hinsetzen, überlegte es sich aber anders und versetzte dem Schreibtisch einen wütenden Tritt. Danach fühlte sie sich ein bisschen besser.

Warum tat dieser Mann bloß nie das, was sie von ihm erwartete? Sie hatte sich vorgestellt, dass er sich kurz über ihren Arbeitsbereich informieren und dann wieder zurückziehen würde, weil die ganze Öffentlichkeitsarbeit ihn zu Tode langweilte. Aber er war dabeigeblieben, und bei dem Gedanken versetzte Sophia dem Schreibtisch noch einen Tritt.

Wir haben großartigen Sex miteinander gehabt, dachte sie und hob den Stuhl auf. Auch in diesem Bereich hatte sie erwartet, dass er sich wieder abkühlen würde. Aber nein.

Womöglich stimmte es, dass sie ein wenig besorgt war, weil auch sie keine Anstalten machte, sich abzukühlen? Sie war an bestimmte Muster in ihrem Leben gewöhnt. Wer war das nicht? Sie hatte nie vorgehabt, ernsthafte Gefühle für Tyler MacMillan zu entwickeln.

Und es machte sie wütend, zu erkennen, dass es doch so war.

Und bei allem Übel durchschaute er sie auch noch. Sophia war sauer, fühlte sich betrogen, verletzt und wünschte, Tyler wäre in Kalifornien geblieben – weil sie ihn nämlich so dringend an ihrer Seite brauchte. Damit sie sich bei ihm anlehnen konnte.

Sie würde sich aber nicht anlehnen. Ihre Familie war ein einziges Chaos. Das Unternehmen steckte in Schwierigkeiten. Und der Mann, der höchstwahrscheinlich ihr Stiefvater werden würde, lag mit einem Einschussloch in der Schulter nebenan.

War das nicht genug, worüber sie sich Gedanken machen musste? Musste sie da auch noch über ihre Bindungsangst nachdenken?

Eigentlich hatte sie ja gar keine Bindungsangst. Genau. Und wenn doch, dachte Sophia und setzte sich wieder, dann werde ich eben später darüber nachdenken.

David schlief zwei Stunden lang, und als er aufwachte, fühlte er sich wie ein Mann, der angeschossen worden war. Allerdings wie einer, der überlebt hatte. Und während er jetzt am Tisch saß und mit Minestrone gefüttert wurde, fand er, er könne eigentlich wieder anfangen zu denken.

»Du hast schon wieder etwas Farbe«, sagte Sophia.

»Der größte Teil meines Gehirns auch.« Jedenfalls so viel, dass er merkte, dass sie ihre Suppe gar nicht aß, sondern nur damit herumspielte. »Möchtest du es mir erzählen?«

»Ich kann dir sagen, was geschehen ist und was ich weiß. Aber ich glaube, all deine Gedächtnislücken kann ich nicht füllen. Sie suchen nach Donato – nicht nur die Polizei, sondern auch ein Privatdetektiv, den meine Großeltern angeheuert haben. Sie haben Gina verhört. Man hat mir erzählt, sie sei hysterisch geworden und behaupte, überhaupt nichts zu wissen. Ich glaube ihr sogar. Wenn sie etwas wüsste und Don sie und die Kinder in dieser Situation sitzen gelassen hätte, würde sie Himmel und Hölle in Bewegung setzen, um ihm Schwierigkeiten zu bereiten. Sie konnten die Frau, mit der er zusammen ist, nicht ausfindig machen. Wenn er sie liebt, wie er mir gesagt hat, hat er sie wahrscheinlich mitgenommen.«

»Hart für Gina.«

»Ja.« Sophia stand auf, weil sie keine Lust mehr hatte, so zu tun, als äße sie etwas. »Stimmt. Ich habe Don immer ganz gern gemocht. Gina konnte ich kaum ertragen und auch für ihren Nachwuchs habe ich nichts empfunden. Jetzt ist sie von ihrem fremdgehenden, kriminellen und vielleicht sogar mörderischen Ehemann verlassen worden. Und ... ver dammt, ich fühle trotzdem nicht mit ihr. Ich kann es einfach nicht.«

»Immerhin ist es möglich, dass sie mit ihren Ansprüchen Don zu den Betrügereien verleitet hat.«

»Selbst wenn, ist er verantwortlich für seine Handlungen. Es geht auch nicht nur darum. Ich kann sie einfach nicht ausstehen. Ich bin eine schreckliche Person. Aber genug von mir.«

Sie ergriff ein Stück Brot und knabberte daran, während sie im Zimmer hin und her ging. »Man nimmt an, dass Don Geld aus dem Unternehmen auf die Seite geschafft hat. Es reicht wahrscheinlich für eine Weile, aber um ehrlich zu sein, halte ich ihn nicht für clever genug, als dass er sich lange verstecken kann.«

»Der Meinung bin ich auch. Jemand hat ihm bei den Betrügereien geholfen.«

»Mein Vater.«

»Nur bis zu einem gewissen Punkt«, erwiderte David und sah sie an. »Nach seinem Tod war es vielleicht Margaret. Aber wenn sie überhaupt daran beteiligt waren, dann war ihr Anteil minimal. Ich bin jedenfalls davon überzeugt, dass sie keine tragenden Rollen spielten.«

Sophia schwieg. »Du meinst, sie wurden auch missbraucht?«

»Ich meine, dein Vater hat sich einfach nur umgetan. Und Margaret war gerade erst dabei, sich zu arrangieren.«

»Und dann wurde sie umgebracht«, sagte Sophia leise. »Und mein Vater wurde auch umgebracht. Da könnte sich alles irgendwie wieder treffen.«

»Möglich. Aber so gerissen und vorausplanend ist Don nicht, er konnte nicht etwas entwickeln, das jahrelang an der Rechnungsabteilung bei Giambelli vorbeiläuft. Er war der Handlanger, der mit den Verbindungen innerhalb des Unternehmens. Aber der Drahtzieher war ein anderer. Vielleicht die Geliebte«, fügte David achselzuckend hinzu.

»Vielleicht. Sie werden ihn finden. Entweder sonnt er sich an irgendeinem tropischen Strand oder er ist im Meer ertrunken. In der Zwischenzeit setzen wir hier die Puzzleteile zusammen.«

Sophia setzte sich wieder. »Donato wäre übrigens in der Lage gewesen, den Wein zu vergiften, oder er hat jemanden angeheuert, um ihn vergiften zu lassen.«

»Ich weiß.«

»Aber ich habe Schwierigkeiten mit dem Motiv. Rache? Warum soll er das Ansehen und damit die finanzielle Sicherheit des Unternehmens schädigen, das ihn ernährt? Und würde er etwa sogar dafür töten?«

Sophia schwieg und musterte Davids bandagierten Arm. »Nun ja, er hat uns deutlich gezeigt, dass er mit kriminellen Handlungen keine Probleme hat. Rein theoretisch käme er also für die Verbrechen als Täter in Betracht.« Sie presste sich die Finger auf die Schläfen. »Er hat womöglich meinen Vater getötet. René ist eine kostspielige Frau, und Dad brauchte viel Geld. Er wusste, dass er bei Giambelli rausfliegen würde. Die Brücken zu Mama hatte er abgebrochen, und ich habe ihm klar gemacht, dass unsere Beziehung auch auf wackeligen Füßen steht.«

»Er war für seine Handlungen selbst verantwortlich, Sophia.« David wiederholte ihre eigenen Worte.

»So weit bin ich auch schon. Oder jedenfalls ziemlich nahe dran. Und ich kann mir vorstellen, wie seine Handlungen und Entscheidungen ausgesehen haben. Möglicherweise hat er Don immer mehr bedrängt, wollte einen größeren Anteil, was auch immer. Es hätte ihm ähnlich gesehen, jemanden zu erpressen – auf kultivierte Art natürlich. Vielleicht hat er ja von dem vergifteten Wein gewusst, von dem armen *Signore* Baptista. Und auch Margaret war Don im Weg, weil sie mehr wollte, oder weil er Angst hatte, sie würde alles herausfinden. Und du warst dran, als er keinen anderen Ausweg mehr gesehen hat.«

»Was gab es für einen Grund, die Unterlagen zu stehlen?«

»Ich weiß nicht, David. Vielleicht hat er ja nicht mehr rational gedacht. Vermutlich dachte er, wenn du tot wärst und er die Unterlagen hätte, wäre alles gut. Aber du bist nicht tot, und es muss ihm schon durch den Kopf gegangen sein, dass die Unterlagen ihn nicht an den Galgen bringen, sondern dass er sich schon selbst gehängt hat. Und jetzt müssen wir einen weiteren Albtraum mit der Presse durchstehen. Hast du eigentlich jemals daran gedacht, uns zu verlassen und wieder zu Le Coeur zurückzugehen?«

»Unsinn. Sophia, warum versuchst du eigentlich nicht mal, das Brot zu essen, statt es zu zerkrümeln?«

»In Ordnung, Daddy.« Sie zuckte zusammen, weil ihre Stimme so bockig klang. »Tut mir Leid. Jetlag und die typische Ungezogenheit. Soll ich nicht schon für dich packen? Da du darauf bestehst, nach Hause zu fliegen statt dich weiterhin an meiner prickelnden Gesellschaft zu erfreuen, wirst du morgen früh den ersten Flug nehmen.«

Er schwitzte wie ein Schwein. Die Terrassentüren standen weit offen, und die kühle Luft, die vom Lago di Como heraufkam, wehte ins Zimmer. Aber er schwitzte trotzdem, auch wenn es kalter Schweiß war.

Er hatte gewartet, bis seine Geliebte eingeschlafen war. Dann war er leise aufgestanden und in den angrenzenden Salon gegangen. Er hatte nicht gekonnt heute Abend, aber sie hatte so getan, als wenn es keine Rolle spielte. Wie sollte ein Mann in einer solchen Situation auch eine Erektion bekommen?

Vielleicht spielte es wirklich keine Rolle. Seine Geliebte war ganz begeistert über die Reise gewesen, darüber, dass er sie in dieses elegante Hotel am See mitgenommen hatte, etwas, das er ihr schon Dutzende Male versprochen und nie wahr gemacht hatte. Er hatte ein Spiel inszeniert, hatte ihr eine große Summe Geld gegeben, damit sie das Zimmer bezahlen konnte. Man kenne ihn dort nicht, hatte er gesagt, und er wolle auch, dass es so bliebe. Was sollte er tun, wenn ihn dort jemand mit einer anderen Frau als seiner eigenen sah?

Er fand, dass das clever gewesen war. Sehr clever. Fast hatte er selbst an ein Spiel geglaubt. Bis er die Zeitungsartikel sah. *Sein Gesicht* sah. Er konnte nur dankbar sein, dass sich seine Geliebte im Salon aufgehalten hatte, und es ihm ein Leichtes gewesen war, sie von den Zeitungen und vom Fernseher fern zu halten.

Aber sie konnten nicht bleiben. Irgendjemand würde ihn sehen und wiedererkennen.

Er brauchte Hilfe, und er kannte nur eine Quelle.

Seine Hände zitterten, als er New York wählte. »Ich bin es, Donato.«

»Das habe ich erwartet.« Jerry blickte auf die Uhr und rechnete nach. Giambelli hat die üblichen Schweißausbrüche um drei Uhr morgens, dachte er. »Du warst ja sehr beschäftigt, Don.«

»Sie glauben, ich habe auf David Cutter geschossen.«

»Ja, ich weiß. Was hast du denn gedacht?«

»Ich war ... ich habe nicht auf ihn geschossen!« Sein Englisch ließ ihn im Stich. »*Dio*. Du hast mir gesagt, ich soll so schnell wie möglich aus Venedig verschwinden, als ich dir erzählt habe, was Cutter gesagt hat. Das hab ich auch getan. Ich bin noch nicht einmal mehr nach Hause zu meiner Familie gegangen. Ich kann es beweisen«, flüsterte er verzweifelt. »Ich kann beweisen, dass ich nicht in Venedig war, als man auf ihn geschossen hat.«

»Ach ja? Ich weiß nicht, was du damit erreichen willst, Don. Ich habe gehört, du hättest einen bezahlten Mörder engagiert.«

»Jemanden engagiert ... Was soll das denn? Sie behaupten, ich hätte jemanden engagiert, der auf ihn schießt? Aus welchem Grund denn? Der Schaden war doch schon passiert. Das hast du selbst gesagt.«

»Ich sehe das so ...« Oh, es wird immer besser, dachte Jerry. Besser, als er es sich jemals vorgestellt hatte. »Du hast zwei Menschen umgebracht, wahrscheinlich sogar drei, mit Avano. Und dann David Cutter«, fuhr er fort, amüsiert über Donatos panisches Gestotter. »Was bedeutet schon einer mehr? Du bist hinüber, Kumpel.«

»Ich brauche Hilfe! Ich muss das Land verlassen. Ich habe Geld, aber nicht genug. Ich brauche einen ... einen ... einen Pass. Einen neuen Namen, ein anderes Gesicht.«

»Das hört sich alles sehr vernünftig an, Don. Aber warum erzählst du es mir?«

»Du kannst diese Dinge beschaffen.«

»Du überschätzt meinen Einfluss und mein Interesse an dir. Wir wollen dieses Gespräch als Verschlechterung unserer Geschäftsverbindung betrachten.«

»Das kannst du nicht tun! Wenn sie mich kriegen, bist du auch dran!«

»Oh, das glaube ich nicht. Es gibt keine Verbindung zwischen uns. Dafür habe ich gesorgt. Sobald ich den Hörer aufgelegt habe, werde ich die Polizei anrufen und sagen, du hättest Kontakt zu mir aufgenommen, und ich hätte versucht, dich davon zu überzeugen, dass du dich selbst stellen musst. Es dauert wahrscheinlich nicht allzu lange, bis sie diesen Anruf zu dir zurückverfolgt haben. Das ist unter den gegebenen Umständen eine faire Warnung. Wenn ich du wäre, würde ich so schnell wie möglich verschwinden.«

»Nichts von all dem hätte passieren müssen – es war alles deine Idee!«

»Ich stecke eben voller Ideen.« Gelassen betrachtete Jerry seine Fingernägel. »Aber du wirst zugeben müssen, dass ich nie jemanden umgebracht habe. Sei schlau, Don, wenn das möglich ist. Hau ab.«

Er legte auf, schenkte sich ein Glas Wein ein und zündete sich eine Zigarre an. Dann griff er wieder zum Hörer und rief die Polizei an.

24

Mit einer Mischung aus Bedauern und Erleichterung sah David Venedig verschwinden.

»Es gibt überhaupt keinen Grund dafür, dass Sie sich so früh aus dem Bett quälen und mich zum Flughafen begleiten«, sagte er zu Tyler, während sich das Wassertaxi einen Weg durch den frühmorgendlichen Verkehr bahnte. »Ich brauche keinen Babysitter.«

»Diesen Satz höre ich in der letzten Zeit häufiger.« Tyler trank einen Schluck Kaffee und zog fröstelnd die Schultern zusammen. »Er geht mir langsam auf die Nerven.«

»Ich weiß auch allein, wie man ein Flugzeug besteigt.«

»Aber die Abmachung lautet: Ich setze Sie hier in den Flieger, und in Amerika werden Sie abgeholt. Damit müssen Sie sich abfinden.«

David blickte ihn forschend an. Tyler war unrasiert und sah missmutig aus. Irgendwie hellte es Davids Laune auf. »Schlecht geschlafen?«

»Ich habe schon besser geschlafen.«

»Sie finden doch allein wieder zurück? Ihr Italienisch ist ziemlich begrenzt, oder?«

»Idiot.«

David lachte und bewegte vorsichtig seine Schulter. »Jetzt geht es mir wieder besser. Macht Sophia Ihnen das Leben schwer?«

»Sie macht mir seit zwanzig Jahren das Leben schwer. Ich habe schon lange aufgehört, mir davon einen einzelnen Tag verderben zu lassen.«

»Wenn ich Ihnen einen Rat gebe, werfen Sie mich dann über Bord? Denken Sie daran, ich bin verletzt.«

»Ich brauche keine Ratschläge, wenn es um Sophia geht.« Dennoch blickte Tyler David fragend an. »Was für einen Rat denn?«

»Bleiben Sie dran. Ich glaube, es hat sie noch nie jemand bedrängt. Jedenfalls kein Mann. Wenn sie Sie deswegen nicht umbringt, gehört sie Ihnen.«

»Danke, aber vielleicht will ich sie ja gar nicht.«

David lehnte sich zurück und genoss die Fahrt. »O doch.« Er schmunzelte. »Sie wollen sie.«

Ja, gab Tyler zu. Er wollte sie. Deshalb riskierte er es auch, dass sie wütend wurde. Sie mochte nicht, wenn jemand ihre Sachen anfasste. Sie konnte es nicht leiden, wenn man ihr sagte, was sie tun sollte, selbst wenn – nein, korrigierte er sich, während er ihr kleines, mobiles Büro zusammenpackte –, *vor allem*, wenn es zu ihrem Besten war.

»Was, zum Teufel, tust du da?«

Er blickte auf. Sophia war in der Tür erschienen, noch feucht vom Duschen und blitzend vor Zorn. »Ich packe deine Satteltaschen, Partner. Wir reiten aus.«

»Lass deine Finger von meinen Sachen!« Sie stürmte ins Zimmer, ergriff ihren Laptop und drückte ihn an sich wie ein geliebtes Kind. »Ich gehe nirgendwohin. Ich bleibe hier.«

»Ich fahre zum *Castello* zurück und du kommst mit. Gibt es irgendeinen Grund, warum du da nicht arbeiten kannst?«

»Ja, einige.«

»Und die wären?«

Sie drückte ihren Computer noch fester an sich. »Mir fallen schon noch welche ein.«

»Während du darüber nachdenkst, kannst du deine anderen Sachen zusammenpacken.«

»Ich habe gerade erst ausgepackt.«

»Dann weißt du bestimmt noch, wo alles hingehört.« Mit dieser unbestreitbar logischen Erwiderung verließ Tyler das Zimmer.

Die Situation machte sie wütend. Er hatte sie in einem Moment erwischt, indem ihr Gehirn nach einer schlaflosen Nacht noch nicht funktionierte. Es ärgerte sie, weil sie selbst vorgehabt hatte, nach Norden zu fahren und zumindest ein oder zwei Tage im *Castello* zu arbeiten.

Und es ärgerte sie auch, dass sie einsehen musste, wie albern es von ihr war, während der ganzen Fahrt stumm und schmollend neben ihm zu sitzen.

Doch ihm machte es offenbar überhaupt nichts aus.

»Wir nehmen getrennte Schlafzimmer«, verkündete sie. »In diesem Bereich unserer Beziehung sollten wir langsam mal die Bremse anziehen.«

»Okay.«

Sophia hatte schon den Mund aufgemacht, um Tyler weiter zu reizen, doch dass er so lieblos zustimmte, machte sie sprachlos. »Okay«, brachte sie hervor. »Gut.«

»Hier ist das Wachstum schon Wochen weiter als bei uns zu Hause. Sieht so aus, als hätten sie schon die neuen Stöcke gesetzt. Ich habe gestern mit dem Vorarbeiter geredet. Er hat gesagt, das Wetter sei gut gewesen, seit Wochen habe es schon keinen Frost mehr gegeben, und die Blüte muss jeden Tag beginnen. Wenn es während der Blüte weiter warm bleibt, bekommen wir einen normalen Ansatz. Oh, das ist die Umwandlung der Blüte in die Traube.«

»Ich weiß, was ein normaler Ansatz ist«, sagte Sophia mit zusammengebissenen Zähnen.

»Ich mache nur Konversation.«

Ty bog von der Autobahn ab und fuhr durch die sanften Hügel. »So ein hübsches Land! Es ist schon ein paar Jahre her, seit ich das letzte Mal hier war. So früh im Jahr habe ich es sogar noch nie gesehen.«

Sophia ging es anders, aber sie hatte es beinahe schon vergessen: das ruhige Grün der Hügel, der hübsche Kontrast der farbigen Häuser, die langen, schmalen Reihen der Weinstöcke ... Felder voller Sonnenblumen, die auf den Sommer warteten, und die fernen Berge, die sich vor einem blauen Himmel erhoben.

Die Menschenmengen in Venedig, das geschäftige Treiben in Mailand waren hier meilenweit entfernt. Dies hier war das kleine Herz Italiens.

Die hiesigen Weinberge waren die Wurzeln ihres Schicksals; sie hatten es bestimmt, seit Cesare Giambelli seine erste Reihe pflanzte. Von einem einfachen Traum zu einem großen Plan, dachte sie. Von einem kleinen Unternehmen zu einem internationalen Imperium.

Und jetzt, wo es bedroht war – wen wunderte es, dass sie es mit allen Mitteln verteidigte, die ihr zur Verfügung standen?

Sie entdeckte das Weingut, das ursprüngliche Steingemäuer und die verschiedenen Anbauten. Ihr Ur-Urgroßvater hatte die ersten Steine gesetzt. Sein

Sohn hatte weitere hinzugefügt und dann die Tochter seines Sohnes. Eines Tages, dachte sie, werde ich vielleicht weiter daran bauen.

Den Gipfel des Hügels aber beherrschte das *Castello*. Mit seiner Säulenfassade, den Balkonen, den hohen Fenstern stand es prächtig und verkörperte die Vision eines starken Mannes.

Er hätte gekämpft, dachte sie, und zwar nicht nur wegen des Profits. Er hätte um das Land gekämpft, um den Namen. Hier wurde ihr das auf einmal viel klarer als zu Hause. Hier, wo ein Mann sein Leben in die Hand genommen und dadurch ihres geprägt hatte.

Tyler stellte das Auto vor dem Haus ab. »Tolles Haus«, sagte er nur und stieg aus dem Wagen.

Sophia folgte ihm langsam und nahm den Anblick in sich auf. Tief atmete sie die Luft ein. Weinreben wucherten dekorativ über Mosaikfliesen. Ein alter Birnbaum stand in voller Blüte, und ein paar seiner Blütenblätter waren bereits abgefallen und lagen wie Schnee auf dem Boden. Plötzlich erinnerte sie sich an den Geschmack der Früchte, süß und intensiv, und wie ihr als Kind immer der Saft übers Kinn gelaufen war, wenn sie mit ihrer Mutter durch die Reihen lief.

»Du wolltest, dass ich das spüre«, stellte sie fest und wandte sich zu Tyler. »Hast du etwa gedacht, ich würde es nicht spüren?« Sie presste sich die Faust aufs Herz. »Hast du gedacht, ich hätte es nicht schon vorher gespürt?«

»Sophie.« Er stützte sich auf die Motorhaube. »Ich glaube, dass du alles Mögliche spürst. Aber ich weiß auch, dass man manche Gefühle bei all den Sorgen und den, nun ja, den alltäglichen Problemen zuschütten kann. Wenn man sich zu sehr auf die alltäglichen Probleme konzentriert, entgeht einem das große Bild.«

»Deshalb hast du mich also aus dem Penthouse in Venedig herausgelockt, damit ich das große Bild sehe.«

»Zum Teil. Es ist Blütezeit, Sophie. Was auch sonst noch los sein mag – es ist Blütezeit! Und die wirst du doch nicht verpassen wollen.«

Er trat zum Kofferraum und öffnete ihn.

»Ist das eine Metapher?«, fragte sie, während sie neben ihn trat und Tyler beiseite drängte, um ihren Laptop selbst herauszuholen.

»Ich bin bloß ein Bauer. Was weiß ich schon von Metaphern?«

»Nur ein Bauer, du meine Güte!« Sie schlang sich den Riemen des Laptops über die Schulter und griff nach ihrer Aktentasche.

Tyler zog seinen Koffer heraus und musterte dann ihren voller Abscheu. »Warum ist dein Koffer zweimal so groß wie meiner und dreimal so schwer? Ich bin doch viel größer als du.«

»Weil –«, sie klimperte mit ihren Wimpern – »ich ein Mädchen bin. Wahrscheinlich sollte ich mich bei dir entschuldigen, dass ich so gemein zu dir war.«

»Warum?« Er hievte ihren Koffer heraus. »Du würdest es ja doch nicht so meinen.«

»In gewisser Weise würde ich es ehrlich meinen. Komm, ich helfe dir.« Sophia ergriff ihren kleinen Kosmetikkoffer und ging langsam auf das Haus zu.

Pilar öffnete der Polizei die Haustür. Zumindest dieses Mal hatte sie die Beamten erwartet. »Detective Claremont, Detective Maguire, danke, dass Sie gekommen sind.«

Sie führte sie in den Salon.

»Ein wunderschöner Tag für eine Autofahrt«, begann sie die Unterhaltung. »Aber ich weiß, dass Sie beide sehr beschäftigt sind, deshalb bin ich Ihnen besonders dankbar, dass Sie sich die Mühe gemacht haben, hierher zu kommen.«

Pilar hatte schon Kaffee und Kekse bereitgestellt und trat zum Servierwagen, sobald die Polizisten sich gesetzt hatten. Claremont und Maguire wechselten hinter ihrem Rücken einen Blick, und Maguire zuckte mit den Schultern.

»Was können wir für Sie tun, Mrs. Giambelli?«

»Ich hoffe, Sie können mich beruhigen. Was eigentlich nicht Ihre Aufgabe ist.« Pilar schenkte den Kaffee ein und beeindruckte Maguire damit, dass sie noch wusste, wie sie ihn nahmen.

»In welcher Hinsicht möchten Sie denn beruhigt werden?«, fragte Claremont.

»Ich weiß, dass Sie und Ihre Abteilung mit den italienischen Behörden in Kontakt stehen.« Pilar setzte sich ebenfalls, rührte aber ihren Kaffee nicht an. Sie war schon nervös genug. »Wie Sie vielleicht wissen, verfügt meine Mutter dort über einen gewissen Einfluss. Lieutenant DeMarco hat ihr so viele Informationen wie möglich gegeben. Ich weiß, dass mein Cousin gestern Jeremy DeMorney angerufen hat, und dass Jerry die New Yorker Polizei von dem Anruf unterrichtet hat. Jerry hat sogar meinen Stiefvater angerufen, um es ihm selbst mitzuteilen.«

»Wenn Sie so gut informiert sind, wüsste ich nicht, was wir Ihnen noch sagen könnten.«

»Detective Claremont, es geht um meine Familie.« Pilar machte eine kleine Pause. »Ich weiß, dass die Behörden den Anruf an den Lago di Como zurückverfolgen konnten. Ich weiß auch, dass mein Cousin bereits weg war, als die Polizei dort ankam, um ihn zu verhaften. Ich frage Sie, ob Ihrer Meinung nach mein Cousin meinen ... Anthony Avano umgebracht hat.«

»Mrs. Giambelli.« Maguire stellte ihre Kaffeetasse ab. »Es ist nicht unsere Aufgabe, Vermutungen zu äußern. Wir sammeln Beweise.«

»Sie und ich haben jetzt schon seit Monaten miteinander zu tun. Sie kennen mein Leben, viele persönliche Details. Ich verstehe zwar, dass Ihre Arbeit eine gewisse professionelle Distanz erfordert, aber ich möchte Sie trotzdem um ein wenig Mitgefühl bitten. Es ist möglich, dass sich Donato noch in Italien befindet. Meine Tochter ist ebenfalls in Italien, Detective Maguire. Ein Mann, den ich sehr gern habe, wurde fast getötet. Der Mann, mit dem ich mein halbes Leben lang verheiratet war, ist tot. Mein einziges Kind ist sechstausend Meilen weit entfernt. Bitte helfen Sie mir.«

»Mrs. Giambelli ...«

»Alex«, unterbrach Maguire ihn, bevor er weiterreden konnte. »Es tut mir Leid, Pilar, ich kann Ihnen nicht das sagen, was Sie hören möchten. Ich weiß die Antwort einfach nicht. Sie kennen Ihren Cousin besser als ich. Erzählen Sie mir von ihm.«

»Ich habe die ganzen letzten Tage über ihn nachgedacht«, begann Pilar. »Ich wünschte, ich könnte sagen, wir wären uns sehr nahe und ich verstünde ihn aus ganzem Herzen. Aber das ist nicht der Fall. Vor einer Woche hätte ich noch gesagt, dass Donato zu solchen Taten nicht fähig ist. Er ist ein bisschen dumm, aber er hat einen guten Charakter. Jetzt gibt es jedoch keinen Zweifel mehr, dass er ein Dieb ist, dass er und der Mann, mit dem ich verheiratet war, gemeinsam die Frau bestohlen haben, die ihren Lebensunterhalt sicherte.«

Pilar ergriff ihre Kaffeetasse, nur um etwas in der Hand zu halten. »Und er hat auch mich bestohlen. Und meine Tochter. Aber selbst unter dieser Voraussetzung kann ich mir nicht vorstellen, dass Donato im Wohnzimmer meiner Tochter einem Mann gegenübergesessen hat, den er seit Jahren kannte, und ihn umgebracht hat. Ich sehe keine Pistole in Dons Händen. Ich weiß nicht, ob das daran liegt, dass sie nicht dorthin gehört, oder weil ich einfach nur den Gedanken nicht ertragen kann.«

»Sie haben Angst, dass er sich an Ihre Tochter heranmacht. Aber er hat keinen Grund dazu.«

»Wenn er all diese Dinge getan hat, ist dann nicht die Tatsache, dass sie auf der Welt ist, Grund genug?«

In ihrem Büro, hinter geschlossener Tür, wütete Kris Drake vor sich hin. Die Giambellis, angeführt von dieser kleinen Schlampe Sophia, versuchten immer noch, sie zu ruinieren, jagten ihr die Polizei auf den Hals. Sie schlug sich wütend mit der Faust in die Handfläche. Das würden sie büßen. Sie dachten wohl, sie könnten ihr den Mord an Tony anhängen oder sie mit dem vergifteten Wein in Verbindung bringen und dem kleinen Unfall des großartigen Mr. Cutter in Venedig!

Zitternd vor Wut öffnete Kris eine Pillenflasche und schluckte einen Tranquilizer.

Sie konnten ihr nicht nachweisen, dass sie Sophia auf die Terrasse gestoßen hatte. Sie konnten ihr überhaupt nichts nachweisen. Was war schon dabei, dass sie mit Tony geschlafen hatte? Das war kein Verbrechen. Er war gut zu ihr gewesen, hatte sie geschätzt, hatte verstanden, wer sie war und was sie wollte.

Er hatte ihr Versprechungen gemacht. Versprechungen, die er wegen der Giambelli-Schlampen nicht hatte einhalten können. Dieser lausige Betrüger, dachte sie voller Zuneigung. Sie wären ein gutes Team gewesen, wenn er auf sie gehört hätte. Wenn er sich von dieser Nutte nicht zur Heirat hätte überreden lassen.

Aber nur die Giambellis waren an allem schuld, rief sich Kris ins Gedächtnis. Sie hatten dafür gesorgt, dass auch diese Schlampe René Foxx von ihr erfuhr. Und jetzt stand ihr Name überall in der Zeitung, und sie erntete höhnische Blicke von ihren Kollegen.

Genauso, wie es bei Giambelli gewesen war.

Sie war in ihrem Job zu weit gekommen und hatte zu hart gearbeitet, um jetzt zuzulassen, dass diese italienischen Grazien ihre Karriere ruinierten. Ohne Jerrys Hilfe wäre sie bestimmt schon gescheitert. Aber Gott sei Dank stand er hinter ihr. Er verstand, dass sie ein Opfer, eine Zielscheibe war.

Sie war ihm die internen Informationen, die sie weitergab, *schuldig*. Sollten die Giambellis sie doch vor Gericht zerren! Le Cœur würde schon für sie kämpfen. Das hatte Jerry von Anfang an ganz deutlich gemacht. Sie wurde hier geschätzt.

Le Coeur würde ihr alles geben, was sie jemals gewollt hatte: Ansehen, Macht, Status, Geld. Wenn sie vierzig war, würde sie zu den hundert Top-Frauen im Business gehören. Sie würde Managerin des Jahres sein.

Und nicht, weil ihr das jemand in die Wiege gelegt hatte, sondern weil sie es sich verdient hatte.

Aber das war nicht genug. Nicht genug Entschädigung für das Polizeiverhör, für das Geschmiere der Presse, für die Seitenhiebe, die sie bei Giambelli hatte einstecken müssen.

Giambelli wird untergehen, dachte sie. Und sie verfügte über Mittel, um die Familie während ihres Sturzes zum Zittern zu bringen.

Es war ein langer Flug über den Ozean und den Kontinent. David schlief die meiste Zeit, und als er seine Lebensgeister mit einem Kaffee wieder erweckt hatte, rief er zu Hause an. Er erreichte zwar Eli und ließ sich von ihm berichten, was in Italien seit seiner Abreise passiert war, aber es enttäuschte ihn, dass er weder Pilar noch seine Kinder ans Telefon bekommen konnte.

Er wollte dringend nach Hause, und nachdem er auf dem Flughafen von Napa gelandet war, grauste ihm selbst vor der kurzen Fahrt bis zum Haus.

Er überquerte die Rollbahn, wo sein Fahrer auf ihn warten sollte.

»Dad!«

Theo und Maddy sprangen aus der Limousine. David ließ seine Aktentasche fallen und stürzte auf sie zu. Mit seinem gesunden Arm umschlang er Maddy, und ein heftiger Schmerz durchfuhr ihn, als er versuchte, auch Theo zu umarmen.

»Tut mir Leid, hab einen kranken Flügel.«

Als Theo ihm einen Kuss gab, war David überrascht und erfreut. Er konnte sich nicht daran erinnern, wann ihn der Junge, dieser junge Mann zum letzten Mal geküsst hatte. »Gott, bin ich froh, euch zu sehen!« Er drückte seine Lippen in die Haare seiner Tochter und schmiegte sich an seinen Sohn. »So froh!«

»Tu das nie wieder!« Maddy presste ihr Gesicht an seine Brust. Sie konnte ihn riechen, konnte spüren, wie sein Herz schlug. »Nie wieder!«

»Einverstanden. Weine nicht, Baby. Jetzt ist ja alles in Ordnung.«

Aus Angst, dass er auch anfangen würde zu weinen, zog sich Theo zurück und räusperte sich. »Also, hast du uns was mitgebracht?«

»Hast du schon mal was von Ferrari gehört?«

»Ach du Scheiße, Dad! Ich meine ... wow!« Theo blickte zum Flugzeug, als erwarte er, dass jeden Moment ein schnittiger italienischer Sportwagen ausgeladen würde.

»Ich habe nur gefragt, ob du schon einmal was davon gehört hast. Aber es ist mir gelungen, für euch ein paar Dinge zu besorgen, die in meine Koffer passen. Sie stehen dort drüben.« David wies mit dem Kopf in die Richtung.

»Mann!«

»Und wenn du sie wie ein guter Junge für mich schleppst, kaufen wir nächstes Wochenende ein Auto.«

Theo blieb der Mund offen stehen. »Kein Witz?«

»Keinen Ferrari, aber auch kein Witz.«

»Cool! Hey, warum hast du so lange damit gewartet, dich mal anschießen zu lassen?«

»Blödmann! Es ist schön, wieder zu Hause zu sein. Lasst uns jetzt hier ...« Er blickte zum Auto und brach ab.

Pilar stand mit wehenden Haaren neben der geöffneten Tür. Als ihre Blicke sich trafen, begann sie, auf ihn zuzugehen. Doch dann beschleunigten sich ihre Schritte.

Maddy beobachtete sie und tat ihren ersten, zögernden Schritt in Richtung Erwachsensein, indem sie zur Seite trat.

»Warum weint sie denn jetzt?«, wollte Theo wissen, als Pilar ihren Vater schluchzend umarmte.

»Frauen warten mit dem Weinen, bis alles vorbei ist, vor allem bei wichtigen Dingen.« Maddy sah zu, wie ihr Vater sein Gesicht in Pilars Haaren vergrub. »Und das hier ist wichtig.«

Eine Stunde später lag David im Wohnzimmer auf dem Sofa und trank eine Tasse Tee. Maddy saß zu seinen Füßen, den Kopf an seine Knie gelehnt, und spielte mit der Kette, die er ihr aus Venedig mitgebracht hatte. Kein Kleinmädchenzeug, dafür hatte sie ein gutes Auge, sondern richtiger Schmuck.

Theo trug immer noch seine neue Designer-Sonnenbrille und blickte ab und zu in den Spiegel, um sein cooles Aussehen zu bewundern.

»Nun, jetzt bist du ja gut versorgt. Ich muss los.« Pilar beugte sich über die Rückenlehne des Sofas und drückte ihre Lippen in Davids Haare. »Willkommen zu Hause.«

Er mochte ja behindert sein, aber sein gesunder Arm war immer noch schnell genug. Er ergriff ihre Hand. »Warum hast du es denn so eilig?«

»Du hattest einen langen Tag. Ihr beide werdet uns im großen Haus fehlen«, sagte sie dann zu Theo und Maddy. »Ich hoffe, ihr kommt auch weiterhin rüber.«

Maddy rieb ihre Wange an Davids Knie, aber sie

sah Pilar an. »Dad, hast du Mrs. Giambelli kein Geschenk aus Venedig mitgebracht?«

»Doch.«

»Na, da bin ich aber erleichtert.« Pilar drückte seine unversehrte Schulter. »Du kannst es mir morgen geben. Jetzt brauchst du Ruhe.«

»Ich hatte sechstausend Meilen lang Ruhe. Und ich kann keinen Tropfen Tee mehr trinken. Würdest du ihn bitte in die Küche bringen und mich eine Minute lang mit den Kindern allein lassen?«

»Klar. Ich rufe dich morgen an und höre, wie es dir geht.«

»Lauf nicht weg« bat er, während Pilar begann, das Geschirr auf das Tablett zu stellen. »Du sollst nur warten.«

Als sie das Zimmer verlassen hatte, wählte David seine Worte sorgfältig. »Hört zu ... Theo, setz dich bitte mal her.«

Gehorsam ließ sich Theo, der im Geiste nur noch Sportwagen sah, auf die Couch fallen. »Können wir ein Cabrio kaufen? Es wäre so cool, wenn ich mit heruntergelassenem Verdeck fahren könnte! Darauf stehen die Mädchen.«

»Du lieber Himmel, Theo!« Maddy kniete sich auf die Couch und stützte sich auf Davids Knien ab. »Du kriegst nie ein Cabrio, wenn du ihm erzählst, dass du damit Mädchen aufreißen willst. Halt doch endlich mal den Mund, damit Dad uns erzählen kann, dass er Mrs. Giambelli fragen will, ob sie ihn heiratet.«

David, der bei der ersten Hälfte ihrer Bemerkung gegrinst hatte, starrte sie mit offenem Mund an. »Woher, zum Teufel, weißt du das?«, fragte er. »Das ist ja regelrecht unheimlich.«

»Das ist nur logisch. Genau das wolltest du uns doch sagen, oder?«

»Ich wollte mit euch darüber reden. Ist das jetzt überhaupt noch nötig?«

»Dad.« Theo klopfte ihm von Mann zu Mann auf die Schulter. »Das ist cool.«

»Danke, Theo. Maddy, was sagst du dazu?«

»Wenn man eine Familie hat, muss man auch bei ihr bleiben. Manche Leute bleiben nicht ...«

»Maddy ...«

Sie schüttelte den Kopf. »Pilar wird bleiben, weil sie es will. Vielleicht ist das sogar besser.«

Wenige Minuten später brachte David Pilar am Weinberg entlang nach Hause. Langsam ging der Mond auf.

»Wirklich, David, ich kenne den Weg doch, und du solltest dich nicht in der kühlen Abendluft aufhalten.«

»Ich brauche die Luft und den Spaziergang und ein bisschen Zeit mit dir.«

»Maddy und Theo werden jetzt viel Sicherheit benötigen.«

»Und was ist mit dir?«

Sie verschränkte ihre Finger mit seinen. »Ich fühle mich schon sehr viel gefestigter. Ich hatte nicht vor, am Flughafen in Tränen auszubrechen. Ich habe mir fest vorgenommen, dass mir das nicht passiert.«

»Willst du die Wahrheit hören? Mir hat es gefallen. Es tut dem Ego eines Mannes gut, wenn eine Frau um ihn weint.«

Er zog ihre Hand an seine Lippen und küsste ihre Knöchel. »Erinnerst du dich noch an unsere erste Nacht? Wir sind uns hier draußen begegnet. Gott, warst du schön! Und wütend. Und du hast mit dir selbst geredet.«

»Ich habe heimlich eine Wutzigarette geraucht«, erinnerte sie sich. »Und es war mir sehr peinlich, dass der neue Geschäftsführer mich dabei erwischt hat.«

»Der neue, furchtbar attraktive Geschäftsführer.«

»O ja, das auch.«

David blieb stehen und umarmte sie. »Ich hätte dich schon in jener Nacht am liebsten berührt. Jetzt kann ich es zum Glück tun.« Er fuhr mit dem Finger ihre Wange entlang. »Ich liebe dich, Pilar.«

»David, ich liebe dich auch.«

»Ich habe dich vom Markusplatz aus angerufen, während im Hintergrund Musik zu hören war und das Licht schwächer wurde. Weißt du noch?«

»Natürlich. Es war der Abend, an dem du ...«

»Schscht.« Er legte ihr den Finger über die Lippen. »Dann beendeten wir das Gespräch, ich saß da und dachte an dich. Und in dem Moment wusste ich es.« Er zog die kleine Schachtel aus der Tasche.

Pilar trat einen Schritt zurück. Panik schnürte ihr die Kehle zu. »O David. Warte.«

»Weise mich bitte nicht ab. Sei nicht wie immer rational oder vernünftig. Heirate mich einfach.« Er fummelte einen Augenblick an dem Schächtelchen herum, dann stieß er ein frustriertes Lachen aus. »Ich kann die verdammte Schachtel nicht öffnen. Hilfst du mir mal?«

Das Sternenlicht glitzerte auf seinem Haar, helles Silber auf tiefem Gold. Seine Augen waren dunkel und voller Liebe. Die Luft roch leicht nach Jasmin und frühen Rosen. Alles ist so perfekt, dachte sie. So perfekt, dass es sie erschreckte.

»David, wir waren beide schon einmal an diesem Punkt, wir wissen beide, dass es nicht immer funktioniert. Deine Kinder sind noch nicht erwachsen, und sie sind schon einmal verletzt worden.«

»Gemeinsam waren wir noch nicht an diesem Punkt, und wir wissen beide, dass es für eine Ehe zwei Menschen braucht, die *wollen*, dass sie funktioniert. Du wirst meine Kinder nicht verletzen, weil du, wie meine seltsame, wundervolle Tochter mir gerade gesagt hat, nicht bleiben wirst, weil du es *musst*, sondern weil du es willst. Und das ist besser.«

Der Knoten in Pilars Hals löste sich. »Das hat sie gesagt?«

»Ja. Und Theo, der ja eher ein wortkarger Kerl ist, hat einfach nur gemeint, es sei cool.«

Tränen stiegen ihr in die Augen, aber sie blinzelte sie fort. Sie musste einen klaren Blick behalten. »Du willst ihm schließlich ein Auto kaufen, da sagt er alles, was du hören willst.«

»Verstehst du jetzt, warum ich dich liebe? Du hast ihn durchschaut.«

»David, ich bin fast fünfzig.«

Er lächelte nur. »Na und?«

»Und ich ...« Plötzlich kam sie sich albern vor. »Wahrscheinlich musste ich dich nur noch einmal darauf hinweisen.«

»Okay, du bist alt. Ich habe es begriffen.«

»Na ja, so viel älter als du ...« Sie brach ab und schnaubte, als er lachte. »Ach, ich kann nicht klar denken.«

»Gut, Pilar, dann lass es mich einmal so sagen. Was auch immer in deiner Geburtsurkunde steht, was auch immer du getan oder nicht getan hast – ich liebe dich. Ich möchte den Rest meines Lebens mit dir verbringen, und ich möchte, dass wir eine Familie werden. Also hilf mir jetzt, diese verdammte Schachtel zu öffnen.«

»Ja, ich mache es ja schon.« Sie hatte gedacht, ihre Hände würden zittern, aber das war nicht so. Der Druck auf ihrer Brust war verschwunden, und sie fühlte sich leicht und unbeschwert. »Er ist wunderschön.« Pilar zählte die Steine und verstand, was sie bedeuten sollten. »Er ist großartig.«

David nahm ihn aus der Schachtel und steckte ihn ihr an den Finger. »Genau das habe ich auch gedacht.«

Als Pilar ins Haus trat, kochte Eli sich gerade in der Küche Tee. »Wie geht es David?«

»Gut, jedenfalls besser, als ich gedacht hätte.« Sie fuhr mit dem Daumen über den Ring. Er fühlte sich so neu, so richtig an ihrem Finger an! »Er braucht nur noch etwas Ruhe.«

»Na ja, das geht uns wohl allen so.« Er seufzte. »Deine Mutter ist in ihr Büro gegangen. Ich mache mir Sorgen um sie, Pilar. Sie hat heute kaum etwas gegessen.«

»Ich gehe hinauf und bringe ihr einen Tee.« Sie strich ihm über den Rücken. »Wir schaffen das schon, Eli.«

»Ich weiß. Ich glaube auch daran, aber ich frage mich langsam, um welchen Preis. Teresa ist eine stolze Frau, und das Ganze trifft sie in ihrem Inneren.«

Elis Sorge übertrug sich auf Pilar. Während sie das Tablett ins Büro ihrer Mutter trug, kam ihr der Gedanke, dass sie schon zum zweiten Mal an diesem Abend jemandem Tee brachte, der ihn vermutlich gar nicht wollte.

Und trotzdem sollte es eine beruhigende Geste sein. Sie würde ihr Bestes tun.

Die Tür stand offen, und Teresa saß an ihrem Schreibtisch. Vor ihr lag ein Rechnungsbuch.

»Hallo Mama.« Pilar trat ein. »Ich wünschte, du würdest nicht so hart arbeiten. Du beschämst uns alle.«

»Ich bin nicht in der Stimmung um Tee zu trinken, Pilar, und ich möchte auch keine Gesellschaft haben.«

»Nun, ich aber.« Pilar stellte das Tablett auf den Tisch und begann, Tee auszuschenken. »David sieht bemerkenswert gut aus. Du kannst dich ja morgen selbst davon überzeugen.«

»Ich schäme mich, weil jemand aus meiner Familie so etwas getan hat.«

»Und natürlich bist *du* dafür verantwortlich. Wie immer.«

»Wer sonst?«

»Der Mann, der auf ihn geschossen hat. Ich habe früher auch immer geglaubt, ich sei für die Dinge, die Tony tat, verantwortlich.«

»Ihr wart nicht blutsverwandt.«

»Nein, aber ich habe ihn mir ausgesucht, und das ist viel schlimmer. Aber ich war nicht verantwortlich für das, was er getan hat. Wenn überhaupt, dann war ich nur verantwortlich dafür, dass ich all das zugelassen habe, was er mir und Sophia angetan hat.« Pilar trug die Teetasse zum Schreibtisch und stellte sie dort ab. »Giambelli ist mehr als ein Weinlieferant.«

»Ha! Glaubst du, das muss man mir erst sagen?«

»Ich glaube, man muss es dir jetzt sagen. Ich glaube, du musst an all das Gute erinnert werden, was im Namen des Unternehmens getan worden ist. An die Millionen von Dollar für wohltätige Zwecke, die die Familie in all den Jahren gespendet hat. Die zahllosen Familien, die vom Unternehmen leben. Alle Angestellten. Jeder von ihnen hängt von uns ab und von dem, was wir tun, Mama.«

Pilar setzte sich neben den Schreibtisch und stellte mit Befriedigung fest, dass ihre Mutter ihr aufmerksam zuhörte. »Wir arbeiten, sorgen und mühen uns. Wir tun unser Bestes und halten allen die Treue. Das hat sich nicht geändert, und das wird sich auch nie ändern.«

»War ich Donato gegenüber unfair, Pilar?«

»Du stellst dich selbst in Frage? Jetzt verstehe ich, warum Eli sich Sorgen macht. Wenn ich dir die Wahrheit sage, wirst du mir dann glauben?«

Müde stand Teresa vom Schreibtisch auf und trat ans Fenster. Wegen der Dunkelheit konnte sie die Weinberge nicht sehen, aber sie lagen ihr trotzdem vor Augen. »Warum sollte ich dir nicht glauben?«

»Du kannst sehr hart sein. Manchmal macht einem das Angst. Als ich klein war, habe ich dich durch die Reihen marschieren sehen und gedacht, du bist wie ein General aus einem meiner Geschichtsbücher. Aufrecht und streng. Ab und zu bist du stehen geblieben, hast die Weinstöcke gemustert und mit einem der Arbeiter gesprochen. Du kanntest immer ihre Namen.«

»Ein guter General kennt seine Truppen.«

»Nein, Mama, die meisten kennen sie nicht. Sie sind gesichtslos, namenlose Figuren. Das muss für den General so sein, damit er die Männer skrupellos in die Schlacht schicken kann. Du aber kanntest immer ihre Namen, weil sie dir stets etwas bedeutet haben. Sophia kennt sie auch. Das war dein Geschenk an sie.«

»Liebes, du tröstest mich.«

»Das will ich hoffen. Du warst nie unfair, weder zu Donato noch zu irgendjemand anderem. Und du bist nicht verantwortlich für die Habgier, Grausamkeit und Oberflächlichkeit derjenigen, für die die anderen nur namenlose Figuren sind.«

»Pilar ...« Teresa lehnte die Stirn gegen die Scheibe, ein so seltenes Eingeständnis der Erschöpfung, dass Pilar rasch aufstand und zu ihr eilte. »*Signore* Battista – er verfolgt mich.«

»Er würde dir nie einen Vorwurf machen. Er würde nie *La Signora* einen Vorwurf machen. Und ich glaube, er wäre enttäuscht von dir, wenn du dir selbst Vorwürfe machst.«

»Ich hoffe, du hast Recht. Vielleicht trinke ich jetzt doch einen Schluck Tee.« Teresa drehte sich um und legte ihre Hand an Pilars Wange. »Du hast ein gutes, starkes Herz. Das wusste ich schon immer. Aber du hast auch eine klarere Sicht der Dinge, als ich dir früher zugeschrieben habe.«

»Eine umfassendere, denke ich. Ich habe lange gebraucht, bis ich den Mut fand, die Scheuklappen abzulegen. Es hat mein Leben verändert.«

»Zum Guten. Ich werde immer an das denken, was du mir gesagt hast.«

Teresa wollte sich gerade wieder hinsetzen, als sie den funkelnden Ring an Pilars Finger bemerkte. Blitzschnell ergriff sie die Hand ihrer Tochter.

»Was ist das denn?«

»Es ist ein Ring.«

»Das sehe ich«, erwiderte Teresa trocken. »Aber vermutlich keiner, den du dir selbst gekauft hast, um deinen alten Schmuck zu ersetzen.«

»Nein, ich habe ihn nicht gekauft. Und er ist auch kein Ersatz. Dein Tee wird kalt.«

»Du hast diesen Ring noch nicht getragen, als du losfuhrst, um David abzuholen.«

»Offensichtlich ist mit deinen Augen noch alles in Ordnung. Na gut. Ich wollte es eigentlich zuerst Sophia erzählen, aber ... Mama, David hat mich gebeten, ihn zu heiraten. Ich habe ja gesagt.«

»Ich verstehe.«

»Ist das alles? Mehr hast du dazu nicht zu sagen?«

»Ich bin ja noch nicht fertig.« Teresa hielt Pilars Hand unter die Schreibtischlampe und betrachtete den Ring prüfend. Auch sie erkannte die Symbolik, und sie schätzte so etwas.

»Er hat dir eine Familie geschenkt.«

»Ja. Seine und meine. *Unsere.*«

»Es ist schwierig für eine emotionale Frau wie dich, eine solche Geste abzulehnen.« Teresas Finger schlossen sich fest um Pilars Hand. »Du hast mir etwas über die Dinge in meinem Herzen gesagt, und jetzt sage ich dir etwas: Schon einmal hat ein Mann dich gebeten, ihn zu heiraten. Du hast ja gesagt. Halt!« Bevor Pilar antworten konnte, hob sie den Finger. »Damals warst du noch ein Mädchen. Heute bist du eine Frau, und du hast dir einen besseren Mann gewählt. *Cara.*« Teresa umfasste Pilars Gesicht und küsste sie auf beide Wangen. »Ich bin so glücklich für dich! Und jetzt habe ich eine Frage.«

»Ja?«

»Warum hast du ihn nach Hause geschickt? Warum hast du ihn nicht mitgebracht, damit er mich und Eli um unseren Segen bittet und mit uns Champagner trinkt, wie es sich gehört? Ach was« – sie machte eine ungeduldige Handbewegung, »ruf ihn jetzt an. Sag ihnen allen, sie sollen kommen.«

»Mama, er ist müde, es geht ihm nicht gut.«

»Offensichtlich ist er nicht so müde und krank, dass er dir nicht die Haare durcheinanderbringen und dir den Lippenstift von den Lippen küssen konnte. Ruf ihn an«, befahl Teresa in einem Ton, der keinen Widerspruch duldete. »Das muss ordentlich gemacht werden, mit allen Familienmitgliedern. Wir gehen hinunter und machen eine Flasche von unserem besten Jahrgang auf. Und ruf Sophia im *Castello* an. Ich mag seine Kinder«, fügte sie hinzu, wandte sich zum Schreibtisch und schloss das Rechnungsbuch wieder weg. »Das Mädchen bekommt die Zuchtperlen meiner Mutter, und der Junge die silbernen Manschettenknöpfe meines Vaters.«

»Danke, Mama.«

»Du hast mir – nein, uns allen – einen Grund zum Feiern gegeben. Sag ihnen, sie sollen sich beeilen«, rief Teresa noch und eilte, schlank und aufrecht, hinaus, um Maria Bescheid zu sagen.

TEIL VIER

Die Frucht

Wer kauft Minutenlust um Wochenpein?
Wer gibt den Weinstock um die Traube hin?
Ein Tand für ewige Schmach hat keinen Sinn.

WILLIAM SHAKESPEARE

25

Tyler war schmutzig, der Rücken tat ihm weh und über den Knöcheln seiner linken Hand hatte er eine hässliche, schlecht versorgte Schramme.

Er war im Himmel.

Die Berge hier unterschieden sich nicht so sehr von denen in Kalifornien. Während der Boden dort kiesig war, war er hier felsig, doch er hatte auch einen genügend hohen pH-Wert, um einen vollmundigen Wein hervorzubringen.

Tyler konnte gut verstehen, warum die Wurzeln für Cesare Giambellis Traum gerade hier lagen. Diese Hügel besaßen eine raue Schönheit, die einem gewissen Typ von Mann zusagte und ihn herausforderte. Es ging nicht darum, sie zu zähmen, sondern darum, sie so anzunehmen, wie sie war.

Die Sehnsucht nach seinen eigenen Weinbergen wurde in dieser Umgebung sehr gemildert. Das Wetter war optimal, die Tage lang und mild, und der Leiter des *Castello* freute sich, die Zeit und die Kenntnisse eines weiteren Winzers in Anspruch nehmen zu können.

Und meine Arbeitskraft, dachte Tyler, während er durch die Reihen auf das Haus zuging. Er hatte die meiste Zeit dabei geholfen, neue Bewässerungsrohre für die jungen Pflanzen zu verlegen. Es war ein gutes System, gut durchdacht, und die Stunden, die er mit den Arbeitern verbracht hatte, gaben ihm die Möglichkeit, auch diesen Bereich des Unternehmens genauer kennen zu lernen.

Und die Männer beiläufig über Donato auszufragen.

Die Sprachbarriere stellte nicht so ein großes Problem dar, wie er gefürchtet hatte. Selbst die, die nicht Englisch sprachen, redeten bereitwillig. Mit Händen und Füßen und der großzügigen Hilfe verschiedener Dolmetscher bekam Tyler bald ein klares Bild vermittelt: Keiner der Feldarbeiter nahm Donato Giambelli ernst.

Als sich jetzt langsam die Schatten des Abends über die Weinberge senkten, dachte Tyler über diese Einstellung nach. Er trat in den Garten, wo die Hortensien blühten und ganze Ströme von blassrosa Impatiens sich an den Wegen zu einer Grotte entlang ergossen, in der ein Brunnen sprudelte, bewacht von Poseidon.

Ein prächtiger kleiner Palast, dachte Tyler mit Blick auf das Haus. Typisch für einen ehrgeizigen Mann mit einer fordernden Frau.

Er selbst fand es zwar für einen Besuch ganz nett, aber er konnte sich nicht vorstellen, wirklich hier zu leben, mit all diesen Dienstboten und den vielen Zimmern ... Allein zur Pflege des Grundstücks – der Park, die Rasenflächen, die Bäume, die Pools und die Statuen – brauchte man eine kleine Armee von Helfern.

Aber manche Männer liebten es ja, eine kleine Armee zur Verfügung zu haben.

Über einen mit Mosaikmauern begrenzten Weg gelangte er zu einem weiteren Swimmingpool. Von hier aus konnte er die Weinberge wieder sehen, das Herz des Königreichs. Allerdings vermochten diejenigen, die in den Weinbergen arbeiteten, nicht zu erkennen, wer sich hier aufhielt. Offenbar hatte auch

Cesare wenigstens an einigen Stellen seines Reichs eine gewisse Privatheit gesucht.

Als Tyler jetzt auf den Pool blickte, entstieg gerade – wie Venus – Sophia dem Wasser.

Sie trug einen einfachen schwarzen Badeanzug, der sich eng an ihren Körper schmiegte. Die Haare hatte sie zurückgekämmt, und an ihren Ohrläppchen glitzerte etwas, wahrscheinlich Diamanten. Wer außer Sophia würde schon mit Diamantohrringen schwimmen gehen?

Während Tyler sie beobachtete, empfand er eine unbehagliche Mischung aus Lust und Sehnsucht.

Sie war vollkommen – elegant, sinnlich und klug zugleich. Etwas in seinem Magen zog sich zusammen, und er fragte sich, ob es wohl für einen Mann noch etwas Verwirrenderes geben konnte als Vollkommenheit bei einer Frau.

Ja, stellte er fest, während er auf Sophia zutrat. Diese Frau bis zum Wahnsinn zu lieben.

»Das Wasser muss doch kalt sein.«

Sie stand ganz still und verbarg ihr Gesicht einen Moment lang im Handtuch. »Ja. Ich mag es gern kalt.« Sie legte das Handtuch beiseite und schlüpfte in einen Frotteebademantel.

Sie wusste, dass Tyler sie auf seine intensive, geduldige Art musterte, und sie wollte es. Immer, wenn sie heute an einem Fenster vorbeigekommen war, hatte sie in den Weinbergen nach ihm Ausschau gehalten, hatte ihn ebenfalls beobachtet.

»Du bist ganz schmutzig.«

»Ja.«

»Und es gefällt dir«, stellte sie fest. Schmutzig, dachte sie, und verschwitzt. Und er sah großartig aus. »Was hast du mit deiner Hand gemacht?«

»Nur ein paar Kratzer.« Er betrachtete die Schramme. »Ich könnte etwas zu trinken gebrauchen.«

»Liebling, du könntest eine Dusche gebrauchen.«

»Beides. Ich dusche erst mal. Treffen wir uns in einer Stunde auf der großen Terrasse?«

»Warum?«

»Wir machen eine Flasche Wein auf und erzählen uns gegenseitig, wie unser Tag war. Es gibt ein paar Dinge, derer du dich annehmen solltest.«

»Gut, das kommt mir entgegen. Ich habe selbst auch ein paar Sachen erledigt, die ich besprechen möchte. Manche von uns können arbeiten, ohne danach schmutzig zu sein.«

»Zieh dir was Hübsches an!«, rief er hinter ihr her und grinste, als sie ihm einen Blick über die Schulter zuwarf. »Dass ich dich nicht anfasse, heißt nicht, dass ich nicht gern gucke.«

Als sie im Haus verschwunden war, ergriff Tyler das feuchte Handtuch und atmete ihren Duft ein. Schönheit. Nein, er wollte sie nicht zähmen, genauso wenig, wie er das Land zähmen wollte. Aber bei Gott, es war an der Zeit, dass sie einander endlich akzeptierten.

Sophia würde ihm einiges zu gucken geben. Schließlich war sie Expertin für Verpackungsfragen. Sie trug Blau, ein dunkles Gewitterblau. Das Kleid war kurz und tief ausgeschnitten, betonte ihre Brüste und ihre langen Beine. Sie legte eine Kette um, von der ein einzelner Saphir tief in dem Spalt zwischen ihren Brüsten hing. Dann schlüpfte sie in hochhackige Pumps, parfümierte sich und war bereit.

Sie betrachtete sich im Spiegel.

Warum war sie so unglücklich? Natürlich war der Aufruhr um sie herum unangenehm und anstrengend, aber das war nicht der Grund dafür, dass sie im tiefsten Herzen unglücklich war. Wenn sie arbeitete, ging es ihr besser, weil sie sich dann nur auf das konzentrierte, was getan werden musste. Doch sobald sie frei hatte, kehrte das Gefühl zurück. Eine nagende Traurigkeit, eine lähmende Antriebslosigkeit.

Und hinzu kam eine Wut, gestand sie sich ein, die sie nicht identifizieren konnte. Sie wusste noch nicht einmal, auf wen sie überhaupt wütend war. Auf Don, ihren Vater, sich selbst? Auf Ty?

Aber was spielte es schon für eine Rolle? Sie würde das tun, was getan werden musste, und über den Rest konnte sie sich später Gedanken machen.

Jetzt gleich würde sie Wein trinken und sich mit Tyler unterhalten, ihn davon unterrichten, was sie heute erfahren hatte. Und sie würde ihn in einen erotischen Taumel versetzen – im Großen und Ganzen doch eine angenehme Art, den Abend zu verbringen.

»Gott, ich hasse mich«, sagte sie laut. »Und ich weiß nicht einmal, warum.«

Sophia ließ Tyler warten, aber damit hatte er gerechnet. So hatte er Zeit, alles hübsch arrangieren zu lassen. Kerzen standen auf dem Tisch, und Fackeln und Lichterketten in den Blumenkübeln erhellten die gefliste Terrasse.

Er hatte den Wein ausgesucht, einen weichen, jungen Weißwein, und hatte sich vom Küchenpersonal ein paar Canapés erbeten. Das Personal verehrte Sophia, hatte er festgestellt, und war wohl auch für die romantische Stimmung empfänglich.

Das ist gut so, dachte er, während die Angestellten noch kleine Vasen mit Frühlingsblumen herbeitrugen. Ja, selbst die Musik hatten sie angeschaltet. Er konnte nur hoffen, dass er ihren Erwartungen entsprach.

Er hörte das Klappern der Absätze auf dem Steinboden, stand aber nicht auf. Sophia war viel zu sehr daran gewöhnt, dass sich die Männer um sie scharten oder ihr zu Füßen lagen.

»Was ist denn hier los?«

»Das Personal hat das so hergerichtet.« Tyler wies auf den Stuhl neben sich. »Man braucht hier nur ein bisschen Wein und Käse zu verlangen, und schon wird man behandelt wie ein König.« Während er den Wein aus dem Kühler nahm, betrachtete er Sophia. »Nun sieh einer an! Das passiert also, wenn ich dich bitte, etwas Hübsches anzuziehen. Na, wenn man in einem Schloss wohnt ...«

»Nicht ganz dein Stil, aber du scheinst dich trotzdem wohl zu fühlen.«

»Es hat eindeutig meine Stimmung gehoben, dass ich heute ein bisschen umgraben durfte.« Er reichte ihr ein Glas und stieß mit ihr an. »*Salute.*«

»Wie schon gesagt, ich habe auch ein bisschen gegraben. Das Hauspersonal ist äußerst mitteilsam. Ich habe erfahren, dass Don regelmäßig hier gewesen ist, ohne darüber zu berichten. Er war zwar nie allein hier, aber selten mit Gina.«

»Ah, das Liebesnest.«

»Offensichtlich. Der Name der Geliebten ist *Signorina* Chezzo. Sie ist jung, blond, dumm und frühstückt gern im Bett. In den letzten Jahren ist sie häufig hier zu Gast gewesen. Don hat die Angestellten beleidigt, indem er sie bestochen hat, damit sie ihre Besuche geheim hielten, aber da niemand hier Gina besonders liebt, haben sie sein Geld genommen und den Mund gehalten. Sie wären natürlich auch ohne das Geld diskret gewesen.«

»Natürlich. Haben sie dir etwas von seinen anderen Besuchern erzählt?«

»Ja. Mein Vater war hier, aber das hatten wir uns ja schon gedacht, und eine Frau, die ihn einmal begleitet hat. Es war nicht René, also muss es Kris gewesen sein.«

Tyler runzelte die Stirn. »Das habe ich im Weinberg nicht erfahren.«

»Für mich ist es leichter, solche Informationen aus dem Personal herauszukitzeln. Aber besonders aufregende Neuigkeiten sind es sicher nicht. Schließlich hat er ja auch meine Wohnung benutzt, wenn es ihm in den Kram passte, warum also nicht das *Castello*?«

»Du willst sicher nicht hören, dass es mir Leid tut, aber es ist so.«

»Doch, das kannst du ruhig sagen. Mir tut es auch Leid. Es macht die Tatsache, dass Mama jemanden gefunden hat, der sie glücklich machen wird, umso erfreulicher. Jemand, dem sie vertrauen kann. Jemand, dem wir alle vertrauen können. Ich sage das durchaus in dem Wissen, dass David für Jeremy De-Morney bei Le Coeur gearbeitet hat und dass Jerry hier auch zu Gast war.«

Dieses Mal nickte Tyler. »Das habe ich mir schon gedacht, obwohl die Leute ihn mir nur beschrieben haben. Das passt alles zusammen, was?«

»Findest du?« Ruhelos stand Sophia auf und trank einen Schluck Wein, während sie hin und her lief. »Jerry hat meinen Vater gehasst. Ich habe allerdings immer angenommen, es sei eine zivilisierte Form des Hasses gewesen.«

»Warum?«

»Du bekommst wirklich nicht ein einziges Gerücht mit, was?« erwiderte sie. »Vor ein paar Jahren hatte mein Vater eine heiße Affäre mit Jerrys Frau. Sie redeten zwar nicht darüber, aber alle ihnen Nahestehenden wussten es. Sie verließ Jerry, oder er hat sie hinausgeworfen, das weiß man nicht so genau. Jerry und mein Vater sind vorher ganz gut miteinander ausgekommen, aber danach kühlte sich die Beziehung ab. Unter der Kühle loderten natürlich die Flammen – wie ich vor zwei Jahren erfuhr, als Jerry sich an mich heranmachte.«

»Er hat sich an dich herangemacht?«

»Klar und deutlich. Aber ich war nicht interessiert. Er war wütend und hat eine Menge unfreundliche Dinge über meinen Vater und meine Familie gesagt.«

»Verdammt, Sophia, warum hast du das noch nie erwähnt?«

»Weil er sich am nächsten Tag bei mir entschuldigte. Er sagte, er sei aufgebrachter über die Scheidung gewesen, als er sich klar gemacht hätte, er käme sich ganz schrecklich vor und schäme sich, dass er es an mir ausgelassen habe, und eigentlich sei seine Ehe schon zu Ende gewesen, bevor das alles passiert sei. Und so weiter und so weiter. Es war alles einleuchtend und verständlich. Er sagte genau das Richtige, und ich habe nicht mehr daran gedacht.«

»Und wie denkst du jetzt darüber?«

»Ich sehe sie als schlaues kleines Trio, wie ein Dreieck: mein Vater, Kris und Jerry. Wer wen benutzt hat, kann ich nicht sagen, aber ich glaube, dass Jerry damit zu tun hat oder zumindest von der ganzen Geschichte weiß, vielleicht sogar von dem vergifteten Wein. Le Coeur würde es sehr nutzen, wenn

Giambelli gegen das Unbehagen der Verbraucher, öffentliche Skandale und innere Zwistigkeiten ankämpfen müsste. Nimmt man noch die Sache mit Kris hinzu, dann fallen meine Pläne, meine Kampagne und meine Arbeit Le Coeur in den Schoß, noch bevor ich auch nur die Chance habe, sie umzusetzen. Unternehmenssabotage, Industriespionage – das kommt im Geschäftsleben häufig genug vor.«

»Mord nicht.«

»Nein, und damit ist eine Grenze überschritten. Er könnte meinen Vater getötet haben. Ihn kann ich mir eher mit einer Pistole vorstellen als Donato. Ich weiß, dass hier der Wunsche der Vater des Gedankens ist. Es ist ein langer Weg von Industriespionage bis zu kaltblütigem Mord. Aber ...«

»Aber?«

»Im Nachhinein ist man immer schlauer«, erwiderte sie achselzuckend. »Wenn ich daran denke, was er alles zu mir gesagt hat, als er die Beherrschung verlor, und mehr noch, *wie* er es gesagt hat! Er stand am Abgrund und war kurz davor, zu springen. Und am nächsten Tag entschuldigt er sich dann, ist ganz betreten und beherrscht und bringt mir einen Riesenstrauß Rosen. Und macht mir auf zivilisierte Art und Weise immer noch den Hof. Ich hätte sehen müssen, dass der erste Zwischenfall sein wahres Wesen offenbarte und der Rest Fassade war. Aber ich habe es nicht gesehen, weil ich daran gewöhnt bin, dass mich die Männer umschwärmen.«

Wieder stieg das Gefühl von Kummer und Unzufriedenheit in ihr auf. »Und ich benutze diesen Umstand ja auch, um das zu bekommen, was ich haben will, wann immer es mir passt.«

»Warum denn nicht? Du bist eben clever genug, um mit den Mitteln zu arbeiten, über die du verfügst. Und wenn die Männer das zulassen, ist das ihr Problem, nicht deins.«

»Nun ...« Lachend trank sie einen Schluck. »Das kommt unerwartet von einem Mann, an dem ich die Mittel ausprobiert habe.«

»Es hat mir ja nicht wehgetan.« Ty streckte die Beine aus und kreuzte die Knöchel, wohl wissend, dass sie versuchte, ihn zu durchschauen. Gut, dachte er. Soll sie sich doch zur Abwechslung mal Fragen stellen. »Auf jeden Fall hat ein Typ, auf den DeMorneys Beschreibung passt, sich im Weingut aufgehalten«, erzählte er. »Er hatte auch Zugang zur Flaschenabfüllung. Mit Donato.«

»Ach ...« Wie traurig, dachte sie. »Das Dreieck wird also zum Viereck. Jerry und Don. Don und mein Vater. Und Jerry und Dad verbinden sich mit Kris. Sauber.«

»Was willst du unternehmen?«

»Es der Polizei hier und zu Hause sagen. Und ich werde mit David reden. Er weiß mehr über Jerrys Arbeit bei Le Coeur.« Sophia nahm eine Erdbeere von einem Teller und biss langsam hinein. »Morgen fahre ich nach Venedig. Ich gebe ein paar Interviews, und ich werde Don bluten lassen. Ich werde meinem Entsetzen darüber Ausdruck verleihen, dass er die Familie in Verruf gebracht und Verrat an den loyalen Angestellten und Kunden von Giambelli begangen hat. Ich werde sagen, wie groß unser Schock, unser Kummer und unser Bedauern ist, und dass wir ohne zu zögern mit den Behörden zusammengearbeitet haben, weil wir hoffen, dass er möglichst schnell vor Gericht gestellt wird und dadurch seiner unschuldigen, schwangeren Frau, seinen kleinen Kindern und seiner trauernden Mutter jeden weiteren Schmerz erspart.«

Sie griff nach der Flasche, um sich noch ein Glas Wein einzuschenken. »Du findest das sicher kalt und hart und ziemlich gemein.«

»Nein, im Gegenteil. Ich denke, es ist schwer für dich. Schwer, diejenige zu sein, die solche Dinge sagt, und dabei den Kopf oben behalten muss. Du hast das Rückgrat deiner Großmutter, Sophie.«

»Wieder ein unerwartetes Kompliment, aber *grazie*. Ich werde auch mit Gina und mit meiner Tante reden müssen. Wenn sie von der Familie unterstützt werden wollen, emotional und auch finanziell, dann müssen sie in der Öffentlichkeit unsere Meinung vertreten.«

»Um wie viel Uhr fahren wir?«

»Ich brauche dich nicht dazu.«

»Stell dich nicht so dumm an, es steht dir nicht. MacMillan ist genauso in die Geschichte verwickelt und genauso angreifbar. Es macht sich vor den Medien besser, wenn wir als Team auftreten. Familie, Unternehmen, Partnerschaft. Solidarität.«

»Wir fahren Punkt sieben.« Sophia setzte sich wieder. »Ich schreibe eine Erklärung und ein paar Antworten für dich auf. Du kannst sie dir auf dem Weg in die Stadt durchlesen, damit du sie noch im Kopf hast, wenn man dir Fragen stellt.«

»Gut. Aber das sollte auch der einzige Bereich sein, in dem du mir Worte in den Mund legst.«

»Bei euch schweigsamen Typen ist es schwer, zu widerstehen, aber ich versuche es.«

Er strich ein wenig Pastete auf einen Cracker und reichte ihn ihr. »So, und jetzt lass uns mal eine Zeit lang das Thema wechseln. Wie findest du die Sache mit deiner Mutter und David?«

»Ich finde es toll.«

»Wirklich?«

»Ja. Du nicht?«

»Doch. Aber du kamst mir seit der großen Ankündigung ein bisschen verwirrt vor.«

»Ich finde, das darf ich unter den gegebenen Umständen auch sein. Ihre Neuigkeit ist jedoch eine Wendung der Ereignisse, über die ich mich freuen kann. Ich bin glücklich für meine Mutter und für ihn. Er wird gut zu ihr sein und ihr gut tun. Und die Kinder ... Sie wollte immer mehrere Kinder, und jetzt hat sie sie endlich. Auch wenn sie schon halb erwachsen sind.«

»Ich war auch schon halb erwachsen, und sie war mehr eine Mutter für mich als meine eigene.«

Sophia entspannte sich wieder. »Sie ist noch zu jung, um deine Mutter zu sein.«

»Das habe ich ihr auch immer gesagt. Und sie hat geantwortet, es sei keine Frage des Alters, sondern der Lebenserfahrung.«

»Sie liebt dich sehr.«

»Das beruht auf Gegenseitigkeit. Worüber lächelst du?«

»Ich weiß nicht, ich war heute den ganzen Tag über ein wenig niedergeschlagen und ich habe nicht erwartet, dass ich am Abend mit dir hier sitzen und mich entspannen kann. Vermutlich fühle ich mich besser, weil ich all diese hässlichen Dinge mal ausgesprochen habe. Reinigt den Gaumen«, fügte sie hinzu und trank einen weiteren Schluck Wein. »Und nun können wir zu etwas anderem übergehen, in dem wir uns beide einig sind.«

»Wir haben mehr gemeinsam, als wir noch vor einem Jahr gedacht haben.«

»Vermutlich. Und ich finde es wunderbar, dass wir dieses Gespräch nicht drinnen führen, sondern hier draußen sitzen. Wein, Kerzenlicht, sogar Musik ...« Sie lehnte sich zurück und blickte zum Himmel. »Und Sterne. Schön zu wissen, dass auch du eine angenehme Umgebung schätzt, auch wenn es in dem Gespräch nur ums Geschäft und um unangenehme Dinge geht.«

»Das ist die eine Sache. Aber ich wollte auch, dass wir eine schöne Atmosphäre haben, wenn ich dich verführe.«

Sie verschluckte sich beinahe an ihrem Wein, doch dann lachte sie. »Mich verführen? Wo steht denn das bei dir auf der Tagesordnung?«

»Als nächster Punkt.« Er fuhr mit der Fingerspitze über ihren Oberschenkel, direkt unter dem Saum ihres Kleides. »Mir gefällt dein Kleid.«

»Danke. Ich habe es angezogen, um dich zu quälen.«

»Das habe ich mir schon gedacht.« Ihre Blicke trafen sich.

Sie griff nach der Flasche und füllte erneut ihr Glas. In Wortgefechten über Sex fühlte sie sich auf sicherem Terrain. »Wir sind doch übereingekommen, dass dieser Teil unserer Beziehung vorbei ist.«

»Nein, du hattest eine Laune, und ich habe dich gelassen.«

»Eine Laune ...« Sie tauchte ihre Fingerspitze in den Wein und tippte sich damit leicht gegen die Zunge. »Ich habe keine Launen.«

»Doch, dauernd. Du bist immer schon ein verzogenes Gör gewesen. Ein wirklich sexy Gör. Und in der letzten Zeit hattest du es ziemlich schwer.«

Das Rückgrat, über das er ihr gerade noch Komplimente gemacht hatte, wurde steif. »Ich will dein Mitleid und dein Verständnis nicht, MacMillan.«

»Ich verstehe.« Er grinste sie strahlend an. »Du arbeitest schon wieder auf eine neue Laune hin.«

Wut stieg in ihr auf. »Soll ich dir mal was sagen? Wenn du das Verführung nennst, dann wundert es mich, dass du überhaupt jemals bei einer Frau Punkte sammeln konntest.«

»Das ist der Unterschied zwischen mir und den meisten Männern, die du kennst«, erwiderte er träge. »Ich lege keinen Wert darauf, Punkte zu sammeln. Du bist für mich nicht nur eine Kerbe am Bettpfosten oder eine Trophäe.«

»Oh, natürlich, Tyler MacMillan. Anständig, moralisch, *vernünftig*.«

Wieder grinste er sie an. »Glaubst du, du kannst mich beleidigen? Du benutzt deine Wut im Moment wie einen Schutzschild. Das ist einer deiner typischen Mechanismen. Meistens macht es mir nichts aus, mich mit dir zu streiten, aber jetzt bin ich nicht in der Stimmung dazu. Ich möchte dich lieben, möchte genau jetzt und hier damit anfangen und mich langsam mit dir hocharbeiten bis in dein schönes, großes Bett.«

»Wenn ich dich in meinem Bett haben möchte, lasse ich es dich wissen.«

»Na, dann mal los.« Langsam stand er auf und zog sie hoch. »Du bist richtig verliebt in mich, was?«

»Verliebt?« Ihr wäre der Mund offen stehen geblieben, wenn sie nicht so damit beschäftigt gewesen wäre, höhnisch zu grinsen. »Bitte. Du machst dich nur lächerlich.«

»Bist verrückt nach mir.« Er schlang die Arme um sie und lachte leise, als sie die Hände gegen seine

Brust stemmte und ihn wegdrücken wollte. »Ich habe dich heute mehrmals am Fenster stehen und nach mir Ausschau halten sehen.«

»Ich weiß nicht, wovon du redest. Ich kann doch mal aus dem Fenster schauen!«

»Du hast mich angesehen«, fuhr er fort und zog sie wieder an sich. »So wie ich dich angesehen habe. Du wolltest mich.« Er knabberte sanft an ihrem Hals. »So wie ich dich wollte. Und mehr.« Seine Lippen streiften ihre Wange, als sie den Kopf wegdrehte. »Zwischen uns ist mehr als Begehren.«

»Gar nichts ist ...« Sie keuchte, als er ihr die Hand in den Nacken legte, und stöhnte auf, als seine Lippen sich auf ihre senkten.

»Wenn es nur sexuelles Begehren wäre, hättest du nicht solche Angst.«

»Ich habe überhaupt keine Angst.«

Tyler trat einen Schritt zurück. »Du brauchst auch keine Angst zu haben, ich tue dir nicht weh.«

Sie schüttelte den Kopf, aber er küsste sie schon wieder. Dieses Mal sanft und unerträglich liebevoll. Nein, dachte sie, während sie sich an ihn schmiegte. Er würde ihr nicht wehtun. Aber sie musste ihm wehtun.

»Ty ...« Wieder wollte sie ihn wegstoßen, packte aber nur sein Hemd. Sie hatte die Wärme vermisst, die er ihr brachte. Sie war hin und her gerissen zwischen der Lust auf Risiko und dem Bedürfnis nach Sicherheit. »Das ist ein Fehler.«

»Ich glaube nicht. Weißt du, was ich denke?« Er hob sie hoch. »Es ist blödsinnig, wenn wir uns streiten, zumal wir beide wissen, dass ich Recht habe.«

»Hör auf damit. Du trägst mich jetzt nicht ins Haus. Das Personal wird wochenlang darüber reden.«

»Ich könnte mir vorstellen, dass sie bereits Wetten darüber abgeschlossen haben, wie die Geschichte hier heute Abend wohl ausgeht.« Er öffnete die Tür mit dem Ellbogen. »Und wenn du nicht willst, dass die Dienstboten über dich tratschen, dann solltest du keine Dienstboten haben. Wenn wir wieder zu Hause sind, ziehst du am besten zu mir. Dann bekommt keiner mit, was wir machen.«

»Zu dir ... zu dir? Hast du den Verstand verloren? Lass mich runter, Ty! Ich will nicht die Treppe hinaufgetragen werden wie die Heldin in einem Schundroman!«

»Gefällt dir das nicht? Okay, dann machen wir es anders.« Er warf sie sich über die Schulter. »Besser?«

»Das ist nicht witzig!«

»Baby!« Er tätschelte ihr den Hintern. »Das kommt auf den Standpunkt an. Auf jeden Fall habe ich in meinem Haus jede Menge Platz für dein Zeug. Es gibt noch drei zusätzliche Schlafzimmer mit leeren Schränken. Das sollte für deine Kleider reichen.«

»Ich ziehe nicht bei dir ein.«

»Doch.« Er trat in ihr Schlafzimmer und stieß die Tür mit dem Fuß zu. Er hatte niemanden auf der Treppe gesehen und nicht einen Muckser gehört. Das rechnete er dem Personal hoch an. Auch Sophia verdiente seine Achtung. Sie hatte weder geschrien noch um sich getreten. Zu viel Klasse, dachte er, während er die Kerzen im Zimmer anzündete.

»Tyler, ich kann dir einen guten Therapeuten empfehlen. Es ist absolut keine Schande, wenn man Hilfe bei mentaler Instabilität sucht.«

»Ich komme gern darauf zurück. Ich war wirklich nicht mehr klar im Kopf, seit ich mich mit dir eingelassen habe. Wenn du zu mir gezogen bist, können wir gemeinsam bei ihm einen Termin machen.«

»Ich ziehe nicht zu dir.«

»Doch.« Er ließ sie langsam herunter, bis sie wieder auf ihren Füßen vor ihm stand. »Weil ich es will.«

»Wenn du denkst, dass ich mich auch nur einen Deut darum schere, was du jetzt gerade willst ...«

»Weil ich«, fuhr er fort und streichelte ihre Wange, »genauso verrückt nach dir bin wie du nach mir. Jetzt hat es dir die Sprache verschlagen, was? Es ist an der Zeit, Sophia, dass wir uns der Sache endlich stellen, statt dauernd darum herumzutanzen.«

»Es tut mir Leid.« Ihre Stimme zitterte. »Ich will das nicht.«

»Mir tut es auch Leid, dass du es nicht willst. Weil es gar keine Alternative gibt. Sieh mich an.« Er umfasste ihr Gesicht mit den Händen. »Ich habe das auch nicht unbedingt so gewollt. Aber das Gefühl war schon lange Zeit da. Lass uns doch sehen, wohin es uns führt.« Er küsste sie. »Nur uns.«

Nur ihn, dachte sie. Sie wollte es gern glauben, wollte all diesen weichen Gefühlen, die sie überfluteten, trauen. Jemanden zu lieben und sich seiner sicher zu sein ... Dazu fähig zu sein. Es wert zu sein.

Sie wollte es so gern glauben.

Von einem ehrenhaften Mann geliebt zu werden, einem Mann, der Versprechen machte und sie auch hielt. Der sie liebte, auch wenn sie es nicht verdiente.

Das war ein Wunder.

Sie wollte an Wunder glauben.

Sein Mund lag warm und fest auf ihrem, und geduldig weckte er ihr Verlangen. Das stetige, unwiderstehliche Wachsen der Leidenschaft war eine Erleichterung. Das konnte sie verstehen, dem konnte sie vertrauen. Und das, dachte sie, als sie ihre Arme um ihn schlang, kann ich auch zurückgeben.

Bereitwillig sank sie mit Tyler aufs Bett.

Er ließ ihnen beiden Zeit. Dieses Mal sollte es keinen Zweifel daran geben, dass sie sich in einem Akt der Liebe begegneten. Großzügig, selbstlos und süß. Er verschränkte seine Finger mit ihren, während sein Kuss tiefer wurde, und er spürte, wie sie sich ihm hingab.

Es musste so sein. Und es musste hier geschehen, in dem alten Bett im *Castello*, wo alles vor einem Jahrhundert begonnen hatte. Und jetzt war es wieder ein neuer Beginn, ein neues Versprechen. Ein neuer Traum. Als Tyler Sophia anblickte, wusste er es.

»Blütezeit«, sagte er leise. »Unsere Blütezeit.«

»Aus dir spricht immer der Bauer«, entgegnete sie lächelnd und knöpfte sein Hemd auf. Aber ihre Hand zitterte und wurde schlaff, als er sie ergriff und an seine Lippen führte.

»Unsere Blütezeit«, wiederholte er.

Er zog Sophia langsam aus, sah, wie der Kerzenschein auf ihrer Haut schimmerte, lauschte darauf, wie sie den Atem anhielt, wenn er sie berührte. Wusste sie, dass die Barrieren zwischen ihnen in sich zusammenfielen? *Er* wusste es, er spürte, wie sie nachgaben, wenn sie erschauerte. Und er erkannte genau den Moment, in dem sich ihr Körper ihrem Herzen ergab.

Sie sanken auf das Bett wie Liebende ins Wasser. Sie überließ sich seinen rauen Händen und seinen Lippen, die ihren Körper erkundeten. Sie erwiderte seine Berührungen, und das Wissen, dass er immer da sein würde, dass er all ihre Bewegungen nachvollziehen würde, strömte wie Wein durch ihre Adern.

Als er seine Lippen auf ihr Herz drückte, hätte sie am liebsten geweint.

Niemand sonst, dachte er, als er sich in ihr verlor. Niemand sonst hatte ihn je so geöffnet. Er spürte, wie sie sich ihm entgegenbog, und als sie zum Höhepunkt kam, vereinte sich ihr Stöhnen mit seinem. Sie war ganz erfüllt von dem, was sie einander gaben.

Eine seltene und großartige Verbindung war endlich gelungen.

Wieder verschränkte er seine Hände mit ihren und hielt sie fest. »Nimm mich auf, Sophie.« Sein ganzer Körper bebte, als er endlich in sie eindrang. »Nimm mich. Ich liebe dich.«

Sie hielt erneut den Atem an. Das Gefühl zerriss ihr beinahe das Herz. Angst und Freude überfluteten sie. »Ty, bitte nicht.«

Er küsste sie, zuerst sanft, dann fordernder. »Ich liebe dich. Nimm mich.« Er hielt die Augen offen, sah sie an, sah in ihren Augen Tränen schimmern.

»Ty.« Ihr Herz floss über, und sie erwiderte den Druck seiner Finger. »Ty«, sagte sie noch einmal. »*Ti amo.*«

Sie bog sich ihm entgegen, küsste ihn und ließ sich von ihm davontragen.

»Sag es noch einmal.« Ty strich mit den Fingerspitzen über ihren Rücken. »Auf Italienisch, so wie eben.«

Sie schüttelte den Kopf, das einzige Zeichen, dass sie ihn gehört hatte, und drückte ihre Wange an sein Herz.

»Mir gefällt der Klang. Ich möchte es noch einmal hören.«

»Ty ...«

»Es hat keinen Sinn, es zurücknehmen zu wollen.« Er streichelte sie weiterhin, und seine Stimme war klar und deutlich, als er sagte: »So kommst du mir nicht davon.«

»Die Menschen sagen alles Mögliche in der Hitze der Leidenschaft.« Sophia wandte sich ab und machte Anstalten, aus dem Bett zu klettern.

»Hitze der Leidenschaft? Wenn du solche Klischees verwendest, befindest du dich auf unsicherem Terrain.« Rasch zog er sie aufs Bett zurück. »Sag es noch einmal. Beim zweiten Mal ist es nicht mehr so schwer. Glaub mir.«

»Ich möchte, dass du mir zuhörst.« Sophia richtete sich auf und griff nach der Bettdecke. Zum ersten Mal in ihrem Leben fühlte sie sich in ihrer Nacktheit ungeschützt und unbehaglich. »Was immer ich auch in diesem Moment fühle, bedeutet nicht ... Himmel! Ich hasse es, wenn du mich so ansiehst. Amüsiert und geduldig. Es macht mich wütend, und ich finde es beleidigend.«

»Und du versuchst, das Thema zu wechseln. Ich werde mich nicht mit dir streiten, Sophia. Nicht darüber. Sag es einfach nur noch mal.«

»Verstehst du denn nicht?« Sie ballte die Hände zu Fäusten. »Ich weiß, wozu ich fähig bin. Ich kenne meine Stärken und Schwächen. Ich werde das alles nur verderben.«

»Nein, bestimmt nicht. Das lasse ich nicht zu.«

Sie fuhr sich mit der Hand durch die Haare. »Du unterschätzt mich, MacMillan.«

»Nein, du unterschätzt dich selbst.«

Sie ließ die Hand wieder sinken. Das war es. Dieser einfache, intensive Glaube an sie, größer als ihr eigener Glaube an sich, machte sie hilflos. »Niemand hat das jemals zu mir gesagt. Du bist der Einzige, der diese Worte ausspricht. Vielleicht bin ich deshalb ...«

Seine Nerven waren bis zum Zerreißen gespannt, aber er tätschelte beruhigend ihren Knöchel. »Lass einfach los. Du bist fast am Ziel.«

»Da ist noch etwas. Du drängst mich. Nie hat mich jemand gedrängt.«

»Die anderen haben dich auch nicht geliebt. Du suchst nach Ausflüchten, Sophie.«

Sie kniff die Augen zusammen. Seine Augen sind so ruhig und blau, dachte sie. Sie blicken nur ein wenig amüsiert, nur ein wenig ... Nein, stellte sie plötzlich fest. Nicht vergnügt und amüsiert. Hinter seinem Blick lauerte Anspannung, Nervosität. Und doch wartete er immer noch geduldig darauf, dass sie ihm gab, was er brauchte.

»Du bist nicht der erste Mann, mit dem ich zusammen bin«, stieß sie hervor.

»Hör auf damit.« Er beugte sich vor und umfasste ihr Kinn. Die Geduld auf seinem Gesicht verwandelte sich langsam in Zorn. Es erfreute sie. »Aber ich gebe dir jetzt was zum Nachdenken. Ich werde ganz bestimmt der Letzte sein.«

Und das stimmt genau, dachte sie. »Okay, Ty, hör zu. Ich habe es noch nie zu einem anderen Mann gesagt. Ich musste es mir auch noch nie verkneifen, weil es nie ein Thema war. Wahrscheinlich tue ich dir keinen Gefallen damit, indem ich es zu dir sage, aber jetzt musst du damit fertig werden. Ich liebe dich.«

»Siehst du, so schwer war es doch gar nicht.« Tyler streichelte ihre Schultern, und Erleichterung überflutete ihn. »Aber du hast es nicht auf Italienisch gesagt. Es klingt wirklich toll auf Italienisch.«

»Du Idiot. *Ti amo.*« Lachend warf sie sich in seine Arme.

26

Lieutenant DeMarco fuhr sich mit der Fingerspitze über den Schnurrbart. »Ich schätze es sehr, dass Sie zu mir gekommen sind, *Signorina*. Die Information, die Sie und *Signore* MacMillan mir gegeben haben, ist interessant. Wir werden ihr nachgehen.«

»Was genau bedeutet das? Sie werden ihr nachgehen? Ich sage Ihnen, dass mein Cousin das *Castello* für Treffen mit seiner Geliebten, für geheime Sitzungen mit unserem Konkurrenten und einer Angestellten, die ich persönlich entlassen habe, genutzt hat.«

»Nichts davon ist illegal.« DeMarco spreizte die Hände. »Es ist jedoch interessant, sogar verdächtig, und deswegen werde ich der Sache auch nachgehen. Die Treffen waren allerdings wohl kaum geheim, da viele Angestellte im *Castello* und in den Weinbergen davon gewusst haben.«

»Sie wussten nicht, wer Jeremy DeMorney ist oder welche Verbindung er zu Le Coeur hat.« Tyler legte beim Sprechen seine Hand über Sophias. Wenn er sich nicht irrte, war sie nahe daran, in die Luft zu gehen. »Und das bedeutet, dass DeMorney mit der Sabotage zu tun hatte, die mehrere Todesfälle nach sich zogen. Möglicherweise sind auch noch andere Personen bei Le Coeur beteiligt, oder sie wissen zumindest von der Sache.«

Da sie Tylers Hand nicht wegschieben konnte, ballte Sophia die andere zur Faust. »Jerry ist der

Großneffe des jetzigen Präsidenten von Le Coeur. Er ist ein ehrgeiziger und intelligenter Mann, der einen Groll gegen meinen Vater hegte. Und höchstwahrscheinlich auch gegen meine ganze Familie. Jeder Marktanteil, den Giambelli in Krisenzeiten verloren hat, ist zum Gewinn für Le Coeur geworden. Als Familienmitglied streicht Jerry diese Gewinne persönlich ein, und er hat zudem auch noch die persönliche Befriedigung.«

DeMarco lauschte ihr aufmerksam und erwiderte: »Ich hege keinen Zweifel daran, dass die entsprechenden Behörden diesen Jeremy DeMorney verhören werden, wenn ihnen diese Information bekannt wird. Ich jedoch kann dies nicht tun, weil er ein amerikanischer Bürger mit Wohnsitz in New York ist. Meine Hauptsorge gilt im Moment der Ergreifung von Donato Giambelli.«

»Dessen Spur Sie bereits seit einer Woche verfolgen«, bemerkte Sophia.

»Wir haben erst gestern von der Identität seiner Reisegefährtin erfahren, oder vielleicht sollte ich sagen, von der Frau, von der wir glauben, dass sie mit ihm reist. *Signorina* Chezzos Kreditkarte ist mit mehreren hohen Summen belastet worden. Ich warte im Moment noch auf weitere Informationen.«

»Natürlich hat er ihre Kreditkarte benutzt«, erwiderte Sophia ungeduldig. »Er mag zwar etwas dumm sein, aber er ist kein Narr. Er ist sicher clever genug, um seine Spuren zu verwischen und auf dem schnellstmöglichen Weg aus Italien zu verschwinden, wahrscheinlich über die Grenze in die Schweiz. Er hat Jerry aus der Gegend um Como angerufen. Die Schweizer Grenze ist nur wenige Minuten entfernt. Die Zollbeamten dort sehen sich die Pässe kaum an.«

»Das wissen wir, und die Schweizer Behörden arbeiten auch eng mit uns zusammen. Es ist nur eine Frage der Zeit.«

»Zeit ist ein dehnbarer Begriff. Meine Familie hat seit Monaten persönlich, emotional und finanziell gelitten. Bevor Donato nicht gefasst und verhört worden ist, bevor wir nicht genau wissen, dass kein weiterer Sabotageakt geplant ist, werden wir nicht zur Ruhe kommen. Mein Vater war beteiligt, inwieweit, weiß ich noch nicht. Können Sie nicht verstehen, was ich empfinde?«

»Doch, ich glaube, ich verstehe Sie, *Signorina*.«

»Mein Vater ist tot. Ich muss wissen, wer ihn umgebracht hat, und warum. Und wenn ich Don persönlich hinterherjagen muss, wenn ich Jerry DeMorney persönlich befragen muss, um diese Antworten zu bekommen, dann werde ich das eben tun. Das können Sie mir glauben.«

»Sie sind sehr ungeduldig.«

»Im Gegenteil, ich war bisher bemerkenswert geduldig.« Sophia stand auf. »Ich brauche endlich Ergebnisse.«

Als das Telefon klingelte, hob er um Ruhe bittend die Hand. Sein Gesichtsausdruck veränderte sich beim Zuhören leicht. Als er aufgelegt hatte, faltete er die Hände. »Es gibt Neuigkeiten. Die Schweizer Polizei hat Ihren Vetter gerade festgenommen.«

Es war ein Erlebnis, Sophia in Aktion zu sehen. Tyler sagte kein Wort, aber er war sich auch nicht sicher, ob er überhaupt dazu kommen würde. Sie hatte DeMarco mit Forderungen und Fragen überhäuft und alle Antworten in ihr Notizbuch gekritzelt. Als sie aus DeMarcos Büro hinausmarschierte, konnte

Tyler kaum mit ihr Schritt halten. Sie bewegte sich wie eine Rakete mit einem Handy am Ohr.

Er verstand nur die Hälfte von dem, was sie sagte. Sie begann auf Italienisch, schaltete irgendwann im Laufe des Gesprächs auf Französisch um und verfiel dann wieder aufs Italienische mit ein paar knappen Anweisungen auf Englisch. Sie bahnte sich in den engen Gassen einen Weg durch die Touristenströme, lief eilig über die hübschen Brücken und Plätze. Und die ganze Zeit über redete sie und blieb noch nicht einmal stehen, als sie sich das Handy zwischen Schulter und Ohr klemmen und ihren Filofax hervorziehen musste, um sich noch mehr Notizen zu machen.

Die Schaufenster, an denen sie vorbeikamen, würdigte sie keines Blickes. Und Tyler erkannte den Ernst der Lage, als sie selbst bei Armani vorbeieilte, ohne auch nur zu stocken.

Schließlich sprang sie in ein Wassertaxi, und das einzige Wort, was er von ihrem hervorgesprudelten Italienisch verstand, war »Flughafen«. Es war wohl eine gute Idee gewesen, dass er seinen Pass eingesteckt hatte, sonst hätte sie ihn erbarmungslos zurückgelassen.

Sie setzte sich noch nicht einmal, sondern lehnte sich hinter dem Bootsführer an die Reling und tätigte weitere Anrufe. Fasziniert stand Ty ihr gegenüber und sah ihr zu. Der Wind spielte mit ihren kurzen Haaren, die Sonne brach sich in den dunklen Gläsern ihrer Sonnenbrille. Hinter ihr entfaltete sich das Panorama von Venedig, ein historischer, exotischer Hintergrund für eine moderne Frau.

Kein Wunder, dass er verrückt nach ihr war.

Tyler verschränkte die Arme, legte den Kopf zurück und genoss die letzten Bilder der Stadt. Wie er diese Frau kannte – und er kannte sie gut – würden sie jetzt für ein paar Tage in die Alpen reisen.

»Tyler!« Sie stand fingerschnippend vor ihm.

»Wie viel Geld hast du? Bargeld?«

»Bei mir? Ich weiß nicht. Ein paar hunderttausend Lire, vielleicht hundert Dollar.«

»Gut.« Sie wandte sich zur Treppe, sobald das Boot anlegte. »Bezahl das Taxi.«

»Ja, Ma'am.«

Durch den Flughafen eilte sie genauso zielstrebig wie durch die Stadt. Der firmeneigene Jet wartete schon, aufgetankt und bereit zum Abflug. Weniger als eine Stunde, nachdem sie erfahren hatte, dass ihr Cousin in Haft war, saß Sophia angeschnallt auf ihrem Platz. Und zum ersten Mal in dieser Stunde stellte sie ihr Handy ab, holte tief Luft und schloss die Augen.

»Sophia?«

»*Che*? Was?«

»Du bist toll.«

Sie öffnete die Augen und lächelte ihn an. »Verdammt richtig.«

Man hatte ihn in einem winzigen Hotel mitten in den Bergen nördlich von Chur, nahe der österreichischen Grenze, gefasst. Er hatte noch überlegt, ob er vielleicht nach Österreich oder nach Liechtenstein fahren sollte. Er wollte einfach nur so viele Länder wie möglich zwischen sich und Italien bringen.

Aber während Donato noch nach Norden blickte, hatte er es versäumt, seine Situation richtig einzuschätzen. Seine Geliebte war nicht so dumm, wie er geglaubt hatte, und sie war auch keineswegs loyal.

Während sie in der Badewanne lag, hatte sie im Fernsehen Nachrichten gesehen, und dann hatte sie das Bargeld in seinem Koffer gefunden.

Sie hatte das Geld an sich genommen, einen Flug gebucht und einen anonymen Anruf getätigt. Und als die tüchtige Schweizer Polizei in Donatos Zimmer eindrang und ihn aus dem Bett zerrte, war sie, um eine beträchtliche Summe reicher, bereits auf dem Weg an die französische Riviera.

Und jetzt saß Donato in einem Schweizer Gefängnis, jammerte über sein Schicksal und verfluchte alle Frauen.

Er hatte kein Geld, um sich einen Anwalt zu nehmen, brauchte aber dringend welches, um die Abschiebung so lange wie möglich hinauszuzögern. So lange jedenfalls, bis er wieder klar denken konnte.

Er würde *La Signora* um Gnade bitten. Oder nach Bulgarien fliehen. Oder die Behörden davon überzeugen, dass er nur mit seiner Geliebten weggelaufen war.

Er würde für den Rest seines Lebens im Gefängnis verrotten.

Seine Gedanken drehten sich ständig im Kreis, immer und immer wieder, und als er aufblickte, stand eine Wache vor der Zelle. Man teilte ihm mit, er habe Besuch. Donato erhob sich mühsam. Die Schweizer waren zumindest so anständig gewesen, ihm seinen Anzug zu lassen. Die Krawatte, den Gürtel und die Schnürsenkel seiner Gucci-Schuhe hatten sie ihm allerdings weggenommen.

Während er zum Besucherraum gebracht wurde, fuhr er sich mit den Händen durch die Haare. Es war ihm gleichgültig, wer gekommen war, solange er ihm nur zuhörte.

Als er Sophia auf der anderen Seite der Glasscheibe entdeckte, hellte sich seine Stimmung auf. Ein Familienmitglied, dachte er. Sie würde ihm zuhören.

»Sophia! *Grazie a Dio!*«

Er sank auf seinen Stuhl und fummelte am Telefon herum.

Sie ließ ihn reden, registrierte die Panik, die flehenden Bitten, das Leugnen, die Verzweiflung. Und je länger er redete, desto mehr verhärtete sich ihr Herz.

»*Stai zitto.*«

Auf ihren ruhigen Befehl hin schwieg er tatsächlich. Er hatte gemerkt, dass sie hier ihre Großmutter vertrat, und dass ihr Gesichtsausdruck kalt und gnadenlos war.

»Ich bin nicht an Entschuldigungen interessiert, Donato. Ich bin nicht hier, um mir deine jämmerlichen Erklärungen anzuhören, dass alles nur ein schrecklicher Irrtum war. Du brauchst mich nicht um Hilfe zu bitten. Ich werde Fragen stellen, und du gibst mir die Antworten. Und dann entscheide ich, was getan wird. Klar?«

»Sophia, du musst mir zuhören ...«

»Nein, ich muss überhaupt nichts. Ich kann auch aufstehen und weggehen. Im Gegensatz zu dir. Hast du meinen Vater getötet?«

»Nein. *In nome di Dio!* Das kannst du doch nicht ernsthaft glauben!«

»Unter den gegebenen Umständen kann ich das sehr leicht glauben. Du hast meine Familie bestohlen.«

Er erhob sich, um es abzustreiten, und als sie die Absicht in seinen Augen las, legte Sophia das Telefon beiseite und stand auf. In panischem Entsetzen schlug Donato mit der Hand gegen die Scheibe und schrie etwas. Die Wachen traten vor, aber Sophia hielt sie mit einer kühlen Geste zurück und ergriff wieder das Telefon.

»Was wolltest du sagen?«

»Ja. Ja, ich habe Geld beiseite geschafft. Es war falsch, ich war dumm. Gina ... sie macht mich verrückt. Ständig will sie noch mehr. Mehr Kinder, mehr Geld, mehr Sachen ... Ich habe Geld gestohlen. Ich habe gedacht, was spielt das schon für eine Rolle? Bitte, Sophia, *cara*, du wirst doch nicht zulassen, dass sie mich wegen dem Geld einsperren!«

»Doch, das würde ich tun. Meine Großmutter vielleicht nicht. Aber es geht nicht nur um das Geld. Du hast auch den Wein gepanscht. Du hast einen alten, unschuldigen Mann umgebracht. Wegen Geld, Don? Wie viel war er dir wert?«

»Es war ein Versehen, ein Unfall. Es sollte ihm nur ein bisschen schlecht gehen. Er wusste ... er sah ... Ich habe einen Fehler gemacht.« Seine Hand, mit der er sich übers Gesicht rieb, zitterte.

»Was wusste er, Donato? Was hat er gesehen?«

»Im Weinberg ... Meine Geliebte ... Er missbilligte es, und er hätte vielleicht mit *Zia* Teresa gesprochen!«

»Wenn du mich weiter zum Narren hältst, gehe ich und lasse dich hier verrotten. Glaub mir. Ich will die Wahrheit hören, Don. Die ganze Wahrheit.«

»Es war ein Versehen, ich schwöre es. Ich war schlecht beraten, ich habe mich verführen lassen.« Verzweifelt zerrte er an seinem Kragen. Seine Kehle war wie zugeschnürt. »Ich sollte dafür bezahlt werden, verstehst du, und ich brauchte Geld. Wenn das Unternehmen Probleme bekam, wenn es eine schlechte Presse und Gerichtsverfahren gab, sollte ich noch mehr bekommen. Baptista, er sah ... die Leute, mit denen ich redete. Sophia, bitte! Ich war wütend, sehr wütend. Mein ganzes Leben lang habe ich hart gearbeitet. *La Signora* hat mich nie geschätzt. Aber ein Mann hat seinen Stolz. Ich wollte, dass sie mich schätzt.«

»Und deswegen hast du einen alten Mann umgebracht und ihren Ruf in den Schmutz gezogen?«

»Das Erste, das war ein Unfall. Und es war der Ruf des Unternehmens ...«

»Das ist ein und dasselbe. Und das willst du nicht gewusst haben?«

»Ich habe gedacht, wenn es Probleme gibt, helfe ich dabei, sie zu bereinigen, und dann wird sie mich schon würdigen.«

»Und du wärst von beiden Seiten bezahlt worden«, beendete Sophia den Satz für ihn. »Bei *Signore* Baptista hat es nicht funktioniert. Er ist nicht krank geworden, er ist gestorben. Und sie haben ihn beerdigt, weil sie gedacht haben, sein Herz hätte versagt. Wie frustrierend für dich! Wie ärgerlich. Und kurz darauf hat *Nonna* das Unternehmen neu organisiert.«

»Ja, ja, und hat sie mich für meine jahrelangen treuen Dienste belohnt? Nein.« Aufrichtig wütend schlug Donato mit der Faust auf den Tisch. »Sie holt einen Außenseiter und befördert eine amerikanische Frau, die mich ausfragen darf.«

»Dann hast du also Margaret getötet und auch versucht, David umzubringen?«

»Nein, nein. Das mit Margaret war auch ein Unfall. Ich war verzweifelt. Sie hat sich die Konten, die Rechnungen angesehen. Ich musste ... ich wollte mir nur etwas Zeit verschaffen, einen kurzen Aufschub.

Woher sollte ich wissen, dass sie so viel von dem Wein trinkt? Ein Glas oder zwei hätten sie nur krank gemacht.«

»Wie dumm von ihr, deine Pläne so zu durchkreuzen. Du hast Flaschen mit vergiftetem Wein auf den Markt gebracht. Du hast Leben gefährdet.«

»Ich hatte keine andere Wahl. Wirklich nicht. Du musst mir glauben.«

»Hat mein Vater davon gewusst? Von dem Wein? Von dem Gift?«

»Nein. Nein, für Tony war es nur ein Spiel. Das ganze Geschäftsleben war ein Spiel für ihn. Er wusste nichts von der Scheinfirma und dem fingierten Konto, weil er sich nie die Mühe gemacht hat, genau hinzusehen. Er kannte Baptista gar nicht, weil er niemanden kannte, der im Weinberg arbeitete. Das war nicht seine Welt. Sophia, es war *meine* Welt.«

Sie lehnte sich kurz zurück. Ihr Vater war schwach gewesen – eine traurige Entschuldigung für seine Persönlichkeit. Aber er war nicht an den Morden oder an der Sabotage beteiligt gewesen. Das war zumindest ein kleiner Trost.

»Du hast DeMorney ins *Castello* und auf das Weingut gebracht. Du hast Geld von ihm genommen, nicht wahr? Er hat dich bezahlt, damit du deine eigene Familie verrätst.«

»Hör mir zu«, flüsterte Donato. »Halt dich von DeMorney fern. Er ist gefährlich. Du musst mir glauben! Was ich auch immer getan haben mag, du musst mir glauben, dass ich dir nie wehtun wollte. Er aber schreckt vor nichts zurück.«

»Auch nicht vor Mord? Hat er meinen Vater umgebracht?«

»Ich weiß es nicht. Ich schwöre dir bei meinem Leben, Sophia, ich weiß es nicht. Er will die Familie ruinieren, und mich hat er dafür benutzt. Hör mir zu«, wiederholte er und drückte die Handfläche auf die Glasscheibe. »Ich habe Geld genommen. Ich habe gestohlen. Ich habe den Wein vergiftet, weil er es mir gesagt hat. Ich war fehlgeleitet. Und jetzt lässt er mich dafür hängen. Ich flehe dich an, mir zu helfen! Ich flehe dich an, dich von ihm fernzuhalten! Als mir klar wurde, dass Cutter mich auffliegen lässt, bin ich weggelaufen. Ich bin einfach weggelaufen, Sophia, ich schwöre es dir! Sie behaupten, ich hätte jemanden engagiert, irgendeinen Killer, um ihn erschießen und die Papiere stehlen zu lassen. Warum hätte ich das tun sollen? Für mich war doch schon alles vorbei. Es war erledigt.«

Dieser Knoten aus Lügen und Wahrheit muss entwirrt werden, und dazu wird man eine ruhige Hand und einen klaren Kopf brauchen, dachte sie. Selbst jetzt, wo sie alles von Don erfahren hatte, hätte sie ihm am liebsten geholfen, aber sie musste sich beherrschen. »Du willst, dass ich dir helfe, Don? Dann erzähl mir alles über Jerry DeMorney, was du weißt. Alles. Wenn ich zufrieden bin, sorge ich dafür, dass sich Giambelli um deine rechtliche Situation kümmert und dass deine Kinder versorgt sind und ihnen nichts geschieht.«

Als Sophia zurückkam, wirkte sie erschöpft. Ausgelaugt. Bevor Tyler etwas sagen konnte, legte sie ihre Hand auf seine. »Frag mich jetzt nicht. Ich mache auf dem Flug eine Konferenzschaltung, damit ich alles nur einmal erzählen muss.«

»Okay. Dann lass es uns stattdessen damit versuchen.« Er zog sie in die Arme und hielt sie fest.

»Danke. Kannst du ein paar Tage lang ohne die Sachen auskommen, die du ins *Castello* mitgebracht hast? Ich lasse sie einpacken und nach Hause schicken. Wir müssen nach Hause, Ty. Ich muss dringend nach Hause.«

»Das ist das Beste, was ich seit Tagen gehört habe.« Er küsste sie auf den Scheitel. »Lass uns fahren.«

»Glaubst du ihm?«

Tyler hatte gewartet, bis Sophia den Hörer aufgelegt hatte und alles gesagt war. Sie lief jetzt in der Kabine auf und ab und trank ihre dritte Tasse Kaffee seit dem Start.

»Ich glaube, er ist ein dummer Mann mit einem schwachen, egoistischen Charakter. Ich glaube, er hat sich eingeredet, die Ermordung von *Signore* Baptista und Margaret sei ein unglücklicher Unfall gewesen. Er lässt sich wegen Geld und aus Geltungssucht von jemandem missbrauchen, der viel cleverer ist als er. Und jetzt tut es ihm Leid – aber nur, weil sie ihn gefasst haben. Was ich allerdings absolut glaube, ist, dass er Angst vor Jerry hat. Ich glaube nicht, dass Don meinen Vater umgebracht hat, und er hat wohl auch nicht versucht, David zu töten.«

»Du denkst an DeMorney?«

»An wen sonst? Es wird nicht so leicht sein, ihm das nachzuweisen. Es wird gar nicht leicht sein, Jerry damit überhaupt in Verbindung zu bringen.«

Tyler stand auf und nahm ihr die Kaffeetasse aus der Hand. »Du machst dich selbst ganz nervös. Schalt mal für eine Weile ab.«

»Ich kann nicht. Wer soll es sonst gewesen sein, Ty? Schon während ich telefonierte, habe ich gemerkt, dass du nicht mit mir übereinstimmst. Und ich sehe es dir auch an.«

»Ich weiß noch nicht, was ich denken soll. Ich brauche länger als du, um diese Dinge zu verarbeiten. Aber ich kann mir nicht vorstellen, warum sich dein Vater in deiner Wohnung mit Jerry treffen sollte, oder warum Jerry ihn nach dieser ganzen Planung umbringen sollte. Warum sollte er das riskieren? Das ergibt für mich keinen Sinn. Aber ich bin kein Polizist, und du auch nicht.«

»Sie müssen ihn verhören. Selbst wenn ihn nur jemand wie Donato beschuldigt, müssen sie ihn verhören. Er wird versuchen, sich herauszuwinden, aber ...« Sophia blieb stehen und holte tief Luft. »Wir machen eine Zwischenlandung in New York, um zu tanken.«

»Drei Länder an einem Tag.«

»Willkommen in meiner Welt.«

»Du wirst nichts aus ihm herausbekommen, Sophie.«

»Ich will einfach nur die Gelegenheit haben, ihm ins Gesicht zu spucken.«

»Ja, das habe ich mir gedacht.« Und er musste dabei auf sie aufpassen. »Weißt du denn überhaupt, wo du ihn suchen musst? New York ist eine große Stadt.«

Sie setzte sich und zog ihren Filofax heraus. »Verbindungen herzustellen ist eins meiner größten Talente. Danke für deine großartige Unterstützung.«

»Hey, ich bin nur dein Begleiter.«

»Sollte mir heute irgendetwas entgangen sein?«

»Sophie, dir entgeht doch nie etwas.«

»Genau. Ich habe mich durch dieses ganze Chaos gepflügt, Anrufe getätigt, Vereinbarungen getroffen, alle Knöpfe gedrückt, aber du hast mich nie unterbrochen, mir nie Fragen gestellt, mir nie den Kopf getätschelt und mir gesagt, ich solle aufhören, damit du das Problem in die Hand nehmen kannst.«

»Ich spreche nicht drei Sprachen.«

»Darum geht es gar nicht. Es ist dir gar nicht in den Sinn gekommen, einmal deine Muskeln spielen zu lassen und die Sache zu übernehmen, um mir zu zeigen, dass du alles für mich regeln kannst. Genauso wenig wie es dein Ego beeinträchtigt hat, dass ich ganz genau wusste, was ich zu tun hatte und wie. Du brauchst deine Muskeln gar nicht spielen zu lassen, weil du weißt, dass du welche hast.«

»Vielleicht gefällt es mir ja auch einfach nur, dir bei der ganzen Geschichte zuzusehen.«

Sie rollte sich auf seinem Schoß zusammen. »Mein ganzes Leben lang habe ich immer wieder dafür gesorgt, dass ich von schwachen Männern umgeben war.« Sie lehnte den Kopf an Tylers Schulter und kam endlich zur Ruhe. »Und jetzt sieh dir an, was ich diesmal getan habe.«

Auch Jerry telefonierte einige Male, aus öffentlichen Telefonzellen. Donato war für ihn kein besonders großes Problem, eher eine lästige Angelegenheit. Aber auch die würde er binnen kurzem los sein. Er hatte das erreicht, was er erreichen wollte.

Giambelli steckte schon wieder in einer Krise, die Familie war in Aufruhr, das Vertrauen der Verbraucher auf dem Tiefpunkt. Und er kassierte die Belohnung – persönlich, beruflich, finanziell.

Nichts, was er getan hatte – jedenfalls nichts, was bewiesen werden konnte –, war illegal gewesen. Er hatte einfach nur seinen Job gemacht, wie es jeder aggressive Geschäftsmann tun würde, und hatte die Gelegenheiten ergriffen, die sich ihm anboten.

Deshalb war er auch eher amüsiert als verärgert, als die Rezeption in der Lobby ihn über seinen Besuch informierte. Vergnügt gestattete er, dass er heraufgeschickt wurde und wandte sich dann an seine Begleiterin. »Wir bekommen Besuch. Eine alte Freundin von dir.«

»Jerry, wir haben noch zwei Stunden harter Arbeit vor uns, wenn wir heute Abend fertig werden wollen.«

Kris nahm ihre Beine von der Couch. »Wer ist es denn?«

»Deine frühere Chefin. Sollen wir nicht eine Flasche von dem Pouilly-Fuissé öffnen? Dem '96er?«

»Sophia?« Kris sprang auf. »Hier? Warum?«

»Das werden wir schon erfahren«, sagte er, als der Summer ertönte. »Sei ein braves Mädchen, ja? Hol den Wein.«

Er schlenderte zur Tür. »Das ist aber eine nette Überraschung! Ich hatte ja keine Ahnung, dass du in der Stadt bist.« Er beugte sich vor, um Sophia auf die Wange zu küssen. Sie war schnell, aber Tyler war noch schneller. Seine Hand stieß hart gegen Jerrys Brust. »Wir wollen doch jetzt keine Dummheiten anfangen«, knurrte er.

»Entschuldigung.« Jerry hob beide Hände und trat einen Schritt zurück. »Ich habe nicht mitbekommen, dass sich euer Verhältnis geändert hat. Kommt herein. Ich wollte gerade einen Wein aufmachen. Ihr kennt ja beide Kris.«

»Natürlich. Wie gemütlich«, sagte Sophia. »Wir verzichten auf den Wein, danke. Wir werden nicht lange bleiben. Du scheinst ja die Vorteile deiner neuen Stelle in jeder Hinsicht zu genießen, Kris.«

»Ich ziehe den Stil meines neuen Chefs bei weitem dem Stil meiner alten Chefin vor.«

»Ich bin sicher, dass du ein wesentlich freundlicheres Verhältnis zu deinen neuen Partnern hast.«

»Meine Damen, bitte«, sagte Jerry besänftigend und schloss die Tür. »Wir sind doch alle Profis. Und wir wissen doch, dass Angestellte immer mal wieder die Firma wechseln. Das ist eben so im Geschäftsleben. Ich hoffe, ihr seid nicht hier, um mich dafür auszuschelten, dass ich mir jemanden von Giambelli geschnappt habe. Schließlich hat ja Giambelli letztes Jahr auch einen unserer besten Mitarbeiter abgeworben. Wie geht es David übrigens? Ich habe gehört, dass er kürzlich in Venedig einen Unfall hatte?«

»Es geht ihm sehr gut. Zum Glück für Kris verfolgt Giambelli nicht die Firmenpolitik, frühere Angestellte umzubringen.«

»Offenbar ist das Unternehmen aber auch nicht stark genug gegen interne Auseinandersetzungen gewappnet. Ich war ganz entsetzt, als ich von Donato hörte.« Jerry ließ sich auf der Armlehne eines Sofas nieder. »Absolut entsetzt.«

»Wir haben keine Wanzen dabei, DeMorney.« Tyler berührte Sophias Arm, um sie zu beruhigen. »Also kannst du dir die Nummer sparen. Wir haben Don besucht, bevor wir Europa verließen. Er hat uns einige interessante Dinge über dich mitgeteilt. Die Polizei wird auch bald kommen.«

»Tatsächlich?« Er ist schnell gewesen, dachte Jerry, aber doch nicht schnell genug. »Ich habe viel Vertrauen in unser System, sodass ich nicht glaube, dass die Polizei den Ausführungen eines Mannes

Glauben schenken wird, der seine eigene Familie betrogen hat. Das ist eine schwere Zeit für dich, Sophia.« Er stand wieder auf. »Wenn ich irgendetwas tun kann ...«

»Du könntest zur Hölle fahren, aber ich bin mir nicht sicher, ob sie dich da haben wollen. Du hättest vorsichtiger sein müssen. Ihr beide«, fügte sie mit einem Nicken in Richtung Kris hinzu. »Ihr habt zu viel Zeit auf dem *Castello*, dem Weingut und in der Flaschenabfüllung verbracht.«

»Das ist doch nicht gesetzeswidrig.« Jerry zuckte mit den Schultern. »Es ist nicht unüblich, dass sich freundlich gesinnte Konkurrenten gegenseitig besuchen. Schließlich waren wir ja auch eingeladen. Ihr und jedes Mitglied eurer Familie seid im Gegenzug jederzeit in jedem Unternehmen von Le Coeur willkommen.«

»Du hast Donato benutzt.«

»Ich erkläre mich schuldig.« Jerry spreizte die Hände. »Aber auch das ist nicht gesetzeswidrig. Er ist an mich herangetreten. Er ist leider seit einiger Zeit unglücklich bei Giambelli. Wir haben über die Möglichkeit gesprochen, dass er in die Firmenleitung von Le Coeur eintritt.«

»Du hast ihm gesagt, er solle den Wein vergiften. Hast ihm erklärt, wie er es machen muss.«

»Das ist lächerlich und beleidigend. Sei vorsichtig, Sophia. Ich verstehe ja, dass du aufgebracht bist, aber es ist keine Lösung, wenn du die Probleme deiner Familie mir zuschreiben willst.«

»Ich sage dir, wie es war.« Tyler hatte im Flugzeug Stunden damit zugebracht, den Vortrag in Gedanken auszuarbeiten. Jetzt setzte er sich gemütlich hin. »Du wolltest Ärger machen, richtigen Ärger.

Avano hatte deine Frau verführt. Schwer für einen Mann, das hinzunehmen, auch wenn der andere Mann es mit jeder Frau treibt, die ihm zwischen die Finger gerät. Aber Ärger gleitet an Avano ab. Er hält seine Frau genau da, wo er sie haben will, sodass sie ihm zwar nicht im Weg ist, aber immer noch nahe genug, um seine Position in ihrem Familienunternehmen sicherzustellen. Das regt dich maßlos auf.«

»Meine Ex-Frau geht dich nichts an, MacMillan.«

»Aber sie ging *dich* etwas an, und Avano ebenfalls. Die verdammten Giambellis haben diesem Hurensohn freie Bahn gelassen. Es muss doch einen Weg geben, um ihm und der ganzen Bande Knüppel zwischen die Beine zu werfen! Vielleicht weißt du, wie Avano den Rahm abschöpft, vielleicht aber auch nicht. Auf jeden Fall weißt du genug, um dir Don genauer anzusehen. Auch er betrügt seine Frau, und er ist ziemlich gut mit Avano befreundet. Don ist ein netter Kerl. Es würde nicht schwierig sein, an ihn heranzukommen und anzudeuten, dass Le Coeur ihn gern in der Mannschaft hätte. Mehr Geld, mehr Macht ... Du kannst mit seinen Klagen, seinem Ego, seinen Bedürfnissen spielen. Dann kommst du hinter die Sache mit dem fiktiven Kunden, und damit hast du etwas gegen ihn in der Hand.«

»Du fischst im Trüben, MacMillan, und das langweilt mich.«

»Es wird noch besser. Avano läßt sich mit Sophias zweiter Kraft ein. Ist das nicht interessant? Halt ihr eine Karotte unter die Nase, und du bekommst jede Menge Insider-Informationen. Hat er dir Geld angeboten, Kris? Oder nur ein Eckbüro mit einem hübschen, glänzenden Messingschild?«

»Ich weiß nicht, wovon du redest.« Trotzdem trat Kris rasch einen Schritt von Jerry weg. »Meine Beziehung zu Tony hat nichts mit meiner Position bei Le Coeur zu tun.«

»Das kannst du gern weiterhin denken«, erwiderte Tyler gelassen. »In der Zwischenzeit hast du, De-Morney, weiter mit Don herumgespielt und ihn immer tiefer in den Dreck gezogen. Er hat ein paar Geldprobleme. Wer hat die nicht? Du leihst ihm etwas, nur ein freundlicher Akt. Und du hältst ihn weiter mit dem Wechsel zu Le Coeur hin. Was kann er sonst noch auf den Tisch legen? Insider-Informationen? Das ergibt nicht genug.«

»Mein Unternehmen braucht keine Insider-Informationen.«

»Es ist nicht *dein* Unternehmen.« Ty legte den Kopf schräg, als er den wütenden Blick sah, den Jerry ihm zuschleuderte. »Du möchtest nur gern, dass es deins ist. Du redest mit Don darüber, den Wein zu vergiften. Nur ein paar Flaschen. Zeigst ihm, was er tun soll, um dann wie ein Held dazustehen, wenn die Sache öffentlich wird. Genauso wie du ein Held bei Le Coeur sein wirst, weil du in den Startlöchern stehst, wenn Giambelli in die Krise gerät. Niemand wird ernsthaft verletzt, zumindest sagst du das dem armen Don, sondern es wird das Unternehmen nur richtig aufrütteln.«

»Wie jämmerlich.« Unter seinem maßgeschneiderten Hemd lief ein dünnes Rinnsal aus Schweiß Jerrys Rücken hinunter. »Niemand wird dir dieses Märchen abnehmen.«

»Oh, die Polizei wird sich blendend unterhalten. Lass uns langsam zum Ende kommen«, schlug Ty vor. »Für Don geht es übel aus und ein alter Mann stirbt. Nicht, dass dir das etwas ausmacht. Du hast Don jetzt in der Hand. Wenn er redet, steht er wegen Mordes vor Gericht. In der Zwischenzeit ändert sich bei Giambelli nichts. Avano mogelt sich immer noch durch. Und einer von deinen Leuten geht sogar ins feindliche Lager über.«

»Es ist uns gelungen, auch ohne David Cutters Hilfe weiterzumachen.« Jerry hätte sich gern ein Glas Wein eingeschenkt, aber er merkte, dass seine Hand zitterte. »Und du hast jetzt genug von meiner Zeit beansprucht.«

»Ich bin fast fertig. Also eröffnetest du eine zweite Front und umwarbst eines der jungen Talente, Kris, indem du ihre Unzufriedenheit und ihre Eifersucht nährtest. Wenn es nun zur Krise kommt – und du stellst sicher, dass es dazu kommt –, gerät das Unternehmen Giambelli aus dem Gleichgewicht.«

»Ich hatte nichts damit zu tun.« Kris ergriff ihre Aktentasche und begann, Papiere hineinzustopfen. »Ich weiß von alledem nichts.«

»Vielleicht nicht. Dein Stil ist es ja eher, ein Messer in den Rücken zu rammen.«

»Ich bin nicht daran interessiert, was du denkst oder sagst. Ich gehe.«

Sie stürzte zur Tür und schlug sie hinter sich zu.

»Bei ihr würde ich nicht allzu sehr auf Loyalität der Firma gegenüber bauen«, gab Ty zu bedenken. »Du hast Sophia unterschätzt, DeMorney. Und du hast dich überschätzt. Es gab tatsächlich eine Krise, und es ist Blut geflossen, aber das hat dir nicht gereicht. Du willst immer mehr, und daran wirst du letztlich zugrunde gehen. Auf Cutter schießen zu lassen, war dumm. Die Anwälte hatten schon Kopien von den Unterlagen, und Don wusste das.«

Über Kris machte er sich keine Gedanken. Sie konnte, wenn nötig, geopfert werden, wie jeder Untergebene. »Donato ist offensichtlich in Panik geraten. Ein Mann, der einmal getötet hat, hat keine Skrupel, es ein zweites Mal zu tun.«

»Das stimmt. Don empfindet es nur nicht so, dass er jemanden umgebracht hat. Der Wein war schuld. Und er war viel zu sehr darauf bedacht abzuhauen, als dass er sich um David Sorgen gemacht hätte. Ich frage mich, wer dir von dem Treffen in Venedig erzählt hat und von Dons panischen Versuchen, das Geld von seinem privaten Konto zu bekommen. Die Polizei arbeitet noch daran, und sie werden bald auf dich stoßen. Du wirst eine Menge Fragen beantworten müssen, und binnen kurzem wirst du deinen eigenen öffentlichen Albtraum erleben. Le Coeur wird sich ohne weiteres von dir trennen, genauso wie sie es mit einem abgestorbenen Zweig tun würden.«

Ty stand auf. »Du glaubst, du hast dich in jeder Hinsicht abgesichert, doch das gelingt niemandem. Wenn Don untergeht, wird er dich mit sich ziehen. Ich persönlich freue mich darauf, dich untergehen zu sehen. Ich hatte nicht viel für Avano übrig. Er war ein selbstsüchtiger Idiot, der nicht zu schätzen wusste, was er besaß. Don ist vom gleichen Schlag, auf einer etwas anderen Ebene vielleicht. Aber du, du bist ein schwanzloser Feigling, der Leute dafür bezahlt, dass sie die schmutzige Arbeit für ihn erledigen. Es überrascht mich nicht, dass deine Frau sich einen Mann mit Mumm angelacht hat.«

Er blieb ganz ruhig stehen, als Jerry ausholte. Und er unternahm nichts, um dem Faustschlag auf sein Kinn auszuweichen. Er ließ sogar zu, dass er gegen die Tür taumelte.

»Hast du das gesehen?«, fragte Tyler Sophia ruhig. »Er hat mich geschlagen, er hat Hand an mich gelegt. Ich werde ihn jetzt höflich bitten, aufzuhören. Hörst du das, DeMorney? Ich bitte dich höflich, aufzuhören.«

Jerry ballte die Faust und hätte sie Tyler in den Bauch gerammt, wenn sie nicht auf halbem Wege festgehalten worden wäre. Tyler drückte zu, und der Schmerz, der durch Jerrys Arm schoss, ließ ihn in die Knie sinken.

»Du wirst die Hand röntgen lassen müssen«, sagte Tyler und versetzte Jerry einen kleinen Stoß, der ihn vollständig zu Boden gehen ließ, wo er vor Schmerz zusammengekrümmt liegen blieb. »Ich glaube, ich habe einen Knochen knacken hören. Fertig, Sophie?«

»Äh ... ja.« Leicht benommen ließ sie sich von Tyler aus der Tür ziehen. Als sie im Aufzug standen, stieß sie die Luft aus. »Ich möchte gern etwas sagen.«

»Nur zu.« Ty drückte auf Parterre und lehnte sich an die Wand.

»Ich habe dich nicht unterbrochen, und ich habe auch keine Fragen gestellt. Ich hatte einfach keine Lust, meine Muskeln spielen zu lassen«, fuhr sie fort, während Tylers Mundwinkel zu zucken begannen. »Oder dir zu beweisen, dass ich alles allein regeln kann. Ich möchte das nur erwähnen.«

»Klar. Du hast deine Erfahrungsbereiche, und ich habe meine.« Er legte ihr den Arm um die Schultern. »Und jetzt lass uns nach Hause fahren.«

27

»Und dann ...« Sophia piekste die Gabel in die restliche Lasagne, während die übrigen Familienmitglieder in der Küche der Villa um sie versammelt waren. »... dann packte Ty auf einmal seine Hand – ich habe noch nicht einmal gesehen, wie es passierte! Wie der Blitz. Diese große Pranke packte Jerrys hübsche, manikürte Hand, die wahrscheinlich immer noch von dem Schlag gegen Tys Kinn schmerzte. Auf jeden Fall« – Sophia stürzte einen Schluck Wein hinunter – »wurde Jerry plötzlich ganz weiß, verdrehte die Augen und sank wie ein Akkordeon auf dem Fußboden in sich zusammen. Und dieser große Kerl hier hatte nicht mal einen Schweißtropfen auf der Stirn. Ich musste kichern, und Ty meinte nur höflich, Jerry solle sich die Hand röntgen lassen, weil er glaube, er habe einen Knochen knacken hören.«

»Du meine Güte.« Pilar schenkte sich noch etwas Wein ein. »Wirklich?«

»Mmm.« Sophia schluckte hastig einen Bissen. Kaum war sie zur Tür hereingekommen, hatte der Hunger sie überfallen. »Ich habe dieses leise Geräusch gehört, wie wenn jemand auf einen Zweig tritt. Ziemlich schrecklich, wirklich. Und dann sind wir einfach gegangen. Und ich muss sagen ... Hier, Eli, dein Glas ist leer. Ich muss sagen, es war einfach aufregend. Richtig aufregend. Ich schäme mich nicht, zuzugeben, dass ich ihn regelrecht angesprungen bin, als wir wieder im Flugzeug waren.«

»Himmel, Sophie!« Tyler spürte, wie die Röte seinen Nacken hinaufkroch. »Halt den Mund und iss.«

»In dem Moment hat dich das nicht so verlegen gemacht«, erwiderte sie. »Aber was immer auch passieren wird, egal, wie das alles ausgeht, ich werde nie vergessen, wie Jerry zusammengekrümmt auf dem Boden lag. Das kann mir keiner nehmen. Haben wir *gelato*?«

»Ich hole es.« Pilar stand auf, dann blieb sie neben Ty stehen und küsste ihn auf den Scheitel. »Du bist ein guter Junge.«

Eli holte tief Luft und stieß sie wieder aus. »Man sieht deinem Kinn gar nicht viel an.«

»Der Kerl hat Muschihände«, erwiderte Ty. Dann zuckte er zusammen. »Ich bitte um Verzeihung, *Signora*.«

»Na, das will ich auch hoffen. Ich schätze solche Ausdrücke an meinem Tisch nicht. Aber da ich in deiner Schuld stehe, will ich es überhört haben.«

»Du schuldest mir gar nichts.«

»Ich weiß.« Sie ergriff seine Hand und hielt sie fest. »Deshalb stehe ich ja in anderer Hinsicht in deiner Schuld. Mein eigenes Fleisch und Blut hat mich und die Meinen betrogen. Diese Tatsache hat mich an mir zweifeln lassen, und ich habe mich gefragt, was ich getan habe und wie ich es anders hätte tun können. Heute Abend stehen die Tochter meiner Tochter vor mir und der Junge, den Eli mir damals gebracht hat. Und die Wunde schließt sich wieder. Ich bedauere nichts, ich schäme mich wegen nichts. Was auch immer geschieht, wir werden weitermachen. Wir müssen eine Hochzeit planen«, fuhr Teresa fort und lächelte, während Pilar das Eis verteilte. »Wir müssen ein Unternehmen führen und Weinstöcke pflegen.« Sie hob ihr Glas. »*A la famiglia.*«

Sophia schlief wie ein Stein und wachte schon früh auf. Um sechs saß sie bereits in ihrem Büro, überarbeitete eine Pressemitteilung und rief wichtige Kunden in Europa an. Um sieben war sie über den Atlantik wieder an der Ostküste angekommen. Sie achtete sorgfältig darauf, Jerrys Namen nicht zu erwähnen, da sie einen Konkurrenten nicht offen zwielichtiger Praktiken beschuldigen wollte. Aber sie sorgte dafür, dass sich der Verdacht in den Köpfen festsetzte.

Um acht beschloss sie, dass sie um diese Uhrzeit die Moores zu Hause anrufen konnte.

»Tante Helen, es tut mir Leid, dass ich so früh anrufe.«

»So früh ist es doch gar nicht mehr. In einer Viertelstunde wäre ich durch die Tür gewesen. Bist du noch in Venedig?«

»Nein, ich bin zu Hause, und ich brauche einen juristischen Rat zu einigen unangenehmen Themen. Ein paar davon haben etwas mit internationalem Recht zu tun.«

»Unternehmens- oder Strafrecht?«

»Beides. Du weißt ja, dass Donato in Haft ist. Er wird heute nach Italien abgeschoben. Er wird nichts dagegen unternehmen. Er hat jedoch jemanden beschuldigt, unter vier Augen, mir gegenüber ... einen amerikanischen Konkurrenten. Diese Person wusste zumindest von der Weinpanscherei und den Unterschlagungen und war höchstwahrscheinlich sogar daran beteiligt. Kann er deshalb angeklagt werden? Margaret ist hier in den Staaten gestorben, deshalb ...«

»Langsam, langsam. Du bist viel zu schnell für mich, Sophie. Erstens: Du beziehst dich auf etwas, das Don dir gesagt hat. Er ist im Moment nicht sehr glaubwürdig.«

»Er wird schon noch glaubwürdiger werden«, versprach sie. »Ich möchte mir einfach einen Überblick verschaffen.«

»Ich bin keine Expertin für internationales Recht, und ich bin auch keine Strafrechtlerin. Du solltest mit James reden, und ich gebe ihn dir auch gleich. Aber vorher möchte ich dir noch etwas als Freundin sagen. Dies ist ein Thema für die Polizei und die Behörden. Ich möchte nicht, dass du etwas unternimmst, und ich möchte, dass du äußerst vorsichtig mit dem bist, was du sagst und was du veröffentlichen lässt. Gib keine Erklärungen ab, ohne dich vorher mit mir, James oder Linc abgesprochen zu haben.«

»Ich habe Presseerklärungen für Amerika und für Europa entworfen. Ich faxe sie euch, wenn es dir recht ist.«

»Tu das. Und jetzt rede mit James. Unternimm nichts selbstständig.«

Sophia biss sich auf die Lippe. Sie fragte sich, was ihre Ersatztante, die Richterin, wohl über den Besuch sagen würde, den sie und Ty Jerry abgestattet hatten.

Am späten Vormittag stand David zwischen den Reihen des Weinbergs von MacMillan. Er kam sich nutzlos vor, hilflos und war zudem von panischer Angst erfüllt, weil sein gerade erst siebzehnjähriger

Sohn an diesem Morgen hinter dem Steuer eines gebrauchten Cabriolets zur Schule gefahren war.

»Hast du nicht ein bisschen Schreibtischarbeit zu erledigen?«, fragte Tyler ihn.

»Leck mich.«

»In diesem Fall schlage ich lieber nicht vor, dass du die Monatsabfüllung in der Kellerei kontrollierst. Wir testen als Erstes den '93er Merlot.«

»Mir gibt man Wein zu probieren, und du darfst dich prügeln.«

»Das war nur ein kleines Intermezzo. Außerdem war es eigentlich gar keine Prügelei.«

»Pilar hat gesagt, du hast ihn mit einer Hand niedergestreckt.« David bewegte prüfend seinen verletzten Arm. »Ich habe auch nach wie vor nur eine Hand, obwohl der sadistische Physiotherapeut sagt, dass ich in kürzester Zeit wieder zwei zur Verfügung hätte. Ich möchte ihn auch gern verprügeln.« David marschierte die Reihen entlang, um sich abzureagieren. »Ich habe jahrelang für den Hurensohn gearbeitet! Saß mit ihm in Konferenzen, beim Mittagessen und bei Strategiesitzungen bis spät in die Nacht. Manchmal ging es darum, wie man Giambelli oder dir Kunden abwerben könnte. Das ist Business.«

»Stimmt.«

»Als Le Coeur damals den Exklusivauftrag für die Flüge von und nach Europa bekam, bin ich mit ihm ausgegangen, und wir haben gefeiert. Wir hatten Giambelli überboten. Ich habe mir tagelang deswegen selbst auf die Schulter geklopft. Und jetzt, wo ich rückblickend die einzelnen Schritte nachvollziehe, stelle ich fest, dass wir den Auftrag bekommen haben, weil er die Informationen hatte. Don hat ihm

Giambellis Angebot mitgeteilt, noch bevor es überhaupt abgegeben worden war.«

»So machen manche Leute eben Geschäfte.«

»Ich nicht.«

Bei Davids Tonfall blieb Ty stehen. Irgendwie waren sie in den letzten Monaten Freunde geworden. Fast sogar Familienmitglieder. Auf jeden Fall waren sie sich so nahe, dass Ty Davids Schuldgefühle und seine Frustration verstehen konnte.

»Niemand behauptet das, David. Und niemand denkt das von dir.«

»Nein. Aber ich weiß noch zu gut, wie dringend ich diesen Kunden haben wollte.« Er schob die Hände in die Taschen, und sein verwundeter Arm zitterte. »Verdammt noch mal.«

»Hörst du mal auf, dir Vorwürfe zu machen? Ich habe nämlich eine Menge zu tun, da ich ja nach Italien fliegen musste, um dein Blut von der Straße aufzuwischen. Dass du auf dich hast schießen lassen, hat meinen ganzen Terminkalender durcheinandergebracht.«

David drehte sich zu Tyler um. »Hast du auch in dem Tonfall gesprochen, als du DeMorney vorschlugst, sich die Hand röntgen zu lassen?«

»Wahrscheinlich. Wenn jemand mich mit seiner Blödheit wütend macht, rede ich immer so.«

Der Druck auf Davids Brust ließ nach, und er funkelte Tyler erheitert an. »Ich würde dich ja wegen dieser Äußerung niederschlagen, aber du bist größer als ich.«

»Und jünger.«

»Mistkerl. Also eigentlich hätte ich schon Lust, dich niederzuschlagen, aber ich erspare es dir noch einmal, weil dort hinten Sophia kommt. Sie braucht nicht zu sehen, wie ihr zukünftiger Stiefvater dich in den Hintern tritt.«

»Davon träumst du auch nur.«

»Ich gehe jetzt in die Kellerei und werde dort weiterschmollen.« Nach ein paar Schritten wandte David sich noch einmal zu Tyler. »Danke.«

»Nichts zu danken.« Tyler ging Sophia entgegen. »Du kommst wieder einmal zu spät.«

»Ich hatte wichtige Sachen zu erledigen. Wohin geht David? Ich wollte ihn fragen, wie er sich fühlt.«

»Tu dir selbst einen Gefallen und lass es. Er ist im ruhelosen Stadium seiner Genesung. Was für wichtige Sachen?«

»Oh, ich musste ein paar zögerliche Kunden beruhigen, die Presse manipulieren und mit Anwälten sprechen. Nur ein ganz normaler Tag für die Erbin eines Weinimperiums. Wie läuft es hier draußen?«

»Die Nächte sind kühl und feucht gewesen. Das gibt Mehltau. Wir werden noch einmal mit Schwefel sprühen, wenn die Trauben angesetzt sind. Ich mache mir allerdings keine Sorgen.«

»Gut. Ich werde mir morgen etwas Zeit für den Winzer freischaufeln, und du nimmst dir Zeit für die Pressetante. Zurück zum Teamwork. Ach übrigens, warum hast du mir keinen Begrüßungskuss gegeben?«

»Weil ich arbeite. Ich will mir die neuen Pflanzungen ansehen, bei der alten Destillerie vorbeifahren und die Gärungsfässer begutachten. Und in der Kellerei wird heute getestet. Und dann müssen wir auch noch deine Sachen in mein Haus bringen.«

»Ich habe nicht gesagt, dass ich ...«

»Aber da du schon einmal hier bist ...« Ty gab ihr einen Kuss.

»Wir müssen darüber reden«, begann Sophia, zog dann jedoch ihr Handy aus der Tasche, weil es klingelte. »Sehr bald«, fügte sie hinzu. »Sophia Giambelli. *Chi? Sì, va bene.*« Sie deckte die Sprechmuschel mit der Hand ab. »Das ist das Büro von Lieutenant DeMarco. Sie haben heute Don in seinen Gewahrsam übergeben.« Sie hielt das Handy wieder ans Ohr. »*Sì, buon giorno. Ma che ... scusi? No, no!*«

Sie hielt das Handy fest umklammert und sank zu Boden. »*Come!*«, stieß sie hervor. Als Tyler ihr das Telefon aus der Hand nehmen wollte, schüttelte sie heftig den Kopf. »*Donato ...*« Dann blickte sie Tyler verwirrt an. »*È morto.*«

Den letzten Satz brauchte sie ihm nicht zu übersetzen. Er nahm das Handy, stellte sich vor und fragte, wie Donato Giambelli gestorben sei.

»Ein Herzschlag! Er war noch nicht einmal vierzig!« Sophia lief auf und ab. »Das ist meine Schuld. Ich habe ihn bedrängt, und dann bin ich zu Jerry gegangen und habe ihn zur Rede gestellt. Ich hätte genauso gut eine Zielscheibe auf Dons Rücken heften können.«

»Du warst nicht allein«, erinnerte Tyler sie. »Ich war derjenige, der DeMorney angegriffen hat.«

»*Basta*«, befahl Teresa. »Wenn sie herausfinden, dass Donato an Gift gestorben ist, wenn sie herausfinden, dass er ermordet wurde, während er in den Händen der Polizei war, dann ist niemand von euch schuld. Sein eigenes Verhalten hat ihn dorthin gebracht, und die Polizei war verpflichtet, auf ihn aufzupassen. Ich will nicht, dass uns alles und jedes vorgeworfen wird.«

Und damit war die Diskussion für sie beendet. »Er hat mich enttäuscht. Aber ich kann mich erinnern, dass er früher ein süßer kleiner Junge mit einem hübschen Lächeln war. Ich werde um den kleinen Jungen trauern.«

Sie suchte Elis Hand und zog sie in einer Geste, die Sophia noch nie bei ihr gesehen hatte, an die Lippen.

»*Nonna,* ich fliege nach Italien zur Beerdigung, um die Familie zu vertreten.«

»Nein, du wirst bald genug meinen Platz einnehmen müssen. Ich brauche dich hier. Eli und ich werden fliegen, und das ist auch richtig so. Ich bringe Francesca, Gina und die Kinder mit hierher zurück, wenn sie möchten. Gnade uns Gott, wenn sie möchten«, schloss sie voller Inbrunst und stand auf.

Sophia musterte Lincs Büro. Niemand konnte seinem Vater vorwerfen, dass er ihn bevorzugte. Das Zimmer war nicht viel größer als eine Schuhschachtel, ohne Fenster und voller Stapel von Gesetzesbüchern und Akten. Irgendwo unter den Papierbergen musste ein Schreibtisch versteckt sein.

»Willkommen in meinem Verlies. Es ist nicht besonders einladend«, sagte Linc, während er einen Stuhl für sie freiräumte. »Aber ... nun, es ist einfach so.« Er warf die Akten und Bücher zu Boden.

»Das Angenehme daran, ganz unten anzufangen, ist, dass man nicht noch tiefer fallen kann.«

»Wenn ich ein braver Junge bin, bekomme ich bald ein eigenes Heftgerät.« Mit einem Geschick, das von häufigem Training zeugte, rollte er mit seinem Bürostuhl um den Papierberg. Irgendwo unter all den Akten und Büchern begann ein Telefon zu läuten.

»Musst du abnehmen? Wo immer es sein mag ...«

»Nein, ich rede lieber mit dir.«

Wie jemand in dieser Unordnung und diesem Chaos arbeiten konnte, war Sophia ein Rätsel. Sie musste sich förmlich zusammenreißen, um nicht aufzuräumen. »Ich fühle mich schuldig, weil ich zu deiner Arbeitsbelastung noch beitrage. Allerdings nicht so schuldig, dass ich mich nicht zu fragen wage, ob die Unterlagen, die ich dir geschickt habe, hier vielleicht irgendwo vergraben sind und ob du schon eine Chance hattest, hineinzusehen.«

»Ich habe ein System.« Linc griff unter einen Stapel auf der linken Ecke seines Schreibtisches und zog eine Aktenmappe hervor.

»Wie ein Zaubertrick«, sagte sie. »Gut gemacht.«

»Willst du mal sehen, wie ich ein Kaninchen aus dem Hut hervorziehe?« Grinsend setzte er sich wieder. »Du hast dich gut geschützt«, begann er. »Ich habe ein bisschen an der Pressemitteilung herumgebastelt, aber eigentlich nur, um mein überhöhtes Honorar auch wirklich zu verdienen.« Er reichte ihr die überarbeiteten Papiere. »Du bist vermutlich die Sprecherin für Giambelli-MacMillan?«

»Zumindest, solange *Nonna* und Eli in Italien sind. Mama hat in diesen Dingen keine Übung. Ich schon.«

»Und David? Oder Ty?«

»Ich werde dafür sorgen, dass sie Kopien bekommen. Aber es ist am besten, wenn die Pressesprecherin jemand aus der Familie Giambelli ist. Wir sind schließlich diejenigen, die herumgeschubst werden.«

»Das mit Don tut mir Leid.«

»Mir auch.« Sophia blickte auf die Pressemitteilungen, las sie aber nicht wirklich. »Heute ist die Beerdigung. Ich muss dauernd daran denken, wie ich das letzte Mal mit ihm geredet habe. Er hatte solche

Angst! Ich weiß, was er getan hat, und ich kann es ihm nicht verzeihen. Aber trotzdem geht mir nicht aus dem Kopf, wie verängstigt er war und wie hart ich mit ihm umgesprungen bin.«

»Du darfst dir deswegen keine Vorwürfe machen, Sophie. Mom und Dad haben mir erzählt, was vorgefallen ist, zumindest soweit sie es wussten. Er ist gierig und dumm geworden. Und er war für zwei Todesfälle verantwortlich.«

»›Unfälle‹ hat er sie genannt. Ich weiß, was er getan hat, Linc. Aber wer hat ihn dazu angestiftet?«

»Womit wir bei DeMorney wären. Du wirst hier sehr vorsichtig sein müssen. Halte seinen Namen aus deinen Erklärungen heraus und erwähne auch Le Coeur nicht.«

»Mmm.« Angelegentlich studierte Sophia ihre Nägel. »Es ist durchgesickert, dass die Polizei ihn im Zusammenhang mit dem vergifteten Wein, der Scheinfirma und dem Mord an meinem Vater verhört. Ich weiß gar nicht, woher die Presse diese Information hat.«

»Du bist ein raffiniertes Luder, Sophie.«

»Sagst du das als mein Freund oder als mein Anwalt?«

»Als beides. Sei vorsichtig. Es kann nicht in deinem Interesse sein, dass man die Spuren zu dir zurückverfolgen kann. Und wenn man dich nach DeMorney fragt, sag einfach: kein Kommentar.«

»Ich habe aber viele Kommentare.«

»Und diejenigen, an die du denkst, könnten dich letzten Endes vor Gericht bringen. Überlass die Aufklärung der Polizei. Selbst wenn DeMorney etwas damit zu tun hatte, so hast du keine Beweise dafür«, erinnerte er sie. »Lass mich als Anwalt sprechen:

Wenn er etwas damit zu tun hat, wird es herauskommen. Aber Dons Wort allein reicht nicht.«

»Er hat im Hintergrund die Fäden gezogen, da bin ich sicher, und dieses Wissen reicht mir. Mehrere Menschen sind tot, und warum? Weil er einen größeren Marktanteil haben wollte? Um Gottes willen.«

»Menschen haben schon für weniger getötet, aber ich muss zugeben, das ist die Schwachstelle. Er ist ein reicher, geachteter Geschäftsmann. Es wird schwierig sein, ihm Unternehmensspionage, Unterschlagung, Produktmanipulation und sogar Mord nachzuweisen.«

»Die Presse wird sich auf die saftigen Einzelheiten über meinen Vater und seine Frau stürzen. Sie werden ihn öffentlich demütigen. Er hasst uns, und er wird uns noch mehr hassen, wenn das herauskommt. Das habe ich gespürt, als ich ihn in New York gesehen habe. Es geht nicht nur ums Geschäft. Das Ganze ist eine persönliche Geschichte. Linc, hast du unsere neue Anzeige gesehen?«

»Die mit dem Paar auf der Veranda? Sonnenuntergang am See, Wein und eine Liebesgeschichte ... Sehr gekonnt, sehr attraktiv. Die Werbung trägt eindeutig deine Handschrift. Und ich meine wirklich *deine*, nicht die des Unternehmens.«

»Danke. Meine Leute haben viel Zeit und Gedanken darauf verwendet.« Sophia griff in ihre Aktentasche und zog ein Foto aus einer Mappe. »Das hat mir gestern jemand geschickt.«

Er erkannte die Anzeige wieder, allerdings war sie mit dem Computer verändert worden. Auf diesem Bild hatte die junge Frau den Kopf zurückgeworfen und den Mund in einem stummen Schrei geöffnet.

Ein Glas lag auf der Veranda, der Wein war verschüttet und blutrot. Die Schlagzeile lautete:

IHR AUGENBLICK

ZU STERBEN IST GEKOMMEN

»Meine Güte, Sophie! Das ist krank und gemein. Wo ist der Umschlag?«

»Ich habe ihn zu Hause. Natürlich kein Absender, in San Francisco abgestempelt. Ursprünglich habe ich an Kris Drake gedacht, weil es ihr Stil ist. Aber ich glaube eigentlich nicht, dass sie es geschickt hat.«

Mittlerweile konnte sie die verfälschte Anzeige betrachten, ohne dass ihr ein Schauer über den Rücken lief. »Ich glaube eher, dass sie den Rückzug angetreten hat, um nicht in die Schusslinie zu geraten. Ich weiß nicht, ob Jerry an der Westküste war, aber das ist sein Werk.«

»Du musst sie der Polizei geben!«

»Ich habe ihnen heute früh das Original gebracht. Das hier ist eine Kopie. Ich hatte den Eindruck, sie sehen das Ganze nur als weiteren schlechten Scherz an.« Sophia erhob sich. »Ich möchte, dass auch der Privatdetektiv, den du angeheuert hast, sich darum kümmert. Und ich möchte nicht, dass du es irgendjemandem gegenüber erwähnst.«

»Mit dem ersten Teil stimme ich überein, aber der zweite ist albern.«

»Es ist nicht albern. Meine Mutter plant ihre Hochzeit. *Nonna* und Eli haben genug zu tun, Ty und David ebenfalls. Außerdem habe *ich* es bekommen. Persönlich. Und ich möchte es auch persönlich regeln.«

»Selbst du kannst nicht immer bekommen, was du willst. Das ist eine Drohung!«

»Vielleicht. Und glaub mir, ich habe vor, sehr vorsichtig zu sein. Aber ich werde nicht zulassen, dass meiner Mutter die Vorfreude verdorben wird. Sie hat zu lange darauf gewartet, endlich glücklich zu sein. Und auch meinen Großeltern werde ich nicht noch mehr Stress zumuten. Ty werde ich es auch nicht erzählen, jedenfalls jetzt noch nicht, weil er bestimmt überreagiert. Also muss es unter uns bleiben.«

Sie griff nach Lincs Hand. »Ich zähle auf dich.«

»Weißt du, was ich tun werde?«, erwiderte er nach kurzem Schweigen. »Ich werde den Detektiv darauf ansetzen und ihm achtundvierzig Stunden Zeit geben, bevor ich etwas sage. Wenn du bis dahin noch eine Drohung bekommst, musst du sofort zu mir kommen.«

»Das kann ich versprechen. Aber achtundvierzig Stunden ...«

»Das ist die Abmachung.« Er stand auf. »Die Zeit gestehe ich dir zu, weil ich dich liebe und weiß, was du empfindest. Aber mehr gebe ich dir nicht, eben *weil* ich dich liebe und weiß, was du empfindest. Du kannst einwilligen oder es lassen.«

»Okay, okay«, sagte sie und atmete aus. »Ich bin nicht tapfer und dumm zugleich, Linc. Eigensinnig vielleicht, aber nicht dumm. Er will mir Angst einjagen und meine Familie noch mehr durcheinander bringen. Doch das wird ihm nicht gelingen. Ich treffe mich jetzt gleich mit meiner Mutter und mit deiner. Wir gehen das Hochzeitskleid kaufen.« Sie küsste Linc auf die Wange. »Danke.«

Maddys Vorstellungen von Shopping bestanden darin, im Einkaufszentrum herumzuhängen, die Jungen zu mustern, die im Einkaufszentrum herumhingen und ihrerseits die Mädchen musterten, und ihr Taschengeld für Junk Food und neue Ohrringe auszugeben. Deshalb erwartete sie, unendlich gelangweilt zu sein, da sie den Tag mit drei Erwachsenen in Modegeschäften verbringen musste.

Aber sie dachte an die Übereinkunft, die sie mit ihrem Vater getroffen hatte, damit er ihr erlaubte, sich Strähnchen ins Haar machen zu dürfen. Und wenn sie ihre Trümpfe richtig ausspielte, konnte sie sogar ein paar wirklich coole Sachen aus Pilar herausholen. Eine zukünftige Stiefmutter war eine lohnende Angelegenheit. Schuldbewusstsein und Nervosität zahlten sich, nach Maddys Berechnungen, in Einkaufstüten aus.

Sie sollte Mrs. Giambelli jetzt Pilar nennen. Es war komisch, aber immer noch besser, als wenn man von ihr erwartete, dass sie sie Mom nannte.

Zuerst musste sie das Mittagessen mit Pilar und der Richterin überstehen. Ein Weiberessen, dachte Maddy verächtlich. Winzige Portionen von fettarmem, geschmacklosem Essen und Gespräche über Kleider und Figur. Es wäre nicht so schlimm gewesen, wenn Sophia dabei gewesen wäre, aber Maddys deutliche Anspielungen, dass es doch schön wäre, wenn Sophia sie auf ihren Besorgungen begleiten würde, waren nicht auf fruchtbaren Boden gefallen.

Also ergab sich Maddy in ihr Schicksal und richtete sich auf ein oder zwei langweilige Stunden ein. Überrascht musste sie jedoch feststellen, dass sie in ein lautes, italienisches Restaurant gingen, in dem es nach allen möglichen Gewürzen duftete.

»Ich sollte einen Salat essen. Ich sollte nur einen Salat essen«, wiederholte Helen. »Aber das werde ich nicht tun. Ich höre schon, wie die Auberginen mit Parmesan nach mir rufen.«

»Fettuccine Alfredo.«

»Klar, für dich ist das in Ordnung«, sagte Helen grimmig zu Pilar. »Du nimmst ja kein Gramm zu. Du brauchst dir keine Sorgen darüber zu machen, wie du in deiner Hochzeitsnacht nackt aussiehst.«

»Er hat sie doch schon nackt gesehen«, sagte Maddy. Beide Frauen drehten sich nach ihr um. Sie erstarrte und wartete auf eine Gardinenpredigt. Stattdessen lachten die beiden Frauen, und Helen legte ihr den Arm um die Schultern. »Wir suchen uns einen Tisch in einer Ecke, dann kannst du mir alle schmutzigen Details über deinen Vater und Pilar erzählen, die ich bisher noch nicht aus ihr herauslocken konnte.«

»Ich glaube, gestern Abend haben sie es draußen gemacht. Dad hatte Grasflecken auf seinen Jeans.«

»Kann man dich kaufen?«, wollte Pilar wissen.

Maddy schlüpfte grinsend in die Ecke. »Klar.«

»Dann lass uns mal verhandeln.« Pilar setzte sich neben sie.

Sie langweilte sich nicht. Überrascht stellte sie fest, dass sie sich sogar amüsierte, weil sie nicht ständig belehrt wurde und man nicht von ihr erwartete, dass sie still dasaß und sich gut benahm. Es war fast so, wie wenn sie mit Theo und ihrem Vater unterwegs war – und dennoch anders. Angenehm anders. Und es war das erste Mal, dass sie nur mit Frauen unterwegs war. Pilar wusste das auch.

Es machte Maddy noch nicht einmal etwas aus, dass sie in Modegeschäfte mitgeschleppt wurde oder dass sich das Gespräch nur noch um Kleider, Stoffe, Farben und Schnitte drehte.

Und als Sophia hereinstürzte, windzerzaust, mit gerötetem Gesicht und fröhlich, hatte Maddy mit ihren knapp fünfzehn Jahren eine Eingebung. Es würde ihr nichts ausmachen, so wie Sophia Giambelli zu werden. Sie war der Beweis dafür, dass eine Frau wirklich gescheit sein konnte, genau das tun konnte, was sie wollte und wie sie es wollte, und dabei zugleich doch großartig aussehen konnte.

»Du hast doch hoffentlich noch nichts anprobiert?«

»Nein, ich wollte auf dich warten. Was hältst du von diesem blauen Seidenkleid?«

»Hmm. Vielleicht etwas zu zurückhaltend. Hi, Maddy! Hallo, Tante Helen.« Sie küsste Helen auf die Wange, dann stieß sie geräuschvoll die Luft aus. »O Mama! Sieh dir das hier an! Die Spitze ist toll – romantisch, elegant ... Und die Farbe würde dir wundervoll stehen.«

»Es ist hübsch, aber meinst du nicht, ich bin ein bisschen zu alt dafür? Es ist eher etwas für dich.«

»Nein, nein, es ist für eine Braut. Für dich. Du musst es unbedingt anprobieren.«

Während Pilar das Kleid betrachtete, legte sie Sophia die Hand auf die Schulter. Ganz beiläufig, dachte Maddy. Einfach nur, um sie zu berühren. Ihre Mutter hatte sie nie so berührt, jedenfalls konnte sie sich nicht daran erinnern. Sie hatten nie solch eine Bindung gehabt. Wenn sie sie gehabt hätten, hätte sie nicht einfach weggehen können.

»Probier sie beide an«, drängte Sophia. »Und auch dieses roséfarbene Leinenkleid, das Helen ausgesucht hat.«

»Wenn sie es nicht so eilig haben würde, den Kerl an die Angel zu bekommen, dann hätte sie sich etwas nähen lassen können. Und ich hätte zehn Pfund abnehmen können, statt hier die Brautmatrone zu mimen. Habe ich noch Zeit für eine Fettabsaugung?«

»Oh, hör auf! Okay, ich fange mit diesen drei Kleidern an.«

Während Pilar mit der Verkäuferin zu den Umkleidekabinen ging, rieb sich Sophia die Hände. »Okay, jetzt bist du an der Reihe.«

Überrascht blinzelte Maddy sie an. »Das ist ein Laden für Erwachsene!«

»Du bist genauso groß wie ich – und wahrscheinlich hast du auch dieselbe Größe«, fügte sie hinzu, während sie das Mädchen musterte. »Mama möchte Pastelltöne, also richten wir uns nach ihr. Obwohl ich dich lieber in leuchtenden Farben sähe.«

»Ich mag Schwarz«, erwiderte Maddy störrisch.

»Ja, du kannst es auch gut tragen.«

»Wirklich?«

»Mmm, aber für diesen besonderen Anlass werden wir unseren Horizont erweitern.«

»Etwas Pinkfarbenes ziehe ich nicht an.« Maddy verschränkte die Arme.

»Och, und ich habe mir schon rosa Organdy mit Rüschen und kleinen Mary Janes vorgestellt«, warf Helen ein.

»Was sind Mary Janes?«

»Autsch, ich bin tatsächlich alt. Ich gehe jetzt zur Tagesgarderobe und schmolle.«

»Und, was sind nun Mary Janes?« beharrte Maddy, während Sophia durch die Kleiderständer ging.

»Wahrscheinlich Schuhe. Ich bin mir nicht ganz sicher. Das hier gefällt mir.« Sie zog ein langes, ärmelloses Kleid in Rauchblau heraus.

»Das würde dir gut stehen.«

»Nicht für mich, sondern für dich.« Sophia drehte sich um und hielt das Kleid vor Maddy.

»Für mich? Wirklich?«

»Ja, wirklich. Du solltest dazu die Haare hochstecken. Deinen Nacken und deine Schultern zeigen.«

»Und wenn ich es abschneide? Mein Haar, meine ich.«

»Hmmm.« Mit geschürzten Lippen stellte sich Sophia Maddys Mähne als Kurzhaarfrisur vor. »Ja, um das Gesicht kurz und hinten ein bisschen länger. Vielleicht etwas Glanz.«

»Strähnchen?«, fragte Maddy, fast sprachlos vor Freude.

»Nur ein wenig Glanz. Frag deinen Vater, und dann nehme ich dich mit zu meinem Friseur.«

»Warum muss ich erst fragen, wenn ich mir die Haare schneiden lassen will? Es sind *meine* Haare.«

»Guter Einwand. Probier das mal an. Ich rufe in der Zwischenzeit in meinem Salon an und frage, ob sie dich noch einschieben können, bevor wir wieder nach Hause fahren.« Sie reichte Maddy das Kleid, dann blieb sie stehen. »O Mama ...«

»Wie findest du es?« Pilar hatte mit dem pfirsichfarbenen Kleid angefangen. Elfenbeinweiße Spitze umschloss das Mieder, und der Rock schwang weich um sie herum. »Sei ganz ehrlich.«

»Helen, komm mal her!«, rief Sophia. »Du siehst wunderschön aus, Mama.«

»Wie eine Braut«, stimmte Helen schniefend zu. »Verdammt, jetzt ist meine Wimperntusche hinüber.«

»Okay.« Verträumt drehte Pilar sich um die eigene Achse. »Maddy? Wie ist deine Meinung?«

»Du siehst toll aus. Dad werden die Augen aus dem Kopf fallen.«

Pilar strahlte und drehte sich noch einmal. »Gleich beim ersten Mal ein Treffer.«

Ganz so einfach war es nicht. Sie mussten noch Hüte kaufen, Schuhe, Schmuck, Taschen, sogar Unterwäsche, und sie mussten zum Friseur. Es war bereits dunkel, als sie wieder nach Norden fuhren, den Wagen voll gestopft mit Einkaufstüten und Schachteln. Und dabei sind noch nicht einmal die Kleider dabei, dachte Maddy erstaunt. Sie mussten erst noch geändert werden.

Sie hatte einen ganzen Berg neuer Kleider, Schuhe und wirklich coole Ohrringe bekommen, die sie bereits trug. Sie passten toll zu ihrer neuen Frisur. Mit Glanz.

Diese neue Frauen-Familie hatte wirklich ihre Vorzüge.

»Männer halten sich für Jäger«, sagte Sophia, als sie nach Norden fuhren. »Aber das sind sie nicht. Sie beschließen, einen Grizzly zu jagen, und konzentrieren sich darauf. Und während sie die Spur des großen Bären verfolgen, verpassen sie alles andere Wild. Frauen dagegen verfolgen zwar auch den Grizzly, aber vorher oder sogar während sie das tun, erlegen sie zugleich alles andere Wild.«

»Außerdem schießen Männer auf den ersten großen Bären, den sie sehen«, warf Maddy, die auf dem Rücksitz saß, ein. »Und sie bedenken dabei nicht, dass die Welt voller Grizzlys ist.«

»Genau.« Sophia klopfte auf das Lenkrad. »Mama, dieses Mädchen hat wirklich Potenzial.«

»Finde ich auch. Aber ich bin nicht begeistert von diesen Schuhen mit den meterhohen Sohlen, die sie trägt.«

»Sie sind toll. Richtig ausgeflippt.«

»Stimmt.« Fröhlich hob Maddy ihren Fuß. »Und so hoch sind die Sohlen gar nicht.«

»Ich weiß nicht, warum du unbedingt damit herumstampfen willst.«

Sophia sah Maddy im Rückspiegel an. »So sind Mütter einfach. Sie müssen so etwas sagen. Du hättest mal ihr Gesicht sehen sollen, als ich mir den Bauchnabel habe piercen lassen.«

»Du hast dir den Bauchnabel piercen lassen?« Fasziniert beugte sich Maddy sich. »Kann ich mal sehen?«

»Ich lasse es wieder zuwachsen. Tut mir Leid«, erwiderte Sophia kichernd, während Maddy sich verächtlich zurücklehnte. »Es hat mich irritiert.«

»Und sie war schon achtzehn«, erklärte Pilar und drehte sich um, um Maddy einen warnenden Blick zuzuwerfen. »Also komm bloß nicht auf die Idee, bevor du so alt bist.«

»Ist das auch typisch Mutter?«

»Darauf kannst du wetten. Aber ich muss sagen, dass ihr zwei mit deinen Haaren absolut Recht hattet. Es sieht toll aus.«

»Wenn Dad meckert, dann beruhigst du ihn, oder?«

»Nun, ich ...« Sie zuckte zusammen, weil das Auto mit quietschenden Reifen um eine Kurve fuhr. »Sophia, auch wenn das abermals typisch Mutter ist – fahr langsamer!«

»Schnallt euch an.« Sophias Hände krampften sich plötzlich um das Lenkrad. »Mit den Bremsen stimmt irgendetwas nicht.«

»O Gott.« Instinktiv drehte sich Pilar wieder zu Maddy um. »Bist du angeschnallt?«

»Ja.« Sie hielt sich am Sitz fest, da das Auto erneut um eine Kurve schoss. »Alles okay. Zieh die Handbremse.«

»Mama, zieh du sie, ich kann meine Hände nicht

vom Lenkrad nehmen.« Sophias Hände wollten zittern, aber sie ließ es nicht zu. Sie dachte nur daran, dass sie unbedingt die Kontrolle behalten musste. Wieder quietschten die Reifen, und der Wagen schleuderte um die nächste Kurve.

»Ich habe sie ganz hochgezogen, Baby.« Doch der Wagen wurde nicht langsamer. »Und wenn wir den Motor abstellen?«

»Dann rastet das Lenkradschloss ein.« Maddy schluckte. Das Herz klopfte ihr bis in den Hals. »Sie kann dann nicht mehr lenken.«

Schotter spritzte auf, als Sophia krampfhaft versuchte, den Wagen auf der Straße zu halten. »Nimm mein Handy und wähl den Notruf.« Sie blickte aufs Armaturenbrett. Der Tank war noch halb voll. Hier war also auch keine Hilfe zu erwarten. Und angesichts der scharfen Kurven, die auf sie zukamen, würde sie den Wagen bei dieser Geschwindigkeit nicht mehr kontrollieren können.

»Schalt runter!«, schrie Maddy von hinten. »Versuch, herunterzuschalten!«

»Mama, schalt in den dritten Gang, wenn ich es dir sage. Wir werden einen ordentlichen Satz machen, also haltet euch fest. Aber es könnte funktionieren. Ich kann das Lenkrad nicht loslassen.«

»Ich habe verstanden. Es wird schon klappen.«

»Okay. Haltet euch fest.« Sophia trat auf die Kupplung, und das Auto schien noch schneller zu werden. »Jetzt!«

Der Wagen machte einen Satz. Obwohl sich Maddy auf die Lippe biss, konnte sie einen Aufschrei nicht unterdrücken.

»In den zweiten«, befahl Sophia. Schweiß lief ihr über den Rücken. »Jetzt!«

Es gab einen Ruck, und sie wurde nach vorne und dann wieder nach hinten geschleudert. Einen Moment lang stieg Panik in ihr auf, dass sich die Airbags öffnen und ihr die Sicht nehmen könnten.

»Wir sind langsamer geworden. Gute Idee, Maddy.«

»Wir fahren jetzt den Berg hinunter, um weitere Kurven.« Sophias Stimme war ganz ruhig. »Der Wagen wird also wieder schneller werden. Aber ich schaffe das schon. Wenn wir die Kurven hinter uns haben, fahre ich einen Abhang hinauf. Nimm mein Handy, Mama, nur für alle Fälle. Und haltet euch fest.«

Sophia sah erst gar nicht auf den Tachometer. Ihre Augen waren auf die Straße geheftet, und im Geiste antizipierte sie jede Kurve. Sie war die Strecke schon zahllose Male gefahren. Die Scheinwerfer durchschnitten die Dunkelheit, glitten über den entgegenkommenden Verkehr. Jemand hupte wütend, als sie über die Mittellinie fuhr.

»Fast geschafft, fast geschafft.« Sie riss das Lenkrad nach links. Ihre Handflächen waren feucht.

Langsam wurde der Boden eben. Nur noch ein kleines Stück. Ein ganz kleines Stück. »In den ersten Gang, Mama. Schalte in den ersten!«

Es gab ein schreckliches Geräusch und der ganze Wagen erbebte. Sophia hatte das Gefühl, als ob jemand eine riesige Faust in die Motorhaube gerammt hätte. Und als die Geschwindigkeit nachließ, fuhr sie an den Straßenrand.

Niemand sagte etwas, als sie anhielt. Autos fuhren vorbei.

»Alles in Ordnung?« Pilar griff nach dem Verschluss ihres Gurtes und stellte fest, dass ihre Finger taub waren. »Alles okay?«

»Ja.« Maddy stürzten die Tränen aus den Augen. »Ich glaube, wir sollten jetzt aussteigen.«

»Ich glaube, das ist eine gute Idee. Sophia, Liebes?«

»Ja. Lass uns aussteigen.«

Es gelang ihr auszusteigen und vors Auto zu treten, bevor ihre Knie nachgaben. Sie stützte sich mit den Händen auf der Haube ab und versuchte, wieder zu Atem zu kommen.

»Du bist wirklich toll gefahren«, sagte Maddy.

»Stimmt, danke.«

»Komm, Liebes, komm.« Pilar nahm sie in die Arme, denn sie begann zu zittern. Und sie streckte auch den Arm nach Maddy aus. Maddy drückte sich eng an die beiden und ließ ihren Tränen freien Lauf.

28

Fast blind vor Entsetzen und Erleichterung stürzte David aus dem Haus. Das Polizeiauto war noch nicht ganz zum Stehen gekommen, als er Maddy schon herausriss und in seinen Armen wiegte, als ob sie ein Baby sei.

»Dir ist nichts passiert.« Zitternd drückte er seine Lippen auf ihre Wangen, ihre Haare. »Dir ist nichts passiert«, wiederholte er immer wieder, während sie sich an ihn schmiegte.

»Mir geht es gut. Ich bin nicht verletzt oder so.« Als sie die Arme um ihn schlang, war sie beinahe schon wieder die Alte. »Sophie ist gefahren wie einer dieser Typen, denen du und Theo immer beim Rennen zuseht. Es war irgendwie cool.«

»Irgendwie cool. Bestimmt.« David wiegte sie und barg sein Gesicht in ihrer Halsbeuge, während Theo ihr verlegen auf den Rücken klopfte.

»Das war sicher eine tolle Fahrt.« Mannhaft schluckte Theo den Kloß in seinem Hals herunter. Innerlich zitterte er, seit er gesehen hatte, wie sein Vater beinahe zusammengebrochen war. Und natürlich auch aus Angst um Maddy. »Ich trage sie hinein, Dad. Du musst deinen Arm schonen.«

Unfähig, etwas zu erwidern, schüttelte David nur den Kopf und hielt seine Tochter umschlungen. Mein Baby, dachte er nur. Sein kleines Mädchen hätte tot sein können.

»Ist schon okay, Dad«, sagte Maddy. »Wir sind alle fit. Ich kann allein laufen. Wir haben hinterher alle gezittert, aber wir haben es ja überstanden. Aber Theo kann den ganzen Kram hineintragen.« Sie rieb ihre Wange an der ihres Vaters. »Wir haben mächtig viel eingekauft, was, Pilar?«

»Genau. Ich bräuchte Hilfe, Theo.«

»Theo und ich machen das schon.« Sie löste sich von David.

»Was hast du mit deinen Haaren gemacht?« David wuschelte über den kurzen Schopf und ließ seine Hand warm auf ihrem Nacken liegen.

»Ich habe sie mir abschneiden lassen. Wie findest du es?«

»Du siehst so erwachsen aus! Du bist bald so erwachsen wie ich. Ach, verdammt, Maddy, ich will das nicht.« Seufzend drückte er seine Lippen auf ihren Scheitel. »Warte noch ein bisschen, ja?«

»Klar.«

»Ich liebe dich so sehr! Es wäre schön, wenn du mich in der nächsten Zeit nicht mehr derart zu Tode erschrecken würdest.«

»Das habe ich nicht vor. Warte, bis du das Kleid siehst. Es passt zur Frisur.«

»Toll. Dann mal los, lad deine Sachen aus.«

»Du bleibst doch, oder?«, fragte Maddy Pilar.

»Ja, wenn du willst.«

»Ich finde, du solltest bleiben.« Da Theo schon alle Tüten genommen hatte, lief sie in ihren ausgeflippten neuen Schuhen hinter ihm her.

»Oh, David, es tut mir so Leid!«

»Sag nichts. Lass mich dich einfach nur anschauen.« Er umfaßte ihr Gesicht und ließ seine Hände über ihre Haare gleiten. Ihre Haut war kalt und ihre

Augen blickten voller Sorge. Aber sie war hier, und sie war heil. »Lass mich dich einfach nur anschauen.«

»Mir geht es gut.«

Er zog Pilar an sich und wiegte sie. »Und Sophia?«

»Ihr geht es auch gut.« Pilars Anspannung löste sich, als sie sich an ihn schmiegte. »Mein Gott, David! Unsere Kinder! Ich habe noch nie so viel Angst gehabt, und sie waren die ganze Zeit über ... sie waren großartig. Ich wollte Sophie nicht bei der Polizei allein lassen, aber ich wollte, dass Maddy nach Hause kommt, damit ...«

»Ty ist schon auf dem Weg dorthin.«

Pilar holte zitternd Luft. »Das habe ich mir gedacht. Dann ist es ja gut.«

»Komm herein.« David hielt sie eng an sich gedrückt. »Erzähl mir alles.«

Tyler hielt mit quietschenden Reifen hinter dem Polizeiwagen. Im Schein des Blaulichts sah Sophia ihn über die Straße kommen. Er sah ziemlich wütend aus. So ruhig, wie sie konnte, wandte sie sich von dem Polizeibeamten ab, der sie befragte, und ging auf Tyler zu.

Er riss sie in die Arme. Noch nie hatte sie sich so sicher gefühlt.

»Ich habe gehofft, dass du kommst. Ich habe es wirklich gehofft.«

»Hast du dir irgendetwas getan?«

»Nein. Der Jeep hingegen ... ich glaube, das Getriebe ist hinüber. Ty, ich konnte nicht mehr bremsen! Es ging einfach nicht mehr. Sie werden den Wagen abschleppen und es überprüfen, aber ich kenne das Ergebnis.« Die Wort strömten aus ihr heraus, zittrig zuerst, doch dann immer gefestigter, immer wütender.

»Es war kein Unfall, und es war auch kein technisches Versagen. Irgendjemand wollte mich treffen, und es war ihm egal, ob meiner Mutter und Maddy auch etwas passiert. Verdammt noch mal, sie ist doch noch ein Kind! Aber clever, so clever! Sie hat mir geraten, herunterzuschalten. Dabei hat sie noch nicht einmal den Führerschein.«

Er würde seine Wut zügeln müssen, sich noch ein wenig gedulden müssen, bevor er jemanden zusammenschlagen konnte. Sophia zitterte und brauchte seine Hilfe.

»Steig ins Auto. Es ist Zeit, dass jemand anderes das Steuer übernimmt.«

Benommen blickte Sophia sich um. »Ich glaube, sie wollen noch mit mir reden.«

»Sie können morgen mit dir reden. Ich nehme dich jetzt mit nach Hause.«

»Gut. Ich habe noch ein paar Einkaufstüten dabei.«

Er lächelte und lockerte seinen Griff um ihre Arme. »Natürlich.«

Er nahm sie tatsächlich mit nach Hause. In sein Haus. Als sie ihm nicht widersprach, war ihm klar, dass sie wesentlich verstörter war, als sie zugab. Ty stellte ihre Einkaufstüten im Eingangsbereich ab und überlegte, was er wohl am besten mit ihr anfangen sollte.

»Möchtest du ein Bad nehmen oder etwas trinken?«

»Vielleicht ein Glas Wein in der Badewanne?«

»Ich kümmere mich darum. Du solltest deine Mutter anrufen und ihr sagen, dass du hier bist.«

»Ja, danke.«

Er kippte eine halbe Flasche Duschgel, die seit Weihnachten herumstand, in die Wanne. Es roch nach Pinie, aber es machte Schaum. Und sie wollte wahrscheinlich ein Schaumbad. Außerdem stellte er Kerzen auf. Frauen standen auf Kerzen im Badezimmer, warum, war ihm ein Rätsel. Er schenkte ein Glas Wein ein und stellte es auf den Wannenrand. Dann trat er einen Schritt zurück und fragte sich gerade, was er noch tun könnte, als sie ins Badezimmer kam.

Der Seufzer, den sie ausstieß, zeigte ihm, dass er richtig gelegen hatte.

»MacMillan, ich liebe dich.«

»Ja, das hast du schon einmal gesagt.«

»Nein, nein, jetzt, in diesem Moment – in diesem Moment liebt dich keiner so wie ich. So sehr, dass du mit in die Wanne darfst.«

In ein Schaumbad? Nein, das konnte er sich nicht vorstellen.

»Ich verzichte dankend. Zieh dich aus und steig hinein.«

»Du romantischer Mistkerl! Eine halbe Stunde hier drin, und ich werde mich wieder wie ein Mensch fühlen.«

Tyler ließ Sophia allein und ging hinunter, um ihre Sachen zu holen. Wenn er ihre Einkäufe ins Schlafzimmer schaffte, würde sie länger brauchen, um ihm wieder davonzulaufen. Seiner Meinung nach war das der erste Schritt zu ihrem Einzug.

Er ergriff ihre Tasche, ihre Aktentasche, vier – du liebe Güte – *vier* voll gepackte Einkaufstüten und ging wieder nach oben. Solange er sich beschäftigte, konnte er die Wut unterdrücken, die in ihm aufstieg.

»Was hast du gekauft? Kleine Granitbrocken?« Er warf die Taschen aufs Bett, und dabei sprang ihre

Aktentasche auf. Als er danach greifen wollte, lag auf einmal der ganze Inhalt auf dem Boden.

Warum schleppte eigentlich jemand so viel Zeug in der Aktentasche mit sich herum? Resigniert hockte Ty sich hin und begann, alles wieder einzusammeln. Ach ja, da waren die Wasserflasche, ihr Filofax, der Organizer. Und Stifte. Der Himmel wusste, warum sie ein halbes Dutzend Stifte brauchte. Und Lippenstift.

Er drehte ihn auf und roch daran. Sofort konnte er sie schmecken.

Eine Reiseschere. Hmmm. Post-its, Büroklammern, Aspirin, eine Puderdose, ein Nagelnecessaire und noch andere Dinge, bei deren Anblick er sich fragte, warum Frauen überhaupt noch eine Handtasche dabei hatten. Pfefferminz, ein kleiner Beutel mit Süßigkeiten, ungeöffnet, ein Mini-Kassettenrecorder. Feuchte Tücher, Streichhölzer, ein paar Disketten, Aktenmappen und klarer Nagellack.

Erstaunlich, dachte er. Es war ein Wunder, dass sie nicht gebückt einherschlich, wenn sie diese Tasche trug. Müßig sah er die Ordner durch. Sie hatte eine Skizze der ersten Anzeige dabei, zahlreiche handgeschriebene Notizen und einen Stapel getippter Aufzeichnungen.

Er fand auch die Pressemitteilung mit den Anmerkungen. Mit geschürzten Lippen las er die englische Fassung und fand sie aussagekräftig und klug formuliert.

Er hatte nichts anderes erwartet.

Dann entdeckte er die veränderte Anzeige.

Er stand auf und nahm sie mit ins Badezimmer.

»Was, zum Teufel, ist das?«

Sophia war beinahe eingeschlafen. Blinzelnd öffnete sie die Augen und blickte in Tylers wütendes Gesicht.

»Warum kramst du in meiner Aktentasche?«

»Mach dir darüber keine Gedanken. Woher hast du das?«

»Es war in der Post.«

»Wann?«

Sie zögerte kurz, aber er wusste sofort, dass sie nach einer Ausrede suchte.

»Lüg mich nicht an, Sophie. Wann hast du das bekommen?«

»Gestern.«

»Und wann wolltest du es mir zeigen? Na los, sag schon!«

»In ein paar Tagen. Hör mal, würde es dir etwas ausmachen, wenn ich erst einmal zu Ende bade, bevor wir weiter darüber reden? Ich bin nackt und voller Schaum.«

»In ein paar Tagen?«

»Ja, ich wollte erst darüber nachdenken, und ich bin damit zur Polizei gegangen. Und heute war ich bei Linc, um mir die Meinung eines Juristen zu holen. Ich regele das schon, Ty.«

»Natürlich.« Er blickte in ihr erschöpftes Gesicht. »Du bist ja die große Reglerin, Sophia, das habe ich doch glatt vergessen.«

»Ty ...« Sie schlug mit der Faust auf das Wasser, als er hinausging und die Tür hinter sich schloss. »Warte doch!« Sie stieg aus der Wanne, wickelte sich in ein Handtuch und lief hinter ihm her, ohne sich vorher abzutrocknen.

Sie rief seinen Namen und fluchte, als sie hörte, wie er die Hintertür zuschlug.

Als sie die Außenbeleuchtung einschaltete, sah sie, dass er mit langen, wütenden Schritten auf die Weinberge zuging. Sophia packte ihr zusammengeknotetes Handtuch fester und rannte ebenfalls nach draußen.

Als sie mit dem bloßen Fuß über einen kleinen, spitzen Stein stolperte, löste das einen neuen Schwall von Flüchen aus. Humpelnd rannte sie weiter hinter ihm her.

»Tyler! Bleib doch stehen.« Sie schleuderte ihm Verwünschungen hinterher, bis sie auf einmal merkte, dass sie italienisch redete, und er ihre Worte wahrscheinlich für Beteuerungen ewiger Liebe hielt. »Hör zu, du Idiot, du Feigling! Du bleibst jetzt auf der Stelle stehen und kämpfst wie ein Mann.«

Tyler blieb abrupt stehen und wirbelte herum, sodass sie in ihn hineinrannte. Schnaufend wie eine Dampfmaschine hüpfte sie auf und ab, um ihren verletzten Fuß nicht zu belasten. »Wo willst du eigentlich hin?«, fragte sie erbost.

»Du brauchst mich ja nicht.«

»So ein Quatsch!«

»Geh zurück ins Haus. Du bist nass und halb nackt.«

»Ich gehe erst zurück, wenn du mitkommst. Wir können die Sache aber genauso gut hier draußen diskutieren. Du bist böse, weil ich dir diese gemeine Anzeige nicht gezeigt habe. Nun, es tut mir Leid, ich habe getan, was ich für das Beste hielt.«

»Das stimmt nur zur Hälfte. Du hast getan, was du für das Beste hieltest, aber es tut dir nicht Leid. Es überrascht mich, dass du mich heute Abend überhaupt angerufen hast, nur weil jemand versucht hat, dich umzubringen.«

»Ty, das ist doch nicht dasselbe! Es ist doch nur ein blödes Bild. Ich wollte mich dadurch nicht aus der Fassung bringen lassen und dich oder jemand anderen auch nicht.«

»*Du* wolltest es nicht zulassen! So viel zur Teamarbeit!«

Er brüllte jetzt, was so selten vorkam, dass Sophia ihn nur noch anstarren konnte.

»*Du* entscheidest, was du gibst, wie viel und wann. Alle müssen sich nach *deinen* Terminen, *deinen* Plänen richten. Vergiss es, Sophie. Vergiss es. Ich mache nicht mehr mit. Verdammt, ich liebe dich.« Mit seinen schwieligen Händen zog er sie hoch. »Du bist alles für mich. Und wenn das nicht auf Gegenseitigkeit beruht, dann ist das nichts. Verstehst du? Nichts.«

Wütend ließ er sie los. »Und jetzt geh hinein und zieh dich an. Ich fahre dich nach Hause.«

»Bitte nicht. Bitte«, sagte sie und ergriff seinen Arm. Sie zitterte schon wieder, aber nicht mehr, weil sie Angst um ihr Leben hatte. Hier ging es um viel mehr. »Es tut mir sehr Leid, dass ich dich verletzt habe, nur weil ich dir Sorgen ersparen wollte. Ich bin daran gewöhnt, mich um mich selbst zu kümmern und meine eigenen Entscheidungen zu treffen.«

»Die Zeiten sind aber vorbei. Und wenn du damit nicht zurecht kommst, verschwenden wir nur *unsere* Zeit.«

»Du hast Recht. Und du machst mir Angst, weil ich begreife, dass diese Sache so wichtig ist, dass du mich deswegen verlässt. Ich will nicht, dass du das tust. Du hast Recht, und ich habe Unrecht gehabt. Ich wollte es auf meine Art regeln, und das war ein Fehler. Schrei mich an, fluche, aber schick mich nicht weg.«

Seine Wut war schon wieder abgeebbt, und wie immer war er nur noch wütend auf sich. »Dir ist kalt. Lass uns hineingehen.«

»Warte!« Seine Stimme hatte so endgültig geklungen, so distanziert. Ihr Magen krampfte sich zusammen. »Hör mir bitte zu.«

Sie packte seinen Arm und grub die Finger in sein Hemd. Wenn er sich jetzt abwandte, würde sie so allein sein wie noch nie zuvor in ihrem Leben.

»Ich höre zu.«

»Ich war wütend, als diese Drohung kam. Mein einziger Gedanke war, dass dieser Bastard – und ich weiß, es ist Jerry – meine eigene Arbeit benutzt, um mich zu bedrohen. Um mir Angst einzujagen. Und das werde ich nicht zulassen. Ich werde nicht zulassen, dass er mich, meine Mutter oder irgendjemanden sonst, der mir nahe steht, einschüchtert. Ich dachte, ich könnte es allein regeln und dich davor bewahren. Doch jetzt stelle ich fest, dass ich genauso verletzt und wütend gewesen wäre, wenn du dich so verhalten hättest.«

Ihre Stimme brach, und sie hatte Angst, sie würde in Tränen ausbrechen. Eine unfaire Taktik, sagte sie sich und drängte die Tränen zurück. »Ich liebe dich. Das ist vielleicht das Einzige, womit ich nicht umgehen kann. Noch nicht. Gib mir eine Chance, mich daran zu gewöhnen. Ich bitte dich, mich nicht zu verlassen. Das könnte ich nicht ertragen. Jemanden zu brauchen, zu lieben und dann zusehen zu müssen, wie er weggeht ...«

»Ich bin nicht wie dein Vater.« Tyler hob ihr Kinn und sah die Tränen in ihren Augen glänzen. »Und du auch nicht. Wenn ich für dich da bin und dir etwas von deiner Last abnehme, dann macht dich das noch lange nicht schwach. Es macht dich nicht geringer, Sophie.«

»Mein Vater hat die unangenehmen Dinge immer

von anderen erledigen lassen.« Sie holte tief Luft und stieß sie zitternd wieder aus. »Ich weiß, warum ich Menschen zurückweise, die mir helfen wollen. Ich weiß, was ich zu beweisen versuche. Ich weiß auch, dass es dumm und selbstsüchtig ist, aber ich kann offenbar nicht damit aufhören.«

»Alles Übung.« Er ergriff ihre Hand. »Ich habe dir doch gesagt, dass ich bleibe, oder?«

Ein Schauer überlief sie. »Ja, das hast du gesagt.« Sie zog seine Hand an ihre Wange. »Ich war noch nie für jemanden die große Liebe. Und ich hatte auch selbst noch nie eine. Es sieht so aus, als ob *du* meine große Liebe bist.«

»Damit kann ich leben. Sind wir uns jetzt wieder gut?«

»Vermutlich.« Sie lächelte. Er macht alles so einfach, dachte sie. Sie brauchte es nur zuzulassen. »Es war ein anstrengender Abend.«

»Lass uns zurückgehen und ihn beenden.« Ty legte den Arm um sie und stützte sie, weil sie humpelte.

Geschieht ihr recht, dachte er, wo sie mich so wütend gemacht hatte. »Hast du dir den Fuß verletzt?«

Sein amüsierter, zufriedener Tonfall entging ihr nicht. »Ich bin auf einen Stein getreten, als ich hinter diesem großen, blöden *culo* hergelaufen bin.«

»Das soll wohl ich sein. Ich verstehe genügend Gossenitalienisch, um zu wissen, wann die Frau, die ich liebe, mich als Arschloch bezeichnet.«

»Da du ja die Sprache so gut verstehst: Warum beschließen wir den Abend nicht einfach, indem wir ...« Sie flüsterte ihm etwas ins Ohr und beendete den italienischen Wortschwall damit, dass sie an seinem Ohrläppchen knabberte.

»Hmmm.« Ty hatte keine Ahnung, was sie gesagt

hatte, aber es hörte sich gut an. »Ich glaube, das musst du mir übersetzen.«

»Gern«, erwiderte sie. »Wenn wir im Haus sind.«

Es überraschte Pilar, dass Tyler mitten am Vormittag vor der Küchentür stand. Und noch mehr überraschte es sie, dass er einen großen Strauß Blumen in der Hand hielt.

»Guten Morgen.«

»Hi.« Er trat in die Küche der Cutters, wobei er fast über seine Füße stolperte. »Ich habe dich hier nicht erwartet, sonst hätte ich ...« Verlegen wies er auf den Blumenstrauß. »Ich hätte sonst noch einen mitgebracht.«

»Ich verstehe. Sind die Blumen für Maddy? Ach, Ty.« Fröhlich zwickte sie ihn in die Wange. »Du bist so süß.«

»Findest du? Wie geht es dir?«

»Gut. Ich bin glücklich.« Sie trat an die Tür und rief nach Maddy. »Sophia hat sich bewundernswert verhalten. Wie ein Fels in der Brandung.«

»Ja, das ist typisch für sie. Ich habe sie heute Morgen schlafen lassen.« Er blickte auf, als Maddy hereinkam. »Hi, Kleine.«

»Hey, was ist das?«

»Ich glaube, es sind Blumen. Für dich.«

Verwirrt zog sie die Augenbrauen zusammen. »Für mich?«

»Ich muss gehen. Ich sage nur rasch noch David und Theo auf Wiedersehen.« Pilar küsste Maddy leicht auf die Wange, und dem Mädchen stieg die Röte ins Gesicht. »Bis später.«

»Ja, okay. Wieso sind die für mich?«, fragte sie Tyler.

»Weil ich gehört habe, dass du dich toll verhalten hast.« Er streckte ihr den Strauß entgegen. »Willst du sie nun oder nicht?«

»Klar will ich sie.« Während sie den Strauß entgegennahm, bemerkte sie ein leichtes Flattern in ihrem Bauch. Das war vermutlich eine Art Muskelreflex – aber schön. »Mir hat noch nie jemand Blumen geschenkt.«

»Das kommt noch. Zuerst wollte ich dir auch noch etwas für den Kopf schenken, aber mir ist bisher noch nichts eingefallen. Was hast du denn mit deinen Haaren gemacht?«

»Ich habe sie abschneiden lassen. Und?«

»Nichts ... ich habe nur gefragt.« Er blieb stehen, während sie eine Vase holte. Mit der neuen Frisur sah sie aus wie ein kluger kleiner Kobold. Schon bald werden die Jungen vor ihrer Tür Schlange stehen, dachte er mit leisem Bedauern. »Möchtest du heute mit mir rausfahren? Ich muss die Weinstöcke auf Mehltau untersuchen, und dann will ich noch in die alte Destillerie.«

»Ja, das wäre schön.«

»Sag deinem Vater Bescheid.«

Als sie neben Ty im Auto saß, faltete Maddy die Hände im Schoß. »Ich muss dich zwei Dinge fragen.«

»Nur zu.«

»Wenn ich, sagen wir mal, zehn Jahre älter wäre und richtige Brüste hätte, würdest du dann auf mich stehen?«

»Du meine Güte, Maddy.«

»Ich bin nicht in dich verliebt oder so. Das war am Anfang so, als wir hierher gezogen sind, aber ich habe es überwunden. Du bist zu alt für mich, und ich bin noch nicht bereit für eine ernsthafte Beziehung oder Sex.«

»Wahrhaftig nicht!«

»Aber wenn ich einmal bereit bin, dann möchte ich wissen, ob ein Junge auf mich stehen würde. Theoretisch.«

Tyler fuhr sich mit der Hand übers Gesicht. »Theoretisch, und wenn man die Brüste weglässt, weil ein Junge darauf nicht achtet, stünde ich schon auf dich, wenn du zehn Jahre älter wärst. Okay?«

Lächelnd setzte sie ihre Sonnenbrille auf. »Okay. Aber das mit den Brüsten ist Quatsch. Männer behaupten immer, sie achteten auf Persönlichkeit und Intelligenz. Manche behaupten auch, sie stünden auf Beine oder so. Aber dann sind es doch die Brüste.«

»Und woher willst du das wissen?«

»Weil es etwas ist, was wir haben und ihr nicht.«

Er öffnete den Mund, schloss ihn aber gleich wieder. Diese Debatte konnte er nicht leichtfertig mit einem Teenager führen. »Du hast gesagt, du hättest *zwei* Fragen.«

»Ja.« Sie wandte sich zu ihm. »Das andere ist eine Idee. Vino-Therapie.«

»Vino-Therapie?«

»Ja, ich habe etwas darüber gelesen. Hautcremes und so etwas auf der Basis von Traubenkernen. Ich habe gedacht, wir könnten vielleicht eine Produktreihe entwickeln.«

»Wir könnten *was*?«

»Ich muss noch mehr darüber herausfinden und ein paar Experimente machen. Aber es gibt ein Unternehmen in Frankreich, das sich damit beschäftigt. Weißt du, Rotwein enthält Antioxydantien – Polyphenole und ...«

»Maddy, ich weiß alles über Polyphenole.«

»Okay, okay. Aber die Kerne – die während der Weinproduktion herausgepresst werden – enthalten Antioxydantien. Und die sind wirklich gut für die Haut. Außerdem habe ich mir gedacht, wir könnten parallel auch was mit Kräutern machen. Eine Gesundheits- und Schönheitslinie.«

Gesundheit und Schönheit. Und was kam als Nächstes? »Sieh mal, Kleine, ich mache Wein, keine Hautcreme.«

»Aber du könntest es tun«, beharrte sie. »Du bräuchtest mir nur die Kerne zu geben und einen Ort, an dem ich experimentieren kann. Du hast doch gesagt, du wolltest mir etwas für den Kopf schenken. Schenk mir doch das.«

»Ich hatte mehr an einen Chemiebaukasten gedacht«, murmelte er. »Lass mich darüber nachdenken.«

Er wollte eigentlich mit dem Nachdenken bis nach der Arbeit warten, aber Maddy hatte andere Vorstellungen.

Sophia war auf dem Weinfeld und sah zu, wie die Schnitter die Senfpflanzen mit der Sichel mähten. Maddy lief direkt auf sie zu und sprudelte, bevor Sophia etwas sagen konnte, hervor: »Ich glaube, wir sollten uns auf Vino-Therapie verlegen, wie dieses französische Unternehmen.«

»Wirklich?« Sophia schürzte die Lippen, ein sicheres Zeichen, dass sie ernsthaft nachdachte. »Das ist interessant, weil mir diese Idee vor einiger Zeit auch mal gekommen ist. Ich habe die Gesichtsmaske ausprobiert. Sie ist toll.«

»Wir machen Wein ...«, begann Ty.

»Und das werden wir auch weiterhin tun«, stimmte Sophia ihm zu. »Aber das heißt doch nicht, dass wir andere Bereiche ausschließen müssen! Es gibt einen riesigen Markt für natürliche Schönheitsprodukte. Ich musste die Idee zurückstellen, weil wir ein schwieriges Jahr hatten und andere Dinge meine Aufmerksamkeit erforderten. Aber vielleicht ist jetzt ein guter Zeitpunkt, um noch einmal darüber nachzudenken. Expansion statt Schadensbegrenzung«, sann sie. »Ich muss natürlich zunächst noch mehr Daten zusammentragen.«

»Das kann ich machen«, erbot sich Maddy. »Ich bin gut in Recherche.«

»Du bist eingestellt. Wenn die Recherche dann in die Entwicklungsphase übergeht, brauchen wir ein Meerschwein.«

Wie auf Befehl wandten sich beide Tyler zu und musterten ihn.

Er wurde blass. Alle Farbe wich ihm aus dem Gesicht.

»Vergesst es.«

»Feigling.« Sophias amüsierter Gesichtsausdruck verschwand, weil sie zwei Gestalten entdeckt hatte, die auf sie zukamen. »Die Polizei ist da. Claremont und Maguire. Sie können keine guten Nachrichten bringen.«

Der Jeep war genauso absichtlich manipuliert worden wie der Wein. Eigentlich hatte Sophia es gewusst, aber dass sie nun mit den harten Fakten konfrontiert wurde, jagte ihr einen Schauer über den Rücken.

»Ja, ich benutze das Fahrzeug oft. Hauptsächlich fahre ich natürlich mit meinem Auto in die Stadt, aber es ist nur ein Zweisitzer. Wir haben den Tag zu dritt in San Francisco verbracht und für die Hochzeit meiner Mutter eingekauft. Dazu brauchten wir das größere Auto.«

»Wer wusste von Ihren Plänen?«, fragte Maguire.

»Viele Leute vermutlich. Unsere Familie. Wir haben uns mit Richterin Moore getroffen, also ihre Familie auch.«

»Hatten Sie Termine?«

»Eigentlich nicht. Ich bin bei Lincoln Moore vorbeigefahren, bevor ich mich mit den anderen zum Mittagessen traf. Der Rest des Tages war frei.«

»Und wo haben Sie zum letzten Mal für längere Zeit geparkt?«, fragte Claremont.

»Wir haben bei Moose's am Washington Square zu Abend gegessen. Das Auto stand ungefähr neunzig Minuten auf dem Parkplatz. Von sieben bis etwa acht Uhr dreißig. Von dort sind wir nach Hause gefahren.«

»Haben Sie irgendeine Ahnung. Ms. Giambelli, wer Ihnen etwas antun wollte?«

»Ja.« Gelassen begegnete sie Claremonts Blick. »Jeremy DeMorney. Er ist in die Produktmanipulation, die Unterschlagung und in jedes andere Problem verwickelt, das meine Familie in diesem Jahr hatte. Ich glaube sogar, er ist verantwortlich dafür. Er hat es geplant und nicht nur meinen Vetter dazu missbraucht, sondern alles und jeden, der sich ihm bot. Und da ich ihm das persönlich gesagt habe, ist er mir wahrscheinlich im Moment nicht gerade wohlgesonnen.«

»Mr. DeMorney ist verhört worden.«

»Ich bin sicher, er hatte auf alles eine Antwort. Aber glauben Sie mir, er ist dafür verantwortlich.«

»Sie haben die Anzeige gesehen, die er Sophia geschickt hat.« Frustriert stand Tyler auf. »Es war eine Drohung, und er hat sie wahr gemacht.«

»Wir können nicht beweisen, dass die makabre Post von Mr. DeMorney kam.« Maguire blickte Tyler an, der im Zimmer auf und ab lief. Er hat große Hände, stellte sie fest. DeMorney war vermutlich wie Mörtel unter ihm zerbröckelt. »Wir haben nachgeprüft, dass er in New York war, als der Brief in Chicago aufgegeben wurde.«

»Dann hat er ihn eben schicken lassen. Suchen Sie einen Weg, um das zu beweisen«, gab Tyler zurück. »Das ist schließlich Ihr Job.«

»Ich glaube, dass er meinen Vater umgebracht hat.« Sophia bemühte sich, ruhig zu klingen. »Ich glaube, die Grundlage für alles, was passiert ist, ist sein Hass auf meinen Vater. Vielleicht redet er sich ja ein, es ginge nur ums Geschäft, aber eigentlich ist es eine persönliche Geschichte.«

»Wenn man alles auf die Affäre zwischen Avano und der früheren Mrs. DeMorney zurückführen will, so hat er lange auf seine Rache gewartet.«

»Nein, nicht sehr lange«, mischte sich Maddy ein. »Nicht, wenn er es richtig machen und alle mit hineinziehen wollte.«

Mit einem zustimmenden Blick forderte Claremont Maddy auf, weiterzureden.

»Wenn er Sophias Vater gleich nach der Scheidung angegriffen hätte, hätte jeder gewusst, dass er deswegen durchgedreht ist.« Sie dachte nach. »Wenn ich Theo etwas heimzahlen will, dann lehne ich mich zurück und warte auf den günstigsten Zeitpunkt. Wenn ich dann zuschlage, hat er nicht damit gerechnet und weiß noch nicht einmal, warum es ihm geschieht.« Sie nickte. »Das ist eine professionelle Vorgehensweise und viel befriedigender als spontane Rache.«

»Das Kind ist ein Genie«, sagte Ty.

»Rache genießt man kalt«, sinnierte Claremont auf der Fahrt zurück in die Stadt. »Es passt zu DeMorney. Er ist kühl, elegant, wohlerzogen. Er hat Geld, eine gesellschaftliche Stellung und einen untadeligen Geschmack. Ich könnte mir vorstellen, dass dieser Typ abwartet, gründlich plant und dann die Fäden zieht. Aber ich kann mir nicht vorstellen, dass er wegen einer zerbrochenen Ehe seine Position riskieren würde. Was würdest du tun, wenn dein Mann dich betrügt?«

»Oh, ich würde ihn in den Hintern treten, ihn bei einer Scheidung bis aufs Hemd ausziehen und alles tun, damit der Rest seines Lebens die Hölle auf Erden wird. Ich würde sogar Nadeln in ein Püppchen stecken, das ihm ähnlich sieht. Aber ich bin auch nicht kühl und wohlerzogen.«

»Und da wundern sich die Leute, dass ich nicht verheiratet bin.« Claremont schlug sein Notizbuch auf. »Lass uns noch einmal mit Kristin Drake reden.«

Es machte sie rasend, dass die Polizei an ihren Arbeitsplatz kam. Die Leute würden reden, Vermutungen anstellen und sich über sie lustig machen. Und Kris hasste nichts mehr, als wenn andere hinter ihrem Rücken über sie tratschten. Und daran trug nur Sophia die Schuld.

»Meiner Meinung nach haben die Giambellis dieses Jahr nur deshalb so viele Probleme gehabt, weil

Sophia mehr an ihren eigenen Plänen interessiert ist als am Unternehmen oder den Menschen, die dort arbeiten.«

»Und was sind das für Pläne?«, fragte Claremont.

»Sophia ist ihr eigener Plan.«

»Und das Resultat ihres Eigeninteresses sind Ihrer Meinung nach vier Morde, eine Schießerei und ein beinahe tödlicher Unfall, in den sie, ihre Mutter und ein junges Mädchen verwickelt waren?«

Kris dachte an die kalte Wut auf Jerrys Gesicht, als Sophia in New York mit ihrem Bauern aufgekreuzt war. »Offenbar hat sie jemanden geärgert.«

Nicht mein Problem, versicherte sich Kris. Nicht meine Sache.

»Und Sie, Ms. Drake?«, fragte Maguire freundlich.

»Es ist kein Geheimnis, dass ich Giambelli nicht freundschaftlich verlassen habe, und der Grund dafür war Sophia. Ich mag sie nicht, und mir widerstrebte die Tatsache, dass sie mir vorgesetzt wurde, obwohl ich eindeutig mehr Berufserfahrung hatte. Und dafür sollte sie mir büßen.«

»Wie lange sind Sie schon von DeMorney und Le Coeur umworben worden, während Sie noch Gehalt von Giambelli bezogen haben?«

»Es gibt kein Gesetz dagegen, dass man Angebote erwägt, während man noch für eine andere Firma arbeitet. Das ist Business.«

»Wie lange?«

Sie zuckte mit den Schultern. »Letzten Herbst ist man zum ersten Mal an mich herangetreten.«

»Jeremy DeMorney?«

»Ja. Er hat angedeutet, dass Le Coeur mich gern in der Mannschaft hätte. Er machte ein Angebot, und ich habe mir die Zeit genommen, es zu bedenken.«

»Warum haben Sie sich dafür entschieden?«

»Ich habe einfach festgestellt, dass ich bei Giambelli nicht mehr glücklich werden könnte, so wie die Dinge standen. Ich fühlte mich in meiner Kreativität behindert.«

»Und doch blieben Sie noch monatelang dort. Während dieser Zeit standen Sie mit DeMorney in Kontakt.«

»Es gibt kein Gesetz gegen ...«

»Ms. Drake«, unterbrach Claremont sie. »Wir ermitteln in einem Mordfall. Sie würden die Angelegenheit wesentlich vereinfachen, wenn Sie uns ein klares Bild vermitteln könnten. Wir machen es Ihnen ja auch leichter, indem wir Ihnen hier, wo Sie sich wohlfühlen, die Fragen stellen, statt Sie aufs Präsidium zu bringen, wo die Atmosphäre für Sie sicher weniger angenehm ist. Standen Sie und DeMorney während dieser Zeit in Kontakt miteinander?«

»Und wenn?«

»Haben Sie Mr. DeMorney bei diesen Treffen vertrauliche Informationen über Giambelli gegeben – Geschäftspraktiken, Werbekampagnen, persönliche Informationen über Familienmitglieder, die vielleicht in Ihre Hände gelangt waren?«

Kris' Handflächen wurden feucht. Heiß und feucht. »Ich möchte einen Anwalt anrufen.«

»Das ist Ihr gutes Recht. Sie können jedoch auch die Frage beantworten und uns helfen, indem Sie sich vielleicht zu einigen unethischen Geschäftspraktiken bekennen, die wir nicht gegen Sie verwenden werden. Oder aber Sie spielen die Clevere und werden letztendlich womöglich wegen Beihilfe zum Mord angeklagt.«

»Ich weiß nichts von Mord. Ich weiß überhaupt nichts! Und wenn Jerry ... O Gott.«

Sie begann zu schwitzen. Wie oft war sie im Geiste immer wieder das Szenario durchgegangen, das Tyler in Jerrys Wohnung entworfen hatte? Wie oft hatte sie sich schon gefragt, ob es der Wahrheit entsprach, und wenn auch nur zum Teil ...

Wenn es stimmte, dann steckte sie mit drin. Also war es an der Zeit, diese Verbindung zu lösen.

»Mit harten Bandagen kämpfe ich nur im Geschäftsleben, um zu bekommen, was ich will. Ich weiß nichts von Mord oder Produktmanipulation. Ich habe Jerry Informationen weitergegeben, ja. Ich habe ihm einen Einblick in Sophias große Jahrhundertpläne und den Zeitplan gegeben. Vielleicht hat er auch nach persönlichen Dingen gefragt, aber das war nicht mehr als Büroklatsch. Wenn er etwas mit Tony ...«

Kris brach ab. Tränen schimmerten in ihren Augen. »Ich erwarte nicht, dass Sie mir glauben. Es ist mir egal. Aber Tony hat mir etwas bedeutet. Vielleicht habe ich mich anfangs nur mit ihm eingelassen, weil ich Sophia eins auswischen wollte. Aber das hat sich geändert.«

»Sie haben ihn geliebt?«, fragte Maguire voller Mitgefühl.

»Er war mir wichtig. Er machte mir Versprechungen über meine Position bei Giambelli. Er hätte sie auch eingehalten, wenn er am Leben geblieben wäre. Ich habe Ihnen bereits erzählt, dass ich mich ein paarmal mit ihm in Sophias Wohnung getroffen habe. Allerdings nicht in der Nacht, als er ermordet wurde«, fügte sie hinzu. »Wir hatten unsere Beziehung ein bisschen abkühlen lassen. Ich gebe zu, ich war zuerst wütend darüber. René hatte ihre Krallen weit ausgefahren.«

»Hat es Sie verletzt, als er sie heiratete?«

»Es hat mich geärgert.« Kris presste die Lippen zusammen. »Als er mir sagte, er habe sich verlobt, war ich wütend. Ich wollte ihn nicht heiraten, weiß Gott nicht. Wer braucht das schon? Aber ich war gern mit ihm zusammen, er war gut im Bett, und er schätzte meine beruflichen Talente. Sein Geld war mir egal. Ich verdiene selbst welches. René dagegen ist nur eine goldgrabende Nutte.«

»Und so haben Sie sie auch genannt, als Sie letzten Dezember in ihrer Wohnung anriefen«, sagte Maguire.

»Vielleicht. Ich habe keine Angst davor zu sagen, was ich denke. Das ist etwas ganz anderes, als jemanden umzubringen. Meine Beziehung zu Jerry ist rein geschäftlich. Wenn er etwas mit Tonys Tod oder den anderen Morden zu tun hat, dann ist das seine Sache. Ich stehe ihm nicht zur Seite. Dieses Spiel spiele ich nicht mit.«

»Und was für ein Spiel.« Maguire setzte sich hinters Steuer. »Da liebe ich doch ein nettes, sauberes ›Ich habe ihn umgebracht, weil er mich die ganze Woche lang auf der Autobahn geschnitten hat‹.«

»Drake hat Angst bekommen. Sie glaubt, DeMorney hat das alles angerichtet, und sie steht in der Schusslinie.«

»Er ist aalglatt.«

»Ja. Wir sollten mal ein bisschen mehr Druck auf ihn ausüben. Je glatter sie sind, desto fester musst du drücken.«

29

Das würde er nicht tolerieren. Die blöden Polizisten standen bestimmt auf der Gehaltsliste von Giambelli. Daran zweifelte er nicht.

Natürlich konnten sie ihm nichts nachweisen. Aber der Muskel in Jerrys Wange zuckte, während Zweifel durch seinen Kopf wirbelten. Nein, da war er sicher. Ganz sicher. Er war sehr, sehr vorsichtig gewesen. Aber darum ging es gar nicht.

Die Giambellis hatten ihn schon einmal öffentlich gedemütigt. Avanos Affäre mit seiner Frau hatte seinen Namen in die Schlagzeilen gebracht und ihn gezwungen, sein Leben und seinen Lebensstil zu ändern. Er konnte ja wohl kaum mit der untreuen Schlampe verheiratet bleiben – vor allem, wenn alle Leute von der Sache wussten.

Es hatte ihn Ansehen und seine Stellung in der Firma gekostet. In den Augen seines Großonkels konnte ein Mann, der seine Frau an einen Konkurrenten verlor, auch Kunden an Konkurrenten verlieren.

Und Jerry, der immer als der Erbe von Le Coeur gegolten hatte – vor allem in seiner eigenen Vorstellung –, musste eine schmerzliche Degradierung einstecken.

Die Giambellis hatten nicht darunter gelitten. Die drei Frauen hatten über allem gestanden. Über Pilar hatte man mit respektvollem Mitgefühl geredet, über Sophia mit stiller Bewunderung. Und von der großen *La Signora* war überhaupt nie die Rede gewesen.

Bis er das geändert hatte.

Nach jahrelanger Planung und vollendeter Ausführung war seine Rache mitten ins Herz der Giambellis gedrungen. Sie hatte die Familie durchschnitten wie ein Skalpell. Rufschädigung, Skandal, Misstrauen – und das alles von Familienmitgliedern verursacht. Die Rache war perfekt.

Doch trotz seiner Planung und seinem vorsichtigen Verfahren gingen sie jetzt gegen ihn vor. Sie wussten, dass er sie bezwungen hatte, und sie versuchten doch noch, ihn zu stürzen. Das würde er nicht zulassen.

Glaubten sie etwa, er würde es tolerieren, dass seine Partner über ihn redeten – über ihn, einen De-Morney? Allein die Vorstellung erfüllte ihn schon mit bitterer Wut.

Seine eigene Familie hatte ihn verhört. *Verhört* über seine Geschäftspraktiken! Diese Heuchler! Oh, es machte ihnen doch auch nichts aus, wenn ihr Marktanteil größer wurde. Hatten sie damals Fragen gestellt? Aber beim ersten Anzeichen von Erschütterung auf der ruhigen Wasseroberfläche machten sie ihn zum Sündenbock.

Er brauchte sie gar nicht. Er brauchte ihre scheinheiligen Fragen über sein moralisches Verhalten, seine Methoden und seine persönlichen Pläne nicht. Er würde nicht darauf warten, dass sie ihm kündigten, wenn sie das überhaupt wagten. Er war finanziell unabhängig. Vielleicht sollte er sich einmal eine Pause gönnen. Ein ausgedehnter Urlaub, eine komplette Ortsveränderung.

Er würde nach Europa gehen, und sein Ruf dort würde ihm jede Position bei jedem Unternehmen, das er wählte, sichern. Wenn er wieder bereit war zu arbeiten. Wenn er bereit war, Le Coeur die mangelnde Loyalität heimzuzahlen.

Aber bevor er sein Leben neu strukturierte, würde er zunächst seine Aufgabe zu Ende führen. Und dieses Mal persönlich. MacMillan dachte, er habe nicht den Mumm, selbst den Drücker zu betätigen? Er würde es ihm schon zeigen, gelobte sich Jerry. Er würde es ihnen allen zeigen.

Die Frauen der Giambellis würden es ihm teuer bezahlen, dass sie sich ihm entgegengestellt hatten.

Sophia sah ihre E-Mails durch. Sie hätte sich lieber persönlich in San Francisco um die Berichte, Protokolle und offenen Fragen gekümmert, aber sie durfte nicht. Sie durfte nicht ohne Begleitung in die Stadt fahren.

Tyler weigerte sich, den Feldern fernzubleiben. Die Senfpflanzen waren abgemäht, die Schösslinge wurden gerade gesetzt, und es gab eine kleine Heuschreckenplage. Nichts besonders Aufregendes, dachte sie leicht vorwurfsvoll, während sie eine Anfrage beantwortete. Die Wespen ernährten sich von den Eiern der Heuschrecken. Deshalb standen auch überall auf dem Weinberg Brombeersträucher, die dem Beutetier Zuflucht gewährten.

Kaum eine Saison ging ohne eine kleinere Plage vorüber. Aber es gab auch Geschichten darüber – und Leute, die sie nur zu gern erzählten –, dass schon ganze Ernten von dem Schädling vernichtet worden waren.

Sie wollte Tyler nicht bedrängen, solange er nicht sichergestellt hatte, dass alles unter Kontrolle war.

Und wenn es so weit war, würde sie schon so tief in den Vorbereitungen für die Hochzeit ihrer Mutter stecken, dass sie wohl kaum noch einen Tag erübrigen konnte, um ins Büro zu fahren, geschweige denn hinaus auf die Weinfelder.

Wenn die Hochzeit vorüber war, würde die Weinlese beginnen. Und dann hatte auch niemand für etwas anderes Zeit.

Zumindest halfen ihr all die Anforderungen und der enge Zeitplan, sich von Jerry und den polizeilichen Ermittlungen abzulenken. Es war jetzt zwei Wochen her, seit sie mit defekten Bremsen um die Kurven gejagt war, und soweit sie es beurteilen konnte, waren die Ermittlungen an einen toten Punkt gelangt.

Mit Jerry DeMorney war es etwas anderes.

Auch sie hatte ihre Quellen, und sie wusste ganz genau, dass über ihn geredet wurde. Nicht nur die Polizei hatte ihm Fragen gestellt, sondern auch seine Vorgesetzten und der Vorstand, an dessen Spitze sein eigener Großonkel stand.

Es erfüllte Sophia mit Befriedigung, dass auch er bedrängt wurde, so wie ihre Familie bedrängt worden war.

Sie klickte eine weitere E-Mail an und begann, den angehängten Text zu öffnen.

Als er sich auf dem Bildschirm aufbaute, begann ihr Herz zu rasen.

Es war die Kopie der nächsten Anzeige, die im August geschaltet werden sollte.

Ein Familienpicknick, Sonnenschein, der Schatten einer riesigen, alten Eiche. Ein paar Leute an einem langen Holztisch, auf dem Essen und Wein stand.

Das Bild zeigte verschiedene Generationen, eine Mischung aus Gesichtern, Gesten, Bewegungen. Eine junge Mutter mit einem Baby im Schoß, ein kleiner Junge, der mit einem Welpen im Gras herumbalgte, ein Vater mit seiner kleinen Tochter auf den Schultern.

Am Kopfende des Tisches saß ein Mann, der sie an Eli erinnerte, und hatte sein Glas zu einem Trinkspruch gehoben. Das Bild strahlte Fröhlichkeit, Beständigkeit, Familientradition aus.

Dieses Bild war verändert worden. Ganz leicht nur. Drei Gesichter waren ausgetauscht worden. Sophia blickte auf ihre Großmutter, ihre Mutter und sich. Ihre Augen waren entsetzt aufgerissen, ihr Mund stand offen. In ihrer Brust steckte, wie ein Messer, eine Flasche Wein. Darüber stand:

DAS IST DEIN AUGENBLICK
ES WIRD DER TOD VON DIR
UND DEN DEINEN SEIN

»Du Bastard, du Bastard!« Sie hämmerte auf die Tastatur ein, druckte die Mail aus, speicherte sie und schloss sie dann.

Sie würde sich davon nicht erschüttern lassen, schwor sie sich. Und er würde ihre Familie nicht ungestraft bedrohen. Sie wurde schon mit ihm fertig. Sie würde das regeln.

Wütend wollte sie auf das Blatt Papier einschlagen, doch plötzlich zögerte sie.

Du bist die große Reglerin, hatte Ty zu ihr gesagt.

Die Weinstöcke von Schösslingen zu befreien war eine angenehme Art, einen Sommertag zu verbringen. Die Sonne war warm, und die Brise mild wie ein Kuss. Unter dem strahlend blauen Himmel leuchteten die Hügel in frischem Grün.

Die Trauben waren gegen die Mittagshitze durch ein immer dichter werdendes Blattwerk geschützt. ›Der Sonnenschirm der Natur‹ hatte sein Großvater es genannt.

Die Früchte waren schon halb reif. Binnen kurzem würden die Trauben langsam die Farbe wechseln, aus grünen Trauben würden wie durch ein Wunder blaue, und im letzten Stadium der Reife tief dunkelrote werden. Und dann kam die Weinlese.

Jede Wachstumsphase musste begleitet werden, und jede Phase brachte die Saison der Verheißung näher.

Als sich Sophia neben Tyler hockte, machte er vergnügt mit seiner Arbeit weiter.

»Ich dachte schon, du wolltest dich den ganzen Tag in deinem Büro vergraben und den Sonnenschein verpassen. Schreckliche Art, sich seinen Lebensunterhalt zu verdienen, wenn du mich fragst.«

»Ich dachte, ein großer, wichtiger Weinbauer wie du hat etwas Besseres zu tun, als selbst die Schösslinge von den Weinstöcken zu schneiden.« Sie fuhr ihm mit der Hand durch die von der Sonne gebleichten Strähnen. »Wo ist dein Hut, Kumpel?«

»Irgendwo da drüben. Dieser Pinot Noir wird als Erster reif. Ich habe hundert Dollar gegen Paulie darauf gesetzt. Ich behaupte, das wird unser bester Jahrgang seit fünf Jahren. Er hat auf den Chenin Blanc gewettet.«

»Ich mache auch mit. Ich setze auf den Pinot Chardonnay.«

»Du solltest dein Geld sparen. Du wirst es für Maddys Ideen brauchen.«

»Das ist ein innovatives, zukunftsweisendes Projekt. Sie hat mich schon mit Informationen überhäuft. Wir arbeiten gerade an einem Exposé für *La Signora*.«

»Wenn du Traubenkerne über den ganzen Körper gerieben haben möchtest, kann ich das gern für dich tun.« Er wandte sich zu ihr und legte ihr die Hand aufs Knie. »Was ist los, Liebes?«

»Ich habe schon wieder eine bedrohliche Anzeige bekommen. In einer E-Mail.« Tylers Griff wurde fester, und sie legte ihre Hand über seine. »Ich habe schon angerufen. Sie ist unter P.J.s Benutzernamen geschickt worden, aber sie hat mir heute gar keine Mails geschickt. Entweder hat jemand ihren Computer benutzt, oder er kannte ihren Benutzernamen und ihr Passwort. Die Mail kann von überallher sein.«

»Wo ist der Ausdruck?«

»Zu Hause. Ich habe ihn in einer Schublade verschlossen. Ich werde ihn der Polizei schicken, aber ich wollte es dir zuerst erzählen. Ich hasse zwar die Vorstellung, aber wir werden ein Treffen einberufen müssen, damit jeder in der Familie sich der Gefahr bewusst und auf der Hut ist. Aber ... ich wollte es dir zuerst erzählen.«

Er hockte bewegungslos da. Eine Wolke schob sich vor die Sonne und dämpfte das Licht.

»Ich möchte ihm am liebsten mit einem stumpfen Messer die Haut abziehen. Aber bis zu diesem glücklichen Tag möchte ich, dass du mir etwas versprichst.«

»Wenn ich kann.«

»Nein, Sophie, in jedem Fall. Du gehst nirgendwo allein hin. Noch nicht einmal von der Villa bis hierher. Auch nicht in den Garten oder schnell mal in den gottverdammten Minimarkt. Und das meine ich ernst.«

»Ich verstehe, wie besorgt du bist, aber ...«

»Du kannst es nicht verstehen, weil meine Sorge unbeschreiblich groß ist.« Er zog ihre Hand an seine Lippen und drückte einen Kuss auf die Handfläche. »Wenn ich mitten in der Nacht aufwache, und du bist nicht da, dann bricht mir der kalte Schweiß aus.«

»Ty ...«

»Sei still, sei einfach still.« Er erhob sich und begann auf und ab zu laufen. »Ich habe noch nie jemanden geliebt. Aber jetzt tue ich es, und du wirst mir das nicht verderben.«

»Nun, das können wir natürlich nicht zulassen.«

Ty drehte sich um und warf ihr einen frustrierten Blick zu. »Du weißt, was ich meine, Sophie.«

»Zu deinem Glück, ja. Ich habe nicht vor, es dir oder mir zu verderben.«

»Toll. Dann gehen wir jetzt und packen deine Sachen.«

»Ich ziehe nicht zu dir.«

»Warum denn nicht?« Er fuhr sich mit beiden Händen durch die Haare. »Du bist doch sowieso schon die Hälfte der Zeit da! Und komm mir nicht schon wieder mit dieser lahmen Ausrede, dass du zu Hause bei den Vorbereitungen für die Hochzeit helfen musst.«

»Das ist keine lahme Ausrede, das ist ein Grund. Vielleicht ein lahmer Grund. Ich will nicht mit dir zusammenleben.«

»Warum? Sag mir doch, warum?«

»Vielleicht bin ich einfach altmodisch.«

»Das ist ja das Allerneueste.«

»Vielleicht bin ich altmodisch«, wiederholte sie, »in diesem ganz besonderen Bereich. Ich denke nicht, dass wir einfach so zusammenleben sollten. Ich denke, wir sollten heiraten.«

»Das ist nur wieder eine ...« Als Tyler begriff, was sie gesagt hatte, blickte er sie benommen an. »Wow.«

»Ja, und mit dieser vielsagenden Antwort muss ich jetzt wieder nach Hause gehen und die Polizei anrufen.«

»Weißt du, eines Tages lässt du mich bitte mal einen Prozess in meinem eigenen Tempo durcharbeiten, okay? Aber da das hier nicht der Fall ist, könntest du mich zumindest etwas formvollendeter fragen.«

»Du willst, dass ich dich frage? Gut. Willst du mich heiraten?«

»Klar. November passt mir gut.« Er umfasste ihre Ellbogen und hob sie hoch. »Dann wollte ich dich nämlich fragen – aber du musst mir ja immer zuvorkommen. Ich habe mir gedacht, wir könnten dann heiraten, eine schöne Hochzeitsreise machen und vor der Schnittsaison zurück sein. Ein sauberer und symbolischer Kreis, findest du nicht?«

»Ich weiß nicht. Ich muss darüber nachdenken. *Culo*.«

»Ich dich auch, Liebling.« Er küsste sie und ließ sie dann wieder herunter. »Ich mache noch diesen Weinstock fertig, und dann rufen wir die Polizei an. Und die Familie.«

»Ty?«

»Mmm?«

»Dass ich dir den Antrag gemacht habe, heißt aber nicht, dass ich keinen Ring will.«

»Ja, ja, ich besorge schon noch einen.«

»Ich suche ihn aus.«

»Nein, das tust du nicht.«

»Warum nicht? Ich muss ihn doch auch tragen.«

»Du trägst auch dein Gesicht, und das hast du dir ebenfalls nicht ausgesucht.«

Seufzend kniete sie sich neben ihn. »Das ergibt absolut keinen Sinn.« Sie lehnte ihren Kopf an seine Schulter. »Als ich hierher kam, hatte ich Angst und war wütend. Jetzt habe ich Angst, bin wütend und glücklich. Das ist besser«, stellte sie fest. »Viel besser.«

»Das sind wir«, sagte Teresa und hob ihr Glas. »Und das wollten wir auch immer sein.«

Sie aßen im Freien, als wollten sie die Anzeige im Familienkreis nachstellen. Es ist ganz bewusst so gewählt, dachte Sophia. Ihre Großmutter ließ sich von keiner Drohung einschüchtern.

Der Abend war warm, und noch schien die Sonne. In den Weinbergen wurden die Trauben dick, und der Pinot Noir wechselte, genau wie Tyler vorausgesagt hatte, bereits die Farbe.

Noch vierzig Tage bis zur Weinlese, dachte Sophia. Das war die alte Regel. Wenn die Trauben Farbe annahmen, waren es noch vierzig Tage bis zur Ernte. Dann würde ihre Mutter schon verheiratet und gerade von ihrer Hochzeitsreise zurückgekehrt sein. Maddy und Theo würden ihre Geschwister sein, und die Schule hätte wieder angefangen. Sie selbst würde ihre eigene Hochzeit planen, obwohl sie Tyler gebeten hatte, ihre Verlobung noch nicht bekannt zu geben.

Das Leben ging weiter, weil sie, wie *La Signora* gesagt hatte, so waren und so sein wollten.

»Wenn wir Probleme haben«, fuhr Teresa fort, »stehen wir zusammen. Die Familie. Die Freunde.

Dieses Jahr hat viele Probleme gebracht, Veränderungen und Trauer. Aber es hat auch Freude gebracht. In ein paar Wochen haben Eli und ich einen neuen Sohn und noch mehr Enkelkinder. Und«, fügte sie hinzu und wandte sich an Maddy, »offenbar auch einen neuen Unternehmenszweig. Aber wir sind bedroht worden. Ich habe lange darüber nachgedacht, was wir tun können. James? Sag uns deine Meinung als Jurist über unsere Möglichkeiten.«

James legte die Gabel nieder und sammelte sich. »Es weist zwar alles darauf hin, dass DeMorney – vielleicht sogar ausführend – an den Unterschlagungen und der Produktmanipulation beteiligt war, aber es gibt keine konkreten Beweise. Donatos Behauptungen reichen nicht aus, um den Richter davon zu überzeugen, wegen dieser Angelegenheiten oder wegen Tony Avanos Tod Anklage zu erheben. Und als Sophias Wagen manipuliert wurde, war Jeremy nachweislich in New York.«

»Er hat bestimmt jemanden angeheuert ...«, begann David.

»Das mag sein, wie es will, und ich stimme dir da auch zu, aber solange die Polizei keine konkreten Beweise hat, kann sie nichts tun. Und du«, fügte James hinzu, »kannst auch nichts tun. Mein Rat ist, dass ihr euch alle heraushaltet, und die Polizei ihre Arbeit tun lasst.«

»Ich will dich oder die Polizei ja nicht beleidigen, Onkel James, aber bis jetzt ist bei ihren Ermittlungen noch nicht allzu viel herausgekommen. Donato ist sogar ermordet worden, während er in Haft war«, stellte Sophia fest. »Und David ist in aller Öffentlichkeit niedergeschossen worden.«

»Diese Angelegenheiten betreffen die italienischen Behörden, Sophie, und binden uns die Hände umso mehr.«

»Er bedroht Sophie mit diesen Anzeigen.« Tyler schob seinen Teller weg. »Warum kann man sie nicht zu ihm zurückverfolgen?«

»Ich wünschte, ich wüsste die Antwort. Er ist kein dummer Mann und auch nicht unvorsichtig. Wenn er der Drahtzieher ist, dann hat er sich genug Alibis verschafft.«

»Er ist in meine Wohnung gekommen, hat sich hingesetzt und meinen Vater kaltblütig erschossen. Er muss bestraft werden. Er soll gejagt, verfolgt und gequält werden, genauso wie er unsere Familie jagt, verfolgt und quält.«

»Sophia.« Helen ergriff Sophias Hand. »Es tut mir Leid. Die Welt ist nun mal nicht immer gerecht.«

»Er wollte uns ruinieren.« Teresas Stimme war ruhig. »Es ist ihm nicht gelungen. Er hat uns geschädigt, ja, und uns Verluste verursacht. Aber er wird dafür bezahlen. Heute ist er bei Le Coeur aufgefordert worden, seine Kündigung einzureichen. Der Gedanke, dass die Gespräche, die Eli und ich mit Mitgliedern des Vorstands hatten, dazu beigetragen haben, bereitet mir Freude.«

Genießerisch trank sie einen Schluck von ihrem Wein. »Man hat mir berichtet, er habe es nicht gut aufgenommen. Ich werde meinen ganzen Einfluss gelten machte, um dafür zu sorgen, dass er nie wieder eine Stellung bei einem angesehenen Weinunternehmen findet. Beruflich ist er erledigt.«

»Das ist nicht genug ...«, begann Sophia.

»Es könnte schon zu viel sein«, korrigierte Helen sie. »Wenn er so gefährlich ist, wie du glaubst, dann fühlt er sich dadurch in die Ecke gedrängt und hält es vielleicht für noch zwingender, zurückzuschlagen. Als Juristin, als Freundin bitte ich euch alle, es dabei zu belassen.«

»Mom.« Linc schüttelte den Kopf. »Kannst du das wirklich guten Gewissens sagen?«

»Ja«, erwiderte sie heftig. »Um das zu schützen, was am wichtigsten ist, kann ich das. Teresa, deine Tochter will heiraten. Sie hat ihr Glück gefunden. Sie hat eine schwere Zeit hinter sich – wie ihr alle. Jetzt ist es an der Zeit zu feiern, nach vorn zu blicken, und sich nicht bei Rache und Vergeltung aufzuhalten.«

»Wir schützen auch das, was uns am wichtigsten ist, Helen. Auf unsere Art. Die Sonne geht unter«, sagte sie. »Tyler, zünde die Kerzen an. Es ist ein schöner Abend. Wir sollten ihn genießen. Sag mir, setzt du immer noch auf deinen Pinot Noir gegen meinen Chenin Blanc?«

»Ja.« Ty ging um den Tisch und zündete alle Kerzen an. »Natürlich können wir beide nur gewinnen, da wir ja fusioniert sind.« Als er das Kopfende des Tisches erreichte, warf er Teresa einen Blick zu. »Da wir schon einmal von Fusionen sprechen: Ich werde Sophia heiraten.«

»Verdammt, Ty! Ich habe dir doch ge...«

»Still«, sagte er so bestimmt, dass Sophia verstummte. »Sie hat zwar *mich* gefragt, aber ich hielt es für eine ziemlich gute Idee.«

»O Sophie!« Pilar sprang auf und schlang die Arme um ihre Tochter.

»Ich wollte eigentlich bis nach eurer Hochzeit warten, bevor ich es euch sage, aber dieses Großmaul hier konnte ja mal wieder seinen Mund nicht halten.«

»Das war auch ihre Idee«, stimmte Tyler zu, während er um den Tisch herumging. »Sophie irrt sich nicht oft, deshalb ist es schwer, ihr etwas auszureden. Aber ich finde, es kann einfach nicht genug gute Nachrichten geben. Hier.«

Er ergriff ihre Hand, zog einen Ring aus seiner Tasche und steckte ihr einen wunderschönen Diamant an den Finger. »Jetzt ist es abgemacht.«

»Warum kannst du nicht einfach ... Er ist wundervoll.«

»Er hat meiner Großmutter gehört. MacMillan zu Giambelli.« Er ergriff ihre Hand, hob sie an die Lippen und küsste sie. »Giambelli zu MacMillan. So ist es richtig.«

Sie seufzte. »Ich hasse es, wenn du Recht hast.«

Rache bringt einem seltsamere Bettgefährten ein als Politik, dachte Jerry. Sie waren zwar noch nicht miteinander im Bett gewesen, aber das würde noch kommen. René war viel leichter zu beeindrucken, als er geglaubt hatte.

»Ich bin froh, dass du mich richtig einschätzt. Mir zuhörst. Mich ausreden lässt.« Er griff nach Renés Hand. »Ich hatte Angst, dass du diesen schrecklichen Gerüchten Glauben schenken würdest, die die Giambellis in Umlauf gesetzt haben.«

»Ich würde ihnen selbst dann nicht glauben, wenn sie sagen würden, dass die Sonne im Osten aufgeht.« René räkelte sich auf dem Sofa. Noch mehr als ihr Hass auf die Giambellis beschäftigte sie die Suche nach einem Mann mit Geld. Sie hatte bald keins mehr.

Tony war nicht aufrichtig zu ihr gewesen. Sie hatte schon ein paar Schmuckstücke verkaufen müssen, und wenn sie nicht bald einen anderen Fisch an der Angel hatte, würde sie wieder anfangen müssen zu arbeiten.

»Ich behaupte ja nicht, dass ich nicht mit harten Bandagen gekämpft habe, aber das ist nun mal mein Job. Und Le Coeur hat die ganze Zeit hinter mir gestanden, jedenfalls bis die Lage kompliziert geworden ist.«

»Das klingt nach der Art, wie die Giambellis Tony behandelt haben.«

»Genau.« Auf diese Einschätzung und auf ihren tief sitzenden Hass zielte er ab, um sein Glück zu wenden. »Don hat mir interne Informationen angeboten, und ich habe sie genommen. Natürlich können die Giambellis sich nicht mehr halten, wenn die Öffentlichkeit erfährt, dass sie von eigenen Familienmitgliedern betrogen werden. Also muss ich als Sündenbock herhalten. Dabei habe ich einfach nur genommen, was mir angeboten wurde. Ich habe ihnen ja schließlich nicht die Pistole an die Schläfe gehalten.«

Er brach ab und drückte Renés Hand. »Himmel, René, es tut mir so Leid! Wie konnte ich nur so etwas Dummes sagen.«

»Ist schon gut. Wenn Tony mich nicht belogen und mit dieser kleinen Schlampe, die mit Sophia zusammengearbeitet hat, betrogen hätte, dann wäre er jetzt noch am Leben.« Und sie stünde nicht kurz vor dem Ruin.

»Kris Drake.« Effekt heischend schlug Jerry sich die Hand vor die Stirn. »Ich wusste nichts von Tony und ihr, als ich sie eingestellt habe. Die Vorstellung, sie könnte etwas mit Tonys Tod zu tun haben ...«

»In der Zeit hat sie noch für Giambelli gearbeitet. Sie stecken dahinter. Hinter allem.«

Das war wirklich perfekt. Jerry wünschte nur, er wäre schon früher darauf gekommen, René zu benutzen. »Sie haben meinen Ruf ruiniert. Allerdings habe ich das teilweise selbst verschuldet. Ich wollte zu viel gewinnen.«

»Aber darum geht es doch nur.«

Er lächelte sie an. »Und ich hasse es zu verlieren. Bei allem. Weißt du, als ich dich zum ersten Mal sah, wusste ich nicht, dass Tony und du ein Paar seid, und ich ... Nun, ich hatte nie die Chance, in Konkurrenz zu treten, also gilt das wahrscheinlich nicht. Noch etwas Wein?«

»Ja, danke.« Sie schürzte die Lippen und überlegte, wie sie das Spiel angehen sollte. »Ich war von Tonys Charme überwältigt«, begann sie. »Und ich bewunderte seinen Ehrgeiz. Zu klugen Geschäftsmännern fühle ich mich unwiderstehlich hingezogen.«

»Tatsächlich? Ich war auch einer«, sagte Jerry und schenkte ihr Wein ein.

»Jerry, du bist immer noch ein kluger Geschäftsmann. Du fällst sicher wieder auf die Füße.«

»Das möchte ich gern glauben. Ich denke darüber nach, nach Frankreich zu ziehen. Man hat mir dort einige Angebote gemacht.« Beziehungsweise man *hätte* sie mir gemacht, dachte er grimmig. »Glücklicherweise bin ich auf das Geld nicht angewiesen. Ich kann mir in aller Ruhe mein Ziel aussuchen und mir Zeit lassen. Wahrscheinlich täte es mir gut, eine Weile zu verreisen, um mich für die harte Arbeit der letzten Jahre zu belohnen.«

»Ich liebe Reisen«, schnurrte sie.

»Ich glaube allerdings, ich sollte erst wegfahren, wenn ich hier alles in Ordnung gebracht habe. Ich muss mich von Angesicht zu Angesicht mit den

Giambellis auseinander setzen. Ich will aufrichtig zu dir sein, René, weil ich glaube, dass du mich verstehst. Ich will es ihnen heimzahlen, dass sie diesen Schmutz über mir ausgegossen haben.«

»Das verstehe ich.« Voller Mitgefühl legte sie ihm die Hand aufs Herz. »Sie haben mich auch immer so abwertend behandelt.« Sie presste ein paar Tränen hervor. »Ich hasse sie!«

»René.« Jerry rückte nahe an sie heran. »Vielleicht finden wir ja beide einen Weg, es ihnen heimzuzahlen.«

Später, als sie nackt neben ihm lag, den Kopf auf seiner Schulter, lächelte er in die Dunkelheit. Tonys Witwe würde ihm den Weg ebnen. Und er würde den Giambellis das Herz aus dem Leib reißen.

René wählte die Kleidung für die Rolle, die sie spielen wollte, mit Bedacht. Ein dunkles, konservatives Kostüm, wenig Make-up. Jerry und sie hatten genau geplant, was sie sagen und wie sie sich benehmen sollte. Er hatte sie unzählige Male üben lassen. Der Mann war für ihren Geschmack ein wenig zu fordernd, aber sie würde ihn sich schon zurechtbiegen, wenn sie ihn nur lange genug halten konnte.

Im Moment jedenfalls war er nützlich, unterhaltsam und ein Mittel zum Zweck. Und er unterschätzte sie, wie die meisten anderen auch. Er merkte nicht, dass sie ganz genau wusste, dass auch er seinerseits René als nützlich, unterhaltsam und als Mittel zum Zweck betrachtete.

Aber René Foxx ließ sich von niemandem zum Narren halten. Vor allem nicht von einem Mann.

Jerry DeMorney war verdorben bis zum Knoten seiner Hermès-Krawatte. Wenn er nicht die Finger in dieser ganzen Vergiftungsgeschichte gehabt hatte, würde sie jetzt anfangen müssen, Kostüme von der Stange zu tragen. Damit hat er diesen verkommenen Giambellis einen ganz schönen Tritt versetzt, dachte sie. Was sie anging, so hatte sie einen solchen Mann geradezu gesucht.

Ihr Besuch bei der Mordkommission sollte der erste Schritt in eine lukrative Zukunft sein, beschloss sie.

»Ich möchte zu Detective Claremont oder Maguire«, begann sie, erblickte dann aber Claremont, der sich gerade von seinem Schreibtisch erhob. »Oh, Detective!« Es freute sie, dass sie mit ihm zu tun haben würde. Mit Männern kam sie besser zurecht. »Ich muss Sie sprechen. Es ist dringend. Bitte, können wir ...«

»Langsam, Mrs. Avano.« Er ergriff ihren Arm. »Möchten Sie einen Kaffee?«

»O nein, ich brächte jetzt nichts herunter. Ich habe die halbe Nacht lang wachgelegen.«

Sie konzentrierte sich so auf ihren Text, dass sie nicht bemerkte, wie er seiner Partnerin rasch ein Zeichen gab.

»Wir setzen uns in die Cafeteria. Warum erzählen Sie mir nicht, was Sie so aufgebracht hat?«

»Ja, ich ... hallo, Detective Maguire, gut, dass Sie auch hier sind. Ich bin so verwirrt, so aufgebracht!« René stellte die Metallkassette, die sie bei sich hatte, mitten auf den Tisch und setzte sich. »Ich habe es endlich geschafft, den Rest von Tonys Sachen durchzusehen. Dabei habe ich diese Kassette gefunden, ganz oben in seinem Schrank. Ich wusste nicht, was darin war. Ich hatte schon genug mit all den Versicherungsunterlagen zu tun.« Mit zitternder

Stimme fuhr sie fort: »In seinem Schmuckkasten lag ein Schlüssel. Ich hatte ihn vorher schon einmal gesehen, wusste aber nicht, wofür er war. Nun« – sie wies auf die Kassette – »er gehört hierzu. Öffnen Sie sie. Bitte, ich möchte den Inhalt nicht noch einmal sehen.«

»Es sind Berichte«, sagte sie, während Claremont die Kassette aufschloss und begann, die Papiere durchzusehen. »Rechnungsbücher, oder wie sie heißen, von diesem falschen Konto, das die Giambellis eingerichtet haben. Tony muss davon gewusst haben. Und deshalb wurde er umgebracht. Er hat versucht, das Richtige zu tun, und ... es hat ihn das Leben gekostet.«

Claremont überflog die Kontoauszüge und Rechnungen und reichte dann die Unterlagen an Maguire weiter. »Sie glauben also, dass Ihr Ehemann wegen dieser Papiere umgebracht worden ist?«

»Ja, ja!« Ist dieser Mann denn dumm?, fragte sich René ungeduldig. »Ich fürchte, zum Teil mit verantwortlich zu sein. Und ich habe Angst, dass mir etwas zustoßen könnte. Ich weiß, dass mich jemand beobachtet«, fügte sie leiser hinzu. »Es mag paranoid klingen, aber ich bin mir ganz sicher. Ich habe mich wie ein Dieb aus meiner Wohnung geschlichen, um hierher zu kommen. Ich glaube, sie haben jemanden angestellt, der mich überwachen soll.«

»Wer?«

»Die Giambellis!« Sie ergriff Claremonts Hand. »Die fragen sich sicher, ob ich davon weiß. Aber ich wusste doch gar nichts davon, bevor ich die Kassette fand. Und wenn sie das erfahren, bringen sie mich um.«

»Wenn sie *was* erfahren?«

»Dass Sophia meinen Tony getötet hat.« René schlug die Hand vor den Mund und opferte ihr Make-up den Tränen.

»Das ist eine ernste Anschuldigung.« Maguire stand auf, um Papiertaschentücher zu holen. »Warum sprechen Sie sie aus?«

Renés Hand zitterte, als sie nach den Taschentüchern griff. »Als ich die Kassette gefunden hatte, fiel mir alles wieder ein. Es ist schon so lange her ... Ungefähr vor einem Jahr bin ich einmal nach Hause gekommen, und Sophia war da. Sie und Tony stritten sich oben. Sie war wütend, und er versuchte, sie zu beruhigen. Sie hatten mich nicht gehört. Ich ging in die Küche, aber sie waren so laut, dass ich sie immer noch hören konnte. Sie schrie – was sie immer tut, wenn sie einen ihrer schrecklichen Wutausbrüche hat. Sie sagte, sie würde nicht dafür einstehen. Sagte, die Sache ginge ihn nichts an. Was er antwortete, habe ich nicht gehört, weil seine Stimme leiser war.«

Sie tupfte sich die Tränen ab. »Tony hat ihr gegenüber nie die Stimme erhoben. Er vergötterte sie. Aber sie ... sie verachtete ihn, meinetwegen. Das Cardianili-Konto – sie hat den Namen genannt, aber ich habe dann später nicht mehr daran gedacht. Das Cardianili-Konto bleibe bestehen, und damit sei die Diskussion beendet. Und wenn er irgendetwas wegen der Rechnungsbücher unternehmen würde, dann würde er dafür bezahlen. Sie sagte ganz deutlich: ›Wenn du etwas unternimmst, dann bringe ich dich um.‹ In dem Moment habe ich die Küche verlassen, weil mich dieser Satz wütend gemacht hat. Fast zur gleichen Zeit kam sie die Treppe heruntergerannt. Sie sah mich, sagte etwas Gemeines auf Italienisch und stürmte hinaus.«

René atmete zitternd aus und schniefte ein wenig. »Als ich Tony fragte, worum es ging, sah ich, dass er ganz durcheinander war. Aber er winkte ab und meinte, es sei um Geschäfte gegangen und sie habe nur Dampf ablassen müssen. Ich beließ es dabei. Sophia hat sich oft so aufgeführt, aber ich habe nie geglaubt, sie könnte ihre Worte wahr machen. Aber sie hat sie wahr gemacht. Er wusste, dass sie in die Unterschlagungen verwickelt war, und sie tötete ihn deswegen.«

»Nun ...« Maguire lehnte sich in ihrem Stuhl zurück. Sie und ihr Partner waren wieder allein. »Glaubst du die Geschichte?«

»Für jemanden, der letzte Nacht nicht geschlafen hat, sah sie bemerkenswert frisch aus. Für jemanden, der außer sich vor Angst ist, hat sie ein bisschen zu sorgfältig darauf geachtet, dass ihre Schuhe zu ihrer Tasche passen.«

»Du bist ja ein richtiger Modepolizist, Partner! Sie hat diese Papiere nicht zufällig gefunden. Sie hat garantiert schon einen Tag nach seinem Tod jede Schublade, jeden Schrank und jedes Astloch durchwühlt, damit ihr auch nur ja kein Penny entgeht.«

»Maguire, ich glaube, du magst die Witwe Avano nicht.«

»Ich mag keine Leute, die mich für dumm halten. Frage: Wenn sie diese Papiere die ganze Zeit gehabt hat, warum kommt sie jetzt erst damit an? Und wenn sie sie nicht hatte, wer hat sie ihr gegeben?«

»DeMorney ist in San Francisco.« Claremont legte die Fingerspitzen aneinander. »Ich frage mich, wie lange er die Witwe schon kennt.«

»Eines ist klar: Sie haben beide etwas gegen die Giambellis, und die Witwe möchte Sophia G. unbedingt die Daumenschrauben anlegen.«

»So unbedingt, dass sie bei der Polizei eine falsche Aussage macht.«

»Ach, zum Teufel, das hat sie doch genossen! Und sie ist clever genug, um zu wissen, dass sie nichts gesagt hat, wofür wir sie belangen können. Wir können ja nicht beweisen, ob und wann sie diese Unterlagen gefunden hat. Und was die Streitszene angeht, stünde ihr Wort gegen Sophias, die vermutlich durchaus irgendwann in seinem letzten Lebensjahr mit ihm gestritten hat. Selbst wenn wir ihr Ärger machen wollten, so haben wir keine Möglichkeit, sie *deshalb* zu belangen.«

»Es ist unwahrscheinlich, dass sie Avano geheiratet und einen Tag später umgebracht hat. Das hätte ihr nichts eingebracht, und sie will so viel wie möglich aus einer Beziehung rausschlagen.«

»Wenn wir ihr das abkaufen würden, könnte sie sich rächen. Und das ist im Moment garantiert ihr dringendstes Bedürfnis.«

»Ja, und DeMorneys auch.« Claremont stand auf. »Wir wollen doch mal sehen, wie eng ihre Verbindung ist.«

30

René glitt neben Jerry auf das Sofa und nahm die Champagnerflöte entgegen. »Ich habe heute im Salon etwas sehr Interessantes gehört.«

»Und was?«

»Ich erzähle es dir.« Sie fuhr mit der Fingerspitze über seine Hemdbrust. »Aber es kostet dich etwas.«

»Wirklich?« Er ergriff ihre Hand und biss sie zärtlich ins Handgelenk.

»Oh, das ist auch hübsch, aber ich möchte etwas anderes. Lass uns ausgehen, Geliebter. Ich bin es leid, immer drinnen zu sitzen. Geh mit mir in einen Club, wo Leute sind und Musik, und wo etwas geschieht.«

»Liebling, du weißt, wie gern ich das tun würde, aber es wäre nicht klug, wenn wir jetzt zusammen in der Öffentlichkeit gesehen würden.«

Schmollend schmiegte sie sich an ihn. »Dann gehen wir eben irgendwohin, wo uns keiner kennt. Und selbst wenn – Tony ist seit Monaten tot. Niemand erwartet von mir, dass ich aus Trauer ewig allein bleibe.«

Nach den Berichten, die aus Europa eingetroffen waren, hatte René noch nicht einmal eine Woche lang einsam getrauert. »Nur noch kurze Zeit. Ich entschädige dich auch dafür. Wenn wir hier alles erledigt haben, fliegen wir nach Paris. Und, was hast du heute herausgefunden?«

»Um das Vokabular von dieser Schlampe Kris zu benutzen, gibt Schlampe Nummer drei am Freitagabend für Schlampe Nummer zwei eine kleine Party – Vorabend der Hochzeit. Nur Frauen. Sie baut einen ganzen Schönheitssalon in der Villa auf – Gesichtsmasken, Körperbehandlungen, Massagen, Fitness-Übungen.«

»Und was tun die Männer, während die Frauen sich pflegen lassen?«

»Vermutlich sehen sie sich Pornos an und betrinken sich. Der Junggesellenabend findet bei MacMillan statt. Braut und Bräutigam dürfen es in der Nacht vor der Hochzeit nicht miteinander treiben. Heuchler!«

»Das ist interessant.« Und genau die Gelegenheit, auf die Jerry gewartet hatte. »Wir wissen also genau, wo alle sind. Und der Zeitpunkt könnte nicht besser sein, unmittelbar vor dem glücklichen Ereignis. René, du bist ein Juwel!«

»Ich will keins *sein*, ich möchte nur welche *haben*.«

»In einer Woche sind wir in Paris, dann kümmere ich mich darum. Aber zuerst haben wir beide am Freitagabend einen Termin in der Villa Giambelli.«

Alles sollte vollkommen sein. Es sollte ein Abend werden, an den sich alle erinnern und über den sie noch Jahre später Tränen lachen würden. Sophia hatte alles geplant und bis ins kleinste Detail organisiert, bis hin zu dem Duft der Kerzen für die Aromatherapie-Behandlungen. In vierundzwanzig Stunden, dachte Sophia, würde ihre Mutter sich für ihre Hochzeit zurechtmachen, aber an ihrem letzten Abend als alleinstehende Frau sollte sie sich noch einmal nur unter Frauen wohlfühlen.

»Wenn es unsere Produkte gibt, sollten wir sie vielleicht eine Zeit lang direkt an Spas verkaufen.« Maddy schnüffelte an den Ölen, die schon neben dem Massagetisch bereitstanden. »Das macht sie exklusiver, und die Leute werden sich darum reißen.«

»Du bist ein kluges Mädchen, Madeline. Aber heute Abend reden wir nicht vom Geschäft. Der heutige Abend gehört den weiblichen Ritualen. Wir sind die Dienerinnen.«

»Werden wir über Sex reden?«

»Natürlich. Es geht schließlich nicht darum, Rezepte auszutauschen. Ah, da ist die Frau der Stunde.«

»Sophie!« Pilar, die bereits einen langen, weißen Bademantel trug, kam auf sie zu. »Ich kann es gar nicht glauben, dass du dir so viel Mühe gemacht hast.«

Verschiedene Sitzgruppen mit Sofas und Sesseln waren aufgestellt worden. Der Tag neigte sich dem Ende zu, und der Duft des Gartens hing in der Luft. Auf den Tischen standen große Platten voller Obst und Schokolade, Flaschen mit Wein und Mineralwasser, Körbe und Schalen voller Blumen.

Eine Fontäne plätscherte in den Pool und trug noch zu der sinnlichen Stimmung bei.

»Ich hatte an ein römisches Bad gedacht. Gefällt es dir?«

»Es ist wundervoll. Ich komme mir vor wie eine Königin.«

»Wenn es vorüber ist, wirst du dich wie eine Göttin fühlen. Wo sind die anderen? Wir sollten langsam anfangen.«

»Oben. Ich hole sie.«

»Nein, das tust du nicht. Maddy, schenk Mama etwas Wein ein. Sie rührt heute Abend keinen Finger, außer um sich eine schokoladenüberzogene Erdbeere in den Mund zu stecken. Ich hole die anderen.«

»Welchen Wein willst du?«, fragte Maddy.

»Im Moment nur Wasser, Liebes, danke. Es ist so ein schöner Abend!« Sie trat an die offenen Türen und lachte leise. »Massagetische auf der Terrasse. So etwas fällt auch nur Sophie ein.«

»Ich bin noch nie massiert worden.«

»Mmm. Es wird dir gefallen.«

Pilar blickte über den Garten und fuhr abwesend mit der Hand über Maddys Haare. Dann ließ sie die Hand auf der Schulter des Mädchens liegen. Maddy wurde es ganz warm, und sie seufzte auf.

»Was ist los?«

»Nichts.« Maddy reichte Pilar das Glas. »Nichts. Irgendwie freue ich mich nur auf ... alles.«

»Du bluffst«, sagte David, eine Zigarre zwischen die Zähne geklemmt, und versuchte, Eli mit Blicken zu verunsichern.

»Ja? Leg dein Geld auf den Tisch, Sohn, und lass mich aufdecken.«

»Mach weiter, Dad.« Auch Theo hatte eine Zigarre zwischen den Zähnen, allerdings nicht angezündet, und kam sich vor wie ein Mann. »Wer sich nicht traut, erringt auch keinen Ruhm.«

David warf seine Chips in den Topf. »Los, zeig sie.«

»Drei kleine Jungen«, begann Eli. Davids Augen funkelten. »Die zwei hübsche kleine Damen bewachen.«

»Hurensohn.«

»Ein Schotte blufft nicht, wenn es um Geld geht, mein Sohn.« Fröhlich strich Eli seine Chips ein.

»Der Mann hat mir im Lauf der Jahre so oft das Fell über die Ohren gezogen, dass ich immer einen Helm trage, wenn ich mit ihm Karten spiele.« James wies mit seinem Glas auf David. »Du wirst es schon noch lernen.«

Als es an der Tür klopfte, hob Linc den Kopf. »Jemand hat eine Stripperin bestellt, nicht wahr? Ich wusste, dass ihr mich nicht enttäuschen würdet.«

»Das ist die Pizza.« Theo sprang auf.

»Noch mehr Pizza? Theo, du kannst doch unmöglich noch mehr Pizza wollen.«

»Klar«, rief er über die Schulter. »Ty hat es mir erlaubt.«

»Ich habe gesagt, er könne *für mich* welche bestellen. Die letzte Lieferung hat er allein verputzt.«

Linc warf Tyler einen traurigen Blick zu. »Hättest du nicht dafür sorgen können, dass eine Stripperin die Pizza bringt?«

»Es gab keine mehr.«

»Na, hoffentlich kriegen wir wenigstens Peperoni.«

»Mein Gott, Sophie, das war eine hervorragende Idee!«

»Danke, Tante Helen.« Sie saßen nebeneinander, die Köpfe zurückgelegt, eine dicke, grüne Reinigungsmaske auf dem Gesicht. »Ich wollte, dass Mama sich entspannt und sich ganz als Frau fühlt.«

»Das ist dir gelungen. Sieh mal, wie Teresa und Maddy während ihrer Pediküre diskutieren.«

»Mmm«, sann Sophia. »Sie können sich nicht auf den Namen für die Kosmetikprodukte einigen, die wir noch nicht einmal produziert haben. Ich weiß nicht, ob es an Maddy oder an dem Konzept liegt, auf jeden Fall hat es *Nonnas* Kampfgeist geweckt.«

»Das höre ich gern. Ich habe mir Sorgen um euch gemacht, seit wir das letzte Mal miteinander geredet haben. Die Vorstellung, dass René mit dieser Cardianili-Geschichte versucht, Tony zum Helden und dich zum Bösewicht zu machen, lässt mir die Haare zu Berge stehen.«

Sophia wurde steif, doch entschlossen entspannte sie sich sofort wieder. »Das war Blödsinn. DeMorney steckt dahinter, und es ist einer der ersten wirklich dummen Schritte, die er gemacht hat. Er fängt langsam an, unklug zu handeln.«

»Das mag sein, aber es hat auf jeden Fall Unruhe gebracht.« Helen hob die Hand. »Und mehr sage ich jetzt nicht dazu. Heute Abend soll es nicht um Probleme gehen, sondern wir wollen Spaß haben. Wo ist Pilar?«

Denk nicht darüber nach, befahl sich Sophia. Denk nur an angenehme Dinge. »Behandlung in Raum B – auch als Gästebadezimmer im Untergeschoss bekannt. Ganzkörpermaske. Dazu musst du in der Nähe einer Dusche sein.«

»Großartig. Ich bin als Nächste dran.«

»Champagner?«

»Maria.« Sophia richtete sich ein wenig auf. »Du sollst heute nicht bedienen. Du bist ein Gast.«

»Mein Nagellack ist schon trocken.« Sie zeigte ihre Nägel. »Als Nächstes bin ich bei der Pediküre. Dann kannst *du* mir Champagner bringen.«

»Abgemacht.«

Maria blickte zu Pilar, die gerade hereinkam. Sie sah weich und entspannt aus. »Du hast deine Mama heute Abend glücklich gemacht. Jetzt wird alles wieder gut.«

»Du weißt, wie man eine Frau verwöhnt.«

Jerry fuhr mit der Hand über Renés Hintern, der in engen, schwarzen Hosen steckte. »Du hast noch längst nicht alles gesehen. An diesen Abend werden sich *alle* noch lange erinnern.«

Sie liefen durch den Weinberg. Es war ein weiter Weg vom Auto gewesen, und der Sack, den Jerry trug, schien bei jedem Schritt schwerer zu werden. Aber die Tatsache, dass er sich dieses Mal selbst um die Angelegenheit kümmerte, erfüllte ihn mit tiefer Erregung.

Und wenn etwas schief gehen sollte, würde er einfach René opfern. Allerdings hatte er nicht vor, etwas schief gehen zu lassen.

Er kannte die Gegend gut. Durch Don und Kris und auch aufgrund seiner eigenen Beobachtungen wusste er von den Alarmanlagen, und auch wie er sie umgehen konnte. Er musste nur Geduld haben und vorsichtig sein.

Bevor die Nacht vorüber war, würden die Giambellis ruiniert sein.

»Bleib dicht bei mir«, sagte er zu René.

»Ja. Ich will ja nichts verderben, aber ich wünschte, ich wäre so sicher wie du, dass es funktioniert.«

»Lass das Grübeln sein. Ich weiß, was ich tue und wie ich es tue. Wenn das Weingut erst einmal brennt, werden sie wie die Ameisen aus ihrem Bau kommen.«

»Mir ist alles egal, und wenn du dieses verdammte Weingut bis auf die Grundmauern niederbrennst.« Eigentlich faszinierte sie die Vorstellung sogar. »Ich will bloß nicht erwischt werden.«

»Tu, was ich dir sage, und du wirst nicht erwischt. Sobald sie draußen sind, um das Feuer zu löschen, schleichen wir uns hinein, legen das Päckchen in Sophias Zimmer und verschwinden wieder. Dann rufen wir die Polizei von einer Telefonzelle aus an, geben ihnen einen anonymen Hinweis, und noch bevor der Rauch sich wieder gelichtet hat, sind wir bei dir zu Hause und lassen die Champagnerkorken knallen.«

»Die alte Dame wird die Polizei bestechen. Sie wird nicht zulassen, dass ihre Enkelin ins Gefängnis geht.«

»Vielleicht. Sie soll es ruhig versuchen, das ist egal. Sie sind auf jeden Fall ruiniert. Früher oder später bricht es ihnen das Kreuz. Das willst du doch auch, oder?«

Etwas in seinem Tonfall jagte René einen Schauer über den Rücken, aber sie nickte. »Das ist genau das, was ich will.«

Als sie am Weingut ankamen, nahm Jerry die Schlüssel heraus. Don war so schlau gewesen, Nachschlüssel anfertigen zu lassen, und davon besaß Jerry Kopien. »Die werfen wir in die Bucht, wenn wir fertig sind.« Er steckte den Schlüssel in das erste Schloss. »Nach dieser Nacht braucht sie niemand mehr. Sie werden es schwer haben zu erklären, wie in einem verschlossenen Gebäude Feuer ausbrechen konnte.« Mit diesen Worten öffnete er die Tür.

Sophia lag auf dem Massagetisch und blickte zu den Sternen. »Mama, bin ich besitzergreifend?«

»Ja.«

»Ist das schlimm?«

Pilar blickte sie von ihrer Liege auf der Terrasse aus an. »Nein. Manchmal ein bisschen ärgerlich, aber nicht schlimm.«

»Verliere ich den Blick auf das Ganze, weil ich mich bei den Details aufhalte?«

»Selten. Warum fragst du?«

»Ich habe mir überlegt, was ich an mir ändern würde, wenn ich könnte. Oder wenn ich es müsste.«

»An deiner Stelle würde ich gar nichts ändern.«

»Weil ich perfekt bin?«, fragte Sophia grinsend.

»Nein, weil du meine Tochter bist. Ist es wegen Ty?«

»Nein, wegen mir. Seit ... nun, ich bin mir nicht ganz sicher, seit wann, aber eigentlich von dem Moment an, als ich dachte, ich wäre mir über alles im Klaren. Dass ich wüsste, was ich wollte und wie ich es bekäme.«

»Und jetzt bist du dir nicht mehr sicher?«

»O doch, ich bin mir immer noch sicher. Ich weiß immer noch, was ich will und wie ich es bekomme. Aber *was* ich will, hat sich verändert. Und ich habe mich gefragt, ob ich das nicht eigentlich schon viel früher hätte registrieren müssen. Ich ... Könnten Sie uns einen Moment allein lassen?«, sagte sie zu der Masseurin. Als sie mit Pilar allein war, setzte sie sich auf und wickelte sich das Laken um. »Bitte, werde jetzt nicht böse.«

»Bestimmt nicht.«

»Noch vor kurzem wollte ich nur, dass du und Dad wieder zusammenkommt. Ich wollte es vermutlich deshalb, weil ich mir gar nichts anderes vorstellen konnte. Ich dachte immer, wenn ihr wieder zusammen wärt, dann wäre er so, wie ich ihn gern hätte. Nicht, wie es für dich oder für ihn richtig gewesen wäre, sondern für *mich*. Mit diesem Detail habe ich mich aufgehalten, und dabei den Blick auf das Ganze verloren. Wenn ich könnte, würde ich es ändern.«

»Das würde ich nicht tun. Du wärst ihm eine gute Tochter gewesen, wenn er es nur zugelassen hätte.«

»Das hilft mir.« Sophia ergriff Pilars Handgelenk und blickte auf ihre Uhr. »Es ist Mitternacht. Fröhlichen Hochzeitstag, Mama.« Sir drückte Pilars Hand an ihre Wange und ließ sich wieder auf den Massagetisch zurücksinken. Dabei wanderte ihr Blick in die Ferne.

»Was ist das? Es sieht aus wie ... O Gott. Das Weingut! Das Weingut brennt! Maria! Maria, ruf die Feuerwehr! Das Weingut brennt!«

Sophia sprang vom Tisch und griff im Laufen nach ihrem Bademantel.

Genau wie Jerry vorausgesagt hatte, strömten alle aus dem Haus. Man hörte Geschrei und das Geräusch von eiligen Schritten. Im Garten verborgen zählte er die Gestalten, die in weiße Bademäntel gehüllt zum Weinberg liefen.

»Wir gehen jetzt hinein«, flüsterte er René zu. »Du zeigst mir den Weg.«

Sie hatte ihm die Lage von Sophias Zimmer zwar beschrieben, aber er wollte, dass sie voranging. Sie konnte sich schließlich geirrt haben. Sie hatte behauptet, nur einmal in Sophias Zimmer gewesen zu sein – aber das war einmal mehr, als ihm je gelungen war.

Er konnte es nicht riskieren, das Licht einzuschalten, aber er war sicher, dass seine Taschenlampe ausreichte. Er musste nur das Päckchen hinten in ihrem Schrank verstecken, wo die Polizei es finden sollte.

Geräuschlos schlich er hinter René die Stufen zur Terrasse hinauf. Als er über die Schulter blickte, sah er das Feuer zum Himmel lodern. Ein prächtiger Anblick. Gestalten schwirrten wie Motten darum herum.

Sie würden es natürlich löschen, aber das ging nicht so schnell. Es würde zunächst einmal eine Zeit lang dauern, bis sie merkten, dass das Wasser an der Sprinkleranlage abgedreht worden war, und in der Zwischenzeit mussten sie hilflos zusehen, wie die kostbaren Flaschen platzten und die ganze Anlage verbrannte.

Er hatte also nicht den Mumm, die Drecksarbeit zu tun? Die Beleidigung saß tief. Sie würden schon sehen, wer hier den Mumm hatte.

»Jerry, um Gottes willen«, zischte René, die vor der Terrassentür von Sophias Zimmer stand. »Das ist keine Touristenattraktion. Du hast doch gesagt, dass wir uns beeilen müssen.«

»Für einen Moment des Vergnügens ist immer Zeit, Liebling.« Er trat auf die Terrassentür zu. »Und das ist ganz bestimmt ihr Zimmer?«

»Ja, ich bin mir sicher.«

»Na dann.« Er drückte die Tür auf, trat ein – und sog genau in dem Moment befriedigt ihren Duft ein, als Sophia die Tür zu ihrem Zimmer öffnete und das Licht einschaltete.

Der Schock ließ ihn erstarren. Bevor er sich erholen konnte, hatte sie sich schon auf ihn gestürzt.

In blinder Wut sprang sie auf ihn zu und schlug ihre Zähne in ihn. Er heulte auf.

Er wehrte sich und traf sie am Wangenknochen, aber sie spürte keinen Schmerz. Mit ihren frisch manikürten Fingernägeln zerkratzte sie sein Gesicht und hinterließ tiefe Spuren auf seiner Wange.

Es brannte teuflisch. Er stieß Sophia von sich und stürzte auf die kreischende René. Er schmeckte sein eigenes Blut. Unerträglich. Sophia ruinierte all seine sorgfältig durchdachten Pläne. Unverzeihlich. Als sie sich wieder aufgerappelt hatte und sich erneut auf ihn stürzen wollte, zog er seine Pistole.

Beinahe hätte er abgedrückt, aber sie hielt mitten in der Bewegung inne und starrte ihn hasserfüllt an.

Endlich, dachte er, von Angesicht zu Angesicht. Er wollte mehr, als nur überleben. Er wollte Genugtuung.

»Ach, das ist ja interessant! Du solltest doch draußen bei den anderen sein! Aber vielleicht ist es ja Schicksal, dass du genauso endest wie dein wertloser Vater. Mit einer Kugel im Kopf.«

»Jerry, wir müssen hier raus. Lass uns verschwinden!« René sprang auf und starrte auf die Pistole. »Mein Gott! Was tust du da? Du kannst sie doch nicht einfach erschießen!«

O doch, das konnte er, und es war wie eine Erleuchtung. Er würde überhaupt kein Problem damit haben. »Und warum nicht?«

»Du bist wahnsinnig! Das ist Mord! Mit Mord will ich nichts zu tun haben. Ich verschwinde. Ich haue ab. Gib mir die Wagenschlüssel. Gib mir die verdammten Schlüssel!«

»Zum Teufel noch mal, halt den Mund«, sagte er kalt und schlug ihr mit einer fast beiläufigen Geste die Pistole über den Kopf. Als René wie ein Stein umfiel, würdigte er sie nicht einmal eines Blickes, sondern sah weiter unverwandt Sophia an.

»Sie war nervtötend, da kann ich dir beipflichten. Aber sie ist nützlich. Und großartig. René hat das Feuer gelegt. Sie hat schon immer etwas gegen dich gehabt. Vor ein paar Tagen ist sie zur Polizei gegangen und hat versucht, die Beamten davon zu überzeugen, dass du deinen Vater umgebracht hast. Und heute Abend ist sie hierher gekommen, hat das Weingut in Brand gesteckt und ist in dein Zimmer eingedrungen, um Beweise gegen dich hier zu verstecken. Du kamst herein und hast sie entdeckt, und während ihr miteinander kämpftet, ist versehentlich die Pistole losgegangen. Die Pistole«, fügte er hinzu, »mit der auf David Cutter geschossen worden ist. Ich habe sie mir schicken lassen. Ich denke umsichtig, was dir doch sicher gefällt. Du bist tot, und sie wird dafür büßen. Eine saubere Angelegenheit.«

»Warum?«

»Weil mich niemand hereinlegt und damit dann davonkommt. Ihr Giambellis denkt, ihr könnt alles haben, und jetzt habt ihr gar nichts mehr.«

»Ist es wegen meines Vaters?« Sophia sah den orangefarbenen Schein des Feuers durch die Terrassentüren. »Alles nur, weil mein Vater dich beleidigt hat?«

»*Beleidigt*? Er hat mich bestohlen – meine Frau, meinen Stolz, mein Leben ... Und was habt ihr verloren? Nichts. Euch hat das kaum gekümmert. Ich habe meinen Rücken hingehalten. Ich hätte mich damit begnügt, euch zu ruinieren, aber der Tod ist noch besser. Du bist die zentrale Figur. Teresa, nun ja, sie ist nicht mehr die Jüngste. Deine Mutter hat nicht die Fähigkeiten, um das Unternehmen wieder zu dem zu machen, was es einmal war. Ohne dich aber ist das Unternehmen tot. Dein Vater war ein Lügner und Betrüger.«

»Ja, das war er.« Niemand wird mir zu Hilfe kommen, dachte sie. Sie würde allein sein, wenn sie dem Tod ins Auge blickte. »Und du bist auch ein Betrüger, und trotzdem nicht halb so gut.«

»Wenn wir Zeit hätten, würden wir darüber diskutieren. Aber ich bin ein wenig in Eile ...« Er zielte mit der Pistole auf sie. »*Ciao, bella.*«

»*Vai a farti fottere.*« Sophias Stimme war fest, während sie ihn verfluchte. Sie hätte gern die Augen geschlossen – um zu beten, um irgendwelche Bilder mitzunehmen. Aber sie hielt sie offen. Wartete. Als der Schuss ertönte, taumelte sie zurück. Durch ein winziges Loch in seinem Hemd sickerte Blut.

Verblüffung und Entsetzen spiegelten sich in seinem Gesicht wider, dann warf ein weiterer Schuss seinen Körper zur Seite und er sank zu Boden. Helen ließ die Waffe sinken.

»O mein Gott. O Gott, Tante Helen!« Sophias Beine gaben nach und sie ließ sich aufs Bett sinken. »Er wollte mich töten!«

»Ich weiß.« Langsam trat Helen in den Raum und ließ sich schwer neben Sophia auf das Bett fallen. »Ich war gekommen, um dir zu sagen, dass die Männer da sind. Dann sah ich ...«

»Er wollte mich töten. Genauso wie er meinen Vater getötet hat.«

»Nein, Liebes. Er hat deinen Vater nicht umgebracht. Ich habe es getan. *Ich* habe es getan«, wiederholte sie und ließ die Pistole zu Boden fallen. »Es tut mir so Leid.«

»Nein. Das ist verrückt.«

»Ich habe diese Pistole dazu benutzt. Sie hat meinem Vater gehört und ist nie registriert worden. Ich weiß nicht, warum ich sie in jener Nacht mitgenommen hatte. Ich glaube nicht, dass ich vorhatte, ihn umzubringen. Ich ... ich habe überhaupt nichts gedacht. Er wollte Geld. Wieder einmal. Es wäre nie vorbei gewesen.«

»Wovon redest du?« Sophie packte sie bei den Schultern. Es roch nach Schießpulver und Blut. »Was sagst du da?«

»Linc. Er hat Linc gegen mich benutzt. Linc ... Gott steh mir bei, Linc ist Tonys Sohn.«

»Sie haben das Feuer unter Kontrolle. Es ist ...« Pilar stürmte durch die Terrassentür herein und blieb abrupt stehen. »Um Gottes willen, Sophie!«

»Nein, warte!« Sophia sprang auf. »Komm nicht herein. Fass nichts an.« Sie atmete keuchend und stoßweise, aber ihr Gehirn arbeitete präzise und schnell. »Tante Helen, komm mit mir. Komm sofort mit. Wir können nicht hier bleiben.«

»Es wird James und Linc zerstören. Ich habe sie beide ruiniert.«

Sophia zerrte Helen hoch und zog sie auf die Terrasse. »Erzähl es uns. Rasch, wir haben nicht mehr viel Zeit.«

»*Ich* habe Tony umgebracht, Pilar. Ich habe dich betrogen. Mich selbst. Alles, woran ich glaube.«

»Das ist nicht möglich. Um Gottes willen, was ist hier geschehen?«

»Sie hat mir das Leben gerettet«, sagte Sophia. Ein lauter Knall ertönte, als die Flaschen im Weingut explodierten, aber sie zuckte noch nicht einmal zusammen. »Er wollte mich töten, mit derselben Pistole, mit der auf David geschossen worden ist. Er hat sie sich schicken lassen und sie wie ein Souvenir aufgehoben. Helen, was war mit meinem Vater?«

»Er wollte Geld. Über all die Jahre hat er mich aufgesucht, wenn er Geld brauchte. Er verlangte es nie ausdrücklich und bedrohte mich auch eigentlich nicht. Er erwähnte einfach nur Linc – was für ein toller Junge er sei, was für ein intelligenter und vielversprechender junger Mann. Dann sagte er, er brauche ein kleines Darlehen. Ich habe mit Tony geschlafen.« Sie begann leise zu weinen. »Es ist schon so lange her! Wir waren alle noch jung. James und ich hatten Probleme. Ich war wütend auf ihn, verwirrt. Wir trennten uns für ein paar Wochen.«

»Ich erinnere mich«, murmelte Pilar.

»Dann bin ich Tony begegnet, und er war so verständnisvoll, so mitfühlend ... Ihr beide kamt auch nicht miteinander aus. Ihr dachtet an Trennung. Er war charmant und schenkte mir Aufmerksamkeit. James war nie so gewesen. Aber das soll keine Entschuldigung sein. Ich ließ es geschehen. Danach habe ich mich schrecklich geschämt und fand mich widerlich. Aber es war nun einmal passiert, und ich konnte es nicht mehr ändern. Und dann stellte ich fest, dass ich schwanger war. Es konnte nicht von James sein, weil wir seit Wochen nicht mehr zusammen gewesen waren. Da machte ich den zweiten schweren Fehler und erzählte es Tony. Ich hätte ihm genauso gut erzählen können, dass ich mir eine andere Frisur zulegen wollte. Ich konnte ja wohl kaum von ihm erwarten, dass *er* für die Folgen einer heimlichen Nacht bezahlte, oder? Also bezahlte *ich*.« Tränen liefen ihr über die Wangen. »Und wie ich bezahlte.«

»Linc ist Tonys Sohn ...«

»Er ist James' Sohn.« Helen blickte Pilar flehend an. »In jeder Hinsicht, nur in der einen nicht. Er weiß es nicht, keiner von beiden weiß es. Ich tat alles, was ich konnte, um diese Nacht ungeschehen zu machen. James gegenüber, Linc gegenüber – auch dir gegenüber, Pilar. Ich habe mit dem Mann meiner besten Freundin geschlafen. Ich war jung, wütend und dumm, und ich habe es mir nie verziehen. Aber ich tat alles, um es ungeschehen zu machen. Immer wenn Tony mich darum bat, gab ich ihm Geld. Ich weiß noch nicht einmal, wie viel Geld es über die Jahre war.«

»Und mehr konntest du ihm nicht geben«, warf Pilar ein.

»Auf der Party sagte er zu mir, er müsse mich sehen, nannte mir Ort und Termin. Ich weigerte mich. Zum ersten Mal weigerte ich mich. Das machte ihn wütend, und ich bekam Angst. Wenn ich mich nicht mit ihm treffen würde, sagte er, würde er auf der Stelle hineingehen, und es James, Linc und dir erzählen. Das konnte ich nicht riskieren, und ich konnte den Gedanken nicht ertragen. Mein Baby, Pilar! Mein kleiner Junge mit den losen Schnürsenkeln ... Als ich nach Hause kam, holte ich die Pistole aus dem Safe. Sie lag schon seit Jahren da, ich weiß nicht, warum sie mir gerade in dem Moment in den Sinn gekommen ist. Ich weiß nicht, warum ich sie mitgenommen habe. Ich war wie betäubt. Tony hatte Musik angestellt und eine Flasche Wein aufgemacht. Er saß da und erzählte mir von seinen finanziellen Problemen. Charmant, als wären wir alte, liebe Freunde. Ich kann mich nicht mehr an alles erinnern, was er sagte, ich bin noch nicht einmal sicher, ob ich ihm überhaupt zugehört habe. Er brauchte mal wieder ein Darlehen, wie er es nannte. Dieses Mal eine Viertelmillion. Er sei natürlich bereit, nur die erste Hälfte bis zum Ende der Woche entgegenzunehmen und mir zur Beschaffung der zweiten Hälfte einen weiteren Monat Zeit zu lassen. Schließlich verlange er doch nicht zu viel. Er habe mir so einen wunderbaren Sohn geschenkt.«

»Ich wusste nicht, dass ich die Pistole in der Hand hielt. Ich wusste nicht, dass ich abgedrückt hatte, bis

ich den roten Fleck auf seinem weißen Smoking-
hemd sah. Er sah mich überrascht und ein wenig verärgert an. Ich konnte fast hören, wie er sagte: ›Verdammt, Helen, du hast mein Hemd ruiniert.‹ Aber
das sagte er natürlich nicht, er sagte gar nichts mehr.
Ich fuhr nach Hause und versuchte mir einzureden,
es sei nicht geschehen. Es sei überhaupt nicht geschehen. Seitdem trage ich die Pistole mit mir herum.
Überallhin.«

»Du hättest sie wegwerfen können«, sagte Pilar
leise.

»Wie denn? Und wenn einer von euch verhaftet
worden wäre? Ich brauchte sie doch, um dann beweisen zu können, dass ich es getan hatte. Ich konnte es doch nicht zulassen, dass er meinem Jungen
oder James wehtat. Ich dachte, es wäre vorbei. Und
jetzt ... Ich muss es James und Linc zuerst erzählen.
Ich muss es ihnen erzählen, bevor ich mich der Polizei stelle.«

Manchmal muss man gewisse Zyklen unterbre-
chen, dachte Sophia. »Du könntest ihnen etwas erzählen, wenn du mit dieser Pistole heute Abend nicht
mein Leben gerettet hättest.«

»Ich liebe dich«, sagte Helen einfach.

»Ich weiß. Und jetzt sage ich dir, was hier heute
Abend geschehen ist.« Sie packte Helen bei den
Schultern. »Hör mir zu. Du kamst zurück, sahst, wie
Jerry auf mich anlegte. Er hatte beide Pistolen mitgebracht – er hatte vor, sie in meinem Zimmer zu de-
ponieren, um mich zu belasten. Wir haben miteinander gerungen, und die Pistole, durch die mein Vater
umgebracht wurde, lag plötzlich auf dem Boden neben der Türschwelle. Du hast sie aufgehoben und
ihn erschossen, bevor er mich erschießen konnte.«

»Sophia ...«

»Genau das ist passiert.« Sie drückte Helens Hand und ergriff die Hand ihrer Mutter. »Oder, Mama?«

»Ja. Genau das ist passiert. Du hast mein Kind gerettet. Glaubst du nicht, ich würde das Gleiche auch für dich tun?«

»Ich kann nicht.«

»Doch, du kannst. Du willst mir gegenüber alles wiedergutmachen?«, fragte Pilar. »Dann verhalte dich auch so. Mir ist egal, was in einer Nacht vor fast dreißig Jahren passiert ist. Für mich zählt nur, was heute Abend passiert ist. Und für mich zählt, was du für mich mein ganzes Leben lang gewesen bist. Ich lasse nicht zu, dass jemand zerstört wird, den ich liebe. Wofür denn? Für Geld, Stolz, Ansehen? Wenn du mich liebst, wenn du deinen Fehler von damals unbedingt wiedergutmachen willst, dann tust du genau das, worum Sophie dich bittet. Tony war ihr Vater. Wer also hat mehr Recht, das zu entscheiden, als sie?«

»Jerry ist tot«, sagte Sophia. »Er hat getötet, gedroht, zerstört – und das alles nur wegen des egoistischen Verhaltens meines Vaters. Und damit endet alles. Ich rufe jetzt die Polizei. Jemand sollte mal nach René sehen.« Sie beugte sich vor und gab Helen einen Kuss auf die Wange. »Danke. Für den Rest meines Lebens.«

Spät in der Nacht saß Sophia in der Küche und trank Tee mit Cognac. Sie hatte ausgesagt und hatte neben Helen gesessen und ihr die Hand gehalten, als auch diese ihre Aussage machte.

Gerechtigkeit kommt nicht immer so daher, wie man es erwartet, dachte sie. Das hatte Helen einmal gesagt. Und so war es auch jetzt. Unerwartete Gerechtigkeit. Es hatte nicht geschadet, dass René hysterisch geworden war und ständig auf Claremont und Maguire eingeredet hatte, dass Jerry wahnsinnig und ein Mörder gewesen sei und sie mit vorgehaltener Pistole gezwungen habe, mitzukommen.

Jetzt endlich waren die Polizisten gegangen, und im Haus war es still. Sie blickte auf, als ihre Mutter und ihre Großmutter hereinkamen. »Was ist mit Tante Helen?«

»Sie schläft endlich.« Pilar trat an die Anrichte und nahm noch zwei Tassen heraus. »Wir haben geredet, und es geht ihr gut. Sie wird ihr Richteramt niederlegen. Das braucht sie vermutlich.« Pilar stellte die Tassen auf den Tisch. »Ich habe Mama alles erzählt. Ich hatte das Gefühl, sie hat ein Recht darauf, es zu erfahren.«

»*Nonna.*« Sophia griff nach der Hand ihrer Großmutter. »Habe ich das Richtige getan?«

»Du hast aus Liebe gehandelt. Das ist oft viel wichtiger als alles andere. Es war tapfer von dir, Sophia, tapfer von euch beiden. Es macht mich stolz.« Seufzend setzte sie sich. »Helen hat ein Leben genommen und eins zurückgegeben. Dadurch schließt sich der Kreis. Wir wollen nicht mehr davon sprechen. Morgen heiratet meine Tochter, und in diesem Haus wird wieder Freude herrschen. Bald beginnt die Weinlese, und eine weitere Saison geht zu Ende. Die nächste gehört euch«, sagte sie zu Sophia. »Dir und Tyler. Es wird euer Leben und euer Erbe sein. Eli und ich setzen uns Anfang des Jahres zur Ruhe.«

»*Nonna!*«

»Fackeln müssen weitergegeben werden. Nimm, was ich dir gebe.«

Die leichte Unsicherheit in der Stimme ihrer Großmutter brachte Sophia zum Lächeln. »Das werde ich. Danke, *Nonna.*«

»Es ist schon spät. Die Braut braucht ihren Schlaf und ich auch.« Sie stand auf. Ihren Tee hatte sie nicht angerührt. »Dein junger Mann ist zurück zum Weingut gegangen. Du brauchst sicher nicht so viel Schlaf.«

Das stimmt wohl, dachte Sophia, während sie auf das Weingut zulief. Sie verspürte so viel Energie, so viel Leben in sich, dass sie das Gefühl hatte, nie wieder Schlaf zu brauchen.

Tyler hatte Scheinwerfer aufgestellt, in deren Licht das alte Gebäude wie ein ungeschlachter Koloss dalag. Die Fensterscheiben war zerborsten, und es war schwarz vom Rauch und den Flammen. Aber es stand noch.

Es hatte widerstanden.

Vielleicht spürte er ihre Nähe. Sophia gefiel der Gedanke. Als sie auf das Gebäude zulief, trat er aus der Tür. Er fing sie auf, hob sie hoch und drückte sie an sich.

»Da bist du ja, Sophia. Ich wollte dir noch ein bisschen Zeit mit deiner Mutter lassen, doch dann hätte ich dich geholt.«

»Aber ich bin zu dir gekommen. Halt mich fest, ja? Halt mich einfach nur fest.«

»Darauf kannst du dich verlassen.« Bei der Erinnerung an die Ereignisse des Abends wurde ihm eiskalt. Er presste sein Gesicht in ihre Haare. »Himmel, wenn ich denke ...«

»Denk nicht. Bitte nicht«, sagte sie und küsste ihn.

»Ich werde dich in den nächsten zehn, nein fünfzehn Jahren nicht eine Minute aus den Augen lassen.«

»Im Moment kommt mir das sehr entgegen. Bist du hier allein?«

»Ja. David musste zu den Kindern nach Hause, und ich habe Großvater weggeschickt, bevor er zusammenbrach. Er war völlig erschöpft. James war auch ganz erschüttert, deshalb ist Linc mit ihm zu mir gefahren, da deine Mom bei Helen ist.«

»Gut. Alles so, wie es sein sollte.« Sophia legte den Kopf auf seine Schulter. »Es hätte noch schlimmer kommen können.«

Er hielt sie ein wenig von sich ab und fuhr mit den Lippen über die Schramme auf ihrer Wange. »Es hätte noch sehr viel schlimmer kommen können.«

»Du hättest den Kerl sehen sollen.«

Er lachte gepresst und zog sie wieder an sich. »Das ist ein bisschen makaber.«

»Vielleicht, aber so empfinde ich im Moment. Er ist mit meiner Schramme auf dem Gesicht gestorben, und ich bin froh, dass ich ihm wehgetan habe. Jetzt kann ich alles vergessen. Alles. Es wegschließen, und alles beginnt von Neuem. Alles, Ty«, wiederholte sie. »Wir werden das Weingut wieder aufbauen, wir bauen unser Leben wieder neu auf. Giambelli-Mac-Millan entsteht neu, größer und besser als jemals zuvor. Das ist mein fester Wille.«

»Das ist praktisch, weil es auch meiner ist. Lass uns nach Hause gehen, Sophia.«

Hand in Hand gingen sie davon, ließen den Schaden und die Narben hinter sich. Im Osten graute bereits der Morgen. Was für ein wunderbarer Neubeginn, dachte Sophia, als die Sonne aufging.